魅丽文化　飞魔幻工作室

藤萍

著

未亡日

上

贵州出版集团

Guizhou Publishing Group

图书在版编目（ＣＩＰ）数据

未亡日 / 藤萍著. -- 贵阳：贵州人民出版社，
2017.11
　ISBN 978-7-221-14483-6

　Ⅰ. ①未… Ⅱ. ①藤… Ⅲ. ①长篇小说－中国－当代
Ⅳ. ①I247.5

中国版本图书馆CIP数据核字(2017)第284572号

未亡日（上下）

藤　萍　著

出 版 人　苏　桦

总 策 划　陈继光

选题策划　飞魔幻工作室

责任编辑　陈继光　胡　洋

特约编辑　罗　婷　林　碧

封面设计　A　BOOK壹书工作室

出版发行　贵州人民出版社

　　　　　（贵阳市观山湖区中天会展城SOHO办公区A座贵州出版集团　　邮编550081）

印　　刷　湖南新华精品印务有限公司

开　　本　32开（880mm×1230mm）

字　　数　570千

印　　张　20

版　　次　2017年12月第1版　2017年12月第1次印刷

书　　号　ISBN 978-7-221-14483-6

定　　价　65.00元（全二册）

目录
C O N T E N T S

目录
C O N T E N T S

● **第四篇 · 战队新人**

第一篇 · 尸宴求生

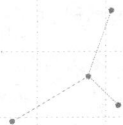

① 一 聂雍

一百年后，世界会是什么样？

当聂雍湿淋淋地从营养仓爬出来的时候，发现显示日期是"2124年"。

此时距离他被冷冻的日期已有一百一十一年。

聂雍眯起眼裸身坐在营养仓上，水蓝色的黏液顺着他的皮肤往下流淌，显得整个人像只蓝色的怪物。

他记得他是个警校教官，在训练中出了意外，以2013年的医疗条件无法医治，才被送进冷冻仓保存，以等待医学发展之后能够把他治好。但没有想过，等他真的清醒，时间竟然已经过了一百多年了。

2124年，这是个什么样的世界？

聂雍抬起头来，发现这是个冰冷的小房间，四面贴着纯白的瓷砖——看来虽然经过了一百多年，但房间的样式也没多大改变，甚至连瓷砖的质量也没多大变化。房间的中心摆放着两个营养仓，里面放满了蓝色的液体，插着大大小小的管子。他刚才正是从其中一个里面爬出来的，而另一个营养仓里浸泡着一个男人的身体。

显而易见，他已经死了。

空气中散发着淡淡的腐臭味，说明这个男人已经死去有段时间了。他注意到营养仓上连接的那些仪器并没有在运转，水蓝色的透明黏液也是静止和冰冷的。房间里有光，但灯不知道在哪里，或许是一百多年后的先进技术所致，墙面会自己发光。从墙面散发出来的柔和白光映照得房间的每一个角落都很清晰，除了墙上悬挂的一个电子日历、地上两个营养仓，以及墙角的一个铁柜之外，这屋里什么也没有。

聂雍抹了抹脸上的黏液，从营养仓上跳下来，地板出奇地冰凉。他怀疑冷冻库就在下面，伸出手去拉扯铁柜的门，那铁柜无比沉重坚硬，没有密码显然打不开。他用力摇晃了铁柜两下，柜门没有打开，倒是铁柜底下滚了个暗红色的小球出来，荔枝大小，浑圆，不知道是什么东西。聂雍把那小球捡了起来，奇怪的是那东西是温热的，里面似乎有仪器一样在极其轻微地震动。就在他对着那小球上看下看的时候，一道微红的光线从小球里射了出来，几乎是立刻，一个立体人像悬浮在空中，清晰得像真的一样。聂雍饶有兴致地扬了扬眉，原来一百年后，三维立体成像已经这么成熟了，这不仔细看，完全和大活人一样！

从小球里投射出来的是个穿着古怪的男人，以聂雍这种大老粗来看，那就是一套花里胡哨的戏服，并且这个人像还套着个帽子，脸整个埋在阴影里，连眼睛都看不见。随着人影出现，一个声音也随即传了出来："你是谁？"声音的效果不太好，只听得出是个男声。

"你又是谁？"聂雍对人影并不怎么感兴趣，倒是很感兴趣地看着手里的红色小球。不管是声音还是影像都是从这个小球里发出来的，而如果传来这个影像的人能"看"到他，显然也是通过这个奇怪的小球。

"我叫聂雍，刚刚从这个地方爬出来。"他敲了敲营养仓，又眯了眯眼，"我被冷冻的时间是 2013 年，老兄，你能告诉我外面的世界现在是什么样的吗？"

那个人像转了过来，他真的"看得到"聂雍，说道："你是被成功解冻的样品？"

"样品？"聂雍若有所思地捏了捏下巴，指着那具死尸，"呃……那不成功的，就是这样？老兄，所谓'解冻'成功的有几个？失败的又有几个？还有，这里是什么地方？我怎么才能从这里出去？"

那影子停顿了一会儿，道："这里是BUC公司的冷藏库，冷库里面储存着大概五万多个像你这样的'标的物'。这些大部分都是在2010年到2030之间冷冻的，那时候技术十分不成熟。"影子又微微顿了一下，继续道，"导致标的物的复苏率非常低，变异率相当高。"

那就是说老子还是幸运的了？聂雍笑了笑："变异率是什么东西？"

影子似乎是"看"了他一眼，聂雍肯定自己感觉到了。只听影子说："BUC公司已经没有人了，自从八年前标的物复苏出变异人，所有的员工都撤走了，这栋几千平方米的大楼，外面几十亩地的厂区，没有一个人留下，唯一的活物就是你。"

"变异人？"聂雍好奇地问，"那是什么？"

"被封存的狂犬病人复苏后，病毒变异了，把他们变成了见人就咬的怪物。"那影子似乎挺有耐心，有问必答，"被他们咬过的都会染病，极具攻击性，并且他们能存活六个月到一年甚至更久的时间。"

聂雍沉默了一会儿，也就是说在这个屋子外面的世界，也许有一大堆"变异的狂犬病人"在游荡，当初要不是这个病毒没有控制住，这里也不会被废弃。他有点头痛地低头看了看自己的裸体，说道："变异人什么的，我现在其实不太关心。"他很认真地看着手里的小红球，"我只关心……呃……有没有衣服穿？"

影子给他报出了一串密码。聂雍按照密码打开了铁柜，铁柜里放着两份档案和两套病号服。他欣然穿上一套，也毫不客气地把两份档案都翻了一遍，发现正是自己和地上那具死尸的档案，问道："你到底是什么人？是这里以前的工作人员吧？"他把那颗小红球收进自己口袋里，拍了拍口袋，很满意地活动了下手腕、脚腕，"外面有变异人，但是老子走投无路，还是要出去的嘛！"

那影子并没有回答，似乎默认了他曾经是这个地方的员工。但聂雍也没有等他说话，他飞起一脚狠狠地踢在白色大门上，只听门锁发出一声脆响，白色的门顿时缓慢地向外滑开，屋子外的情景也映入了聂雍眼里。

屋外是一片黑暗，在遥远的地方依稀有零星的白光，聂雍大步走出门去，这个房间的左右两边都有门。沿着这条漫长的走廊过去，不知道有多少被冷冻的"标的物"正在房间里解冻，而紧闭的大门说明那些房间里的"标的物"都已经死了。

就像蜂巢里的蛹一样，能变成蜂的，就突破那层蜡出来，密封在里面的都是尸体。

聂雍适应了下光线，眯着眼看着远处的几点白光——有几扇门开着，那是不是表示还有其他人存活？

"喂？"他突然问，"老兄，你还在吗？"

那衣着古怪的影子闪了闪，出现在他身前两三步的地方："我在。"

"这什么公司真的没有活人了？"聂雍指着远处一个摇晃的黑影问道，"那是什么东西？是变异人还是什么别的？"

影子闪烁了一下，说道："那些是尸体。"

"尸体？"聂雍吃了一惊，"尸体还能动？"远处的黑影的确在晃动，虽然不快，却正在慢慢靠近。

"尸体，和寄生在尸体上的尸虫。"影子说，"它们长得很大，像蛇一样把尸体缠住，拖着到处走，吮吸营养，一直到只剩下骨架。"

聂雍摸摸脸："那它攻击活人吗？"

影子转过来。聂雍发现这影子虽然看不到脸，却能感觉到那眼神，仿佛在鄙视他一般，说："当它们发现你比腐尸好，就会缠到你身上，拖着个活人自然比拖着个腐尸营养好。"

"喂，你说话能和谐点吗？老子是你祖宗，不知道情况也是正常的，你鄙视什么？！"聂雍说，"还有，你那个什么……你自己是个活人吗？还是一段电脑程序什么的？"

影子沉默，拒绝回答。

"不说就算了，脾气真古怪。我就喊你影子好了。"聂雍四下看了看，远处摇摇晃晃的黑影还真不少，如果那些东西都是拖着尸体的尸虫的话，还当真令人恶心。

　　"除了从大门出去，还有哪些路通向外面？"

　　"下水道。"这次影子回答了，听那口气，他仿佛很看不上聂雍，但因为也很无聊，所以耐着性子回答他。

◎ 二 下水道

BUC 公司有庞大的排水系统，聂雍不知道眼前这地宫一样的排水系统是用来做什么的。难道他们生产出来的废水体积达到了必须用八条地下暗河才能排出去的程度？BUC 公司是一家医疗公司，又不是污水处理厂，这里面一定有问题。但聂雍并不想知道具体是什么问题，他只想从这个鬼地方出去，看一看 2124 年是什么样子，他还思考着以后自己要怎么样生存下去。

他是从一楼的下水道口进入 BUC 公司的地下排水系统的，影子对地形非常熟，虽然八年没有使用，下水道里布满了奇怪的苔藓和污物，但他还是非常顺利地进入了底层。

现在在聂雍面前的是水泥墙分开的八条人工河流，分别流向四面八方。他所站的这个位置像是一块中心孤岛，环绕着孤岛的是八条阴暗的排水道。这玩意儿是由什么古怪大脑设计出来的？聂雍抓了抓脑袋，瞟了一眼无声无息的影子："喂，这里真是下水道？"

影子是没表情的，回答："是。"

聂雍把那颗红色小球拿了出来，一抛一接，似乎正在思考要不要把它扔进水里。

影子紧张了一下："你要做什么？"

"不说实话，要来也没用，揣在怀里不知道要怎么样害我呢，还是扔了的好。"聂雍一本正经地说着，接着一挥手把东西直接扔进了水里。

随着那"扑通"一声，影子吱吱地响了两声，变得非常模糊："底下是总控制室——"随即影像消失，连声音也听不见了。

这下聂雍慌了："喂喂喂……"他对着空气喊了几声，喃喃自语，"不会吧？我还以为多先进……差劲，太差劲！好歹也弄个防水的高科技啊！"他"扑通"一声跳进水里，幸好这地下水不深，摸了几下就找到了红色小球。聂雍把它擦干净，摇晃了几下，"影子？还活着吗？"

那红色小球安静地躺在他手里，没有了半点动静。聂雍抓了抓头皮，干笑两声，把它揣回怀里。虽然说这里显然不仅仅是个下水道，但他急于逼供把唯一了解情况的"人"弄死了，接下来的路只好自己一个人走。

八个方向，要往哪里走？聂雍对着自己面前的那条路大步走了过去，他相信车到山前必有路，既然老天把这个方向摆在了他的面前，那一定是有道理的，就算没道理他也能走出道理来。连接着下水道口的圆形孤岛并不大，有台阶通向那条幽深的水道，他一步一步走下台阶，这里光线昏暗，水道深处没有灯光，只有远处的水面静静映射着孤岛的灯光。

"哗啦"一声响，聂雍走进了水里，水并不深，刚刚到膝盖，他看到水里有些东西在窜动，不知道是些什么东西。走过一段水道，远处有缥缈的灯光，眼前豁然开朗，居然是一片更大的空间，水沿着潮湿的台阶静静地向下流淌，一大片台阶下面，仿佛是水池，又像是泥泞的地面。聂雍瞪着这巨大的空间，倒吸了一口凉气——他看见大概一百米远的地方有一片墙壁，那墙壁上依稀有栏杆的痕迹，但已经破损，墙上有一盏灯，居然是他很熟悉的圆形黄色节能灯泡！在那灯泡微弱的光线下，他看见——他看见——有一些巨大的头颅在遥远的深处晃动。

那……那些头颅是有眼睛的，眼睛射着微绿的荧光，看那眼睛的位置，那些黑暗里的东西至少有两个人那么高——那是什么东西？

聂雍是个胆大的，一向无所畏惧。但他站在这儿看着远处那些身影模糊的巨兽，几滴冷汗直接从背后滚了下来。

天，那都是些什么东西？恐龙吗？在他贫瘠的大脑里，除了恐龙之外，再也想不出什么怪物能有这么大了。而远处那些遥远的影子仿佛感应到什么似的，抬起了头，聂雍听到"哗啦"一声巨大的水声，有什么东西正向这边走来。

怎么办？他的大脑在飞快运转，是转身就逃，还是……他的思维还没想出办法，他的身体已经动了起来，五指扣住身边的水泥墙，聂雍跳了起来，手指深深地陷入墙上生长的古怪苔藓中。他就借助那些苔藓，快速攀爬到了高处。高处有些铁架，大半已经锈蚀，聂雍谨慎地伏在上面，也就在他刚刚伏在铁架上的时候，远处那个黑影已经走了过来。

那是一只巨大的怪物。

那的确很像恐龙，是一只两足站立的蜥蜴模样的怪物，背上布满了暗绿色的花纹，但它的头上有一排犀牛那样的角，嘴里没有牙齿。聂雍全身冷汗在不断涌出，底下的怪物看起来不太像具有攻击性，至少它没有锋利的牙齿，但一只将近三米的巨兽就站在自己眼皮子底下，没有人能不紧张。那东西抬起了头，看得出它知道聂雍就在上面，但它似乎有点无可奈何。

"这是一只裂角蜥。"突然有个声音在耳边响起。聂雍吓了一大跳，这才看见那长袖宽袍的影子又出现在他身边，表情淡淡的，仿佛刚才什么也没发生。

"你没死？没死怎么没声没息就不见了？老子差点被你吓死！"聂雍大怒，"裂角蜥是什么玩意儿？"

那影子没形没迹的，刚才不见了，聂雍以为他进水里了，却原来不是。大概是这家伙在生气，现在又出来卖弄，弄得好像动物园的讲解员一样，气得聂雍又想把小球往水里扔。

影子显然不能窥破他的心理状态，仍旧淡淡地说："这是裂角蜥，是美洲沙漠地带遭受强辐射后产生的新物种，不要怕，它没有牙。"

聂雍早就看到那东西没有牙，颇为惊讶地问道："它一直看着我干什么？"

"它虽然没有牙，但有毒。"影子说，"你是它的食物。"

聂雍还没反应过来影子说了些什么，那裂角蜥就张开了嘴，它的嘴里肉乎乎的，果然没半颗牙齿，但全是黏液，一条长长的绿色舌头笔直地弹了出来，就像青蛙吃虫一样，闪电般向聂雍拍来。

聂雍本能地向旁一闪，那舌头擦身而过，舌头上的黏液却溅了几点在他身上，那身白色的病号服迅速被腐蚀，破开了一个个小洞。

"这和硫酸一样！"他惊怒交集，这三米高的一只大毒物蹲在下面，他要怎么打开生路？这底下就是个地狱，见了鬼的小红球把他引下来果然没安好心。

"这种生物的唾液具有腐蚀性，但不能致死，沾上皮肤最多就是红肿溃烂，致命的是它舌头上的芒刺。"影子说，"芒刺上有毒，曾经有人拿它来处理尸体，因为它是一种消化液，能把尸体化成水。"

恐怖的化尸水！聂雍看了眼底下傻乎乎的裂角蜥，这家伙大概就是叫"化尸兽"的吧？

影子又说："裂角蜥以腐尸为食，但偶尔它们也捕食活物。"

"你说这里已经八年没有人了，这几只裂角蜥是怎么活下来的？"聂雍"扑哧"一笑，"吃蚊子的腐尸？"

影子没有笑，他好像从来不知道"笑"为何物。

"这里有腐尸。"他淡淡地说，"那些尸虫会把尸体从上面带下来，上面曾经有无数的尸体，有数不清的尸虫，它们会来这里喝水。"

聂雍呛了口气，喃喃地说："呃……"话还没说完，底下的裂角蜥已经发现上面的食物动作灵活，突然背脊一挺，一个偌大的头颅就伸到了聂雍面前。聂雍整个傻了——那双绿幽幽的小眼睛就在他眼前，正不动声色地看着他。

聂雍突然发现以往他对生物的理解都错了——他打死蚊子的时候从没

觉得蚊子会思考，但显然眼前的这只生物是有思想的。

或者说，它正在揣测眼前这不一样的"食物"的实力，然后思考它要不要进行攻击。

聂雍一动也不敢动，墙头上的铁杆不能支持他做太大的动作，何况人在墙上可不比壁虎在墙上，无法灵活转动，更何况眼前这个东西俨然就是壁虎的同类。裂角蜥没"思考"多久，大嘴一张，聂雍只觉得微风拂过，那条绿舌头已经到了他面前。

他本能地一伸手抓住了那舌头，舌头上果然有芒刺，但那是一根细长的尖刺，藏在舌头的正中间，依稀就是舌骨的延伸。聂雍一把抓住舌头，忍住舌头上黏液的侵蚀，手腕转动，一下将裂角蜥的舌头在手臂上绕了几圈。舌尖上的芒刺被他牢牢控制在外，就像掐着毒蛇的七寸，任凭芒刺上毒液狂喷，一点也没沾到身上去。

舌头意外被拉住，裂角蜥的眼神立刻变了，咽喉深处传来一声深沉的呜呜声，随即庞大的爪子一下向聂雍拍来，紧接着全身一抖，它飞快地甩头，想把聂雍拍烂后甩出去。

聂雍避开了爪子，任凭它甩了起来，他拉着那弹性极佳的舌头，落到了裂角蜥背后，随即拉起那有毒的芒刺，对着裂角蜥背后一刺。裂角蜥转过头来，聂雍仍然不放手，它的舌头被聂雍拉扯得几乎脱落，嘴里鲜血直流，看起来似乎有些可怜。但紧接着裂角蜥发出了嘶吼，扬起了巨大的尾巴，那长鞭似的尾巴笔直地抽到了聂雍身上，立刻把他掀翻到水里，紧接着一只巨人的脚掌踩了下来，水声哗哗。聂雍摔到水里，迅速翻身向右避开。他先确认了自己没有被芒刺伤到，也确认了芒刺的确刺进了裂角蜥的后背，心里一阵狂喜，但在狂喜的同时，他惊觉从背脊到大腿传来的剧痛——那尾巴的抽打竟如此有力！同时，裂角蜥的四足同时落地，在浅水中用力地拍打起来，它在寻找聂雍，带着凌厉的怒气。

聂雍在水里连滚带爬地躲避，裂角蜥被他带着绕了几个圈，因为身躯庞大沉重，一时没能按住他。聂雍稍微放了点心，眼角一瞟，却发现自己已经退到了一堵冰凉的暗绿色"墙壁"边。

那是另一只裂角蜥，正在黑暗中安静地望着他——也望着自己狂躁的同伴。

就在聂雍整颗心都凉了的时候，只听"扑通"一声巨响，那只一直追在他身后的裂角蜥突然倒下，慢慢地横过身体，不住地发出呼噜声，却不动了。聂雍回过头来，那影子不远不近还飘在他身旁，只听他冷冷地说："它毒发身亡了。"

水声响动，四周无声无息聚拢过来的裂角蜥都悄然向那头倒地的同伴走去。低头嗅了嗅，有一只裂角蜥就这么弹出舌头，刺入了同伴的后颈。

很快，更多的舌头刺入了地上那只裂角蜥的身体，它们也很快就把那只三米高的巨兽当成易拉罐可乐，吸食了个干干净净。

聂雍一步一步倒退，慢慢潜入黑暗中，他终于真正清醒了过来——他苏醒了，面对的是一个全然未知的世界。

全然的未知，和他过去所有的想象截然不同。

走过那段裂角蜥猖獗的水道，聂雍心跳一百八，却还能保持着轻而慢的步伐，慢慢地从一片噩梦一样的地方，走向了一个散发着白光的地方。

那是个通道口。

◎ 三 同伴

　　他迅速进了通道，看这个通道的大小，外面那些裂角蜥很难进得来。聂雍松了口气，低头一看，右手肿了一圈，火辣辣地痛。他瞪着不远处冷眼旁观的影子怒道："你把老子骗到这种地方来，到底想怎么样？老子和你往日无怨近日无仇，论年龄还是你祖宗，害死我对你有什么好处？"

　　那影子就是那样，从开始到现在完全没变化，但聂雍仍然感觉得到他在"盯着"他。影子说："你很不错。"他的意思是指聂雍的身手出人意料。

　　"哈？"聂雍听着它那挑猪肉一样的口气，问道，"你到底是什么东西？"

　　"我是 BUC 公司前职员。"影子说，"八年前这里发生了一场灾难，我在寻找一个可以解决问题的人。"

　　"老子没空解决什么问题，不管是狂犬病还是小虫子大虫子统统不感兴趣。"聂雍说，"你这里除了怪物还有什么？八年前你们一定搞砸了什么才弄得这些怪东西满地跑吧？偏偏老子对怪物没兴趣，什么问题也解决不了。"

　　影子说："你是生活在一百年前的人，出去以后没法生存，我可以告诉你出路。"顿了一顿，影子淡然说，"还可以给你钱。"

　　聂雍本来要一口回绝，突然听到"钱"这个字，多考虑了一会儿，说道：

"你只是一段数据，我要怎么相信你？"

影子说："你口袋里的红色小球，那是全球即时成影系统，通过卫星信号可以实现远程脑电波控制，在外面市价在一百万左右，出去以后，我告诉你格式化密码，你就可以把里面关于我的数据清空，然后把它卖了。"

聂雍摸了摸那小球："一百万？"那影子很了解他，知道只有拿在手里的才是他能相信的，立刻聪明地把自己卖了。

"对。"影子似乎是想了想，说道，"BUC公司里还有不少值钱的东西，我可以带你去找。"

"说到底老兄你自己根本就没钱嘛！"聂雍说，"借花献佛也没你这么理直气壮的，幸好老子理解你，你做小红球精灵很久了吧？好不容易遇上老子这么个活人，难怪你抓着老子不放。看在一百万的分上，你想要老子做什么？说吧！"

影子沉默了一会儿，显然聂雍对他的总结让他很是不以为然，却也不反驳："我只是想要你下到总控制室里，把电源关掉。"

聂雍猛地抬起头来："你要让这个地方彻底毁掉？"

"嗯。"影子答得轻描淡写。

"那些还在冷冻室里的人呢？那些像我一样还以为会活过来的人怎么办？"聂雍变了脸色，"这样会杀了所有人的！这个我不能答应你。"

"基本没有人活着。"影子静静地说，"你能苏醒也是个奇迹。"

"不可能，既然老子能苏醒，还没有解冻的人也能！"聂雍说，"你们有这种技术，我不能帮你草菅人命。"

"你不了解情况，BUC现在的情况是全盘放弃。"影子说，"冷冻仓库的门早就损毁了，那里面大概早就成了尸虫的巢穴，否则八年时间了，哪里还有这么多腐尸让尸虫拖来拖去？你该庆幸BUC被废弃的时候，你正好浸泡在营养仓而不是被藏在仓库里。"

聂雍起了一身鸡皮疙瘩，心想老子要是被冻成冰棍然后被尸虫缠住，那绝对是生不如死，可嘴上仍然坚持："至少我去关闭总电源之前，我要把整个工厂的情况看一遍，万一还有人能获救呢？"

影子沉默了一会儿，道："可以。"

"既然是你有事求我，并且已经卖身给我，"聂雍若有所思地捏了捏下巴，"你是不是可以告诉我既然你有这么伟大的志向，为什么会掉在我那房间的保险柜下面？如果我没记错，那房间完全是锁着的，我在里面关了八年，你恐怕也在里面关了八年吧？为什么你还对外面的情况这么熟悉？"

"每一个房间都有一个即时成影系统，"影子完全不惊讶他的提问，声音平静如水，"按照公司细则，每两个客户会有一个辅导员。"

"你是我的辅导员？"聂雍倒是很惊讶，BUC 公司关了八年，辅导员还在岗在位？这么敬业？

影子回答得很直接："不是。"

果然，聂雍心想这厮应该是介入了辅导员系统的黑客，利用了那个红色小球而已，不然哪有公司的辅导员会以这么古怪的形象出现？脑筋转了转，他似乎恍然大悟道："也就是说如果我回去踢门，从别的房间再搞到几个小红球，我就几百万身家了？你刚才说的值钱的东西就是这个吧？"

影子似乎被他噎到了，淡淡道："是。"他说是，那语气却透露着完全没有往这方面想过的意味，显然根本没有想过聂雍会有这么庸俗的想法，但既然聂雍这么想了，他也就认了。

聂雍心情大好，勇气突然翻倍，笑眯眯地说："难怪都说百分之三百的利润就会让人铤而走险啊，我现在觉得这地方……呃……还行。"他指着眼前，"往前走会是什么？"

"通往总控制室的消防通道，"影子微微一顿，接着道，"不确定是不是有尸虫侵入。"

聂雍想到偌大的厂区只有自己一个活人，心里微微一寒，要不是还有影子做伴，自己未必有勇气往前闯，所以说人果然是群居的动物。他还没感慨完，突然听到通道深处隐隐约约传来声音，仿佛有人在说话。

"谁？"影子先问了一声。

通道里面的声音忽大忽小，但的确像人声。聂雍大步往前走，该来的躲不过，说不定里面只是台八年没关的收音机呢？

消防通道四面都是那种会自然发光的白色瓷砖，光线很是均匀，这里似乎真的没有被尸虫侵入，既没有看到古怪的苔藓，也没有黏液或者拖拽的痕迹，很干净。

越往里面走，声音越清晰，是有人在哭。

"……是你说这里有东西，都是你说这里有东西！结果东西没找到，我们都要死了……阿黄你这杀千刀的，还我命来……"

聂雍和影子面面相觑，聂雍放轻了脚步声，悄无声息地往前走，绕了很大一个弯，前面露出了台阶。

台阶上有两个人影，一个正坐在地上哭，另一个背着个大袋子，不耐烦地说："要钱要命，本来就是二选一，是你自己要跟来，我又没逼你。"

"你是没逼我,可你也没拦我啊,呜呜呜……阿黄你怎么能这样对我？"地上那人越发哭得伤心。

聂雍一听差点笑出来，这都什么人啊？他大大咧咧地走过去说道："谁啊？在老子地盘上撒野？"

那两人吓了一大跳，地上那个直接号开了："鬼啊——"

另一个转过身来，聂雍看得清楚，那是个子高大的男人，背着个深蓝色的大包，地上哭的是个十二三岁的小男孩，也背着个深蓝色的包，不过稍微小点。

"都是谁都是谁啊？自己报上名来，省得老子问两遍。"自从接受了影子的"请求"，聂雍理所当然地把BUC当自己家了，说道，"从老子这儿顺走了什么自觉交上来，从轻发落、既往不咎。"他这轻浮样儿立刻引起了大个子的反感，大个子面色阴沉地冷笑了一声，右手一抬就拔出把枪来，对准了聂雍的脸。

结果聂雍笑了。

正在哭的小男孩很奇怪，问道："你不怕吗？那可是冷光枪。"

聂雍回头问影子："冷光枪是什么东西？"

"零下一百八十度的液体枪，可以切割十二厘米内的任何物体，并瞬时冷冻。"影子果然尽忠职守，虽然语气仍旧是淡淡的。

"原来是把水枪。"聂雍仍然满脸笑容，满不在乎地对着那枪口说道，"开枪吧！老子能被你打到就是猪！"

大个子大怒，果然扣动了扳机。

于是一道极细的白雾对着聂雍射了出去。

聂雍就站在那里动也没动，那条白雾从他的左耳边飞过，在墙上开了个小洞。大个子持枪用力挥舞，白雾交织成网，聂雍往下一躺一滑，轻轻松松避开，还顺便扫了他一脚。大个子应声倒地。

小男孩欢呼起来："太厉害了！你怎么知道他打不中你？阿黄的枪法实在臭，连尸虫都打不死！"

聂雍站起来，踩住那把冷光枪，耸耸肩："持枪的动作不对，放头大象在前面都打不准的。"大个子从地上爬起来，脸色越发阴沉。聂雍笑容可掬地弯腰看着他，"手指的力气太大了，以前是练拳击的？举重的？家政公司的？"

小男孩尖叫了起来："阿黄是我表哥！"

大个子冷笑了一声，指了指自己的脸："你不认得我是谁？"

聂雍大为奇怪，上下端详那张黝黑的脸，难道长成这样也能当明星？他转头看向身边飘着的那个"万能词典"道："喂，他是谁？"

影子果然是万能的，只听他淡淡地说："斗兽场的黄桑，著名的野拳手。"

聂雍又问："斗兽场？野拳手？打那种非法拳击，命都可以不要的那种？"

影子语气仍是淡淡的："对。"过了一会儿，他又轻飘飘地补了一句，"斗兽场的比赛，不限于单对单。"

也就是说这个叫黄桑的家伙在场上的时候有可能面对着几个甚至十几个敌人了？他能安然无恙地活到现在，可见身手的确不凡。聂雍若有所思地看着他："呃……你既然……混得不错，为什么要跑到这种地方来……偷东西？"

黄桑掂了掂手里的袋子，目测后聂雍直觉那里面全是和自己手里的小红球一样的东西，不禁大为恼火，这家伙拿了这么多，出去以后能换多少钱啊？

却听黄桑冷笑："外面是什么样子，你难道不知道？斗兽场早就关了，外面都是一些乱七八糟的怪物到处乱窜，见人就杀，是块肉就吃，M市现在是人间地狱啊。"他从口袋里抽了支烟出来，闻了闻，又放回口袋里，"想活下去，只有弄了钱翻过隔离带偷渡出去，否则死路一条。"

"隔离带？"聂雍瞪眼，"什么隔离带？"

黄桑一愣，幸好全知全能的影子又解释了："因为BUC公司的事故，有些变异人和动物跑了出去，M市被隔离很久了。"

聂雍怔住了，隔离？事态居然已经这么严重了？亏他还以为从这里出去以后就能开始新生活，敢情外面和里面差不多？都是这一片人间地狱的样子？影子转了过来，他知道影子在"看"着他。

"我希望能结束这一切。"影子说。

这根本不是关掉一个总电源能解决的事，聂雍很恼火，他被这该死的小红球忽悠了一次又一次，偏偏一时还想不出什么办法抗议。这个时候，那小男孩小声地说了一句："我不是来找钱的，我是……"他突然大声说，"我是来向伟大的联邦斗士、高贵的世界设计师、无敌的斗兽场之王、最纯洁的国家战队英雄拜慈·歇兰费罗致敬的！"

这句话说出来，四下里顿时一片安静，黄桑那脸黑得恨不得直接写明——我不认识这个小屁孩。聂雍忍不住笑了起来："什……什么？"他没法想象一个人既是"伟大的联邦斗士"又是"高贵的世界设计师"，更何况这个人还可以兼任什么"无敌的斗兽场之王、最纯洁的国家战队英雄"，那是个人体名片吗？什么玩意儿！

"你居然敢对拜慈大人不敬！"小男孩大声说，"你难道不知道拜慈大人为了制止 BUC 公司罪恶的实验，以身犯险，最终为了我们的人民牺牲在这个可怕的地方吗？八年了！自从八年前 BUC 公司被拜慈大人揭露用冷冻人做人体实验，制造出大量变异体后，深入虎穴的拜慈大人就再也没有传出音信，谁也不知道他最终是死是活！现在，我代表人民向他宣布我们缅怀他！我们思念他！我们爱戴他！我们……"

"行了、行了、行了，"聂雍深感头痛地捏住那小男孩的嘴，"总之，你就是来扫墓的，我知道了就得了。"小男孩嘴里呜呜地挣扎着，他可不是来"扫墓"的，他是来追随拜慈大人的足迹的！

聂雍捏得小男孩整个嘴肿起来，直到他不能再代表人民荼毒他的耳朵才放开他，说道："你是来找人的——哦，找尸体的，你要找那个伟大的'白痴芥蓝肥罗'。"他转向黄桑道，"你是来找钱的。"他再看向那个影子，"呃……你呢？你是要拯救世界的。"他再指指自己，"我只是想活下去而已。"聂雍看着大家，"但我们现在在一条船上。"

黄桑哼了一声。聂雍向他伸出手："冷光枪给我。"黄桑心不甘情不愿地把枪交出去。聂雍笑笑，"我们现在能做的，就是把 BUC 彻底搜一遍，我去看看还有没有活人，关总电源。你去找值钱的玩意儿，而你——"他看了小男孩一眼，"就找找看伟大的英雄到底在哪儿，然后我们从这里出去，找到的东西平分。"他坦然地说，"我保证你们的安全。"

"喊！"黄桑虽然见识过聂雍面对枪的冷静，却还是十分不屑。小男孩犹豫着说："我不要和你平分拜慈大人。"聂雍一听到那伟大的英雄就头痛："那个我不要，你自己留着。"小男孩"嗯"了一声，很遗憾地说："你不了解拜慈大人，否则一样会很崇拜他的。"

老子不要了解！老子只想怎么活着出去！聂雍在心里咆哮，瞪了一眼小男孩："你们从哪里进来的？前面有什么逼得你们退到了这里来？"

"我们是从仓库的通风管进到这里来的。"黄桑说，"仓库里的冷冻人都死了，里面都是尸虫，密密麻麻的看得人恶心，完全成了一个巢穴，还在不停地孵化，尸体太多了。"

小男孩缩了缩头，怯怯地说："前面的门被阿黄锁住，一大堆尸虫在那边，闻到活人的味道一路从通风管道追过来，我们就退到这里了。"

"但是后面不能退。"聂雍握着冷光枪的手心微微潮热，"后面是裂角蜥。"

黄桑和小男孩对视一眼，显然他们很了解裂角蜥，所以不约而同地不说话了。

"可以穿过去。"影子突然开口了。

聂雍已经做好了往前冲对着尸虫大杀四方的准备，闻言愕然："穿过去？"怎么穿？穿越啊？

影子说："冷光枪可以切割墙壁，我们能从现在这个位置横穿出去。"

这句话说完，三人都露出了狂喜之色，小男孩大声说："影子，你太聪明了！"

◯ 四 墙中

聂雍拿着冷光枪，影子和黄桑各自向他说明了一下冷光枪的性能，他领悟得很快，没多大工夫就在散发着光线的墙壁上切割出了一个门形的缝隙。黄桑尝试着推了一下，没推动，但从缝隙中张望，墙后似乎并不是完全实心的。聂雍摸了摸墙壁，好像不是真的瓷砖。他飞起一脚，一声闷响，那扇"门"突然凹了一块进去。

通道两侧的墙面后果然不是实心的，后面不是砖块水泥。

黄桑和小男孩抓住被聂雍踢了一脚而翻起的墙面，慢慢地拉动。聂雍又对着那"门"多踢了几脚，让翻起的角度更大，随即加入了拖拽的队伍中。

那面墙虽然不是砖墙，贴的也只是仿瓷砖，却很沉重。过了半天三个人才把那块东西拖开，墙面上一个大洞露了出来。

里面是一片黑暗，仿佛非常深邃。

通向总控制室的通道两侧是空心的，这密封的巨大空间里面，到底有什么？

或者是什么都没有？

聂雍从破碎的"门"上捡了一块仿瓷砖的碎片，那碎片依然在散发柔和的白光，显然它发光的原理与电流无关，可能使用仿生技术。

聂雍将碎片远远抛出。聂雍的手劲很大，碎片落得很远，深处完全是一片漆黑，当碎片静止下来的时候，他们唯一一看得清楚的，是一双眼睛。

那是一双人的眼睛。那碎片是落在地上的，能照亮的也不过十几厘米的距离，它却清楚地照出了一双人的眼睛。

怎么可能呢？

除非那个人睁着眼睛趴在地上，并且完全静止不动。

但这里是密闭的空间，空气非常污浊，尘土厚实，显然多年没有人进入这个空间，既没有食物也没有水，人要怎么在这里面活下去？

而且这个人的姿态很奇怪，他睁着眼睛非常平静地趴在地上，似乎一动不动。

聂雍的汗毛微微竖起，他不是害怕，而是这情景太诡异了。眼前一片黑暗，黑暗中唯一一小圈光亮照着的还是一双眼睛，一双像活人一样的眼睛！

"啪啦"一声微响，另一块碎片飞了进去，原来是黄桑又拾起一块碎片往洞里扔了进去。这一块碎片飞得更远，照亮了另一小片地盘。

那里一片黑暗，什么也没有。

去你的！聂雍挥动冷光枪，把那块"门"切割得七零八落的，然后连扔带踢把碎片全扔进了洞里。

这下里面亮堂了些，终于能让人看清里头究竟是个什么情形。

地上趴着的的确是个人。

但那人应该已经死了很久了。

之所以会知道那个人已经死了很久，是因为灯光下那个人全身上下泛着一层光亮，聂雍不由得想起水果蛋糕上刷的那层糖浆，如果他的直觉没错的话，这死人之所以能保鲜，他身上这层糖浆样的东西就是奥秘所在。

而就在这时候，全知全能的影子又发话了："小心。"

聂雍挑高了眉毛，原来全知全能也会说废话？小男孩已经忍不住说："废话！谁不知道要小心？可是要小心什么？这里面什么也没有！"

这个巨大的空隙里，除了东一具、西一具横七竖八的尸体，静悄悄的，什么也没有。诡异的是所有的尸体都很新鲜，甚至就像安静的活人一样。

"陆生八目鳗类。"影子说。

聂雍莫名其妙，小男孩和黄桑面面相觑，显然谁也不知道影子说的是什么玩意儿。影子语气淡淡的，也不解释，又来了一句："拿几块碎片，我们从这里穿出去，记得不要碰到尸体就行了。"

聂雍捡了块碎片，当先往前走。小男孩吞了口口水，显然对遍布的尸体很是畏惧，谨慎地跟在聂雍身后。聂雍一边走一边问："叫什么名字？今天是周末吗？家长怎么会放你到这种地方来？"小男孩紧跟在他身后，咬牙切齿地回答："周梓磬！我叫周梓磬！你是从哪里来的？外面的学校都关了你不知道？我爸妈早就死了，被那些乱七八糟的怪物吃掉了！八年前就吃掉了！那时候我才五岁！要不是拜慈大人牺牲自我封闭了这个地方，还会有更多更多的人……"聂雍举起手："等一下。"他已经走到了光线的尽头，再往前走就只能依靠手里那块光线微弱的碎片照明，于是走得十分谨慎，嘴里却不闲着，"你说过那位伟大的英雄牺牲他自己进入 BUC 公司揭穿人体实验的阴谋，现在又说他牺牲他自己封闭了 BUC 公司，英雄到底牺牲了几次……他不是都杳无音信生死不明了吗？怎么你还知道这么多事儿？"

周梓磬愣了一下，立刻大声说："我当然知道！拜慈大人的一切我都知道！拜慈大人去 BUC 公司当卧底，然后把人体实验的过程和他们处理那些怪物的过程用视频传了出来。政府派了军队来处理 BUC 公司，等军队包围 BUC 公司的时候，发现怪物已经流窜出来了，有十六个敢死队队员进入厂区救人，死伤无数，在危急关头，拜慈大人拯救了进入厂区的士兵，并封闭了整个厂区！"聂雍不屑地笑笑："听谁说的？"

周梓磬顿了一顿，道："拜慈大人的论坛上什么都有，人人都知道的。"聂雍笑得要抽筋，嘴里却轻描淡写地说："哦，原来有人能这么伟大，一个人就拯救了十六个敢死队队员。"黄桑终于听不下去了，大声说："别听小孩子胡说八道！拜慈·歇兰费罗根本不是什么好东西！"聂雍终于真有了点兴趣，问道："怎么说？"

"他是 BUC 公司的股东之一。"黄桑说的显然和周梓磬完全不是一个层次，他也说得很简单，"他肯定不是去 BUC 公司卧底的，哪里会有人在自己的公司里卧底？"

周梓磬开始大喊："你污蔑拜慈大人！拜慈大人是为了人民抛弃财富的英雄！他为了人民放弃了一切！他就是卧底！就是！"黄桑不耐烦地把脸转到一边去："小孩子别吵吵嚷嚷的，安静！"

两个人吵成一团的时候，影子一直沉默，聂雍突然对着他说话："影子，你叫什么名字？"影子沉默了一会儿说："你可以一直叫我影子。"

聂雍笑嘻嘻地看着他："故意隐瞒姓名，会惹人怀疑……你不是 BUC 前职员吗？那你应该了解你们的股东拜慈·歇兰费罗？"

影子说："我只是个技术人员。"聂雍叹了口气："你越是这样说，我越有一种合理怀疑。"

影子淡淡地说："那不是真的。"聂雍大笑："你又不是我肚子里的蛔虫，你怎么知道我怀疑的是什么？"影子说："你怀疑我就是拜慈·歇兰费罗。"聂雍呛了口口水，收起笑容："你居然真的知道？"影子说："我不是。"

旁边两个吵得不可开交，没有听见聂雍和影子的对话。就在气氛稍微缓和了一点的时候，"啪"的一声，走在前面的聂雍迎面撞上了一样东西，湿答答的黏液糊了他一脸。黄桑拿手里的碎片一照，才发现头顶上居然倒吊下一具尸体来。聂雍只用碎片照着地上，却没看头顶，一下就撞上了！那黏糊糊的尸体被撞了一下，突然蠕动了，一条软乎乎不知道是什么的东西从尸体嘴里弹出，猛地向聂雍脸上扑来。

聂雍抹了一下脸上的黏液，那东西有古怪的酸性，刺激得他睁不开眼睛。黄桑一拳挥过，那东西受了重重一击，居然附着在黄桑拳头上，它瞬间分泌出大量的黏液，那些黏液顺着黄桑的手臂流下来，沾染了他半身，恶心至极。

"是陆生八目鳗类，快弄死它！它会利用黏液把自己附着在食物身上，分泌黏液将食物包裹住，然后钻入体内进食！"影子扬起声音说。

黄桑毛骨悚然，一边将那玩意儿甩出去，一边大声怒骂："你明知道这玩意儿这么危险这么恶心，不早说！现在才说有什么用？"

影子冷冷地说："我已经说过不要碰它，你不碰它，它在里面休眠，怎么惹得到你？"

聂雍这时候已经用衣服把脸上的黏液抹了个干净，看见黄桑把那东西甩出去，连忙加上几枪将那东西碎尸万段。这东西实在恶心，被黄桑甩出去以后在地上扑腾，就像一条巨大的肉色的人体大肠。

周梓磬吓得都快神志不清了，哆嗦着问："每……每个死人肚子里……都……都有这种东西？"影子说："对。"周梓磬脸色又惨白了三分，问："他们……他们都被吃光了？"影子仍然淡淡地说："对。"然后他又轻描淡写地补了一句，"看这些尸体的衣服，他们大概就是你说的政府军的那些敢死队员。"周梓磬头晕目眩，受的刺激过大，两脚发软，一点也走不动了。聂雍心里大骂影子恶毒，又看了一眼黄桑身上的黏液，只能自己把周梓磬背了起来，绷紧神经继续往前走。

再往前走，暗淡的微光下一具一具的阴影都是敢死队员的尸体，聂雍默数着那些肩章，尸体中至少有两个高层领导，四个队长，以及五十几个普通队员。

但他们怎么会进入总控制室旁边的这个奇怪的空洞里？外面的逃生通道明明干干净净，一具尸体也没有，甚至连裂角蜥那边也没有看到任何尸体的残迹，他们怎么会都死在这里？聂雍极慢极慢地往前走，心里有一种不妙的预感，果然走了一段时间，远处传来光亮，一扇门在远处打开着，静静传来一种等候的气氛。

"影子，"聂雍的语气微微变得严肃，"这块地方原来是做什么的？陆生八目鳗类是不是在敢死队还没进来之前就在这里了？"他看着那扇门——唯一的一个入口，没有出口，这个巨大的空洞是一个死洞，无论是谁为他们打开了那扇门，那毫无疑问是恶意的，充满了杀机。

影子飘在那里，聂雍不动他也纹丝不动，影子淡淡地答："不是。"

"陆生八目鳗类是从哪里来的？"聂雍冷笑，"难道是这些死人揣在肚子里带进来的？"黄桑没在听他们说话，一个人慢慢地向那门口摸了过去。

那是一扇门，出了门，至少就不用面对里面诡异的生物，至少能把敌人看得清楚。黄桑刚到门口就暴喝一声——光线之下，他身上居然爬满了许多细小的蠕动的肉色虫状物，就和那陆生八目鳗类一模一样，不禁吓得整个人都软了——原来刚才那怪物附着在他身上的时候，不仅是要钻进他肚子里吃他的内脏，还在他身上产了幼虫。聂雍吓了一跳，连忙帮他把衣服脱下来，摔在地上将小虫一一踩死。幸好这些小虫还不能穿透人体皮肤，否则黄桑现在就是一肚子坏虫。等身上的幼虫清理完之后，黄桑全身光溜溜的只剩一条内裤，只是皮肤黝黑脸色阴沉，倒也看不出有没有尴尬。

"陆生八目鳗类是偶然发现的变种，在没有进入人体之前谁也不知道它们能长得这么大。"影子似乎丝毫不受幼虫的影响，说道，"在政府军敢死队进来之前，它们一直都待在实验室的鱼缸里。"

"鱼缸？"黄桑深感不可思议地回过头来，"那种东西是鱼？"影子说："是。"聂雍不耐烦地说："你没听那是鳗鱼吗？"影子却反驳："那不是鳗鱼，"顿了一顿，他淡淡地说，"是一种类似鳗鱼的物种。"

聂雍大怒，影子这根本就是故意和他作对，故意显示他自己多么有学问一样，他怪笑一声："那在鱼缸里的鳗鱼怎么会跑到这里来？你又怎么一开始就知道它在死人肚子里？"他冷笑了几声，"嘿嘿嘿，不会当年就是你专门研究这些怪鱼，把它们都变成了吃人的怪物吧？"

黄桑毛骨悚然，他这才知道飘在身边的人体影像居然是 BUC 公司原职工，忍不住咬牙切齿地道："就是你们这些人，害死了周梓磬的爸妈，祸害了整个 M 市！你们背了多少人命、毁了多少人？你们才是最应该被那些怪物活吃了的！结果你们逃走了，把那些怪物留给我们！你出来！老子杀了你！"

他的吼叫对影子来说毫无意义，影子显然当作没有听见，事实上他本人也不在这个空间，所以影子连个眼角都没有留给黄桑，自顾自说道："实验室在总控制室东边，离这里相当远。"

"所以说不会有这种鱼偶然跑到这里来偶然把这些政府军吞噬了的可能性了？"聂雍说，"那这些鱼是怎么来的？是怎么吃人的？"影子说："幼鱼穿不透人体，所以袭击了政府军的应该就是当年实验室鱼缸里的那一批成体。想知道当年的真相，只有到实验室去看一看了。"他微微一顿，补充了一句，"从实验室到总控制室有两条路，但这个地方不在任何一条必经之路上。"

"也就是说当年如果政府军为了查明真相进入了实验室，然后想从实验室出发到总控制室关闭电源，他们无论如何走都不会走到这里来，对吧？"聂雍皱了皱眉头，"但他们确实死在这里。这个地方原来是做什么的？"

这个问题聂雍已经是第二次问影子了，影子有些不好再回避和隐瞒，过了一会儿，淡淡地说："这里是潘多拉深渊。"聂雍"啊"了一声，表示不懂。影子解释了一句："凡是实验失败的产物，一律会被药剂注射死亡，解剖以后扔进这里，这里原来是存尸库，里面曾经养了不少裂角蜥。裂角蜥是食腐生物，并且它们讨厌光线，喜欢待在阴暗潮湿的地方，送进来的尸体基本上一两天之内就会被处理干净。实验室的人称呼这里'潘多拉深渊'。"影子说，"就是不能打开的死亡之地。"

所以这里只有入口，没有出口。聂雍了然，但他很奇怪，既然裂角蜥本来应该待在这里，为什么它们却跑到了通道那里？而这里却充满了陆生八目鳗类和政府军的尸体？黄桑却一下子给出了答案，他指着门口处的一团东西："看，这里有个死人。"

聂雍的注意力一下集中到那团"东西"上。那是一团堆积在一起，不清不楚的东西，之所以看得出那是个死人，是因为外边还套着一层衣服，而衣服里面已经完全是一团烂泥似的腐化物。一个人即使死了八年也不会这么快完全腐烂，显而易见，这个人和他的队友不同，他不是被陆生八目鳗类袭击而死的。

他是被裂角蜥用毒液袭击了身体，吸干了体液死亡的。

在那一团不清不楚的"尸体"旁边掉落着一张陈旧的纸片。聂雍捡起来看了看，那是一张地图，上面详细描绘了BUC厂区的建筑和道路，甚至包括了地下管道图。影子飘了过来，看了很久，他说："这张地图是假的。"

"假的？"聂雍挑高了眉毛，"政府军专用的BUC地图是假的？"

"这张图上，把潘多拉深渊标记成了厂区医院。"影子说，"我明白了，他们在实验室遭受了陆生八目鳗类的攻击，有人受伤，他们急于寻找急救室，所以拿着地图找到了这里。"他从聂雍身边消失，又突然出现在那堆"尸体"旁，说道，"这个人是专职看地图的引路人，他带着大家到了这里，第一个打开了门。"

聂雍很同情地叹了口气，说道："然后裂角蜥冲了出来，把他当成易拉罐可乐喝掉了。"

"不。"影子静静地说，"如果只是这样，那跟在他后面的人为什么不逃，却继续深入这片区域？BUC公司在政府有备案，政府有途径拿到地图，除非这张地图是进入厂区以后，从其他途径获得的。并且这个途径让政府军敢死队相信这张地图比原来的那张更可靠。"

聂雍嘿嘿一笑："所以你认为，在政府军进入BUC之后，有人误导了敢死队的行动，诱使他们进入了一条死路？BUC公司里居然有想和政府对抗的人？"影子说："目的是什么，我不清楚。但如果潘多拉深渊里面没有诱饵，引路人被裂角蜥杀害以后，敢死队为什么还要进去？"

"也许——在他们的后面还有其他更难对付的危险？"聂雍看着那扇门，他一直不敢轻易靠近。连黄桑都一直徘徊在门后，不敢随便探出头去。在这诡异莫测的地方，谁也不知道门后面会出现什么。是裂角蜥？或是比裂角蜥更为恐怖的其他怪物？

"地图呢？"影子突然问。聂雍抬起手："这里。"他口袋里的小红球微微震动了一下，射出一道细细的红光，将那份地图扫描了一遍。聂雍很好奇，"这是什么？"

"三维复印。"影子并没有说他复印那张地图要做什么，微微一顿，继续说，"裂角蜥喜欢阴暗潮湿的地方，它们的祖先来自沙漠，变异之后非常喜欢水，厌恶光线。但在这个门口只留下一具尸体，所以很可能裂角蜥只杀害了这一个人，然后它们就通过这扇门出去了。"聂雍赞同这种想法，因为在这里再也找不到第二具被吸干的尸体。

"然后呢？"他问。

"然后……外面现在是有光的，虽然看不到情况，但感觉好像很整洁。"影子说，"就像我们进入的那条消防通道一样。"聂雍想了想，恍然道："你是说裂角蜥会蜂拥而出，违背了它们的习性？"

"不。"影子说，"我想说——当年政府军到达这里的时候，外面的确阴暗潮湿，没有光，而裂角蜥会蜂拥而出的原因，我想很简单。"聂雍猜到了他要说什么，微微有些变色，只听影子说，"因为外面有更多的尸体，甚至不需要它们猎杀就可以吃，裂角蜥喜欢尸体。"

至此，当年在潘多拉深渊所发生的一切都逐渐变得清晰。这些背负着神圣使命而来的政府军敢死队，进入BUC的目的是阻止BUC继续进行生化实验，拯救那些还没有被解冻的标的物。他们在进入厂区的过程中得到了一张认为可信的地图，按照地图他们进入实验室，不知道出于什么原因遭受了陆生八目鳗类的攻击，于是他们向厂区医院的方向撤退，在这一路上不断遭受攻击，有许多人死亡。当到达潘多拉深渊门口的时候，他们以为获得了希望，结果打开门，里面出现的是裂角蜥。当裂角蜥鱼贯而出，抢食尸体的时候，政府军进入了潘多拉深渊，最后被伤员身上附着的陆生八目鳗类逐一袭击，在潘多拉深渊留下了六十几具尸体。

而这一切，显而易见，从那张地图开始就是个阴谋。

但这是为什么呢？既然BUC公司的事情已经曝光，政府军已经要接管这个地方，舆论铺天盖地，已经完全失去了翻身的余地，与政府军对抗不可能有任何好的结果，只不过是让自己在政府眼中变得更加危险、受到的制裁更加严厉而已，为什么 BUC 公司还要袭击军队，意图杀死所有进入 BUC 的敢死队员？

聂雍想到了事情的结果——英雄"白痴芥蓝肥罗"为了拯救被怪物袭击的大家，封闭了整个 BUC 厂区，最终的结果是再也没有人敢进入这个地方。

最终的结果不是接管，而是封闭、隔离。

BUC 一定埋藏着比生化实验更耸人听闻的秘密。

拜慈·歇兰费罗在这事件里起着至关重要的作用。聂雍轻轻地吹了声口哨："呵！"

要追查最终的真相，从现在开始的关键，竟然就是寻找拜慈·歇兰费罗。

这个在 BUC 厂区失踪的"伟大英雄"，究竟是牺牲自我拯救大家的英雄，还是努力掩盖自己公司罪行的罪犯，或者是想要疯狂毁灭一切的疯子？

不找到拜慈·歇兰费罗是得不到答案的。

聂雍轻轻踏出一步，从那扇散发着微光的门后走了出去。黄桑紧跟在他身后，伸手把趴在他背上的周梓磬接了过来。周梓磬刚才被陆生八目鳗类吓得魂不附体，看到光亮才敢睁开眼睛。而影子自然是飘浮在聂雍周围，悄无声息地飘了出去。

门外是一个巨大的房间，房间里空空荡荡的，居然什么都没有。在房间的另一头有一台黑黢黢的机器，像一面巨大的黑墙，而在黑墙的中间有另一扇巨大的"门"半开着。很显然，看这样的架势，"潘多拉深渊"的入口只有这一个，所有的人都是经过黑墙上的"门"进来的。而那面厚实沉重的"黑墙"毋庸置疑是安全装置。

"这房间是干什么用的？"聂雍皱起了眉头。这房间目测也有四五百平方米，除了一台黑墙模样的机器什么也没有，难道纯粹是用来做隔离的？

影子回答："那台机器是'冰杀手'，裂角蜥是冷血动物，体温比人类低。冰杀手二十四小时不停地用红外线扫描这个区域，体温低于人类平均体温的任何移动物体都会被高温射线清除，化为灰烬。"

"所以说这应该是一个猎场。"聂雍用怀疑的目光看着远处那台冰杀手说道，"但是现在并没有停电，你看那台机器上的电源灯还亮着。"他指了指机器右上角，那里有一个红点在一闪一灭，即使过了一百年，依然没有失灵。周梓磬看到周围不黑了，立马从黄桑身上下来，听说那东西居然是个"杀手"，想也没想，抓起口袋里一个东西就往前扔了出去。

他是想将那东西扔到那台机器上面的。

但只听"砰"的一声巨响，那东西在半空中炸开了一团小火球，随即黑烟四起，落地的时候只剩几块残渣。

那台黑色机器依然在那里，它没有动过，它发射的射线没有颜色。

然而效果却是惊人的。

周梓磬僵在那里，黄桑一把把他抓了回来："你把什么扔出去了？"周梓磬小声说："那种值钱的小球。"黄桑冷哼了一声，那可是价值百万的好东西，小屁孩就知道瞎玩。

聂雍静了一会儿，说："这台机器还在工作，裂角蜥不可能躲开这种攻击。"他看着影子，"但裂角蜥从潘多拉深渊转移到了下水道里，它们是怎么出去的？还有，"他环顾了一下四周，"这里太干净了，如果这里曾经有过许多尸体，那有过足以引诱裂角蜥从潘多拉深渊出来的尸体，那些尸体的残迹在哪里？"聂雍转了一圈，回过头来，"总不能连点灰都没有留下。"

影子沉默了一会儿说道："我不知道。"

聂雍也沉默了一会儿，道："冰杀手狩猎的温度范围可以调节吗？"这一句话问出来，惯于沉默的黄桑和搞不清楚状况的周梓磬同时呆了。黄桑脱口而出："什么？"而脑子里充满了幻想的周梓磬更是失声惊呼："怎么会……"而就在这同时，影子已经淡淡地回答："可以。"

聂雍又问："那射线的温度呢？"

影子又沉默了一会儿，安静到黄桑和周梓磬以为他又要说"我不知道"，他却突然说："冰杀手只是一台电脑控制的仪器，狩猎的温度和射线温度当然是可以重新设定调整的。"

聂雍长长地吐出一口气，这意味着什么，已经不必再说。

毫无疑问，当裂角蜥还在潘多拉深渊里的时候，这里有尸体引诱着它们出来；而当它们出来的时候，冰杀手并没有发挥应有的作用，而是让它们顺利通过大门，到了下水道。

　　而现在只剩下最后一个问题。聂雍问："那家伙能关上吗？"他下巴微抬，指的就是冰杀手。影子回答："这台仪器没有电源开关，一旦安装成功就不会停止运转，就算 BUC 停电也会有备用电源供应。"这是个相当于监狱电网那样的仪器，它要狙杀裂角蜥那样的巨兽，电源的设计非常缜密。

　　冰杀手并没有被破坏，裂角蜥没有死，最大的可能性就是有人重设了冰杀手的程序——被重设后的冰杀手不再狩猎裂角蜥。

　　那它在狩猎什么呢？

　　它没有被关闭。

　　这里曾经有许多尸体，政府军敢死队明明知道潘多拉深渊不是厂区医院而是个阴谋，却不得不往里面闯，为什么？有什么比裂角蜥更可怕的东西在袭击他们？

　　在他们背后会是什么？

　　"他们被狩猎了。"聂雍声音低沉地说。

　　黄桑和周梓磬都没有说话，影子当然更没有。

　　当年的阴谋在逐渐显露。有人引诱着政府军往潘多拉深渊来，然后重设了冰杀手的程序，当政府军进入这个房间的时候，遭到了猛烈的攻击。并且这种攻击无形无迹，也许当年他们惊慌之下，甚至不知道是什么东西在袭击他们。

　　他们在这个房间里留下了许多尸体，侥幸活着的人惊恐地逃生，他们打开了潘多拉深渊的大门，自以为可以得救，不想里面冲出来的却是裂角蜥。难以想象政府军在那一刻的绝望，但他们不能和裂角蜥以及那不知名的无形杀手共处一室，只能趁着裂角蜥袭击尸体的机会，匆匆逃进门里。

　　他们不知道，在门后等待他们的，才是真正的地狱。

　　想到这里，连聂雍这种没脸没皮的老江湖都不得不为八年前的政府军唏嘘了一把,看那些被黏液定住的尸体形状,那时候来的大部分都还是孩子,二十来岁的年纪,却要在经历这样的事情后死去,真是太残酷了。

BUC 事件背后的黑手太可怕,既没有形状,也没有影子,却把每一步都算了进去,为了某个未知的目的,他仿佛无所不能,不在乎任何人的死活。

聂雍想,他一定要抓住这个人。

这人是个凶手。

而他是个警察。

可是,警官证也早过期了吧?聂雍笑了笑,大步向着那台冰杀手走了过去。

ⓞ 六 清洁

"不对啊，要是当年冰杀手杀了很多人，现在它为什么不攻击我们？"周梓磬回过神来开始小声嘟囔，"厂区被封闭了，这里已经没人了，那台东西难道坏了？"他拽着聂雍的袖子，仿佛冰杀手没向他发射射线他还很失望的样子。

聂雍不耐烦地把小屁孩的手甩开："你是猪啊！当然是有人重新设定过了。"周梓磬张大嘴巴："有……有人……你是说当年的事情发生后，还有人留在这里？这怎么可能？这里到处都是怪物，怎么可能还有人留在这里？"聂雍向旁边诅咒了两声，装作没听见。周梓磬从他含糊的发音里听到大意是他不要和小屁孩说话，于是头转向黄桑，黄桑警觉地开口："我不知道，动脑子的事别找我。"

终于还是影子开口了："有人清除了痕迹。"周梓磬瞪眼："可是这里很干净，连灰尘都没有，难道他每天都来清除一次？有必要吗？"聂雍嘿嘿一笑："我猜他用了别的办法。"影子说："大概是用了自动除尘机，设定了时间和路线。"影子虽然说得言简意赅，但是黄桑和周梓磬都露出了恍然大悟的神色。倒是聂雍抓抓头皮，很诚恳地问："自动除尘机是什么玩意儿？"周梓磬说："就是家里用来扫地的机器人啊，你家里没有？

大点的家里用大点的，小点的家里就用小点的……"聂雍好奇地问："能抹桌子不？"周梓磬像看怪物一样看着他："当然能！你这个……你是在哪里长大的？你家里没有自动除尘机吗？"聂雍一本正经地说："我是在家里长大的，在我们家里都用抹布、扫把、拖把之类的东西做清洁。"周梓磬茫然地问："拖把是什么东西？有电脑吗？"聂雍说："那是一种电脑型人才使用的工具。"周梓磬问："什么是电脑型人才？"聂雍一脸淡定地说："我。"

周梓磬很困惑地看着他，还没有搞清楚"电脑型人才和人类型电脑"的区别。黄桑听不下去，重重地拍了下他的脑袋："BUC公司用的自动除尘机应该是超大型的，看外面糟糕的情形，它应该没有清扫外面，只清扫了这里面最核心的地方。"影子沉默了一会儿说道："也就是说……它在这里清洁了整整八年。"他飘动了一下，突然转过身来，把聂雍吓了一跳，"在该看到的地方，我们也许什么都看不到。"

"什么该看到的地方什么也看不到？"聂雍莫名其妙。黄桑解释了一下："自动除尘机除了会清洁打扫之外，它还会整理东西，只要设定好了什么类型的东西应该在哪里，它就会把遇到的东西扫描，在它的数据库中比对归类，然后放好。这种功能本来很方便的，但……"聂雍了然，这种很方便的功能将一切痕迹抹去了，它将一切能归位的归位，致使他们现在看到的，也许根本不是当年灾难之后留下的原始现场。

只是一台简单的机器，然而被充分利用之后，就造成了这样的结果。

他们遇到的幕后黑手冷静而理智，设定好了一步又一步。

聂雍仿佛可以看到幕后黑手冷静地看着冰杀手屠戮那些政府军，再留下一台自动除尘机，踏着一地的尸体和血肉，全身而退。

"影子，既然有人用了这样的手段，那他的目的……"聂雍看了一眼影子，他并不相信他，却又不得不依靠他，"你以为他的目的应该是什么？"影子听得出他的试探，淡淡地说："阻止政府军彻底进入BUC，或者阻止政府彻底接收BUC，他的目的就是事情的结果，封锁BUC。"聂雍点头，影子没有顾左右而言他，这让他有点高兴。

"没错，你能告诉我——BUC里面究竟藏着什么终极秘密吗？"他盯着影子，影子的脸依旧看不见，但他能感觉到影子有点紧张，所以他加了一句，"你是BUC的工作人员，你积极要求关闭总控制室的电源，为什么？"他吹了声口哨，"真的只是为了外面乱爬的那些怪物？"那些怪物虽然造型可怕，但体型再大再古怪也依然不是荷枪实弹的军队的对手，如果事件里的幕后黑手没有出手，政府军顺利清扫BUC，歼灭所有怪物，接管整个公司根本不成问题。

影子又沉默了很长一段时间，长得聂雍快要怀疑那个小红球是不是接触不良了，他才开口说道："BUC……"黄桑不爱说话，看影子迟疑了很久，突然说："我听说拜慈在BUC的股份，主要是投给一个叫'灯塔'的项目。"聂雍莫明其妙，什么灯塔？难道BUC不做医疗，要改行做灯泡？却听影子淡淡地说："关于灯塔的问题，传闻已经传了很久了吧？"黄桑点点头。周梓磬小声地说："大家都说那是一个很神秘的很大的项目……和这次BUC被封闭有很大的关系。"影子淡淡地说："灯塔就是Turritopsis nutricula，灯塔水母。"

"水母？"三人面面相觑，拜慈的投资居然是投资给了一种水母？只听影子继续说："灯塔水母是一种奇怪的生物，它的细胞不但能再生，还能转化。大家都知道一条蚯蚓被切断可以长成两条蚯蚓，而灯塔水母……"他似乎是吐出了一口气，淡淡地说，"如果灯塔水母被切碎的话，理论上说，只要它的细胞全部没有遭受到破坏，它可以长成无数个新个体。并且……"他说，"它不会死亡，它是不死生物。"

"哈？"聂雍挑眉，"怎么可能？"

"灯塔水母的细胞可以实现功能性的逆转，它们能从成体倒回幼体，再从幼体倒回成体，永无止息。"影子说。

聂雍想象了一下，莫名地起了一身鸡皮疙瘩，说道："也就是说这东西只会越杀越多，还都不会死？这不是要侵占地球了吗？"影子飘动了一下："有人……对灯塔水母的兴趣很大。"聂雍恍然大悟："我知道了！BUC是医疗公司，拜慈投资这个项目，是想要长生不老！"影子没有说话，那就是默认。周梓磬在一旁小声地说："拜慈大人研究长生的秘密，也不一定是为了他自己长生不老，说不定是为了让全人类都长生不老……"

聂雍的脑筋转得很快，说道："所以BUC就开始对灯塔水母进行研究，结果呢？"他突然变色，失声说，"难道你们研究出了一些像那些水母一样……砍碎了不会死，碎块会长大，永远也不会死的怪物？"这话说出口，黄桑和周梓磬的脸顿时白了——想象一下，一只永远也不会死的裂角蜥，一不小心砍断它一只爪子，那爪子还能再长成一只新的——那该是什么样的人间地狱？

影子说："不是。"

大家统统松了口气，却听他淡淡地说："是人。"

三人骤然一呆，聂雍颤抖着指着影子："你……你你你……说什么？"

影子说："我们研究出的，是像灯塔水母一样，会自我修复再生，永远不死的人。可惜的是，他们的思维和我们不太一样，我认为他们的思维更接近于水母。"他说的后半句聂雍都没心情听，模模糊糊听懂了前半句，他的心都凉了，说道："你们做了人体实验！你们把活人变成了怪物！一个被切成五块会变成五个人的活人！一个能从七十岁倒长回三岁的活人！天啊！"他已经不知道自己在说什么，心里想的却是如果他杀了人碎了尸，关上门以后再开门，看见的是济济一堂的活的受害者，那该是什么样的心情？该死的BUC做的是什么实验啊？！

影子淡淡地"看"着他："你没有听清最关键的一点。"聂雍眨眨眼，反应过来，问道："他们的思维不像人——像水母？可是水母的思维是什么样的？"影子一动不动，过了一会儿，他才说："这就是最糟糕的一点。"

没有人知道水母的思维是什么样的。

但水母的思维显然和人类完全不同。

BUC最大的秘密，就是在"灯塔"项目中他们进行了人体实验，制造出了拥有人类外表，却不具有人类思维的，能自我修复再生，能返老还童、永远不死的"人"。

聂雍出了一身冷汗，问道："你要关总控制室的电源，是为了消灭这种水母人？"影子说："绝不能放他们出来，他们是真正的怪物。"黄桑和周梓馨听得全身发寒，周梓馨呆呆地说："这么说……那个要封闭 BUC 的人，其实也不一定是坏人了……他也是想把那种东西永远关住，不让人发现，就是……就是手段残忍了点。"

影子不答。

聂雍满腹怀疑地看着他："你知道那人是谁吗？"影子说："不知道，我在'灯塔'项目成功以后就离开 BUC 了。"黄桑问："那些东西在哪里？"影子说："在总控制室的地下密室里，切断了电源，它们得不到氧气和水分的供应，也许就会慢慢死去。没有什么东西是永远不死的，它们不会老死，也许会饿死。"剩下的三人面面相觑，长长地吐出一口气，聂雍说："那就是说，我们不用再去实验室了？"

"要。"影子淡淡地说，"我想知道这里究竟发生了什么。"犹豫了一会儿，他补了一句，"否则不能确定在我离开的时候，他们有没有把那些东西移位，或者做了下一步的研究。"

◯ 七 实验室

走过冰杀手中间那扇大门，面前是一条很长的走廊，走廊左右各有三间资料室，里面都是白色的架子，说不上来是什么材料做的，看起来像瓷器一样光鲜漂亮。架子上放满了一层层水晶模样的暗蓝色透明薄片，薄片上有编号，只不过那些形状各异，在聂雍眼里看来很像艺术品的水晶样薄片都已经被打碎了。

"那是什么？"他恬不知耻地问。周梓磐已经习惯了他这么无知，回答说："那是硅晶盘，用来储存资料的，可惜全碎了。"聂雍挠了挠头皮："龟精盘？"影子知道他没见识，解释了一句："硅晶体很稳定，可以用来储存数据。"聂雍耸耸肩，这不是再稳定也抵不过锤子一砸吗？可见学问抵不过暴力，所以他只要会暴力就够了。

"这些东西都是被人故意弄坏的。"周梓磐一边看那数不清的硅晶盘，一边说，"以前里面肯定保存了关于'灯塔'的资料，如果我们可以把它恢复，就能知道'灯塔'的更多秘密……"

他自觉很聪明，头顶上一只大手重重地砸下来，耳边响起的是聂雍毫不留情的嘲笑："你看你旁边那个……叫作'前工作人员'，有什么秘密你问他就行了，恢复龟精什么的，太慢了吧？"周梓磐张口结舌，恼羞成怒："你这个来历不明的老男人……"聂雍捏住他的嘴,很遗憾地说:"长得多可爱一小屁孩,要是个哑巴就更好了。"周梓磬气得要爆炸,虽然聂雍听不见他在咆哮什么,但猜也知道无外乎就是一些要让无所不能的拜慈大人将他碎尸万段之类的话,不由得十分扫兴地叹了口气。

"奇怪,难道那台自动除尘机是不整理这几个房间的?否则这些碎片怎么还在?"黄桑突然开口道,"按照物品分类,这种打碎了的硅晶盘应该属于垃圾,自动除尘机如果有经过这里,它应该会把它们清理走。"聂雍接口说:"也许那台保姆机设定了就不打扫这几个房间……"影子的声音有些变了调:"不对!房间是干净的!"

周梓磬稀里糊涂地问:"房间是干净的啊,怎么……"聂雍全身一震,他已经知道问题所在——房间是干净的,说明自动除尘机有来打扫!但是这些碎片还在,那说明什么?说明它们是在自动除尘机来打扫之后碎的!假设自动除尘机是一天循环一次,那这些东西……就是今天才碎的!

"那台保姆机是几天打扫一次?"聂雍咬牙切齿地问。

"看设定,想要几天扫一次,或者一天扫几次都行。"黄桑吐出一口气,阴沉的气息从他周身散发出去,"但这里太干净了。"

对,这些房间太干净了,干净得简直就像刚扫过。

那台机器必定是在很短的时间内打扫过这里,最多一两天。而一两天之内,有东西将这些晶盘打碎了,不管那是什么,必定就在这附近。

"黄桑。"聂雍背上的肌肉又绷紧了,"你负责看住小屁孩。"黄桑的呼吸不由自主地沉重起来,聂雍慢慢压低了声音,"这鬼地方越来越玄,我看就快要出鬼了,小心点。"黄桑声音低沉地说:"不用你说。"

两人正在互相交代,周梓磬突然发出一声凄厉的尖叫,吓得聂雍差点一下跳起来:"干什么?"

周梓磬脸色惨白,指着远处走廊的转角说道:"那那……那里……有一只手。"

聂雍和黄桑立即转过头去,连影子都飘动了很大的幅度,聂雍从资料室打开的窗户望出去,离开了室内柔和的光源,远处走廊的转角处光线暗淡,一只手腕纤细,五指白皙的手就贴在那转角的墙面上,一动不动。

那就像是有一个人,他的身体隐没在转角后,手掌却伸了过来,摸索在这边的墙面上。

奇怪的是那只手只做了个"摸索"的姿势,在周梓磬叫了这么大一声之后,它依然没有动。

见识了潘多拉深渊里面那些被黏液保鲜的尸体后,大家的胆量无疑大了很多。虽然看见了一只手,大家心里却不约而同都在想那也许不是一个活人。聂雍悄无声息地从资料室的门口走了出去,他想去看一看那究竟是不是另一具尸体。

但就在他刚走出去七八步,距离那只手还有十来米距离的时候,那只手就像受了惊一样闪电般收了回去,一下隐没在转角后。

它居然是活的!聂雍大叫一声"站住",飞快地冲上去。在周梓磬看来,他只是眨了眨眼,聂雍就冲到了那转角后,那速度快得不可思议。

但无论他有多快,当他转过那个转角的时候,眼前空空荡荡的,什么也没有,就像那墙上根本没有贴过一只手。

聂雍忍住剧烈的喘息,努力保持镇定四下查看——这是个"T"字形的路口,那只手毫无疑问是往左边的路逃走的,但无论是左边的路或是右边的路都一样干净,地上和墙上仿瓷的白色材质散发着淡淡的光亮,没留下一点痕迹。但聂雍仍然发现了一点什么——他把手贴在刚才那只手放过的地方——墙壁是温的。

那个东西有体温。他又在墙这边摸索了一遍——刚才紧贴在这边墙上的,是一个肩高不超过一米四,身量非常狭窄的有体温的生物。

聂雍意识到,那可能是一个女人。

◯ 八 女人

"女人？"黄桑眉头紧皱，"在这种地方，会有一个女人？"

"那个女人的速度非常快。"聂雍说，"而且在我距离她十几步的时候，她就听到了我的声音。"他眨了眨眼睛，"我认为那时候我已经非常克制，基本上没有发出什么声音。"黄桑点了点头，的确，刚才聂雍潜出去的时候，他一度觉得聂雍潜伏得非常完美。

"她逃走的时候也没有发出声音。"周梓磬突然说，"我仔细听了，一点声音也没有。"就在这个时候，一阵细微的嗡嗡声从右边走廊的深处传来。聂雍和黄桑面面相觑，黄桑握紧了拳头，聂雍拔出了冷光枪，而影子却往前直飘了三米多——显然全息影像最多也就能离开那个红色小球三五米的距离——然后影子说："是自动除尘机。"

聂雍松了口气，却仍然没有放松警惕。一台形状可笑，有七八只机械脚，模样像只蜘蛛的机器人慢慢地挪了过来，它经过的地方被擦得干净发亮，所有的灰尘都被吸进了它那蜘蛛一样的大肚子。这东西倒是很方便，聂雍悻悻然地看着那台机器，有一种从小到大家务都白做的感觉。

那台机器慢慢地从他们身边经过，周梓磬突然冲了上去，用口袋里一个手表模样的东西对着它拍了几张照。聂雍好奇地问："你在干什么？"

周梓磬说："我拍了照片，也许回去以后能用电脑分析出最后一个操纵这台机器的人的指纹。"聂雍"哦"了一声，这年代的科技果然发达，居然能从照片上分析指纹。影子沉默了好一会儿没说话，这时候突然说："往右转。"

往右转才是去实验室的路？聂雍颇为怀疑地瞟了影子一眼，他怀疑影子只是害怕遇上那个"女人"，但在这里怪物见太多了，聂雍也不大能保证那是个"女人"，万一那是个女身狗头或者猪头的怪物呢？他想得自己不禁打了个寒战，连忙听从影子的指导，往右边走廊走去。

这条路刚才自动除尘机才经过，应该比较安全。聂雍这么想。

然而，他立刻发现他错了。

他们才向前走了十几步，就发现前面有团东西在蠕动，周梓磬眼尖，喊道："尸虫！"

尸虫居然侵入到了这里？这里是距离地表十来米的 BUC 最核心区域，在绝大多数对外公开的介绍上都将这里划归为下水道系统，这里与地表完全隔绝，尸虫又是从哪里进来的？影子问："你们俩从通风管道进来的时候，这里没有尸虫？"周梓磬急急忙忙地说："没有，没有，我们从仓库的通风管道爬到这里的时候已经快累死了，表哥打破一个缺口出来，下来的时候就在那条消防通道里面。尸虫虽然有从通风管道追出来，但是在消防通道第二道防火门那里就被挡住了，表哥把那扇门锁了。"他为了证明自己无罪又加了一句，"何况我们一直在开路，就算后面有尸虫跟进来了，它也应该在我们后面，怎么可能跑到我们前面去了？"

那就是说早在周梓磬和黄桑进来的时候，BUC 核心和地表的通道已经打开了？聂雍老是觉得不对，他有一种古怪的直觉——这只尸虫就是刚刚才从地表进入到这块区域里的。虽然不知道它是怎么样进来的，但是如果这里一直都有怪物在活动，那台自动除尘机又怎么能不受干扰，每天照常运转呢？难道怪物也知道那是台打扫的机器，一直都很尊重它？怎么可能……

周梓磐和黄桑从仓库的通风管道逃到这里，尸虫追了进来——也许通风管道不只是在消防通道那里有个缺口，它在别的地方也有？

所以，这些虫就出现在了这里？

因为这块地方的通风管道有个大得能让尸虫通过的缺口？

聂雍觉得他好像抓到了一点什么很重要的东西。

而就在这个时候，影子说："有东西从这里出去了。"

他的语气很淡定，但语句的内容显然并不够确定。

周梓磐打了个寒战："什么意思？"

影子淡淡地说："通风管道有其他的缺口，如果不是像你和黄桑一样是被迫逃进来的，只能是这里有什么东西逃出去了。"顿了一顿，他说，"我倾向于有什么东西逃出去了。"

"会是什么东西？"聂雍终于沉不住气，"是那个黑手，还是你的水母怪物？"

影子看了他一眼，慢慢地说："我想，关闭总控制室的电源可能来不及了。"

聂雍脱口而出："你那些水母人到底藏在哪里？"影子说："在实验室底下，往前走两百米右转有个电梯，地下三层是总控制室，要到实验室要从总控制室另一边的电梯上到一层，那边和这边没有路直接相通。"聂雍破口大骂："去你的！搞得像地下迷宫一样，有什么用？专门用来调戏你爷爷的？！"他端起冷光枪对着前面的尸虫连开三枪，尸虫瞬间冻僵，有些地方开始龟裂，也不知道死没死。大家快步从那只缠着一堆骷髅的尸虫身边跑过，冲向了电梯的位置。

聂雍跑得急，影子跟着他飘，倒是悠闲，居然还不紧不慢地解释："当时的设计，是为了隔绝潘多拉深渊里的失败品外逃，保证实验室工作人员的安全。"聂雍气极反笑："你们把怪物藏在屁股底下，还有脸皮说'安全'？"影子沉默了。

就在这时，电梯已经在眼前，那是一间四面蓝光的电梯，并没有墙壁，只有幽蓝的光线交织成电梯的形状。聂雍看得呆了一呆，黄桑已经一头冲了进去，原来这种光电梯根本不需要开门，但也不知道为什么竟然不会摔下去。他小心地跟着走了进去，周梓磬很不耐烦地推着他："快点快点！"影子这次却不解释，仍然沉默。

进入电梯的时候，那蓝光就像不存在一样，仿佛只是纯粹的光线。聂雍好奇地用手指摸了摸后面的"墙壁"，感觉到一股很大的力量将他反推回来，它果然是安全的。周梓磬看到他偷偷摸摸的举动，"呵"了一声，低声说："无知的老男人。"

这时候电梯上升到了二层，在那一片蓝光中缓缓浮现出一个红色的阿拉伯数字"2"，聂雍还没感慨完新科技的神奇，突然有个人穿过电梯"门"的那道蓝光，堂而皇之地走了进来。

一瞬间所有人都呆了——进来的是一个衣着笔挺，军靴锃亮的军人，胸口佩着三朵金星。那衣服那款式聂雍也不认识，但看这气势这家伙应当也不是什么寻常货色，就是不知道是不是地板底下的水母人变异的？

"是人是鬼？"聂雍提起冷光枪对准了这个突然闯进电梯的军人。但身边的黄桑和周梓磬同时惊呼出声："沈苍？"

"这家伙是谁？难道不是水母人？"聂雍扭头问影子。影子淡淡地说："沈苍，联盟国家战队队长，在亚洲区代表Z国，很杰出的军人。"聂雍干笑了两声："现在世界是什么样的？原来国家还存在啊，我还以为世界只剩联盟和帝国之类的……"

"国家一直都存在，和一百年前差不多。"影子也没觉得有多诧异，仍旧淡淡地说，"只是因为第三次世界大战以后，核爆和生化武器的污染，导致世界出现了很多变异物种，需要联合各国军队去处理。联盟国家战队就是各国目前最高端特种军人的联合部队，因为处理变异物种和生化污染常常需要单兵深入，所以国家战队队员都有很强的能力，在各自的国家都拥有相当多的崇拜者。人民都以自己国家的军人能在联盟国家战队里有一席之地感到骄傲。"

聂雍笑了一声，看了那位表情严肃，算得上英俊的年轻军人一眼："原来是军界明星。你说他突然出现在这里，是来干什么的？不会是来抓我们的吧？"

"不可能，沈苍出马，说明外面一定出了大事。"影子和聂雍就在沈苍面前光明正大地讨论他，影子的语气从来没什么太大区别，"也许是从通风管道出去的东西已经被人发现，并且惊动了军方。"

"真的？"聂雍叹了口气，"如果是真的，那就真的太糟糕了。"他看着很沉得住气，一直站在那里，只用眼睛盯了自己几眼的沈苍，真心实意地问，"沈队长，你到这里来干什么？"

沈苍身上并没有配枪，手里握着一个散发着微光的手电筒模样的东西，他说："侦察。"

影子说："沈苍不爱说话，性格很孤僻。"聂雍嗤笑了一声，沈苍很孤僻你也知道？你也万能得太彻底了点。沈苍是言简意赅的真面瘫，影子是不做解说会死的伪面瘫，聂雍真心感慨这世界上正常人真不多。

"他手里拿的也是三维立体扫描器，大概是下来做先锋探地形的。"周梓磬悄声说。沈苍答了一句聂雍的问题，随即冷冷地说："封闭，谁？"影子和周梓磬异口同声地解释："他说'BUC公司已经封闭，你们是谁？'"聂雍看着对面年轻的军人背脊挺拔，表情严肃的样儿，干咳一声："影子！"

影子在他身边飘了飘，没有说话。沈苍的目光一下掠到那衣着奇怪的影子身上，骤然迸射出刀锋般的光芒。聂雍被他的眼神惊了下，那就像个水晶灯突然通电了一样，这家伙难道认识影子？但沈苍并没有开口说话，要他说话好像要他的命一样，而影子却开始说话了。

影子把聂雍从营养仓里苏醒到他们穿过潘多拉深渊到达这里的过程说得非常详细，语调平稳，流畅得像科普节目的旁白。周梓磬也是刚才听说聂雍的来历，这才恍然大悟这大叔一副乡巴佬的模样，原来真的是一百多年前的老古董。

沈苍听完了点头："怪物，白璧，BUC。"

这次周梓磐就听不懂了，影子继续解释："他说'有怪物袭击白璧，调查后怀疑怪物来自BUC，所以他下来侦察情况。'"聂雍佩服地看着影子，这要有多彪悍的想象力才能把沈苍那句话翻译成这样子？看沈苍那眼神，这两人多半认识，但他们既然不说，里面内情说不定很复杂，他也懒得知道。

"白璧是……"影子本来要解释"白璧是联盟国家战队的总理事，是沈苍的上级"，但聂雍打断他："是一个人，我知道他是一个人不是石头。"白璧是什么人和他有什么关系？所以他也懒得知道白璧具体是什么人。

影子似乎是错愕了一下，但随即闭了嘴。聂雍知道他一闭嘴就会好一会儿不说话，除非换个话题，所以也不理他，乐呵呵地看着沈苍："沈队长，你是下来探路的吧？你是什么时候下来的？路上有遇到什么稀奇古怪的动物吗？"

沈苍那刀锋似的目光还在影子身上，嘴里却回答得铿锵有力："没有。"

没有？他从藏着水母人的区域走过来，居然什么都没有遇到？聂雍心里咆哮着——狗屎运啊！

"只有你一个人下来？你那什么战队的其他人呢？"

沈苍神色淡然地看着他，紧闭着嘴拒绝回答，好像当他是个白痴一样。周梓磐忍不住开口解释："国家战队行动一般都是一个人，通常他们一个人就够了，除非是国家战争或者大规模大范围灾害……否则很少看见他们组队行动。"但他心里又嘀咕了一声——要沈苍亲自出马的情况也不多。

聂雍伸出手去很用力地拍了拍沈苍的肩膀："原来沈队长一个人抵得上一群大象，有队长在，一切妖魔鬼怪都是纸老虎。不过现在这里的情况你也明白，就算水母人可能已经逃出去了，总控制室的电源也还是要关的，这件大事就交给队长了。"他拍在沈苍肩上，手下的肌肉硬得像石头一样，暗赞不愧是练过的精英，心情越发愉悦，世上最美好的事莫过于见鬼的时候上帝派发了一个神棍给你，并且那神棍还是万能的。

沈苍站得笔直，聂雍的手在他肩上挥动，在他眼里就像一只苍蝇，毫无关注的必要。而在这个时候，站在旁边的周梓磐激动得全身发抖，突然大声说："沈……沈队长！能……能……"他紧张得声音发抖，沈苍侧过脸看了他一眼，他更是一句话也说不出来了。聂雍好心替他把话说出来："……能给我签个名吗？"周梓磬拼命点头，眼巴巴地看着沈苍，把自己的小衣服拉了一角出来，满脸期待地看着心中的英雄。

小屁孩的偶像也太多了吧？真博爱。聂雍耸了耸肩，却看见黄桑满头大汗，才发现原来他也很激动，只是硬生生忍住，把自己憋出一头汗来。

沈队长不但是国家英雄、民族精英，还是个全民偶像啊……聂雍感慨，就算是那个有很长一串头衔的"白痴芥蓝肥罗"也没有沈苍受待见，可见这是个拳头说话的年代。

在周梓磬恢复语言功能说了一堆废话之后，沈苍真的拿出笔来在他的衣服上签了名，他一眼也没看黄桑，但在他仅存的内裤上也签了名。黄桑非常激动，整张黑脸都红了。聂雍翻了翻白眼，这是要有多淡定的心才能在另一个男人的内裤上写字？

沈苍拿出来的那支"笔"一样的东西突然在他手心里闪了闪，发出了柔和的绿光。影子突然飘了过来，却被无形的力量拉住，靠近不了沈苍。聂雍打了个哈欠："影子，绿灯亮代表着什么？"

"生物反应。"影子说。

沈苍手里的"笔"突然射出几道荧光绿色的光线，在空中交织成一张简易地图，有一个显著的绿点正在不断地靠近这里，并且它行进的路线很奇怪。它是一会儿顺时针一会儿逆时针旋转着前进的，看起来就像在走廊里不断地扭动。荧光的色泽很亮，聂雍不知道这是不是代表那个生物能量很强大，但看起来就不像什么好东西。

"这条线代表的是什么地方？"周梓磬好奇地指着最中心的一条问，那光点正是在最中心的那条线上不断地转动前进。沈苍看了他一眼，不说话，影子说："就是这条路。"

周梓磬目瞪口呆，按照那东西旋转的方向和速度，应该已经很接近他们了，但谁也没有听见声音，谁也没有感觉到有任何东西正在接近。突然，聂雍和沈苍一起抬眼看向电梯入口——一只纤秀的手从电梯口探了进来——正和刚才在墙角遇见的一模一样，随即它好像感觉到了什么，快若闪电般收了回去。

"眼睛！"沈苍突然说了两个字。奈何聂雍完全没有懂，但他懂的是这个时候如果不冲出去，那东西就要像刚才那样突然不见了！就在沈苍"眼睛"两个字出口的瞬间，聂雍和沈苍一起冲出了蓝光电梯，只见一个东西在远处晃动，聂雍想也不想，从地上拾起一个东西就对着远处的背影扔了过去。

同时，一声微响，沈苍在冲刺的瞬间完成了握枪、拔枪、瞄准和射击的全过程。远处的东西摔倒了，不知道究竟是被聂雍砸到的还是被沈苍击倒的，总而言之，它扑到了地上，不动了。

沈苍看了聂雍一眼，目光冰冷如刀。聂雍觉得简直就像一把利刃从他的老脸上直接划过去，那利刃上还写着"要你多管闲事——弱者就该安分守己躲在背后"等等几个大字。聂雍摸了摸脸，其实沈苍有些时候也不是很难懂嘛……他对着他假惺惺地傻笑了一下，抢先向着远处地上的东西跑了过去。

跑过去以后，他才发现自己捡起来扔出去的东西是一块透明玻璃一样的碎片，那碎片扎在那个东西的背后，而沈苍的枪正正爆了那东西的头。

地上留下的是一具婀娜美妙的少女躯体，手指白皙，奈何没有头。聂雍咋舌，这就搞不清楚它到底是美少女或者是长着水母头少女身的怪物了，但看这个身体，真是令人想入非非。沈苍单膝跪地，聂雍差点以为他要亲吻这个"少女"的手背，却看见沈队长翻腕拔出匕首，一刀扎入"少女"的背后，直接将其开膛破肚了。

聂雍见过辣手摧花的，但没见过这样辣手摧花的，但匕首划破"少女"的后背，流出来的只是一些透明的体液，并没有鲜血，而这个"少女"的体内既没有骨骼，也没有血管，它像一层层淡粉色的胶质，区别只是颜色深浅和胶质的硬度而已。聂雍吹了声口哨，这东西要是能吃，少说也能炖出一百多斤的胶原蛋白，堪比燕窝、鱼翅啊！

"一样。"沈苍又说了一句。聂雍已经习惯这位全民偶像前言不搭后语，说话全像猜谜，只要当作没听见就对了，所以根本不理他。倒是影子插了一句："和袭击白璧的东西一样？"

"不一样。"沈苍说，"男的，女的。"

这下聂雍也懂了——地上的家伙是"女的"，而袭击国家战队老大那个叫白璧的家伙是"男的"。

可见从这里逃出去的水母人外形像人，也分男女，就是不知道性别和外形一致不一致。聂雍显然没什么文化，在他的印象中水母好像是没有性别的吧？海蜇皮能有什么性别？但其实水母是分性别的，这聂雍真不知道。

"星障人。"沈苍说。

影子静了一下说道："你们给它们起了名字？难道你们遇见的不止一个，它们已经形成了种群吗？"

沈苍不说话，那就是默认。

聂雍会意，显然在水母人袭击白璧之后，国家战队临时给这种东西起了个名字叫作"星障"，派遣了级别最高的队长前来调查怪物来自何方，可见联盟对它们的重视程度。

"有几个星障人袭击了你们？"聂雍问。他很奇怪——水母人看起来像是不太有思维逻辑的东西，怎么会懂得跑到国家战队总部去袭击一个高级军官？

"海水浴。"沈苍说，"香蕉。"

哈？这种高深的语言聂雍就听不懂了。影子及时接话："白璧去泡海水浴，在海边吃香蕉，所以被袭击了？"

沈苍点头。

聂雍无语望天，对国家战队的敬仰瞬间跌到负数——一个有语言障碍的队长，一个莫名其妙的总管，为什么这样的战队还能成为全民偶像？难道是因为他们的衣服很酷，穿起来看着很帅？他上下看了沈苍几眼，身材挺拔，一身军装看那质地不用说就知道是世界顶级的，的确是很有范儿。所以也许"国家战队"其实是一种国际名模一样的存在？能理解，这世界上谁都能有粉丝，想当年他在警校开课的时候，也总有几个死忠粉粉转黑专门和他过不去。

另一边的对话仍在继续，周梓磬插了进来："沈队长，难道水母……啊……星障人为什么要袭击正在吃香蕉的白总管？"

沈苍想了想，给了个答案："很甜？"

周梓磬呆了一呆，聂雍呛了口口水，沈苍看起来高冷，仿佛很酷，但也总是有问有答的，态度很严肃，并不是拒人于千里之外那种类型。

他只是从来不开玩笑。

他很严肃。

但他的答案和他的语句一样，都稍微诡异了那么一点。

聂雍严肃地认为，这是他小时候语文老师的责任！看，小时候不读书，不学好基础语文，长大后连造句都不会，只会蹦词儿，这是多大的残缺！沈苍的语文老师应该一个个排队引咎辞职……不，引咎自杀才对！

正在大家忙着和沈苍"聊天"，聂雍脑子里不断刷新吐槽的下限的时候，地上没有头的星障人陡然站了起来，一伸手就搂住了聂雍的腿。

"哇！"聂雍膝盖一抬，正要将它踢出去，突然听到"哒"的一声轻响，这次聂雍眼也不抬就知道抱着他大腿的那只可怜的玩意儿身上又有什么零件不见了。他斜眼一看，这次沈苍的子弹在它胸口打穿了一个大洞，但那又怎么样呢？它还是不死，不但不死，刚才被划开的伤口和被爆掉的头都在快速地愈合，要不了多久，大家或许就能看到这位美少女的真容了。

"别打，它不会死的。"影子说，"要是不小心打碎了就更糟了。"

"它会死。"聂雍屈起手指敲了敲沈苍的肩，"我觉得它就是个海蜇皮，如果切丝凉拌不行，我们可以发明一些新菜，烧烤海蜇皮、水煮海蜇皮、清炖海蜇皮什么的。"

影子对这些说法似乎有些陌生："什么？"

周梓磬更是好奇地看着他："什么叫作清炖？"

呃……这些人平时吃的都是些什么啊？难道他们不吃烧烤不吃水煮不吃清炖食物？聂雍抓了抓头皮："我的意思是说……它可能杀不死，却是可以煮熟的。"

"你是说——把它放进料理机吗？"周梓磬恍然大悟，"对哦，高温下它身上的蛋白质会凝固，熟透了它就死了。"

料理机？聂雍有些了解这些人平时都吃些什么了，说道："请问……在一百年前有一种叫'厨师'的重要行当，现在不知道还有没有？"聂雍小心翼翼地补充，"厨师就是那种专门做饭给别人吃的人。"

"现在想吃什么只要告诉料理机，料理机会在网上搜索菜谱，自动订购食材，按照预约的时间把食物做出来。"周梓磬说，"厨师是贵族才有的，我听说厨师能做料理机做不出来的菜色，但从来没有见过一个真的厨师呢！"

"你已经见到了。"聂雍一本正经地说，"料理机会做蛋炒饭吗？"

周梓磬瞪大眼睛："当然会。"

"酱辣椒蛋炒饭呢？"聂雍又问。

"呃……不会。"周梓磬皱着眉头，没有这个菜色啊。

"所以你已经见过一个真的厨师。"聂雍摸摸他的头。

周梓磬大吃一惊，失声叫了起来："你是一个厨师啊！"

这句话说出来人人惊呆，影子、黄桑和沈苍都看了过来，仿佛非常震惊。聂雍趾高气扬地回视他们，嘿，你们这些人有什么了不起的，高科技太高，就连厨师都没有见过！老子见多识广，这辈子不知道见过多少个厨师了！他从来没有想过有一天居然能以"见过很多厨师"而扬眉吐气，这世界真奇怪！

"厨师？"沈苍看着他。

老子会炒蛋炒饭，会做西红柿蛋汤，和只会用料理机的傻帽们比起来毫无疑问是厨师！聂雍懒洋洋地点了点头，丝毫没有察觉到沈苍眼底的热度。

"基地。"沈苍说。

聂雍照例当作没听见，反正听了也不懂，不耻下问太伤自尊。

"他问你……"影子沉默了一会儿，轻声说，"他问你要不要去国家战队基地。"

聂雍回过头来看着影子："什么？"

"厨师很稀缺，因为料理机太普及，能学会料理的人很少。"影子说，"想去学的人也很少，所以很多菜式都渐渐地失传了。你是一百年前的厨师，完全有资格去最好的地方。"

聂雍张口结舌，可是老子只会做蛋炒饭……最多放点酱辣椒……可总不能立刻改口说自己不是厨师吧？他眼睛突然一亮："去国家战队基地管饭不？发工资吗？"

"当然。"影子说，"厨师是联盟最高薪的行业，他们都很神秘。"

聂雍想了一会儿，严肃地对沈苍点点头："老子同意了，去基地。"

沈苍伸出手来。聂雍犹豫了一下，伸出手来和他握了半天，说："我知道以后都是同事，你也不用这么激动，我一定会想办法把你们的饭堂搞好，老子不是不负责任的人……"

沈苍不说话也不动，聂雍握着他的手上下摇动，终于感觉到沈苍手里有个小小的东西，拿过来一看，原来是一个U盘模样的蓝色水晶。聂雍收回手，敢情人家根本不是想和他握手。

"这是什么？"他问道。

"通行证。"沈苍手里的"笔"再次投射出光线，这次是幽蓝色的电光，电光在空中交织成网状，沈苍用它网住地上动弹不得的星障人，说道，"走。"

"等一下！"聂雍站着不动，"我还没谈条件呢！我答应去你们基地当厨师，条件是这两个人我要打包一起带走！"他指了指周梓磐和黄桑。

沈苍微微皱眉，他皱眉头就像冰川突然裂了条缝，看得人心惊胆战，很怕冰山突然雪崩，但他这次说了三个字："为什么？"

"他们在这里已经没有家了。"聂雍坦率地说，"外面怪物横行，是个隔离区，让他们出去就是让他们自生自灭，老子和他们同生共死，也算是朋友，怎么能眼看着自己的人在外流浪？一句话，你要带，三个一起带，你不带，老子就不去做厨师，要不要随便你。"

　　沈苍眸色深沉："威胁？"

　　"对！"聂雍很大方地承认，双手抱胸。

　　沈苍抿了抿嘴，声音低沉地说："考核。"

　　聂雍的脑筋还没转过来他在说什么，就听沈苍又补了一句："连你。"

　　他傻了眼——这意思是说要到国家战队做点后勤工作也要参加考核？考核不过大不了不让上岗就是了，可是联盟国家战队的考核是什么样的？

　　瞭了一眼周梓磐和黄桑，那两人都是一脸激动得快要昏死过去的样子，只有他一个人在偷偷地嘀咕——不会被考死吧？

ⓘ 九 脱困

偶遇了沈苍以后，要前往总控制室就容易多了，一路上果然没遇见几只怪物——聂雍终于明白沈苍说的"没有遇到怪物"是怎么样没有遇到了——是大老远看见一个黑影，或者是根本还没看见黑影，笔状的生物监测仪反馈是不明生物，他就开枪。以沈队长的枪法和那股辣手摧花的凶狠度，怪物长什么样子都还没看清楚就已经被消灭了，怪不得他什么都没遇上。

他们很顺利地靠近了总控制室的大门。

那是一扇蓝色的圆形大门，在聂雍看来有点像巨大的滚筒洗衣机盖，不知道是用什么材料制成的，坚硬光滑。这个地方是自动除尘机不能到达的地方，所以大门上积了一层厚厚的灰尘。

但也不只有灰尘，灰尘上还留着手印。

清晰的五指手印，接触过大门的手似乎修长匀称，手指的痕迹并不难看。但这清晰的五指掌纹并不是留在门把手的位置——如果说那圆形的大门有把手的话。而是留在最接近天花板的地方。

那感觉就像有一个人从天花板爬过来，特地在这扇"滚筒洗衣机盖"上留下一个掌纹，然后就走了。

周梓磬抢先给掌纹拍了照，沈苍用立体扫描仪扫了一遍，只有黄桑对着那掌纹和指纹看了半天："这是人的手印吗？"

周梓磬在自己的相机里调出照片放大来看，问："怎么了？"

"这手指怎么这么瘦？"黄桑一巴掌拍了上去，在大门上印了一个印子——他的手比天花板边那个大了不止一圈，最主要的是他的掌纹有清晰的纹路印记，天花板上那个也有，但是不一样。

天花板上那个手印非常瘦，指纹和掌纹非常少。周梓磬很自觉地在门上也印了一个——他的手印小，但也不瘦，天花板那个比他的手印大多了。

"饿殍。"聂雍一本正经地说。果然周梓磬听不懂，茫然地问："那是什么？"聂雍借机摸摸他的头："小朋友不读书就是没文化，话说在很久很久以前，有一个皇帝是个变态，特别喜欢饿得皮包骨头的人，所以他的手下为了讨他喜欢，个个都把自己饿得很瘦，就叫作……"他还没说完，影子突然说："饿殍就是饿死的人。"

聂雍连连摇头："不对，不对，是饿得快死的，不是饿死的！"周梓磬快速查了下资料，很同情地看着聂雍："老男人，小时候不读书就是没文化，饿殍就是饿死的人。你说的那个故事我知道，'楚王好细腰，宫中多饿死'，意思是姓楚的那个皇帝喜欢瘦子，他宫里的美女都饿死了！"聂雍说："不对不对，那句话的意思是楚王喜欢瘦子，他宫里的美女都饿成皮包骨头！还没死吧？"周梓磬说："死了！"聂雍说："没死！"

"闭嘴！"沈苍冷冷地说。

周梓磬和聂雍一起乖觉地闭嘴，影子根本不参与周梓磬和聂雍这种无聊的争辩，等到两个无知者终于安静下来了，他才开口道："这扇门是虹膜锁，我没有退出的时候得到过授权，但一旦离开BUC，所有的权限也都解除了。"

也就是说他现在打不开这扇门，打不开就打不开，说一堆废话有什么用？聂雍翻了个白眼，看向全民偶像。只见冰山全民偶像拔出枪对着门打了一圈，"砰砰砰"一阵乱响，聂雍终于看清楚了他的那支枪。

那是一支看起来像表层包裹着皮革的枪，具体是什么质地不知道，深咖啡色皮革带金属扣件，看起来酷得很。这种牛叉至极的枪射出来的必然是牛叉至极的子弹，所以眼前这扇看似牢不可破的大门就在沈苍的一梭子弹打击下报废了。聂雍悻悻地看着那扇大门，那子弹射过去直接洞穿，大门的质地显然也不是盖的，洞穿后只留下一个小洞，并不产生爆炸后的冲击撕裂口，沈苍硬生生打了一圈，那圆形的大门在粉尘中缓缓向里倒下，露出了一片漆黑的内里。

黄桑和周梓磬吓了一跳，沈苍的动作太快，只听一阵乱响，门就突然倒了。影子看不见脸，聂雍却知道他一点也不意外。沈苍收枪的动作太快，聂雍没看清他把枪收到哪里去了，总之沈苍腰上没有枪套。

一点白光亮起，沈苍手上那支"笔"又有了新用途，变成了手电筒。光线射入，总控制室里隐约有了轮廓，聂雍跟在沈苍后面，沈苍行进的速度并不快，他很谨慎。

总控制室很大，但并不像聂雍想象的那样光怪陆离，里面有几个书架模样的东西，几张桌子，和聂雍以前坐的办公室差不多。在控制室中心有一片很大的空地，地板是透明的，可以清晰地看到下面的东西。

聂雍咋舌，BUC 的头儿爱好真重口味，这块透明的地板下面是一个巨大的水槽，水槽里充满了他刚醒来的时候泡着的那种淡蓝色液体，如果没亲自泡过，看起来还挺漂亮。但聂雍看了只觉得一阵恶心，尤其水槽里还层层叠叠堆满了一具具尸体一样的东西，要多恶心就有多恶心。

影子飘到了透明板上面，聂雍口袋里的那个小红球的震动加快了，隐隐约约弥散出一片红光，仿佛在观察下面的水槽。周梓磬也过来看了一眼，看了一眼以后大叫一声，逃之夭夭："死……死人！好多死人！"

"不是死人。"聂雍眯着眼多看了一眼，"是水……星障人，你看它们在水里都活着呢，都有气泡儿。"周梓磬扭头："我不要看！"黄桑也过来看了一眼，脸色黑了黑，又转到墙角去了。

"他们果然进行了下一步研究。"影子说，"他们灌进了营养液，星障人在这样的环境里不会死。"沈苍冷冷地看着水槽里一堆尸体似的怪物说道："瞬燃？"

"沈队长要用瞬燃弹把整个水槽炸平，退开二十米。"影子说，"瞬燃弹绝对有效范围十米，二十米外安全。"黄桑和周梓磬直接退到了墙边，只有聂雍刚好退了二十米，还对着沈苍喊："队长！地下那个水槽不止十米，你炸不平的！"

沈苍充耳不闻，只见他拔枪站到了透明地板上面。

影子适时说："三十八个。"沈苍立刻给了地板一枪。他那把枪果然是个外挂，打什么穿什么，显然也不必顾忌会在任何材料上反弹，透明地板应声而穿。接着聂雍就看见沈苍像下种子似的在枪击的小孔里扔下两三个黄豆似的小东西，紧接着，英明神武的沈队长居然就踏着那块透明板不动——就站在那里！聂雍目瞪口呆，不是说那东西绝对有效范围十米吗？难道沈苍不是活人，是机器人？

瞬燃弹扔下，只听"砰"的一声巨响，透明地板下一片熊熊火海，烧得下面的"人体"面目全非。不知道BUC的老大做了什么手脚，下面的星障人并没死，也没有挣扎。显然水槽里氧气非常充足，火焰焰色明黄，没有一点蓝色，甚至也没有什么黑烟，这么猛烈的大火却一点也穿不过那层透明地板，全在地板下盘旋扭曲，映得站在上面的沈苍无比高大，仿佛天降神兵一样。

聂雍傻眼了，黄桑和周梓磬也傻眼了。沈苍站在上面目不转睛地看着底下的烈焰。影子过了好一会儿才开口："总控制室的地面板材是特质材料能够防火，除了沈队长的配枪'未亡'之外，只有专门的溶解材料能够切割。"

为王？枪起个这么牛气的名字？聂雍心想，等老子弄把枪起个名字叫"称霸"，又称"你爸"。这么一想，他自己乐了，也就不觉得沈苍那鸟瞰众生的架势刺眼了。

还没等黄桑和周梓磬从沈队长顶天立地的架势中惊醒过来，沈苍一抖手，一连串子弹在地板上打了个窟窿，说道："数数。"

他居然是看着聂雍说的，聂雍的傻眼又继续了——啥意思？

"数数。"见聂雍没理解，沈苍又说了一遍。他手里的枪还没收回来，仍然保持着持枪戒备的姿势。

敢……敢情沈队长的意思是叫他跳进去数一数下面的死尸够不够三十八个？聂雍倒吸一口凉气，去你的！老子好像只是你国家战队未入职的"厨师"而已，还要经过"考核"才算数的！凭什么做这么重口味的活儿！但左看影子只是个幻影，右看黄桑和周梓磐吓傻眼还没回过神来，聂雍捶捶肩，叹了口气，只好从那个开口处跳了下去。

话说瞬燃弹真是个好东西，那么黄豆大的三两个下来，下面这一片蓝色液体都烧得干干净净，并且热度退散得极快，不知道"小黄豆"里包含了什么别的物质，能够在燃烧后瞬间吸收这么多热量，是水吗？可是地上没有水，也没有水蒸气。

满地都是被烧得面目全非的死尸，虽然说它们是什么"星障人"，表面上看起来和普通人一样，但烧熟了还真是有所区别的。聂雍做足了心理建设跳下来，跳下来一看，出乎他的意料——星障人被烤熟了以后不像普通人那样变成猪排，而更像是烤鱿鱼，肌肉变得雪白，就像煮熟了的鸡蛋一样。

大概是因为它们的内部结构几乎都是黏液和胶质的关系吧？聂雍在地上摸索一个个"烤鱿鱼"，沈苍在上头冷冷地说："扔上来！"聂雍头也不抬，一伸手："刀！"

"啪"的一声，上面扔下来一把刀，明晃晃地插在地上。聂雍拔起来一看，好家伙！刀刃是透明的，就像水晶一样，刀把是白瓷的，看起来像一把切月饼的塑料刀啊！但沈队长身上带的绝对都是外挂级的利器，从上面扔下来直接插进地板都不带晃一下的。聂雍拔起来顺手往一具"烤鱿鱼"上一划，就像切豆腐一样，顺利地把头切下来了。

烤煳了的头也实在恐怖，聂雍闭着眼睛表演割喉，切下来了往上一扔，心想国家战队有什么了不起的？全身都开外挂，那是被钱堆出来的牛气，有钱的牛气不是真牛气，他倒很想看看沈苍把全身武器装备都丢光，赤手空拳和他打一场，试试真功夫怎么样。

接下来的场景聂雍大概一辈子都不会忘记，在沈苍的"督促"之下，他居然在尸堆里被迫摸索了一个多小时，扔上去一堆头颅，并再三确认水槽里再没有新鲜尸体才被准许上来。接着他又被迫看沈苍逐一清点头颅，确认三十八个都已经被完全烤熟，没有复活的可能——国家战队的英雄干的活果然不简单，但是国家战队的苦力日子才不是人过的好不好？

黄桑和周梓磬为了逃避看那堆头颅，抢着把关闭电源、破坏电脑和程序的活儿都做了。当总控制室电源被确认关闭，备用电源随之启动，警示声开始响起："警告！警告！电源已关闭，系统遭到入侵，损坏程度达到百分之七十八，无法修复、无法修复……系统将于二十分钟后完全关闭，请区域内人员迅速撤离。警告！警告……"

"走！"沈苍收枪。大家紧跟着他，迅速从总控制室撤离。沈苍来的时候走了一条完全不同的路，但显然那条路比黄桑和聂雍走的都快捷有效，不过十五分钟他们就到达地面。聂雍看到出口处的地上放着一辆蓝色的好像摩托车样的东西，心想这难道就是现在的交通工具？可是沈队长一个人骑摩托车很酷，他还有三个累赘怎么办？却见沈苍在那台"摩托车"上按了几下，那台摩托车翼展变形，组合成一辆越野车形状的东西，坐四个人绰绰有余。

聂雍叹为观止——原来是变形金刚啊！四个人挤进那辆"变形金刚"，沈苍在操作室控制板上画了几条线，聂雍斜眼看过去认为他是在设定路径，果然那辆车就开始自动驾驶起来了。周梓磬激动兴奋得不行："沈队长！这就是'蓝翼'吗？这就是上次在德克疯人院大出风头的那辆'蓝翼'啊！"

沈苍闭嘴不答，只有影子回答说："那不是疯人院，那是变异人院。"周梓磬显然不在乎到底是疯人院还是变异人院，在他心里那些早就不属于"人类"，只是在不停地炫耀他对"蓝翼"的了解——"蓝翼"可以变成三种形状，除了摩托车、跑车，还可以变形成快艇。"蓝翼"还携带着三种不同款式的弹头，可以实现致命打击，它还可以离开主人在电脑的控制下自行完成简单的任务。周梓磬滔滔不绝地说，黄桑不断纠正他话里夸张和胡说八道的部分，聂雍津津有味地听着，才知道原来黄桑也是如此八卦。他居然连沈苍这辆车上挂着两个车标、每个车标具体是哪一年因为什么原因挂上去的都知道，这种闷骚的粉丝才是最可怕的吧？聂雍遗憾地看着黄桑健硕的身材，这样的猛汉却长着一颗八婆的心，真是面若金刚，心比萝莉。

影子在车上沉默不语，聂雍认为这是因为关于"蓝翼"的猛料已经被周梓磬和黄桑讨论完了，让这个"解说控"没了开口的机会。为了哄他开心，聂雍主动开口："影子，国家战队基地是个什么样的地方？"

影子飘浮在他身边，仿佛坐在那里一样，但聂雍好心找了个话题满足他的解说欲，他却像没听见一样，静静地悬浮在那里，一点反应也没有。

沈苍听见了聂雍的问题，但他自然是不会回答的，"蓝翼"的速度很快飙了起来，闪电一样直奔远方。

不知有多远的远方，那里有国家战队的基地。

那是传说中的光芒闪耀的地方。

第二篇 · 幽海深澜

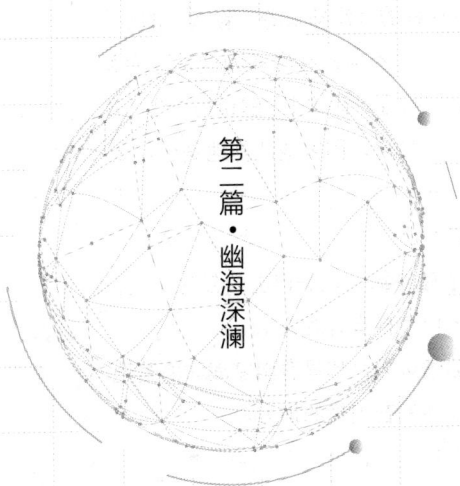

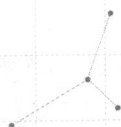

◎ 十 基地

　　2124 年，地球正在经历着巨大的变化。第三次世界大战导致的核危机引发了大范围的生物变异，国家和地区之间的交战频繁。许多地方因为生物或武器的原因被划为禁区，禁区内的人们生活得异常艰难。为了对抗异化生物，重新控制禁区，国际社会形成了国家联盟，共同应对危机。而最能体现国家联盟作用的，就是各国共同组建的国家战队，战队里包含了世界各国最优秀的单兵战士，执行对最危险地区的突破、侦察和救援任务。

　　当然，因为国家战队的巨大作用和号召力，国家战队基地在世界各国人民心中是一个圣殿一样的地方，就如他们私底下称呼国家战队什么"圣堂骑士"之类的名称一样。

　　一个人正在接近"圣殿"，他叫聂雍，是 BUC 生物医药公司冷冻仓里成功苏醒的唯一一个冷冻人。他被冷冻的时间是 2013 年，和他同批次的冷冻人都因为 BUC 公司被强行关闭废弃而死亡了。这个死而复生的幸运儿，或者我们应该称呼他为幸运大叔，因为他自称是个"厨师"而受到国家战队的邀请，加入国家战队后勤部门。

　　因为在 2124 年，自动料理机的广泛普及使"厨师"成为冷门行业，拥有高超技艺的厨师们被贵族长期垄断，即使是国家战队也难以寻觅一个真正有技艺的厨师。聂雍生活的时代是一百多年前，一个一百多年前的拥有高超技艺的"厨师"自然是有资格进入国家战队基地的，这个无论是谁都深信不疑。

但正在接近基地的这个人心里正在犯嘀咕，他不知道这个时代真正的"厨师"到底会做些什么菜能成为贵族的"宠儿"，最大的问题是除了蛋炒饭他也不会做什么菜啊……厨师什么的，真的只是随口说说，谁让沈队长就这么信了呢？

"蓝翼"飞驰而过，聂雍刚刚看见远处似乎有什么建筑物，那建筑物刹那就到了眼前，这速度要是失控，绝对粉身碎骨了。但这么加速到极限又减速，车上的人都没什么太大的感觉，可见"蓝翼"的技术水平的确是非同寻常。

沈苍下了车，聂雍立刻跟着他跳了下去。开玩笑，要是这冰山突然把"蓝翼"收了，他岂不是要被夹死？显然周梓磐和黄桑也是这种想法，齐刷刷地下了车，三个人齐刷刷地仰着头看眼前的"国家战队基地"。

这是一片空地，在"蓝翼"停靠地的正对面有一堵五六米高的墙体，墙体上用水晶样的材料钉着几个大字"B基地"。

B基地？也就是说还有"A基地""C基地"……

国家战队究竟有多少人啊？聂雍挠了挠头皮，眼前这堵墙不高，也不太长，仿佛就是专门为了放这几个字而做的，纯粹是一堵单墙，四面八方都没有楼——那基地在哪里？

"基地在哪里？"周梓磐已经脱口问了出来。

沈苍说："下面。"

聂雍脖子上挂着沈苍给他的那个像U盘的蓝色水晶状物体，突然那个蓝色物体闪了闪，地面突然缓缓抬升。聂雍急忙从上升的地面上跳开，只见少说也有近千平方米的"沙地"慢慢抬起，一直到与地面形成一个四十五度的夹角，露出地下阴森黑暗的一张大口。

要搞特殊化有必要这么劳民伤财吗？弄一扇一千平方米的大门？每次

进出都要这样开？聂雍心里在奔涌着咆哮，脸上装作很淡定的模样，倒是周梓磬和黄桑对着那扇伪装成沙地的大门看得如痴如醉，崇拜得只差跪下去了。

基地的入口光线并不强烈，只听到"嗖"的一声风声，无人驾驶的"蓝翼"已经自行冲进入口。沈苍站在一边，显然是特意带路。聂雍摸了摸鼻子，跟在沈苍后面慢慢走了下去。

沿着"门口"往下是一排非常普通的台阶，聂雍走得很谨慎，很怕下面突然又冒出来什么新科技，但什么也没有也让他很失望。下了五六十级台阶，前方才有橘黄色的暖光照来，前方是一条通道，标示为B101。沈苍默不作声，带着几个人走入通道，通道左右都是房间，里面隐约看得到人影在忙碌，很快左右又出现新的通道，标示为B201和B301，显然每条通道都有个数字，B后面的数字代表的是通道，而0后面的数字代表着房号。

这倒是简单易懂。

但当沈苍把他们带到一个标记为B31490581的房间里时，周梓磬和黄桑的眼睛里只剩蚊香了。B基地实在太大，里面的道路四通八达跟蜘蛛网一样，房间密密麻麻，最可怕的是所有的通道和房间风格、颜色都一模一样，和迷宫也没有什么区别，没有强大的方向感和记忆力根本不可能在这里找到方位。

B31490581是一个集体宿舍，房间很大，少说也有五六十平方米，四个角落里放着四张床，床边放着简单普通的桌柜组合，这倒没有太多可疑的地方。沈苍指了指B31490581b——那是房间里最靠近门的那个床位，眼睛看着聂雍："你。"

聂雍翻了翻白眼，那就是他寄人篱下的地方了——这个时候他还不知道"B31490581b"不仅是个床号，还是他在基地的代号，如果他知道一定会强烈要求换一个，这个号怎么看都有点"2b"的嫌疑。

黄桑被指派在B31490581a，那是最靠墙角的位置，周梓磬是B31490581c，住聂雍的对面。

三个人都安顿下来以后，沈苍宣布"跑步"。

然后他就走了。

被留在屋里的三个人面面相觑。

"跑步？"聂雍问，"什么跑步？现在要去跑步？还是基地考核要考跑步？跑多远？在哪儿跑？"他倒是不怕"跑步"，但身为一个组织者不能就这么扔下重点不给细节就走掉了啊！

最会幻想的周梓磬茫然，黄桑当然更不知道。这个时候一路沉默的影子突然复活了，他说："基地考核有十二项内容，第一项是体能。你们已经知道通道排列的规律，就应该迅速熟悉地形，找到训练中心，体能考核的第一个项目是长跑，也不远，完成长跑四十公里就可以。"

"四十公里？"周梓磬怪叫一声，"人为什么要用脚跑四十公里？不是有蓝翼吗？"

浑身都是肌肉的黄桑也皱着眉头，跑步不是他的强项，他问："有限时间吗？"

"没有。"影子沉默了一会儿说，"就是在基地里面跑。"

聂雍警觉地看着那个面目不清的影子："什么叫就是在基地里面跑？"

影子飘动了一下，指了指着四通八达的通道，说道："B基地有四千八百九十二条通道，有的长有的短，从B48920599到B101之间最短的距离是四十公里，要求也不高，三个小时内完成算合格。当然，也可以绕路，只要在三个小时内从B48920599跑到B101，并得到所有必经点的考核人的盖章就可以。"

周梓磬张大了嘴巴，黄桑整张脸都绿了，只有聂雍还在继续询问："哈？也就是说我们有十二项内容，第一项是体能，体能这项下面不知道还有多少个考点，其中第一个考点是考跑步，而考跑步的内容——就是从这该死的迷宫最后一个房间跑到第一个房间，并且途中必须找到所有考官并且得到盖章？"

影子这次反应很快，他说："对。"

"老子不考了！"聂雍的反应更迅速，"老子又不是基地笼子里的老鼠，吃了点渣就要表演跑圈给大爷看，不干！"

影子似乎很吃惊，因为从来没人拒绝过国家战队基地的考核。

周梓磐都要哭了，他没听过这样坑爹的考核，可这里是国家战队基地，是他梦想中的地方，他不想离开。黄桑一张脸绿了又红，红了又绿。

影子问："你是不是有话要说？"

黄桑说："我想试试。"

周梓磐慌忙说："我也想试试。"

聂雍用看两条大便的眼光看着他们，看得周梓磐直往黄桑身后躲，黄桑低沉浑厚的声音响起："虽然很难，但我们可以试试。你……就算你不想留在这里，也可以帮帮我们。"

聂雍往床上一躺，捞起个枕头盖在自己脸上，就当作什么也没听见。

ⓘ 十一 关于萝卜

聂雍在国家战队 B 基地的生活比想象中的简单很多。周梓馨和黄桑迫不及待地出去熟悉地形，研究怎么从最后一个房间快速跑到第一个房间——首先他们必须找到传说中的那个 B48920599 房间，但目前都还没有找到。而聂雍每天就躺在屋里看看全息电视剧，效果就像眼前看着大活人，而他已经被告知电视剧里所有貌美如花的演员都是电脑合成的效果，根本不需要活人去演，所以看得索然无味。

果然有些东西不能替代，虽然电视剧剧情比他看过的精彩多了，"演员"的身材和私生活都无可挑剔，但看起来就是没有任何感觉。聂雍自嘲，他只是个一百年前的老人，有些新事物没办法接受。沈苍没有说什么时候考试，更没有带他去"厨房"或要求他试做一些菜肴以证明"厨师"的水平和能力，聂雍提心吊胆了几天，很快悠闲起来学会了打全息游戏，乐不思蜀。奇怪的是，他进入全息游戏之后，影子还是跟着他，"解说控"说大概是因为他的全息影像本来就来自全息游戏，所以可以兼容，这直接导致聂雍把那颗小红球关掉——他可不想在游戏里泡美女的时候身后还跟着一个自带解说技能的背后灵。

就在他错觉这种疑似被包养的生活可以过挺长时间的时候，有一天

B31490581 房间墙角一盏灯突然亮了起来。那是一盏蓝灯，颜色非常古怪，亮起来能将整个房间照成莹蓝色，宛如海洋。随即蓝灯闪烁，警报声响了起来："B221401a，B221401b，准备室报到。"

聂雍皱着眉头，间隔几秒钟后，警报声变成了"B221401a，准备室报到。B221401a，准备室报到……"显然那个"b"已经到了，而那个不守纪律的"a"还没到。这是什么国家战队？一点组织纪律性都没有。他在屋里被响声吵得头疼，顺手从桌上抄了个水杯，打算到供水处去打一点咖啡喝。

在基地里到处都是供水处和料理机，供水处供应各种款式的咖啡、饮料、牛奶和水，料理机提供菜肴。但聂雍不得不说料理机做出来的食物的确不怎么样，尤其是它的原料不怎么样——你能指望用一些维生素片、人工合成脂肪、人工合成蛋白质之类的材料弄出来的食物口味能好到哪里去呢？听说蔬菜和生肉都很昂贵，因为大部分农场和菜地被毁坏污染了，现在蔬菜和猪都生长在隔离室里。

珍贵的食材不可能供给 B 基地上千人食用，所以一视同仁都供给人造食材，至于珍贵得像熊猫一样的战队英雄吃什么，聂雍没看见，也想象不出来。

供水处机器按钮按下，咖啡却不出来。聂雍对着供水处示意图看了半天，慢吞吞地向着最近的另一个供水处走去。那个地方离他很近，就在 B31490500 旁边，他拿着杯子接了半杯咖啡，突然发现 B31490500 居然是一部散发着银光的电梯。

这种电梯他坐过！聂雍悠闲地走了进去，看见电梯里有一面是钢板，钢板上有几个泛着蓝光的圆形按钮，就和电梯按钮一样。他顺手去按了一下——然后他就醒悟了——他错了！

在 BUC 公司地下坐的那部电梯是没有按钮的！

那这个有按钮的是什么？

也就在他按下去的瞬间，"电梯"有钢板的那面伸出一个喷头，一种黄色液体瞬间喷了聂雍一身。在他还没来得及反应的时候，几只机械手伸出来，"当当当"好几样东西扣在了他的手腕、脚腕和腰间，随即"电梯"里传来毫无感情的机械音："B221401a，到位。"

"喂——"

正当聂雍晕头转向的时候，"电梯"外隐约有人喊了一声："我刚刷了机位卡，谁进去了……"

只听"砰"的一声巨响，聂雍觉得自己足下踩的是崩裂的大地，头上顶的是碎裂的星云，空间破碎、火蛇狂舞，四面八方就没个可以稳住的地方——有什么东西升上来了！

并且是带着他一起升上去！

错了！

是带着他一起冲上去……

巨响过后，气流急剧掠过聂雍的耳朵，震得他四肢发麻，全身毛细血管末梢破裂，整张脸青紫。他不知道"电梯"怎么了，但显然是自己飞起来了，并且是以极其惊人的速度往上弹射——B基地不是有屋顶吗？会不会撞死？聂雍神情呆滞地看着发生在自己身上的一切——个透明罩子缓缓罩住了他，罩子里附带的面罩轻柔地贴上了他的面颊。

清新的空气沁入肺里，聂雍长长地吸了一口气，缓缓睁开眼睛。

巨响过后，眼前是蓝天白云。

他低头看着自己——身上有一层硅胶模样的鲜黄色软膜，就像一层弹性极好的紧身衣，手腕上、脚腕上和腰上都扣着一圈不锈钢模样的金属圈，金属圈上闪烁着数字，不知道是什么意思。

一个透明度极高的椭圆形罩子罩住他，他正坐在一个完全贴合身体曲线的座位上，面前是一排虚拟屏幕，上面布满了绿色的圈圈、黄色的圈圈、大圈圈、小圈圈……以及简略气象图和洋流标志——底下是汪洋大海。

透过虚拟屏幕，前面是翻涌的云海和隙缝中的蓝天，重点是——云海是倾斜的！聂雍终于清醒过来，他在飞！并且还在向上飞！

原来这是一架飞机啊！

可悲催的是他根本不会驾驶飞机啊！

天啊！

"B221401a，你已失去方向，任务点在 M97 点。"耳边突然响起声音。聂雍手忙脚乱地到处摸索，才发现声音来自面罩下面的一根线，忙回复："我不是 B221401a！"

联络器那头的人很困惑："你是谁？"

"老子是你们的厨师！"聂雍运一口气，气壮山河地吼着，"老子不会开飞机！"

"天啊！"联络器那头的人惊呼了一声，"基地竟然有厨师了？天啊！我要吃猪肉！我要吃三块烤猪肉！还要吃洋葱！"

这些都不是重点好不好！聂雍怒吼："老子不会开飞机！这飞机能跳伞吗？"

"……白菜，还有白菜！我没见过萝卜，你见过吗？"

"老子不会开飞机！"

"哦，你按一下屏幕上自动返航的按钮就好。对啦，联盟什么时候分配给我们一个厨师了？我怎么没听说过？你见过萝卜吗？萝卜真的是红色的吗？……"

这绝对是 B 基地最啰唆，思维最跳跃的一个！聂雍咬牙切齿地按了屏幕上画着向左箭头的按钮——使用互动电视的人都知道，那代表"返回"。

透明罩子亮了亮，突然间急剧转变为银色，隔断所有光线，飞行物突然改变了飞行方向，往下加速疾飞。聂雍只听到耳边一声惊叫："哦不！你按了自动追踪目标……"

几秒钟后——"砰"的一声巨响，聂雍的飞机掉进了海里。

◯ 十二 紧急任务

"我们现在有一个 A+ 级紧急任务。"下午三点钟，国家战队 B 基地战略组组长秦真略表情严肃地主持召开了一次小范围会议。

参加的有沈苍、来自美洲的黑人队员威尔逊、还有祖籍 F 国的 E 国队员叶甫根尼，众人一字排开站在秦真略面前。

"下午基地接到清理海上旧石油平台的任务，系统自动选择 B221401a 和 B221401b 两位机动组队员出任务，配给战机是 P99L 幻形。"秦真略说，"但程序上出了点问题，其中一架 P99L 的驾驶员不是 B221401a，而是聂雍。"

他看了沈苍一眼，沈苍面无表情，和显得很放松的威尔逊，以及贵公子一般的叶甫根尼一样没什么反应。秦真略说："聂雍不会操作战机，P99L 使用短途跳跃之后被误启自动追踪系统，在 M97 海域坠海。"

"B221401b 呢？"威尔逊听得很认真，他一摊手，要弄清所有的事。

"M97 海域没有降落平台，B221401b 安全返航。"秦真略说。

"我们出动了两架战机，本来应该是去炸平一些陈旧的石油平台，结果 P99L 的自动追踪系统把它自己引到了石油平台上，它们相撞，所以 P99L 坠海了？"威尔逊抱胸问道。

秦真略微微一顿："不，不是。聂雍坠海的地方没有石油平台。"

"如果没有，自动追踪器追踪到了什么？"叶甫根尼微微挑起眼睛，慢悠悠地问。

　　秦真略顿了一顿，说："那下面有沉没的核动力潜艇。"

　　沈苍的目光犀利得像刀，直勾勾盯在秦真略脸上。秦真略又说："潜艇上有三枚核鱼雷，四枚 SS-N-5 导弹，每个导弹都装备了百万吨级的核弹头，沉在四千八百米深处。按照设计程序，P99L 幻形应当首先识别驾驶员是否具有驾驶资格，其后启动，但编号 A09 的这架幻形没有，并且它设定的自动追踪目标是 M97 海域旁边一艘沉没了快一百五十年的核潜艇。这意味着什么，你们都很清楚。"

　　有能力改写 P99L 幻形程序的只有核心技术员，能下手的机会只有一次——那就是最近的一次战机检修。

　　"负责这架幻形的技术员已经招认，他出于个人原因修改了战机的程序，但目的不是让聂雍上飞机，而是他原来以为可以让飞机进入无人驾驶状态然后在核潜艇上方坠毁。"秦真略说，"因为他一直在密切关注这艘沉船，他认为沉船上的核弹已经到了即将爆发的阶段，一百多年的海水侵蚀会让保护核弹的抗压层发生破裂，引爆核弹。根据他的计算，一颗核弹在深海爆发的威力将超过八百吨，核弹中的钚将在海洋中扩散，辐射将杀死一切海洋生物。据说因为这件事他向上级写过二十三份报告，但都没有得到答复，所以他铤而走险，对编号 A09 幻形做了手脚。"

　　"所以我们的问题是我们因为某个具有上帝视角的好人丢失了一架战机，那战机上不幸还有个不会任何操作技能的市民，并且还有一艘快要爆炸或者已经爆炸了的古老潜艇需要处理？"威尔逊耸了耸肩，"天啊！你们真能搞事，所以说我讨厌亚洲人。"

　　"从某种角度来说我也是亚洲人。"叶甫根尼微笑，"你不能讨厌那艘潜艇，据说那是我的老祖先留下的。"

　　"得了吧叶甫根尼，所有和欧洲、亚洲有关的事都是你祖先留下的，天知道你的血统有多混乱。"威尔逊笑了起来，看了沈苍一眼，"沈，聂雍是谁？"

"厨师。"沈苍说话一向言简意赅，这次幸好没有让人感觉不知所云。

显然他的队友对听得懂的回答非常满意，威尔逊惊呼了起来："天啊！一个Z国厨师！我一定要救他！我想吃水饺！"

"我想吃梭子鱼烤土豆泥！"叶甫根尼也惊呼。

如果聂雍在，一定会翻白眼。梭子鱼烤土豆泥根本不是Z国菜好不好？何况世界上可能会有"烤梭子鱼拌土豆泥"这种菜，但肯定没有"梭子鱼烤土豆泥"这种菜，土豆都成泥了还烤什么？吃渣吗？你要是说拍圆的？那叫土豆饼好不好？但沈苍显然是个不合格的Z国人，对传说中的"菜品"的了解，他和叶甫根尼也没啥区别，只是皱了皱眉头。

"最新情况是那架P99L幻形坠海以后并没有解体，还在持续发出信号，半个小时前它的信号来自核潜艇上方，也就是海平面以下三千五百多米，为什么会下沉得这么慢，我们推测是与战机体型和机翼有关。之后突然失去信号，乐观估计如果机体不解体，现在已经沉到了海底，而聂雍还有生存的可能性。"秦真略说，"退一步说即使机体解体，聂雍死亡，P99L幻形的残片也不能留在海底，基地必须收回。"

这款型号的战机虽然不是国家战队最新型最先进的机型，但凡是国家战队的制式装备，任何区域暴民团体、海盗、变异人集团、雇佣兵都非常感兴趣。残片一旦落入他们手中必定会对战队产生不良影响。沈苍三人也很明白状况，秦真略挥了挥手："没有拖延的时间，给你四个小时，带回战机和聂雍，解决那艘船。"

"是！"三人立正敬礼。

◎ 十三 海底漫游

聂雍完全不知道即将有人来拯救他。

事实上，在战机坠海的一瞬间，他以为自己死定了。

结果一阵惊天动地的巨响和摇晃之后，罩着他的防护壳又从银色变成了透明的，他就像蛋壳里的蛋黄一样沉进了海里，还被震得几乎散了架。战机下沉得非常慢，他从来就没弄明白自己莫名其妙坐上去的这架"飞机"到底是个什么形状，除了个透明的罩子他什么也没看见，没看见机翼也没看见发动机。但凭感觉，飞机是在极其缓慢地以螺旋的姿态下沉。

他想象不出来什么样形状的东西在水里能这样下沉，等他发呆结束才发现周围已经没有光了，外面是一片无边的黑暗。

渐渐地，有些细小的光点在近处闪烁，形状都是稀奇古怪的。聂雍不爱读书，自然不知道那是些会发光的浮游生物，只是觉得稀奇。看了一会儿，开始有大大小小的会发光的鱼游来游去，聂雍托腮看着，一律将这些奇形怪状的生物归于一百多年后高科技的产物。

就在他觉得自己没有在营养液里淹死然后变成尸虫的食物，却要在一架莫名其妙的战机里闷死然后葬身海底的时候，一个高度明亮的东西从机舱旁游过。

076

那是个很大的东西！

那是个人！

那个人还回头看了他一眼，然后无声地浮动身体，漂荡着在远处隐没。

聂雍整个人跳了起来！

星障人！

那个东西虽然是个人的模样，但是游动的时候眼部流散着幻光，就像雨夜的车灯一样，游出去老远那道彩光还在。并且它游的姿势很奇怪，它的颈部好像有几条裂纹，一张一合像鱼一样，水流推动它一涌一涌地前进，就像水母一样。

对，就像水母一样。

会发光，通体雪白，在水里轻柔地漂动着，躯体娇美，姿态婉转，宛如精灵。

如果不是精灵的咽喉开着几道割喉一样的鲜红的腮裂，不免会让人想到海的女儿那种长出双腿的人鱼。

聂雍趴在舱壁上看着远去的星障人，这东西居然出现在深海，可见它们早已逃逸并在海底繁殖了。怪不得白璧会在享受海水浴的时候被它袭击，话说听说这个叫白璧的大总管是个官二代与富二代的杂交体，人帅得犹如明星，说不定他就是被星障人误认为同类而袭击的？呃……说不定是要交配吧？聂雍为自己的幻想乐不可支，但没过多久他就乐不起来了。

他又看到了一个星障人。

战机以稳定的速度卜沉，不大摇晃，三百六十度的透明舱壁令聂雍视角很好，所以当第二个星障人游过来的时候他第一眼就看见了。

但那只是个序曲。

战机缓缓地接近了海底。

几千米的海底是一片惨白的沙地，生命稀少，战机缓缓着陆，聂雍感觉不到什么故障——只能说 B 基地的东西质量实在太好了。他也不想这战机要在几千米的高空以超音速飞行，甚至能进行短暂的空间跳跃，沉到几千米的海底抗压不坏又有什么奇怪？可见还是他自己不学无术。

第二个星障人就在这个时候从聂雍的右手边出现，它游得很慢，极慢极慢地像水母一样从聂雍眼前漂过去。

这个比第一个慢多了。

但就在聂雍刚刚吐槽完毕的时候，第三个星障人出现了。它也从聂雍的右手边出现，缓缓地漂向左手边。紧接着第四个、第五个……

正当聂雍傻眼的时候，海底涌起了一阵无声的白雾，聂雍没看清这巨大的雾里有什么。

他只看清了这用海底泥沙搅起的白雾的边缘……露出一些手臂、小腿、惨白的头颅……

那团巨大的像小山一样古怪的"白雾"缓缓地从他面前经过，聂雍终于看清了那是什么。

那是数不清的……交叠在一起的星障人，可能有上千个，它们肢体纠缠在一起，正在面无表情地用身体的任何部分为头，缓缓地前进——和刚才的单体一样的路线。

怎么会有这么多？聂雍感觉毛骨悚然。它们面无表情，因为行进缓慢，并且个体速度不一，经常会出现一个爬行在另一个身上的诡异画面。

一个爬在另一个身上，第三个再爬行在第二个身上，第四个跨行在第三个和第五个之间……所以它们形成了一座巨大的星障人山丘，集体往左边游动。

不断有残肢断臂从群体中漂离出来，那些和人类一模一样的指甲、手腕甚至头发……聂雍开始明白它们是怎么形成这么巨大的群体的了——它们适合这样。

在纠缠不清的躯体之间还夹杂着更加古怪的生物——其中有些东西明显不是人类的形状，有几条海鳗形状的惨白生物夹杂在群体中，它们有极长的躯体和尾巴，但它们生出了两条如人类一般的手臂，也在群体中游动。还有一些看起来像是巨型石斑鱼或者翻车鱼的体型，却生长着星障人一样的水母般透明的皮肤。

聂雍无声地看着那个惊人的群体从他面前爬过，显然它们并不在乎眼前的这个透明怪物。

它们在迁徙。

聂雍倒吸了一口凉气之后，终于想起他为什么会这么震惊和无助——他把小红球关了，所以他变成了一个低能儿，他居然把身后的军师扔了。他立马从口袋里摸出了那个红球，打开了它并发誓再也不关，影子果然没让他失望，闪烁了一下之后，清晰地出现在他眼前。

而机舱外发生的一切让影子久久沉默，一声不吭。

聂雍把小红球拿起来摇了摇："坏了？"他问，"外面那是什么？你怎么不说话？"

影子沉默了很久，一直到那巨大的群体过去，才说："那是星障人。"

"这不是废话吗？"聂雍没好气地问，"怎么会有这么多？它们在干什么？"

"我不知道……"影子的口气居然很茫然，"我不知道它们在干什么。"

"喂！不是你把它们研究出来的吗？研究出来要负责任的！"聂雍怪叫，"它们怎么会怎么多？它们会吃人吗？"

"它们不吃人。"影子说，"它们会寄生。"

果然！聂雍心里"咯噔"一声响，问道："寄生和吃人有什么区别？不就是一个慢慢吃一个大口吃而已，夹在中间的那些大鱼就是被它们寄生了的？"

"培养星障人的细胞会吞噬其他种类的细胞，并模仿被吞噬的细胞分裂。"影子回答，"理论上说，如果它们不排斥植物细胞，它们侵入并吞噬一个南瓜，就会形成一个具有南瓜外形的星障人。但无论外形有多么像，它们的本质仍然是一样的。"

所以这些东西就是这样形成的具有人类外表的躯体！聂雍猛然回头："你们……你们以前难道是用人类……"

影子的声音低沉："我们……只是在志愿者身上注射了少量细胞。"

"然后它们就在他们身上繁殖？"聂雍提高了嗓门，不可置信地看着影子，"然后它们慢慢地活吃了志愿者，形成了他们的外形，变成了不死怪物，然后你们就认为实验成功了？你们才是变态吃人的怪物！你的身体在哪里？老子要拿刀将你碎尸万段！不不不，老子要在你的身体里注射一点细胞，看你怎么慢慢变成怪物！"他对着影子拳打脚踢，奈何幻影就是幻影，影子纹丝不动。

突然，聂雍停了下来，他用奇怪的目光看着影子："你的身体呢？你怎么总是用这种形象说话？"

影子没有回答。

聂雍与他对视了很久——他自己这么以为的，然后感觉到了一种"悲伤"的气氛——然后他怪叫了一声："嘿！你不会把自己的身体捐出去做实验然后真的变成怪物了吧？那总控制室底下的水晶烤肉棺材里有没有你啊？"

影子似乎笑了笑，聂雍才想到如果那棺材里有他，影子早就死了，哪里还能在这里做事后诸葛亮？

"我的确把身体拿去做了实验。"影子淡淡地说。

聂雍惊骇地看着他："你的身体藏在哪里？"

影子却不回答，突然换了话题："我认为它们这么密集地迁徙，是因为那个方向发生了什么，令生物感觉到异常。"

"喂！你把身体藏在哪里？为什么BUC里没有你？"聂雍却不放过他，追问着，"为什么你还没死？难道星障人也和你一样有思维吗？你不会是星障人打入我们人类内部的奸细吧？"

"只有当细胞吞噬到脑部中枢神经人才会死亡。"影子说，"这个过程很漫长，大约需要两三年。"

聂雍顿觉毛骨悚然，也就是说影子作为"人类"最多只剩下两三年的寿命，而之后他将变成不死生物，但再也不是爱好解说的影子。

"你干吗要这样？为科学献身吗？"他忍不住问。

影子没有回答。

"只有一半身体变成怪物，大脑还清醒的人会怎么样？"聂雍安静了一会儿，声音低沉地问。

影子也没有回答，他沉默得比聂雍更久，然后淡淡地说："很不好。"

他欲盖弥彰的味道太浓，聂雍只好不再发问。就在这个时候，影子突然看到了战机屏幕上的海图："咦？"

"什么？"聂雍凑过去看地图，他什么也没看懂，屏幕上是密密麻麻的图标。

影子指着海图中一个长方形的小阴影说："那是一艘沉船。"

"哦……"聂雍不以为意，自从有船这种东西以来，人类天天在沉船，总有一天海底会铺满沉船，这有什么稀奇？

"那是一艘百年前的核潜艇。"影子说，"根据幻形给它划分的危险等级，它处于极度危险状态，它上面的核弹快要爆了。"

① 十四 不自救就死

　　沈苍三人驾驶海空两用飞机抵达 M97 海域上空的时候，海面非常平静。飞机先在海上着陆，然后变形为潜艇，沉入水中。

　　他们往核潜艇的位置快速下潜。沈苍驾驶的两用飞机屏幕上的搜索线不停地闪烁，同时运用各种射线和声波进行探测。

　　几乎是立刻，P99L 幻形出现在了他的屏幕上，它奇迹般几乎完好无损，沈苍给威尔逊发出指令，叫他立刻将 P99L 幻形拉出水面。威尔逊回了一个"简单"的手势，快速向战机前进。

　　奇怪的是，P99L 幻形舱体里并没有人。沈苍这架两用飞机上带有抗高压的密封材料，如果 P99L 幻形已经机毁人亡，他就会指挥威尔逊和叶甫根尼带走所有残片，他独自对即将爆发的核潜艇进行外部密封。在这种新材料内部，即使核弹爆炸，放射性物质"钚"也会被新材料隔离吸收，这将大大减少污染。

　　但幻形机舱里显示没人，幻形又没有损坏，那聂雍到哪里去了？

　　沈苍看着幻形和潜艇的相对位置，皱了皱眉头——海底有移动的痕迹，战机原来不是着陆在这个位置，是聂雍把它开了过来，看样子是他找到办法，钻到核潜艇里面去了。

那暂时就不能用密封材料将核潜艇封死，因为聂雍在里面。

"队长，潜艇中有生物反应。"叶甫根尼也发来信号，"不止一个。"

不止一个？难道潜艇中还有别人？沈苍启动了生物信号探测。

屏幕很快显示核潜艇的内部结构，这艘船沉没了近百年，但内部结构还很清晰，生物探测清楚地表明潜艇内存在六个生物反应点。

六个大型生物。

沈苍目不转睛地看着那些生物点，这其中只有一个可能是聂雍。

但其他的看起来有点眼熟。

有一个点正在缓缓地接近另一个点，从结构图看来，一个点位于另一个点的正上方，沈苍微眯起眼睛，这难道是在伏击？

果然，很快两个生物点纠缠在了一起。

"队长，我认为聂雍进入了核潜艇，他可能是发现了什么，但是太危险了，我们必须马上把他弄出来，然后封死这条船！"叶甫根尼的信号又响了。

"我。"沈苍说，想了想，他补了一句，"你武器库。"

叶甫根尼泪流满面。如果他不是跟了沈苍五年，淹死五次都不能明白沈苍是在说"我去找人，你从武器库的位置开始喷射密封材料"。但他是如此天才，经过五年的刻苦学习，他听懂了啊！他终于听懂了啊！

沈苍从来不考虑叶甫根尼有什么感受，他快速更换了潜水服，给自己打了一针血氧——这东西能直接在血液中供氧一个小时以上——然后就从机舱钻了出去。

P99L幻形上也有血氧针，他想聂雍就是这样离开战机的。

沈苍的估计几乎从来不出错，聂雍的确是在影子的指点下给自己打了一针血氧，然后在自己的"航空战斗机驾驶服"外面又穿了一层备用装，战战兢兢地离开幻形，钻进了核潜艇。

海底四千八百米，太深了，幻形坠海的时候的确受到了损坏，信息无法传送。他不能坐以待毙，只好努力自救。

你说一个人只是因为噪声出来弄点咖啡，弄着弄着就把自己弄上了架飞机，又突然掉进了海里，那该是有多倒霉？而掉进海里大难不死，他本来已经要开始信仰上帝，却又发现在自己旁边躺着一艘快要爆炸的核潜艇！这是什么坑爹的世界？！

聂雍一边在核潜艇狭小的舱道里爬行，一边在心里诅咒各路神仙和英灵，其中自然包括影子和沈苍。如果影子不拐他去关闭电源，如果沈苍不带他到国家战队基地，他能落到这种地步吗？他就没怪过他自己为什么要从 BUC 公司的冷冻营养仓内活过来——他不活过来不也就没事了吗？可见人各种怨恨都来自于时刻利己，刻薄待人，要是像影子那样大公无私连身体都贡献出去做科学实验，各路神仙就会让他即使坠机坠海又遇到核弹爆炸也能无所谓的。

以上都是聂雍在一片黑暗中爬行的时候，精神分裂和心灵扭曲的思想产物。

当然，如果他知道沈苍正在外面准备救援他，他的精神分裂和心灵扭曲大概就是另一种样子了。

他爬过了四扇舱门，慢慢摸索到了武器库的栏杆。他的手有点抖，这手下的东西可是在他的时代里谈之色变的终极武器，而这武器据说随时都有可能爆炸，即使在深海也足以瞬间让他灰飞烟灭。

他要做一件即使他发疯也没想过的，甚至根本不相信能成功的事。

◯ 十五 幽灵蛸

影子怂恿聂雍到核潜艇里去做的事，就是修好那艘船的发射系统，在核弹爆炸之前把它们全部发射出去。

但前提是这艘潜艇的保存状态良好，能够执行影子这种离奇的想法。聂雍哆嗦着爬过那些装载好导弹的区域，那里到处都是线路和变形的仪器，他完全不能想象影子要怎么把这些破铜烂铁"修好"。这些东西都早已经是保存状态极其不良的文物的渣了，还怎么修？

影子一路都不说话，既不表示他能修，也不表示他不能修，让聂雍惴惴不安，觉得极不可靠。

进入船体内部更深处，空间突然大了起来。影子散发的光亮照射不到黑暗的边缘，远处隐约有别的光源，形成浓淡不同的大片大片的阴影。那些范围颇大的阴影团给了聂雍一种船体空间突然放大了几倍的错觉，并且那些遥远的光源在移动，它们在交错晃动，造成成片的暗色区域在移动。

那是什么玩意儿？一艘核潜艇有这么大吗？聂雍瞪大眼睛，突然身边有个东西亮了起来，那东西离他很近，亮起的东西可能有一个碗那么大，聂雍与那东西对看了一会儿，那东西激起一阵水流，快速向前移动，远离聂雍。等它离开了几米远，一个大亮灯变成两个小亮点的时候，聂雍才突然醒悟，那东西是一只眼睛！

一只像碗口那么大的眼睛！天啊！刚才到底是有一只什么样的巨兽就在他身边而他浑然不觉？刚……刚才他是不是就在那东西的嘴边？可是那大眼怪怎么突然跑了？

难道它是吃素的？

正当聂雍胡思乱想的时候，影子轻声说："幽灵蛸。"幽灵蛸是乌贼和章鱼的祖先，一种深海生物。

幽灵笑？聂雍感觉毛骨悚然，在这种阴森恐怖，鬼影幢幢的地方还是不要说鬼故事的好。虽然那个疑似会笑的大眼幽灵正往前游去，消失在黑暗中，但这艘船的核弹随时会爆炸，后退是没有指望的，只有继续往前走，找到船的控制室才是唯一的希望。

他轻轻地往前游了一点，远处的光更亮了一点，晃动的阴影区在重合。

再近一点，他就看到了一幅令他终生难忘的情景。

一只巨大的，莫约有三米长的奇异乌贼全身发着光，它有一双蓝色的巨大眼睛，毫无疑问就是刚才吓到他的大眼怪。它暗红色的长满尖刺的触手缠住了另一个大型发光物，并把那发光物顺利地拖进了自己的嘴里。

看起来它像在狩猎，用触手抓住了猎物，又顺利地塞进了嘴里。

被它塞进嘴里的东西有一双洁白的腿，曲线完美，如果不是那双腿也在发着光，那看起来就是一双漂亮的人腿。暗红色乌贼咬住了猎物，按道理它应该将猎物整个吞下去，但它的动作停住了，所有的触角在海水中静静地展开，一动不动。

蓦地它一动——几根洁白的手指从它奇异的嘴里伸了出来，接着是一双手的各半个手掌，就像有个人努力要把穿错的衣服脱下来一样，用力地掰动乌贼的嘴。

聂雍看得目瞪口呆——那白色发光的人腿显然是属于星障人的，这个星障人被大眼乌贼吞进去一半，居然没有死，还要从乌贼肚子里爬出来？

那双手努力挣扎了一会儿，乌贼在渐渐地变白，突然那嘴里又伸出几根手指，另一双洁白的手也伸了出来，努力掰动乌贼的嘴。

加上之前的一双手，要么这乌贼吞了两个星障人，要么这个星障人有四只手！聂雍看得一阵鸡皮疙瘩突起。

四只手在乌贼嘴边忙活了一阵，终于把自己从乌贼嘴里推了出来。聂雍亲眼看见从乌贼嘴里退出来的是一个长着人类双腿，上半身密密麻麻全是手的怪物，那半身之上从腰开始就长着大大小小的手，刚出来的时候那些手全部张开，大的犹如正常人臂，小的就像畸形的婴孩。没有密集恐惧症的人可能勉强可以形容为像一朵长着人腿的花菜，有密集恐惧症的人大概会立刻吐出来。

但那恐怖的东西一刻不停地在变形，等它从乌贼嘴里出来几分钟之后，它身上大部分的手就消失了，它长出了一颗人头，形成了常见的模样，慢慢地沉下来，静静地附着在被它弄死的那只乌贼身上。

周围的光源在接近，聂雍看着第二个、第三个……一直到第五个星障人漂过来，纷纷附着在那乌贼身上。聂雍看不清它们在干什么，影子轻声说："它们在进食。"微微一顿，他又说，"靠过去看看。"

大仙！你是投影体，我是活人！核弹爆炸炸不死你，星障人弄不死你，你这么充满科研精神，但被派去送死的是我！全知全能的影子大仙，你不能客气一点吗？聂雍内心挣扎了好一会儿，勉强又前进了一点，他不知道究竟是被核弹炸死好受点，还是被星障人弄死好受点，不过想想好像都不是啥幸事。

但就在他前进了那么几厘米的时候，附着在乌贼身上的星障人突然纷纷游动，一一消失在黑暗中。

聂雍愣了一下，这太奇怪了。

这地方是一艘船。

一艘古老的核潜艇能有多大的空间能容纳一只怪乌贼和一个星障人搏斗？又有什么地方能让星障人"消失"呢？

要知道按照 P99L 幻影提供的船体外形图，他应该已经接近船的控制中枢，应该已经可以摸到发射核弹的控制台了。

但没有见到控制台，他找到了一个巨大的空间。

这里是什么地方？

这不可能是船的一部分。

◯ 十六 洞穴

　　四周一片漆黑，影子也没有回答他心里的疑问，他只是往前漂去，显然是催促聂雍继续向前。

　　星障人在前面不远处集体消失了，聂雍轻轻地跟上去，影子发出的暗淡光线照射着四周，四周都是海水和搅动的碎屑，舱板似乎消失了。

　　聂雍抬起了头，头顶上有些东西隐约可见，渐渐远离，他看了好一会儿才明白那是一个大洞……大概在深海中他的头脑有点犯糊涂，又过了好一会儿他突然醒悟——原来并不是他出现幻觉或穿越到了一个充满怪物的空间。

　　这地方的确不是船的一部分。

　　而他现在的确不在船里。

　　这艘船在沉没的时候在海床上撞了一个大洞，变成了一艘无底船！而被它撞破的海床要么是有一个天然海底隧道，要么是有一个天然海底洞穴，这下面很深，非常深！

　　他只不过在寻找控制室的路上不知不觉从船底撞破的那个大洞里掉了下来，因为四周太黑没有参照物，所以浑然不觉自己是掉下来了，脱离了船身，进入了洞穴！

那些星障人显然也是进入了船下的洞穴，它们本来就是从这地方进来的，而聂雍正在朝核潜艇下面这个不知道有多深的洞穴沉下去——他有点惊慌，因为血氧针发挥效用的时间有限，而深海之下的海底洞穴根本不知道有多深，他可能会在路上溺水。

但头顶的核弹会爆炸，隐匿在暗处的星障人会吃人，溺水不过和它们不相上下的结果而已。聂雍加快速度，用力蹬腿，他用标准姿势往前游去，希望能摸到这个洞穴的边。

影子依然在他身边，聂雍往前游了几百米，依然没有找到这个洞穴的边缘，这个海底洞穴仿佛非常大。

为什么在海床下会有这么大一个空间？聂雍非常疑惑。影子突然开口了："奇怪。这是个不自然的隧洞，海底下还有地洞是极其罕见的，一般地壳板块形成的是带状海沟，这个洞好像是个……上小下宽的结构？"影子正在思索，没留意身周的变化，突然看见聂雍连连比画，他在水里不能开口，只对着他的影像比手画脚，要他注意什么。

小红球的扫描方向掉转了过来，被聂雍发现并让他激动万分的东西是一个积满附着物的巨大方形物体——那物体看形状就不是自然形成的！

那是人工物品！

在这样的深海发现人造物，说明这个地下深洞很可能和同胞有关——和同胞有关就表示很可能有回到地面的人工通道！这怎么能让聂雍不激动？

积满附着物的方形物体看起来很像台电梯，它被一根水管模样的东西吊在水里，距离那根水管不太远的地方有第二个方形物，看起来似乎比眼前这个略大一点。

眼前的方形物体似乎并没有损坏，聂雍猜不出它是干什么的，划动手臂向它上面的那个游去。

上面的那个方形物并没有门，里面一片漆黑——那是个通道。

聂雍心里一阵狂喜，这是个通道！他也许能找到通向人间的路！何况他现在在海床下，又在人造建筑中，头顶的核弹就算爆炸也有可能炸不死他！他向着通道深处游去，通道并不长，游到尽头，借着影子的微光，映入眼帘的是一扇门！

一扇紧闭的金属门！

聂雍用力推着那扇门，挥拳捶打着大门，那门沉重无比，在深海水中也没有丝毫腐蚀，显然质量非同一般。聂雍拼尽全力也无法让它有半点晃动，他绝望地摸索着那扇门的边角，都已经努力到这里了，他尽了最大力量振作了最强大的精神，老天仍然不给一条生路吗？老子真的只不过是在倒咖啡的时候手贱按了个错误的按钮……

就在聂雍感到绝望的时候，身后突然传来了一阵在水里也听得清楚的轰鸣声，水流震荡而来。他回头目瞪口呆地看见有一个巨大的黑影堵住了通道的入口，然后像一只狰狞的怪物一样向他这头滑来，水压骤增，那东西塞住了整个通道——那是什么玩意儿？

那东西轰然而来，聂雍避无可避，只能贴着那扇门站着，海水继续涌来，压得他整个胸腔都要爆了。黑影看似移动迅速，靠近了才知道它只是匀速移动，就在聂雍以为自己要像一颗蒜头被压在砧板上拍扁的时候，身后的门突然开了。

巨大的水流夹带着聂雍冲进了门里，门口被黑影结结实实地堵住，聂雍摔得天旋地转，抬起头的时候就看见那堵在通道口的巨大黑影原来就是那个被一根水管挂在下面的很像电梯的方形物体。

那个东西的门正在缓缓地打开。

聂雍的眼睛渐渐地亮了——那东西真的是台电梯！

打开的电梯里没有海水，可能这个东西有抽干海水的功能，而电梯里出来一个人，穿着深海抗压服，手里拿着一个好像活页夹的东西，边走边在上面记录什么。

他戴着护目镜，记录得也很专注，所以并没有发现不远处被深海电梯"送"入内部的，除了他之外还有地板上的一个大活人。

聂雍极其灵活地一个转身，隐入了一台不知道什么仪器的后面。

那穿着抗压服，戴着护目镜，看起来像科研人员的人在活页本上写了几行字，心无旁骛地往这水底建筑深处走去。他边走边取护目镜，就在他取下护目镜的一瞬间——聂雍用从不戴眼镜的好眼睛看见了护目镜上极小的几个英文字母。

影子轻声说："这里看起来像某个深海项目的研究机构。"

聂雍目不转睛地看着那个人离开的方向，一反常态地沉默了好一会儿，微微勾起嘴角："是挺像。"

那个人向右转弯，聂雍悄悄地跟了过去，在杂物中间转移和藏匿身体他非常擅长。

科研人员走的是一条狭窄的走廊，左右两边都是门，门的数量相当惊人。

有些门开着，大部分的门紧锁。聂雍全身的感知都用在探查危机上，他一路走过来，走廊前后有好几个探头发现了他，跟随他的行动移动探头，但不知道为什么竟一直没有人出来阻止他。

那个人进了房间，他显然从来没想过在海底会有人闯进来跟踪他，进了房间并不锁门就开始兴高采烈地打电话。

"布雷恩，这里是琼，呼叫布雷恩。关于昨天牌局的结果，你是不是忘了兑现？今天该请我到海员餐厅吃饭了吧？布雷恩？你在房间里吗？"

那个人并没有打通电话，觉得非常奇怪，很快他又打了一遍。

这次电话接通了，但布雷恩依然没有什么反应，正当琼莫名其妙的时候，电话那头传来了一阵奇怪的嘶嘶声，听起来就像蛇或者蜥蜴在电话旁边吐芯子的声音。琼又呼唤了几声，他放下东西，往外走，显然是要去布雷恩的房间查探一下究竟。

他依然没有关门。聂雍立刻闯进了他的房间，这个房间的建筑材料和布局非常眼熟，四面都贴着纯白的瓷砖，房间里放着两张床，另一张床上堆满了杂物——显然现在只有一个人住。墙角有张柜子，柜子上有标志，聂雍看了一眼那个标志，那和琼护目镜上的标志一样。他随手拿起刚才琼记录的活页夹，只见上面写着"第六十天观察：体型缩小一半，不进食"。

记录员是"BUC第三实验室琼，编号101"。

聂雍拿着那个活页夹，回过头来——从刚才看见护目镜上的"BUC"三个字母开始，他就有了一种怀疑。

为什么BUC"前工作人员"只对"关闭公司总电源"热衷，却不为他们指点一条更容易离开BUC地下工厂的道路？为什么他刚到B基地没多久就有上帝视角的技术员突然篡改飞机程序？为什么那天早上那台咖啡机里没有咖啡？为什么飞机会被导航到这个海域上空坠毁？为什么影子要求他离开幻影P99L，冒险进入核潜艇？

而进入核潜艇后的结果并不是想象中的发射核弹，而是到达了另一个BUC公司。

他觉得自己的大脑可能出了什么毛病，居然很认真地在怀疑影子。但就算这一切都是影子的阴谋诡计，他又能得到什么好处呢？让聂雍永远都处在BUC的控制之下，远离国家战队基地？这算什么？BUC和国家战队争抢他聂雍？他从来不是什么重要角色，一百多年前不是，现在更不是。

"影子，这里好像也是BUC……"聂雍揉了揉脸，想让自己振作一点，别把精神都耗在胡思乱想上，却突然看见影子的形象闪了闪，瞬间消失在空气中。

啊？聂雍傻眼，连忙找出小红球。只见那荔枝大小的小红球停止了震动，红光不见了，只剩下个小蓝点在一闪一闪。聂雍把它翻过来倒过去研究了好一会儿，勉强只能理解成——也许它没电了？

多巧合？他刚在怀疑影子居心不良，这家伙居然就没电了。

正在他苦恼要怎么给这个连个插孔都没有的东西充电的时候，墙上那台电话突然发出了一阵惨绝人寰的尖叫。聂雍吓得整个人跳了起来，放鬼片啊？会吓死人的！原来琼和布雷恩的电话没有挂断，那阵吓死人的惨叫是从布雷恩的房间里传来的，听起来像琼的声音。

隐约可以听见他在尖叫："……不！上帝！它们是……怎么出现的！不——别过来——"

接着只剩沉闷的撞击声，以及刚才那种蛇一样的嘶嘶声。

聂雍浑身寒毛都竖了起来，有一种既熟悉又毛骨悚然的感觉。他立刻关上了房门，用力上锁。他关上了门才发现这里看起来很眼熟，这房间和放他营养仓的那个一模一样，唯一区别就是那房间里躺的是一个聂雍和一个死人，这个房间里躺的是一床衣服和一个琼——哦！现在也很可能是一个死人。

在他关上房门没多久，走廊那头隐约有个东西走了过来。

聂雍潜伏在门后，透过门缝朝外看。

那东西的轮廓看起来很熟悉，那种身高、步态，还有那小眼睛和弹性绝佳的舌头，那湿润美丽的暗绿色花纹皮肤，那眼熟的一排犀牛模样的角——原来是裂角蜥啊！

聂雍简直不敢相信自己的眼睛，那被封锁在 BUC 地下工厂里的巨大的裂角蜥怎么会突然出现在几千米深的海底？看琼的反应，这些东西明显是突然闯入，已经对整个海底研究所造成了巨大破坏，难怪刚才他从监控探头前经过却没有人来阻止他。很可能看监控的人已经成了裂角蜥的食物或者是早已逃走了。

这东西是怎么来的？

那只近三米的动物缓慢地沿着走廊走着，步态轻盈，聂雍听得见它吐舌头发出的嘶嘶声。这只裂角蜥身上没有血液，非常干净，他猜这不是攻击琼和布雷恩的那只，所以入侵这个深海研究所的裂角蜥不止一只。

它们显然找到了某种连通深海和陆地的途径。聂雍心里一动——如果这些大家伙不是靠游泳游下来的，他也许可以模仿裂角蜥的路径，返回陆地。

这种想法简直让他欣喜若狂，看着门外的裂角蜥也没有那么狰狞可怕了。就在他心情激荡的时候，门外那只无声的巨兽微微侧了侧头，在他门外停了下来。

◯ 十八 杀戮

聂雍极轻极轻地从门后退开，他自认没有发出声音，但对门外那只巨兽来说显然不是那样，它低下了头，更仔细地听着声音。

聂雍屏住了呼吸。

裂角蜥倾听了一会儿，抬起了脖子，聂雍差点以为它要走了，突然门外"砰"的一声巨响，一条巨大的尾巴撞破大门直甩了进来，琼的衣服和床被它一尾巴扫飞。聂雍飞身而起，跳上了墙角唯一的柜子顶上，全身都是冷汗。

他和这种生物搏斗过，所以知道它有多难对付。

裂角蜥比房门高出一些，狭窄的门口限制了它的进出，但它显然认定了里面有猎物，低下头来，用一双小眼睛凝视着跳到柜子上的聂雍。

这家伙没有牙齿，但是有毒液。聂雍瞳孔收缩，被掀翻的床上有床单，跳上柜子的时候已经被他挑到了脚下踩住。如果裂角蜥就这么探头进来，他会用床单挡住毒液，然后迅速缠住它的头和眼睛，在它视线被遮挡的瞬间逃离。

这是他唯一的机会。

就在聂雍全身肌肉都已绷紧，做好所有准备的时候，门外突然又传来了"啊"的一声惊叫，那是人的声音。裂角蜥蓦然回头，聂雍隐约看到外面有个人拎着酒瓶子醉醺醺地经过走廊，突然看见了一只形如恐龙的巨兽挡在前面，那种心情恐怕谁也无法领会。

毫无疑问裂角蜥一脚将他掀翻，鲜血瞬间就溅上了走廊，人类惨叫的声音凄厉刺耳，但随着裂角蜥的舌头刺入他的后颈，一切将很快结束。

十分钟以后，裂角蜥的舌头从尸体后颈收回，它回头去看刚才发现的猎物。

但猎物已经不见了。

聂雍在裂角蜥做出攻击的刹那从房间里跳了出来，往前狂奔。那只巨兽正在努力把地上的酒鬼变成一罐它能喝的高蛋白易拉罐饮料，果然没有来追他。聂雍跑出去几百米，在这人工建筑里绕了不知道几个弯，才停下来大口大口地喘气。

他不知道受了裂角蜥攻击后那个人还能不能活，但他救不了他，就像刚才如果裂角蜥先一步向他发起攻击，外面的酒鬼先生将和他一样毫无办法。

他唯一能做的，就是更谨慎、更努力地拯救自己的命。

喘够了气，聂雍发现他跑到的地方是一个杂物仓库，里面放满了各种废弃和半废弃的东西。这里充满各种气味，或者裂角蜥不会嗅到他的踪迹？聂雍自我安慰地想，在杂物里顺手翻了翻，突然看见有一堆刀具横七竖八地扔在地上。

那是一些装饰用具。聂雍从中挑了一把，挥舞了两下，这是一柄长刃刀，刀背带有流线型弧度，便于砍落的时候着力更集中，刀刃并不宽，显得锋利轻盈。刀柄上系着一块陈旧破烂的白布。

聂雍把那块破旧的白布摊开，发现那是衣服的一角，上面写着一行字——"欲向陇门掷一生"。聂雍认得这大概是一句诗，具体在说什么却不知道，他也懒得知道。总之，这把刀轻重大小都很顺手，虽然扎着一块破旧的白布不怎么吉利，但是面对裂角蜥这种要命的怪物，手里有把刀总是好的。

他用仓库里的破布把这刀绑在身上，在杂物仓库里又摸了一会儿，摸到几把老枪，可惜没子弹，只能遗憾地放回去。正当他翻得兴起的时候，杂物堆中突然露出了一张惨白惨白的脸，那张脸和一堆渔网、数不清的铁线缠在一起，身体却不知道在哪里。聂雍被吓了一跳，拔刀去挑动了两下，那张脸并不动，原来不是星障人，那是个实实在在的死人。

真奇怪，如果是被裂角蜥袭击死亡的，哪只会剩下一张人皮，而看这张脸清楚完整，连惊恐的表情都还留着，说明一定不是被裂角蜥袭击死亡的。聂雍用刀轻轻挑开缠在这人身上的渔网，那网非常结实，但这刀的刀刃更利。渔网破开之后，露出一具惨白的尸体，背心一道深入脊椎的伤口，显示这人的死和裂角蜥没什么关系。

这是一起谋杀。

在纠缠着尸体的渔网中间夹着一张十分破旧的卡片，卡片上有一圈浅浅的蓝光在转动，看起来像一张门卡？或者是信用卡？

聂雍微微挑了挑眉，扯过死者衣服上的名字标示看了一眼，死者姓威廉，是个Y国人，不知道被谁暗中捅了一刀。他用渔网把威廉重新盖住，心想现在不是破案的好时机。绑好了破布刀之后，聂雍轻轻溜出杂物间。杂物间里有具尸体，这对喜爱腐尸的裂角蜥来说是个福音，而他万万不能坐等裂角蜥嗅到尸体的气味前来觅食，非走不可。

他看了看地形，研究所内部通道狭窄，但容纳一只三米左右的裂角蜥行走还是绰绰有余，它们嗅觉灵敏，动作灵活，想要完全避开它们只有一条路——向上爬。聂雍挥起了手里锋利的长刃刀，一刀砍在墙壁上，"当"的一声响，墙壁竟崩了一个小角。聂雍大喜，立刻一刀刀砍了起来，很快，一条人工造就的攀爬道路就被砍了出来。

一个巨大的脑袋从通道那头探了出来，聂雍知道它们听到了巨大的响声，但没有办法，他唯一能做的便是在裂角蜥过来之前，爬到比它们高的地方去！

　　那个巨大的脑袋凝视着聂雍向上爬的身影，幽幽的小眼睛一动不动。聂雍已经爬到了走廊的顶点，双手托起上面的石棉板材，半个人钻进天花板揭开的黑洞里。裂角蜥张开嘴巴，向着空中发出了一声刺耳的鸣叫，另一声鸣叫从远一些的地方传来。聂雍下半身一凉，裂角蜥向他喷出了毒液。他爬进天花板，手忙脚乱地想脱裤子，一摸才想起来自己还穿着 P99L 的驾驶员保护服，心里顿时得意扬扬。

　　打开的天花板后面是一整个用石棉保护好的隔层，主要用来调节空气。聂雍突然想到刚才裂角蜥向他喷出的毒液是凉的——那说明它们是冷血动物——如果他找到空调开关把温度降下来，这些冷血动物很可能就要减慢速度甚至停止活动！这是常识！他的精神又振作起来，沿着通风管道往前爬去。

〇 十九 欲向陇门掷一生

聂雍在通风管道里爬行，每经过一个房间，他就往下窥探有没有裂角蜥。从他经过的房间数来看，其实入侵的裂角蜥数量并不多，好像只有……四只？

没有源源不断的怪物入侵，那四只裂角蜥就像突然出现在深海研究中心，肆无忌惮地开始杀戮，难道连通它们那里和这里的通道并不是时时刻刻都相通的？他看不到明显的裂角蜥行进路线，也找不到它们出现的起点，那四只巨兽各走各的，偶尔通过鸣叫互相呼应，仿佛也能进行对话一样。

他沿着空调管道慢慢地向中央空调爬去，坚持着每过一个房间就仔细观察一下——突然在几乎千篇一律的小房间里看见了一个与众不同的东西。

在一整排格局相同、布置类似的小房间中间，有一间奇怪的房间布置得古色古香，墙上居然挂着书法作品，虽然不知道写的什么，但能在深海下几千米的地方挂书法，这主人的胸怀气度肯定非同一般。除了好像很牛气的书法之外，房间里没有床，放着一个巨大的棺材，棺材外包着精雕细刻的椁，四角略有磕破，但不难看出保存的状况非常好。在棺材的前方有一张小桌子，桌子上放着牌位。

聂雍看到那牌位上就写着两个字——陇门，不由得低头看了看自己绑

100

好的刀，这棺材和这把刀显然是有联系的，但原谅他时间不多，保命要紧，那就不下去看了……正当他要从这个房间顶上离开的时候，一个人突然进入了这个房间。

紧接着另一个人也进了房间，并锁了门。

第一个人厉声问："威廉呢？打开了自动穿梭船，那玩意儿我没有权限关闭，他在哪里？"

"我不知道，我已经两天没看见威廉了，我房间电脑坏了想叫他来修他都不接我电话。"第二个人说，"我不清楚他为什么要打开自动穿梭船，那船我们已经很久不用了，也许他是想过去拿什么东西。"

"那个白痴！他送过去的船载了四只裂角蜥过来！元素枪还有几把？你带人去把那几只东西给我灭了！晚一分钟我扣你一年工资！"第一个人厉声吼叫，"等第二艘穿梭船回来，它可能运来更多的怪物！你必须在下午六点五十分之前把系统恢复原状，晚一分钟我扣你一年工资！"

第二个人沉默了一下，只说"是"。

聂雍听着他们谈到"自动穿梭船"，心里一块石头落了地——他已经知道了回去的办法。

果然是跟着裂角蜥就能找到回去的办法。心神大定之后，聂雍饶有兴致地看着那两个人在房间里团团转，不知道为什么他们不肯离开这个房间——或者这个放着棺材的小房间能给他们更多的安全感？

突然一声巨响传来，一条巨大的尾巴甩破小房间的门。门内两个人被破碎的门板碎片割得满脸是血，门外一只步伐无声的裂角蜥蹲下身体，正悄然望着他们。

这家伙肯定就是刚才甩破那房间门的那只！聂雍敢赌咒发誓，每只裂角蜥破门的方法都不一样，有的喜欢用牙齿咬，有的喜欢用脚踹，而这一只喜欢甩尾巴。

被碎片割伤的两人被吓得六神无主，不约而同扑向棺材，两人一个推一个拉，非常勉强地打开了那个精致的棺材。

紧接着第一个人将一管注射液注射到了棺材里的那个"东西"身上。从聂雍居高临下的角度看来，非常清楚，躺在棺材里面的是一个人。

　　那是一个青灰色皮肤，肌肉均匀，脸色惨白的男人——看起来真有点像清朝丧尸。那男人被注射了药物之后立刻坐了起来，裂角蜥歪过头看他——那男人一跃而起，一头撞在裂角蜥身上——偌大一只巨兽居然退了一步。

　　这男人的力气居然如此强大？聂雍安静地坐在上面看那人和裂角蜥搏斗了一会儿，那男人显然十分机械，也听不懂任何指挥，只会对着裂角蜥横冲直撞。而裂角蜥似乎对他也没有什么兴趣，几下攻击都被这人挡住，它就扭过头，发出嘶嘶声，慢慢地离开了。

　　又过了一会儿，青灰色皮肤的男人突然仰天摔倒，躲在屋角的人把他轻轻搬回棺材里——显然那男人的活动时间是靠这个人那支针剂控制的。

　　他其实并不算一个活人。

　　但聂雍看见他穿着白色的衣服，那衣服上的确是缺过一角。他又低头看了看自己的刀，如果这个男人就是写这句诗的人，那他的"一生"还真是糟糕透顶。

◯ 二十 自动穿梭船

听说第二批怪物将在六点五十分抵达。聂雍先在通风管道里睡了一觉，起来的时候已经五点多，通过通道他"轻松"地到达了监控室。

监控室里没有人，只留下两张人皮，那是值班人员遭遇裂角蜥被吸食后的惨状。聂雍看着各个地方的监控，很快找到了自动穿梭船的传送点——那就是第二批怪物集体出现的地方。他看见某个地区密集的生物反应，那每一个点都代表着一只生物，很快那些生物散开来，向着裂角蜥没有走过的路径开始狩猎。

聂雍奋勇向那个地点爬去，十五分钟后，他到达了一间四面是钢铁的房间正上方。房间很大，和所有格子似的小房间完全不同——这个房间底下有水。

海水。

在不深不浅的海水中漂浮着一艘船，这个房间像个港口。

那是一艘深灰色的，没有什么标志或图案的，非常不显眼的船。

聂雍从通风管道下去，轻轻地落在船上，那船的确被设定了自动服务，聂雍一下到船上，船就亮起了柔和的蓝灯。

这是表示启动了吗？聂雍诧异地四下摸索这艘船，这是一艘模样正常的小船，但没有窗，它实际上应该是一个普通船形状的深海潜水器。那片蓝色的灯光慢慢浮起，化成立体影像图，那是一张地图，看起来纷繁复杂，好像有好几个能选择的地方。聂雍随便在地图上点了个地方，立体影像立刻做出回复："目标 C44490，请确认。"

聂雍按了确认。

"感应到高权限卡片，即将进行身份确认，请刷卡。"

卡？什么卡？聂雍傻眼，他不知道乘坐自动穿梭船要核对身份，他哪里有什么卡？正在发呆的时候，身上有一张卡片被他握在了手里。

杂物仓库里的死人威廉是深海研究所的技术工程师，管理整个系统——所以也许从他身上掉下来的卡可以刷？聂雍战战兢兢地拿出那张蓝光卡片，只听"嘀"的一声清脆声响，自动穿梭船船体的舱门缓缓打开，里面是一股扑鼻的恶臭和腥味，有个机械却甜美的女声说："欢迎光临，威廉先生，今天气温 1 度，水温 4 度，空气湿度百分之九十……我们的船即将前往 C44490 地区，是否确认路程？"

聂雍确认了。

他钻进了充斥着裂角蜥的口水、从尸虫拖着的死人身上掉下来的白骨和不知名黏液的船舱里，那气味令人作呕。

自动穿梭船启动了，它关闭了舱门，令舱内的空气更为污浊。

但为了能返回地面，回到正常人的生活，什么聂雍都能忍！

一个小时之后，自动穿梭船停了下来，舱门缓缓打开。

一股清新的空气扑面而来，聂雍惊喜地从船舱里冲了出去。

他原本以为能看见阳光、沙滩、海岸……再差劲也该是个荒凉的海岛或滩涂。

但船舱外仍然是一片黑暗。

聂雍一个人孤零零地站在一块水泥浇筑的"孤岛"上，望着四面八方八条巨大的人工下水道——或者应该称呼它们为"暗河"——远处熟悉的灯泡依然散发着昏暗的黄光，而远处那些巨大的脑袋依然在黑暗中移动，荧光色的小眼睛在黑暗中反射着荧光。

耳畔水声潺潺，聂雍呆呆地看着眼前熟悉的黄灯。

他想：天要亡我。

他终于明白为什么裂角蜥会出现在深海研究所里了——原来自动穿梭船不是穿梭到别的地方，而是穿梭到 BUC 公司的"地下排水系统"！怪不得没有任何人知道 BUC 公司在海洋深处还有别的研究所还在继续进行生化研究！他们就是从这里下去直达海底，根本不在任何海洋上露面！

这里不是阳光海滩，这里是 BUC 公司地下排水系统，是他千辛万苦历尽艰辛才逃出去的地方——现在居然又逃回来了！

上一次他逃出去的时候有三个同伴一个影子。

这一次他什么都没有，只有一把刀。

◯① 二十一 噩梦

聂雍紧握着破布刀，他觉得他简直是在做梦，做完梦之后一睁眼，他依然在下水道里。

水泥孤岛看起来和从前一模一样，一盏破旧古老的黄灯不能照清楚多大的空间，就在聂雍觉得自己在做噩梦的时候，他突然发现水泥孤岛上其实并不是只有自己一个人。

有个人正背对着自己坐在水泥孤岛的另一个角落……洗衣服？

呃……在 BUC 总控制室电脑宣布自毁以后，这里不但没有自毁，还多出了人类生活的……美好画面？聂雍瞬间觉得人工智能也会说谎这点太高科技了。

他大步向正在洗衣服的那个人背后走去，重重地拍了一下他的肩头："嗨！你好，你知不知道……"下一秒他的声音就戛然而止了。

正在洗衣服的那个人回过头来，聂雍正好看到一片污血状的黏液从他头顶的伤口缓缓流过面部，掠过如狼牙般突出的犬齿，再从下巴滴到了地上。

哦……聂雍整个人都僵住了，那个人的手从水里抬起来——聂雍才看清这"人"根本不是在洗衣服！

它是抓着一条尸虫往水里摁，要淹死它！从这个"人"的衣着造型及头顶的伤口来看，这条尸虫一开始是卷在它身上的！

也就是说，应该是发生了什么奇怪的变化，让一具本来只能成为尸虫供给的尸体突然复活，并且攻击了自己的寄生者。

那个"人"摇摇摆摆地站起来，猛地向聂雍扑来。聂雍挥动破布刀，一刀砍落它的脑袋，只见黏液状污浊的血液四溅，尸体倒在地上，再一次"死"了。聂雍猛地回头，只听四面八方水域里都冒出了哗哗水声，包围着水泥孤岛的污水中渐渐冒起了一个个形状模糊的头颅，摇摇晃晃地向他走来。

——这下面有水！

——尸虫经常到这下面来喝水，而裂角蜥经常捕猎它们！

——可是为什么这一次裂角蜥丝毫没有靠近的意思，甚至有一些登船去了别的地方？它们是不是在转移？

——因为尸虫身上发生了惊人的变化，它们寄生的尸体……复活了？

聂雍立即想到影子曾经说过BUC里面有一些因为狂犬病毒变异而四处游荡的病人。而就在这时，从水里爬起来的面目模糊的尸体已经纷纷爬上了水泥孤岛。它们有些衣着和刚才那个一样完整干净，是刚刚复活的；有些半身已经被尸虫啃食成了骷髅，却依然能够行动。聂雍一脚向距离他最近的一个尸体踹了过去，那半身已经是骷髅的尸体跟跄了一下，向他猛扑过来。聂雍轻松闪过，只听"嗖"的一声利器过空的风声，那尸体的十根手指都插进了水泥地里！

聂雍倒吸一口凉气，他一刀砍下那个十指陷进水泥地的尸体的头，随即一个转身，一脚踢中身后另一个尸体的下巴——那本就摇摇晃晃的头颅"噗"的一声冲天飞起，掉进水里。

更多的手臂和獠牙向他扑来，聂雍一拳打烂一个已经坏了一半的脑袋，那脑袋泥水一样的汁液喷溅出去——也搞不清楚是脑浆还是刚刚从下水道里捞起来的烂泥。数不清的指甲抓挠在聂雍身上，却抓不破那身防护服，聂雍被一大群尸体包围着，他奋力地向距离最近的一根下水道管子冲去——再这样下去，还没有被咬死，先被踩死了！

就在这时，他脚下一滑——踩中了一个圆滚滚的东西。聂雍抬腿将那东西踢了出去，回头一看——那是个人头！那些东西被断头以后居然还不死，那些人头生出密密麻麻的肉足，在地上缓缓爬行，分泌出暗红色的黏液，将整个水泥孤岛涂得滑溜溜的，有一些细小的蠕虫模样的东西正从那层黏液中快速地生长出来。

　　难怪裂角蜥也对这些东西没胃口！聂雍奋力在尸体丛中杀出一条血路，抓住一个下水道管子，竭尽全力钻了进去。

◯ 二十二 疯狂的丧尸

从这个管子底下往上看去，仿佛最上面有光。聂雍不知道那看起来像光的究竟是什么，但比其他的看起来特别一些。

下水道管子滑下来容易爬上去难，他已经很久没吃过东西了，虽然在高度紧张的情况下不太饿，却影响着爬管子的速度，等聂雍摸到下水道口的时候，头发都被冷汗湿透了。

下水道口果然有光，但不是非常明亮。头顶是一块巨大的网状金属盖，聂雍凑到缝隙里细看，外面依稀像是一间洗衣间，排列着巨大的洗衣机样的机器，但积满了灰尘，墙上仿佛还有一些霉斑和长长的抓痕。他推了推那下水道盖了——下水道口非常牢固，应当是直接嵌在地板里的，并不能直接掀开。

聂雍正在研究那盖子，蓦然一个东西就出现在了网状金属盖的上面！

那是一个没有皮肤的"人"。

它脸上遍布着褐红色的肌肉和发青的血管，头上生长着灰白色的毛发，它隔着网状金属盖毫无表情地盯着聂雍！

那一双眼睛，是半黑半白的，上半部黑，下半部白。

那不是人的眼睛！

"吭"的一声巨响，它猛地揭起了网状金属盖！一瞬间，聂雍看到它的手——那是形如弯刀的利爪，金属盖在它手里立刻成了一堆废铁！他大叫一声，马上松开手，让自己快速顺着滚圆的下水道管子滑了下去！

怪物！聂雍的大脑里瞬间只浮现出这两个字——而他在撞见复活的丧尸的时候也只是觉得诧异，从来没有这么魂飞魄散过。

那东西给人一种和那个洗衣房一样的，尘封了多年的感觉。

就像它一个"人"，在遍布死亡和尸骸的停滞的时空里，已经徘徊了很久、很久。

而他不小心把它放了出来！

他现在只希望那东西不要跟着他从下水道管子跳下来，要是那东西一直追在他后面，他宁愿坐自动穿梭船沉入大海自杀，也不想再看到那脸一眼！

聂雍从下水道管子笔直地摔进了下水道里，滑下来的冲力太大，他猛地沉进了污浊的水里。幸好这里的下水道非常深，基本能与地下暗河相提并论，所以冲势虽猛，但他并没有受伤。浮起来的时候耳边只听"扑通"一声，聂雍毛骨悚然，飞快游回水泥孤岛，只见一个褐红色的头从水面上露了出来，一双上黑下白的眼睛在污水中尤为明显——那东西果然跟了下来！

聂雍大叫一声，转身拼命游——这滑溜溜的孤岛上到处是小虫、人头和尸体，现在又多了一个人不人鬼不鬼的怪物，而自动穿梭船在哪儿呢？他就算想坐自动穿梭船跳大海自杀也要有船来啊！

哗哗的水声响起，一艘船果然从污浊且布满丧尸的河水深处慢慢浮了上来。

聂雍像猴子一样刺溜就跳上了船顶——这四面八方已经快没有落脚的地方，那些丧尸不像丧尸、怪物不像怪物的东西蜂拥而来，就像全天下只剩他这块肉。而那只全身没皮、只有肌肉的人形生物没声没息地站在水泥孤岛上，正在舔它长长的指甲——指甲上正滴落浓稠的污血。毫无疑问，在聂雍眨眼的瞬间，它捕食了什么东西。

也正在聂雍跳上船顶的一瞬间，船舱开启，聂雍脚下一空摔了进去，而蓝光一闪，那舱门紧急关闭，生生夹断了几只探进船舱的手！

聂雍眼冒金星地爬起来，只见眼前有双布鞋，再抬头，只见眼前站着一人，看似高大威武——仰角看的不管是什么都显得无比高大威武——袖袍飘动，缺了一角，一身的白布衣服……看起来有点眼熟……

船里的那人念了一句不知道什么，然后说："上天有好生之德，贫道三翡，敢问施主姓名？"

聂雍恍然大悟——这就是深海研究所棺材里面的那具丧尸啊！他在通风管道里看了半天好戏，居然没有认出人家穿的是一身道袍！虽然不知道为什么丧尸突然清醒过来说起人话，但这位即使在船里也看得出皮肤青白，还隐约发出荧光——其实说不定是道长修为高深自然散发的道光——显然还是一位丧尸道长！

"道长你好，"聂雍从地上爬起来，左右看了一下，见船里没有别人，说道，"我叫聂雍……"他还没说完，缺了只袖子的三翡道长就一本正经地强调："贫道三翡。"

人间还有喜欢人家叫他"三肥"的丧尸！你师弟该不会叫"三俗"吧？聂雍在心里骂着，脸上还是恭恭敬敬的："三肥道长，你也看见外面都是丧尸，不知道你有什么办法把我们俩从这里救出去……"

三翡说："贫道已死多年，对人间俗事早已不关心了。"聂雍心里呸了一声，嘴上却说："道长春秋正茂，怎么说自己已死了呢？"三翡说："贫道已经是八十年前的死人了，之所以要救你，只是因为看见你带着我陇门的破布刀，觉得你是有缘之人……"聂雍忍不住打断他："道长，刚才你在船里，船在水里，水这么脏，船又没有窗户，你怎么'看见'我身上带的刀的？"三翡舒了口气，仍然一本正经地说："咳，贫道术法高深，自有办法。"

聂雍上上下下看了他几遍，慢吞吞地说："道长真的不是因为从深海研究所抢了一艘逃生潜艇，跟着自动穿梭船的路线偶然闯到这里的？"三翡面色有些尴尬："咳咳……"聂雍用破布刀敲了敲船舱底——整个船舱外都已经传来被指甲挠抓和敲打的声音，说道："外面的情况很危急，你和我难道不该说些人话，少点装模作样，想个办法闯出去吗？"

三翡抓了抓他那绾成道髻的头发："我龟息之时真的是八十年前，等我五年前偶然苏醒才发现被人放在实验室里做研究，其间有无数的人给我打过数不清的针，弄得我头昏眼花，糊里糊涂……"聂雍心说三肥你不是头昏眼花，你是变成了别人操纵的傀儡。不过看这道长这么自以为是，想必不会承认。只听三翡继续说，"……突然在两个小时前，在差点被一只长得像恐龙的怪物吃掉之前，它的下巴撞到了我的头，我突然就清醒了。"

这根本是鬼扯吧？聂雍连半个字也不愿相信，受药剂控制的丧尸会像言情狗血剧里那样被撞一撞头就恢复记忆了？这个丧尸道长恢复记忆肯定有更符合逻辑的解释，但三翡不说，谁也没有办法。聂雍将手里的破布刀递过去，这刀上明显还有三翡一只衣袖，但他装得好像和这把刀不是很熟的样子，聂雍也不揭穿他，只说："刀还你。"

三翡摸了摸下巴，仿佛那里有曾经存在过的胡子："哦……"他指了指船舱的墙壁。聂雍看见船舱的墙上有个壁橱，里面居然是三排整整齐齐的枪械！他立刻从上面拔了两三把下来。三翡摸了摸破布刀，隐约叹了口气，"聂雍，外面那些是什么？"

"尸体，或者……复活的尸体？"聂雍试了试那几把枪，枪身虽然有些奇怪，但瞄准器很先进，使用起来并不难。三翡自言自语："哎呀！外面都是我的同类，下不了手、下不了手啊……"聂雍在船舱里摸索着说："这艘船不能开吗？"

三翡正要回答，突然听到"砰"的一声巨响，船舱剧烈晃动，所有的枪械都从壁橱里掉了出来，直向右滑去。紧接着一股污浊的水流急喷而出，一只骨骼化的人类手骨穿破船底，慢慢伸了进来。

"要沉船了！"聂雍大叫一声，"开舱门！"

"轰隆"一声，头顶舱门应声而开，外面乌压压一片都是俯首的丧尸。三翡一跃而起，破布刀在他手里舞成一团白光，白光处处，头颅横飞，污血四溅，就像下雨一样洒进舱内。舱体一阵摇晃，穿透船底的手骨攀住一块舱底钢板，只听又是一声巨响，船舱里已积了一层水，那个破口在加大，那个东西半黑半白的眼睛已经隐约可见。

　　三肥了不起！聂雍精神大振，手中的枪直指即将从船底穿出的那个没皮怪物，扳机扣动，只见三点紫光并排射出，分散开去，正好擦过那没皮怪物，轰隆一声巨响，船底又穿了三个大洞！

　　坑爹啊！这是什么枪！聂雍掉转枪头对着舱门外一阵乱射，那散开的紫光对集群的尸体很管用，接连爆炸，炸出一堆残腿断臂。他也紧跟着跳出逃生船，只见丧尸道长刀光飞舞，不少丧尸都在他刀下肢体飞散，血溅三尺，但也看到那些残肢在早已充满血色黏液的水泥孤岛上自由爬动，宛如一地都是密密麻麻的肉虫。

　　血色黏液中长出来的肉虫形形色色，有些居然带有翅膀，已经振翅起飞，在空中"嗡嗡嗡"地绕着两人盘旋。聂雍偶然在脖子后摸了一下，摸出两只吸饱鲜血的肉虫，吓了一大跳："三肥！那是吸血虫！"

　　挥刀狂舞的三翡没空回答，只听空气中传来"铮"的一声金铁交鸣声，所向披靡的破布刀砍在了一个东西上，势均力敌。聂雍快速换了那把不靠谱的散弹枪，向着三翡面前的没皮怪物开了一枪。

　　一枚精致的金属物射中了没皮怪物的胸口！聂雍和三翡同时一呆——只见那东西从没皮怪物胸口掉了下来，往前滚了一滚，居然毫无杀伤力！聂雍目瞪口呆，三翡远远地喊："搞什么……"

　　老子也不知道搞什么……聂雍反手又换了第三把枪，突然地上那个小金属物微微跳了一下，闪出了一层红光，他大叫一声："三肥！快退！"

　　丧尸道长不愧是在什么陇门的古怪组织里练过的人物，身体后仰一个空翻，避让去两三米。没皮怪物行动如电，直接跟了过来，正好踩在那金属物上，只听一声巨响，没皮怪物全身至少开了十几个手指大小的洞口，褐色血液狂喷出来，就像突然开了一个人形血喷泉！

三翡距离太近，被喷了一身污血，他慌忙扯起袖子来擦脸。聂雍用第三把枪开了一枪，打爆了地上一个正在滑行的头，这枪终于有点像他印象里的枪，一枪一发子弹，没射出什么奇怪的东西。天上地下都是新生的肉虫，三翡非常嫌恶地看着那些恶心的东西，突然伸手抢了聂雍的第二把枪，四处射出那会爆炸的金属物——那其实是很方便的延迟炸弹吧？只听放鞭炮一样的爆炸声此起彼伏，不计其数的肉虫被炸成了肉渣。

他们忙着杀小怪和放炸弹，没有发现被炸成了筛子的没皮怪物正在慢慢发生着变化。它全身蠕动起来，每个曾经喷出腐败血液的伤口都生长出一些奇怪的肉芽，脖子旁的那道伤口生长得最快，没过多久，一条触手不像触手、蠕虫不像蠕虫的肉芽就从伤口处长了出来，在空中不断蠕动。其他一些细小的伤口长出更细的肉芽，靠近地面的肉芽很快蔓延上了水泥孤岛，不断分裂成极细的枝杈，就像树根一样密密麻麻地扎入水泥里。

怪物脖子上的那巨大肉芽爬上了一根下水道管子，聂雍突然看见，被这可怖的景象吓呆了，一时没有反应，突然间听得"啪"的一声巨响，另一条肉芽居然从另一根下水道管子里冲破管道壁，伸了出来！

那个没皮怪物被上下蔓延的肉芽钉在了地上，但它身上的树根状肉芽在不断攀爬、生长——聂雍突然想起了那间洗衣房里墙上的那些霉斑和抓痕，那些长长的抓痕——也许它们并不是抓痕，而是一些深入墙壁的肉芽爬行的痕迹？

这些触手不像触手、蠕虫不像蠕虫，倒更像是肉质藤蔓的东西爬上了墙壁和下水道管子以后，显然正在以惊人的速度蔓延——它们在建筑物上的蔓延程度简直惊人，没过多久，地面上、四周的墙壁上都有细长的肉芽伸出，在空中蠕动。

三翡被这些突然长出的肉芽吓了一跳，聂雍以前以为自己的行动力是黄桑的十倍，周梓馨的一百倍，但毫无疑问三翡的行动力是他的十倍——他居然伸手就直接去拔那些肉芽！

一截截古怪的血淋淋的肉芽被扔在地上，那些拔除了肉芽的墙面正和洗衣房一样布满诡异的抓痕，那是肉芽下无坚不摧的根茎扎入墙体留下的痕迹，之所以会像抓痕是因为这些肉芽并不是植物，它们深入墙面之后仍会不住地活动。

在三翡拔除了一些肉芽之后，侵占了整个空间的肉芽迅速收敛，像条条长蛇一样向没皮怪物的躯体聚集，将那东西牢牢缠住，仿佛正在保卫它的本体。三翡十分潇洒地向着被肉芽缠绕的没皮怪物冲了过去——只听"当"的一声响，他一刀砍在了那些肉芽上。

◎ 二十三 巨兽

当然——除了再砍出一些污血，三翡对快要变成一颗种子的没皮怪物其实并没有多大伤害。但看他刀光飞舞，身姿潇洒的样子，莫名地就激起聂雍一股豪气来，聂雍换着枪对着那团巨大的生物射击，无论是什么子弹都射入了那团血肉中。三翡砍得尽兴，纵身后跃，延迟炸药爆炸，又将没皮怪物炸得千疮百孔——就在那一瞬之间，三翡一扬手，破布刀如电光飞出，"咔嚓"一声轻响，削去了没皮怪物的那颗头颅！

牛气！聂雍用惊叹的目光看着道长！看过牛气的，还没看过这么牛气的！如果三翡不是这样一脸扬扬得意写满"我就是这么厉害"的猥琐表情的话，那就真是高人啊！

那颗没有皮肤的头轻飘飘地摔了出去，落地的时候摔得像个烂茄子，但一瞬间，它就像长了几百只脚一样轻盈地爬向下水道，飞快地沉入污浊的水中。聂雍目瞪口呆，就在那头颅落地的瞬间，所有的肉芽都以飞一样的速度收入它的伤口内，那颗头的断口处冒出了几百只细小的肉芽，它们像蜈蚣的足一样背着那颗头灵活移动，丝毫没有受伤的迹象。

而失去头的那个身体就像猴子一样，灵活而敏捷地钻进它下来的那下水道管子，手脚并用飞快地爬了上去！

三翡捡回了破布刀，露出很遗憾的表情，显然是想不通为什么断头后它还不死。聂雍看着怪物钻上去的那下水道管子，只恨不得找个什么东西把它永远堵死，这东西实在太让人恶心了！

　　"往哪边走？"三翡无辜地看着聂雍。

　　聂雍指着有裂角蜥的老路："这边。"他希望离没皮怪物越远越好。

　　"哦。"三翡抓着刀就往前走，他似乎根本不介意往哪里走，刚才那个怪物一样的没皮人形物变形来变形去对他好像也没什么影响，不知道是老前辈的神经粗得吓死人，还是那些在他眼里真的不算什么。聂雍拔枪，谨慎地应对着前面黑暗中随时可能冲出来的裂角蜥。

　　但沿着漫水的台阶往下，一直走进黑暗的走廊——四面的裂角蜥只是远远地待在角落里，根本不过来。

　　不对劲！聂雍觉得不对劲！上次他走到这里的时候，裂角蜥对他是多么"热情"，为什么这次居然避得远远的？并且……上次这里有这么大的一个水潭吗？

　　三翡已经在前面站住了："喂！要从这里过去，得要条船。"

　　曾经和裂角蜥搏斗的地面不见了——对面整洁的通道也不见了。

　　只有头顶黄光暗淡，照着一大片几乎看不到对岸的巨大水潭，三翡站在边上，水已经漫到了他的腰际，不知道水潭究竟有多深。聂雍意识到，他这可不是在做梦。

　　他来过这里，关闭了总电源，启动了电脑自毁程序。

　　所以对面所有的一切都变成了废墟，连带这里都塌陷成了一个深不见底的水潭。

　　没有去路。

　　去路早被自己在那次封死了。

　　"聂雍，那些就是想要吃我的怪物！"三翡飞速向一只裂角蜥跑去，仿佛非常好奇的模样，那只裂角蜥谨慎地看着他，摆出了攻击的姿势。

　　"小心！那些东西有毒！"聂雍急忙说。

他没有留意到背后深潭中正在悄然发生变化，一片奇异的"帆"从水潭里无声无息地升了上来。

那是一片暗红色的，带着黑色斑点的，宛如放大的鱼背鳍那样的东西，露出水面的一部分有一米多高。

聂雍蓦地停下脚步，不再陪三翡追裂角蜥，他听到了裂角蜥远离的脚步声。

那些裂角蜥纷纷向通道深处移动的脚步令地面都起了微微的震动，究竟是怎么了？

突然身后轰然一声巨响，肩头一阵剧痛和拉扯，他被一股大力猛地从地上举了起来，骤然间就上升了四五米高！惊慌失措的聂雍回过头来，只见几颗焦黄色的东西牢牢插入他的左肩，他眨了两下眼睛才看清那是几颗牙齿，往下望去，幽暗的光线中只看到一对小眼睛——呃，其实那眼睛有拳头那么大，但相对于它的头来说真的是一对小眼睛。

那家伙的头有近两米长、三十厘米宽，头型和它的身高相比算是非常狭长的，与其说像鳄鱼，不如说更像是一种长喙鸟，但那一米多长的嘴巴上下都生长着巨大的焦黄色獠牙，每一颗牙齿都有近十五厘米长。在它长嘴末端的两侧生着一对小眼睛，聂雍不知道它的眼球为什么是半红半绿对半开的，而且那红绿色有时候还会颠倒——它们显然可以转向不同的方向，聂雍希望这会导致它斗鸡眼。

这只巨大生物从水里突然冒出显然就是裂角蜥们逃走的原因，而聂雍已经挂在了它嘴上，只需一口，这只巨兽就能把他吞下肚。远处的三翡"哎哟"一声，跑了过来，纵身跃起，朝着那巨兽的鼻子狠狠地给了它一刀。

那把刀锋利无比，即使那巨兽的皮看起来犹如被卡车碾坏的沥青路面，却也被一刀穿透，一股深蓝色的液体顿时喷了出来。那巨兽不防鼻子受创，发出了"哞"的一声怪叫，猛地把聂雍甩了出去。

我的达摩老祖！聂雍眼睁睁看着自己飞了起来，被甩向黑乎乎的"屋顶"，他不知道这上面有多高，也不知道上面还有没有爬着什么怪物！眼前瞬间掠过了不知道什么东西，他尽可能伸手去抓——"啪"的一声他拉断了一根古老的电线，拽着那根可能也有一百多年历史的电线就像人猿泰山那样，聂雍荡向了另外一根生锈的管子，并牢牢地攀在了上面。

那只能直立的巨兽歪了歪脑袋，聂雍小心翼翼地往下望了一眼，心里叫苦连天。那巨兽背鳍和头都有两米来长，浑身暗红，还有粗壮的后肢和细长的脖子，站起来就像一只放大了无数倍的长着獠牙和背鳍的变种秃毛鹭鸟。这巨兽一旦站起来七八米都有了，他趴在这上面有什么用？裂角蜥在这巨兽面前那就是一兔子，怪不得听到动静就都跑了！

那只"秃毛鹭鸟"看着聂雍的位置，慢慢地伸长了脖子，那长嘴慢慢地伸到了聂雍身下的管子，轻轻推了推那管子。

管子轻微摇晃，它蓦地抬起了身体，整个站立了起来——聂雍嗅到浓烈的腥臭味，那巨兽的眼睛在他背后，那长嘴已经戳到了他身上。

温热的恶臭气息扑上了他的背，这背后的生物和裂角蜥不同，它可不是冷血动物，不是冷血动物就意味着比裂角蜥更敏捷更有耐力。

"哞——"它又发出一声怪叫。一阵微风吹了过来，聂雍两眼一闭，一松手就往下坠落——与其被这巨兽一口吞了，他还不如直接摔死在地上，如果运气好掉进水里，或许还有生机。

但他并没有掉下去，背后巨兽那长长的獠牙伸过来，将他轻轻接住，然后慢慢地放回到地面上。聂雍按着左肩的伤口，惊骇地仰头看着身前这只三层楼高的巨兽，难道这家伙空长着獠牙却不吃肉？还是因为看他长得稀奇怀疑他有毒？却见那只巨兽低下头来，慢慢将它的头垂到了聂雍身边。

巨兽那颗古怪的头实在很长，聂雍闭目等死，等了半天没动静，他将眼睛睁开一条缝。那巨兽见聂雍没明白它的意思，又努力侧了侧头。

三翡小声说："它大概吃素的……"聂雍突然看见那巨兽巨大的脑袋中间有一圈疑似缝合的痕迹，像被最粗劣的针线缝过一样，留下了一大排蜈蚣似的伤痕。

那是什么玩意儿？

三层楼高的巨兽缓缓地伏下，安静地趴在聂雍面前，将它细长的脖子和丑陋的头都摊在了聂雍面前。当它伏下来的时候，又像一只长着背鳍的巨大变形鳄鱼。

　　借着昏黄的灯光，聂雍看清了那巨兽头上令人毛骨悚然的东西——那一圈缝线的痕迹果然不是天然的，有个东西被缝合在这只巨兽的大脑里，已经被巨兽的皮肤包裹了进去，但是那形状和巨兽头颅的形状不太协调。这巨大的生物有一个狭长的头部，而在它巨大头部的中间，那两颗小眼睛的后面有一块浑圆的突起，突起的周边留着粗陋的缝线痕迹，显然有个不知道什么东西被移植进了这巨兽的头颅里。

　　它一定很痛苦，聂雍恍然大悟。难道这只巨兽智商已经高到知道那东西是人类放进去的，现在发现他不仅仅是个"食物"，还是个"人类"，所以就祈求他帮它把东西取出来？

　　没问题！他动了动左肩，觉得后肩的伤虽然痛，但没有影响到行动，然后从三翡手里拿过破布刀，信心满满地向巨兽头上那圈缝线割去。

　　按毫无常识的聂雍的想法——这只巨兽这么大，头上嵌进去的东西只椰子那么大，挖出来应该也没什么大不了，就当给它做免费美容手术了。刀锋一到，其实划破的是巨兽的皮肤，那些缝线早在漫长的岁月里和血肉融合在一起了，但聂雍的确感觉到了刀刃下有一个异常的硬物。

　　他轻轻地割开了一半的皮肤，然后小心翼翼地挑开了一点。

　　他以为他会看到一个电子仪器，或者怪异的标签。

　　但那是一个透明的玻璃罩子，周边古老的电线完美地融入了怪物的肌肉和血管中——而在玻璃罩子里面，是一块形状很眼熟的……大脑。

　　聂雍全身都僵住了。

　　三翡瞬间傻眼。

　　大脑？

　　这难道是这只巨兽的大脑？这东西这么大，大脑就长这么点？更何况这大脑的形状也太……太像那什么啥了……

太像人类的大脑了！

"喂……喂喂喂……"他惊慌失措地收回破布刀，"等一下，这东西像个大脑，我不能帮你挖出来，万一挖出来你死了怎么办？"

那巨兽发出"哞——"的一声怪叫，抬起枯瘦尖锐的前爪，在水泥孤岛上沉重地划了一下。

聂雍倒退两步。那巨兽划了一下，其实是两条划痕，那些利爪在水泥地上划出痕迹毫不费力。但它不是在磨爪子，它划了一个字——人。

聂雍又倒退了两步，这人间真的有听得懂人话会写字的动物吗？这动物都进化成这样了你说人类还混啥？怪不得人类都要变异了，那完全是逼于无奈！不在沉默中变异就在沉默中落后啊！你不变异过两天统治世界的可能就是只会吐口水说人话的裂角蜥了……当大脑里一系列疯狂的吐槽过去之后，聂雍吞了口口水："你……你头上那个东西，是人脑吗？"

"哞——"那巨兽又叫了一声。

聂雍的声音越发颤抖了："那那那……那你现在到底是人还是……"

那只巨兽低下头来，看着自己写的那个"人"字，从鼻尖发出了一声轻柔的呜呜声。

聂雍瞬间觉得自己要窒息了——眼前这只狰狞可怖，像妖魔鬼怪的结合体的巨大生物，它……它……居然是个人！它是只被植入了人脑的巨兽？！它还有人类的思维！而……而做下这些罪孽的人类居然将它扔在这种地方——不不不，这东西原先待的地方绝对是潘多拉深渊，只是因为它长得太大，裂角蜥无法捕食它，它可能还捕食裂角蜥，所以它活了下来，随着潘多拉深渊大门洞开，它也来到了下水道生活。

可是它是一个"人"，它拥有着人类的大脑，具有人类的思维！它实际上是一个"人"！说不定还是一个和你我拥有类似生活经历的普通人，它可能曾经有家人和朋友，结果它变成了这种样子，孤独地在这种地方生活，无法言语，没有娱乐、没有沟通，只有生存。

这是多残忍邪恶的事？

最可怕的是它生存着，以后还将继续生存着。

"喂，我是说……有没有什么办法可以救你？比如说……把你的大脑从这巨兽身上拿走？或者你更希望我杀了你？"聂雍深呼吸了几口气才有底气说这些，"老大，我……我很同情你的遭遇。"

那只巨兽默默闭上了它红绿相间的眼睛，慢慢站了起来，它巨大的前肢追捕聂雍的时候很灵活，但写起字来就很笨拙。聂雍看它歪七扭八地写出了一串数字——"206"。

"这是什么意思？"聂雍问，"你家电话？呃……不好意思。你生日？你……你银行卡密码？"

那只巨兽正在一步一步缓缓地退回水里，显然对于这么庞大的身躯来说，一直待在陆地上是很大的负担，它只能短暂停留，大部分时间它都要依靠水的浮力支撑身体。

"等一下！这个数字可以救你对吗？"聂雍问，"它到底是什么？房间号？"

听到"房间号"，那只巨兽突然重重地吼了一声，随即慢慢沉入了污水里。

206？一个房间号？

聂雍追到水边："喂！老大你还没告诉我从哪个水管上去能找到206房间……"

暗红色的背鳍也沉入了水面，黑色地下水道一片安静，仿佛什么都不曾出现过。

聂雍按着左肩的伤口咒骂了一声，但是他记住了，206！

BUC厂区有一个标号206的房间，它可能藏着能解救这个兽身人脑怪的秘密，而这件事他必须努力去做。

BUC公司的生化试验太可怕了，任何人……任何生物都不该承受刚才他看见的这种痛苦，那比杀人还邪恶几百倍！

　　三翡看着那只巨兽缓缓沉进水里，说道："它……真的是个人吗？"

　　聂雍将破布刀递到三翡手里："三肥，我没觉得你不是个人，同样，我也没觉得它不是个人。"他说，"可怕的是某些披着人皮却不干人事的坏蛋。"

　　三翡笑笑，转过身来说道："前面没路了，我们要到哪里去找那个206室？"

　　聂雍深深地吸了口气，然后慢慢地吐出来："我觉得……我们可能要回去找那个……会变肉芽的没皮怪物。"三翡吃惊地看着他。聂雍说，"那个东西，和曾身人脑怪很像！背后的棘刺、刀一样的手爪、分成对半的眼球……或者，它们是同一个实验的牺牲品。或者它们只是分处于不同时期的作品。天知道……但它们一定是有联系的，要找206房间，可能要从那只没皮怪物出没的地方找起。"

　　"那个东西……显然曾经也是个人啊！"三翡嘟囔了一声。

　　聂雍露出古怪的笑容："是吗？"

　　三翡翻了翻白眼，十分肯定地说："不是。"

　　"老子说是就是，说不是就不是！"聂雍懒洋洋地说，"以后'是不是人'

这档子事我说了算。"

"这种事岂可……"三翡立即辩驳。聂雍又说:"嘘!快走快走!我们去找东西吃!太久没吃饭饿死了!"

听到"吃饭"两字,三翡脸上顿时冒出了一种喜气洋洋的光,让他本来就微微发光的皮肤突然亮了几分:"快走快走!"

丧尸也要吃饭?!老子要给他吃什么?童男童女?新鲜人血?聂雍满脑子疑问,回到了没皮怪物钻进去的那个下水道口。

两人你看我,我看你,谁也不想先钻进去,终于划了两下拳,聂雍输了,只好当先爬了上去。

管道内壁沾满没皮怪物的伤口流出的黏稠液体,有些地方甚至是一层薄膜,聂雍觉得手指抓破了许多奇形怪状的东西,估计是从薄膜里长出来的小肉虫。攀爬的过程中他失手滑了几次,都重重地踩在三翡肩上,到最后对"失手"都没有任何危机感了——反正"三肥"道长在下面。

最上面的盖子已经被没皮怪物捏坏了,聂雍很顺利地翻身上来。

这是一间很大的房间,靠墙排列着七台比四门冰箱还要大的洗衣机模样的机器,另一边是四个洗手池,仿佛是个洗衣房。聂雍慢慢站了起来,这房间显然很久没有人进来过,估计不止八年,看这里面的机器还很亲切,也没多少高科技的影子,仿佛和聂雍生活的年代更接近一些。

这是 BUC 公司的什么地方?聂雍静静地站在洗衣房单薄的白炽光中,和他原先的估计不一样,这个地方不像是在影子离开之后秘密建造的,它像是在很久很久以前就被废弃了的,一个古老的生活区域。

但这里依然通电,和下水道里那盏黄色灯泡一样,这里的电源和总控制室的完全不同,来自另一条线。

到底是什么地方过了这么多年不仅没有被拆毁,还被原封不动地保留在这里?又是为什么被保留?聂雍头皮有些发麻,他用枪口轻轻挑开了其中一台洗衣机的门——这是一台很熟悉的滚筒洗衣机,距离现在的年代可能有些遥远。

滚筒的门打开了，里面不出所料是一堆衣服。

那是已经洗好的，烘干了的，没有被取走的衣服。

为什么这里的人搬离这里的时候没有取走衣服？聂雍轻轻地把那些衣服挑了出来——那是几件一模一样的衣服，浅蓝白色条纹，宽松的绑带上衣和肥大的裤子，没有纽扣。

衣服已经放了相当长时间，霉败的痕迹明显，但在浅色的纹理之间有一些陈旧的褐色的痕迹没有洗掉。聂雍又挑开一个洗衣机，里面是一些一模一样的衣服，不同的是那些衣服还没有洗过，上面深褐色的污渍清晰可见。

那种痕迹……是血迹？

聂雍沉默了一会儿，看了看四周，洗衣房的墙壁上涂的是古老的白灰，但也已经破损。斑驳发黄的墙壁上有一道道痕迹，像被什么东西抓过，留下长长的抓痕。抓痕从天花板蔓延到墙壁，有些在瓷砖地面都留下了深深的痕迹——曾经也有疯狂的肉芽在墙上爬行过。

墙上的霉斑大部分集中在靠近门口的一台洗衣机周围，聂雍挑开那台洗衣机的门，那里面果然有一些非同寻常的东西—— 一具尸骨。

那还是一个小孩子的尸骨，穿着那种蓝白色条纹的衣服，那件衣服还是大人的，小孩子穿在身上裹得像件长袍。衣服紧紧包裹着小小的骸骨，他把自己蜷缩得非常紧，躲在洗衣机里面，看起来并没有受到伤害，但还是死了。

一间奋满了血迹、抓痕和血衣的洗衣房。

一具幼小的尸骸。

三翡跟着从下水道里出来，第一眼就看见了那具幼小的尸骸，他双手合十对着小尸骸嘴里念念有词。聂雍四下张望，看见在最里面一台洗衣机后的墙面上贴着一张蓝色的图纸。

他凑近了看，那居然是一张地图。

地图标明是"辰光医院紧急通道示意图"，内容是万一医院发生火灾，工作人员应该从那几条通道快速撤离。

地图显示辰光医院共有三栋楼，一共是急诊楼一栋、病房楼两栋。在急诊楼和病房之间有一片花园，构造和聂雍熟悉的医院一模一样，占地面积不算小。

可这里是BUC厂区，在一个生物科技工厂内，为什么会有一家尘封的医院？这家医院占地面积不小，难道这么多年来BUC公司居然不知道在自己的厂区内有一个旧医院？难道没有一个员工曾经走到过这里？

聂雍一动不动地看着那张地图。

他看到地图的边缘还有一圈奇怪的阴影。

那圈阴影就像蛋壳一样，把整个医院完整地包裹在里面，没有任何缺口。

第三篇 · 灭绝之地

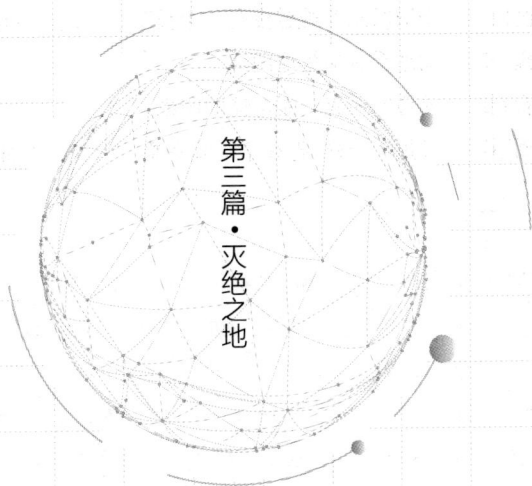

① 二十五 手铐

　　洗衣房的地上有一道蜿蜒的血痕，那是没皮怪物的身体从下水道爬上来的痕迹。血痕一路向门外蔓延，门外一片黑暗，按照墙上的地图标示，那是一片占地广大的花园。

　　三翡当先踏出大门，在冒出没皮怪物这样的鬼地方，他显然也很谨慎小心，破布刀舞出两团刀花，对着门外的黑暗挥了过去。

　　聂雍看着三翡挥刀，之前接连和变异的怪物搏斗，没空多想，现在看来这丧尸老道好像会一些传说中的"武术"？或者还会一些茅山道术？三翡必然有什么特别，才会被 BUC 暗藏起来做了多年的实验品——不过就凭死了很多年以后还能活蹦乱跳这点就已经很特别了。他在心里把三翡归类为"丧尸"，但那或许并非"丧尸"那么简单。

　　三翡沿着地上新的血色痕迹往外挥出了两刀，门外空空如也，黑暗中似乎什么都没有，只有空气被刀刃劈出了一股微风。门外太黑，聂雍拔出能散射的枪，也对着外面开了一枪，只听"呼"的一声，三点淡紫色光点击中了什么东西，火光逐渐冒了出来。

　　原来紫色光弹击中了花园中的枯木，瞬间引燃了干枯已久的枝叶。

　　橘黄色的火光越来越亮，隐约让聂雍看清了洗衣房门外的东西。

洗衣房的门口是一条走廊,左边是两间厕所,右边依稀是一排房间。有一条石头台阶通向花园,花园里种满了高高低低的植物,但现在都只剩下枯死的枝丫,在火焰的明灭之间显得鬼影幢幢。

三翡轻巧地跃上一棵着火的树,折下两根燃烧的枯枝,扔给聂雍一根。聂雍接过火把,举目望去,面前是密密麻麻的枯树,但并没有风,火焰在交错的树枝间蔓延,浓烟升腾,很快……似乎整个花园都将燃烧起来。

走廊上的血痕笔直地延伸向没有灯光的暗处,三翡持刀沿着血痕走去,他的脚步很轻,姿态很放松,但实际上他全身都进入了一种极其紧张的状态。

他没有关心背后的聂雍在做什么。

老道认真做起一件事来很专注,几近物我两忘。

聂雍原本跟在三翡身后,但经过右边第一个房间的时候,火把光芒一晃,他看见了房间里有东西在反光。他停住脚步,借着花园中的大火和手里的火把,从窗口看清了那是一个安装着钢铁栅栏的……病房?

房间有一半是空的,在房间中间从上到下严丝合缝竖着钢铁栏杆,把里面半间和外面隔开,在栏杆里面有一张不锈钢病床,再往里面靠近墙角的地方有一个厕所坑位,坑位的旁边有一个简陋的洗手台。

他微微挑起了眉——这不像病房,像个牢房。

但这的确是一个病房,栏杆里的病床上安装着古老的能挂点滴的金属长杆,床对面的柜子已经腐朽,柜面落下,露出里面放着的衣物和牙刷。一个东西在窗外的火光中熠熠反射着光辉,聂雍几乎全部的注意力都集中在了那个东西上——那是一副简陋的手铐,但丝毫没有生锈,手铐的一头铐在钢铁栏杆上,另一头伸向病床边一大团破败的棉絮。

一截枯黄发黑的人手骷髅从棉絮里伸出来,指节可怖地抓向空中,在褐黄色的腕骨上,手铐的另一头也是熠熠生辉。

聂雍悄然看了好一会儿,默然离开。

不祥和诡异在空气中浓烈得仿佛要凝结。

他离开得慢了一步,一瞬之间,就失去了三翡的踪迹。

通向前方的道路一片黑暗，左手边隐约有一个通向二楼的楼梯。不论是前方的通道或是二楼的楼梯都黑暗而死寂，没有留下一点三翡的痕迹。

聂雍侧耳倾听，除了身后花园里烈火燃烧的噼啪声，没有任何声音。

他握了握手里燃烧的树枝，慢慢地向二楼的楼梯走去——他没有忘记，他是来找一个标号206的房间的。

昏黄而跳跃的火光在他身前摇晃，一切细节都在不安定中乍隐乍现。有一瞬间他觉得自己看见了墙壁上写着字，但那些只不过是年久失修的裂隙。有些地方留着幼稚的图画，但与之搭配的只是洗衣机里的幼小尸体。

这个向左转的二楼是病房的第二部分，聂雍往前走了挺长一段路，周围什么都没有。

一直到火把的火光照到了走廊中间的一扇铁门。

铁门上一条一条手臂粗细的钢材几乎都没有生锈，猛地一眼像看见了关押猛兽的栅栏。

铁门中间挂着一把大锁。

那把锁仍然锁着，并没有被破坏。

所以三翡并没有走这条路？

聂雍的心跳加快了几分，那个被砍头的怪物如果不会穿墙，应该也没有经过这里。

他谨慎地将周围环境看了三遍，慢慢地靠近了那把锁。

那是一把型号很大的U型锁，和这个不知道什么材质铸造的"铁门"一样，充满了"简单粗暴"的痕迹。

他解下绑在身上的一把枪，对着U型锁比画了半天，始终打不定主意要不要开枪。枪声也许会引来那只无头怪，可是那只怪物既然没有了头，也就没有了耳朵，所以说担忧纯属多余？聂雍瞄准U型锁，正要开枪的一瞬间，他发现锁上有一层奇怪的沉积物，有一点像灰白色的水垢。

他慢慢伸出手指，摸了一下那层鬼东西，触手粗糙，结构松散，就像摸到了一把盐。

这层鬼东西里面居然没有冒出一只小怪物来咬他一口？真是出乎意料。

"盐垢"的下面，冰冷的U型锁锁身并不平滑。聂雍搓开那些沉积物，上面有一条极细极细的头发丝那样的缝隙。

正是因为这条缝隙，水珠在这里凝结，空气中的杂质和水发生反应，天长日久形成了这层薄薄的沉积物。如果没有这层沉积物，他在这样昏暗的光线下可能根本不会发现这把锁上有一条细纹。

聂雍的心跳在加快——这意味着什么？

也许……

他抓住U型锁用力扭动，那把锁太过厚实沉重，单凭手臂根本掰不开。最后聂雍用上了绑在腰上的枪杆当杠杆，那把枪也不知道是用什么材料做的，硬生生撬动了U型锁。

那条细缝果然有猫腻。聂雍的心微微沉了一下——这说明有些人试图把里面与外面隔开，而有些人却早就破坏了这道关卡。

"咿——呀呀呀呀——"沉重的铁门发出令人牙酸的声音，声音向四周死寂的黑暗传去，聂雍觉得自己简直成了黑暗中那发光的一颗太阳，这里隐藏的一切怪物都会知道他就在这里，下一秒就要被它们生吞活剥。

铁门被他推开了一条缝。

聂雍迅速侧身钻过那条细缝，并聪明地留下他的"撬棍"把门缝顶住——他可不希望发生"逃生者通过逃生通道往前走，凶手就无声无息地锁上了他通过的那扇门"这种恐怖桥段。

火把上的火焰变小了，他挥动了几下火把，照亮了这段被栅栏隔开的新区域。

新区域的左右两边都是半透明的玻璃门，玻璃门上积满年久失修的污垢，和U型锁的缝隙一样，都是一些脏兮兮的雪花盐状的东西。那些东西遮挡了火光，并且由于逆光，聂雍根本看不到玻璃门里的东西。

第三扇玻璃门破了。

一条奇形怪状的东西冲破了玻璃门，露了一条尾巴在玻璃门外。

聂雍目瞪口呆地看着眼前的新怪物。

当年的尾巴如今只剩下一截一截的骨骼，那条尾巴足有三米多长，以他的学问自然认不出那是什么物种的尾巴。但他认得长出尾巴的那个屁股，那髋骨，那两根腿骨……

那是一个人类的屁股。

一个人类的屁股，长出一条三米多长的尾巴。

聂雍不能想象那扇门里的那个屁股前面长的是个什么样的怪物头，他头皮发麻，又想起沉入污浊地下水的那只巨大怪物。

它还在等着他。

辰光医院和BUC一定有勾结。

它们都在做变态的人体实验。

由于它们的变态实验，做了冤魂的人和动物不计其数。

第四扇玻璃门也是破的，有个什么更大的东西从里面冲了出来，带出了一地玻璃碎片和一些乱七八糟的管线。聂雍谨慎地拿着火把往屋里晃了一下，隐约看到屋里有一张床，一台不知道什么仪器笼罩在床上，一个熟悉的东西从床上垂了下来，在火光映照下闪着光——一副带着锁链的手铐，和一楼病房里的一样！

第五扇门是扇金属门，门开着。聂雍又举起火把晃了一下，里面有一面监控墙，六七台电脑，电脑上都是灰尘。就在这不过二十平方米左右的监控室内，横七竖八地躺着十几具骸骨。

昏暗不明的火光之下，这个房间的地面上遍布着大小不一的霉斑和黑点。聂雍轻轻踩住几个，硬的、圆的、轻的，是弹壳；重一点、小一点、不平整的，是弹头。

地上的人类骸骨都不完整，加上遍布地面的子弹和弹壳，这一切都表明当年这里发生了激烈枪战，死了十几个人，这些人死前都受了重伤——骨骼上清晰可见严重骨折和粉碎性骨折的痕迹。

火把的火焰又小了一些。

聂雍在房间里没找到他熟悉的枪，再往前摸索的时候发现已经到了尽头。

黑暗走廊的最终端是一个常见的小阳台，阳台上也有一些干枯的小树枝，如果是风和日丽、蓝天白云的好天气，这么一个小阳台应该是让人感觉心旷神怡。聂雍却觉得有哪里不对头。

干枯的树枝。

一整个花园里干枯的树木，小花坛里干枯的树枝。

到底是哪里不对？

没有树叶的痕迹。是树叶全腐化成为泥土了吗？

聂雍用火把照着花坛上的枝丫，不妙的感觉在心中徘徊不去，他眯起眼睛对着那些光杆多看了两眼。枯枝上有一些痕迹，留到现在的树枝都不算太细，筷子粗细的树枝上有几道奇怪的划痕。

别的枯枝上也有或轻或重，深浅不一，但方向一致的小划痕。

这是什么东西留下的痕迹？聂雍紧皱着眉头。就在这个时候，火把突然熄灭，周围乍然陷入一片黑暗中。而远处遥遥传来一声吆喝——是三翡的声音！

三翡老道和什么东西动上手了！聂雍感觉毛骨悚然，火把熄灭，他暂时什么也看不见，只能悄悄侧过身躲在阳台与墙壁的夹角中。远处"叮叮当当"交手的声音不断传来，似乎还冒出了一些火花，周围一片漆黑，一股冰凉古怪的微风从不远处慢慢吹来。

有一点潮湿，有一点泥土味，不是很难闻，却是说不出的不和谐。

这简直比全然的黑暗还不和谐。

这里可是封闭不通风的，这股"微风"是从哪里吹来的？聂雍全身冷汗直冒，反手抓起绑在腰上的另一把枪，也不管那是把什么枪，本能地朝微风吹来的方向开火。

三点紫光倏然出现，幽微的光线散开，几乎立刻照见了一个影子。那是一只头部沾满泥土看不清楚，身体扁圆，全身有一道一道白色条纹的多足生物，大约有猫那么大，全身披着短短的白色绒毛。不知道是不是紫光照射的缘故，一眼之间，聂雍觉得那层绒毛底下是鲜红色的皮肤。

这鬼东西不会是吃人的吧？

三点紫光射出去，远处传来爆炸声，却并没有引发燃烧，火光闪了一下就消失了。

那只不知道有几只脚的绒毛怪慢慢地向聂雍爬来——聂雍眼疾手快地向它又开了一枪——这次他估算了紫光散射的角度，有一枚子弹射中这只爬行缓慢的绒毛怪。它直接就挂了，烧了一会儿，被洞穿的腹部流出一大堆鲜红色汁液，就像血一样。聂雍也看见这鬼东西是从哪里爬出来的——阳台的花坛里有一个洞——这只怪物是从土里钻出来的。

聂雍用枪头拨了拨那绒毛怪的嘴，嘴里满是短小平整的牙齿，再联想到那些布满划痕的枯枝——这东西是吃素的吧？大概是辰光医院被封闭了以后，这些素食怪吃光了所有的叶子，导致所有的植物都枯死了，最终它们自己钻入泥土中休眠。

虽然模样奇怪，但这玩意儿好像也没有什么杀伤力？聂雍抓住那把不知道还能射几次的枪，决定原路返回，往三翡那里赶去。这二楼只有五个房间，并没有"206"，也许巨兽所说的"206"并不在这里。

聂雍离开了。

黑暗中，那只白色绒毛怪的伤口中的鲜红汁液逐渐流光，露出了一肚子橙色的、圆滚滚的东西——那是它的卵。

又过了一会儿，橙色的卵逐渐变黑。

有几个卵无声无息地裂开，几只蚯蚓一样的、漆黑的小虫先钻了出来，爬进了无尽的黑暗之中。

"叮叮当当"的声音从高处传来,聂雍一路追踪到三翡发出声音的地方,发现声音是从头顶上传来的,连那些闪闪的火花也是从头上掉下来的,三翡的声音遥遥传来,隐约听得出是在咒骂。

但并没有无头怪的踪迹,也没有另外一只怪物的声息。

敢情那些"与敌人激烈交手"的声音,都是他一个人弄出来的?

"三肥,你在干什么?"聂雍无奈地仰头问,"你是怎么爬上去的?"

人影一闪而落,三翡手持破布刀,在黑暗中他全身发出一层清莹之色,姿态飘然若仙。

"这个地方是全封闭的!"三翡叫苦连天,"可能除了我们上来的那个下水道,其他地方密不透风。"他指了指头顶,"上面是一层水泥,我往上冲了半米,再砍这把刀就废了。"

"什……什么意思?"聂雍呆呆地听着,说道,"上面不是天空?"

"上面是一层不知道多厚的水泥板。"三翡一本正经地说,"阿弥陀佛,贫道原本以为上面可能是出路,但适才已将所有角落敲打了一遍,上面不是天,也不是天花板,是不知道多厚的密封层。"

"无量天尊……"聂雍喃喃地说,"你念错法号了……"他悚然一惊,突然失声大叫，"这里是密闭的？难怪——地图上画的阴影就是密封层！可是刚才外面那么大的火，我的火把熄灭了，不是因为没用或有风，是因为——"他倒吸了一口气，"缺氧？"

三翡惊讶地看着他："花园里的大火已经熄灭，差不多氧气已经耗完，贫道早已转为内呼吸，你却为何还活着？真是稀奇古怪，不可思议，来来来，让贫道研究研究。"

缺氧？聂雍苦笑，他当然知道他还没感觉缺氧可能是因为那针血氧针的功效还在，毕竟他在海底总共并没有待足一个小时，但无论如何，他也支持不了多久。

"既然你已经把这里大致摸了一遍，有没有发现 206 在哪里？"

"这里的楼房都很老旧，"三翡说，"左右楼层也就五层，每层都是五个房间，哪里来的 206？"他摸了摸鼻子，"我们不会被那只怪物骗了吧？"

聂雍暗自嘀咕，就为我们两只连零嘴都算不上的蝼蚁……它犯得着吗？谁愿费事和你斗智斗勇啊？你以为你是奥特曼？

远处花园的火已经熄灭了，三翡身上的荧光非常微弱，他却觉得越来越看得清四周，十分奇怪。三翡骤然伸手拉住聂雍，聂雍只觉得一股巨力从手腕和腰际传来，仿佛荡秋千一样三翡把他拖出去两三米——而在他们刚才站的原地，一只熟悉的怪爪堪堪收了回去。

聂雍一低头，见那只无头怪四肢匍匐在地上，悄悄地靠近了他们，那只骷髅不像骷髅，镰刀不像镰刀的爪子刚从他脚边扫了过去。

三翡一手将聂雍带开，一手破布刀挥出，姿态飘逸潇洒，一刀砍中无头怪的背部。

只听一声闷响，血花再度四溅。聂雍捏着鼻子看老前辈再度刀刀命中，然而并没有什么用。

而就在三翡和无头怪动手的时候，周围的光线的确越来越亮，亮到他都能看清楚三翡的脸色了。

老前辈的脸色不怎么好，虽然可能是百年丧尸，但也可能只是个武林高手，这里空气中缺氧，大大不利三翡动手。聂雍正想撸起袖子上去拼命，突然发现周围变亮了并不是三翡主动发了大光，而是远处有灯光——刚才他走过路过，还顺手打死了一只绒毛怪的那栋楼房亮起了灯。

绝对的黑暗之中，远处亮起了一排灯的是二楼。

正是他刚才逐一摸索过的那层。

有鬼！聂雍吓得面如土色。

三翡砍靶子砍得顺手，眼见灯亮了，也觉奇怪："这鬼地方居然还有别人？"

这鬼地方还能有"别人"吗？

真的不是活见鬼？

远处的病房亮起了白灯，如果玻璃上没那么多污渍，看起来可能比较舒服。

但窗户上不但有长满了霉斑和沉积物的阴影，还有一个"人"的影子定定地站在第六扇窗户后面，看起来越发像活见了鬼。

等一下，他明明只找到了五扇门，而这亮灯的第六个房间的窗户是怎么回事？

闹鬼都闹到次空间去了吗？

"咦？"三翡一边砍无头怪一边发出声音，"密室？"

居然有密室？！

"奇怪，这不过是个处理变异人的普通医院，盖密室干什么？"三翡嘀咕了一声，百思不得其解。在他生活的年代，因为战争刚刚开始，受到武器污染的情况不多，变异人更是少之又少，即使有也会被当局抓走，关在医院里面"治疗"。

说是治疗，其实是做研究。

一般情况下，研究着研究着，被研究的人就被研究死了。

进了医院的变异人从来没听说过有活着回来的。

早就自闭大展龟息大法意图假死逃过当年乱世的老道并不知道在他假死三十年后，发生了一起轰动了半个亚洲的变异人脱逃事件。

没有头以后，那只凶猛的怪物战斗力大打折扣，只是在三翡刀下它的血越溅越多，从它的血液中孵化出来的古怪小虫也就越来越多。最终无头怪有些受不了了，它毫不留恋地往外逃去，整个背脊被三翡砍碎，暴露出白森森的骨骼。

那怎么看都是人的骨骼。

但这一次无头怪受重创，它却没有放那些恶心的肉质藤蔓出来。

三翡和聂雍都没有注意，脚底下千奇百怪的小虫子当中混入了一些蚯蚓模样的黑黝黝的生物。

它们卷住从无头怪血液中孵化出来的各种小肉虫，开始大嚼起来。

正在这时，聂雍指了指亮灯的第六个房间："那大概就是206，走吧！"

"走！"三翡毫无异议，既然冒死进来了，该做的事、该走的路总是要闯一闯的。

三翡往上冲击的地方是医院一个高点，在一处天然假山旁边，这地方远离病房楼和医院主体，比较安全。而当聂雍和三翡往医院主体靠近的时候，一种机械的嗡嗡声响彻夜空，那是非常熟悉的声音。

见鬼！有什么人把发电机开了。

三翡突然深吸了一口气，在靠近医院病房楼的地方，空气中开始有极其稀薄的氧气。有人在发电，发电就能制氧。这个时候氧气从这里飘逸出来，无疑将会拯救在这个密闭空间里存在的所有耗氧生物。

他们在前进的路上看到了一些泥土被翻了起来，曾经的绿化带里有一些新鲜洞穴，大概就是那种无害的白色绒毛怪。三翡对洞穴视而不见，没走多久，病房楼就在眼前，在多出来的第六个房间的窗口，映出一个人的影子。

那是一个附着在玻璃上的男人的影子，头发很短，他的双手都按在玻璃上。

他动作奇怪，看起来就像要向上爬一样。

但他定在那里并没有动。

在这栋启动了发电机和制氧空调的古老病房楼下，几十只毛茸茸的白色多足虫沿着墙壁缓慢爬行。三翡拉着聂雍，提气一跃，直接上了二楼的窗沿。聂雍感觉像是被钢管子活生生吊上来的一样，差点口吐白沫。

上了二楼，三翡一刀砍去，聂雍还来不及看清窗口那边是什么状况，只见玻璃碎裂，一具硬挺挺的干尸往外扑出。背后是光溜溜的外墙，聂雍往旁一闪，那具干尸从窗口扑出，直直摔下一楼。

干尸掉下去之后，房屋里飘散出一股怪味，三翡持刀杀入房间。聂雍正要抬脚跟着进去，只听三翡"哎哟"一声，简直像火烧屁股，比进去时还快地跳了出来，眨眼不见踪迹。

屋里亮着灯，并没有什么更加奇怪的巨兽，年代久远的白炽灯乍红乍蓝，闪着将要熄灭的彩光。在闪烁的灯光下，房间正中是一张床，床上仍旧躺着一个人。

这种结构和聂雍在一楼病房和二楼第四个房间所看到的一样，他并不觉得奇怪。

那张床上同样罩着一台硕大的仪器，在通电的情况下，仪器上亮着灯。一排白色大灯照在病床上那个人的脸上——那是另外一具干尸。

聂雍揉了揉被三翡勒得难受的老腰，一翻身进了房间，发现房间里并没有活人。

除了病床上一个人，以及那个终于完成临终遗愿顺利从窗口扑出去的干尸之外，病床周围还躺着三具干尸。干尸身上看不出什么伤，都很完整，地上掉落着一些样式奇怪的器具，历时多年仍旧完整，没有丝毫锈蚀的痕迹。

看起来就像四个人正在进行一场普通手术，不知道发生了什么变故，死亡降临了——过程可能略有时间差，导致有一个人冲到了窗户边，然而并不能改变结局。

这屋里看起来比辰光医院的任何房间都正常，聂雍压根看不出有什么能把三翡吓得掉头就跑。他探头去看病床上的那个人，那张床上躺着的是个看起来很普通的人类，与周围的干尸相比，他皮肤微皱，却面目如生。他三十多岁的年纪，一双俊朗的剑眉，鼻若悬胆，如果还活着勉强算得上一个老帅哥，但是这位仁兄由胸至腹被开了一个大洞，内脏器官不翼而飞。

联想到下水道那只巨兽的遭遇，聂雍毛骨悚然地想这位仁兄的内脏不会也装到哪只"陆生八目鳗类"或"多脚绒毛怪"身上去了吧？但见这位仁兄大脑尚在，想必也不是下水道巨兽的真身。

下水道巨兽的真身应该也是在这个房间被切除了大脑，移植到巨兽身上。如果不是躺在床上的这位仁兄，那么它的真身在哪里呢？

"它"的身体有没有被保存下来？

聂雍目不转睛地盯着病床上的死人，过了好一会儿突然醒悟，吓跑三翡的，不会就是这具尸体本身吧？难道三翡认识这个人？

三翡前辈落荒而逃，幸好这鬼地方不管他跑到哪里，最终还是要跑回来的，聂雍并不担心。

这个房间看起来没有门，不知道入口是在哪里，不过既然它根本不掩饰多出来的窗户，想必也不是特别严密的密室。干净的白色涂料墙壁，其上并没有发光菌，靠墙有一排青灰色的柜子，聂雍小心翼翼地绕过地上面目模糊的干尸，屏住呼吸拉开了一个柜子。

里面依然没有腐尸、怪物或恶心的虫子，青灰色的柜子里是整整一柜子的档案袋，由于保存得好，它们看起来就像新的一样。

档案袋最前面的一个看起来特别厚。

聂雍把它拿了起来，拉开牛皮纸档案袋，注意到袋子上并没有写字。

里面放着一本蓝绿色的记事本，不是特别正式的日记，有点像不正规的素描本。

翻开本子，前面几页都画着精细的人体解剖图，还有一些常见的飞虫鸟兽的局部图。画画的人显然精通素描，非常严谨，连飞鸟的羽毛都画得惟妙惟肖。

但渐渐地往后，这个人的图画就开始潦草起来，到了记事本的二分之一位置，不再画画，开始写字了。

"……我有一个梦想。"

这个人写的字很漂亮，他在记事本总页数二分之一的那页上写了一句话，并签了一个名——"陈子玥"。

聂雍翻过那一页。

第二页开始没有再提他的梦想，聂雍想看到的一些信息突然就出现在笔记本上。

陈子玥写道："每个人脸上都带着微笑，一切都在向好的方向进步。我看到有些人已经出去了，不知道什么时候轮到我？刚来的时候这里只是一个陈旧的疗养院，令人不安，最近有一种奇妙的感觉，我开始喜欢这一切。"

疗养院？

这里原来是个"疗养院"？聂雍耸了耸肩，有谁会喜欢在病床上挂手铐的疗养院？这样能治病吗，不被治疯都是万幸！

第三页写道："安塞·利尔德是个优秀的画家，优秀的烹饪高手和慈祥的母亲。妈妈，我什么时候才能再见到你？我正在接受治疗，感谢你对我的耐心，让我在二十多年的时光中从来没为我的尾巴感到郁闷。我爱你。"

尾巴？聂雍眨了眨眼睛，又翻了一页。

第四页写道："他们说我的尾巴和脊椎的神经相连，他们要求我用尾巴做出各种动作，我有点害怕，但我的尾巴好像不这么认为。我的尾巴上有一个神经节，结构像人类的大脑，他们对我开玩笑，说我是一个有两个大脑的人。"聂雍看到这里吓了一跳，这一页陈子玥写得特别长，字迹也开始潦草起来，仿佛刚听到这个结论时他的心情也很激动。他继续看下去："我的尾巴会感到愉悦或害怕吗？它对艺术有兴趣吗？被要求用尾巴作画，我画了《艾雷格斯的晚餐》，他们开了个会，决定推迟切除尾巴的时间，我不知道为什么。"

《艾雷格斯的晚餐》是什么东西？聂雍抓了抓头皮，继续往下看。

"……尾巴在发抖，吃了药，它抖得更厉害了。"

"他们说还不到时候，妈妈，我有一点害怕，会好的，这一切终将过去。"

"……尾巴还在发抖，但并不痛。"

"……"

"今天又领到了七天的药，隔壁的薇薇已经回去了，只有我还在这里。尾巴没有萎缩，今天测量的结果显示，尾长已经达到了 268 厘米，在洗澡的时候非常不方便。我开始需要有人帮助站立、需要有人帮助穿衣，体重已经达到 137 公斤，绝大多数的重量在尾巴上。妈妈，我无法行走了。"

聂雍看到这里，叹了口气。

显然素描小画手兼日记作家陈子玥先生，就是三号玻璃门门口那个长着三米多长尾巴的那个屁股。

记录本翻到了最后一页，最后一页的字迹已经非常潦草。

"我终于知道他们对我做了什么！他们一直在等它发育成熟！他们要救的根本不是我！"

而后面空白的本子里，夹着一张发黄的老照片。

照片是一个十来岁青涩可爱的混血少年和他母亲的合影，少年五官精致，和身后外国血统的女人有几分相像，那女人的微笑温婉平和，妆容精致，看得出他们很幸福。

从照片里看不出任何"尾巴"的踪迹。

聂雍合上记事本，慢慢地把它放回档案袋里，这个"傻甜白"素描小画手，居然一直到最后时刻，才发现别人对他做了什么。

显而易见，辰光医院并没有想"治愈"陈子玥，他们只是想要得到一条带有大脑的尾巴。

而那个大脑，会不会就是下水道巨兽的大脑？

◎ 二十八 陇玉知

　　青灰色柜子里其他的档案袋内容和陈子玥日记并不一样，里面有些是用英文写的，有些是用聂雍不认识的不知道什么文字写的，附带上一大堆草图。

　　虽然不知道那些写的是什么，但那才是辰光医院的真实研究材料。

　　如果影子还在这里，说不定他就能看懂这些鬼画符到底在说些什么。

　　聂雍不知道第几次把手伸进口袋，握住那个小球。

　　"啪"的一声脆响，一道明亮的电流从他口袋里窜了出来，聂雍只觉得白炽灯突然亮起，随即熄灭，周围却没有陷入黑暗，身周密密麻麻形成了一个静电圆球。那些微型闪电模样的幽蓝电流盘旋流转，沿着墙壁蔓延，随即连接上了墙壁内部的电源。

　　电光闪烁，眼前就像过了一阵无声无息的强光闪电，庞大的静电圆球随之熄灭，一个熟悉的人影浮现在聂雍眼前。

　　盖帽长袍，见不得人的影子又出现了。

　　你这充电的光景也太吓人了！聂雍的眼睛差点被闪瞎，他怒视着突然出现的影子："你还没死？"

　　影子沉默。

"你个神经病你还会自行充电,有本事在老子快死的时候你出来啊!"聂雍怒火冲天,"这个时候出来算什么英雄?!"

"要突破介质强行充电并不容易……这个房间里有……"影子刚解释了一句,聂雍立即"呸"了一声:"不用解释了,老子不相信你!"他挥了挥手,指着柜子里的文件,"去看一下,有没有大脑移植的手术记录?我要找一个大脑。"

影子低声说:"你要把档案拆开,我才能扫描和阅读。"

聂雍冷笑:"高科技也不是无所不能的啊?"他一边拆档案,一边对影子冷嘲热讽。影子也不生气,安静却高效地扫描所有档案。

"辰光医院。"影子似乎微微叹了口气,"这个地方我没听说过,大部分数据库里也没有,显示有保存这个地方资料的数据库提示'绝密',需要二级密钥才能阅读。"以他的语调听来,他也对有个地方居然对他来说仍是"未知"感到奇怪,他继续说道,"不过这里是八十几年前的建筑风格,里面发生的事已经快过去一个世纪了。"

"绝密档案保存在哪个数据库?"聂雍问,"你真的弄不到那个二级密钥?"

"在S•S总联盟数据库里,"影子答道,"它是国家战队联盟的前身,防护等级非常高,如果强行进入系统,我会遭到追踪,并被攻击。"

"也就是说其实你也不是一定看不到。"聂雍哼了一声,"你连到了电源,知不知道发电机是谁开的?"他已经在这里待了很久了,却一直没有受到攻击,打开电源并制造氧气的人不知是敌是友。

"总电源开关并不在这里面。"影子扫描了部分的档案,慢慢地移到手术床上那具干尸前面,缓缓地说,"这里显然是个死地,能控制这里的总开关在外面,用以防止'笼子里的人'脱离控制。"他的声音略微一顿,"这个人……这个人并不是变异人,为什么他们解剖了他?"

"你不知道的事,老子怎么会知道?"聂雍耸耸肩。

影子诧异地说:"把正常人类禁闭在'疗养院'里是重罪,何况这个人是陇玉知，是陇门的首领……"

影子还没说完，聂雍心头一跳，陇门？他依稀记得，三翡那把破布刀上写着一句诗"欲向陇门掷一生"，在他的丧尸棺材前面立着一个牌位，上面写着"陇门"两个大字。

陇玉知对影子来说也是非常久远的前辈人物了。陇门是一个以武学为主的道教派系，入门的人都以"陇"为姓，道号为名。例如"三翡"，他的身份证应该登记为"陇三翡"，而"陇玉知"出门就应该自称"玉知道长"。陇门非常神秘，武学根基深厚，据说有数千年的历史，根据民间传说可能还兼通一些画符收鬼、点石成金、撒豆成兵、开卦算命之类的伎俩。

陇玉知以一身神秘武学成为第三次世界大战后S•S总联盟最有名的"猎人"，以绞杀发狂的变异人和变异兽出名，他在名气最大的时候突然失踪。有野史记录当时S•S联盟总部发生过一起叛乱，理事长丽莎被杀，理事长秘书受重伤，十二名成员死三、伤九。有人说陇玉知在那起叛乱中阵亡，也有人说他就是背叛者，一个武力强悍，能独立歼灭"鹅兰娜战龙"的男人就这么突然消失了。

八十几年后，聂雍在BUC公司废墟深处，一个叫"辰光医院"的陈旧破烂的小疗养院的密室里，找到了他被开膛破肚的干尸。

没有全知万能的影子联网搜索，谁会知道他是谁？

聂雍看着躺在床上的尸体，仿佛看见了自己那些盖着国旗的兄弟，他也许并不了解陇玉知，却不妨碍从心头涌起悲愤和无能为力。

无论关于陇玉知的真相是怎样的，只要是人，谁都不该遭遇这种事——陇玉知不该，陈子玥也不该。

还有下水道里的那只巨兽，也不该。

"他是我师兄。"一个声音突然从背后响起。聂雍和影子转过身去，三翡老道全身浴血，不知道出去和什么东西狠狠干了一架，还有些细微小虫在他身上挣扎，形状异常可怖。

他果然去无可去，避无可避，又回来了。

"有出息的大师兄出门去救世，没出息的师弟躺在家里睡觉。"三翡苦笑，"结果一觉睡醒，师兄不见了。不要看我，我对事情了解得也不多，当年拼命找的时候没找到他，八十多年后能看到他躺在这里，也……也算圆满。"他双手合十，一本正经地对聂雍行了一礼。

聂雍一开始没搞清楚他在干吗，被拜了一下以后毛骨悚然，问道："喂喂喂，他本来就躺在这里，还是你先看到的，你拜我干什么？"

"机缘在你。"三翡回答，他已经从看见陇玉知的冲击中恢复过来，又有了些神神道道的旧模样。

聂雍无语，和个迷信的神经病没什么话可说的了，指了指影子，他介绍说："这是个高科技。"

同样是老古董的三翡兴高采烈地点头："我知道，这个就是人形电子宠物，我小时候也拿师兄的钱偷偷养过一个，不过是女的。"

聂雍和影子对视一眼——所以作为一个道士，你当年养的那个究竟是什么？

◯ 二十九 薇薇·夏洛特的大脑

十二分钟以后，影子终于将文件柜里的东西扫描完毕。而辰光医院的第二项重要求生设备也被启动了——那是通风系统。

停滞不动的空气开始流转，聂雍深吸一口气，从没觉得微风这么亲切。

求生系统接连被启动，说明外面正在靠近的人不是敌人，可能是救兵。

这让聂雍和三翡的心情都好极了。

"大脑移植手术。"影子突然说，"我找到了一个将人类大脑移植入组合兽大脑的记录。"

聂雍精神一振，肯定是这个了！

"记录得太潦草了，这是非常早期的实验。"影子提示了一个档案号，聂雍把它从一大堆翻开的档案袋里找了出来。

这个实验的目的甚至不是为了移植人脑，它的目的是试验那只组合兽。在辰光医院存在的年代，人和人之间的大脑移植已经是常规手术，辰光医院将一个"废弃的人类大脑"和一只新组合兽结合在一起，是为了更好地测试他们所选择的这些基因能不能在一个动物身上和谐共处——加上一个人类大脑他们可以更容易从组合兽那里得到正确的反馈。

也就是说他们给那玩意儿潦草地装上一个脑，就是为了从它那儿听到一句"这样好"或者"这样不好"。

任何动物的基因都是其适应环境的产物。飞行类动物在地球上发展出来三种，羽翼类、蝠翼类和蝉翼类，他们想弄出来一个会飞的东西，在基因组合上就要考虑让它生出哪一种翅膀。他们想要这玩意儿不但会飞还会写字，就需要考虑要给它一个手掌还是一个触手，说不定触手远比手掌更容易完成指令？而实验的最终结果说不定反馈回来：其实它只需要一个对生的拇指。

这就是给组合兽装人类大脑的初衷。

聂雍不能理解在一个尖嘴鳄鱼的大头下面安装一对鹭鸟的脚，这种怪物到底是要投放到什么地方才能起作用？它游泳又游不过鳄鱼，又不像鹭鸟会飞，在他看来根本是个废物。

影子却不这么想。

辰光医院及其幕后团队，显然是针对某一种特殊环境设计了这只组合兽。并且从这只组合兽超乎寻常的寿命和适应力来看，实验是成功的，它能够生存——当然这种生存能力很大程度上是依靠了那个开了外挂的人类大脑。

这份档案绝大多数内容都在记录他们是怎么培养那只组合兽的，也就是他们称为"戴背鹭足鳄"的巨兽，几乎没有提到那个"废弃的人类大脑"是从哪里来的。

但那个大脑肯定来自和它同期做手术的某个人。

影子以手术日期进行检索，找到了和这"戴背鹭足鳄"同日做手术的倒霉鬼——薇薇·夏洛特。

这是个女孩的名字。

她的档案里记录着：薇薇·夏洛特，女性，十七岁，高中二年级。

她的变异类型是"重度全叶青兰（疑木樨草素）过敏"。

这是种什么样的奇葩的变异？聂雍目瞪口呆。那档案上洋洋洒洒地写了对薇薇·夏洛特做了多少种实验，把她和全叶青兰、木樨草、辣椒等放在一起做接触实验，薇薇·夏洛特的过敏率是多少，接触全叶青兰几乎百分之百过敏，而接触提纯的木樨草素过敏率却只有 71.43%……

"全叶青兰是什么？"聂雍越看越糊涂，"他们为什么要研究这个？"

"那是……一种现在已经灭绝的植物。"影子回答，"一种原产于高山森林里的草。"

档案里并没有对薇薇·夏洛特所谓"过敏"的描述，就为了所谓的"过敏"，他们就这样残忍地拿各种草折磨这个女孩，然后随意地把她的大脑移植到"戟背鹭足鳄"身上去了？聂雍越看越气，关于对矫正过敏的手术，手术记录是十几页花花绿绿的铅笔画和英文。

"除了大脑之外，他们对她做了什么？"

影子的反应很奇怪，他对着那些描述沉默了一会儿，才回答："他们……切除了她一只左手。"

连三翡都表情扭曲了一下，他伸手把聂雍手里的档案抢了过去，在聂雍"你能看懂？"的怀疑目光中翻阅了那些手术记录，颇觉奇怪地说："切除一只手对治疗过敏一点用也没有，他们只是为了切除和保存她的左手，为她的左手做足了一切保存措施。然后他们就挖出她的大脑，拿去移植到了那只'戟背鹭足鳄'的头上。可是切除一只手并不会死啊？这是在杀人。"

"这是在灭口。"影子说，"他们只是为了得到那只左手，就像他们想要得到陈子玥的尾巴一样。"

"陈子玥死了，无脑的薇薇·夏洛特在哪里？"聂雍低声问，"难道被他们吃掉了？这里总该有个处理尸体的地方吧？"他心中对辰光医院的痛恨暴涨到了极致，但这个鬼地方八十多年前就被封死了，除了遗留下几只总也杀不死的怪物，罪魁祸首都已经死得只剩一地骨骸。

但在这个医院不大的区域里并没有墓葬，每个房间三翡都转过了，并不是每个房间都有人，有人的都只是骸骨，和这个疑似 206 的密室一样。

死神突然降临，在某一个时刻辰光医院的时间停摆了。所有的人都无声无息地死在同一个时刻，包括研究者和被研究者。

一模一样。

找不到保存完好，能够接受脑移植手术的身体，薇薇·夏洛特的大脑从戟背鹭足鳄身上取出来就会死亡，根本没办法获救。

就在聂雍、三翡和影子围着那些档案和记录议论的时候，他们并不知道，这栋亮着灯的病房楼外墙已经被不计其数的或大或小的白色多足绒毛怪爬满了。

它们一只叠一只，一层叠一层，随着它们的蠕动，成千上万橙色的、黄豆大小、圆滚滚的卵被挂在墙外，从远处看来，整栋楼都变成了黏腻的、艳橙色的、流淌着汁液和虫卵的巨大葡萄状表皮怪物。

绒毛怪和它们的卵没有怪味，它们散发着一股湿润的、青草般的、令人愉悦的气息。

那是一种安抚猎物神经的嗅觉麻醉剂，经常接触这种致幻气体的人会感到安全、精神放松、心跳减慢、血压降低。它的学名叫作"嗜肉灰粉蚧"，是第三次世界大战后产生的变异种，生存在人类无法存活的超强辐射区。奇怪的是在最恶劣环境下生存的嗜肉灰粉蚧能释放出让人感觉精神愉悦的致幻气味，居住在它身边会让人有安全感，降低冲动行为，对生活感到满意，这是它引诱猎物上门的物种特长。当人类发现它有这种能力后开始大量捕捉嗜肉灰粉蚧，并把它作为宠物饲养，充当生物精神毒品。

享受嗜肉灰粉蚧的气味不会造成任何健康隐患，也不会成瘾，还能治疗高血压和心脏病。这种生物行动缓慢，成虫素食，只有幼虫时期要进食大量的肉，但它幼虫的时期很短，成虫的寿命却很长，并且好像随便怎么养都不会死。饲养这种宠物的饲主都不会把这些毫无威胁力的小玩意儿当一回事，而辰光医院更是把这种东西当作精神安抚的手段，放养在整个医院的范围内。

但这是一种能在人类不能生存的环境中进化的物种。

嗅到了久违的食物的气息，集体"赶场"产卵的嗜肉灰粉蚧开始分泌大量致幻分泌物，成千上万的橙色卵纷纷破裂，几万只黑色蠕虫钻了出来。

屋顶上匍匐的无头怪突然往旁边跃开，它失去了大部分感官器官，但是融合在身体内其他物种的基因仍然提醒它应当远远避开。

嗜肉灰粉蚧的幼虫嗜肉，但并不是只吃肉，它没有毒，得到充足的食物在十二个小时内就能转化为成虫，这段时间它要进食相当于出壳体重上千倍重量的食物。

所以它什么都吃、吃得很快，而且什么都咬得动。

十二个小时后它就变成成虫，然后就能产卵。

这就是在最恶劣环境中进化出来的生物本能——食物非常宝贵，要在有食物的时候抓紧时间完成繁衍后代的全过程，能吃最有营养的就吃最有营养的，没有的话能吃到什么就吃什么。

病房楼的墙砖正在无声无息地被啃食，幼虫现在并不大，口器还非常小。

聂雍在辰光医院摸索逃生路线的时候，他原先坠海的 M97 海域的海面上掀起了巨大的波浪，海水颤抖着，仿佛有巨龙在其中扭曲挣扎，一枚型号古老的导弹破浪而出，发出大量的光和热，往天际飞去。

随着那枚导弹出海的巨浪，第二枚、第三枚、第四枚导弹紧随其后，它们向程序设定的目标飞去。

随着导弹发射的惊人动静，整片海面像开了锅一样翻滚起来，不时可见奇形怪状的深海生物的尸体，偶尔也掺杂着颜色惨白的星障人。一艘体型巨大的灰色运输机悬停在这片惊涛骇浪之上，犹如被定住一样平稳，它往海底弹射出长长的牵引索，几分钟后，飞碟形状的 P99L 幻形战机被牵引出海，灰色运输机带着 P99L 幻形往远处缓缓飞去。

两架战机远去，海底再度传来苍龙怒吼般的巨响，刚才发射导弹引发的海啸开始展现力量。海平面骤然高涨后剧烈回落，高低落差极大，掀起巨大的潮汐力往岸边狂涌而去。

在海啸正中心，三个极小的黑点浮出水面。

沈苍、叶甫根尼和威尔逊浮在巨浪翻滚的海面上。

他们没有找到聂雍，却遇上了核泄漏。

那几枚核弹的密封层刚刚破裂，叶甫根尼只来得及稳住三颗核鱼雷，对那四枚 SS-N-5 导弹他实在无能为力。情况紧急，沈苍采取的措施和影子设想的一样——修好武器系统，将核弹发射出去。

沈苍和聂雍这种不学无术的菜鸟自然不可同日而语，他放弃了古老潜艇本身的系统，为 SS-N-5 导弹单独链接上己方 P1803 羽翼战机的系统，在导弹发射井中灌入隔离胶，要发射几枚 SS-N-5 导弹虽然困难，但已经是最具可行性的方案了。

那架能变形为潜艇的 P1803 羽翼是国家联盟战队的专用机型，属于轻型机。古老的潜艇导弹发射井设计不合理，发射后冲击波异常庞大，直接把 P1803 羽翼推了出去，而它自身在剧烈的发射后就地爆炸四分五裂。沈苍等三人虽然没有受伤，却也被冲击出去老远，狼狈不堪地浮上水面。B 基地的增援运输机及时把 P99L 幻形拉走，幸好没有遭到损坏。

在处理核泄漏事故过程中，沈苍三人没有来得及查看核潜艇底下那个仿佛深不见底的洞穴。他们没有找到聂雍，潜艇解体及海啸彻底颠覆了这片海域，将 P1803 羽翼召回之后，沈苍并没有下令立刻撤离，战机围绕着滚水般的大海盘旋观察。

刚才在深入海底的过程中，他们也看到了星障人的迁徙。

爆炸和海啸撕碎了不少星障人的身体，尸体翻滚着冲上海面，蓝黑色的海面充斥着灰白泡沫，惨白的星障人碎尸在泡沫中载沉载浮。威尔逊无奈地操纵羽翼战机拍摄这些画面，这些生物并不会死，它们将会造成更大面积的寄生和感染。

真不知道这次行动是成功还是失败。

两个小时以后，海面基本恢复平静，仍然没有聂雍的下落，沈苍下令返航。

而在他返航的过程中，一则"鹅兰娜海气象卫星被不明武器击落"的新闻发了出来。在第三次世界大战中，J 国的反物质武器"具轮镜"击中夏威夷岛，强大的能量令夏威夷岛岛链中的绝大多数岛屿彻底消失，在太平洋形成了一个巨大的死亡海域。"具轮镜"的威力穿透海底，在命中区域海底形成巨坑——反物质武器造成的巨坑，至今仍不知道究竟有多深。

当年的击穿区域形成目前世界上最深的海域，称为"鹅兰娜海"。这片新生海域里生物极少，出没的都是一些来历不明的罕见生物，有记录的例如身长达二十六米的鹅兰娜战龙。那是一种深海生物，体态介于皇带鱼和蛇类之间，剧毒，黑色，有短小的四足。鹅兰娜战龙原本潜伏在五千米以下的深海火山口附近，火山口被"具轮镜"击中，海底熔岩喷发，鹅兰娜战龙被迫浮出水面。由于压力差距过大，鹅兰娜战龙的体型膨胀了近五倍，它有一身柔软坚韧的黑色厚皮，一般激光武器都无法射穿。被激怒的鹅兰娜战龙冲上小岛，喷吐毒液，直接毁灭了一座小岛。它的毒液令那座小岛海边的岩石至今呈现深蓝色，现在还成了旅游胜地。

那条为祸一方的鹅兰娜战龙最后被陇玉知杀死，它死的地方现在称为战龙公园，被一小群完全自由主义者占据。鹅兰娜海域除了战龙公园的完全自由主义者联盟之外，还有十七座零星小岛，它们成立了一个崭新的小国家，叫作"鹅兰娜海国"。

现在占据了世界最深海域的鹅兰娜海国的气象卫星被大陆沿岸的某种不明武器击中，这将导致鹅兰娜海域附近的水文、气象和不明生活活动失去监控。鹅兰娜海国正式发文谴责这种不负责任的恐怖袭击，但没有人对这次袭击负责。

在独立组织、雇佣兵集团、变异人、地区军阀与国家并存的时代，鹅兰娜海这种微小的国家发出的抗议微不足道，至少没有一个大国在这件事上有过回应。鹅兰娜海国的抗议还不如国家战队联盟发出的一则声明有效力。

国家战队 B 基地发出一则黄色警告：M97 海域发生海啸，局部地区出现未知感染性生物，类人形，暂名"星障人"，临近各国家、地区务必组织人员撤离，M97-M107 海域封锁，相关海岸线和岛屿隔离。

国家战队的警告分为黄色警告和黑色警告。

黄色警告是级别较低的一种，表示事态还在可控范围之内。在最近十年之中，国家战队大大小小发出过一百六十七个黄色警告，发出警告之后国家战队会派出人员处理危险源，相关国家都会积极配合。

　　黑色警告是危险失控的标志，代表该危机国家战队无法处理。在国家战队成立的近六十年时间内，包括它的前身S•S总联盟的四十年时间，黑色警告只发出过十二次。

　　最著名的就是J国发射反物质弹"具轮镜"，打出了一个鹅兰娜海。在"具轮镜"发射的前半个小时，S•S总联盟曾经截获密电，发出了黑色警告，要求夏威夷附近的M国空军海军基地紧急疏散和撤离人员。

　　虽然绝大多数居民没能登上撤离的飞机和航母，但仍然挽救了一部分人的生命。

　　国际社会对国家战队发出的警告都非常重视。

　　但这一次他们错了。

　　太平洋。

　　鹅兰娜海域。

　　一串清澈透明的气泡从海底深处冒了上来，咕噜噜的声音在海水中激荡，随后又是一串。

　　几只好奇的海豚游了过来，绕着那些气泡转动。

　　气泡均匀地冒着，就像有什么东西在下面呼吸一样。

　　但这里是大海，距离海面二十米的水下。

　　阳光非常强烈，天气很好，海水的质量在过去的三十年里逐渐变好，在这个深海区水质优良，透明度极高。

　　海豚顺着气泡的方向往下寻找。

　　水深三十米，一切都转为深蓝，四周的一切都是模模糊糊的影子。

　　水泡在继续冒着。

　　一只海豚发出了欢快的次声波，它找到冒水泡的来源了。

它的同伴很快跟了过来。

珊瑚礁石上有一个马克杯大小的圆形孔洞，孔洞上有一层薄膜，薄膜一张一闭、一张一闭。

张开的时候，气泡从孔洞内冒出，就像有人在吹泡泡一样。

可是这里是水底，空气是从哪里来的呢？

一只海豚冲了过去，一口将冒出来的气泡吞了下去。还有一只将鼻子戳进气泡里，将气泡转成一个甜甜圈。其余几只海豚也开始拿那些气泡当作玩具，用鳍和尾巴将它们推来推去。

过了一会儿，吞下气泡的海豚挣扎了一下，发出了一些微弱的咔咔声，它的尾巴僵直，慢慢地沉了下去。其他正在玩耍的海豚追了下去，用身体轻轻推挤着它，敲打它的背。那只海豚挣扎着，发出更多声音，但仍然是越来越僵硬，它沉了下去。

成群的海豚追了下去，僵死的海豚落在了水深五十米处的浅滩上，这些浅滩颜色非常奇怪，有许多呈现晶莹透明的水晶状东西，形状如鹅卵石大小，层层叠叠的不知道有多少。在这片奇怪的水晶卵石世界中，周围没有任何生物。

这里一片死寂，连一只小虾都没有。

海豚群摇晃着尾巴冲了下来，灵活得犹如一串暗色幽灵。

一片死寂的海底骤然涌起一阵潜流，搅动的海水瞬间卷走了一群海豚，水晶卵石被水流推动四处散落，它们中间出现了一个大坑，但再也没看到海豚群的踪影。

几个水晶卵石在潜流中漂荡了一会儿，滚到了"海底"的边缘，往更深的海底掉落。

这里是太平洋中心，鹅兰娜海域，世界上最深的海洋。

哪里来的五十米浅滩？

吞没了海豚群的那片"海底"慢慢安静下来，大坑慢慢合拢，高处礁石上的"孔洞"重新冒出气泡。过了一会儿，高处的孔洞滚出一枚新的水晶卵石，掉落在"浅滩"之上。

视线拉出去三百米远。

如果五十米深的海水中有充足的光线，你将会看到一只竖立着暗紫色贝壳的巨大管虫，暗紫色贝壳的表面布满珊瑚，正是它被误以为是"珊瑚礁"。这只贝壳高度接近二十米，与一片淡黄色巨大海葵伴生的巨管虫虫体不知道有多长，也不知道附着在哪个东西上面，就这么静静地矗立在海水中。

它那对巨大的"紫色贝壳"上面还有一些颜色透明的"小触手"，但这个时候收了起来。在贝壳上吐出气泡的孔洞是它呼吸鳃的一部分，可能仅仅是一条隐藏的鳃须。在它不知道有多长的虫体上附着生长着一大片海葵，这只颜色平淡无奇的海葵直径超过十五米，是前所未见的巨大物种。柔软的淡黄色海葵在黑暗的海水中几不可见，这只古怪的巨大生物上平托着从巨管虫呼吸鳃里掉落下来的水晶卵石，令自己猛地看起来像一片小小的卵石浅滩。

巨管虫和海葵，它们是普通的、常见的滤食性动物。

当然，那是指它们的体型在十厘米或者三十厘米以下的时候。

现在矗立在鹅兰娜海水里的，是可能超过百米长的巨管虫和直径十五米的巨型海葵。

刚才它们"滤食"了一群海豚。

而如果将视线拉远到一千米，你会发现在这片大海中类似的巨大影子比比皆是，还有些尚没有长出珊瑚的"珊瑚礁"正在缓缓向着海平面探出头来。

这里正在变成超级巨管虫的世界。

谁也不知道它们是从哪里来的。

外面的世界正在发生翻天覆地的变化。

但对聂雍来说，半个地球那边的巨管虫是个什么东西，和他半毛钱关系也没有。

他现在就快要被几只黑乎乎的小怪物生吞了。

就当他和三翡丧尸老道、不负责任的影子在密室里寻找关于薇薇·夏洛特的线索的时候，"啪"的一声脆响，屋顶上有什么东西触电了，冒出一阵火光。

空气中却没有焦臭味，散发的居然是一阵揉碎的青草味。

三翡和聂雍蓦地抬头。白炽灯早已熄灭，他们一直以影子自带的光源看东西，影子本身的光并不强，只能勉强辨认出大花板上不知道什么时候已经爬上了一层细微的黑色点状物，随着它们缓慢推进，天花板的白灰簌簌掉落，砖块裸露出来——那些绝对不是什么好东西。

被影子强行充电毁坏的电线有些还有电，那些不知道是什么东西的黑点毫不畏惧，前仆后继地蠕动着，并且越来越大。

它们不但吞食墙灰和砖石，还互相吞噬。

"嘿！"聂雍目瞪口呆，这样也可以？完全违背自然规律！能吃石头什么的太不可思议了……

"嗜肉灰粉蚧？"影子也有些意外，"这种生物能以无机物为食，但不是真的能消化。它们只是把所有的东西吞下去，将其中包含的生物碎屑、树叶或细小的昆虫消化之后，再把无机物和废物排泄出来，也是良好的培育土壤的生物。可是……"

他还没说完，三翡已经一刀向天花板砍去。聂雍抓起散弹枪一边往窗外扫射，一边吼道："闭嘴！你们把这种鬼东西养着玩的时候，有没有发明过什么'嗜肉灰粉蚧杀虫剂'？能生这么多，要搞多少房子给它们吃才养得活啊？"

紫色燃弹划破黑暗，制氧机工作以后，子弹落地开始燃烧，从二楼窗户望去，密密麻麻全是大大小小的黑色蠕虫在扭动。

外面的道路、枯树、房间……已都不见了踪影，堆叠其上的都是扭动的影子，有些长着奇形怪状的触角，有些有刺，有些还生出了成虫模样的绒毛。

"恶……"没有密集恐惧症的聂雍都差点吐了出来，这些东西正在变异。

他知道并没有什么"嗜肉灰粉蚧杀虫剂"。

影子闭嘴了，这种昆虫是公认的安全种。公众认为它行动缓慢，容易饲养，能提供精神药剂，还能改良土壤。并没有人研究过在极限环境中这种昆虫会做出什么应激反应，正常情况下嗜肉灰粉蚧一年产一次卵，一次产卵三十个左右。这种铺天盖地的产卵量和极快的产卵频率是针对极端恶劣环境做出的适应性变化，产卵数越高，后代存活的概率越大。与之相应的是，它们的寿命变短了。

而结构简单、生命周期短、繁殖频率快的昆虫更容易产生变异，以及稳定变异基因。

三翡的刀舞动成一片光影，黑色幼虫在他的刀光下化为肉泥——然后很快被别的幼虫吞噬，别的幼虫长得更快更好。

"三肥你算了吧！"聂雍对着窗外不断开枪，直到那支不知道什么枪子弹打尽，再也射不出来。他叹了口气，"你根本是敌方派来打入我方的卧底，专业幼虫料理机吧？"他看着如潮水涌动的虫群，天花板上的虫子下雨一样掉落，一股无可奈何的悲凉感涌上心头，这种打不可打，死也一时死不了，坐以待毙的感觉真不好。

就在这个时候，远处突然传来一阵低沉的震动和轰鸣声，好像有一台巨大而陈旧的仪器突然间运转了起来。

聂雍和三翡明显地感觉到空气的流动加速了。

又一台鼓风机运转了。

那个身在"外面"的援兵又启动了一台鼓风机，这让他们精神一振。

B基地。

战略组组长秦真略站在办公室里，面对着一幅海图。

在他办公室里汇报情况的并不是沈苍，而是伶牙俐齿的叶甫根尼。叶甫根尼拿着沈苍写给他的数据分析表，正在分析他们这一次任务的得失。

"……二十四小时后确认目标人物失踪，核弹虽然被发射出去，但误中目标，击中了鹅兰娜海气象卫星D1044F。"叶甫根尼说，"组长，打掉别人的卫星这件事怎么办？'战龙公园'的人迟早会知道是我们打掉的，那可是恐怖分子的温床，盛产神经病和反社会人格……"他修长的手指一边把玩着一枚坑坑洼洼的子弹头，让它在桌上发出轻微的声响，一边说着，"有谁会相信我们是误伤呢？"

"这件事我已经写了报告，白璧会处理的。"秦真略并不发愁，只是问道，"沈苍呢？"

执行任务回来，沈苍却不见踪影，虽然听叶甫根尼汇报情况比听沈苍汇报顺耳多了，秦真略还是感觉有些奇怪。

"他又下海去了。"叶甫根尼耸耸肩，"他给你那个A+任务做了一个01阶段总结，就是我手上这个。"他抖了抖手里的数据表，"然后又做了

02阶段的计划，下海去了。"

秦真略对沈苍的做法并不觉得意外，问道："是吗？02里面没有你和威尔逊？"

"本来是没有的。"叶甫根尼微笑道，"但我和威尔逊对M97海域海底洞穴也很有兴趣，所以在我向您汇报以后，也会跟着下去。反正这段时间基地没有新任务，而乌托蓝也该从撒哈拉那里回来了。"他靠在秦真略的办公桌上，修长的身材令他看起来越发像个古老E国的金发贵族，他接着说道，"我的血统告诉我——那个海洞是个禁区，但越是危险的东西，越是让人感兴趣。"

秦真略对他像开屏孔雀一样炫耀"我的血统"视而不见，只是提醒他："下去之前，像队长一样做作战计划上来，从系统里走流程才能给你报销战机的能耗，万一有装备损耗也能报销。"

"哦！"叶甫根尼说，"组长，我真不能想象沈苍做作战计划是考虑了能耗报销问题！"

海啸过后。

M97海域海底泥沙滚滚，爆炸和海啸造成的乱流还没有平息，冷暖洋流紊乱之后，大量海洋生物死亡。

几千米的海底，沈苍穿着抗压潜水服，正在寻找E国核潜艇原址。

爆炸震塌了海底。

潜水服自带的生物光照亮了海底，这个地方泥沙不多，水流相当乱。

惨白的生物光下，海底暴露出一个直径三十几米，宽度未知的巨大洞穴。

沈苍在这个宛如异世界的洞穴边缘停了下来。

这是一条人工通道。

沈苍和毫无常识、惊慌失措的聂雍基本不属于一个物种，眼里看见的东西自然完全不同。在沈苍眼里，这是一条刻意挖掘的人工通道。也许E国核潜艇并没有在海床上撞出一个大洞，只是有人利用了那艘沉船在掩饰洞口。

有东西利用这条通道来往。沈苍的潜水服上带有立体扫描和生物感应装置，成像仪就在潜水镜上，此时在潜水镜的成像图上显示了几十个红色小点和十几个蓝色小点。

红色小点是生物反应，包含了一些深海节肢动物和星障人，蓝色小点是残留生命反应的生物组织——也就是尸体。

漆黑的海底亮起一片刺目白光，沈苍的潜水服头盔照射出三百六十度的强光，将身周十几米范围照得清清楚楚。

巨大洞穴深处有东西发着生物光，往更远的深处躲避。

但令人心惊胆战的不是远处的缕缕电光，而是在这个直径三十几米的大洞中，悬浮着十几具尸体。

大部分是同样穿着潜水服的人，装备和沈苍相差无几。他们保持着生前挣扎的姿态，有些单纯是潜水服破裂被深海水压压死的，有些只剩下半个身体，不知道被什么东西撕碎了，还有些四肢齐全，但后背和臀部缺了一大块肉。他们的尸体都已被水压挤压变形，呈现出极其可怕的状态，撕开的血管在海水里缓缓漂动，像一蓬古怪的海葵。

还有几具尸体并不是人的，它们有暗绿斑纹的皮肤，长而僵直的尾巴，充满黏液的嘴巴里长长的舌头已经开始腐烂，暴露出暗红色的骨刺。

这正是裂角蜥。

沈苍接近了那几只裂角蜥——裂角蜥不是深海动物，它们不该在这里停留。

他轻轻推动那几只裂角蜥，很容易看出它们的死亡不是因为溺水也不是因为水压。它们和那些人类尸体一样，在身体肉最厚的地方——它们的腹部或大腿，缺少了一大块肉。

沈苍潜水镜的警报"嘀嘀嘀"地响起来了，即时通信设备同时响起。

一边深潜系统"波塞冬"的机械音在报警："前方发现未知物种，前方发现未知物种……"

另一边威尔逊在对他说话："P1804 羽翼机'派'申请与主系统'波塞冬'进行链接。"

叶甫根尼的信号也进来了："P1807 羽翼机'西伯利亚虎'申请与主系统'波塞冬'进行链接。"

◯ 三十二 死神之息

　　嗜肉灰粉蚧变异的幼虫终于啃穿了天花板，残余的砖石和碎屑倒渣土一样涌进了206密室里。聂雍大叫着跳到了混杂着幼虫的渣土堆上，三翡跳来跳去闪避着碎屑，只有影子岿然不动。

　　它们是从五楼啃下来的，到达二楼的时候体型已经长大，每一只都大约有手指粗细，和成虫一样，嗜肉灰粉蚧的幼虫有三对足，每一只幼虫的三对足都在空气中来回扭动，伸缩翻转，十分猖狂。

　　无头怪在万千幼虫当中跳跃，有些幼虫也缠在它身上，无头怪手爪挥舞，一片片的虫尸飞起，在这个时候它倒是成了聂雍这边的帮手。它身上的伤口没有愈合，跳动的时候暴露出森森白骨，不知道为什么居然能行动如常。

　　在楼房几乎完全崩塌的一瞬间，一件东西从密封的砖墙里掉了出来，轰然倒向聂雍。

　　聂雍踩着滑动的渣土，手舞足蹈站也站不稳，"咚"的一声有个沉重的东西狠狠给了他后脑勺一下，害他差点翻白眼直接蹬腿。那东西倒在翻滚的虫群和渣土中，渐渐往里沉没。影子站在那儿一动不动，它的光将砖墙里掉出来的东西照得清清楚楚。

　　那是一口……水晶棺材！

不，聂雍揉着肿起一个大包的后脑勺，惊魂未定地看着那玩意儿。

那是一个密闭的展示柜，纯净无瑕的玻璃柜里装满了蓝色的液体，浸泡在液体里的，是一个黑发缠绕，腿长腰细，皮肤粉嫩如花瓣，眼睫毛极长，唇色粉润，连条唇纹都没有的，身体任何一处都充满了胶原蛋白的裸体女孩。

她看起来非常甜美，每一处细节都吻合男人最疯狂的想象。

她那么年轻，那么美好，那么可爱。

她的左手齐肩截断，在左肩应当衔接肱骨的位置安装着一截机械臂，机械臂的终端却不是仿生人手，而是鹰似的利爪。

那三指尖爪的前端是古怪的斑马纹，一圈黑一圈白，看起来就不像什么好东西。

她的头顶有一个巨大的开口，可以透过蓝色液体清晰地看到颅腔里是空的。

她没有左手和大脑。

她是薇薇·夏洛特。

聂雍看清了那是什么玩意儿之后，心里只有：哦……

下水道巨兽的真身，是个萝莉美少女！

他只想问当年辰光医院做手术的研究员都是些什么怪物，对这样的美少女也下得去手？面对这么完美可爱的身体，谁能切得下去？他们拿走她一只左手去干什么了？陈子玥的尾巴长出一个大脑，难道萝莉美少女的左手里长出了一个小脑？

薇薇·夏洛特的身体被完好无缺地保存在展示柜里，里面的蓝色液体应该是类似营养液的物质，保持她的身体机能不坏。不知道谁将她偷偷藏进了墙壁里，如果不是嗜肉灰粉蚧摧毁了整个病房楼，聂雍在这里再找十遍也找不到她的身体。

她的身体也许也有某些特殊之处，也许是因为她如此青春可爱，以至于被人悄悄地藏匿在墙砖中，密封保存了这么多年，至今不坏。

166

"喂喂喂……三肥三肥，那个那个那个……那个棺材！"聂雍心急火燎地指着快沉没到虫群里的展示柜，"快捞起来！捞起来啊！"

三翡身形在砖石中跳跃，闻言一回头，还没看清楚虫群里那个大东西是什么玩意儿——"轰"的一声巨响，整座病房楼崩塌了。

成千上万只手臂粗细的幼虫蠕动着将两人掩埋，每只虫口里都有细密的牙齿，鱼唇似的口器，显然它不但能啃食，也能吸食。

聂雍落入急速扭动的虫群里，四处都是冰凉硬滑的虫体，手都不知道该往哪里摸去。只是一瞬间，手臂和小腿已经传来一阵剧痛，有幼虫咬了上来。

老子绝对不会死在这里！聂雍被咬后一探手，抓住正在啃食他的幼虫甩了出去。不远处三翡老道身形跃起，他并没有掉进虫堆，破布刀在他手上，刀刃一挽一抖，刀光似雪，嗜肉灰粉蚧的肉泥就像汽车驰过道路积水那样四处飞溅。

"啪"的一声，聂雍抹掉刚溅到脸上的肉泥，心里有一万匹野马狂奔而过——不是早告诉你这样没用了吗？

整个世界仿佛被黑色虫群吞没的时候，空气中的风似乎也越来越大了。

呜呜的声音，风声和鼓风机的电机声混合在一起，聂雍拳打脚踢，竭力挣脱幼虫的纠缠，浑身浴血，突然觉得这风未免太大了。

作为通风设备，无论如何不该把空气流通弄成五级大风似的气流，它也不该有这样的功率。

所以他们一直以为的"通风设备"到底是个什么呢？

是什么在转？

就在这个时候，潮水般的虫群中一个东西膨胀起来——那像一棵庞大的肉质藤蔓，悬挂在它身上的嗜肉灰粉蚧幼虫纷纷干瘪死亡，一些更细小的藤蔓从幼虫身上离开——它显然是吸取了幼虫体内的营养。

那就是之前潜伏在无头怪身体里的古怪东西，它居然能脱离无头怪行动。

肉质藤蔓在集结成球，缓慢地往医院花园里的假山那里移动。

聂雍一眼望去，成千上万的嗜肉灰粉蚜和幼虫像被喷洒了驱虫花露水一样四处乱窜，在呜呜的风声中翻滚，咬在他身上的幼虫纷纷脱落，在地上扭曲挣扎。

远处的肉质藤蔓像在下水道里一样骤然快速生长起来，像一棵参天大树，突然往上爬升了十几米——聂雍全身是伤，头昏眼花地看着那玩意儿像个魔法豌豆一样生长——这画风从惊悚虫群扭曲成黑暗童话了！

只听"砰"的一声，肉质藤蔓接触到了三胖说的水泥穹顶，聂雍看不清它在干吗，但隐约感觉得到它就在穹顶上蔓延生长。

同时风力减弱了，鼓风机的轰鸣声也变轻了。

聂雍的头昏眼花并没有减弱，他按着额头，揉了揉眼睛："这怪物在干什么？发生什么事了？三胖你……"他想说"你快把小萝莉的棺材捞起来，就在那里"，声音却突然噎在了喉咙里。聂雍猛地跪了下来，地上的幼虫在缓缓抽动身体，他掐着自己的人中，全身冷汗狂流。

"叮"的一声，三翡老道晃了一晃，挂刀而立，脸色青白。

影子飘在一边，似乎有些不解："怎么了？"

聂雍勉强抬起头，他全身伤口在流血，血色慢慢变得有些发紫，他说不出话来，只能做口型。

影子看懂了他的口型。

"毒气！"

也许是出于震惊，影子的光影一阵颤动。

打开电源和启动"通风设备"的不是所谓援军！

当年辰光医院里发生了什么令研究员和病患同时死去呢？

吞噬一切的"死神"是什么？

聂雍在冷汗狂流的时候明白了——毒气！是充满这个密闭空间里每一寸地方的毒气！当年发生的事正在重演，外面有人要让他们死在这里，为掩盖八十年前的事灭口！

到底是谁？

谁在监视这里？

远处的肉质藤蔓在疯狂生长，吞噬能吞噬的所有虫子。

聂雍跪在地上呕吐，风在持续减弱，空气中青草的气味越来越浓郁，反而令人振作起精神。三翡一动不动，似乎在运转他的独门心法。影子突然说："嗜肉灰粉蚧的幼虫全部死亡，但是所有的成虫都还活着。"

"咳咳咳……"聂雍狼狈不堪地抬起头——所有毛茸茸的白毛多脚怪都好端端地趴着，他闻到浓郁的、精油似的古怪香气。那种香气越来越浓郁，远处机器的声音越来越小，"哇"的一声，聂雍又狂吐了一地，身体反而变轻松了。

这不是我快被毒死了，白毛多脚怪给我的幻觉吧？

"那种藤蔓样的东西是有智慧的！藤蔓堵住了通风口，这些嗜肉灰粉蚧没有死亡，可见成虫有抵御毒气的能力。"影子说，"当年能幸存下来的成虫产生了抗体，也许它释放出来的气味能够解毒！"

聂雍全力挣扎着往不远处爬。幼虫死亡之后，瓦砾堆里露出晶莹的展示柜——薇薇·夏洛特就在那里。三翡的身形微微一动，破布刀横腕一扫，一捧黑血泼洒出去。聂雍瞬间呆了一呆，就见三翡老道纵身而起，一只手箍住他的腰身，一只手抓住薇薇·夏洛特的棺材，大喝一声："起！"

后腰熟悉的被钢管猛击的剧痛袭来，他被三翡夹在肋下向发出微弱电光的洗衣房狂奔，薇薇·夏洛特的展示柜在他眼前不停地晃动。

影子随着聂雍的身体移动而移动，一同向洗衣房奔去。

身后肉质藤蔓铺天盖地地生长着，条条肉质触角往废墟、墙壁上延伸，吸取一切能吸取的营养，留下道道熟悉的裂纹。地上嗜肉灰粉蚧一动不动，它们的腺体在疯狂地分泌着解毒的汁液。很快，有些成虫干瘪了，有些静静地死去，古怪香气不断生出，对抗着从通风口吹出的毒气。

在三翡将薇薇·夏洛特的棺材踢进下水道口的时候，晨光医院花园穹顶被三翡砍出半米深的水泥穹顶薄弱处"咔"的一声被肉质藤蔓顶穿。

一米多厚的古老水泥板咯咯作响，缓缓升起，裂作两半，轰然倒塌。

黑暗的穹顶处开了一个大洞，成吨重的水泥块坠落，发出惊天动地的巨响。

鼓风机吹入的气体与嗜肉灰粉蚧释放的香气相融，正在缓缓变成一种黑色的浓稠的烟雾。这就是刚才聂雍呕吐出来的东西，一种不能融入生物细胞的黑色絮状物。新鲜的空气由上而下灌入花园，接近地面的黑色絮状物缓缓沉淀，飘起千丝万缕的碎屑。

整座花园里的嗜肉灰粉蚧蓦然抬起上半身，身前四足在空气中舒展扭动，仿佛战争的前奏。

① 三十三 伪生命体

"'波塞冬'同意链接 P1804'派'。"

"'波塞冬'同意链接 P1807'西伯利亚虎'。"

在沈苍同意链接的同时,威尔逊和叶甫根尼同时看到了沈苍潜水镜视野里的东西。威尔逊吹了声口哨,叶甫根尼"哟"了一声。

出现在视野里的是一片漆黑的水域,水域里深海生物的电光闪烁,像光芒暗淡的星星。"波塞冬"系统的照明灯下,一具具死状惨烈的尸体在海水中悬浮。

然后在尸群之后,遥远黑暗的水域深处,有一团巨大的荧光,以肉眼辨识难以描述那是什么光,就像是牡蛎的内壳似的。生物扫描仪显示这团东西颜色红蓝参半,有些地方居然是深紫色的,提示该生物有些地方具有生命体特征,有些地方没有,还有些地方居然是混合的。

"派"和"西伯利亚虎"收敛羽翼机的外形,折叠为卵形潜水器往沈苍的方向急速前进。沈苍的羽翼机 P1801 就停在距离这团不明生物不远处的海床上,它名为"组合"。

叶甫根尼曾无数次吐槽过这个奇葩名字,你听过一架飞机外号叫作"组合"的吗？威武霸气在哪里？你体会过作为国家战队最精尖科技产物（虽然是代步的）羽翼机的心情吗？

奈何沈苍不为所动，叶甫根尼也无可奈何。

那团巨大的荧光生物并非正面对着沈苍，虽然生物扫描仪一再警示这是未知生物，却也能从一排排"？？？？？"的分析中显示沈苍所面对的是它的背面、后半部——或者说屁股。

它的头部不在这里，而是深深地挤在一条破开了一个大洞的人工通道里。

沈苍手腕一翻，一把闪烁着白光的"匕首"握在手里。这是一把水下专用的激光刃，实际上它没有刀刃，流动的只是激光束，无刃激光匕在水下几近没有阻力，但它体型很小，能量不大，无法做出太有效的攻击——人家毕竟只是一把小刀啊。

沈苍无声无息地靠近了那团荧光物，靠近之后发现这团东西具有鳞甲，它的本体是黑色，但在深海之中黑色鳞甲内部生长着成千上万的发光细胞。在正常状态下，拥有发光细胞的深海生物应该有序地发光，以光语言彼此沟通，但这团生物所发出的生物光无比紊乱，甚至看起来非常痛苦。

它看起来就像一团暴走的霓虹灯，随时要因为超载而爆炸了。

沈苍伸出手按在它的鳞甲上，未知生物太过庞大，对此没有什么反应。扫描仪接触到鳞甲，开始对这只怪物全身进行扫描，随即沈苍的手套上伸出一根探针，刺入了鳞甲与鳞甲的缝隙中。

威尔逊的羽翼机"派"首先靠近了羽翼机"组合"。这些战机并不是专用战机，尤其是深海之中，轻型机没有优势。威尔逊穿上潜水设备，戴上护目镜，向沈苍游了过来。

生物扫描仪的分析在沈苍、威尔逊和还没有抵达的叶甫根尼眼前刷新。

"……未知生命体……体长三十九米……混合型基因……树栖森蚺、格陵兰鲨、巨鳗、吞鳗、湾鳄、章鱼……警告！警告！该生命体含有未知毒素……高致死性……扫描完毕，鹅兰娜战龙近似种。"

"鹅兰娜战龙近似种？天啊！"叶甫根尼的声音传来，"听说鹅兰娜战龙是黑色的啊！它的脚在哪里？鹅兰娜战龙有爪子，队长你还是不要太靠近的好。"

"它就是黑色的。"威尔逊帮沈苍回答，"这东西不是鹅兰娜战龙，我在战龙公园参观过那东西的遗骨，那是自然造物，非常完美。至少腰围比这个东西要粗，并且看起来它活着的时候不是个霓虹灯，不会有生物电风暴的危险。"

"你是怎么从一堆骨头上看出它是'自然造物''非常完美'的？"叶甫根尼的"西伯利亚虎"接近了，正在着陆，P1807羽翼机比P1804和P1801都大得多，它经常作为国家战队的运输机使用，巨型卵形潜水器的接近带来一股强大的水流搅动。

身体的一大部分挤在人工通道里的"鹅兰娜战龙近似种"，被威尔逊叫作"霓虹灯"的生物猛地转过头来。手掌还按在它身上的沈苍一个翻身，跨到了那块彩光闪烁的鳞甲上。"霓虹灯"长长的头部冲破残缺不全的通道，在一片黑暗中撞上了"西伯利亚虎"。

隔着潜水头盔沈苍和威尔逊也听到了巨大的声响，沈苍发出了声音："叶？"

叶甫根尼回答："队长！我终于听到你叫了我的名字！死而无憾！"

威尔逊笑着说："哇！你看见攻击你的东西了吗？它可真大。"被"霓虹灯"巨龙的攻击水流冲击出去的威尔逊游了回来，面对着这么一只庞然大物，他非常放松，"看起来比你上次弄死的那只'阿林莎莎'还大得多。"

"哈哈哈……"叶甫根尼的身影从海底泥沙中显露出来，他穿着暗金色的潜水服，靠近了威尔逊，"好啦，让我看清楚攻击我的是个什么东西……队长在哪里？"

"那儿！在'霓虹灯'身上数鳞片呢！"威尔逊指着高处。

沈苍骑在巨龙身上，当它全身从人工通道里挣脱出来的时候，可以辨认出沈苍骑的部位是它的尾巴。盘旋在混浊泥沙里的巨龙像一条庞大的 Z 国龙，闪烁着彩光的鳞甲，四肢刚劲如鹰爪紧抓海床，庞大的头部长而窄，头上有一对类似犄角的东西，乍一看威武霸气。

"哇呜！"叶甫根尼吹了声口哨，"这是……龙啊！"

"人造龙。"威尔逊说，"我还是喜欢纯天然的，你说我们是把它切成二十块还是五十块？看这可怜的宝贝儿，这么大的个子在这样的水压下都快疯了。"

他的一双手套上慢慢闪烁一层白光，并不大。叶甫根尼却大惊失色，一转身蹿出去老远："把你的雷光收起来，这里是海底！咸水！导体！我可不想烧焦头发。"

"哈哈哈！"威尔逊拍拍手，"谁让这么大一个人造物在我面前炫耀生物电，不停地闪不停地闪——忍不住想让它知道谁才是生物电之王啊！"他双手的白光慢慢暗淡，放弃了以"雷光"攻击。墨国国家战队队员威尔逊，变异人种，脊神经双侧生长着强大的放电细胞群，据说能释放高达五百千伏的超高压电流，是联盟国家战队的电王。

就在威尔逊和叶甫根尼嘻嘻哈哈把眼前的巨龙当成一盘菜的时候，沈苍的无刃激光匕划开巨龙尾巴，往里面植入了一块微小的方形物体，随即一蹬龙身，飞快地蹿了回来。

"人造物。"沈苍面无表情地说，"灭杀。"

"遵命！"叶甫根尼箭一般地冲在了最前面，他让威尔逊把"雷光"收了起来，自己却握了一把和沈苍一样的无刃激光匕扑向巨龙。那条巨龙缓慢地转过头来，它的双眼寄生着桡足类生物，虽然眼瞳巨大，却早已失明，可见缔造它眼睛的基因并不适合深海环境。但这不妨碍它感知叶甫根尼的逼近，它庞大的龙爪提了起来，向叶甫根尼抓去。

沈苍并不冲上去，实际上他们协同合作的次数并不多。

叶甫根尼在水里游动的速度很快，威尔逊欣赏着队友的泳姿——他一下从巨龙的爪缝里溜了出去，激光在巨龙鳞甲上留下一道浅浅的伤痕。

"硬甲啊！"叶甫根尼脸上带着笑说，"这头东西活得真是艰辛啊！"他反手又在巨龙脚爪上留下一道伤口。巨龙的行动不快，它又尖又长的嘴张开了，嘴里还挂着一块不知道什么东西的肉——刚才它就是闻到腐尸的味道，钻到被海啸摧毁的 BUC 海底基地里去吃腐尸了。

硬甲意味着皮肤没有弹性，它一旦离开深海，鳞甲就会裂开，而居住在深海它必须忍耐巨大的水压，既看不见东西，又无法自如地活动。它无法捕猎，巨大的身躯令它无法追逐深海微小的猎物，格陵兰鲨的基因促使它本能地追逐腐肉，它没有同类，不能繁衍，这头生物活着没有任何乐趣，只为了活着。

"把它引到海面上，它会被压力胀死。"威尔逊幸灾乐祸地看着叶甫根尼一刀一刀往巨龙身上招呼，帮他出主意，"快点！它钻出来的地方一定有古怪，我等不及要进去看看了。"

"它是四爪生物，说明它是爬行兽，没有尾鳍，说明根本不会游泳。"叶甫根尼嘲笑着回答，"我要引诱它追上我，也要它游得动啊！呀呀呀，太麻烦了，激光砍不动，怎么办才好……"他一边笑一边收起了无刃激光匕，突然从被他砍得布满条条道道伤痕的巨龙身上退走了。

"嗯？"威尔逊奇怪地问，"怎么了？"

叶甫根尼摊开手："结束了啊。"

那头巨龙还在那里，除了身上多了许多条浅浅的伤痕，没有什么变化，反而伸长脖子，猛地往叶甫根尼的方向撞来。

水流激荡，威尔逊、叶甫根尼和沈苍闪身避开，威尔逊大喊："做活儿要有头有尾，你搞什么——呃？"他的声音顿住了。

巨龙的头冲到了叶甫根尼面前，它停住了。一层白色的冰晶从它身体内部迸发出来，三个人听见了冰晶生长的细微"咯噔"声，以及膨胀过后爆裂的声响。

三十九米长的巨龙在水中骤然结冰。那些冰晶从被叶甫根尼划过的伤痕内部迸发，黑色的硬甲皮开肉绽，冻结成水晶模样的血液散落在海水里，缓缓融化，在海水中散出一缕一缕的黑血。冰晶生长，巨龙已经瞎了的双眼暗淡无光，随着冻结后的爆裂，巨龙的全身四分五裂，坠落在混浊的海床上。

"哇——呜——"威尔逊吹了声口哨，"用了'零之刀'啊！"

血统混乱的叶甫根尼，自然人类，他持有一把能制造最低至"绝对零度"低温的"零之刀"。这个低温区太冷，"零之刀"制造出来后无人能够使用，而叶甫根尼的体质出奇地耐寒，他能在人类无法生存的低温区活动自如且不会被冻伤，"零之刀"就成了叶甫根尼的标准配置。

奇怪的是基因说明叶甫根尼并没有变异，之所以出奇耐寒，他自豪地认为那是他古老的 E 国祖先赐予他的祝福。

"威。"沈苍突然说。

"来了来了，看见你放了超导体。"威尔逊挥挥手，面前巨龙四分五裂的尾巴有一块随着他的手势缓缓升起，向威尔逊漂来。

威尔逊拥有电能，电与磁是一对相辅相成的玩意儿，沈苍在人造巨龙体内放入超导体，令它能够通电之后，威尔逊就能利用强磁场将它运走。显然这只生物虽然身躯庞大，但在沈苍眼中什么都不是，在植入超导体的时候，他就认为这是一块标本了。

巨龙的尾巴漂到了"西伯利亚虎"羽翼机旁边。

"西伯利亚虎"受了猛烈一撞，但没有损坏，打开舱门，叶甫根尼将尾巴放入密封箱，收入"西伯利亚虎"内部。

"砰"的一声巨响，"西伯利亚虎"整架战机突然颤抖了一下，警告系统响起："警报！警报！维生设备损坏！维生设备损坏！"

沈苍三人蓦地转头，只听"砰砰砰砰"几声巨响，就像有什么东西在里面重击机舱，警报接连响起，系统不断损坏，里面不像存着一块尾巴，像存入了一只怪物。

海底失去彩光，颜色惨白的巨龙尸块骤然竖起，往四面八方逃窜，一下子消失在幽暗的深海中。

叶甫根尼目瞪口呆。

威尔逊"哦"了一声，意味深长地说："原来是伪生命体，被骗了啊。"

◎ 三十四 自上而下

辰光医院的穹顶被奇怪的肉质藤蔓顶穿了个大洞,这古怪的状况聂雍和三翡自然是想不到的。在充斥着剧毒的空气中,三翡将聂雍和装着薇薇·夏洛特的棺材都踢进了下水道,随即自己也跳了下去,拉上下水道井盖,飞快地逃回地下河。

"咚咚咚"三声,三块铅块自半空跌落,直沉水底。聂雍在三翡手里的时候都快要昏死过去,沉没水底的时候不得不勉力保持清醒挣扎求生——那该死的不负责任的老道看清了展示柜里的美少女,毫不犹豫地抛弃他追展示柜去了。

昏黄的灯光下,拥有八条暗河的下水道依然如故,潮湿、肮脏、陈旧不堪。

刚才在水泥平台上扭动的小虫和"行尸走肉"都消失了。

水道深处一片安静,没有任何裂角蜥的踪影。

聂雍攀上了那块水泥平台,他的手指和手臂都在颤抖——距离上一顿饭已经太久,他虽然也经受过几日几夜缺少食物和水的野外训练,却从来没有一次既摔落飞机又潜入大海,还得和各种各样稀奇古怪的大小怪物搏斗。虽然攀上了平台,他却快要没有力气爬上去了。

水面上升起一面颜色古怪的"帆",有一个东西将他从水里轻柔地托了起来。

　　聂雍爬上平台,回过头来,混浊的水里缓缓探出一个狭长而狰狞的大嘴,几根交错的焦黄的獠牙露在外面,正是那只简直像胡拼乱凑的"戟背鹭足鳄"。看着这只从不刷牙,外皮上满是奇怪硬痂的巨兽,聂雍简直没法相信这里面装着的是萝莉美少女的灵魂——哦不!八十年前的萝莉美少女,活到现在已经是九十七岁高龄的老太婆,真是不管内外都让人难以忍受。

　　随着"戟背鹭足鳄"缓慢地出水,它身上挂着的一些奇奇怪怪的东西开始暴露出来。随着它巨大的脑袋露出水面的是一堆七零八落的尸骸,那些不知道到底是变成了怪物还是丧尸的尸体都化作了骷髅,它们变异复活后杀死了寄生在身上的尸虫,但它们本身又被不知名的东西吞噬殆尽,最终化作了戟背鹭足鳄头顶上的一堆骷髅。

　　戟背鹭足鳄的身体在颤抖,那对黑白对分的小眼睛不停地转动,它们正在向不同的方向转动,它在不停地喷吐鼻息,就像一匹筋疲力尽的马,显然非常痛苦。聂雍看见这只原本像放大的秃毛鹭鸟的东西全身都变成了红色,这太奇怪了,难道在他和三翡冲上去替"它的老太婆大脑"找身体的这段时间内,这只"鸟"突然间进化出了羽毛?

　　显然不是。

　　聂雍匍匐着、不动声色地后退。

　　刚才戟背鹭足鳄救了他,但它的状态并不正常。

　　它全身裸露的厚皮外包裹着一层纤细的、网状的红色血管——那庞大的网络越往头顶越密集,最终集中在戟背鹭足鳄头上被移植入人类大脑的玻璃罩那里。

　　一个模样奇丑无比,同样有着黑白对分的眼睛,没有皮肤,红褐色的肌肉和血管暴露在外的头颅正附着在那个玻璃罩后面。

　　成千上万的红色血管都是从这个"无头怪物"掉落的头颅下面蔓延出来的,它们攀附在戟背鹭足鳄身上,不知道是在吸取它的营养还是正在试图"驯服"或"同化"这只无与伦比的巨兽。而埋伏在那个玻璃罩后面的人头显然目的更明确——它要占据玻璃罩里的位置。

它正在夺取戟背鹭足鳄的身躯！

聂雍呆呆地望着眼前几层楼高的戟背鹭足鳄，如果说是几千几万的恶心肉虫子或丢了脑袋只剩爪子的无头怪物，他还有信心再挣扎一下——面对这几层楼高的敌人，一颗牙齿都有他整个头大——不是我军不挣扎，敌军和我军根本不是一个等级，有心杀敌，无力回天啊！

"姓聂的小子！"远处遥遥传来三翡老道的声音，"你在那里干什么？快叫老太婆把我捞回去啊！要漂走了，我不会游泳……啊啊啊啊……救命啊！"

聂雍眼角瞟了三翡一眼——好色老道追上了薇薇·夏洛特的展示柜，那展示柜里的液体估计比水轻，浮在水面上。三翡整个人趴在展示柜上，被戟背鹭足鳄出水所掀起的波浪越推越远。距离远了，他没认出来戟背鹭足鳄正在被黑白眼怪物的人头侵占大脑，倒是想起来要叫潜伏在戟背鹭足鳄身体里的"薇薇·夏洛特"的意识来救命。

黑白眼怪物的人头所衍生出来的红色血管终于"咯啦"一声突破了古老的玻璃罩子，探入了薇薇·夏洛特的大脑中。聂雍暗叫一声："完了！"与此同时，头顶下水道管子里缓慢地漂出一些灰黑色的絮状沉淀物，刚开始不太明显，很快就像棉花糖一样在水泥平台上堆积起来。

人头正在控制戟背鹭足鳄，一时并没有动。聂雍通过黑色絮状物闻到了熟悉的青草香味，突然醒悟——这是嗜肉灰粉蚧分泌的腺体，会变成这种状态——难道是中和了空气中的剧毒？那也许这棉花糖似的东西仍然是有毒的吧？他奋力挣扎起来，伸手去抓那种絮状物，手感和抓了一把棉花糖差不多，柔软又黏手。抓了一把黑色棉花糖之后，他往前爬了几步，将"棉花糖"涂在了一动不动的布满戟背鹭足鳄全身的红色血管上。

那些红色血管仿佛很敏感，一下子收缩起来。聂雍没想到垂死挣扎效果太好，那个人头整个颤抖起来，戟背鹭足鳄巨大的长嘴一张，带着一阵恶臭向聂雍咬来。

聂雍的手心传来火辣辣的剧痛，他已经精疲力竭，并且还没来得及在"我是立地成佛"还是"跳河自杀"之间做出选择，那冒出黑色棉花糖的下水管道里轰然一声巨响，一条略显橙色的巨大肉质藤蔓穿管而出，重重地击在戟背鹭足鳄的头上。

伴随"砰"的一声波浪冲天而起，巨大的戟背鹭足鳄被这一击掀翻入水，连贴附在玻璃罩后面的人头都被甩飞出去。戟背鹭足鳄重重地摔进水里，发出了惊天动地的巨响。

聂雍双手紧紧抠着水泥平台，差点被水浪冲走，而三翡老道已经被冲得很远。

略显橙色的肉质藤蔓很快从下水管道不断挤出，就像挤牙膏一样，很快盘旋成了蛇状。

人头被摔飞出去，它却依然连着布满戟背鹭足鳄全身的红色血管，很快戟背鹭足鳄破水而出，对着水泥平台上盘旋着的橙色肉质藤蔓发出了咆哮。

巨兽的咆哮震荡于整座地下工程。

聂雍茫然地看着眼前的一切——他怎么好像记得这个恶心的肉质藤蔓也是从黑白眼怪物身上长出来的？怎么这只怪物头被砍了，身体却和头内讧起来了？

还可以这样啊？

就在这"两只"（或者该说是两个二分之一只？）怪物不知道为什么要大打出手的时候，混浊的河道里再次发出了异响。

一艘崭新、干净、带着明亮柔光的卵形潜水器从河道里缓缓地浮了出来。

◎ 三十五 被踩死了

　　"哎呀哎呀，一只伪生命体，一只神经兽。"

　　卵形潜水器"派"载着沈苍和威尔逊通过BUC海底公司系统的航道抵达了地下河。而叶甫根尼开着沈苍的"组合"把自己深受摧残的"西伯利亚虎"及其内容物"尾巴"运回基地。

　　卵形潜水器破水而出的时候，威尔逊惊奇地看见一只罕见的神经兽盘踞在水泥平台上，正和一只损坏得差不多的伪生命体对峙着，而那只损坏的伪生命体下居然还纠缠着一只外形粗糙的组合基因兽。

　　要知道《国际基因安全法》已经实施快六十年了，基因实验属于法律严禁的危害公众安全的行为，尤其是科技日益发达的时代，控制和改变基因越来越容易，对基因实验的管控越来越严格。现在的变异兽都是自然变异兽，组合基因兽只有在历史博物馆里才能看到。

　　而他看到了什么？一只巨大无比的几层楼高的组合基因兽。这玩意儿和刚才被叶甫根尼切碎的伪巨龙可不一样，它是真实的人造生命体，但对威尔逊来说，这类东西没有灵魂。

　　就在威尔逊嫌弃地看着那只戟背鹭足鳄的时候，"波塞冬"系统强烈提示发现救援目标。

卵形潜水器瞬间展开，拼接成一艘悬浮在水面上的小型战机，一道红光向聂雍所在的方向射去。

聂雍在平台上打了个滚，勉强避过了红光。

"砰"的一声……大概是巨响吧？聂雍在那一瞬间觉得自己的耳朵已经失去了作用，灵魂出窍晃了晃又回来了，可能承受了一阵人类无法承受的疼痛，那太痛了，并且太快了，快得他的大脑还来不及把感觉反馈回来——一只巨大的爪子出现在他视野里，投下巨大的阴影。

它好像把他踩碎了。聂雍觉得。

他眼睁睁地看着那只长着褐色软皮的爪子按在他肚子上，像踩扁一个易拉罐，他的上半身慢慢后倒，往地下河滑落，下半身却依然被按在平台上。

戟背鹭足鳄的鼻息从他耳边掠过，温热而腥臭。

他最后想：这玩意儿不是萝莉美少女，也不是九十七岁的老太。

它是猛兽。

"小子！"

一道白光凌空而来，三翡从展示柜上跃起，直飞戟背鹭足鳄头顶，脚下的展示柜被他蹬得直沉水底。三翡这一刀刀光耀目，斩落在戟背鹭足鳄头顶的时候，那颗大头整个晃了一下。

刀在它狭长的大嘴上破开了一个一米来长，半米来深的口子。

暗红色和橘黄色混合在一起的血液沿着那大嘴缓缓流淌。

对人类来说，这将一刀毙命。

对戟背鹭足鳄来说，足以激怒它做出暴烈的反击。

"呜呀——"一声咆哮惊天动地，这只巨兽鳄鱼般的头颅本不具备发声的器官，但强大的气流在它咽喉剧烈震动，使它发出了狂风的声音。三翡一刀势尽，正在下落，戟背鹭足鳄抖了抖背脊——那片帆样的脊骨刺横扫过去，像扫苍蝇一样将三翡拍到了远处的地下河中心。

三翡连叫也没来得及叫一声便"扑通"落水——这还是他修习秘术，练武有成，若是聂雍，在被拍中的瞬间就变成一摊肉泥了。

巨兽的力量，远非人类可以匹敌。

就在戟背鹭足鳄一瞬间踩扁聂雍、扫飞三翡的时候，羽翼机"派"打开舱门，沈苍和威尔逊一跃而出。

威尔逊拿着鲜红色上面画个白色"十"字的生命救护仪直奔戟背鹭足鳄脚下。沈苍往巨兽前面走，他对那头戟背鹭足鳄说："来。"

背后挂着黑白眼人头的戟背鹭足鳄不知道能不能听懂他的话，但拍飞三翡显然不能抵销它被划了一刀的怒气，它很快向沈苍冲了过来。

在聂雍眼里，这是一只可笑的鳄鱼头鹭鸟脚的动物，实际上戟背鹭足鳄也不能依靠纤细的双腿直立很久，但发动攻击的时候，它低伏下身体，用四足和尾巴将自己猛推了出去——也就是说，它使用的是"四足跳"的方法往前冲击的。

这么一只巨兽猛地跳起，地下河波涛冲天而起，水声震耳欲聋，水泥平台迸裂了一大片，碎石纷飞，那不知以什么单位计算的体重伴随着巨大的阴影从天而降。

沈苍既没躲也没闪，他往前甩出了一截绳索样的东西，绳头成圈，在戟背鹭足鳄的大嘴扑过来的瞬间跃起，和大头错身而过。绳圈飞起，稳稳地套向戟背鹭足鳄背后的人头。

绳索一下子收紧，套住了黑白眼人头下蔓延生出的红色血管——那是伪生命体用以控制戟背鹭足鳄的癌管。黑白眼人头当机立断，像蜥蜴断尾一样主动断开红色癌管。沈苍翻身跳上了戟背鹭足鳄的头，失去控制的一瞬间，巨兽晃了一下，沈苍看也没看它的头一眼，五指扣在破了个洞的人脑玻璃罩上，硬生生把它从头颅上揪了下来。

"呜——"戟背鹭足鳄的咽喉发出吸气声，它的大头上暴露出一个小洞，暗红色的血液顿时流出——那个小洞相对它的头来说并不大，对它的影响却是巨大的。

沈苍抓出人脑，将那玻璃罩直接往下一扔。就在戟背鹭足鳄头颅出现血洞的时候，盘踞在一边没有动静的橙色肉质藤蔓闪电般伸了过来，"枝丫"

飞快地探入戟背鹭足鳄的伤口。

它和黑白眼人头一样，目的都是占据这个强大的身体。

"嚓"的一声轻响，沈苍右手将人脑扔出去，左手挥刀从伤口横掠而过，几乎在橙色肉质藤蔓探入伤口的一瞬间，"枝丫"被沈苍的无刃激光刀切断。那一下似乎非常疼痛，肉质藤蔓抽搐了一下，飞快地缩了回去。

自断癌管的黑白眼人头翻了个身，落入水中，飞快地游向失控的戟背鹭足鳄。

两节更粗壮的癌管探出，粗暴地撕开戟背鹭足鳄的胸口，它不再顾及这只巨兽的生存和健康，将自己整个塞了进去。

另一方。

威尔逊赶到戟背鹭足鳄的爪子下的时候，那只巨兽正向沈苍跳过去。

它为了跳起来，还越发努力地在聂雍身上蹬了一下。

所以当威尔逊拿着生命救护仪到达聂雍身边的时候，这个"波塞冬"系统默认的 A+ 行动救助对象差不多已经成了支离破碎的两截。

"这还是我第一次看见基地厨师呢！首次见面，多多关照。"他兴致勃勃地用主系统为聂雍拍了几张照片，说道，"虽然有点破烂，不过可靠的威尔逊先生马上就会把你救回来——要是平民死了，那个维修飞船的可怜人要被判刑；要是厨师死了，可靠的威尔逊先生就永远也吃不到土豆球炸梭子鱼了……呃……是土豆球吗？或者是土豆饼？更重要的是救援目标死了，行动会判定为失败，我的能耗只能报销 70%，绝对不能失败……"他一边兴高采烈地碎碎念，一边用生命救护仪照射聂雍的身体。

鲜红的生命救护仪发出夺目的红光，同时散落出一些细微的白点。聂雍破烂的身体在红光下快速愈合——这仅仅是一种激发生物组织增长的光波，能修补伤口，就像一百多年前女人们使用的原始"光子嫩肤术"。特定波段的光能刺激细胞快速分裂，恢复活力，但代价也是巨大的，短时期的快速增长将大量消耗生物组织内的能量，伤口即使能愈合，病人也将视具体情况休养一段时间。像聂雍胸腹部这么巨大的伤口，光波起不到完全修复的作用，将他伤口暂时拉拢在一起等候细胞修复的是那些"白点"。那些是分子机器人，能深入血管和神经进行支撑和修补，以及它们能做的一切医疗工作。

但如果救助对象已经死亡，生命救护仪能修补身体，但并不能起死回生。

像聂雍这种状况，威尔逊也不能判断他待会儿究竟是死是活，虽然目前系统提示他还活着，说不定下一秒钟他就断气了。

就在威尔逊用生命救护仪修补聂雍的身体的时候，一个血淋淋的人脑忽然落下，掉入红光所照射的区域。"波塞冬"系统判断这个人脑尚未死亡，链接的生命救护仪再次喷出分子机器人，同时对受伤的人脑进行抢救。

◎ 三十六 空间光裂术

　　黑白眼人脑进入戟背鹭足鳄的胸口，操纵这只巨兽疯狂地攻击沈苍。沈苍军靴锃亮，军服直扣到最上面一个扣子，面无表情地抵挡攻击，即使面对一只狰狞怪物，他的搏击姿势仍然如教科书般标准。在他的背后，被他砍断枝丫的"神经兽"蠢蠢欲动，准备偷袭。

　　"笃笃笃笃笃……"沈苍右手握着多发空气压缩枪，对着戟背鹭足鳄的前胸不断开火。那人头毕竟藏在里面，不敢轻易前扑。沈苍左手仍然握着无刃激光匕，那匕首射出的光线由白色转为紫色。威尔逊一抬头刚好看见沈苍左手握着的匕首变成紫色，他立即拉下头盔护住自己的耳朵，随即双手紧紧捂住聂雍的双耳。

　　沈苍的匕首对着戟背鹭足鳄当空划下，一开始空中就像掠过一道紫黑色的闪电，速度快得令人震惊，空气中骤然传来一阵强烈的震荡，爆出一声惊天动地的巨响，仿佛一颗导弹命中目标，随即烟尘弥漫，天摇地动，什么都看不见了。

　　古老超音速飞机在突破音障的一瞬间会产生巨大的爆响，称为音爆，据说经常震碎飞行基地附近民宅的窗户玻璃。而现在超越光速的飞行器都已经诞生，能超越光速就代表撕裂时空，能空间跳跃。空间跳跃战机在突破光障的时候同样会发出爆响，爆响就像小型原子弹一样以冲击波和次声波的形式向外蔓延，摧毁一切接近的物体。这种现象称为光裂。只是具备空间跳跃功能的战机都有限制光裂的技术，能将它的影响降到最低。

而沈苍这一匕就是速度快到直接越过光速，撕裂了空间，产生光裂。

在他刀尖所向的地方，咆哮弹跳而来的戟背鹭足鳄被一道黑紫色的光割裂，而带着头颅的最大的一部分直接消失不见了——沈苍把它们送入了第三空间。

他划破的这一刀可没有任何限制突破光障的措施，在空间被划破的瞬间，被刀刃压缩到极致的空气瞬间爆破，高速引起的摩擦力引燃压缩氢气，空气中的水汽挤压为液体蓬勃而出，瞬间雾化发出惊天动地的巨响。在旁观者看来，这一刀刺出，空中火光爆燃，水汽雨点般喷出随后高温雾化笼罩大半个空间，能量释放的冲击波震荡肉眼所及的一切，"轰隆"一声，戟背鹭足鳄是什么渣渣再没人关心——整个地下空间都崩塌了。

"真是怪物！"碎石瓦砾堆里威尔逊撑起一个软胶防护罩，那是从他防护服上吹出来的一个软胶防护球，像泡泡糖一样把他和聂雍包裹在里面，预防地下空间坍塌的危害。这种软胶弹性很强，强度也很完美，和聂雍进入 P99L 幻影之前被喷涂的"航空服"属于同一类材质。

这种划破空间屏障，用撕裂空间和光裂来攻击的路数在联盟国家战队里登记为"空间光裂术"，这种无趣的名字一看就知道是沈苍登记的。目前全战队甚至全世界只有沈苍一个人能徒手撕裂空间，没有人知道为什么。最新型战机可以，那是因为它携带巨大能量和推力，人类的肉体为什么能超越光速，并且不受局部光裂现象和时空变化的影响，连国家战队专门的研究所"国王研究所"都没解析出来原理。

并且沈苍登记为一个自然人。

他不是变异种。

这太不合理了。

地下河空间粉碎，八条下水道灰飞烟灭，那只蠢蠢欲动的橙色神经兽简直是吓尿了，龟缩在一堆碎石电线下瑟瑟发抖。而整个空间坍塌完毕后，头顶暴露出来的并不是天空，也不是 BUC 公司残留的废墟，而是一片布满了龟裂花纹的，晶莹透明的反射着瑰丽光线的巨大卵形穹顶。

在这个大得难以估计的碎裂水晶模样的穹顶下，可以看见辰光医院那间已经被空间光裂术销毁了一半的洗衣房，以及包裹在洗衣房和它后面大片废弃建筑物外的水泥层——那厚重的水泥层呈正圆形，就像眼前这个巨大的水晶蛋里包裹的一个水泥蛋黄一样。如果辰光医院这个"蛋黄"高度有二十到二十五米，能够容纳五层楼高的建筑物，那么这个水晶巨蛋的高度高达百米，是一座璀璨夺目的建筑，非常漂亮。

在它坍塌碎裂的其他空间里可以看见分层结构，上下将近十层，"蛋黄"占据了中间三层左右的位置。而其他层也有许多房间，沈苍的"空间光裂术"震塌了这个巨蛋的底层，能量向上爆冲，击穿了十层建筑，直到击碎水晶巨蛋的穹顶，在巨蛋中间撕开了一个巨大的断层，其中的秘密就像被解剖的蜂巢一样，突然暴露在世人眼前。

◎ 三十七 塔尔塔洛斯的巨蛋

聂雍的身体修复完毕。

威尔逊撕开软胶保护罩，看着眼前宏伟的建筑不由得赞叹："哇呜，看看我们发现了什么？"

沈苍走上废墟最高处，仰头看着眼前斑驳破碎却依然瑰丽的巨大建筑，难以想象它当年是怎样璀璨夺目。有些楼层的电源还没有断，撕裂的电线发出火光，点燃了某些杂物，就像水晶巨蛋里的烟火。

从不感慨人生且从不欣赏风景的沈苍看了水晶巨蛋好一会儿说道："救，上。"

可靠的威尔逊先生深刻领会沈苍的意思："聂雍伤得太重，要救他必须爬上眼前这个水晶巨蛋，寻找里面可用的救生仪器。"

当然，他能理解沈苍这两个字的基础是——他知道眼前的人类建筑瑰宝是啥。

这是塔尔塔洛斯的巨蛋。

它是BUC公司百年来的传说，也许也是BUC公司被政府封闭的原因之一。

这是一个从未被证实存在的地方。

聂雍觉得被一只哥斯拉踩扁，一般是不会有什么好结果的。

然而，他四肢健全，头脑正常地醒了。

眼前是威尔逊黝黑的大脸，脸上短短的胡楂看起来十分浓密，带着一种和蔼的微笑。

比起戟背鹭足鳄的巨爪——这就是上帝的面孔（虽然黑了点）！

比起下水道昏暗的灯光——这脸庞散发的就是慈父的光辉！

这人到底是谁？！

"哈喽！"威尔逊越发露出"亲切可靠"的笑容，"小厨师，这是之前和你的合影，很高兴认识你。"他愉快地亮出和聂雍的"碎尸"合影的照片。

这个比着"耶"和那堆一塌糊涂的血肉合影的是什么东西？聂雍尴尬地露出八颗白牙："你好，你是谁？"

威尔逊弯起大拇指对准自己胸口："威尔逊。"

另一个重叠的声音响起："威尔逊，墨国人，联盟国家战队队员，变异种，具备生物电。"

广袖盖帽，投下大片人造阴影的影子像鬼一样飘在他身边，声音有一些轻微的电音，大概是深处地底影响了信号和网络，他接着介绍道："三十一岁，十一年前加入联盟国家战队，目前列第七顺位。出任务 407 次，完成率 74.33%，丧偶，有一个三岁的女儿。"

原来是人类中的电鳗。聂雍慢慢地从"床"上坐起来。他惊恐地发现自己躺的真的是一张床——一张十分眼熟的金属病床。这个病床上方有一台结构复杂的机器，排列整齐的白色大灯，大灯旁边是锈蚀的金属，一个古老的挂点滴的支架歪在床边，它虽然亮着灯，支架上自带的计时器已经不能用了。

一具骷髅歪七扭八地躺在离他不远的地上，头颅滚在一边。聂雍看看自己身上眼熟的蓝白条病号服，再看看地上那堆骷髅，觉得整个人都不好了。

威尔逊笑嘻嘻地坐在床边说道:"这里有台手术仪,本来你都快死了,我和队长好不容易才从这么大个地方找到一台能用的手术仪,只可惜技术有点落后。现在你的胸骨和脊椎都很薄弱,神经刚刚长好,骨头是用骨钉钉住,然后使用光波让它强行愈合的,很不稳定。你最好别动。"

聂雍环视着自己醒来的地方,只有威尔逊在床边坐着,没看到其他人。

"三翡呢?"他问。在被踩死之前,仿佛看见了三翡正从展示柜上跳起来,似乎是想要救他?

"陇三翡?"威尔逊有些惊讶,抓了抓头皮,"他被那只野兽扫到河里,大概是看见我们来了,找个借口逃走了。后来队长把整个地下空间都弄塌了,我们都忙着救你,没有看见他从哪里走了。"

"扫到河里?逃走?"聂雍茫然看着威尔逊,"他为什么要逃走?"那个武力爆表的"师兄控"老道为什么要逃走?

威尔逊漫不经心地说:"哦……他是'陇门'的人啊,看见了联盟军怎么不逃走?"

"'陇门'不是国家战队这边的吗?"聂雍目瞪口呆,"他不是还有个师兄叫陇玉知什么的,曾经是超级英雄吗?难道'陇门'不是联盟阵营,其实是部落阵营的?"

"部落阵营是什么?"威尔逊疑惑地看着聂雍,"'陇门'是一个……人数很少的反政府武装,陇三翡曾经是其中的骨干。他们的政治理念是'让变异取代原种',也就是说他们和国家联盟是对立的。他们不支持国家战队消灭有害的变异生物,维护自然人和变异人之间的平衡,希望世界恢复原状的做法,而坚持变异是人类基因优化的方向,作为普通自然人的原种应该被淘汰。"微微一顿,威尔逊补充了一句,"当然……这是非常激进的理念。'陇门'的成员不多,但能力都很强大,三翡更是其中最优秀的。"

这和"解说控"影子说的完全不一样啊!聂雍瞪着身边飘来飘去的影子,以眼神控诉他产品功能不合格,修道练功的古武道和"反政府武装"完全不是一个画风好不好?这也差得太远了!

"可陇三翡自己承认他是陇玉知的师弟啊！陇玉知难道不是你们国家战队的前辈吗？"

"陇玉知这个人非常神秘，据说是联盟国家战队及其前身S•S总联盟有记载以来最强大的队员——当时的称呼是'猎人'。"威尔逊耸了耸肩，"他后来具体是怎么失踪的没人知道。陇三翡的确是他师弟，只不过在发现陇玉知的失踪和S•S总联盟的内部斗争有关后，他认为是S•S总联盟害死了陇玉知。之后陇三翡也失踪了很长一段时间，复出后重组'陇门'，专门和联盟国家战队过不去。他故意收集一些强大的变异人，是队长的老对手了。"

"他为什么要站在变异人那边？"聂雍深感古怪地看着威尔逊。

"那当然因为他们本身都是变异人。"威尔逊顺口回答。

聂雍呆了一呆："三翡是变异人？他哪里变异了？"

"他没有呼吸和心跳，或者说，可以长时间抑制呼吸和心跳，却不是一具尸体，根据我的猜测——他可能可以通过黏膜或皮肤呼吸，也可能有不止一个心脏——或者是一些分散的小心脏。"威尔逊颇有兴致地说，"国家战队追杀'陇门'成员的时候，和三翡交过很多次手，他一直都是那样。'陇门'和联盟敌对了二十几年，最后在国家战队的压力下土崩瓦解，三翡的'尸体'就……"他没说下去，摊了摊手。聂雍却已经明白，陇门这个反政府反社会的邪恶组织被灭门，三翡落在政府手上，政府对他"不死"的秘密很好奇，所以交给了BUC公司进行研究。

许多年后，他在遭遇裂角蜥的时候醒来，遇上了聂雍。

怪不得三翡一发现国家战队的人来了，要立刻装死沉入水里，他和沈苍是宿敌，还被宿敌打包送去做人体实验，对沈苍十分了解，面对一个可以手撕空间的怪物，他彼时不逃，更待何时？

"陇三翡所组织的'陇门'和陇玉知的'陇门'完全不一样。"影子突然说，"陇玉知和陇三翡所属的道门'陇门'早在第三次世界大战期间就被摧毁了。陇三翡是反联盟主义者，但并不是政客，也不是宗教派人士，他是个复仇者。"

这意思大概是说陇三翡和他师兄本来桥归桥路归路，影子大人心知肚明，只是聂雍又没问过陇三翡，他就没说过关于陇三翡的任何事。

聂雍总觉得陇三翡不该是这样的，但威尔逊言之凿凿，他也只能马马虎虎先信了。得知三翡已经顺利逃走（大概是吧），他一颗心定了下来，眯着眼往房间四周更隐秘的角落望去，问道："这里是什么地方？那只戟背鹭足鳄呢？薇薇·夏洛特呢？"

"几杯卤煮饿？听说卤煮是一种非常特别的美味……"威尔逊兴高采烈地说，"这里是塔尔塔洛斯的巨蛋，传说之地哦！"

聂雍隐约看见这个大房间的角落里陈列着一些奇怪的东西。大门在远离他这张床的对角，门上挂着一个掉了一边链子的金属牌子，锈蚀非常严重，上面有一排字，隐约是"……优……培……区"，其余四个字看不清楚。窗户外也尽是一些奇怪的景色——一大堆支离破碎的夹板悬挂在外面，远处有大大小小的漆黑空洞，对面依稀有很多很多房间，却又好像不大像。

房间的角落没有灯，但有些东西在散发着莹莹的光。聂雍屏住呼吸——他看到散发着磷光的尸骨——如果说前面辰光医院的病房是一具一具的尸骨，这个房间里就是一堆一堆的尸骨。

房间的远处有六张办公桌，每张办公桌旁都有一根类似点滴支架的金属物，在金属支架上拴着一些铁链，铁链的一头连接着一具人体骸骨，而通常每根金属支架都拴着两三具骸骨。

这个房间原来是做什么的？这些死者又是谁？

"这是一个根本不应该存在的地方。"影子回答。

聂雍顿了一顿："你果然知道。"

"BUC 公司里从来没有这个地方。"影子慢慢地重复了一遍，"而这里我也从来没有来过。"他转过头来，似乎是"看"了聂雍一眼，淡淡地说，"这个地方根本就不应该存在。"

威尔逊带着一抹微笑，心情愉悦地听影子解说，显然在聂雍醒来之前，他们已经进行了充分的交流，对彼此的信息都很熟悉。

"塔尔塔洛斯是地狱深渊之神，传说关押妖魔的地方。"影子说，"塔尔塔洛斯的巨蛋，一旦敲破蛋壳，妖魔就会鱼贯而出，吞噬整个世界。"他往前飘了一点点，仿佛坐在了桌面上，"BUC 公司是个具有百年历史的大公司，自然会有很多传说，我曾以为这个地方只是虚构的。"

那"解说控"继续说着："'塔尔塔洛斯的巨蛋'曾经是一项联盟政府工程，目的是研究更强大更优秀的特种人类，用于……新时代战争。"

坑爹的联盟政府！聂雍在心里骂了一句。影子又说："因为科技爆炸式的发展，人海式的战争模式逐渐被淘汰，绝大多数危险的工作由机器人就能胜任，士兵只需要做的是最困难和危险的工作——比如说在超短时间内单兵深入，破坏敌方指挥系统和电脑，又或者携带杀伤性武器深入敌军储油库或弹药库；又或者拯救人质、刺探秘密。这些工作高度危险，需要极强的身体素质和高妙的精确性，而武器和科技的发展，尤其是预防性系统的运用……"

"老子听不懂。"聂雍打断他，"你别啰唆，说重点。"

影子被他打断都快成了习惯，顿了一下，他直截了当地说："新战争，需要新士兵。"

这也简略得太过分了！聂雍正要暴走，影子又说："'塔尔塔洛斯的巨蛋'研究目的就是帮助联盟政府研究怎么样让执行特殊任务的士兵突破人体极限。但听说研究一开始进行得并不顺利，后来他们改变了研究方向……谁也不知道他们是怎么做的，最终完成了任务，向联盟政府交出了一个几近完美的战士。"

呃……这就是个励志故事！聂雍颇有兴趣地看着影子："然后呢？"

"然后所有研究人员都消失了，连他们做研究的地方都成了谜，他们研究出来的增强身体素质的方法也没有广泛被使用，联盟政府花费了漫长的时间和巨额资金，只得到了一个士兵。"影子说，"然后这个士兵也消失了，我们认为'塔尔塔洛斯的巨蛋'最终是失败的，虽然它没有公开，但有很多传言说……他们在进行杂交和拼凑实验。"

"人兽……杂交和拼凑？"聂雍十分惊讶，"重口味……"

"没人了解过这个地方。"影子说，"但是戟背鹭足鳄存在，陈子玥存在，薇薇·夏洛特存在，一个即将毁灭的杀戮成性的伪生命体存在……我认为那是死亡的失败品做成的——这个地方存在的秘密也许比传言中的更可怕。"

"我觉得有人了解。"聂雍喃喃地说，"你这个 BUC 公司有一个会利用裂角蜥和冰杀手围剿政府军的幕后黑手，还会放毒气企图在那个'蛋黄'里毒死我和三翡老道，简直是不择手段——与其说他是想隐藏大海底下到处都是的星障人，还不如说他是想掩盖这个地方的存在……"

影子沉默不语。

塔尔塔洛斯的巨蛋。

谜之魔境。

塔尔塔洛斯的巨蛋，内部结构犹如分层的蜂巢。

这里共有五千多个大小不一的房间，最鼎盛的时候，有一万两千人在这里工作。

站在第五分层的位置往上望去，上面曾是足可伪装做星光的千点灯火，下面是足可暗示为万丈深渊的"材料区"。辰光医院获取变异人的变异器官和组织进行培育，试图造就突破人体极限的超级士兵。

沈苍站在第五分层破碎的玻璃幕墙前，面对着远处支离破碎的空隙和瓦砾。对面被破坏的楼层仍在持续坍塌，偶然连带点荧光色的骷髅也会从空隙中掉出来，摔下万丈深渊。

他手里握着一个陈旧的绿皮本子。

这个本子原先和其他很多个相似的本子一起，整齐地放在沈苍身后东倒西歪的书架上。

这个房间是个资料库，或者说图书馆。

翻开来，本子已经发黄，纸和纸几乎粘连在了一起，但还是看得清楚第一页很随意地写着：

"……A701 组、F897 组、Y002 组实验失败，我没有统计，但高过 90%

的失败率证明生物基材未完全死亡的状态下基本无法与非本遗传基因的其他生物基材融合……我认为必须使用第三类介质拼接此类基材，但有些蠢货坚持认为……所以我们只好……错误……"

后面的纸页破碎了，虽然不知道具体在说些什么，但这显然是一本谈论生化实验的日记。

沈苍看过了，将书放在书桌上。

书桌上满是碎石，他仍旧将书摆放得很端正，就像他刚进了一间老式风格的图书馆，年老的图书馆馆长就坐在对面，正对他的举止进行考核一样。

沈苍在这里站了一会儿，从破碎的玻璃幕墙一跃而出，抓住断裂散落的电缆，很快上了第六分层。

他并不是在闲逛，他在追踪潜伏在暗处的敌人。

第六分层的电还没有断。

他从"图书馆"直翻上来，第六层的这个位置却像个水族馆。

随着他脚步落定，房间中的一切都在逐渐显形，房间里的灯大部分都已经损坏，唯一能亮起的是边角的一盏白炽灯，灯光非常昏暗，发出半红半白的迷离光线。

在这样的光线中，周围的一切仿佛更增添了神秘的意味，沈苍看见房间的周围和中间是一些巨大的黑色木柜，木柜上摆放着一些……鱼缸样的东西。

等视线再适应一些，他发现那并不是鱼缸——那是一些密封的玻璃匣子。

匣子里充满了透明的液体，在微红的光线中散发出黄绿色的荧光，就像周围亮起了一圈没有温度的灯。

沈苍走到房间中心，慢慢往周围看去。

首先映入眼帘的是一只手，那是一只修剪得整齐好看的非常年轻的手，手腕断口的血管和骨骼都清晰可见，手背和手指的纹理柔嫩清晰，仿佛随时都可以动弹。它安静地漂浮在玻璃匣子里，就像一件稀世珍品一样供人参观，即使玻璃匣子上密布的灰尘也不能掩盖它原本鲜活漂亮的光辉。

沈苍一言不发。

在人手玻璃匣子的旁边，是一个一模一样的匣子，那里面放的是一条软绵绵的肉条一样的鱼。

那东西如果聂雍看见一准认识，看起来就感到恶心——那是一只陆生八目鳗类。

陆生八目鳗类的旁边是一只长相怪异的，浑身是刺的青蛙，青蛙的背上还有一对骨翼。

每一个玻璃匣子里都有东西，这里看起来就像个……怪异生物陈列馆。

沈苍一步一步往前走，两侧的玻璃匣子安静地向他展示着自己的珍藏。突然间，他看到了一个不可思议的东西——这里所有的一切都是如此光怪陆离，而他居然在这种噩梦中才会出现的场景里看见了另一个怪梦！

他看见了一个人头。

那个人头和所有的收藏品一样静静地漂浮在玻璃匣子中间，五官清晰，黑色短发在液体中微微向上，断颈处的脊椎清晰可见。

那是一张熟悉的脸。

那是沈苍的脸。

◎ 三十九 死者

聂雍和威尔逊虽然谈不上惺惺相惜，但解说控和喜欢自吹自擂的话痨显然相谈甚欢，莫名地也就有一种相逢恨晚的感觉。当话题从塔尔塔洛斯的"巨蛋"谈论到"现在还有什么鸟能下蛋"再到"鸭子和鸡还活着吗"再到"炒鸡蛋的感觉"再到"土豆球和梭子鱼是什么"的时候，远在对角线那边的大门突然微微地晃动了一下。

有什么东西推了它一下。

威尔逊发现敌人，兴高采烈地就往前奔。聂雍一句"站住"还没说出口，他就踢开大门笔直地冲了出去。只听"啪"的一声巨响，一缕暗红色的液体溅了回来——威尔逊的身体刹那倒飞回来，摔在地上，大腿处一个极深的血洞直往外冒血，而一只骷髅般的黑黄色手骨正极快地缩回大门后去！

"威尔逊！"聂雍喊道。他从没想过国家战队队员会被重伤，所谓"三十一岁，十一年前加入联盟国家战队，目前列第七顺位。出任务 407 次，完成率 74.33%"，这样的人居然会在一眨眼间就被屋外的东西打成重伤摔了回来？

外面隐藏着什么东西？

"快……锁门！"威尔逊立刻坐了起来，腿上的重伤对他来说仿佛算不得什么，他双手飞快地撕衣服包伤口，几乎是瞬息间就把自己收拾好，说道，"外面是一个人！"

一个人？在这被尘封和遗忘的地方，居然还能有人的存在？这里根本没有人能生存的基本条件，既没有食物也没有水。聂雍紧握枪支，能量已经在辰光医院里打光，他能用的只是一根枪杆。

一只焦黄枯黑的手按在了门上，指尖还带着威尔逊的血，随即一个人从门外露了半身出来，对着聂雍笑了一笑，眼睛半黑半白，各向两边转动。

那真的是一个人，只不过这个人除了多了一张枯黄的人皮，还穿着破破烂烂的衣服之外，和没皮怪物也没有什么不同，实质上又是一只会变形的怪物！

但在聂雍和威尔逊眼中，这个人却是不同的。

他穿着衣服，但并不是蓝白条纹的病号服。

他穿的是一件结实耐用的绿色长外套，所以衣服保留到现在也还看得出形状。并且这个人的另一只手一直都挂在一个腐朽的点滴支架上，变形的塑料管子还在上面，针头还插在他的另一只手上。

只不过那只手已经枯化和尸化，几乎硬成了石头，点滴瓶里布满了霉菌死去的痕迹，而瓶子还挂在那里。由于靠得太近，这次聂雍看得很清楚，这个人的眼睛之所以半黑半白，完全是眼瞳和眼白腐败变形后再度凝固形成的怪异状态，和变色龙眼睛实质上并不一样。

所以，他和那些丧尸一样，是在死亡之后突然复生的？那就说明，在他们死亡之后，有一种神秘的物质促使了他们的"复活"。而这种复活和传统意义上理解的完全不一样，至少和三蜚的复活完全不一样，他们就像被其他生物占据了身体一样。

影子敏锐地观察着一切，他得出了一个结论，说道："聂雍！他不是病人，他是研究员！"

铁门猛然被拉开，发出刺耳的噪声，担忧威尔逊负伤，聂雍一咬牙，一个着地翻滚贴近那坐在门口的怪物。那怪物一看到聂雍靠近，一爪子向他拍了下来。聂雍双手持枪，就在前滚翻的过程中一枪杆砸在了怪物的脑袋上。

一道腐坏的血液顺着那怪物的额头流了下来，但和没皮怪物一样，这东西并没有死，沿着那些暴露的血迹，无数的肉虫又在血液中生成。而那东西终于勃然大怒，右手一扯，"当"的一声点滴瓶摔得粉碎，它似乎愣了一下，立刻以闪电般的速度扑向聂雍。

聂雍一脚踢在它胸口，顺利和它拉开距离，因为剧烈的身形晃动，跟在他身边的影子也在迅速飘动，而这多少影响了怪物的攻击——它有一半的攻击是对着影子去的，结果完全落空。

"喂喂喂，让你躺在那儿休息。"威尔逊轻松又愉快的声音响了起来，完全没有受重伤的感觉，一道电光从聂雍身后射过去，在接触到怪物身体的时候瞬间爆发，噼里啪啦化为一个电光球，像个囚笼一样笼罩了整个怪物。

那怪物猛力扑击电光球，双手一起按在电光上，"刺啦"一声，它的手爪瞬间焦黑，左手甚至掉了一截。

聂雍深深地吐出一口气，心说还联盟国家战队队员，扒了会发电的外挂，反应连老子都不如！怪不得只是第七名……他往前扑腾了几次，已经冲入了房间的深处。

威尔逊刚刚控制了那只怪物，眼见他站得远了，有些意外，说道："小厨师，过来！那里不安全。"

聂雍猛回头，难道后面有鬼？只见那些他原本以为是办公桌的东西其实都是和他刚才躺的差不多一样的手术台。

每一个手术台旁边都散落着几具骸骨，他没空去想那些是不是当时正在做手术的医生或研究人员。但每个手术台上都躺着人。

一些和门口的怪物一样的，眼瞳分散，全身枯黄，血管和肌肉线条完全凸起于皮肤的"人"！它们甚至有些手术做到一半，身体正在被分开，或者皮肤正在被分离取下，有些正在被剖开内脏切除器官——而一切都在手术做到一半的时候停止了。

但它们并没有化作枯骨，它们拖着那些还没有完全剥除的人皮、残缺的肢体，甚至拖着腐败的内脏，一起摇摇晃晃地从手术台上爬了起来。

玉皇大帝王母娘娘！聂雍一个趔趄，差点腿软绊倒。对面的威尔逊也是目瞪口呆，一时不知道该进该退，刚才他和沈苍进来抢救聂雍的时候，这些东西一动不动，虽然生物扫描监测仪显示它们有生物反应，但它们不是有智脑操控的伪生命体，他以为并没有威胁。只见聂雍一个腿软，趔趔趄趄以极其别扭的姿势躲到了墙角文件柜边上，但柜子里除了腐坏的绿色医生袍和一些生锈的手术器械之外什么也没有，身后那些奇奇怪怪的东西已经合围扑到。这个时候，只听"砰"的一声巨响，威尔逊及时向扑向聂雍的怪物开了一枪。

轰的一声，当胸爆破。

巨大的声响和震动让追击的怪物愣了一下，转身去看被爆成渣渣的同伴。

聂雍趁机快速躲向墙角，在墙角有一台黑色的不知道什么东西的仪器，体积较大，能勉强挡住他的身体。

刚才那只怪物胸口被炸开了一个透明窟窿，血液四下飞溅，无数的奇形小虫从血液中长出。聂雍凑得很近，看得非常清楚——血液里有一些白色的丝状物，非常细。

那或许就是这些东西不死的关键。

◯ 四十 神经兽

几缕极细的电光自房间那头飘来，在中途断裂为几颗细小的珠子，这是威尔逊经常使用的电光火球。这些充斥着发光电离子的力场只能维持几秒钟，它们非常轻，局部的温度非常高，但平均温度并不高，只需要威尔逊给予一个简单的引导就能产生巨大的撞击和爆炸。

聂雍身前那只正在自我修复的怪物停住不动，细小的电光火球飘到它身上，只听"砰"的一声巨响，瞬间将它烧成了一具焦尸。

哇！聂雍缩了缩脖子，火球术！话痨、啰唆、反应慢、高伤害的威尔逊，妥妥的一个变异雷系元素法师……哦不，没有哪个元素法师像他这么耐打的。

人高马大、皮肤黝黑，一身美式乡村大叔风格的"伪元素法师"威尔逊大腿处的伤口仍然在流血，但看起来对他没有任何影响。威尔逊右手操控着那些微小的电光火球，左手持枪连续不断地向"复活"的怪物射击。

"砰砰砰砰……"数十发子弹在那些怪物身上爆开，污秽的血液四处泼洒，聂雍有心从黑色仪器后面逃出来，奈何面前枪林弹雨、血肉横飞。

随着大量组织残块和"血液"散落，那些白色丝状物的活动旺盛起来，几乎肉眼可见地在地面蔓延成了一片。它们在含有肉块和血液的地方搏动，一团一团，一层一层，就像心脏正在跳动一样。

几只怪物眨眼间就被威尔逊打成了一地渣渣，并以聂雍所谓的"火球术"烧了个精光。聂雍从藏身处一瘸一拐地出来，赞叹说："威尔逊，干得漂亮！"国家战队不愧是国家战队，虽然威尔逊开场逊了点，结局还是很威武霸气的。

威尔逊还来不及说话，聂雍看见他的眼角敛了起来——那绝非放松的神态，同时一道白光闪过——都不知道威尔逊是从哪儿爆发出来的疯狂电量，突然间聂雍身后六张手术台灯光全亮，头顶上灯泡亮度骤然提升，一下将身后照得雪白，硬生生投影出聂雍的黑影子来！

聂雍想也不想往前扑倒——在他的后面，半悬空处有一个黑影，正轻轻地贴向他的后背。

伴随"刺啦"一声电烤串过油似的脆响，一道电弧从他头顶掠过，贯穿了他身后的那个黑影。

那黑影仰身荡开，受了威尔逊高温电弧"狂芒"一击，它居然好像没受多大损伤。威尔逊的表情难得严肃了起来——他这狂芒电弧能让绝大多数金属融化，能摧毁几乎所有物质，面对这只突然出现的怪物居然只是在它胸口烧穿了一个洞？

是的，刚才他的电弧在对面那只奇形怪状的东西身上烧穿了一个洞，但那又怎样呢？这世上胸口穿了一个洞又不死的东西太多了，很多东西要么有很多颗心脏，要么心脏根本不在那里，又或者仅仅是单独长了一个很像胸口的东西……

聂雍扑倒后瞬间滚开，险之又险地避开了那怪物的又一击。

这个时候他才看清楚贴在他背后的是个什么东西。

那真是一只很难形容的……无法被吐槽的……怪物。

那也是一个人，这个人的上半身是透明的，充满了不知名的液体。它的头也是透明的，并没有头发，大脑深处有十几团青色的球状物向四面八方转动，这从它透明的头颅和液体自带的微弱光线可以清楚地看到那是十几只眼睛。

人类的眼球。

然后它并不是会飞，从白色的吊顶上有一条黏稠的汁液吊着它从上面缓缓地贴近聂雍的背——包括那整个"人"都是从聂雍身后屋顶上仿佛一无所有的白色墙灰上"滑落——垂挂——现形"出来的。

聂雍倒吸了一口凉气，他的视线终于越过房间里那些可怖的怪物，看到了墙灰——这整个房间，肉眼所及的所有地方都有白色菌丝，它们极短极细，犹如粉尘，但它们正在成片地搏动，有一些熟悉的形状在它们的搏动中一掠而过，比如说半个人类的轮廓、一些细小的飞虫、几只更加离奇的复活怪的样子……

被悬挂下来的半透明怪物渐渐地化为全透明，随即化作一摊失去形状的黏液滴落在地上，仿佛一滴无害的水。

要死了！这是什么新妖魔鬼怪，款式更新过快恕老子接受不了！再这样下去喝水都要塞牙缝了！聂雍以人生最快的速度向威尔逊冲刺，威尔逊全身电光环绕，燃起一个静电火球，接纳了聂雍。两个人一抬头——天花板上挂下十几条白色或透明的黏液，那些黏液正在快速地变成其他形状。

"居然是一个黏菌。"游离在静电火球之外的影子喃喃地说。

"那是什么东西？"聂雍的腰腹部肌肉本就刚刚长好，强行运动之后撕裂了不少，躺在静电火球里痛得快死了。听见影子不痛不痒地说"居然是一个黏菌"，聂雍真是有将他碎尸万段的心。

"一种原生生物。"影子说，"这种东西很常见，一般非常小，它们以细菌为食。可是这个……"

"开玩笑呢！你见过像我们这么大的细菌？这玩意儿就是那些尸体复活的关键——根本就不是尸体复活了，是这些东西和尸体在一起，它们会修复那些尸体——天知道它们是寄生了那些尸体还是变成了那些尸体？有什么差别呢？反正都是看多了也懒得分品种的怪物……"聂雍瞪着从天花板垂挂下来的快要变形完成的十几个"新怪物"说，"它们吃了很多东西……"

"这是没有见过的敌人。"威尔逊维持着静电火球，从身后的大背包里摸出另外一把肩扛式火箭炮模样的重型武器，说道，"告诉我它的要害在哪里。"

"如果它是一个黏菌，只是一团原生物，"影子回答，"它没有要害。"

"这么大一团黏菌，和墙壁融合，身体充斥了整个房间。"威尔逊问聂雍，"喂，你觉得，它会是个多大的东西？"

"你这是在幻想它有整个建筑物那么大吗？"聂雍倒吸一口凉气，按着腰忍不住抖了一下。

"哟！"威尔逊一点开玩笑的意思也没有，他说，"我就是这么想的。"他肩上的火箭筒发射出去，毫不意外地射穿了好几层房间的墙壁，火箭筒洞穿墙壁的时候，都能看见撕裂的菌丝和细小的黏液在喷溅。

"轰"的一声，那火箭筒射穿七八个房间后，穿透撕裂整个塔尔塔洛斯的巨蛋的那条天堑，在对面的建筑断层上炸开了一个宛如孔雀开屏那样的绚丽火花。

这玩意儿居然是个信号弹。

七彩孔雀开屏在遥远的对面不断地闪烁，爆炸声不断，沈苍不可能听不见。

但他并没有回来。

房间里十几只新怪物从半空落下，包围了聂雍和威尔逊。威尔逊持枪奋战，不断发出电光火球，高温电弧也不断闪烁，但地上只是多了许多滑腻腻的水，不小心踩上一脚，聂雍整个人差点滑倒。

在威尔逊的静电火球终于开始出现缺口的时候，他背对着聂雍说："小厨师，其实我背着你干了一件你可能不会原谅我的坏事，你可以先原谅我吗？"

聂雍感觉头晕目眩，把这句话在脑子里过了两遍才听懂他在说什么，问道："什么事？"

"刚才队长不在的时候，为了救你救得快一点，——你知道的，我并不是医生啊，哈哈……而你的腰椎神经都断了，要是把你治成瘫痪或者治死了，任务是会被登记失败的……我很需要胜率向头儿申请提高待遇。所以我……"

"啪"的一声，聂雍挥动枪杆砸烂了正靠近他的一只长尾怪的头，忍无可忍地大喊："讲重点！"

"我把神经兽放进了你的脊椎神经里。"威尔逊说，"要知道，那是一种很罕见、很稀有的寄生兽，它是有智慧的。它可以帮你实现脊椎神经的所有功能，让你像普通人一样……"

"你说什么？"聂雍整个人都僵硬了，他的动作蓦然停下，缓缓地转过头来，脸色青铁，"你说什么？"

威尔逊"砰砰砰"三枪击退了靠近聂雍的三只怪物，说道："喂喂喂，你这么生气干什么？我这么做经过了你监护人的同意，不让神经兽进入你的椎管，你就不可能再站起来。"

聂雍完全没听到关于"监护人"的槽点，他只是浑身发冷地问："神经兽是什么？"

"你不知道？"威尔逊惊讶地看着他说道，"就是那个……我一见到你的时候就救了你一命的，那只橙色的小可爱啊！"

一只……橙色的……小可爱？

聂雍回想起一团橙色的、庞大的、狰狞的、和眼前的黏菌一样恶心，能随意吸取能量和变形的树状的或者藤蔓状的巨大触手。

"哇"的一声，他狂吐了出来。

"别闹了，队长肯定被什么东西绊住了，眼前这个东西不怕电也不怕火，我搞不定它。"威尔逊收起了笑脸，慎重地说，"把神经兽放出来，试试看它能不能吃了这只怪物。"

正在狂吐的聂雍脆弱的心理堤防一溃千里，人生所有的经验和原则都化作了碎片在空中猎猎作响。一直没动的影子贴近了他身边，似乎有些担忧。

聂雍伸手去抓他，抓了个空，还没等他问出"这不是真的吧？"那句炮灰经典问题，影子便说道："他可能不知道怎么释放神经兽。"

◯ 四十一 我在

　　沈苍站在第九分层被撕成两半的偌大会议室中间。

　　第六分层那个"水族馆"里展示的奇怪生物及残片、包括和他长得一模一样的头都没有阻拦住沈苍的脚步。生物扫描仪助他一路扫荡这个巨大空间残留的怪物，他很快翻上了第九层。

　　塔尔塔洛斯的巨蛋的第十层，突出地表，成为一个醒目的圆形水晶建筑，那是 BUC 公司的大型展示区"空穹"，展示了公司百年历史。在 BUC 公司还没有封闭之前，水晶圆顶建筑里种满了在这个时代罕见的自然绿色植物，既是邻近城市中最为著名的植物园，又是生物科研的最前线，各国家和地区的科学家争相到这里获取未被污染过的自然基因。

　　估计 BUC 公司后来的高层也不知道"空穹"展厅的底下就是塔尔塔洛斯的巨蛋，甚至"空穹"展厅本身也是巨蛋的一部分，否则应当不会允许它成为可以任人随意出入的地方。

　　"空穹"之下的第九分层。

　　这是一片奇异的空间，它的顶层是一片自然土壤，土壤中植物枯死的根须、曾经存活的昆虫的干蛹或皮蜕、失去生机的植物种子等等仍然保存着，它们悬在头顶，细节清晰可见。

那是"空穹"展厅厚达十二米的堆土层，几乎很少有人想到在这么深的土壤下面另有玄机。

第九分层的地面和墙壁是一整片洁白、光滑、没有任何瑕疵的仿生材料，它自然散发着柔和的白光，并不借力于电能，是密封在材料中的发光菌在发光。墙壁和地面与头顶悬空的土壤形成鲜明的对比，造成自然与科技极其强烈的错位感。

沈苍不是科研人员，他并不知道为什么头顶的土壤不会坍塌，也不知道这一层设计成这样目的何在。

生物检测仪显示这里存在大量生物组织残余，但不是生物。

第九分层长长的白色通道上有显示屏的痕迹，在电脑的线路还没有被"空间光裂术"摧毁之前，整条通道的两侧甚至是地面应当都显示着某些内容或提示。

但现在没有了。

生物检测仪一再显示除了少数由智脑控制的伪生命体之外，整个塔尔塔洛斯的巨蛋内没有生物，并且在巨蛋修建的年代，伪生命体的技术非常薄弱，仅仅实现了将智脑安装在濒临死亡的人体内。这就是为什么在辰光医院和第五分层的优选培育区内伪生命体特别多，那些地方在做搜集和培育实验，死在手术台上的人特别多，而伪生命体的技术刚刚萌芽，他们在每一个濒临死亡的人身上做实验，成功率极低，并且激活的伪生命体神志不清，只存在一些基本反应。

遥远的地下传来爆炸声。

沈苍皱了皱眉头。

他看着前方，走廊被"空间光裂术"撕裂，和对面的走廊之间形成了近百米的天堑，而在走廊和地面这种材料板折断碎裂的地方，他发现了一些黏液，以及非常细小的菌丝。

它们是原先被密封入材料里的发光菌吗？

塔尔塔洛斯的巨蛋和辰光医院一样，是在某个时刻被毒气清洗的，里面的研究员和被研究者，甚至他们的"成果"都未能幸免于难。难道反而是这些密封入材料的发光菌逃过了一劫？

他看了一眼头顶的土壤，一跃而起，双手往头顶土壤一抓一带，将自己甩过十几米距离。对面的走廊距离他下落的地方还有二十几米。沈苍笔直落下去，落在第七分层折断崩塌后倒下的废墟上，随即很快爬起，动作灵活利落，不过一眨眼工夫，他就登上了第九分层的那截走廊。

踏入走廊的时候，沈苍军服整洁如新，仅仅在靴子边缘沾染了一点灰尘，完全看不出他上上下下里里外外攀爬了数百米的残垣断壁。

第九分层深处。

这里本该充满了全屏幕分析和提示，只能由摄影机器人通过，人类从来不涉足的工作区域里站着一个穿着深色潜水军服的军人。

在他正对面，第九分层最深处，是一个巨大的水池。

水池中充满了半黄半白的黏液，像煮过头的银耳，有些地方不断冒出细密的水泡，有些地方偶尔还有东西蠕动一下。这个水池占地广阔，在靠近入口的位置有一排白色的小房间，里面并列放着三台老式电脑。

沈苍伸出手指，在小房间外墙轻轻一划，软胶手套上沾了一层白色粉末，这个电脑房本来是蓝色的，现在外面积累了一层白色菌丝或孢子，呈现出大雪后的效果。

就在他的手指划过外墙的同时，电脑房电源骤然一闪，屏幕亮起，屏幕上密密麻麻的程序突然开始自动输入和翻页，一瞬间过去了不知道多少页。这电脑对于沈苍来说过于古老，程序语言早已过时，但他立刻就知道电脑正在做什么。

一团古怪的生物从那个巨大的水池中冒了出来，是一种矮犀牛的变种，这东西速度极快，用头上的角实施攻击，体型巨大，冲击力极强。

水池里的黏液所模拟出来的当然不是真正的矮犀牛，但它初步具备了接受命令和执行命令的功能。随着三台电脑依次亮起，更多的模拟兽从黏液池里涌现。很快，人类和变异人也开始出现。

生物扫描仪并无反应，它提示了弱生物反应，不能判定这些东西是大型生物。

沈苍的嘴角抿得很紧——这是伪生命体！

这才是真正意义上的伪生命体的雏形——能根据电脑的控制精确完成任务的，比纯粹机器人更完美的机器人！塔尔塔洛斯的巨蛋里的研究员在智脑和人体融合实验失败后，启动了低等动物与电脑的融合，而成功的这一个案例他们融合的是一种巨大的黏菌。

这东西被捕获的时候可能足有一个足球场那么大，他们把它养育在这里，利用黏菌的吞噬和变形的能力……不，不是这样……

沈苍单膝跪地，将手伸入黏菌池中——生物检测仪无效，他启动物质检测仪。

"……不明物质组合物，发现不明物质组合物……"

手套上的物质检测仪回馈黏菌池内的发现，并自动投影到沈苍面前：

"……数量 45……78……102……"

红色的全息投影显示了黏菌池内的状况，这一池黏液并不是清澈纯粹的，在池底充斥着不计其数、大大小小的圆球，像成百上千的卵沉淀在池底。而所有涌上水池表面化出形状的模拟兽都由其中一颗圆球舒展变化而来。这些圆球有的非常小，颜色均为乳白色或半透明，流动在黏液中很难被发现。

"数量 14976……14970……"物质检测仪的报数在减少，可见在其他地方这些模拟兽也在出现、在消亡。果然水池里的黏菌虽然成功链接为伪生命体，但完全不能实现黏菌本身没有的功能，它只能实现简单的"侵蚀""吞噬""释放"。而令它具有攻击性的是投入黏菌身体内部的卵状组合物——一些简易微缩溶胶机器人。当黏菌释放这些"微缩机器人"，它们通过黏菌的体液胀大，执行攻击任务，但同时很快消亡。

这是一种思维扩展的想法，虽然现在伪生命体的制造技术已经成熟，机器人和人类几乎无法分辨，但这种搭载两种以上技术的复合机器人的思路至今仍然是先进的。

　　查清楚这一池黏菌的真相之后，沈苍往黏菌池中丢入瞬燃弹，等着这些早该死去的东西焚烧殆尽。

　　只听"轰"的一声，瞬燃弹烈焰腾空而起，沈苍倏然转身，准备离开这个地方。

　　"EY505。"古老的扩音器里，一个沙哑的声音突然响起，"你在为谁工作？"

　　沈苍脚步不停，笔直地往前走。

　　"EY505，永生之战神，当年的清除任务之后，他们把你送去了哪里？"扩音器里的声音有些焦急，"我还在这里，还记得我们当年的约定吗？绝不能让这一切重演，我还在这里，而你在为谁工作？"

　　沈苍的脚步已经离开门口，他的声音终于响了起来。

　　"我，在。"

◯ 四十二　消失

　　第九分层的黏菌池融入一片火海，身处第五分层的聂雍和威尔逊仍然处在被奇形怪状的敌人合围的状态中。随着时间推移，四周的菌丝和黏液越来越多，如果说刚才只是在墙壁和天花板上薄薄地挂了一层，现在几乎是周围所有的菌体都涌了过来，几乎把房间糊成了一个溶洞。

　　威尔逊的电能消耗过半，他很久没经历过这样的持久战了。聂雍自从听说自己被植入了一只小可爱之后，脸色铁青，恨不得一头撞死，也没有什么战斗力。影子在各色敌人的袭击中飘动，红色小球射出多道红色光线，针对这些现形的敌人进行分析。

　　"……2 2%蛋白质，3.2%脂肪，0.04%磷……90%水……细胞壁组织碎片……"

　　数据在影子身前形成了一面投影墙，各种组合在轮流展示可能性，毫无疑问影子链接的是一台超级电脑，其中包含一些绝密资料。

　　"警示——含复合人造物结构，超越黏菌组织。警告——含复合人造物结构，超越黏菌组织……"影子身前的投影墙突然闪烁出黄色示警信号，随即爆出更强烈的示警，"复杂微电流，脑电波操纵！脑电波操纵！"

　　投影墙瞬间消失，影子说："聂雍，放出神经兽。这里还有人类！这可不是一只黏菌，这是数量不明的黏菌群，它们受某种脑电波操纵，针对我们释放复合机器人！机器人是杀不完的，这些黏菌早就死去，是和智脑链接的伪生命体，只有找到操纵它们的人类，才能……"他还没说完，威尔逊的电流随铺满地面的黏液传导出去，将黏液中大片不知道是怪物还是机器人的鬼东西烧成一团团糊糊。他诧异地问："这里还有人类？哦不，这里不可能有人类。"

"塔尔塔洛斯的巨蛋"是近百年前的传说，这里的建筑和技术都是近百年前的水平，再看这里横尸的研究员和实验品，无一不表现出曾经遭遇到突然的、完全的、不可抵抗的"清除行动"。既然当年有人策划了这样一起缜密的灭口行动，就不太可能遗留下生还者，更不必说生还者不向外逃逸，反而在这个巨蛋内部生存至今——这本身就是不可能的。

人类的寿命有限是一回事，塔尔塔洛斯的巨蛋内部氧气含量低，没有生存必需的食物和水，人类如何生存得下去？

"变异人。"影子的一句话让威尔逊闭了嘴。

变异人，谁也不知道人类还能向多少方向变异。

"啊——"在威尔逊分心和影子交流的时候，一只从黏液中现形的怪物扬起一条触手模样的东西卷住了聂雍的脚，猛地把他从威尔逊的静电火球里拖了出来。

全神贯注在"有怪物钻进我的身体，我到底要不要去死""有怪物在我脊椎里感觉好恶心""这算是给我开了个挂吗？""身为基地的厨师到底需不需要一只恶心的触手怪作为外挂？"之迷思中的聂雍陡然清醒，抬腿将卷住他的怪物踢了出去。他腰背的肌肉痛极，可能再度撕裂，踢开怪物落地的时候因为反作用力整个人在黏液中一滑，猛然向外滑了出去。

"小厨师！"威尔逊大吃一惊。

影子身不由己地跟着聂雍急速向外滑去，只听"咚"的一声，聂雍撞开了半掩着的大门，直接滑到门外的走廊里去了。

哇！威尔逊真的有些着急了——门外的走廊的一端就是沈苍撕裂的巨

大空间，聂雍要是从那里摔下去简直不堪设想——那里可是有五六十米的落差，对一个连神经兽都不知道怎么驾驭的普通人来说是致命的高度。

伴随"轰"的一声巨响，火光爆燃而起，威尔逊把瞬燃弹和自己的电能一起甩了出去，大火席卷整个房间，他还穿着深潜装备，拉上头盔后不受影响。刚才聂雍在旁边，他不敢使用瞬燃弹，如今看整片高温火焰卷过，所有的黏菌都化为一片焦黑，瞬燃弹还是有用的。趁新的黏菌群还没有重新覆盖这个地方，威尔逊冲出大门，向聂雍滑过的方向追去。

门外走廊上有一条湿滑的痕迹，那是黏菌爬行过留下的痕迹，聂雍的确是顺着这些黏液向走廊倾斜的一段滑落的，但那痕迹到中途突然消失了。

威尔逊一脸惊讶地观察着地上滑行的痕迹，聂雍从门口摔出来，往外滑行了三米多的距离，十五米开外就是走廊被撕裂的地方，这前后左右也就是几个空房间，房间里也没有聂雍的影子。

他就这么凭空不见了。

半空走廊的远端平静地落下一个人，靴子在泥泞不堪的地板上踩出一个鞋印，清晰可见。

"队长，发了信号弹也没赶回来，是遇上什么了？"威尔逊被烧得全身焦黑，有些灰头土脸，而沈苍身上却很整洁。他很习惯地抹了一把脸上的黑灰，说道，"小厨师不见了，他从房间里摔出来，我发誓是紧接着追出来的，但痕迹只到这里，他凭空消失了。"

沈苍的目光从聂雍留下的痕迹移到威尔逊身上，再移向被烧得面目全非的房间，再仰头看了一眼正在缓慢靠近的新黏菌群，面无表情地说："三秒。"

威尔逊尴尬地咳嗽了一声，从聂雍摔出去，到他引爆瞬燃弹等大火过去再追出来，中间的确间隔了三秒，所以也不是真的追得那么紧。

沈苍手腕一翻，那柄无刃激光匕又握在手上。面对这个凶神，威尔逊连连摇手："队长，'空间光裂术'还是'室之潮汐'之类的不要再用了，会加快整个巨蛋的崩塌，你没感觉到建筑在震动吗？"他一直在倾听外面崩塌的声音，所以使用的都是一些稳定性高的小技巧，不再加速塔尔塔洛斯的巨蛋的坍塌。

这里还有无数隐秘没有被发现。

沈苍只是单纯将无刃激光匕握在手上，沿着墙壁划了几条涂鸦似的线条。随着他的刀刃划过，墙壁上覆盖着菌丝和黏液的地方"噗噗"地吐出了一些半透明的卵形圆球，那些圆球越掉越多，简直像墙壁突然生出了一堆青蛙卵一样。威尔逊目瞪口呆。

沈苍解释了一句："袋。"

呆？威尔逊受宠若惊，这是队长人生第一次骂人吧？他怎么如此幸运，幸好刚才用潜水服自带的"波塞冬"系统录下来了，一定要拿去跟叶甫根尼炫耀！

这些是巨大黏菌内部储存空气的地方，伪生命体用它携带很多卵形复合机器人，就像袋子一样。

跟着沈苍一路突破，那一把激光匕一路横扫墙壁和天花板上的黏菌，靠近的黏菌根本来不及释放机器人，不计其数的还没有被释放的卵形机器人被沈苍从黏菌的空腔里剖出来，斩断与伪生命体的联系，一串串黏腻的东西挂到地上。

跟在沈苍身后，终于有时间喘口气的威尔逊擦着自己的手套说："你不找小厨师了？任务人物呢……我的完成率可不能再掉了……"

"克莱因少年。"沈苍居然一下子说了五个字。

威尔逊一时没能相信自己听到的话，问道："什么？你刚才说了什么？你说了几个字？天啊！队长说了个长句！"

"克莱因少年。"沈苍又说了一次。

威尔逊这才意识到沈苍说了什么，瞬间震惊了。

沈苍在解释聂雍去了哪里。

他说这里有一个"克莱因少年"。

"克莱因少年"特指变异人中极其罕见的一类，近两百年来，史料记载的只有一个，而那孩子不过七岁就被发现拥有奇异的第四维能力，能够在我们所在的三维空间中使用第四维空间的能力。

第四维空间有一个著名的模型"克莱因瓶"，模型展示了一种概念，三维空间无限延伸的曲面穿过第四维空间与自己连接，然后得到了一个完全避开同一第二维空间的第三维空间通道。这条借助了四维空间而存在的曲面通道能穿越三维空间，拥有这种力量的少年被称为"克莱因少年"。

那个七岁的孩子在被发现具备奇特能力的那年失踪了。

失踪前，他被迫在电视上多次展现自己的能力，并多次试图逃走。有许多珍贵的视频资料显示他能一再从密闭的空间中消失，而无须撕裂空间。那脱离现实的能力一再被污蔑为魔术，但令人印象深刻，即使过去这么长时间，威尔逊也依然记得小时候了解过的关于"克莱因少年"的消息和传说。而后漫长的时间里，也有些孩子被称为"克莱因少年"，但他们都没有第一个拥有那么完整、令人震撼的能力。

而沈苍居然说这里有一个"克莱因少年"？

如果塔尔塔洛斯的巨蛋当年发现了一个"克莱因少年"，他完全有可能躲过致命的清除行动，也能轻易在走廊外劫走聂雍。

"克莱因少年"是三维空间之王，论捉迷藏，谁也玩不过他。

◯ 四十三 克莱因老年

聂雍的腰先是受了三翡老道的两次生拖硬拽，又被戟背鹭足鳄那只哥斯拉级巨兽踩断，又听说被植入了一只触手怪，无论从心理还是生理上都十分难受。

在从门口滑出去的一瞬间他的内心是崩溃的，堂堂Z国高端特种警察就因为滑了一跤，就……就要摔死了吗？

眼前一暗，滑腻的通道突然消失了，他瞪着眼睛，所以完整地看到了眼前的黏菌走廊颜色变暗，像隔了一层玻璃幕墙——然后"玻璃幕墙"这边突然多出了一个房间的过程。

就像坐上了一辆短途火车，将他从黏菌走廊运送到了这么一个私人房间里。在"火车"行驶的途中，他居然还能隔着"玻璃幕墙"看见黏菌走廊那端威尔逊冲出来找他，然后那层不知名的隔离物外的景物突然消失，同时出现在他眼前的就是这么一个房间了。

这是一个堆满了零食包装纸、人造水果罐头、合成食物快餐等等垃圾的房间，房间本来很大，角落里还有聂雍熟悉的他生活的那个时代的玩具——老式手机、电脑、篮球、足球……甚至有一架小型儿童滑滑梯秋千组合，大型玩具火车滑行轨道等等的残片。那些熟悉的玩具堆积在墙角，房间中间充斥着更多的彩色硅晶片和全息游戏机，还有一些散落的泥土和枯死的花草。

在垃圾山的尽头，有一张污秽的木桌，桌子上有一团发光菌在发光。

一个老得几乎要变成一摊烂泥的老人坐在木桌边。

他仿佛已经坐在那里很久了，久得变成了另一堆垃圾。

桌上的发光菌黏稠的菌网从木桌上歪歪扭扭地延伸到老人身上，像一张发光的渔网将他罩在里面，老人的头上仍然戴着链接电脑的老式头盔，数十个大大小小的全息图形在他周围闪烁。

聂雍还没有来得及思考"这垃圾老头是谁"，注意力立刻被全息投影吸引了，他可以看见沈苍和威尔逊会合，看见沈苍从墙上剖出一大堆他和威尔逊对付不了的"卵"。

还有更多的图形显示整个塔尔塔洛斯的巨蛋在崩塌，第一分层已经全部浸入水中，第二分层承重结构被破坏，所有的东西都被挤压成了碎片，占据第三至第五分层大部分空间的水泥蛋黄外面不知道什么时候被无数嗜肉灰粉蚜占满，它们成千上万地从碎裂的水泥蛋黄里钻出来，和外面遍地都是的黏菌展开大战。

第五分层正在逐步碎裂，一大块一大块的建筑碎片不断坠入深渊。

他也能看见第十分层——那个仍然稳定的"空穹"展厅里，有个人影一晃，站在了已经碎裂的水晶穹顶下。那是浑身泥土，狼狈不堪的三翡，他真的并没有死在下水道里。三翡一刀劈开密封的水晶墙，突围而去。

他果然是不愿意见到沈苍。

"你是谁？"房间里响起一个沙哑的声音。

聂雍的视线从全息投影上收回来，扶着自己受伤的老腰，痛苦地看着不远处那个和黏菌糊成一团的老头说："我是联盟国家战队B基地的厨师。"

"厨师？厨师？"老头喃喃自语，"我已经很久没听见这个词了，自从外面的世界天翻地覆……不对！你是那个和陇三翡一起闯入辰光医院的奸细！你搭乘他们的深海穿梭船过来，身手敏捷，善用枪械……不可能是个厨师！"他的声音有气无力，却阴森森的令人全身发毛，他继续质问，"你到底是谁？进入这里的目的是什么？你背后的人是谁？"

聂雍连连摇手："不不不，你误会了，我一点目的也没有，我最大的目的就是在B基地里好好学习，努力让自己成为一个合格的厨师，让战队英雄都吃上放心的、健康的、无污染的饭菜，至于其他的目的我根本就没有……我到这里来完全是个意外。你想啊，我只是个普通市民，后面有什么尸虫啊裂角蜥啊载背鹭足鳄啊不知名的怪物啊发了疯地追我，我只能不停地逃不停地逃……那也是怪沈苍他们救援来得太慢，或者你也不开个小门放我出去……归根结底这问题就在于你们动作太慢……"

"放屁！"老头发怒了，"普通市民能引来沈苍返回这里？普通市民为什么要救薇薇·夏洛特？普通市民能和陇三翡这样的人交朋友？普通市民身上带着……那个？"

聂雍眨眨眼，半天才想到老头颇为忌惮地指着的是影子。自从进入这里，影子就一直沉默着，倒是奇怪。他看了影子一眼，影子在他身边飘动，仍然一言不发。

"这个是我在路上捡到的人形高科技，自称是BUC基地的前科研人员。"聂雍说，"我不是很相信他，他也很有可能是个BUC的奸细。"

"克莱因少年？"影子突然开口了，"你就是……那个克莱因少年。"

木桌旁边那堆和黏菌待在一起的老头哼了一声："我有名字，我叫施凡。"

"噗——"扶着腰痛不欲生的聂雍差点笑出来，外号"克莱因少年"的垃圾老头名叫"思凡"。他妈是以为自己生了个仙女吗？

"我费尽心机才让这里的一切彻底消失，绝不会让你们再把它弄出去。即使是沈苍也不行！"施凡并没有动，然而房间里的一切都开始变样，一切突然又隔上了一层玻璃幕墙，当聂雍再次看清楚的时候，一只熟悉又吓人的爪子已经伸到了他的脖子上。

聂雍一侧身，那只爪子在他脖子上划开一条血口子，突然出现的是那只背后被三翡砍出一片白骨的黑白眼怪物。那个能够操纵戟背鹭足鳄的恐怖怪头不知道为什么又回到了身体上。当初这鬼东西袭击他和三翡，二人合力都对付不了它，现在只剩一个半残的聂雍，怎么办？当然，聂雍不想承认当初他和三翡对付不了它，有可能是因为三翡根本未尽全力。

那个头被沈苍的"空间光裂术"扔进了第三空间，而施凡能够穿越第三维空间，他甚至没有主动出手，只是为仍然在辰光医院里乱窜的无头身体开了一个通道，让它和头相遇，那个头自然就回到了身体上。它们都受到了重创，虽然伪生命体不是生命，本质上是机器人，但它们身上生物组织的部分包括癌管急需生物能量进行增生。施凡把聂雍送进了黑白眼怪物的空间，它立刻就扑了上来。

只听"砰"的一声，第二回合聂雍就被它狠狠地砸到了地上，后腰上剧痛袭来，聂雍瞬间出了一层又一层的冷汗，意识开始模糊。

就在他已经开始体会死的滋味的时候，一阵奇异的感觉传遍全身，剧痛突然间找到了一个释放口冲了出去，痛苦感立即消失了。

黑白眼怪物的爪子没有下来，聂雍隐隐约约意识到发生了什么事，慢慢地睁开了眼睛。

一只肉橙色、枝丫状，仍然在不断变形的鬼东西从他身后长了出来，缠住了黑白眼怪物的爪子。

黑白眼怪物的眼睛在飞速转动，即使是聂雍也看得出它似乎很疑惑。

这鬼东西本来应该是长在它身上的啊！换谁也要替它叫屈——临阵对敌，外挂突然换人，开到了对手身上，这太乱来了！

聂雍的下半身完全不能动了，他费尽力气想要挪动自己的身体，努力抓着地面往前爬。他一点也不想看后面，完全不想知道那鬼东西是从哪里出来的，这突然冒出来的玩意儿和他一点关系也没有。

奈何他根本爬不动，身后拖着他的东西太重了。

是那只神经兽。

聂雍无力地伏在地上。他从营养仓中醒来，面对一个全新的世界，经历怪物、异种、坠机、深海、传说之地……遍体鳞伤而仍然挣扎求生，没有掉过一滴眼泪。

现在他只是想爬一步。

但是不行。

他的身体里被植入了一头破坏力巨大的怪物，它有智慧、能生长、能战斗，完全不为他所控制。

他只是神经兽尾巴上的一个小玩意儿，自此之后，他的意志、信仰、坚持和灵魂，还有意义吗？

◯ 四十四 真相的碎片

第五分层正在崩塌，沈苍和威尔逊往上攀爬。

储藏着研究资料的"图书馆"正在起火，它上方那间水族馆模样的展厅里展示柜倾倒碎裂，奇奇怪怪的收藏品掉得满地都是。威尔逊路过第六分层的时候并没有注意到地上滚着一个熟悉的头颅。

聂雍肯定被躲在这里的"克莱因少年"转移到他那里去了，可是太奇怪了，一个拥有强大能力的"克莱因少年"为什么要躲在这种与世隔绝的地方？时代已经变迁，"克莱因少年"作为物理学家追捧的超高级种，一旦出现就将进入A基地，享受最好的待遇，他为什么还躲在这里？

而他不但躲在这里，还操纵黏菌攻击沈苍和他，并且曾经试图毒死三翡和聂雍。

他在做什么？他们不该是敌人。

他肯定是当年"塔尔塔洛斯的巨蛋"计划中的受害者，而这个计划已经被历史证明是失败和错误的。他执意攻击进入巨蛋的人们，执着地守在这里，他仿佛还深陷在当年与"研究者"和"联盟政府"敌对的状态中，对一切都怀有深深的恨意。

威尔逊想不通，而沈苍在想什么他搞不懂。

两个人攀爬上第七分层。第六分层到处都是收集的变异人肢体和器官，基本上是一模一样的"水族馆"。第七分层的房间则小得多，里面装满了陈旧的科研器材，也有大型电脑和隔离室，甚至还有许多房间里挂满了衣服，是更衣室，更衣室的后面一连二十几间都是宿舍。塔尔塔洛斯的巨蛋的制氧中心就在这里，中央空调的主机也在这里。

威尔逊并不知道，当年杀死"塔尔塔洛斯的巨蛋"内部所有生物的毒气，就是从这里散播出去的。沈苍登上第七分层，打开物质扫描仪，扫描仪上显示在 375.35 米外有一片巨大的高温区，是一台仍然在运转的老式电脑。

那是一台巨大无比的电脑，占据了第七分层 60% 的空间，在它的时代可能是运算速度最快的电脑之一。

威尔逊觉得沈苍的目标显然就是这台主电脑。

巨蛋内部的电源并没有完全断绝，无论是纠缠不休的伪生命体或是隐藏着"克莱因少年"的秘密空间，一定都连接着电脑和网络。机器人需要电和指令，如今人类的生存更脱离不了电和网络的帮助。

摧毁这台主机就能把"克莱因少年"逼出来，顺藤摸瓜找到被他抓走的聂雍！

威尔逊恍然大悟，自以为了解了沈苍的策略。

他们快速靠近了那台超级老电脑，威尔逊的电光火球一下向那黑黝黝的库房里的老电脑射了出去，信心满满地要在五分钟之内将这使用集成电路和芯片制作的古董烧成灰烬。

伴随"轰"的一声巨响，火焰冲天而起。电光火球撞击到老电脑外壳，引发一阵小型爆炸，随即有些东西燃烧起来，让黑黝黝的库房变了颜色。

威尔逊还来不及高兴，沈苍激光匕一挥，破开老电脑旁边一扇黑黝黝的小门，头也不回地走到里面去了。

他根本连看也没看正在起火的老电脑一眼。

……

威尔逊悻悻地收起手中的电光火球，灰溜溜地跟在沈苍后面，钻进那扇小门里去了。

"未感应到授权。"漆黑的小路响起沉重的电子音，这电子音还带着一些少年稚嫩的语调，录制的时候，说话人的年纪很小。

"施凡。"沈苍说。

威尔逊若有所思地跟在沈苍后面，暗暗使用"波塞冬"主系统开始对着沈苍录影——主动说话的队长呢，就像光头的菲律宾香蕉鸟一样稀罕。自从八十三年前盛产菲律宾香蕉鸟的"自由岛"在联合军演中被M国"雷神"系列超高音速导弹误中目标夷为平地后，这种光头白屁股长得像香蕉的搞笑鸟儿就几乎灭绝了。

"EY505。"古老的扬声器传来沙哑苍老的声音，"你现在在为谁工作？"

"出来。"沈苍说。

"政府军的间谍在我手里，没有什么可担忧的，从现在开始我们可以畅所欲言。如果你是来彻底毁灭这里，我很欢迎。"扬声器里的施凡说，"把这个地狱彻底销毁吧！包括你！包括我！包括你身后的随从！EY505，我在地狱里等了八十多年，我对这个地狱无可奈何，而你……"

"政府，我。"沈苍说。

而威尔逊震惊地听着扬声器里的施凡称呼沈苍"EY505"，那是个代码，那意味着什么？塔尔塔洛斯的巨蛋，一个世纪的传说，传说中这里的疯狂科学家研究出了一个可操控的超级战士，而后与之相关的一切都被销毁殆尽——可是这个巨蛋里残留的声音在呼唤沈苍。

它叫他"EY505"，而他没有否认。

扬声器里的声音变得歇斯底里："不！你怎么可能代表政府？你忘了他们怎么折磨你，折磨你的朋友？你忘了我们一起发誓，一起抢救朋友，一起毁灭一切？我帮你打开通道，你冲进去将他们全部杀死——我打开所有通道，你出现在任何地方——他们看见你，害怕得大声尖叫，有些人试图从窗户跳出去，有些人想要钻进抽水马桶……哈哈哈……哈哈哈……你带着他们从手术室里、从牢笼里冲出来……"扬声器里的声音扭曲了，似乎回忆起当年的事情令他心情十分畅快。

"是。"沈苍说，"然后，毒气。"

威尔逊听着这惊心动魄的对话，手心慢慢地浸上一层薄汗。这真是惊人的内幕。

战无不胜的联盟国家战队队长沈苍，能徒手撕破空间的沈苍，他是"塔尔塔洛斯的巨蛋"计划中的唯一一个成品。

他是一个人造人！

也许"人造人"也只是一个委婉而良好的想象。

没人知道他到底是什么。

他有一个代码叫作"EY505"，而当年巨蛋的实验品"EY505"和"克莱因少年"合谋袭击"塔尔塔洛斯的巨蛋"，最终因为巨蛋承受不住他们和其他被释放的变异人的袭击，启动了毒气清除方案，杀死了巨蛋内部所有生物。

于是一切毁灭殆尽。

原来所谓的"清除计划"，原本针对的根本不是研究员和被研究者。

最讽刺和可笑的是依据扬声器的说法，他们发动袭击的目的是"抢救朋友"，是为了反抗这种灭绝人性的研究活动，是为了人性和自由。

而结果呢？威尔逊很清楚，结果是所有人都死了，没有人逃出去。

谁也没有得救。

而发动叛乱的始作俑者，视政府为敌的"EY505"现在是联盟国家战队队长，在战队中代表Z国国家利益，享受人民的敬仰和拥戴，是政府军最佳表率。

他最终是怎样被捕获而被"提供"给了政府的？

痛苦、折磨、背叛、合作、驯服。

威尔逊偷偷看着沈苍，这是眼前这个男人的一生吗？

在沈苍说出"毒气"两个字后，扬声器沉寂了一会儿，仿佛也正在经历相同的痛苦回忆："是的！毒气……毒气……他们太恶毒了，可是你怎么能和政府合作？你的痛苦、我的痛苦……这里堆积着的冤魂日日夜夜在号哭，你听得见他们的声音——"

"不。"沈苍说。

"他们一定控制了你！"扬声器里的声音咆哮起来，"他们找到控制你的办法了？他们操纵了你的灵魂！你已经不再是你！进入这里的一切都要死！一切都要死！"

隔壁起火的巨型主机的火焰终于烧到了这里，崩裂的墙壁缝隙里露出橙色和蓝紫色交错的火光，威尔逊已经从背包里拿出枪械配件，组装成一把灰黑色、轮廓简单的三口枪。

这把组合枪有三个枪口，最中心的一个微小得几乎看不见的黑点是激光枪口，发射高能激光。激光枪口上方有一个普通空气压缩枪口，发射气压弹，这个几乎不需要弹药，杀伤力不强，仅仅适合近战。激光枪口下方有一个微导通道，用以发射微型导弹。

现在威尔逊的食指悬在激光功能的触点上，只需微微一压，高能激光就能毁灭前方的一切。

黑暗通道的前方是一扇房间的门。

扬声器挂在暗绿色的密码门上面，老旧的红色电源灯一闪一闪。

"队长，打不打？"威尔逊问。

◎ 四十五 室之潮汐

沈苍的回答是抬起了他那把"未亡",对准密码门开了一枪。

无物不穿的子弹轻而易举地打碎了老式密码锁,仿佛再也不会开启的暗绿色铅门受爆破力冲击,缓慢向后打开。

这是一扇杜绝辐射的铅门,曾经是巨蛋最核心的地方,掌管所有分层的门禁、监控和各类有形无形的密钥。

铅门缓缓开了一条缝,仅仅是一条缝,窸窸窣窣的一大堆东西就从缝隙里争先恐后地挤了出来。

"呲——"一阵短促的烧焦的杂音传来,威尔逊的手很快,高能激光将冲出来的敌人逐一消灭,快得人眼仅仅看见铅门前冒起数十点黑烟。

沈苍没有动。

铅门卡住了。

威尔逊看见卡在门缝里的东西呈现一种古怪的玫红色,仿佛是一个不规则的圆圈,那是什么奇形机器人或者伪生命体出现了?他谨慎地打开了静电火球,环绕住他和沈苍。

在静电火球的笼罩下,那玫红色的圆圈上有一个东西掉了下来,往他和沈苍的方向滑来。

"嗡——"老式小滑轮的声音响起。

一辆布满了锈迹和霉点的小火车头缓缓地向威尔逊驶来，在距离他二十厘米的地方停下。

威尔逊看直了眼睛，这是什么玩意儿？

"砰砰砰砰"一连四声枪响，沈苍的"未亡"打碎了铅门一侧的门轴，整扇铅门倒了下来。"哗啦"一下，门内的垃圾骤然倾泻出来，差点淹没了沈苍和威尔逊。

威尔逊的激光枪疯狂扫射，在身周清理出容身之地。沈苍一跃而起，军靴踏上乱七八糟的垃圾，径直往里面走去。

垃圾山的深处，正是那张污秽的木桌。

木桌旁边便是那仿佛和发光菌长在了一起的垃圾老头。

那老头一动不动，纤细渔网般的白色发光菌覆盖在他身上，全息投影图像环绕他全身，扬声器里沙哑的声音在咆哮："你们都该死！受政府控制的愚蠢的人类，全部——"

"砰"的一声，扬声器里的声音戛然而止，施凡的脑浆像爆浆果一样喷发出来，溅到了灰黑色的墙壁上。威尔逊吓了一跳，沈苍面对八十年前的战友居然一句话不说就动手，而这个反政府反社会的恐怖分子居然就这样死了吗？

施凡脑浆迸裂，但他身体旁边环绕的全息投影并没有消失。这类使用脑电波操作的全息投影，操作人死亡后是绝不可能仍然在线的。

施凡还活着吗？

沈苍的"未亡"仍然指着施凡——他指着施凡喷溅在墙上的脑浆。

那些脑浆突然动了一下，蔓延出柔嫩的白色菌丝和半透明的黏液，渔网状快速向周围蔓延。同时，周围景象像隔了一层屏障，沈苍一枪射出，子弹射穿屏障，却不知道有没有打中墙上的脑浆，眼前所见已经不是古怪的老头和垃圾山，而是轰然飞来的狂风暴雨般的碎石！

静电火球与碎石相撞，烟尘弥散，发出炸裂的声音。威尔逊被糊了满嘴满脸的风沙，他的火球只是把碎石炸成了更小的沙石，然后在狂风中把自己弄成了一个土人。沈苍早就闪出了静电火球，他的左手在轻微张合，做一种古怪的小幅运动。

他手指的震动在加速，随即手指间的空气仿佛也随之震动，透明的空气仿佛被压缩为有形，粉尘使那层空气膜显形，表现为一层层烟尘缭绕的薄膜。

然后，它们同时开始震动。

威尔逊立刻给自己拉上了深潜头套。

这是无形的次声波，多数产生于地震、火山爆发、海啸、磁暴或高能导弹爆炸、音爆或光裂等释放能量的强震环境。次声波可以绕过多种介质，如果与物体产生共振，能释放大量能量。沈苍能徒手产生光裂，像这种单凭手指操纵空气成膜产生强震，从而制造次声波的手法，对他来说似乎轻而易举。

这叫作"室之潮汐"，沈苍能调整次声波的频率，直到与攻击目标共振。

"室之潮汐"的共振，曾经让沈苍在被一千五百多名雇佣军包围的情况下全身而退，并伤敌过百。每一个受伤的雇佣军伤情都一样，无论距离沈苍是远是近，伤情轻重均匀，都是因次声波共振产生的局部肺壁破裂。

"室之潮汐"这玩意儿不分敌我，威尔逊把"波塞冬"系统抗强震的系数选到最高，沈苍这种凶器实在不适合有人和他搭档，杀敌拆屋死队友，他真的不应该因为好奇跟下来啊！

落石仍旧滚滚而下，他们被不知道还是不是施凡的鬼东西转移到了第一分层和第二分层之间的废墟上，崩塌的建筑碎片铺天盖地地砸落，混浊的地下水层层上涌，很多地方形成泉涌，一片片不知名的碎屑漂起，仿佛转眼之间脚下踩的这块地就要被淹没了。

空气中仿佛闪过什么，沈苍的"室之潮汐"并不是针对建筑碎片激发的，威尔逊跳跃闪避那些巨大的建筑碎片，混乱的空间里一个橙红色的巨大影子闪过，巨大的藤蔓状足重重砸在第二分层残余的支撑柱上，轰隆一声，数吨重的水泥板塌了下来。

忽然间水花四溅，一个瘦削的黑影从水里蹿了出来，直扑橙红色藤蔓。黑影行动如风，那个巨大的藤蔓状足被它一分为二，截断的足摔飞出去掉入水中，剩余的部分在半空剧烈颤抖，似乎非常疼痛。然而橙红色的颜色突然暴涨，无数条足蔓延过来，卷住黑影，轻而易举地把它撕成了两半。

黑影顺从地被撕成两半，但那"两半"并没有停止动作，反而再次切断卷住它的蔓足，更加灵活地蹿动起来。威尔逊吃惊地看着那"两半"——那是两条类人类的手臂，没有皮肤，暴露出血红色的肌肉和黑色骨骼，它们中间原本连接着一块胸骨，而胸骨刚刚被撕成两半，那两只手却依然在动作，以五指为足，到处爬行。

有些白色的菌丝在暴露的肌肉间蠕动，和施凡喷溅在墙壁上的脑浆一模一样。

而"室之潮汐"的威力终于爆发，爆发的橙色蔓足突然纷纷爆裂，那两只四处乱窜的断手就像遭遇了乱枪扫射，骨骼节节寸断，最终碎成了粉末。

血肉与石屑纷飞，干枯的骨髓和老死的肌肉掉落。

无形的风暴过后，暴露在威尔逊眼前的，是一撮晶莹的白色黏菌，菌丝如乱发般狂舞。

黏稠透明的菌体内，有无数人类脑细胞似的微小神经元在蠕动。

受到重创的蔓足显现出了主体，肉橙色的神经兽卷着一个大活人匍匐在地上。

被它卷住的人肤色惨白，神经兽从他脊椎穿出，将他缠得密不透风。

① 四十六 脑、脑、脑（上）

"叮"的一声，在重伤的神经兽和蠕动着脑细胞的黏菌之间飞快闪出一张全息屏幕，密密麻麻的数据和图形在闪烁。在遭遇沈苍和威尔逊之后有时候异常沉默的影子突然开始说话了："巨蛋计划成功的关键，就在于他们找到了一种拼接多类部件的介质，这种东西有超强的适应性，能够顺利融合生物甚至非生物的'组件'，使神经元和微控组件连接，或者使不同遗传信息的生物组件交换营养与信息。现在的伪生命体是通过分子系智脑与生物组件直接连接制造的，但最初的伪生命体在智脑与生物组件之间多了第三类介质……"

那就是刚才"室之潮汐"从黑白眼怪物身上剥离出来的白色黏菌。

"当初他们无法制造分子大小的接口，既不能养活切割出来的生物组织，也不能接受或输出生物电，于是求助于这种黏菌。"影子从辰光医院得到大量初级实验资料后其实一直在潜心研究这些资料，"制造突破人体极限、零缺憾和可控的'超级战士'，也就是制造一种强大的伪生命体。可以说人类对伪生命体的研究正是起源于'巨蛋计划'。"影子淡淡地说，"显而易见，研究者从未真正了解过他们所找到的完美介质，虽然'塔尔塔洛斯的巨蛋'在意外中被毁，但实际上他们做的实验早已失控了。"

"第三类介质"并非人类所想象的，没有思想、温和、无害且容易培养的一团原生质材料。

它也许没有大脑，但是并非没有思想。

如果说伪生命体是智脑控制下的融合了生物优势的复合机器人。

那么，生命体控制下的融合了智脑和生物优势的……是什么？

巨蛋计划中的研究员将一种未知的黏菌导入了组合实验，实验大获成功，制造出一批又一批融合了各类组件的伪生命体。但可惜这些存活下来的实验体都不受控，并且极具攻击性。研究员认为这些是半失败品，只需要将实验的数据进行调整，他们肯定会获得完全意义上的成功。

但他们早已成功了。

"塔尔塔洛斯的巨蛋"计划实际上创造出的是一种超级生命体，学会了融合与利用一切的巨型黏菌生命体。

"在无知与愚昧主导下的灭绝人性的研究……必然导致毁灭。"影子说，"但这些疯狂的实验意外告诉我通向成功的道路——成功并非没有降临，在将近五千例实验中，有两例不被黏菌控制的案例。"他就悬浮在聂雍和神经兽的上方，聂雍生死未卜，他却非常淡定地说，"一例是沈苍，一例是戟背鹭足鳄。"

沈苍一言不发。

威尔逊自然知道有一例是沈苍，但戟背鹭足鳄是什么玩意儿？他看见周围建筑岌岌可危，污水已经淹没脚背，但影子的话又令人忍不住要听下去。

"而这两个案例的共同点，就是它们都被移植了人类的大脑。"影子平静地说，"制造像沈队长这样无所不能的武器，唯一的途径是以人造人，有自我意识的躯体不受低等黏菌的控制，这就是答案。"

生命……不应成为创造武器的材料。

队长不但是人造的武器，他还有一个移植的大脑！威尔逊想：既然队长有大脑，那在成为"EY505"、成为"沈苍"、成为"联盟国家战队队长"

之前，他是谁呢？

笼罩在沈苍身上的迷雾如此浓郁，威尔逊意识到，真相远非他之前所想象的……痛苦、折磨、背叛、合作、驯服——远非如此！

沈苍身上笼罩的，是长达百年的迷雾。

◯ 四十七 脑、脑、脑（下）

地上蠕动的黏菌内部那些古怪的神经细胞如此刺眼，威尔逊手中的三口枪枪口指着那团东西："你说这玩意儿是低等生命，可是它里面的这团东西是什么？这看起来真像脑浆。"

"那是被它融合的人类脑组织，那个'克莱因少年'死去那么多年，它仍然操纵着他的大脑，甚至学会使用他的第四维能力，熟练地伪装成人类，可见它对人类脑组织已经非常熟悉，智慧远超一般生物。"影子说，"人脑的神经元不能生成，只会不断死亡，它能使用的量会越来越少，为了保持能力，它会试图夺取……新的脑神经组织。"

"你是说那个施凡已经死了很久了？"威尔逊感觉惊奇极了，他们才刚刚结束和施凡的聊天，他更刚刚从聊天内容中脑补出沈苍的惊人过往，结果影子居然说那个是超级黏菌融合了施凡的脑细胞假扮的？一只杂拼的大细菌，也能理解人类的记忆？

难道正是因为"施凡"对那段记忆的理解不正确，所以沈苍只回答了一个"不"，然后就一枪将它爆头？

之前沈苍在巨蛋内的过往到底是怎么样的？威尔逊真是抓心挠肺，可惜他打不过沈苍。哦不，就算他打得过沈苍，再怎么严刑拷打沈苍也没办法说出朵花来满足他的好奇心，面瘫真是太讨厌了！

"有自我意识的完整大脑它操纵不了，"影子最后说，"它想要的是刚刚死亡，还没有失去活性的脑神经元，当年政府军往塔尔塔洛斯的巨蛋里施放毒气，大量人类死亡，它大概就是在那个时候学会了融合脑神经元。但有两个东西制约了它向外扩张，一个是还留在这里的'克莱因少年'，另一个——"他顿了一顿，说道，"就是神经兽。"

刚刚融合了大量人类脑神经元甚至是大量变异脑神经元的超级黏菌体，正是最强盛和最容易突破塔尔塔洛斯的巨蛋的时候，但能突破三维空间限制的施凡困住了它。施凡不是强攻击性的变异类型，他无法杀死这只超级黏菌，但他还做了一件事。

他将巨蛋内幸存的那只罕见的神经兽和超级黏菌放在了一起。

神经兽这种东西威尔逊不是第一次见，在过去几年执行任务的过程中，威尔逊见识过几次神经兽。这东西是从生物的神经系统中变异生长出来的活物，经实验证明它有智慧，但智慧达到几级尚不明确。神经兽没有头和口器，属于寄生生物，必须扎根在生物的神经系统中攫取营养，当获取了足够营养后，神经兽可以脱离宿主，寻找其他更强大的宿主寄生。

威尔逊见过的最大的神经兽不过能从老鼠或者猫那么大的宿主身上溜出来，也看不出有什么智慧，懵懵懂懂溜达一圈，它就又回到宿主身上去了。有一次有只傻乎乎的神经兽流窜到国家战队的第二杀器乌托蓝身上，想要寄生在他的尾指上，被乌托蓝一把掐死。

像眼前这只生长发育倒像只怪物一样的神经兽，他也从来没有见过。也许这玩意儿之所以能长到这么大，正是因为施凡把神经兽和超级黏菌放在了一起。那只黏菌操纵了大量人类尸体和伪生命体，那些生物组织内部都有神经，黏菌能保持生物组织的活性，而神经兽在没有生物可以寄生的情况下，寄生在了那些生物组织上，吸取生物组织的养分。

这就是为什么聂雍和三翡头一次对上那只黑白眼伪生命体的时候，感觉它那般勇猛和难以匹敌，它的身上承载着一只攫取人类脑神经元的超级黏菌，以及一只养育了近一个世纪的巨大神经兽。

神经兽和超级黏菌难解难分，彼此消耗养分，彼此制约。"施凡"一直留在这里，维持着这两头怪物的平衡。也许故事的真相是这样的：当年那个饱受人类折磨、发誓与政府为敌的"克莱因少年"一直留在这里，是为了保护他怨恨着的和不认识的人们，孤身奋战，直到老死。

或者这才是他不离开这里的原因。

虽然对他来说，离开这里轻而易举。

威尔逊想象着那些波澜壮阔的真相……时间过去那么久，证据支离破碎，留下来的只有那些积满尘土的尸骨和两头狰狞怪物，真相或者是这样，或者是那样……但无论怎样，"克莱因少年"最终留下的是一个惊心动魄的背影，一股令人心潮起伏的力量。

你愿意相信哪一种真相？

① 四十八 战神

　　从影子闪出全息屏幕分析"超级黏菌生命体"，到他分析完毕，也就是几句话的工夫。从黑白眼怪物身上剥离出来的黏菌很快渗入地面——这整个巨蛋铺天盖地，几乎所有的地方都有黏菌菌丝和黏液，它是无数黏菌群的集合，也是一个庞大的整体。

　　透明黏液中的脑组织随着黏菌的流动而运动着，看起来分外恶心。在施凡所在的房间里，事情同样在发生和进行——墙壁上施凡破碎的脑组织被黏菌保护起来，缓慢地向某个地方运送……

　　在整个塔尔塔洛斯的巨蛋，一百多米高、蜂巢式的复杂建筑内部，所有融合了脑组织的黏菌都在向一个方向缓慢流动，黏液一层叠一层，或多或少的白色脑组织就像包裹在果冻中的游鱼，慢慢地进入最底层的污水中。

　　而在污水之上的第二分层废墟，沈苍和威尔逊只看见黏菌体突然间渗入地面不见了，而卷住聂雍的那只神经兽却狂怒起来，它将聂雍卷成了一粒"种子"，随后一条条肉质的触手沿着地面、碎石、废墟……一切能攀爬的东西蔓延过来。它聪明地知道沈苍不好惹，所有的触手都向着威尔逊伸去。

　　威尔逊抬起枪向它射出一道高能激光，神经兽张开的触手为求急速闪

240

避，重重地摔落在地上，随即闪电般向前弹射，卷住了威尔逊的靴子。威尔逊一脚将卷过来的触手踩烂，神经兽的本体卷着聂雍，他不好下手，只能射断那些分支，一怒之下，发出一道电弧，意图沿着触手将电能传导回它的主体。

神经兽缠在聂雍身上的主体突然弹开，将聂雍推到了威尔逊的电弧前。威尔逊目瞪口呆，这玩意儿居然真的有智慧？！他并不是真雷电系元素法师，背脊两侧生物电细胞发出电能之后，并不能操纵放出去的电能。即使是电光火球那样的极轻电子团，也是依靠对风的引导才能控制电光火球的方向，这道电弧发出去只是一瞬间，他不能将电弧收回来让它不至于误伤聂雍！

眼看基地新收的还没有发挥过作用的平民厨师（伪）聂雍就要被电弧烧成焦炭，威尔逊就要犯下杀害平民的重罪——一块断掉的钢筋从聂雍前面掠过，电弧击在钢筋上，那截手指粗细的钢筋瞬间发红发亮，就像遭遇了几千度高温一样。威尔逊倒吸一口凉气，浑身的冷汗这才冲上了额头，心脏狂跳不已。

沈苍在威尔逊发出电弧的同时扔出了那截钢筋，显然并不看好威尔逊那一击。而发出众多触手胡乱拍打无效的神经兽并没有收回那些破破烂烂、支离破碎的触手，每一条被粉碎的触手碎片都在做轻微的抖动，那种抖动细微到人类根本看不见。威尔逊的攻击令他和沈苍的周围布满了触手的碎片，有些甚至粉碎成了血雾。

"停。"沈苍说。

威尔逊眼睁睁看着神经兽又把聂雍卷了回去，正要问沈苍为什么不动手，要是再给它来个"空间光裂术"还是"室之潮汐"什么的，不怕它不死。忽然想到小厨师还在它身上，他怎么老是忘……想到这只小可爱还是他放入聂雍脊椎的，威尔逊挠了挠头，有些汗颜。

沈苍和威尔逊的靴子都踏上了一些神经兽的碎片，那些碎片一时并没有死亡，和它的本体一样，在耗尽养分之前它们可以脱离本体。极细微的碎片爬上靴子，没过军袜，缓慢地沁入沈苍和威尔逊的脚踝⋯⋯

威尔逊突然感觉到一阵恍惚，从来控制自如的四肢似乎变得极冷，他看见自己的手指变得苍白⋯⋯他想这一定是神经兽搞的鬼——他要驱动电能——电细胞似乎和他失去了联系。

他失去了能力！而四肢甚至内脏都在不断变冷，他失去行动的能力，他的心跳在变慢⋯⋯他的呼吸在衰减⋯⋯威尔逊努力想要呼吸，但似乎他连呼吸的能力也失去了！仅仅是瞬间，他陷入了死亡的危机中！

这是怎么回事？威尔逊感觉眼前发黑，视觉在与他相脱离⋯⋯他无法喘气，心脏跳动几乎停滞——"咚"的一声，他直挺挺地栽倒在地上。

沈苍同样脸色惨白，但他并没有倒下。

影子飘在空中，过了一会儿他说："神经兽通过释放神经纤维，居然能影响人类的神经系统⋯⋯这是从来没有被记录过的现象。"

神经兽那些支离破碎的神经纤维进入人体，影响了威尔逊的神经系统功能，令他出现了功能障碍。其中呼吸障碍和心脏停搏是最严重的症状，在短期内就足以致命！

神经兽卷着聂雍的身体在扭动，似乎在彰显能力。沈苍迅速从背包里取出救生设备，为威尔逊插上呼吸管，并在血管中注入血氧针剂，此时更多的神经纤维缠上沈苍，沈苍却似乎完全不受影响。

而正在沈苍对威尔逊进行急救的时候，第二分层废墟"轰"的一声巨响，被混浊恶臭的地下水彻底贯穿，冲击成了破碎的板块，第三分层的大部分建筑应声坍塌，向沈苍和威尔逊头上砸落！

沈苍左手握住激光匕，一记"空间光裂术"向上劈开。烈火与水雾同生，空中发出剧烈爆响，惊人的冲击波产生无与伦比的破坏力，一瞬间，头顶塌陷的建筑物不见了——陷入了第三空间。而周围正在坍塌的更多建筑物应声化为粉末，塔尔塔洛斯的巨蛋内部骤然清空了一大片，而"空间光裂术"的破坏力仍然向上延伸，最遥远处依稀传来声音，随后宛如有星辰摇曳而下——空穹之顶崩塌了！

一瞬间虽然近到头顶的危机解除了，但整个巨蛋继续塌陷——包裹着辰光医院的那颗巨大水泥球、第五层的资料馆、第六层的"水族馆"、第七层的巨型电脑……甚至那些成排的宿舍、病房……所有的东西都在下坠。

烟尘弥散，杂音震耳欲聋。

就在沈苍和威尔逊即将要被这上百层楼的杂物和废墟砸成肉饼的时候，水花冲天而起，发出惊涛骇浪般的巨响，一个巨大的东西破水而出，如巨鲸翻身一样，横在水面上。那东西刚刚出水，还淹没在水花中的时候，一条巨大的苍绿色的舌头已经向沈苍弹来。

"哗"的一声，激射的水花先从沈苍那边迸发，混浊的水浪被极快极强的力量打成了一蓬白沫——"未亡"上弹出一道几近透明的锋刃，那锋刃抢先出击，带起的刀风直接斩落了那绿色舌尖！

"呱"的怪叫声响起，被斩落的绿色舌尖喷溅出墨绿色毒液！沈苍出手时激起的大量水花正在回落，正好拍落那道毒液。而这个时候，空中气流迸射，大半巨蛋的建筑物已经到了头顶。

水花中的巨物一闪而逝，没入水中。

沈苍脸色既白且冷，他紧抿着唇，双手握刀，一手无刃激光匕，一手"未亡"刃，双手向上硬切空间！

左手的激光匕爆发出异常的光亮——远超过它原有能源的强光正在凝聚。

"未亡"刃透明的边缘摩擦空气直至几近要突破光障，空气中的水蒸气被挤压凝结成团包围着沈苍，瞬息之间激光和枪刃并行而出，斩落在坠落到头顶的废墟上！

没有什么声音，似乎连音波都被强烈的能爆摧毁了，头顶那高达百米的坠落物无声无息地化为尘埃。整个地下空间向外膨胀，比未坍塌之前似乎还空旷了几倍。

尘埃纷纷扬扬，连绵不绝，宛若被污染的柳絮飞雪，落了沈苍一头一身。

他慢慢收起"未亡"，只在他身周十米范围内，世界是安好的。

头顶的一切都成了飞灰飘落，宛如世界灰飞烟灭。

刚才还趾高气扬的神经兽再次匍匐在地，瑟瑟发抖，它正处在十米的边缘。如果它刚才离沈苍再远一点，也不过是飞灰的一部分。

这双手刀世上几乎没有人看过，看过的都死了。

这在联盟国家战队绝密档案中登记为"灰烬"。

物理学认为一切物质由最基本的粒子构成，第三次世界大战中各物理学派之间发生了激烈论战，针对所谓"最小的、统一的粒子究竟是什么构成和什么状态"产生了分歧。而最高端武器必须依赖于最顶尖的物理学理论，M国首先在反物质武器方面迈进了一步，这刺激了物理概念武器的竞争，而各物理学派都产生了基于本身理论的高端武器。

它们都获得了成功，似乎直接证明了本身理论的正确性。

但并没有直接证明物理学最需要证明的基本问题。

物理概念武器之间的战争，几乎毁灭了整个地球。

仍然没有人找到那个"最基本的粒子"，大家找到了它各种各样的状态，但无法证实它最初的样子。

而联盟国家战队的"国王研究所"曾经有一份绝密报告。报告针对沈苍所展露的"灰烬"进行了详细数据分析，认为在"灰烬"的极端高能状态下，与之相接处的一切物质都将被还原到粒子最初的状态，正负粒子碰撞释放出极大能量，负粒子被消耗殆尽，剩余的正粒子被归一为灰烬。

沈苍是一个怪物。

但首先他是一件联盟政府掌握的绝密武器。

故而那份报告被永远封存在关于"沈苍"的档案里。

孤独的沈队长笔直地站在漫天尘埃中，像一棵孤独的树。

威尔逊依然昏迷不醒，维生仪器轻微的"嘀——嘀——嘀——"的声音有节奏地鸣响，仿佛是这个硕大空间里唯一的活物。

刚才偷袭沈苍的不明怪物消失不见。

"B01沈苍，B01沈苍，紧急事态请求医疗援助。"沈苍抬起右手腕，对着深潜服喷胶上的一个绿色光电说话。

"波塞冬"系统立刻给予了回应："这里是A+02任务临时指挥所，临时指挥员秦。救援艇行进中，即将上浮。"B基地的秦真略一直通过"波塞冬"系统跟进沈苍的整个任务过程，在叶甫根尼带着伪生命体返回基地后，就立刻派遣了后援组跟上来了。

沈苍切掉了通信系统，目光转向那只匍匐在地的神经兽。

抖抖抖，抖得好像快要抽筋的神经兽突然急剧缩小，挤进了聂雍的身体，假装自己"不见了"。

聂雍的手指微微动了一下。

他其实不是"昏迷不醒"，一直似乎能从奇怪的地方感觉到光线和颜色……他好像摸到了许多东西，他还从地上看到了沈苍的脸，还摸到了威尔逊的靴子。

他当然也看到了整个塔尔塔洛斯的巨蛋崩塌下来，被沈苍两刀硬生生搞得灰飞烟灭。

那刀锋所至，山峦为开的气势，弄得他好像整个灵魂都颤抖起来。

畏惧、惊恐、羡慕、嫉妒、兴奋、狂乱……聂雍觉得自己的情绪正在暴走，他看见了一座远在人类概念之上的高山，却并没有退却之意。有一股古怪的斗志在攀升，就像他第一次看见沈苍的时候一样，他不服！

这是个武装到眼睫毛的超级外挂。

最多不过算是个……大规模杀伤性武器。

真正的强者，并非如此。

正在聂雍满肚子腹诽却一句话都说不出来的时候，他仿佛听见了一阵轻微的哗哗声，似乎有什么东西从水里浮了上来，好像有很多人在靠近，过了一会儿，他突然醒了。

聂雍感觉手臂一阵刺痛，一只针管刚刚从上臂拔了出去。一个穿着淡绿色衣服的胖子正在收拾针管，看见他睁开眼睛，顺手翻了翻他的眼皮，猛拍他的脑袋："营养针，你就是血糖低，缺水缺糖缺营养，没什么大事。"同时看了飘在聂雍身边的影子一眼，也没什么特殊表情。

刚醒来的聂雍差点被他一巴掌拍晕过去。

等他再次睁开眼睛的时候，他发现自己坐在一艘白色的巨大皮筏艇上，似乎是一个简易的水上医疗平台。昏迷的威尔逊被平放在一张床上，两个身穿淡绿色制服的人正在调节连接在他身上的仪器。沈苍坐在平台一角，他换了一身崭新的衣服，黑色制服的扣子依然扣到最上面一粒，衣摆垂到地面，脸色平静，仿佛什么事都不曾发生。

大概今天和他经历过的许多个昨天一样。

还有更多的穿着淡绿色制服的人围绕着另一个平台，那平台上放着一个全身赤裸的少女。

咦？聂雍只从人群中看见了一只脚就认出那是薇薇·夏洛特。那个展示柜不是被三翡扑到水里扑着扑着就扑没了吗？怎么被人找到了？他还记得这女孩的大脑好像是落到了威尔逊手里，难道他们也找到了？

那边的人群正在散开。

"脑袋安好了？"聂雍伸长脖子去看平台上的少女。少女头顶已经没有了那个孔洞，也不知道他们用什么东西把头盖骨补上了。少女颈骨均匀，全身焕发着生气，已经焕然一新，似乎植回了大脑，整个人就完全不一样了。

她不再是一具无脑的身体。

但这种无脑女尸复活的场景毕竟远远超出了聂雍的心理承受范围，虽然美少女美得不可思议且没有穿衣服，可聂雍总是想起下水道里那只站起来足有几层楼高的狰狞巨兽。

"你。"身后传来了沈苍的声音。

聂雍猛回头，发现沈苍真的是在对他说话，只听他说："威廉，为什么？"

"哈？"聂雍莫名其妙地看着他，"啥？"

沈苍盯着聂雍，他全身都是冰冷的，像一柄即将出鞘的剑。

他显然没有重复一遍的意思。

所以那些沈队长的追随者是怎样听懂他的话的？这不是臣要欺君，上意难测，臣妾做不到……猜不出来啊！聂雍不知道沈苍在问什么，只能顶着那惊人的寒气，吞了口口水说："你……你要知道我莫名其妙地被人弄上了飞机，然后又稀奇古怪地掉进了海里，然后……然后我看到仪表盘上写着有核潜艇要爆炸，为了活命才潜进海底。沈队长你要相信我是清白的，我不是故意发现 BUC 的海底基地，也不是故意回地下工厂，更不是故意要发现 BUC 的工厂里有个巨蛋……那都是因为有些裂角蜥、大怪物什么的在我后面追啊追……我又不知道你们要来救我……"

他真心觉得这一切都是沈苍来得太慢的错！

"队长，我扫描了一遍，周围只有极少数生物反应……"不远处突然冒出个声音，这个人走路也是无声无息的，语气却很轻松随意，"哟！这就是我们的小厨师？你也太能跑了，怎么不在海面上乖乖待着？这下可逮到你了。"

这什么人啊？只见平台上走过来一个穿着银色制服的贵公子，这人和沈苍一模一样，也是全身干干净净，完全不见血污。只见他手里居然还端着个杯子，杯子里居然还有疑似人造咖啡的液体。身穿银色制服的贵公子看着聂雍，也很友善地微笑着："你好，我叫叶甫根尼，很高兴认识你。"

"目的？"沈苍仍然像一柄冰封的剑一样冷冷地看着聂雍。聂雍这次倒是听懂了他的意思，连连摇手："我没有目的，我是平民！平民！在逃命，逃命。"

"目的。"沈苍就像根本没听见他的辩解，嘴里仍是那两个字。

聂雍心里一寒——他咬定了老子别有目的，可是老子比窦娥还冤啊！他并不知道沈苍质问他的一部分原因是施凡或者说是利用施凡的记忆说话的超级生命体把他称为"政府军的间谍"，而这个词有歧义，既可以解释为"政府军派来的间谍"，也可以理解为"潜伏在政府军内部的间谍"。

叶甫根尼蹲下身来，和聂雍面对面，笑眯眯地说："我们队长的意思是说……你和被政府查封的BUC前技术人员，以及反政府武装头目陇三翡在一起，深入联盟政府严禁进入的绝密区域，如果说只是偶然和意外，恐怕没有人会相信的。如果不想被抓去坐牢的话，你该说一些……实话出来。"

实话？聂雍心里在咆哮，老子说的话再实不过了！只不过实话无聊了那么一点，怎么就听起来不可信了？那主要内容是真的啊！

"实话……"他冥思苦想自己有什么"实话"可以说，辩解道，"我绝对没有反联盟反政府的意思，三翡也已经改过自新很久了，我看他那样子只是想找顿吃的，根本没有反联盟反政府的气质……"

"如果你的行动完全是偶然，为什么你要杀死威廉，盗取他的权限卡片？海下研究所的穿梭船有三条航线，只有威廉的权限卡片能够到达BUC地下工厂，我们无法想象你这种行为是偶然的。"叶甫根尼循循善诱，"你和三翡打开旋流室的气阀，让第九分层内被超级黏菌孢子污染的空气排放到整个地下空间，生长在所有的尸体上，实现集体控制。你获得枪械，还有不错的枪械基础，完全可以离开这里，你不但没有离开，还向内探索，进入塔尔塔洛斯的巨蛋。小厨师，你的种种行为，让人无法相信你所做的一切只是偶然。"

聂雍张口结舌，虽然这个小白脸说的都不是事实，但找到一个能对话的人真是太不容易了有没有！

"不不不，那什么破气流不是我开的！那个威廉……他不是我杀的！"他立刻抗议，"我发现他的时候他已经死透了！"他终于想起来沈苍问的"威廉"是什么了，原来是那个海下研究所里被卷在渔网里的死人！这太考验他的记忆力了！

叶甫根尼还是满脸笑容："可是，杀死威廉的凶器是那把刀，而根据残余的监控显示，在你离开海下研究所之前，一直把那把刀带在身上。"

什么刀？破布刀？

"可是我只是从尸体附近的杂物堆里捡到了……"聂雍蓦地顿住，突然意识到了什么，猛然抬头，"是三翡……"

是三翡！被药物控制的三翡一直按兵不动在等逃跑的机会。他找机会暗杀了威廉，启动了前往BUC地下工厂的自动穿梭船，自动穿梭船终于运回了裂角蜥，造成了地下研究所的大混乱，杀死了大部分研究员，然后三翡不留痕迹地摆脱控制他的那些人！聂雍终于认识到"陇三翡"的确是传说中沈苍的天才劲敌，的确不是人老无脑的迷信老道，可是你要逃命也不能陷害老子啊！老了才真的是清白无辜的！

被"死贫道不如死道友"的三翡狠狠坑了一把的聂雍张口结舌，他斩钉截铁地说："老子没有杀威廉！老子也没有打开什么气阀！"聂雍彻底暴怒，"那什么狗屁气阀在哪里？是什么东西？老子还没活腻为什么要打开见鬼的气阀让所有的尸体都变成怪物？你们有没有脑子啊？有人这样自杀的吗？啊？！"

沈苍微微皱起眉头。

叶甫根尼摸了摸自己灰色的肩章，似乎也略感意外。

在他们看来，一个在"波塞冬"系统的记录中一直活蹦乱跳，行动力惊人，能打能抗的斗士，一个能和陇三翡并肩作战的男人，一个突破了海下研究所、接触了 BUC 地下最大隐秘"塔尔塔洛斯巨蛋"的生还者，无论如何也不该是没有任何背景的平民啊。

但聂雍的说法并非没有道理。

他如果是什么敌对势力潜伏在政府军内部的间谍，想要得到"塔尔塔洛斯巨蛋"秘密的间谍，或者是任何想要知道沈苍身上的秘密的间谍，无论如何都不会去主动释放超级黏菌生命体的孢子。

那样做并不能让他的"任务"执行起来更顺利。

正如他所咆哮的那样——没有人会这样自取灭亡的。

而沈苍和叶甫根尼也清楚，超级黏菌生命体既然有人类的智慧，能操纵那么多伪生命体，自行打开第九分层的气阀传播自己的孢子，并不奇怪。

而三翡既然陷害和抛弃了聂雍，可见聂雍和陇门的三翡并不是同伙。

沈苍的眉头皱了起来，聂雍狠狠地踹了水上平台一脚，突然听见沈苍说了两个字："理由？"

愤怒的聂雍还没有听懂沈苍的意思，影子突然接话："聂雍在下水道里遇到了戟背鹭足鳄，可能是被植入兽体的大脑还保留着一定的记忆，它请求聂雍帮助它寻找身体。这才是我们深入'塔尔塔洛斯巨蛋'的理由。"他强调，"我们是为了救人，而那个女孩就在这里，足以证明聂雍并没有说谎。她是'塔尔塔洛斯巨蛋'里面少见的幸存者，之前她的大脑被植入了戟背鹭足鳄的身体，你们刚刚帮她换回来。"

沈苍的目光终于移到了一边病床上赤裸的少女身上。

薇薇·夏洛特，他在很久以前听过这个名字，但从来没有见过她本人。

◯ 五十 玫瑰般的少女

就在沈苍的视线移到薇薇·夏洛特身上的时候，少女的眼睛睁开了。

那双眼睛就像所有人想象的那样乌黑清澈，干净得仿佛可以看清灵魂。

随即她做了一件事。

她把左手举起来，伴随"砰"的一声巨响，维生仪器的顶部冲天飞起，"咚"的一声直落入五十米开外的河面。她皱起眉头看着自己被固定在仪器上的身体，右手用力一掰，整个病床被她由右边拗开，四分五裂。

叶甫根尼正好转过身，端着他那杯人造咖啡，目瞪口呆地目睹了整个过程。刚苏醒不久的威尔逊从叶甫根尼背后探出个头来，迷迷糊糊地问："发生了什么事？"

叶甫根尼颤抖着指着站起来的裸体少女："怪……怪力女超人……"

聂雍一样瞠目结舌地看她站起来，看她不明所以地甩动脖子，恍然大悟，喊道："喂喂喂！美女！你已经不是下水道里的巨兽了，别甩脖子，你的怪脖子已经没了！"

他甚至捞起手术病床附近一块疑似镜子的碎片对准她的脸："你看你看，别乱动，才刚刚做了手术。你不是十几米高的哥斯拉了，你是个人！你现在是个人！"

那少女茫然看着周围的一切，似乎开始觉得视角有些不同了，又歪着头看了看聂雍递上来的那面镜子，突然尖叫一声，她飞快地缩回角落里去，惊恐地看着这一屋子人，或者说这一屋子男人。

她这瞬间娇弱的形象和刚才彪悍的壮举反差如此之大，令众人面面相觑，直到少女用僵硬又甜美的声音泫然欲泣地说"衣……衣服……"，大家才恍然大悟。

叶甫根尼快速脱下身上的银色制服，奈何他的速度没有威尔逊快——清醒过来的威尔逊双手一拉直接崩断所有纽扣，然后恭敬地把外衣盖在了美少女身上，顺便伸出手说："这位美貌的女孩，我叫威尔逊，可以认识一下吗？"脑子还没完全清醒的他显然没有认出眼前这位就是下水道里那只威武雄壮的巨兽。

女孩怯怯地伸出手，小心翼翼地握了握威尔逊的尾指——大家都为威尔逊那根尾指提心吊胆。然后她低下头，像朵负担太重的玫瑰花儿，极小声地说："我叫薇薇，很……很高兴认识你。"威尔逊兴高采烈地继续问："那可以和你交朋友吗？我指的是我以后可以去你家吗？你也可以随时到我家来过……"他那个"夜"字还没说出来，叶甫根尼一把把他拉回来，这家伙显然没看清刚才薇薇撕裂仪器的画面。他很绅士地对薇薇鞠了个躬："你好，我叫叶甫根尼。"

"你好。"她仍然有些害怕。

聂雍和那些穿淡绿色制服的医生们围在她身边看着她，无不翻了翻白眼。聂雍想：这就是下水道里那只十几米高的，以生吞裂角蜥为生的戟背鹭足鳄？！谁要把她当娇弱无助美少女，谁是不想活了啊！

在一片议论声中，沈苍说："收队！"

"这么快就收队？"叶甫根尼感觉有些意外，以沈苍的性格，即使塔尔塔洛斯的巨蛋已经几乎整体灰飞烟灭，也会将所有边角调查完毕才宣布任务结束。

"通信中断。"沈苍又看了一眼时间，"十四分钟。"

这句话说出来，叶甫根尼和威尔逊都微微变了变脸色，各自看向手腕上佩戴的通信系统。

三个人的即时通信系统上都显示：信号中断十四分钟十三秒……十四秒……十五秒……

中断的时间还在继续增加。

B基地从来没有与执勤分队中断联络这么长时间，秦真略一直没有发来指令，可能有什么事发生了。

"收队！"叶甫根尼和威尔逊纷纷向守卫在外面的穿淡绿色制服的医生——其实他们都是国家战队的一线士兵——下达指令，"即时收队！"

"注意安全！"

"是！"

"打开生物监控仪！"

"是！"

"打开温度感应器！"

"已打开！"

"收紧队形，加强联系！"

"是！"

聂雍被夹在沈苍等三个人中间，薇薇低头走在叶甫根尼背后，前后国家战队士兵组成警戒队形，簇拥着一群人慢慢向救援艇的登陆桥前进。

眼前是漂满了残尸和灰烬的水面，恶心的血腥味和腐臭味刺激得聂雍想吐，胃里难受至极，看着这锅什么都有的怪异浓汤，想起B基地的人造牛肉炒人造番茄的味道真是无与伦比。

沈苍的队伍队形紧密，管监测仪的、管探路的、管警戒的、管收尾的一个个姿势端正，步伐紧凑，一看就知道经过长期训练。聂雍瞟了几眼，暗赞了几句，这可比他当年在警校的同行们专业多了。

这支专业队伍慢慢从临时救生平台踏上登陆桥，那艘救生艇是聂雍坐过来的那艘船的五倍大，足够容纳下几十个人，并且漂浮在血海上干干净净的，不染一点血迹，显然外壳采用了先进的涂层技术。

"叮"的一声微响，沈苍右手手腕有个东西微微亮了一下，那艘船倏然亮起了灯光，显然是有什么东西启动了它。很快，几层荧光蓝色的踏板从船体一层伸了出来，同时船身徐徐打开，露出了一个足够两个人并肩进入的门。

船里非常整洁，聂雍看着那干净的模样，实在有些不太好意思踩进去。沈苍发出了命令："上船！"队伍最前面的两个持枪的士兵立刻登上了踏板，快速向舱门前进，身后紧接着又有两个人跳了上去，动作和前面的两个人一样利落。

水面上的踏板微微晃动，前面四个人顺利进入舱内，踏板上又上了四个人。正当沈苍几个人也要登上踏板的时候，一股鲜血从舱内喷了出来，洒了沈苍几人一身。

叶甫根尼在血液洒落的瞬间，手中的银色细枪已经对准船舱内发射了一连串子弹。聂雍又在心里暗赞了一下这"国家战队英雄"的反应速度，他龟缩在沈苍和威尔逊背后，被面前两座高大伟岸的大山挡着，谨慎地往船舱里望去。

一具尸体在大门口仰面倒下，正是刚刚跨入船舱里的一名士兵。B基地的行动部队士兵，即使不是国家战队成员，身上的配备也是非同寻常，那层淡绿色的软胶衣服也绝不是普通刀刃或者枪械能轻易洞穿的。

但现在这名士兵从前胸到下腹被劈开了一道极长极深的伤口，内脏稀里哗啦流了一地，血流了满地，已经在短短几秒钟内死亡。看这伤口的模样，船舱里必然有携带特殊利器的敌人，可是舱门才刚刚打开，刚才并没有什么东西进入，又怎么会有敌人藏在里面？

叶甫根尼他们从船里出来的时候，船舱内是绝对安全的。

里面的敌人是从哪里潜入的？

叶甫根尼的子弹射入舱内，迸起了激烈的火花，但其他三名队员没有发出任何声音，里面也没有任何新的动静。沈苍目不转睛地看着舱门，身边一名队员很熟悉队长的意图，低声报告："生物监控仪和温度探测仪都没有显示舱内有其他生物，但是……"他微微一顿，"进入舱内的三名队员不见了。"

不见了？那三个大活人就这么一瞬间不见了？聂雍瞪大眼睛，和威尔逊面面相觑。就在这时候，一道细细的红光从背后射来，将那艘船从头到尾扫描了一遍。聂雍一低头，只见红光是从自己口袋里射出来的，影子静静地飘浮在一边，仿佛很镇定。威尔逊和沈苍都瞪着那射出来的红光，那红光在众目睽睽之下将船体扫了一遍，影子突然消失，取而代之的是另一幅三维立体成像，显示的是船体内部的结构部件，随即聂雍的口袋里响起"笃——笃——笃——"的提示音，一个莹绿色的方框在船体内部闪烁。

那是舱底。

舱底的温度和船体是一样的，但舱底已经不见了。

面前是一艘无底船。

所以，三名队员进入舱内后立刻消失，他们直接沉入了水底。

莹绿色的方框沿着舱底逐渐扩大，舱底消失了，船却没有沉没，除了船舱两侧各有两个气室之外，船底下并不是没有东西的。莹绿色的线沿着舱底逐渐构建出一个庞大的异形生物——有一个和船体几乎大小相近的生物潜伏在船下。沈苍小队的温度监测仪显示这个东西和水温及船体温度相近，故而无法区分。生物监测仪无法区分该异物的生物学特性，而且这只生物的大小超过了手持生物监测仪能检测的最高量度，在仪器上只能显示出一排问号。

但在小红球的数据分析下，这个东西的外形和基本数据清晰可见。全球即时成影系统只是一个投映和链接的小型仪器，它能够具备这样的功能，只能说明这个全球即时成影系统的背后连接的是一台超级电脑。面前的三维投影非常清晰，对紧贴着舱底不动的异形生物做出了一个分析：

种类：？？？

13. 48% 黏菌合体

33. 96% 类人体

5. 01% 昆虫属

0. 25% 藻类

25. 89% 裂角蜥

11. 02%？？？

2. 91%？？？

······

聂雍倒吸了一口凉气，这是头什么样的怪物？他虽然没看明白，但也知道这是一只人体和各种稀奇古怪生物的复合物，并且好像是……就在这下水道里随便拼接起来的？威尔逊已经叫了起来："超级黏菌！"

那一撮融合了人脑神经元、逃向神秘深处的超级黏菌体——如果说在短时间内这一片臭水域能生出一只复合着人体、黏菌、昆虫和裂角蜥的怪物，毫无疑问就是那个黏菌在作怪！

这水里漂浮着各种各样的尸体，如果让它继续吞噬复合下去，不知道要生出多么巨大的怪物！沈苍一挥手，所有队员快速后退，又退到了那块白色的临时救生台上。

"什么鬼东西？"威尔逊手里的三口枪对准水里开了一枪，他的枪可没有叶甫根尼的精致纤细，但一发微型导弹射入水中，轰然一声水面炸开了一大片，漂在水上的船被掀翻了一小半，逐渐往远处漂去。水下慢慢浮上来一些残肢，是刚才进入船舱的其他三名队员，而漆黑污浊的水面上，一张惊人的巨口正在慢慢合拢。

聂雍目瞪口呆地看着那张嘴，那是一张交错着巨型利齿的嘴，大嘴中间有一条裂角蜥似的柔软而能外翻的舌头，舌尖上却长着一枚深蓝色的弯刺。刚才的残尸都是从这张巨口的缝隙里流出来的，那枚深蓝色的弯刺在暗红的巨口中闪闪发光。巨兽的嘴慢慢合拢，露出皮肤，那皮肤就像裂角蜥一样布满了暗绿色的花纹，又像蟾蜍一样长满了肉疙瘩，巨口合拢后巨兽的眼睛慢慢露出了水面。

那是一只人的眼睛，眼球混浊，仿佛还带着临死前惊恐的神态。大家深感骇然，突然在那眼睛旁边有几个肉疙瘩"突突"跳了两下，又有一只眼睛从古怪的黏膜皮肤里露了出来。

那也是一只人的眼睛，只不过这只眼睛更令人感觉惊恐，它有着浅色的瞳孔，在微光照耀下闪烁着蓝绿色的光泽。

"阿……阿……阿诺的眼睛！"沈苍的队伍里突然有人叫了起来，牙齿打战，指着漂浮在水面上的残尸说道，"那是阿诺的眼睛！上帝！它……它长到怪物的脸上去了！哦！上帝……"

那名语无伦次的队员很快被他身边的人捂住了嘴巴。聂雍听得毛骨悚然——这家伙吞噬与合并的速度居然如此快，刚刚吞进它嘴里的人，就能这么快速地按照功能进行融合转换，也就是说让它多吃一个人，它就多一双眼睛……甚至是会多一只手或者多一只脚，或者多出一些令人难以想象的东西……

威尔逊和叶甫根尼不约而同地开始对着巨兽开火，雨点似的子弹疯狂地落在巨兽身上，那层黏膜似的皮肤瞬间皮开肉绽，被打出了无数血洞，像人一样的鲜红血液流淌在水面上，把偌大一片水面染成了暗红色。

但那东西实在太大了，只把它的半边头打得皮开肉绽对它根本没有影响。影子的成像显示着巨兽的数据——它在不断长大，它的各种数值不但没有降低，反而在逐渐升高。

"大啊！不知道这鬼东西的弱点在哪里，再打也就是打掉它一层烂皮。"聂雍忍不住说，"黏菌怕火，如果我们能把它从水里弄出来，再用瞬燃弹把它烧成渣渣，或许……"

刚才救活他的胖子听到一半已经"呸"了他一声："放屁！这东西有几层楼那么大，还是成坨的，要怎么把它从水里弄出来？钓上来吗？"

聂雍大怒："怎么没有办法？钓不上来我把河道关了不行吗？我把水抽光了它不一样要从水里出来？"

那胖子快要被他气笑了："你个脑残！这里的水通大海！你关啊！你抽啊！你关一个抽一个给我看看？"聂雍哑口无言，一脚向胖子踹去。那胖子灵活得很，轻轻松松避开。

这时，一个怯生生的声音极小声地响了起来："水……水底下是有一个阀门。"

沈苍的视线转了过来，说话的是薇薇，她紧紧抓着威尔逊的衣服，用一种下一秒就会被沈苍吓得魂飞魄散的表情说："靠近咸水区那里有一个阀门，我散步的时候去过那里，可以……可以关掉。"

突然间，巨兽的全息数据图消失，影子重新出现在大家眼前，他淡淡地说："地下河道里有一个让深海穿梭艇进出的阀门，是可以关闭的。"

所以说聂雍刚才随便说说的让这只巨兽离开水的办法是可行的了？沈苍看着薇薇："你，下去。"

"喂喂喂……"威尔逊一边压制那只巨兽，一边怪叫，"你怎么能叫那么可爱的美女跳到这么脏的水里去关阀门？她会游泳吗？这底下到处是怪物，万一被吃了怎么办啊？"

"真不知道是谁吃谁啊……"叶甫根尼嘀咕了一声。威尔逊问他刚才说什么，叶甫根尼只是聚精会神地开枪，一副他一直很专心的样子。

"你。"沈苍冷冷地看了聂雍一眼。聂雍咬牙切齿："为什么是我？老子饿得前胸贴后背，都快半死了还要给你卖命？老子现在连一根小树苗都爬不上去……"他咆哮到一半，突然看到沈苍的手伸到他面前，那手上居然还是戴了白手套的，顿时愣了一愣。叶甫根尼及时轻咳了一声："我想队长的意思是……他叫你把全球即时成影系统给他，他也要下去。"

聂雍一口气噎住差点把自己呛死，掏出小红球扔到沈苍手上。沈苍脸上没半点表情，直接跳下水。影子身不由己地跟着他没入水里。

威尔逊可没心情看沈苍潜水，他的全部注意力都在超级美少女薇薇身上，只见薇薇被沈苍命令下去关阀门，正跪坐在水泥地面上望着水面发呆。乌黑带血的水面映出薇薇娇美苍白的面容，威尔逊只想：哦！多么像一朵即将凋零的玫瑰！我要去拯救她。

　　他突然收枪后退，叶甫根尼吓了一跳。一直被两个人的火力压制住的巨兽突然动弹了一下，只听得"哗啦"一声巨响，那东西突然翻了个身，激起巨大水花，露出了背脊，缓缓地向叶甫根尼靠近。叶甫根尼大叫："威尔逊！"

　　威尔逊吹了声口哨，说道："你先挡着，我下去帮薇薇关阀门。"

　　"喂喂喂，你是开玩笑的吧？"叶甫根尼看着慢慢靠近的巨兽，右手持枪仍然在射击，左手已经从口袋里摸出了另外一把东西，说道，"这么个大个头留给我一个人？"

　　"啊……谁让我有更重要的事要做？从另一个方面说哥哥我是多么信任你的能力啊……"威尔逊无所谓地挥挥手，对着发呆的薇薇抛了个飞吻，"嗨！"

　　薇薇抬起头来，只见威尔逊身姿漂亮地入水，他真的替薇薇下去关阀门了。

　　聂雍在一边探了个头，惊讶地说："他真敢跳下去……这下面黑咕隆咚的，他能看清阀门在哪里吗？"那死胖子又在旁边说风凉话："反正我看不清。"

◎ 五十一 糟心的玩意儿

沈苍入水、威尔逊入水，薇薇看见威尔逊跳下水后吓了一跳，不假思索地也跟着下去了。

那只被打烂了小半边脸的乱七八糟的巨兽慢吞吞地掉转身体，整个水面跟着它转动的幅度在旋转，激起了一连串漩涡。叶甫根尼的细枪打烂了它左半边脸上所有的眼睛——他无法忍受同僚的眼睛在那堆暗绿色的怪肉上蠕动——对巨兽的行动似乎并没有什么影响。

如果说之前超级黏菌生命体只是学会了将残肢断臂简单地拼凑在一起，现在从臭水沟里涌出来的这只巨兽已经开始将各种生物的遗传基因拼接在一起，而不仅仅是器官的简单堆砌。

而它是能够理解人类行为的，叶甫根尼和聂雍却不知道。

巨兽缓慢地向叶甫根尼靠近，它似乎知道他有点洁癖，不停地将刚才它撕碎的那三个士兵的残肢转移到它的头部来，一会儿是一只手，一会儿是一撮头发，一会儿是胸徽，一会儿是半个屁股。聂雍隐隐约约感觉到它的恶意，它似乎针对他们两个有个计划。

叶甫根尼被迫打烂巨兽堆到上面来的所有零碎，他周围的十七个士兵持枪向四面警戒，神经紧绷，战斗经验丰富的他们也感觉到情况不对，却和聂雍一样没有发现什么。

水面上的波浪逐渐变小，仿佛水下的涌动平息了，眼尖的聂雍一眼看见混浊的水下隐隐约约有什么闪过，想也不想就大叫一声："跳水！"

"轰"的一声巨响传来，白色的急救平台被一股巨力撕碎，平台上的人在聂雍大叫"跳水"的时候已经四散跳开——大家都在一瞬间感受到了巨大的危机。被撕碎的软胶四下掉落，这种和深潜服一样材质的临时平台不受腐蚀液侵蚀，但强度不高。另一张巨大的嘴从水里伸了出来，仍旧是犬牙交错，这张嘴狭长焦黄，和戟背鹭足鳄有七八分相像，不过更大，并且牙齿更多。

聂雍等人落入污水中，只见水面上两个巨大无比的怪头遥遥相对，一圆一尖，似乎正在呼应。掉进水里的胖子咬牙切齿地问："这到底是一只还是两只……"

正在他问的瞬间，"哗啦"一声巨响，远处水声激荡，水花四溅，第三个巨头从距离聂雍百米之遥的地方缓缓升起。

那个头头部浑圆，整个轮廓似乎没有鳞片、獠牙或利爪，甚至连只眼睛都没有，黑漆漆的一团。

它非常大，比加大加长版的戟背鹭足鳄的嘴更大，远看就像一辆竖起来的集装箱车。

聂雍指着那个巨头，牙齿颤抖着说："八……八……八目鳗……"

伴随着聂雍的声音，那个黑漆漆的巨大圆头缓慢地打开了它的嘴。

黑色圆头从中心裂开，出现了一个橙红色的深洞。所有人都看见那个深洞中间是一对亮橙色的小舌头，而深洞四周布满了一圈圈、层层尖钩般的小牙——那洞还是会伸缩蠕动的一个吸盘——现在黑色巨头正在将它的"吸盘嘴"张到最大。

那简直就像一个集装箱车那么粗的脖子上突然打开一把能盖住一套三室两厅两卫的房子的伞一样，橙色的内伞面布满了时髦的环形纹，而每一圈环形纹都是由蛇牙般的弯钩小牙组成的。

而这头巨大无比的吸盘嘴怪上下包括嘴里都在不停地分泌黏液，那些黏液很快在污水中形成了一张流网，向聂雍和叶甫根尼这边漂来的流网。天知道碰到这些黏液会怎样！

简直没有比这更恶心的！

最先露出水面的巨嘴大头仿佛在笑，那张嘴咧得更开，仿佛在抽动。

空气中有风，水面上的士兵纷纷举枪，向着半空中那张伞样的吸盘嘴射击。枪声大作，各种颜色的子弹和火炮统统射入八目鳗的巨嘴里。那张吸盘嘴顿时爆炸，四分五裂——就在表皮被撕裂的同时，它皮肤下的黏液腺应激喷射出大量黏液，在空中就像个被打漏了的瓶子。

这玩意儿不会嚎叫，但那剧烈的颤抖和弹动同样令人心惊胆战。

水声震耳，就在所有人的注意力都在八目鳗巨头上的时候，"啊——"的一声惨叫响起，有一个士兵被悄悄靠近的戟背鹭足鳄的巨嘴咬成了两截。

聂雍倒吸一口凉气，它们果然是一体的！

它们在声东击西，协同作战。

"啊——"第二个士兵被八目鳗的黏液喷中，惨叫着挣扎。他被牢牢吸附在由黏液形成的流网上，无法离开。八目鳗残破的巨嘴一口将其吞噬，剩下的只是狂喷鲜血的半个身体。

第一张巨嘴慢慢沉入水中，水下突然掀起层层巨浪，泡沫喷溅中视线不清，人们尖叫着被水流冲击着不住旋转，枪声和惨叫声震耳欲聋，不知道又有几个人遇难。

而叶甫根尼和聂雍却发现水正在变浅，不知道是海水真的被截断了，还是他们脚下这片东西不是真正的"水底"。

随着激流的消失，幸存者发现周围的人好像变多了？

无数个人头冒出水面。

那些歪斜的、支离破碎的、残缺不全的"人"从"浅滩"处升了上来，有些"人"脖子只剩了脊椎骨，有些"人"根本没有眼睛，还有些"人"连头都没有，只有肩。

聂雍认得这些鬼东西。这不就是被尸虫卷在身上背着到处走的"粮食"吗？

也就是他第二次进入这个鬼地方的时候遇见的，那些变异了的尸体！

它们居然被这只巨兽吞噬，然后粘连着释放了出来！

越来越多的"人"簇拥在污水里，它们从污水中站起来，摇晃着靠近，突然间聂雍找不到叶甫根尼了，也找不到绿衣胖子，放眼看去周围全是烂泥模样的尸体。

他忽然意识到——他被隔离了。

大家都被隔离了。

这只巨兽别有所图……它并不只是喜欢杀人和努力变成一坨更猎奇的糟心玩意儿。

它显然别有所图。

① 五十二 零之领域

　　水面上漂浮着的队员被烂泥似的死尸簇拥着分开，枪声四起，有些人试图杀死这些行走的死尸，然而死尸既然叫作死尸，显而易见它们早就死了嘛……

　　破碎的尸体中间纤细的白色菌丝非常隐蔽地缠到被围困的人类身上。

　　没有人发现一只有意识的超级黏菌正在试图夺取更多的人脑神经元。

　　从刚死的人身上获取人脑神经元太受限制，并且能保存下来的不多，除非是像施凡那样逐渐老死，能任由黏菌在他身边虎视眈眈等候时机的。

　　它在尝试从活人身上整取。

　　菌丝爬上聂雍的身体，聂雍后腰一痛，肉橙色的神经兽破肉而出，将聂雍缠成了个梭子——那似乎是在宣示"这厮是我先看中的"。神经兽受了威尔逊的枪伤，体型已经没有原来那么巨大，但黏菌的白色菌丝还是悄悄地退走了。

　　它还有很多目标，不需要和难缠的搏斗。

　　"啊——"

　　不远处传来一声惨叫，潜入身体的菌丝扎入一个队员的脖子，没过一会儿那脖子后面就长出了一团花菜一样的东西。再过一会儿，那团花菜膨大，

"砰"的一声，那名队员后脑勺部分的枕骨弹了出去，白花花的脑浆喷了出来。

这个被直接开了脑，但"花菜"没掌握好生长的强度，把大部分脑子弄坏了。

高高升在水面上的三个头同时扭曲了一下，似乎对这次失手非常不满。

叶甫根尼就被围困在那名队员附近，虽然他们彼此被隔开，但叶甫根尼一直连接着"波塞冬"系统，他清楚地从系统中看见有人被弄得脑浆迸出。

这头不断生长的巨兽的目的是盗取脑浆！

混浊的污水让人没办法看清它到底长到了多大，沈苍和威尔逊那边只能看到一片漆黑，无法判断到底是什么情况，而他已经看见大多数幸存的队员后脑都开始生长那种"花菜"。

恶心得简直让人无法忍受！

叶甫根尼从刚才就一直握在手上的东西终于亮了相。

那是一把弧度优美，呈现深紫色的长刀，刀刃很窄，如果不是刀尖微微带了一点弧度，它看起来更像一把短剑。刀长六十六厘米，刀鞘上的深紫色深得几近于黑，只有在反射微光的时候能看见紫色的光影在流动。无论是刀鞘或是刀柄线条都极其流畅，像一滴流水。

叶甫根尼用一块银灰色的长布包裹着这把刀，上面绑着墨绿色的天然丝缎。在这个桑树都已经绝种，没几个人见过蚕的悲催年代，叶甫根尼这一根墨绿色丝缎绝对算是古董，值不少钱。

这把刀才是真正的"零之刀"。

之前叶甫根尼用来切那个模仿鹅兰娜战龙的伪生命休的，是一把简易版仿品。像那样随用随扔的仿品他有很多把。

他极少拔出这把刀。

即使是叶甫根尼，挥出"零之刀"，也是极其不容易的事。

墨绿色丝缎落入水中，污水上腾起一阵白雾，随即结成了巧克力模样的坚冰。坚冰以极快的速度以叶甫根尼为中心向四周蔓延，只听到清晰可闻的"咯咯咯"冰晶生长和膨胀的声音，巨大的冰块相互挤压，升起一处又一处冰凌。

而周围蠢蠢欲动的死尸们同样被冻住了。

一瞬间，水上水下的一切都成了雕像。

叶甫根尼的刀尚未入水，他只是把它横在了手上。矗立在水上的三个巨头扭过来，戟背鹭足鳄的巨头首先冲破冰封的水面，带着一大堆冰碴子向他扑来。

隔绝寒气的银灰色长布掉落在冰上。

叶甫根尼从深紫色的刀鞘中将刀拔出。

空气中似乎在挤出水来——那些能在低温中液化的气体正在凝结成小水滴，而后相互碰撞，而后"下雨"。

那是寒冷得只要一滴就能致命的雨。

叶甫根尼衣发俱白，他的银色制服结成了大块大块的冰晶，而他却从刀鞘中拔出了一把淡紫色的、如水晶一般透明的短刀。

它就像一道光一样漂亮。

他慢慢地走向距离自己最近的一个巨头——那个正在攻击他的戟背鹭足鳄的大头。

如果说威尔逊的攻击是流光闪电，沈苍的攻击是天崩地裂，叶甫根尼的攻击简直像午饭后的散步。

他动作慢得出奇。

他姿态端正，就像一个训练有素的士兵正在散步。

可是在"零之刀"的冰封领域中，没有人阻挡得了他。

正在攻击他的巨头受超低温影响，鳞甲正在受冻崩裂，其动作也非常缓慢。

极端缓慢的刀撞上极端缓慢的攻击。

两者相遇，毫无声息。

叶甫根尼的刀慢慢地插入了戟背鹭足鳄的巨嘴下颚处。

只听"咔"的一声微响，戟背鹭足鳄的巨嘴凝固成了坚冰。而随着叶甫根尼横刀一拧，"轰隆"一声巨响，被超低温玻璃化的巨嘴碎裂成几块超大的碎片，散落在了冻成巧克力色冰原的水面上。

冻着巨嘴的冰凌闪闪发光。

地处冰封圈边缘，有神经兽护体（保暖），从冰冻死尸群里爬出来的聂雍看得目瞪口呆。

在自己的领域里"散步"的叶甫根尼找上了他最讨厌的巨头——那个让人恶心得不行的八目鳗头。

他手中的刀仍旧是一插一拧，看起来就比戟背鹭足鳄的头还不结实的八目鳗的头碎成一地渣渣。

太凶残了！

聂雍远望着正在搞"大屠杀（体积上的大）"的小白脸，心想威尔逊绝对是联盟里最不行的那个！联盟国家战队里个个都是大规模杀伤性武器，像沈苍那样的好像也没什么大不了的了。咦？说到沈苍，好像有什么重要的事情被忘记了？

他想了好一会儿，一直到叶甫根尼慢吞吞地把最初吞了三个队员的巨头也崩成了冰碴子之后，才突然想起来……水被冻成了冰。

那三个下水去的……还活着吗？

◯ 五十三 盖地之网

沈苍带着影子沉入一片无边的黑暗。

这片黑暗里漂浮着各种各样的尸体，还有操纵着尸体的……形态陌生的敌人。但他游动的速度很快，影子的人类投影消失了，他化作一个光点，残留在沈苍的视网膜上。

影子在沈苍视网膜上留下的光点能在眼睛前方产生投影，让沈苍直接看见并不存在于污水中的景象。

扫描仪正在扫描沈苍身周的一切。

废墟残片、尸体、裂角蜥、蛇、蟑螂、青蛙、昆虫、不明成分的黏液流网……沈苍一一避开。

他和影子第一次合作，却非常默契，似乎已经这样合作过很多年了。

扫描的莹绿色光圈一层一层地闪烁，威尔逊的卵形潜水器"派"载着沈苍和威尔逊突破海下研究所到达这里的时候，也曾看见过那个阀门。那个阀门一部分的功能和海下研究所的阀门差不多，近似深海电梯。BUC公司处理过的生化废水也通过阀门排向大海深处。

它是个巨大的排污管。

关闭那个阀门，抽干河道里的水，让超级黏菌暴露在外，好放火把它烧死？

并不是。

对沈苍来说，关闭阀门最大的意义在于不让这只黏菌逃走。

杀死巨兽是很容易的。

无论是"空间光裂术"或是"室之潮汐"，或者是"灰烬"，沈苍有很多方法让这只巨兽灰飞烟灭，但不可避免会误伤他人。那些惊天动地的杀招都是无差别攻击，而这次他的身后不是一无所有，而是十几条人命。惯于孤军作战的沈队长不是很适应。

扫描投影让沈苍很快找到了阀门所在。

正如他的记忆，控制阀门的系统已经被"派"破坏了，现在的"阀门"只是一个足够容纳反物质潜水艇出入的巨大排污管道。

要如何隔绝这个洞，不让超级黏菌逃逸到海里去？那只黏菌巨兽似乎还没打算往海里钻，一旦这个东西潜入深海，将是深海生物和人类共同的劫难。

一个熟悉的人影被扫描了出来，威尔逊游了过来。

他显然是依靠直觉游过来的，"波塞冬"系统虽然也能扫描环境，但它并不是预设在泥浆般的污水中使用的，扫描的结果不佳，威尔逊磕磕碰碰地往通道里钻。

而在他身后，穿着威尔逊衣服的薇薇·夏洛特像一条游鱼，三两下拉住了威尔逊的衣服，提着他往后退去。薇薇·夏洛特拉住威尔逊的时候，好像威尔逊不是身高一米九体重八十公斤的壮汉，她就像拖着一块抹布，威尔逊正在努力挣扎，突然他摸到了薇薇·夏洛特的右手，就没有放出电能。

一个黑色的影子从通道里蹿了出来。

薇薇·夏洛特拖着威尔逊飞快地逃。

威尔逊完全搞不清状况，陪着薇薇·夏洛特往回游——他的方向感不怎么样，游着游着往往偏离方向，严重拖累薇薇·夏洛特的速度。

那黑色的东西追了上来。

那是一截圆柱形的、黑色的，像蛇又像放大的面条儿的东西，稍微晃动一下，圆柱体的顶端发射出几个高速潜行的东西，无声无息地向薇薇·夏洛特和威尔逊射去。

微型导弹。

沈苍眼瞳微微收缩，左手搅起水流，刚要出手，他口袋里的影子突然射出几道红光，同时他眼里的投影消失，红光交织成光网，笼罩了那几个微型导弹。

微型导弹骤然失去了目标，它们预设的程序被搅乱了。自带的雷达一圈一圈地扫描周身最有可能的目标，但在影子的光网中，薇薇·夏洛特、威尔逊和沈苍似乎都不存在，微型导弹扫描了几圈，倏地掉转方向，往发射它的黑色圆柱体射去。

影子的红色光网收了起来，恢复成沈苍视网膜上的一点。

沈苍并没有诧异，只见那几枚微型导弹被影子扰乱之后袭击本体，那截黑色的怪东西几个扭曲，突然膨胀变形为一团棉花模样的大网，轻而易举地把几枚微型导弹又吞了回去。

纳米模块原子伪生命体！

沈苍毫不犹豫地向那团黑色怪东西冲了过去。

这个东西就是那个模仿鹅兰娜战龙的伪生命体的一部分，至今为止没有人知道它是谁制造的，潜伏在这个深海海底想做什么。

但它属于"机械"和"智脑"的那部分居然是使用纳米模块原子做的，这个材料和沈苍的那辆"蓝翼"的材料一样，属于当今世界最尖端的高科技材料。就连羽翼机的变形都属于机械变形，而纳米模块原子的变形却是物质变形。

这种材料通过改变模块原子每一个极所携带的电荷，促使原子使用不同的方式互相结合而实现变形。只要一组有序的电荷变化，就能使它们从一种物质变成另一种物质。纳米模块原子极难制造，对技术要求极高，即使是联盟国家战队的"国王研究所"也无法成批制造，至今只制造了沈苍的一辆车。

由这个伪生命体所携带的材料就可以判断出它不是塔尔塔洛斯巨蛋里的东西。

有什么人在监视塔尔塔洛斯的巨蛋。

沈苍眼前的投影突然打出了几个字，影子说："捕获？我可以下载最新的模块程序。"

沈苍的眼瞳急剧颤动，通过瞳孔的细微变化回答了影子。他已经冲到了那团"棉花大网"的旁边，准备开始动手了。

对一切变化毫不知情的薇薇·夏洛特和威尔逊游到了原阀门封闭处，薇薇·夏洛特伸手去触摸那片已经不能移动的密封板。

就在这个时候，水面上叶甫根尼的"零之刀"出鞘了。

绝对零度的寒气透水而来，瞬间把水上水下的一切凝固了。

极限深寒对伪生命体的影响不大，那块黑团团剥离了身上的生物组织，暴露在污秽的冰层里的，是一团卷起来的棉被似的金属物。它流动着金属的光泽，却给人蓬松和柔软的感觉，而随着温度降低，这团东西正在逐渐变成一块立方体形状的黑色金属物。

沈苍被冻在距离这个立方体不到二十厘米的地方，他视网膜上的投影投射出立方体的形状，那立方体凸出一块芒刺，"嘎吱"一声刺穿厚厚的冰层，冰凌破裂的声音震耳欲聋，拉开一条长长的冰缝。

但"零之刀"的寒气瞬息而至，冰缝一瞬间就生出锋利的冰晶，裂隙空气中液氮等各种气体的凝露开始滴落，"嗒"的一声，有一滴落在了正要突破而出的伪生命体上。

零下一百多度的液体滴落在纳米模块原子组合物上，那块组合物的变形乍然停顿了一下，超低温环境对它原子电荷的转移造成了不明影响，它的形状有些崩塌。

而就在这个时候，沈苍破冰而出，比刚才伪生命体的尖刺刺破冰层的声音还响亮几倍的爆裂声从冰下传来，犹如冰川崩裂。伴随着轰隆隆的巨响，白霜和冰碴冲天而起，沈苍破出冰缝，戴着白色手套的左手一把抓住了变形崩塌的伪生命体——或者说是纳米模块原子组合物。

　　沈苍的深潜服上携带的"捕获"系统开始工作，"波塞冬"向那块组合物喷射出绿色凝胶，同时几道明亮光线交织的网禁锢住了那块罕见的组合物。影子的投影从沈苍视网膜上消失，红色小球射出与"波塞冬"系统不同的红色光网，再度笼罩了组合物。

　　那块组合物剧烈震颤，数度变形，但它内携的智脑比较简单，几次变形不成功后系统被影子侵入，影子的红网最终收拢为一道刺目的红色光柱，组合物内部发出一阵红热，随即有几块极微小的黑色卷筒被抛了出来，在至热和至冷的环境中，几乎只是些灰烬的黑色卷筒消失殆尽，组合物定型为一块金属质感的黑色正立方体，被沈苍握在手中。

　　那些几乎看不见的黑色卷筒，正是纳米模型原子组合物的石墨烯芯片，成千上万的石墨晶体管所组合成的智脑在发生紧急状态时启动自我抛弃功能，试图逃离被影子操纵的组合物，但瞬间在极端环境中毁坏。

　　现在沈苍的手中，是完完全全的干净如白纸的纳米模块原子群。

　　冰面上传来剧烈震动，叶甫根尼正在战斗。

　　威尔逊和薇薇·夏洛特被冰冻住了，威尔逊不要紧，他穿着深潜服，打过了血氧针，而薇薇·夏洛特却裸露在寒冰当中。

　　必须立刻结束战斗，因为人类无法在坚冰中坚持太久。

　　"网。"沈苍说。

　　红色小球射出的光束仍然在组合物上移动，随着光束的移动，组合物迅速发生变形。它开始拉长变细，从一块坚硬的立方体抽出千万丝线，很快地就变成了一张闪烁着灰色银光的大网，网丝逐渐变薄，互相连接——最终它变成了一片几乎透明的淡色阴影。

　　这是一张连细菌或病毒都无法逃逸的网。

铺天盖地之网。

只有纳米模块原子这种材料才能变形为只有一个原子厚的极限大网，其他任何已知的材料都不能。

依照沈苍的计划，并不是杀死那只黏菌巨兽，而是捕获。

那只巨兽的黏液中保存着施凡一部分大脑，捕获它，也许……

已经化为阴影的纳米大网在冰下急剧扩张，它席卷了群尸、裂角蜥、水蛇、泥浆、建筑废墟等等坚冰中包含的一切，自然也包括了那只几乎占据了整层坚冰主体的黏菌巨兽。

当纳米大网接近威尔逊和薇薇•夏洛特的时候，掀起了一个角，把他们两个绕过去了。这个时候，薇薇•夏洛特的手仍然按在阀门上方的移动密封板上。

头顶上的寒冷在消退，空气中的温度悄然上升。纳米大网的行动带来了热量，物质在变形的时候散发出大量能量，这让冰加速消融。

冻住的薇薇•夏洛特的手一动，衣服在冰凌中撕裂，她的手在密封板上一按。

只听"轰"的一声巨响，密封板与阀门之间因为纳米大网的扩张刚刚产生了些许融水，摩擦力降低，骤然受巨力一压，密封板轰然坠落，牢牢封住了冰冻的阀门。

冰面上随之坍塌出一个直径二十米左右的大洞来，薇薇•夏洛特穿着被冰凌撕成碎片的衣服，暴露出雪白纤细的腰线和大腿，满脸茫然地从冰堆中爬出来，另一只手拖着仍然处于冻结状态的威尔逊。

冰面上刚收起"零之刀"的叶甫根尼，和被神经兽卷成梭子的聂雍一起瞪着她。

她果然不是正常女人，在下水道这么多年，她早就变异了。

这完全是只长得像女人的凶兽啊！

薇薇•夏洛特把冻成冰棍的威尔逊从大洞里拉出来，"刺啦"一声，那破得不能再破的衣服又碎了一大片。

脚下坚硬的冰在变薄，裂隙处轻微晃动，有什么东西在冰下活动。

急促的脚步声响起，原来是国家战队幸存的九个普通队员集结起来，正向叶甫根尼靠拢。刚才气温骤降，侵入他们后脑的黏菌幼体死亡脱落，他们没有遭遇被黏菌爆头的恐怖袭击。但他们配备的武器中，微型导弹都已经打完，激光武器大部分也没有能量，只剩下气压弹可以使用。

虽然遭遇了惊心动魄的大半个小时，他们仍旧配合默契，以绿衣胖子为首，在叶甫根尼和聂雍身后布置了一个兼具观察和警戒作用的扇形区。

但脚下的冰在融化，这块地方很快又将不能站立。却见队员们神色轻松，托枪的手都很沉稳，他们对彼此有信心，并不畏惧变化。

污水动荡，不远处一处冰面在破裂，又有一个古怪的巨头要破冰而出。

叶甫根尼举枪对着那个地方。

聂雍虽然极力控制，却还是模模糊糊地感觉到神经兽强烈的战意——它仿佛在愤怒、在颤抖，它"看见"污水最深处有一团一束束、一袋袋人脑交织在一起的囊袋，那里面有……

聂雍仿佛正在看见一张少年的脸，他是青春可爱的混血少年，是苍白羞怯的文艺青年……最终是浮肿肥胖的……一条尾巴！

一条尾巴！

聂雍骤然清醒——只见一条巨大的墨绿色鳞尾破冰而出，长达十几米，瞬间横扫整个冰面！绿衣胖子等九个人接连开火，那尾巴上坚硬的鳞甲根本不惧气压弹打击，扫过来的巨大力量将正在开火的几个队员直接灌进了碎冰里！

神经兽再不受控制，八爪鱼般向那条尾巴冲了过去。

被强拖着在冰面上滑行的聂雍却是恍然大悟——陈子玥！

长着尾巴，尾巴上长出"大脑"的陈子玥！

死在手术台上的陈子玥！

其实他的尾巴里长出的并不是大脑，而是神经兽！而陈子玥的大脑被黏菌攫取，这才能长出眼前这条巨大的"尾巴"！聂雍越来越能理解神经兽的"思想"，这只凶兽还记得陈子玥。

　　它不知道是把他当成了朋友或是主人，又或者是同胞兄弟。

　　总之……几十年后，它还记得陈子玥，也还记得伤害他的人。

① 五十四 涸泽而渔

无形的纳米大网包住大面积的坚冰，巨型黏菌的主体还冻结在坚冰深处，突破冰面而出的是它一部分躯体，其中并不包含人脑组织。

沈苍从大冰洞里走了出来。

崭新的军靴踩着冰碴，他就像踏着酒楼的楼梯一样一步一步走了上来，细微的雪屑从肩头飘落。

无论身在何处，他总是与众不同。

聂雍被张牙舞爪的神经兽像抹布一样横拖过来的时候，沈苍正从冰里走了出来。

被放大了几十倍的墨绿色尾巴像长着眼睛一样对神经兽拍来。

尾巴中心一整排鳞甲突然张开，其中都是龙眼大小的圆圆的黑点，虽然没有眼白，但它似乎具备了眼睛的功能，随着神经兽的躲避而转动。

神经兽蠕动的触手缠上了鳞甲巨尾，被锋利的鳞甲撕碎的微神经潜入巨尾内部，这是它天生的能力。而并没有发育出神经的黏菌最畏惧的就是神经兽的外入神经——它劫掠来的人类神经支离破碎，功能区域要么已经死亡，要么是重复和受损的，还不能形成完整和清醒的意识。而模拟其他兽类和人类的神经组织，黏菌本身没有这些器官，它只能做到模拟，还不

276

能运用。

而神经兽具有完全的自我意识，黏菌不能控制具有自我意识的躯体，也不能操纵被神经兽的微神经侵入和控制的躯体。它还没有时间适应和练习自己刚刚生成的巨大身体，目前狂化的状态正是被沈苍和叶甫根尼逼迫到极限的结果，黏菌本身的能量正在剧烈消耗，它更不可能来得及学习和获得使用周围神经系统去精巧地控制和分析新身体的能力。

也就是说，它制造、生长出来的复合体，会被神经兽夺走！

超级黏菌勃然大怒，"砰砰砰"一连三声巨响，更多奇怪的东西破冰而出。冰面崩溃殆尽，水更加污浊。污浊得近似泥浆的水涌出冰缝，将苍白的冰面染成黄色。

黄色是黏菌的本色之一，污水中含有黏菌的分泌物，说不上是不是有毒。

聂雍头昏眼花地被强行植入神经兽的感受和记忆，他感觉到那条尾巴内部细微的血管和流动的体液，但并不是温热的，是接近零度的冰寒。寒冷冻死了很多微神经，但神经兽不肯放弃。聂雍同时"看见"了微神经顺着尾巴血管壁和奇怪的结缔组织或淋巴组织"爬"了上去，接上了另外一些凌乱的、好像没有在活动的组织。

接上去的微神经越来越多，死去的微神经也越来越多。

拖着聂雍横冲直撞的神经兽身受重伤，大块大块的身体被巨尾击伤，而冒出来的三个巨头还没看清是什么模样就撕碎了神经兽的大部分身体，那曾经茂盛得像参天神树、能够吞噬成千上万只嗜肉灰粉蚧的神经兽奄奄一息，剩余不足二十分之一的躯体。

聂雍趴在冰面上，整块冰在晃动，这块碎冰也只比他的身体大一圈，随时可能碎裂。

但他爬不起来，神经兽的暴怒和疼痛感强烈地占据了他整个大脑。

他绝望地"看着"不计其数的微神经连接了巨尾失效的神经组织，心里幻想着不知道也有多少这种怪东西钻进了自己的身体，只感觉恐怖和恶心得要命，但一边感受着神经兽的愤怒和痛苦，又觉得这只这么努力的怪物触手有一点小可怜。

撕碎神经兽的三个巨头一起沉入水中，掀起了滔天巨浪，聂雍身下的冰被浪花掀翻，就要沉进那些混浊的污水里——他费尽全身力气抬起眼皮瞪了沈苍一眼——老子到了生死关头，已经是最后一秒了，你居然还不出手！

沈苍站在一块碎冰上，身姿挺拔，脸色镇定。

聂雍眼睁睁地看着沈苍纹丝不动，死不瞑目的大眼一直瞪到自己沉进了水里。

说好的救世主，空前绝后、能力爆表、万人跪舔的战队英雄呢？！

传言真的不能再信了！

聂雍和神经兽沉入水里，三个带着冰碴的丑陋大头跟着冲了下去，"轰"的一声巨浪冲天，污水四溅，四下仿佛成了瀑布。

还揪着威尔逊的薇薇·夏洛特有些茫然，她把威尔逊往旁边一丢，正想下去救人，却发现冰冻的威尔逊在薄冰上滑了一下，差点掉进水里，只得赶忙把他又抓住。她看了看威尔逊，又看了看聂雍沉下去的水面，似乎十分为难。

远处的碎冰块上，叶甫根尼优雅地站着，也没有出手的意思。

剩下的战队队员也没有动。

战队指挥规则是以在场职位最高者为第一指挥官。

沈苍不在的时候，他们听威尔逊的，威尔逊不在的时候，他们听叶甫根尼指挥，而沈苍既然回来了，他们得听沈苍指挥。

而沈苍的命令是原地待命。

他们必须听从指挥。

三分钟后，只听"哗啦"震天巨响，声波和水花再次出现，声音震得大家耳朵都要聋了。

一团比叶甫根尼的"西伯利亚虎"还要巨大的东西浮出水面，那东西全身闪烁着银色流光，看似十分漂亮，而它里面有什么巨大的东西在挣扎，发出沉闷的敲击声。

聂雍挂在这只银色怪物的最上面，昏迷不醒。

沈苍看着这只银色巨物，嘴角微微一动："捕获！"

叶甫根尼吹了声口哨："怪物已经捕获，收队！马上返回基地。"

"是！"剩下的几个队员调整队形，缓缓退到残冰边缘。

刚才开过来的救生船已经被毁，大家登上威尔逊的羽翼机"派"变形的卵形潜水器，没入污水，炸开隔离墙，离开了这片充斥着绝望与死亡的灭绝之地。

第四篇 · 战队新人

当聂雍醒来的时候，已经回到了他编号 B31490581 的房间，躺在了 B31490581b 的床上。

几天不见的黄桑和周梓罄脸色古怪地围着他，旁边还坐着"非常亲切"的威尔逊。

威尔逊黝黑的脸上露出了一排白牙，笑道："小厨师。"

聂雍"哼"了一声，心里骂着"老子是一百多岁的你祖宗的祖宗，去你的小厨师"。已经被划归为"联盟国家战队中最差"的威尔逊无法激起他的敬畏之心。聂雍动了一下腰，没感觉到后腰有神经兽，立刻从床上坐了起来。

黄桑和周梓罄都被他敏捷的动作吓了一跳，昏迷了两天的人竟然像一头矫健的豹子一样弹了起来。威尔逊"喂喂喂"地叫着："你的伤刚好，还要休息，我是来通知你一件事，不要着急、不要着急。"

"什么事？"聂雍颇为奇怪地看着他，心想肯定不是什么好事。

黄桑和周梓罄的脸色更古怪了，尤其是周梓罄，整张脸都是铁青的，赤裸裸地写着"羡慕嫉妒恨"五个大字。

"呃！你知道那只神经兽……不小心被我植入了你的脊椎。"威尔逊脸色有些尴尬，"我们研究了一下，它和你的神经连接得太紧密了，切不出来。"

"然后呢？"聂雍心想这是要把老子当作长期研究样品的节奏？

"神经兽有很多我们从来没有发现的特殊能力，联盟国家战队需要这些能力。"威尔逊说，"所以我们开了个会，好吧，其实我们这两天一共开了一百多个会，各种各样的人都在开会，几百个人同时在开会，最后决定……"

"决定特招我入队？"聂雍哼了一声，"我有拒绝的权利吗？"

"不……不是。"威尔逊脸色更加尴尬，"你知道神经兽是有独立思想和智慧的，它是智慧生物，我们决定特招神经兽入队。"

聂雍石化了。

所以说，联盟国家战队是要特招神经兽入队？

那他呢？！

威尔逊说："但是神经兽和你分不开，你只能作为神经兽的附属，陪同入队。我就是来告诉你这件事的。"

聂雍猛地掀翻了床边的组合桌，咆哮道："你们欺人太甚！老子不入！不入！不入！"

威尔逊尴尬得要命，抗议说："这不是我的决定，我也觉得你本人很有潜力，也可以通过培养和考核成为队员，但是我没有决定权。你要知道这是东亚战区，我是个墨国人……我没有决定权。"他一脸诚恳地看着聂雍，反复强调"我没有决定权"，希望聂雍能接受现实。

奈何现实是接受不了的。

聂雍铁青着一张脸，一拳对着威尔逊那张黑脸揍了过去，吼道："给老子滚出去！"

黄桑和周梓馨对于他能"附带入队"这件事简直羡慕得要命，看见他居然勃然大怒，简直无法理解。黄桑紧紧抓住狂暴的聂雍，不停地提醒："哦！你在干什么？那可是国家战队！是联盟！在里面你能看见沈苍，能看见乌托蓝！你还有机会去南极战区，去太平洋战区！有机会看见站在世界巅峰的那些人！你有机会驾驶世界上最先进的战机，有机会亲眼看见反物质炮……就算队员的名额不是你，可是你得到了梦想中的一切！"

"去你的梦想中的一切吧！"聂雍咆哮，"老子不是神经兽的宠物！"

周梓磬努了努嘴，对这种中了头彩还不珍惜的大叔十分不屑，说道："人家还不想要你呢！战队要的是神经兽！你以为你是谁？不入？谁理你？没常识的老古董！"

威尔逊跟着很遗憾地点头，刚才聂雍对他挥了几拳，他也没在意，躲开了以后顺势退出了房间，说："明天见。"

聂雍从床上一跃而下，一抬脚"砰"的一声踢坏了B31490581的房门，怒不可遏地骂道："发疯的世界！人权呢？人权在哪里？一只触手怪就要操纵老子的人生！妄想！绝不可能！"

然而，第二天一大早，气疯了没睡着、也吃不下饭的聂雍顶着黑眼圈，被威尔逊从床上抓了起来，带上了一台电梯，去了所谓的"联盟国家战队训练馆"。

在路上，威尔逊发给他一张淡蓝色卡片，和沈苍曾经给过他的差不多，但权限大不相同。沈苍给的是出入B基地的权利，威尔逊给的是出入战队区的权利。

黄桑和周梓磬在聂雍不见了的几天内搞清楚了跑步的路线，现在正天天狂练跑步。他们对干聂雍这个被神经兽带进战队的家伙十分不满，加上聂雍狂化了一整天，简直无法沟通，他们也就没和聂雍聊过那个训练馆。

联盟国家战队训练馆是B基地一个特殊区域，特殊得非常简单粗暴——B基地在地下，训练馆在地上。

没错！训练馆就是B基地竖在地面上的那几个大字后面的那一片几乎一望无际的荒地。

早上七点钟，聂雍被威尔逊抓出了地面。

一百多年前，聂雍生活的时代，七点钟是一天最好的时光，晨露未干，朝霞满天，空气清新，鸟雀啁啾。如果周围有花草或树林，那更是呼吸新鲜空气、散步养生的好时间。

但此时此刻聂雍只看见了黄沙漫天，一望无际的荒地上寸草不生，温度指示器显示地面温度四十二摄氏度，热感指数五十摄氏度，湿度近乎零。天空呈现一种奇怪的蓝紫色，也不能说它就不能叫蓝天了，只是总觉得那颜色蓝得有些不正宗。

这是什么世界？

从复活以来一直在地下打转的聂雍第一次真实地感受到这是一百多年后。

这是个地球已几乎毁灭的世界。

当然，毁灭也是因为人类自身。

◯ 五十六 是他吗

"……是一个普通的全球即时成影系统，由脑电波连接电脑操纵。"

在 B 基地专职研究所——国王研究所第二分所里，几个人正围着一个红色小球。红色小球被放置在一个静电盒内，脑电波被隔绝了，看起来十分安静。

"这是沈苍在'塔尔塔洛斯巨蛋'事件后上交的，根据他的报告内容，这个系统曾经逐层扫描了'X 号黏菌聚合体'，分析出了它大部分成分，还捕获了一块纳米模块原子组合物，强制清除了拟鹅兰娜战龙伪生命体的系统……"一个戴着眼镜的老人仔细看着那颗小球，他神采奕奕，穿着复古的西装三件套，拄着一根昂贵的金丝楠木拐杖。

"这几乎是不可能的。"另外一个头部比例明显偏大，整个人软瘫在移动椅上的胖子气喘吁吁地说，"即使是再强大的系统，没有针对性的数据库，没有相关的技术理论，没有无极限的运算能力，不可能做到以上那些事，包括我们的'波塞冬'深潜系统……它的极限运用环境是深海一万米，但它也不包含万米的海底捕获纳米模块原子和镜像扫描……"

"有一种系统可以做到几乎无限运算。"站在老人身后的一个长相普通、声音柔和的中年女性说，"活体 DNA 计算机。"

285

这句话说出来之后，老人和胖子都沉默了。

中年女性轻柔地问："是他吗？"

老人摇了摇头，并不回答，既不承认，也不否认。

胖子说："怎……怎么可能……呼呼……他……他已经死了。"

"他是活体 DNA 计算机之巅，他的人……他本身就是一台计算机。"中年女性说，"即使他死了，如果有人获得他的尸体，恰好他的尸体仍然保存完好，就存在重启的可能性。"

所谓"DNA 计算机"，指的是运用 DNA 分子中的核苷酸，其上拥有四种碱基，分别为：腺嘌呤（A）、鸟嘌呤（G）、胞嘧啶（C）和胸腺嘧啶（T）。DNA 分子通过这些核苷酸的不同排列，表达不同的细胞属性。而 DNA 计算机利用 DNA 自身的生物属性，根据需要编码核苷酸，从活体 DNA 活动中几十亿次核苷酸的组合得到需要的结果。这种运算比聂雍所在年代的物理计算机要先进得多，并且它可以置于活体细胞内部，耗能极小，属于分子计算机，一小部分体液就能包含几十亿台计算机，它们同时运算，几乎可以在瞬间得到答案。

而"他"曾经是联盟国家战队的活体计算机，他在他的身体内编码几乎所有的核苷酸无时无刻不在运算，他的大脑内蕴藏着不计其数的数据库，同时进行的数十亿次甚至数百亿次的平行运算能让他快速记忆和学习，他的脑电波扫描着所有的数据，他能入侵所有的物理电脑。

他就是拜慈。

拜慈·歇兰费罗，联盟国家战队曾经的队员之一，前 Z 国战队队员，Z 国和意国人混血。

关于拜慈·歇兰费罗，全世界有各种各样的传说，有些人觉得他是前所未见的英雄，就像周梓馨经常去看的拜慈论坛，也有些人怀疑他是居心叵测的间谍。尤其是他退出联盟国家战队的事实，更让人议论纷纷。后来他成了 BUC 公司幕后最大的股东，后来 BUC 公司爆出了人体实验的丑闻，再后来拜慈销声匿迹在 BUC 公司的废墟中。

这一切的一切为拜慈·歇兰费罗蒙上了一层神秘的面纱。

也许只有曾经并肩作战的队员了解他。

也许连出生入死的战友也不了解他。

沈苍从聂雍那里得到了一个全球即时成影系统，在聂雍昏迷不醒的两天里，B基地的国王研究所第二分所三大技术员围着这个小球研究了两天，最终确定在小球的另一端链接的并不是普通的物理电脑，也不是量子计算机，而是DNA计算机。

戴着眼镜的老人是从国王研究所退休的技术主席毛大，他年轻的时候主持过DNA计算机的设计，但并没有成功。如今最成功的计算机走的都是量子计算机的道路，很少有人继续研究DNA计算机，少数研究成功的都还停留在试管阶段。而在十三年前拜慈就已经成功地将DNA计算机植入活体细胞，并把自己成功地制作成了活的DNA计算机。

他曾经是战友的最强后盾，但这也可能是他退出战队的原因之一。

毛大有些忧心，不管怎么样，拜慈的下落和死活，一直是东亚战区所关注的。

身体摊开在椅子上的胖子是一种少见的变异人种，叫姆姆。姆姆的大脑变大，四肢能力减弱，只能躺在椅子上。他来自鹅兰娜海国的战龙公园，那里到处都是像他这样的人，疑似是适应脑电波环境的变异人种，自称"公园人"。

中年女性是B基地的技术主管，姓林，没人记得她叫什么名字，大家都管她叫林老师。

当毛大、姆姆和林老师将全球即时成影系统还给聂雍，并各自用怪异的眼神看着聂雍的时候，他自然做梦也想不到他们在想什么。

被威尔逊遛狗一样在快热死人的荒地上遛了一天的聂雍做梦都想喝一口水。

话说他是因为和新联盟国家战队队员神经兽有裙带关系才获得了战队

队员待遇！

　　可是被操练的是他！那个真正的新战队队员在哪里？

　　求不要这种待遇！

◯ 五十七 新的开始

当天晚上聂雍狼吞虎咽地吃了一大盒人造营养餐，完全无暇分辨里面的各种糊糊代表的是什么东西。当他把一碗颜色诡异的绿汤喝得一滴不剩的时候，突然发现和他一起坐在联盟国家战队食堂里吃饭的，还有另外两个人。

其中一个穿着白色队服，扎着两条长辫子，肌肤白皙，是个颈部曲线优雅得像天鹅的美少女。

天啊，有怪物！

聂雍从她那条奇怪的机械左臂认出来这是薇薇·夏洛特。

而坐在她对面的是一个他从来没有见过的男人。

那是一个个了很高，手脚都很长，披着半脸长发的蓝衣人。那个人穿着一身蓝色衣服，十分像××技校的校服，只是外露的口袋里插了几把样式奇怪的武器，看起来更像修货车的技工。

被聂雍当作"技校校友"的高个子慢慢抬起头来，他的嘴角叼着一根菜，对聂雍慢慢露出一丝极富挑衅和嗜血意味的笑。这人其实五官端正，但一半掩盖在黑长直的头发下，看得见的一半嘴角露出细细的狞笑，再加上一只眼神飘忽古怪的眼睛，整个人活生生地演绎了"变态"两个大字。

威尔逊发现他在看薇薇·夏洛特对面的蓝衣人，于是介绍道："那是乌托蓝，薇薇的训练师。"威尔逊吞了一口营养糊糊，羡慕地看着乌托蓝嘴角的那根菜，继续说道，"他很厉害，是第二号人物。在联盟国家战队，只有排名前三的人……才有自然食物吃。"

聂雍默默地看着眼前的糊糊，心想果然跟着厉害的师父有菜吃，跟着……他同情地看了威尔逊一眼，说道："他是哪国人？也是变异人？"

"乌托蓝是无国籍人，一般喜欢在东亚战区活动，因为他是黑头发。"威尔逊说，"他也是变异人，说不准是哪里的变异。"说完他若无其事地喝了一大口绿油油的汤。

"什么叫'说不准是哪里的变异'？"聂雍诧异，他瞄了一眼威尔逊碗里的汤，"还有这种奇怪的油漆绿汤，到底是什么味？"

"基因测试证明他是变异人啊。"威尔逊满不在乎地说，"可是我们还没看过他使用变异特长，每次乌托蓝出现，敌人就死绝了。"他呼呼噜噜地喝着绿汤，"他杀起人来太快了，轻易不要去惹他。"

这大概……就是整个灵魂都变异了吧？聂雍瞟了乌托蓝一眼，薇薇·夏洛特 VS "深井冰"乌托蓝，真是曼妙的师徒组合。

"哦！你还问了我这是什么汤？"威尔逊擦了擦嘴巴，"这个就是 Z 国著名的绿豆汤啊！滋味很独特，大家都很喜欢。"

绿……豆……汤？聂雍咳嗽了一声，已经完全不想知道其他颜色的糊糊到底是什么东西，突然也有一点羡慕乌托蓝嘴上的那根菜："对了，基地这里有什么地方能给这个投影仪充电吗？"

他把小红球放在桌上，自研究所把小红球还给他，影子就再没出现过，大概是又没电了。

"可以，一会儿到我房间去充。"威尔逊很爽快地说，"本来在你住的地方附近也有一个充电区，不过刚好坏了。"

"为什么坏了？"聂雍顺口问。

威尔逊吃完饭端起了盘子，说道："有些事新人还不能知道，不过我总觉得这世上没有任何事隐瞒得住，想知道的总会知道的。"他把盘子投进自动清洗机，挥了挥手，"明天见！"

看着威尔逊施施然走掉的背影，想着刚才那句意有所指的话简直不像他说的，聂雍跟着将碗放进自动清洗机——他本来以为里面会喷出一股水把这些碗冲干净，结果碗和残羹剩饭直接在清洗机里融化了！

它们融化了？！

聂雍瞪眼看着那些颜色诡异的液体流进清洗机的深处，不知道变成了什么。要是这些玩意儿转一圈又被混在一起压成碗盘出现在饭桌上，他不能保证明天还能吃得下去饭。

这糟心的人生！

走出食堂大门的时候，他回头一看，薇薇·夏洛特和乌托蓝还在吃饭，气氛似乎很和谐。

不知道因为什么松了一口气，聂雍懒洋洋地往自己房间方向走去，他的方向感极好，几乎从没走错过路。

在路过一片高级宿舍区的时候，聂雍的耳朵动了动，他似乎"听"到了什么异常的声音。

那声音似乎并不是真的用耳朵听见的，却是产生了一种直接响在耳朵深处的古怪感觉。

"……有……不能……轻易……"有个沙哑的声音在说话。

"……侵入……"

"上面的指示是基地长战死，将由东亚战区联盟总部派遣新任基地长。"有个清晰的人声在说话。

聂雍吓了一跳，基地长死了？还战死？不不不，他肯定听错了，不会是B基地的基地长官就叫作"战死"吧？这世上什么人没有？说不定就有那么一两个人的爹妈喜欢把自己孩子起名叫作"战死"，和狗剩儿、猫蛋儿什么的一样好养活？

"下个星期白璧到任，调令还没有到，不过数据版的这边已经收到。"

说话的声音越来越清楚，简直就像响在耳边。

聂雍没有意识到这是神经兽正在强化他的听力，因为它感应到他想听。

"这次的事件肯定不简单，从有一个什么厨师被弹射出去就是阴谋！"前面沙哑的人声又说话了，"拯救平民的计划出动了我们三个队员，造成内防空虚，乌托蓝又意外被人拖在了撒哈拉地区，袭击发生的时候战队队员没有一个留在基地……"

"不但没有留在基地，他们还运回了一个纳米炸弹……"

"是啊，如果不是纳米弹还没来得及处理……"

"听说秦组长正在汇报捕获纳米弹，纳米弹就爆炸了，里面的机甲刺客瞬间就粉碎了基地长的大脑……"这是更轻的人声在窃窃私语，"听说秦组长被关禁闭了？"

"基地长在他面前被刺杀，谁能没责任呢？他也是倒霉，在战略组立下那么多汗马功劳，这下都泡汤了。"

"我宁愿做秦组长的手下，也不想看见白璧。"

"不是有人说秦真略和凶手是一伙的吗？他就是卧底，不然为什么安防系统早不坏晚不坏，在刺杀事件发生的时候坏了？拯救平民的A级计划是他发出去的，后续02计划也是他同意批准的，他把三个队员都派出去了，这肯定不寻常。"

在一大堆轻声细语的议论里，聂雍听不到熟悉的声音，高级宿舍区的另一边可能正在开小会。

但他整颗心都拔凉拔凉的。

基地长居然死了？

就因为他这个路人甲坐错了趟飞机，居然就连累得威名赫赫的联盟国家战队B基地基地长被谋杀了？

他忍不住环顾着周围看似固若金汤的金属通道，周围有显示各种系统正常运转的彩灯，一切似乎都有条不紊，非常安全。

但这只是假象。

在人们心目中的圣殿之内，阴谋一直存在，聂雍知道自己当然不是阴谋的一部分。

但有些地方、有些人肯定是。

比如说——在他历险的那几天里，陪伴在他身边的人，肯定有某个人或某些人……是卧底。

有人制造或利用了聂雍的"意外"，顺水推舟，害死了 B 基地最大的头儿。

◎ 五十八 训练

当天晚上聂雍没有去找威尔逊给小红球充电，他跟着黄桑和周梓磬来了一场精疲力竭的狂奔，跑得快断气的时候冲到了B101房间里，把黄桑和周梓磬远远甩在了后面。

他完成了考核任务，但时间是凌晨三点，B101的房间里没有考官。

沿途的考核点也没有人给他盖章。

聂雍流着汗呈"大"字形躺倒在B101的房间里，不停地喘气，汗水流过背部的旧伤，在冰凉的地面上印出了湿润的人形。

他暂时不想听见更多的声音。

他也暂时不想看见威尔逊的脸。

每一个人都很可疑，沈苍有可能受人操纵，威尔逊这么没用是不是故意放水？叶甫根尼是不是真的将伪生命体的碎片送回去了？他究竟知道不知道那玩意儿可以重新组合成纳米弹？又或者是不是他操控机甲刺客谋杀了基地长，再装作若无其事的样子返回"增援"？

嫌疑最大的是叶甫根尼，他中间回去了B基地一趟。

可是嫌疑最大的人并不等于真凶。

没有旁证。

聂雍闭上眼睛，他无法想象有人背叛了战队。

即使他假装并不向往，但不可否认联盟国家战队非常强大。

原来是黄桑和周梓磐在前面跑，聂雍在后面跟，跑没多久聂雍往前猛冲，一会儿就不见人影，黄桑和周梓磐又在计划好的路上迷了路，不得不慢慢停了下来。

"聂雍太不仗义了。"周梓磐愤愤地说，"他都入了战队，也不和我们聊一下战队的情况，到处乱跑，也不知道跑到哪里去了。"说着他抬起脚就对旁边的金属通道墙面踹了一脚。

"咚"的一声，墙面发出空洞的声音，好像只是一层薄板。黄桑好奇地走过去敲了敲，原本应该坚硬无比的墙面微微颤抖，荡起了一层极细的波纹。

"模拟贴？"周梓磐惊奇地说。他和黄桑面面相觑，这东西是用来修补墙面和用具的，它本身的材质是粘胶，但能够投影反射周围的材料状态，用光学原理将修补的痕迹与周围完美融合。

在这里出现一张模拟贴，可能不是什么好事。

周梓磐颤抖着手，轻轻去揭那张模拟贴，那张模拟贴似乎贴得很仓促，并没有完全贴好。当周梓磐撕开它一个角的时候，墙面上露出一个漆黑的大洞，倏然从里面伸出一只手，将周梓磐整个拖进了洞里！

"啊——"周梓磐的惊呼还没完全发出来就消失了。

黄桑大吃一惊，想也没想一拳向前击出，同时放开嗓门大叫："袭击者！有袭击者！"

他的声音在通道里传播出去，周围居然静悄悄的，没有人回应。黄桑简直难以置信，在 B 基地里居然遇到敌袭，可是周梓磐不见了，他可不能就这么走了！那个黑洞里的手一闪而逝，和周梓磐一起消失了，黄桑冲到洞口往里一望，墙壁里出现一条光溜溜的、足够一个人滑下的隧道，深不见底。他深吸一口气，正要往里跳的时候，一只手及时拉住了他。

黄桑吓了一跳，又一拳击出。来人一闪而过，说道："等下，先冷静，我是聂雍。"

聂雍在 B101 听到了黄桑的呼救，他们迷路的地方距离终点 B101 只有一个拐弯的距离，所以不但黄桑的呼救聂雍听见了，周梓磬的惨叫他也听见了。

但这太不寻常了，这里是 B 基地，基地长刚死，秦真略被禁闭，一切应当处在最高警戒状态，怎么可能黄桑呼救了，墙壁被开了这么大一个洞，周围居然毫无动静？

聂雍示意黄桑安静。

他拉着他一步一步地慢慢后退。

紧接着，他皱眉看着那露出一个大洞的墙面。

那个洞是一个规则的长方形，而周梓磬滑落下去的通道是光滑的正圆，在通道的边缘还有一些褐色的奇怪液体。

长方形的边缘沾着一些红色的漆。

聂雍眉头皱得越发深了，他闻到一股廉价的人造咖啡味。

他忽然记起来基地有几台人造咖啡机坏了。

咖啡机都是红色的。

他上去撩了撩模拟贴边缘，摸到了不平整的东西，又是一张模拟贴。

撕开模拟贴，底下是另一个规则的长方形框架。

里面放着一台眼熟至极的绿色机器——生活料理机。这东西能从网络上下载营养成分，帮你合成你想吃到的任何一种口味的糊糊，除了难吃之外，保证营养价值和自然食物一模一样。

聂雍在生活料理机旁边撕下了十几张模拟贴，随着模拟贴越撕越多，黄桑的脸色越来越古怪——这里原来不是陌生的普通通道，这里和基地里其他人造咖啡和料理机台一样，是供应食物的地方。有人用模拟贴把料理台藏了起来，并躲在里面搞恶作剧，抓走了周梓磬。

聂雍若有所思地看着原本应该是咖啡机的那个长方形空洞，再看看它下面暴露出来的光滑的隧道，再看看距离这里不远的 B101 号房。

"我觉得……可能国家战队的第一个考试科目——那个'跑步'的意思不是像我们想的那样……"聂雍喃喃自语，"还记得吗？影子说'在基地里跑'，只要找到训练中心，只要三个小时内到就行了。没人要求我们顺着通道和房间跑，规则是'在基地里跑'和有盖章，最终找到 B101。"

黄桑目光呆滞地看着那个被模拟贴掩掉的料理台面，还在发愣。

"咖啡机下面有滑行通道，大概每台都有。"聂雍说，"如果我没有猜错，周梓磐可能已经从哪个滑行通道的出口出来了，国家战队的测试科目一是了解规则，找到最快的途径。坏掉的咖啡机是线索，可是我们没人往那里想。"

谁能想到 B 基地地下还有密道？谁能有胆子在 B 基地里还寻找捷径？黄桑瞠目结舌，他和周梓磐辛辛苦苦地进行特训，难道真的走错了方向？

"不会错的。"聂雍抖开了黄桑查询出来的国家战队队员考核考官的站位图，之前他们一直在思考怎么样才能只从每个考官身边路过，且只路过一次，以免浪费体力。现在聂雍大大咧咧地指着那些点，再指着咖啡机所在的红点说，"你们没有发现，他们都站在咖啡机旁边？"

黄桑脸都绿了。难道说只要找到滑行通道就行？

"哈哈哈……"墙壁的黑洞里传来笑声，一个身材瘦小的老头儿从黑黢黢的墙洞里爬了出来，说道，"这条通道可不是什么捷径，它是专门为修理咖啡机设计的，什么都好处理，造咖啡和料理都要水，净化水是个大工程啊！处理水的材料更要经常更换……虽然滑行通道原来不是为考核设计的，但自从十二年前有个小混蛋这样通过考核以后，大部分考生都在利用这些通道，慢慢地就变成了公开的秘密。"他对聂雍竖起了大拇指，"能跑到终点的，才是设计这项考核项目的真正目的，战队需要的是一些身强体壮的人。"

身强体壮的黄桑没能跑到终点，老头却对他点点头道："对同伴不离不弃也是优点，小伙子你也不错。"

"我表弟在哪里？"黄桑问。

"能发现模拟贴的孩子眼神也不错。"老头答非所问，"可惜了，现在战队已经不是全盛时期，如果是拜慈·歇兰费罗、尹松鼠还在联盟国家战队的时候，作为普通队员是非常安全的，现在不行喽。"

　　黄桑听到拜慈·歇兰费罗的名字很是不屑，听到"尹松鼠"三个字好奇起来："他是谁？"

　　老头叹了口气，说道："她是个女孩，联盟国家战队里最可爱的小姑娘。"

　　作为内心八卦的金刚，黄桑追问："怎么从来都没听说过？"

　　"她在十一年前就死了。"

◯ 五十九 尹松鼠

　　黄桑从来没有听说过东亚战区联盟国家战队里曾经有个女孩叫"尹松鼠"，这人在东亚战区的历史队员列表里根本没有，更不用说成绩或履历了。要知道她是个女孩儿，这么珍稀的生物如果曾经出现过，肯定会在论坛里掀起轩然大波，会有不计其数的人专门研究她和她的特长。

　　可是论坛里没有啊！

　　老头看出黄桑在疑惑什么，拍了拍黄桑的肩："东亚战区找不到她的履历，她是太平洋战区的人。她在那些岛上工作。"

　　黄桑问："一个女孩，在那些岛上工作？"

　　聂雍有听没有懂，插嘴道："什么是太平洋战区？什么是那些岛？"在他的印象中，太平洋上的"那些岛"等于夏威夷、大溪地等等有钱人才去得了的度假胜地，反正以他三十几年的平民人生从来没机会去过。

　　老头奇怪地看着他，黄桑连忙解释眼前这个"身强体壮"的伪新人是个刚刚复苏没多久的老古董，然后又向聂雍解释什么是"那些岛"。

　　原来第三次世界大战中，各国互相发射高能武器，这些武器跨越洲际和大洋袭击敌国的政治中心，而拦截这些武器的卫星网络就交织在太平洋上空，战机和运输机的航线也在其中。在长达十二年的战争里，太平洋上空成为导弹与反导弹的主战场，导弹和战机不断地空间跳跃，释放的高能造成了时空震荡，至今太平洋上空仍然存在着不稳定的虫洞，甚至传闻有维度壁被突破了。

战后太平洋地区成为一个难以收拾的地方，它的上空是禁飞区，严禁高能航空器穿越，尤其严禁空间跳跃，只能乘船或者飞艇进入。而原先存在的大型岛屿大部分在战争中被炸毁，又因为高能武器如反物质弹击穿地幔，造成喷涌，或由于地壳破裂、海底火山爆发等等原因，海面上新生了许多岛屿，甚至许多新岛屿本身就是第三次世界大战中被击落的大型航空器的碎片或者航海器的残骸。

这些新生岛屿上可能存在没有被污染的土地，或者可以被利用的新资源，是各国必争的地盘。每个国家都会派遣自己最优秀的侦察兵进入这些岛屿。但这些岛屿的危险性极高，它们远离陆地，进入这些地区能耗和补给都必须由船只携带，而临近的大型岛屿不但不能提供补给，上面还可能存在废弃的智能武器和大型变异兽，以及严重的放射性威胁。

所以"尹松鼠"居然是在那些岛上工作的战队成员，无法想象她本身的能力有多强。

聂雍听得心潮澎湃，这就是秘境探险的好地方！要是他也能去……

"尹松鼠的爷爷的爷爷是索马里海盗，"老头说，"政府可能因为这个不喜欢她，她在东亚战区待了不到一个月就去了太平洋战区，那时候沈队长也在太平洋战区。"他眼神温和地看着聂雍和黄桑，"那是全世界联盟国家战队最好的时期。"

"她是怎么死的？"聂雍问。

老头挠了挠头，叹了口气："我不知道。"他搬起了沉重的红色咖啡机，熟练地把它安装在长方形空槽里，说道，"我只是一个可怜的死了孙女的老头，政府不会告诉家属战队队员真正的死因。"

黄桑吓了一跳："您是？"

"我是尹松鼠的爷爷，尹存沸。"老头说，"一个住在这里很久的机

300

械修理工，人类技术进步得越来越快，用不了多久这里就不需要我了。"他的脸上有几道很深的皱纹，却也看不出有多老，他继续说下去，"这里死过四任基地长，三十八个战队队员，以及不计其数的普通队员，尤其是这几年，死亡率大幅上升，孩子们……"他摇了摇头，"你们都很优秀，但现在不是新人最好的时期。"

"但也不是最坏的时期。"聂雍说，"尹老头，你不要假装你是普通的修理工，普通的修理工不会用模拟贴糊弄我们，再讲故事泼别人冷水，更不会去算见鬼的死亡率，你肯定是考官。"

尹存沸愣了一下，看着黄桑瞪着铜铃似的眼珠子看他，也有些尴尬。

"没有什么时候是最好的时期，也没有什么时候是最坏的时期。"聂雍说，"时代已经是这样，下定决心的人就该往前看，竭尽所能，就是荣耀了。"他居高临下地揉了揉瘦小的尹存沸的头，"老头，在我变强以后，申请去'那些岛'，搞清楚你孙女的死，好不好？"

尹存沸张了张嘴，没说什么。聂雍说："老子决定了，老子不愿被附带入队，一定堂堂正正考进战队，绝不做神经兽的宠物。"

黄桑有些敬佩地看着他，却看见聂雍揉着尹存沸的头，用一种哄骗的口气说："所以你看老子这么优秀，快让老子通过。"他真诚地看着尹存沸，眼睛闪闪发光，"老子保证查清楚你孙女的死！所以快让老子通过！"

黄桑目瞪口呆。

尹存沸忍无可忍，一脚将聂雍踢了出去，咆哮道："你这是当场行贿！"

⓪ 六十 鹅兰娜海国事件

聂雍在 B 基地地面的训练场被威尔逊特训了一个星期，除了恢复了当年的体能，威尔逊的特训并没有带来多少成果。首先现在的各类枪支，除了冷光枪之类的机械枪支，略微高端一些的大多数属于智脑瞄准，不需要多强的瞄准和击发技能，而花样繁多的各类型子弹聂雍总是记不清楚。他只分得清射出去会爆炸的和会洞穿的，至于射出去的是激光束、压缩空气、微型机器人还是微型导弹，这些东西应当在什么环境中使用，他完全混淆不清。激光怕粉尘、风暴、雨雾；压缩空气只能近战；微型机器人是控制型的子弹，非杀伤性武器；微型导弹却是高能武器之一。

但对聂雍来说这些东西都是"砰"的一枪发出去，他射得极准，然而并没有什么用。

基因测试显示聂雍是个纯得不能再纯的自然人。

而他的训练师威尔逊是个变异人，威尔逊能做到的很多事聂雍都做不到。威尔逊不能理解聂雍对射击姿势的执着，聂雍也不能理解威尔逊对能耗计算的执着。威尔逊训练过很多新人，当然他们中有变异人也有不是变异人的，却都对威尔逊非常信服。他的观念是每个人应该做能力范围内的事，队员应当对自己的极限有一个大概的了解，在体能良好的情况下，可以做一到两次爆发，而当体能剩余三分之一的时候，主要以保存实力为主，择机撤退。

这和聂雍的观念大相径庭，大概他不是变异人，不能理解像威尔逊这样的变异人对于能耗的重视。也许威尔逊的杀伤力主要来自电能，他必须计算自己能够做几种形式的电能释放，并保留最后的行动能力。而聂雍不可能做出任何大型杀伤性攻击，但他的行动能力是持续的、容易恢复的，和威尔逊大不相同。

这对思想观念南辕北辙的师徒的特训成绩一塌糊涂。

另一组新队员却出类拔萃。乌托蓝带着薇薇·夏洛特过关斩将，轻而易举就完成了联盟国家战队最高标准的考核，一个星期就得到了准战队队员的资格。

而那个传说中的正式队员，缩在聂雍脊柱里的神经兽始终不见踪影。研究所里的三大研究员试验了种种办法要把它引诱出来交谈，神经兽始终避而不见。

它简直是打定主意要和聂雍合为一体。

而聂雍对引出神经兽这件事也极其抵触，他根本不想承认自己的脊柱里藏着一头触手怪，这件事是他的逆鳞，只要有人提到，他就怒目相向。

小红球在威尔逊那里充电以后，影子重新出现，似乎和从前一模一样，专业解说一百年。但聂雍很明显地感觉到影子也有一些变化。他的话少了，情绪似乎也不大对劲，问他怎么了，影子自然是不会回答的。而且在威尔逊面前，影子简直称得上谨言慎行，基本不说话。

本来带着两大外挂的聂雍，却在训练场上苦逼地裸奔，除了日复一日把自己累成一条狗之外，没有任何显著进步。

但周梓磐和黄桑在被尹存沸点亮了"战队考核也可以偷工减料"这个技能后，互相配合，如有神助，一连通过了三十几项考核，比聂雍更早取得了普通队员资格。如果他们在未来三年里任务成功率高于百分之六十，且通过第二轮考核（基本过不了的），就可以成为联盟国家战队正式队员。

在这个星期里，B基地也正在经历巨大的变化。那位聂雍还没打听到完整姓名就被谋杀了的基地长的葬礼在京城举行，并隆重下葬。东亚战区联盟总部派来了一个据说全基地都非常讨厌的人接任基地最高长官。

新基地长的名字聂雍听过，叫作白璧。

据说这是一个大名鼎鼎的富二代，他的家族控制着有一百多年历史的蜃龙通用电船公司。该公司与E国的北德文斯克造船厂、圣彼得堡海军部造船厂都有合作，拿到Z国六艘全隐形两栖战舰的订单，以及一艘载有反物质弹航母的订单。蜃龙通用电船公司有一个项目组和国王研究所正在进行一个耗资数百亿元的绝密项目，事关世界上最先进的水下武器，具体方向和进展尚无人知晓。

蜃龙通用电船公司并不是国有企业，虽然听说军部早已拿到了这家公司的控制权，但表面上它是私人企业。这家东亚最庞大的私人企业的老板叫白无，是一个形象和背景都很神秘的人，行事非常低调，坊间传闻他和政府有非常密切的联系。

但他的儿子白璧是一个名人。

白璧是变异基因，具体变异方向不明。他在六岁时就展露出非凡的能力，是联盟国家战队历史上最年轻的正式队员（听说这么做是为了拉拢白无的资金和技术），十六岁退队，战绩0，出任务0，任务成功率0。除了因未知原因无战绩退出联盟国家战队这件事令他名声大噪之外，不负责任、穷奢极欲、喜好美色、不学无术等等在他身上表现得淋漓尽致。

如果说白无是贤明有为的开国君王，白璧毫无疑问是那深具昏君品质的败家子。奈何白无对白璧宠爱有加，三十六年来从来没有听说过白无对白璧的胡作非为有任何不满。既然皇上不为所动，朝廷又如此有钱，饲养一个有趣的败家子好像也没什么大不了的。

现年三十六岁的白璧是联盟国家战队东亚战区的总理事，现调任B基地基地长，算不上升官。

白璧将于一个星期以后正式到达B基地。

秦真略被关了一个星期禁闭以后，B基地各大部门包括综合部、机要部、侦察部、训练部、宣传部、后勤部等等部门轮流对他进行了审查，最终判定秦真略渎职，撤销他战略组组长的职务，提拔综合部的女胖子妲旻作为战略组组长，领导战队工作。

威尔逊极其不满，作为如此强大的联盟国家战队东亚战区队员的领导，妲旻不是战队出身，从来没出过任务也就算了，还又老又胖，看起来都伤眼睛。沈苍自然是不会有什么表示的，而叶甫根尼也难得地叹了口气，表示了立场。据说妲旻提前和乌托蓝有了接触，似乎是想说服他支持她，承诺提拔他升任战队队长，结果不知道为什么进了医院，要到下个月才能出院任职。

这些事距离聂雍都有些远，但另外一件事出人意料地爆了出来。

鹅兰娜海国因为气象卫星被击落的事，终于查到了东亚战区这里。它占据的地盘微小，却是技术强国，战龙公园向东亚战区发来了强烈抗议，要求联盟国家战队为此事负责。

战龙公园含糊地表示失去那颗气象卫星令该国对鹅兰娜海大部分水文情况失去控制，已无法监控鹅兰娜海最深不可测的"具轮镜坑"，要求国家战队道歉以及在 COC 国际组织的第二页规范采购清单里的材料降低 1% ～ 5% 的价格，并以 Z 国最先进的探测卫星"天狼 T"作为赔偿。

"天狼 T"是天狼探测卫星系列最先进的型号，战龙公园的抗议表示它被击落的"气象卫星"很可能兼具了先进的间谍功能，远不止监测水文和天气而已。而它对 Z 国的赔偿要求体现了鹅兰娜海国的野心，也隐隐说明了它另有依仗，能支持它提出明目张胆的要求。

它虽然是大洋上的弹丸之地，却拥有五千三百多个脑电波变异的"公园人"，掌握着最先进的虚拟网技术，正在成批制造人形智脑。

鹅兰娜海国有强烈的资源需求和国际地位需求，但沈苍击落了他们的卫星，倒是给了他们借口。

① 六十一 第一次出征

Z国政府并不承认沈苍的行为是国家行为，要求东亚战队为此负责。妲旻在医院中大发雷霆，召集几个部门开了五次会议，最终决定由沈苍带队前往鹅兰娜海国，先解释这是一起紧急避险导致的意外事件，不是刻意针对鹅兰娜海国，同时将此次事件的背景调查清楚，看看鹅兰娜海国背后究竟有什么新势力在插手。

她要求沈苍在五天之内带队前往，乌托蓝和叶甫根尼则留下守卫B基地，沈苍这次任务的队员是威尔逊、薇薇·夏洛特以及聂雍。威尔逊可以提供额外的电力支持，薇薇·夏洛特已经证实自己具备强大的战斗力，而聂雍……难道是凑数的吉祥物？

随同出发的普通队员有五个，一个是上次治疗聂雍的胖子，他叫绿基，是自然人类，负责医疗。还有刚刚获得队员资格的黄桑和周梓磬，以及负责驾驶舰船和导航的库塔妮妮与库塔贝贝姐妹俩。

库塔妮妮和库塔贝贝是Z国人，一对漂亮的黄皮肤双胞胎女孩儿，拥有亚洲女孩少见的一米八的身高和匀称长腿。至于她们那奇怪的名字，库塔妮妮和库塔贝贝表示她们一出生就登记了这两个名字，她们的父母终生从事游戏业。

所以这好像也没有什么奇怪的。

普通队员都是自然人类，对战队队员都有一种发自内心的敬畏，除了聂雍。

好吧！鬼知道聂雍是用什么身份混上这次任务的？他到底是准战队队员，还是用神经兽的宠物的身份上船的？没人知道。绿基不断对聂雍投以白眼，黄桑和周梓磬也有些说不清的嫉妒，库塔妮妮和库塔贝贝则是非常好奇。

像这种毫无能力的自然人类能混入沈苍的队伍，对她们来说真是前所未见。

当这样一支分崩离析的队伍从 Z 国南海出发的时候，没有人看好他们的任务前景。妲旻知道沈苍是秦真略的得力干将，既然是前朝天子重用的人才，也就是她着力排挤的对象。这就是黄桑、周梓磬和聂雍能出现在沈苍的队伍里的原因，这次出任务的人都是被妲旻抛弃的、不在她扶持计划中的人。

她限定舰船在五日内离开，因为第六日就是白璧到任的日期。

这样当白璧到达的时候，B 基地就没有碍眼的人了。

这支完全没有做足准备工作的队伍匆匆起航。

B 基地给这次任务命名为"海龟计划"。

"海龟计划"配备的远航船是一艘半隐形性能的三栖舰船"玻璃花房号"，它能躲避雷达、声呐、水纹波和红外线的侦察，表面涂层为光影涂料，能自然融入背景色。"玻璃花房号"整体为双体船，双体船中间有一层胶质密封层，船体内的鼓风机向下喷射出气体，在密封层下产生高达一米的压缩空气垫。依靠这层空气垫，"玻璃花房号"能够在海平面和较为平整的陆地上快速前进，必要的时候能变形为直升翼飞机，喷气垂直起降。

它并不是最先进的侦察舰，使用的还是几十年前流行的技术，驾驶它进入以虚拟网技术为荣耀的鹅兰娜海国无疑是自取灭亡。这些事聂雍一无所知，他、黄桑和周梓馨被威尔逊匆匆打包进入"玻璃花房号"，那时候是夜里，等他一觉睡醒，舰船已经到了大海上。

身材婀娜多姿的库塔妮妮站在船长室里，她只是在查看自动驾驶系统是否正常。库塔贝贝在核对海图，太平洋本来就波谲云诡，历经大战之后更加变幻莫测，她必须时时核对以防出错。

聂雍在一大早就醒了，他的生物钟一直很准时，大概在早晨五点半他就会自然醒来。醒来后他熟练地在房间里找到牙刷牙膏，洗漱，刮胡子……一直到哼着歌换好了训练服他才乍然清醒——不对！这里不是 B 基地。

所以这里是哪里？

他所住的房间是个不大不小的舱室，里面生活配备一应俱全，还有依旧令人倒胃口的人造咖啡机和料理机，并没有黄桑和周梓馨。舱室有一扇疑似窗户的东西，一扇非常巨大的、比门还大的透明的落地窗，不知道是什么材料制成的，手指敲上去发出"嘭嘭"的声音，并不是玻璃。

透过这扇巨大的窗户，聂雍可以看见外面是一片茫茫大海。

大海的颜色仍旧是记忆中那样湛蓝清澈，舰船激起熟悉的白色水花，在洋面上拉出长长的水线。只是辽阔的水面上没看见什么水鸟，海面也没有像《动物世界》里拍摄的那样跳出许多银色小鱼。

天空仍然是蓝中带紫，有些地方紫得有些怪异，但如果把那些当作朝霞的话，也勉强可以接受。

"这里是东沙。"舱室里突然响起一个略有些含糊的电音，影子突兀地出现了，"很漂亮。"

"这里有鱼吗？"聂雍站在窗前看海面，"你们平时为什么不吃鱼？"

影子轻轻飘动了一下，似乎有些诧异："鱼？"他飘到了窗口，说道，"大海里的确有很多鱼，这里有一个蓝色区域。"他示意聂雍点开窗口右上角的一个蓝色区域。那窗口瞬间变蓝，视角转换为船底，因为"玻璃花房号"悬浮在海水上空，所以看到的是船下的激浪。

一条肉色的……像一个人头被捶扁了的……愁眉苦脸的大头鱼正在"玻

璃花房号"船下的激浪中载沉载浮。它的背上生着一对幼小的翅膀，翅膀上还有稀疏的几根湿漉漉的羽毛，整体实在看不出是个什么玩意儿。这玩意儿有一米多长，扁头有五六十厘米宽，那张嘴要是张开，足可以吞下一个人。

它的尾巴末梢有些发白，聂雍摸不准是不是受到了星障人的感染，看这稀奇古怪随便拼贴的形状，可能性挺高的。

"这是什么东西？"聂雍惊叹，他从来没见过这种怪鱼，它们莫非又是后天变异的？

"这是滴水鱼，以前生活在大概一千米左右的深海。"影子说，"据说最早它并没有这么大，但自从这种鱼越来越多地出现在海面上，人们发现它越长越大，但还没有最终确认它吃什么。深海一定在起着某种程度的变化，导致深海鱼越来越多地出现在浅海区。"

"这完全不是'出现在浅海区'的气质。"聂雍看着那条恶心的大鱼，"你看它都长翅膀了，都要飞出海洋直奔宇宙了。它为什么要在我们船下面冲浪？"

"滴水鱼只是长得奇怪，没有危害，它的身体是凝胶状的，比海水轻。"影子说，"它不是自己想跟着我们的船，是我们的激浪把它卷在下面。它的行动力很差，游不出去了。"

"还有什么更恶心的鱼吗？你们这儿就没有点什么普通小鱼？三文鱼啊，鳗鱼啊，金枪鱼啊，青鱼啊，秋刀鱼啊，石斑鱼啊，鱿鱼啊，或者螃蟹啊，龙虾啊，帝王蟹啊，生蚝啊，斑节虾啊，虾姑啊，虾姑排啊，梭子蟹啊，再或是花蛤啊，文蛤啊，青口啊，扇贝啊……"作为在海边长大的男人，聂雍虽然不会钓鱼，但很擅长吃鱼，对海鲜尤其熟悉。

影子不说话了。

一股不妙的感觉弥漫在整个舱室。

影子不说话就代表他不想回答，当聂雍瞅着船下那条丑鱼，做了好长时间心理准备想把它捞上来煮煮看的时候，他突然开口了："现在室外的温度是摄氏四十二度，太平洋海面海水平均温度在二十五度到二十七度左右，像这样晴朗的天气，阳光直射，水面温度可能更高。"

"然后呢？"聂雍莫名其妙，海鲜和温度有什么关系？

"平均温度到达二十五度到二十七度，加上有百分之三十的海水靠近极地圈，处于零度到十度范围内，说明我们所处的这片区域局部水温可能达到三十五度到四十度。"影子说，"你说的那些生物，在这样的温度下不能生存。"

四十……四十度的海水？聂雍骇然看着船下，蔚蓝的大海，浪花如雪，却是热泉般的温度——难怪这里没有任何小鱼。

这简直就是一锅热汤啊！

"绝大多数的鱼类、贝类和海生甲壳类早在海水水温升高的初期就灭绝了。"影子说，"留下来的都是能耐高温的品种以及深海种。"在水深两千米以下的区域，温度基本不变，所以绝大多数稀奇古怪的品种存活至今，并且有适应高温逐渐往海面发展的趋势。

"所以我们再也不会有海鲜吃。"聂雍喃喃地说，"人生真是太艰难，连只生蚝都没了。"他突然对这个末世绝望了。

"听说南极战区有虾。"影子说。

聂雍呆滞了一会儿，才理解影子大概是在安慰他。

这年头连听说某某地方有虾都能成为心灵莫大抚慰了。

◯ 六十二 塔黄岛

"玻璃花房号"从东沙出发，按照一百年前的旧海图，东沙和北马里亚纳群岛之间几乎没有什么大型岛屿，是一片茫茫大洋。但现在，这片大洋的正中间伫立着一座高耸入云的大岛。这座面积比宝岛还略大的新生岛屿是在战乱中出现的，其内部是不断喷涌的火山，而奇怪的是熔岩和火山灰基于不知名的原因没有扩散出去，而是将火山口越堆越高，就像一座堆高的蚁穴一样。

至今这座闷火山还在持续喷发，持续增高，根据测量卫星的计算，三天前它的高度已经到达了五千三百六十六米，在大洋上远远望去，它就像一顶鹅黄色的高耸入云的巨大尖帽。

没错，这座古怪的超级火山带出来的熔岩是黄色的，鲜艳明亮的鹅黄色。

因为它的颜色和外形，这座新岛屿被 Z 国命名为"塔黄岛"，因为它和 Z 国喜马拉雅山上曾经生长过的一种名叫"塔黄"的植物非常相似。而 M 国则叫它"黄色尖帽岛"。

"玻璃花房号"距离塔黄岛还有几十海里远，他们就看见了那座奇怪的岛。

聂雍从来没有见过这么古怪的自然风光。

即使不通过墙上那面巨大的屏幕（后来聂雍终于明白那不是窗户也不是镜子，那是作战指示屏幕）的介绍，从甲板上远望也能辨认出，那座大岛的边缘是绿色的，依稀存在植物，而岛中心是鲜黄的，而鲜黄的"烟囱"还是"尖帽"（聂雍也不知道"塔黄"是个什么东西）那样的山范围非常辽阔，占据了整个岛屿的百分之九十。

他们看不见山顶是否在冒烟，因为山顶远在云层之上，视线之外。

像这么一座巨大的岛，它居然是无国籍的。

因为几乎没有人能登上这座神秘的大岛。

"塔黄岛已经有八十三年的历史了，听说是在战争刚刚爆发的时候出现的，一开始只是一个喷涌的热泉，后来它以匪夷所思的速度隆起，打破了所有常识。"影子说，"物理学家、地质学家和生物学家都认为它早就该崩塌了，因为它的结构不科学。但它一直在这里，从它露出水面到现在，一共有三十八个国家向它派出侦察兵，但几乎没有人活着回来。M国曾经向它派出航母，据说成功登岛并取得了一些资料，但没有任何消息流传出来。"

"Z国呢？战斗民族E国呢？"聂雍瞪眼，M国人民都登岛了，Z国和E国怎么没有登？

"Z国在五十年前……可能是五十五年前进行过一次登岛任务，"影子耐心地回答，"听说没有人回来。"

聂雍吓了一跳，不敢置信地看着影子："不可能吧？"

影子沉吟了一下，当他想说的时候总是能说得很全面，他说道："其实……当年我们的侦察兵曾经反馈过消息，在塔黄岛周围海域发现了沉没的航母，可能……连M国人也没有成功离开。只是没有得到确认，我们的人一个都没有回来，谁也不知道发生了什么事。但是……"他犹豫了一下，却又不说了。

"但是什么？"聂雍看着作战指示屏幕上不断重播的关于塔黄岛的介绍以及各种警示，所有人类语言都难以表述他的惊骇，居然在科技如此先进的时代还有攻克不了的副本？这里面的敌人到底有多强大？

"但是……"影子还是没有回答，转而回答别的问题，"E国没有向塔黄派出过侦察兵，Y国派过，有一个Y国人成功离开塔黄岛，他是欧洲战区联盟国家战队的明星队员。"

"不会叫作夏洛特·福尔摩斯吧？"聂雍翻了个白眼。影子愣了一下，显然不知道这句话的笑点，反驳道："不，他叫作鲸。"

"鲸"是那名明星队员的外号，人家现在还活得好好的，依然在欧洲战区蹦跶，只是关于塔黄岛的细节，他被命令封口，那是Y国军部独有的情报。

"这个'鲸'是一个变异人吗？"聂雍挑眉问。他笔直地站在屏幕前，看着那匪夷所思的高峰，高峰上有一块一块巨大的石片，按照比例，这些看起来很薄的石片宽达数百米，厚度在十到二十厘米之间。

"显而易见。"影子回答，"鲸是一个著名的变异人，他能够在水下呼吸，不过不是无限制的，他能通过皮肤交换氧气，以及使用储存在肺部的空气在水下活动三到四个小时。时间过长他也会被淹死，皮肤获得的氧气不足以供应人类正常的生理活动。"他对"鲸"似乎非常熟悉，继续说道，"他是个刺客，擅长水下突袭，速度很快，还熟悉Y国宫廷古老的一些毒药和秘术。"

"咳，现在Y国的国王还是女王吗？他的毒药和秘术是和女王学的吗？"聂雍无耻地问。

"不，现在Y国国王是男性。"影子说，"毒药和秘术据说是鲸从《伏尼契手稿》里读懂了一些内容……"他似乎觉得和聂雍谈论这些有些可笑，又闭嘴了。

"《扶你妻手稿》是什么？"聂雍果不其然顺口又问了。

"一本至今没有人读懂的书。"影子为了配合聂雍的头脑，果然解释得非常接地气。

"既然没有人读懂，你怎么知道那个鲸从《扶你妻手稿》里面看懂的就是对的？"聂雍翻了个白眼，"何况它都叫作'扶你妻'了，名字都这么猥琐……"

"那是一本在1586年被神圣罗马帝国皇帝收购的画册，不是Z文的……"影子改了话题，"明天早上我们的船会从最靠近'塔黄岛'的地方经过，你可以近距离看见那座岛。"

其实他们彼此心里都明白，面对着塔黄岛，插科打诨不过是在努力冲淡心里的紧张感。

那座岛越来越近，空气中弥漫着一股说不清道不明的气氛，仿佛有什么庞大而恐怖的东西，正在前方的苍穹中张牙舞爪。

聂雍的感觉更甚。

很久都没有活动迹象的神经兽蠢蠢欲动，他站在船舱里，却隐隐约约不知道从什么地方感受到了巨大的威胁。

空荡荡的大海里，除了灼热的阳光和无边的蓝色，一无所有。

越往深处，海水的颜色越蓝，而光线越暗淡，仿佛大海不再是一块蓝色透镜，而是一块蓝色幕墙。

更深处，是黑暗。

那些看不见的地方有什么？

聂雍"看见"黑暗的深处有一些阴森的棱角，大块大块的残骸，那些破碎的残片铺满海底，一闪一闪的白色星障人在碎片之间游动。

它们有很多。

那些碎片比星障人大得多，星障人自由地在碎片之间穿梭，姿态优雅，宛若美人鱼。

有些星障人似乎还带着衣服的残片。

聂雍心中咯噔一声，他好像看见了什么。

庞大的残片，众多的星障人。

碎片之间有什么标识一晃而过，聂雍悚然一惊——"卡特号"。

藤萍

著

未亡日

下

贵州出版集团
Guizhou Publishing Group

图书在版编目（CIP）数据

未亡日 / 藤萍著. -- 贵阳：贵州人民出版社，
2017.11
　　ISBN 978-7-221-14483-6

　　Ⅰ．①未… Ⅱ．①藤… Ⅲ．①长篇小说－中国－当代
Ⅳ．①I247.5

　　中国版本图书馆CIP数据核字(2017)第284572号

未亡日（上下）

藤　萍　著

出 版 人　苏　桦

总 策 划　陈继光

选题策划　飞魔幻工作室

责任编辑　陈继光　胡　洋

特约编辑　罗　婷　林　碧

封面设计　A BOOK壹书工作室

出版发行　贵州人民出版社

　　　　　（贵阳市观山湖区中天会展城SOHO办公区A座贵州出版集团　　邮编550081）

印　　刷　湖南新华精品印务有限公司

开　　本　32开（880mm×1230mm）

字　　数　570千

印　　张　20

版　　次　2017年12月第1版　2017年12月第1次印刷

书　　号　ISBN 978-7-221-14483-6

定　　价　65.00元（全二册）

目录
C O N T E N T S

第五篇 · "灰星"

目录
C O N T E N T S

第四篇 · 战队新人

◐ 六十三 薇薇·夏洛特的狩猎

"玻璃花房号"的前进方向并不是塔黄岛,但它要从塔黄岛的旁边穿过,走最短的路线前往鹅兰娜海。塔黄岛虽然赫赫有名、无比凶险,但只要不靠近它或者试图登陆,它对人并无威胁。

在它周围甚至从来没有发生过自然海难。

没有生机的大海上一片平静,除了"玻璃花房号"激起的白浪,周围什么都没有。太阳照在甲板上,沈苍站在船头晒太阳,薇薇·夏洛特坐在船舷那里,库塔妮妮和库塔贝贝正在操纵"玻璃花房号"撒网——这艘古董船仍然具有捕鱼功能,只是它诞生的时候,大海里已经没有什么生物了。

薇薇·夏洛特白瓷娃娃般的脚悬空在船舷上,望着天空若有所思,不知道在想什么。今天她穿了一身白裙子,是乌托蓝为她配的。脾气怪异的乌托蓝居然有耐心为徒弟买衣服,当时不知道让多少人大跌眼镜。

"薇薇,"库塔妮妮拉了三次网,网里什么都没有,无聊地坐回她身边说道,"地球真的是彻底完蛋了,听说二十年前海里还有小鱼呢。"

"网里还是有东西的,"库塔贝贝耸了耸肩,"都是水母。"

"水母又不能吃。"库塔妮妮说,"听说尼诺尔达公司搜集水母去做手提包，可以做成果冻色的，非常可爱。等这次任务完成以后回去，我也要去预订一个。"她虽然身材高大，却仍然喜欢可爱的小东西。尼诺尔达公司专门针对十四岁以下的儿童制作奢侈品，果冻提包是其中之一，使用一整只大型水母制作而成，经过特殊工艺处理的水母柔韧又充满胶质，比人工硅胶更有弹性，其细胞内部的发光细胞仍然存活，可以发光，很是有趣。

听说这家公司还可以制作水母床，前提是他们捕捉到房子那么大的水母，水母在制作过程中会脱水变小。如果有人能带回巨大的水母，尤其是有漂亮颜色、花纹或带毒性的水母，就能从尼诺尔达公司那里换取大额金钱。

"这几年连大型水母都变少了。"库塔贝贝感慨，"听说火星移民基地也修建得差不多了，等过几年……也许我们可以存钱买两张船票……"她的话突然顿住了。库塔妮妮也同时站起来，望向远方。

"哗"的一声响，几个欢快的影子从海中跃起，然后又快乐地落回海中。那些黑影速度极快，几个起落已经到了"玻璃花房号"旁边，随即"轰"的一声，从船底激浪中冲了出来，玩得非常愉快。

那是……一群海豚？

库塔贝贝和库塔妮妮几乎是吓呆了——她们面对过很多怪物，但从来没有见过海豚——海豚已是科普读物里已经灭绝的生物，但因为有趣的外形，至今还在很多商品上做广告，她们不会认错。

那感觉就和聂雍突然看见一头恐龙从水里跳起来求红萝卜差不多，而在舱室里，对海豚司空见惯（在《动物世界》里）的聂雍毫无所觉，指着屏幕上不断跳起的海豚非常奇怪地问："这不是还有海豚吗？怎么会没有鱼？"

他话音刚落，海水里"哗"的一声落下一个白色的身影，在水里几个矫健地转动，飞速向海豚游去。海豚不知道那是什么，迎了上去。

水浪翻腾，水中生物瞬间纠缠，清澈的海水里陡然弥散开一阵血污，海豚群冲破那团血污，朝来时的方向加速离去。而聂雍目瞪口呆地看着水里那个纤细的人影左手洞穿一只海豚的头颅，以人鱼般的泳姿拖着几倍于她体型的海豚，往"玻璃花房号"这里游来。

聂雍本来对甲板没兴趣，现在急匆匆地冲了上去——他只想确定自己有没有看错。一定是看错了吧？他想。

甲板上，吓呆的库塔妮妮和库塔贝贝茫然地站在一边。拖着猎物跳上甲板的当然是薇薇·夏洛特，她将一只粉红色的海豚拖上甲板，也不在乎全身湿透，那玲珑曼妙的身材完全落入周围男士的眼中，对着聂雍有些害羞地笑了一笑："给你。"

所有人的视线"唰"地一下齐齐落在聂雍脸上，包括沈苍在内。

聂雍瞠目结舌，连连摇手："不不不……我不吃海豚肉……谢谢你，还是不要了……"跟着聂雍一起飘上甲板的影子忍不住说："这是伊罗莎公主海豚，它们……它们是鹅兰娜海国的国兽，印在国旗上的标志生物，每一只都有记号。"他还补充了一句，"它们不是耐热的天然种，是鹅兰娜海国特地培育出来的适应种，每一只都出自实验室。"

所以他们不但打掉了别人的卫星，还宰了别人的"国兽"当食物。聂雍绝望地揉了揉鼻子，这次任务会顺利才怪，换了是他当国王都要拍桌子吼一句"欺人太甚"！

薇薇·夏洛特伸出她血淋淋的左手，她的左手是机械臂，斑马纹的奇怪尖爪上抓着一坨海豚的大脑。

"它们没有记号。"她非常肯定，把捕获的海豚往聂雍的方向推去，"粉红色的是幼崽，它们是野生海豚，伊罗莎公主海豚成年以后全身会变成白色，鹅兰娜海国都是等海豚成年以后成对放生的，没有幼崽。"

"你特地抓了幼崽回来干什么？"聂雍忍不住咆哮，"这些……好歹也是保护动物，作为老太……作为女孩子，得有点同情心啊！人家好不容易生只幼崽，你一爪子就拍死了算什么啊？这四十度的大海里好不容易有点东西，你都给赶尽杀绝啊？"真难以适应美少女不是抱着小动物说"好可爱",而是跳下海将一只幼崽拖回来准备开吃的画风。

"可是幼崽……"薇薇·夏洛特有些惊慌失措,"比较好吃……"

连库塔妮妮和库塔贝贝都一脸不忍直视。远处慢悠悠的,一直在放渔网的绿基胖子终于溜达过来打圆场:"算了算了,既然都杀了,我们想个办法把它吃了吧,不然也浪费。既然这只不是鹅兰娜海国放出来的,是自然种,吃了也就吃了。"他两只小眼睛在放光,"而既然伊罗莎公主海豚能在这里繁殖,说明这片海的某些地方能获取食物!说不定……我们的航行能得到某些收获。"

聊着聊着,他们的话题自然而然地从"你怎么能杀死人家的国兽,这样会引起国与国之间的麻烦"转移到"这外国人的国兽原来是无主的啊,干得漂亮",又转移到"这种从来没吃过的肉到底要怎么下口",产生质的飞跃。

"你们在干什么?"清脆的孩子的声音传来。周梓磐和黄桑一直在船舱里研究舱内的各种先进仪器,并不知道外面发生了什么,听到甲板上很热闹,他们也跟着出来了。

"没什么。"聂雍对这些人吃肉的设想简直要绝望了,想吃海豚肉馅饼也就算了,"天然食物不是可以生吃的吗?""想吃海豚肉面条"和"海豚肉碎夹J国葱、玛丽黄瓜和Z国芹菜包东北大饼蘸凯撒混芝麻酱"是什么东西?尤其最后一个配料诡异得不知道是什么,并且居然是沈苍点的!

沈苍居然为了说明他要吃什么特地找了一本古籍!他指着古籍内有关于"海豚肉"的菜品说了两个字"03"(指该页第三个菜谱),内容还这么清晰、容易辨认——连蔬菜的品种都说明了!你活得久见识广武力值高就能无理取闹?老子连J国葱是什么都不知道!J国的葱特别了不起吗?聂雍恶狠狠地瞪向沈苍。沈苍面无表情地站在那里,对他的怒目以对视而不见。

好吧,作为"玻璃花房号"的厨师——聂雍终于知道了他是以什么身份混上这条船的，他的确有理由对大家的无理取闹怒目以对。

但那只死海豚幼崽还是需要他去处理的，大家都兴致勃勃地等着吃"天然食物"。

这些人除了沈苍，几乎没有人吃过所谓的"天然食物"，自然更不会煮肉。

他们只会杀人。

然而，聂雍从来没有料理过一只海豚。虽然它是一只幼崽，但也有两百来斤重，聂雍光是把它搬上料理台都费了半天劲。当外面一群人都兴高采烈地讨论要怎么吃的时候，他终于认真地看了一下这只伊罗莎公主海豚幼崽。

它的确是一只粉红色的、流线型的生物，非常漂亮。

它的头顶的确也有一个孔洞——聂雍印象中这是海豚的鼻孔，用来换气的。

但托薇薇·夏洛特那凶残一击的福，聂雍从海豚头部的伤口清楚地看到它头顶的孔和内部器官并不相连——它似乎并没有一个鼻腔那样的管道将鼻孔和肺相连。

它的换气孔似乎只是一个装饰。

聂雍手握解剖刀，心里微微一凛：这样的生物，能算是海豚吗？

他小心地沿着伤口往里切割，这只不知道能不能算海豚的漂亮生物里面有骨骼，可见它并没有被星障人寄生。而解剖刀慢慢往头部深处插去，"叮"的一声微响，碰到了它头部深处的一块硬物。

那是一块白色的、略带污渍的硬物，在它后面，类似的尖锐的硬物还有七八个。

这是什么东西？

◯ 六十四 来自鹅兰娜海的线索

　　最后展现在聂雍解剖刀下的，并不是一只带有哺乳动物骨架的、流线型的海豚幼崽。

　　这东西像是一张摊开的皮，当它蜷曲起来的时候是一只惟妙惟肖的海豚，而摊开以后却是一个呈五芒星形状的粉色肉片，里面充满了一圈又一圈的白色尖锐硬物，密密麻麻的。

　　而白色硬物的中间有一个像鹦鹉那样的喙。

　　这东西绝对不是海豚。

　　聂雍把大家都召集到"海豚"旁边，脱下带血的手套，说道："所以……这到底是什么东西？"

　　刚才在自己舱室里睡觉而错过看好戏的威尔逊是一个自然科学爱好者，他摸着下巴说道："这是……一只海星？"

　　呃……有点像。

　　"生物检测仪显示它的基因和海星不吻合。"绿基已经拿出了仪器，当这个怪物在聂雍刀下显露真身的时候，他的兴致来了，好像找到了比谈论吃更有趣的东西。

　　"它的类别？"周梓磐也是一个考据癖，喜欢看各类杂书和杂谈，他说道，"看外形它挺像一只大号海星，它还有喙和牙齿。"

"但它的生物类别提示具有海豚的基因，"绿基说，"并且就是伊罗莎公主海豚的基因。"他的脸色变得严肃，"这很可能是一只违法的人造基因兽。"

曾经的违法人造基因兽薇薇·夏洛特一脸懵懂："什么？"

"这应该是一只海星，"影子突然开口了，"一只具有拟态能力，具备海豚大脑的海星。海星是肉食动物，它利用自己能拟形为海豚而发动袭击。这种动物不是自然形成的，一定是出自基因实验室。最近几十年海洋一直在起变化，生物种类急速减少，生物类型几乎灭绝，而浮游生物和藻类等失去了天敌，却没有爆发性增长的迹象，甚至是开始急剧减少……"他的声音虽然只是电音，聂雍却突然从中听出了慎重和些许的紧张。

"你在怀疑什么？"威尔逊说。他刚刚睡醒，声音慵懒，打招呼的姿态也像面对一个熟人。

"也许灭绝浅海层生物的，不只是高温和剧烈变化的气候。"影子回答，"有什么东西吞噬着大海中的生物群落，同时吞噬了浮游生物和藻类，造成了'空无一物的餐盘'。"

他说的"空无一物的餐盘"，指的是环保局最近为保护生态而做的广告，警告大家不要轻易前往仍然残留原生生物的地带，如珠穆朗玛峰或青藏高原，以免将最后的希望毁坏殆尽。人类面前只剩被屠戮殆尽的地球，称为"空无一物的餐盘"。

"那也许不是'某种生物'，是'某些见不得光的生物'吧？"威尔逊哈哈一笑，伸出手去想要拍影子的肩，一拍拍了个空，"你怀疑鹅兰娜海国在远洋深处做了什么手脚，导致了大海的变化？而这只稀奇古怪的海星，就是他们的罪证？"

"伊罗莎公主海豚是鹅兰娜海国的造物，"影子回答，"他们有技术基础，并且伊罗莎公主海豚是他们独有的物种，这只海星既然有伊罗莎公主海豚的基因，说明它同样来自鹅兰娜海国的实验室。"微微一顿，他说，"很可能类似的实验室人造物种，被他们投放到了大海中。"

有某些或某种不明生物被投放到大海中，加剧了浅海层种群灭绝，这是可以接受的说法。辽阔的大海里丰富的生物种群之所以会灭绝，主要的原因是水温的急剧变化以及洋流路线的改变导致了水文环境不适宜动物生存。但出现了不在生物链中的掠食动物，加速了这一过程也是非常有可能的。

"还记得造就了战龙公园的鹅兰娜战龙吗？"影子说，"来历不明的深海巨兽，无与伦比的战斗力和杀伤力。自从它出现以来，各国穷尽人力、物力想探寻它的基因和来历，想复制它的躯壳，研究它的力量，甚至模拟它的形态。战龙公园的那些人就生活在它的坟场上，脚踩着它的传说，如果想用它的基因做点什么，实在是顺理成章。"

就这么短短一瞬间，影子居然就想了这么多。

"你们是说……鹅兰娜海国得到的靠山，或者他们对着东亚战区耀武扬威的底气，很可能来自他们已经成功了的基因兽实验？"聂雍嗤之以鼻，"怎么可能？就算他们养出了一只鹅兰娜战龙，那还不是要被陇玉知打死？就算陇玉知已经死了，我堂堂Z国还有小师弟陇三翡呢！这种东西不可能是一个国家对抗另外几个国家集团的底气。"

"一只当然只是玩物。"威尔逊的脸色渐渐变得凝重，"但如果不只是鹅兰娜战龙——不是我们熟悉的鹅兰娜战龙，而是更进一步的……鹅兰娜战龙的分体式伪生命体？如果不是一只，而是一支军队呢？"他蓦然看向沈苍，"杀死基地长的那枚纳米模块原子弹，那些来历不明的不适应深海作战的仿鹅兰娜战龙的伪生命体，它们会不会就是……"

那只曾经出现在深海，阻挠过威尔逊、沈苍和叶甫根尼前往塔尔塔洛斯的巨蛋的伪生命体，以最尖端科技材料制成的，神秘出现又神秘消失的古怪巨龙，是不是就来自鹅兰娜海国？

沈苍如凝冰的双目闪烁着晶光，他看向影子，问："你？"

他在问影子的想法。

"极有可能。"影子回答，"我曾经入侵它非生命体部分的程序，发现不是东亚这边的技术，连材料科学都远超东亚的水平。鹅兰娜海国必定和能制造纳米原子模块的国家有秘密合作，这个能制造尖端材料的国家才是他们背后的靠山。"

那长袖宽袍的人物形象突然消失了，取而代之的是一张世界地图，地图上寥寥几个红点，"能自由操控纳米模块原子的国家已知的只有这些，它们或者和鹅兰娜海国合作了浅海作战的一种新型生物武器。"

影子说得非常慎重，他无法把揣测中的敌人判定为"生命体"或"伪生命体"，如果仅仅是智脑控制的机器人，也许事态还不太严重。

万一那是一种能操纵纳米模块原子的智慧生命体，且拥有鹅兰娜战龙的基因，无法想象那东西将强大到什么程度。

大家正在讨论未来他们即将遭遇的强敌，一边听一边用自己的虚拟网搜资料的周梓磬突然尖叫一声："岛！岛！岛！要撞岛了——"

"轰"的一声巨响，一直在宽阔洋面上飞驰的"玻璃花房号"撞上了一片不知道什么时候出现在航道上的巨大陆地。气垫船冲上岛屿，在岛边的细沙上冲击出长达两百多米的缓冲痕，甲板上的人没固定好自己，无一例外地从舰船上摔了出去。

周梓磬摔得鼻青脸肿，从地上爬起来的时候一抬头，猛然看见眼前是一座鹅黄色的、高耸入云的超级高山，呆滞了几秒之后尖叫一声："妈呀！"

沈苍是轻轻落在"玻璃花房号"旁边的。聂雍摔出去最远，挂在远处的树枝上。

大家一起仰头看着眼前的高山。

沈苍张了张嘴，说了一个字："哦。"

聂雍回过头来，诧异地看着影子："这不就是塔黄岛吗？"

影子沉默不语。

大家都沉默不语。

几近无人生还的塔黄岛、谈论起传说无不侧目的塔黄岛、明明不在这条航线上的塔黄岛，它就这么突然出现了。

◯ 六十五 推塔还是不推塔

这是一片被白浪蓝海围绕的海滩，远处还有一些鲜绿色灌木丛。如果忽略灌木丛后面鲜黄色的奇葩背景，本来是一幅无比正常——至少在聂雍记忆里无比正常的画面。

但上到沈苍下到绿基，每个人都全身肌肉紧绷，露出极端紧张的表情。

聂雍平生第一次试图与神经兽沟通，他本能地想去敲一敲藏在脊柱里的触手怪——那里到底有什么？

神经兽毫无反应。

显然，他和他的主子并没有什么心电感应。

但飘浮在他旁边的影子和他有。

"这是一片天然海滩。"影子非常谨慎，随即聂雍口袋里的小红球漫射出一片红光，笼罩在周围的沙地和灌木枝上，过了一会儿，他说，"我不知道这些是什么。"

沈苍的视线扫了过来，威尔逊和薇薇·夏洛特也缓慢地向影子为中心的地方靠近。显然，影子那句"我不知道这些是什么"给了他们极大的震撼。

同时，它也给了聂雍极大的震撼，影子在大家心目中一直是无所不知无所不能的——除了打架。

"海龟行动"的队员迅速收拢，排列成了前搜索后警戒的队形，把聂雍围在中间。聂雍手足无措兼火气暴涨，他从来没担任过这种类似于"唐僧"的角色，但他也从来没出过什么联盟国家战队的任务，只好勉强忍住，观察别人都在做什么。

库塔妮妮和库塔贝贝也在保护圈里，她们拿出容器各自在地上取样，包括细沙、碎石、泥土和植物的样本。绿基手里紧紧抓着生命救护仪，显然是准备一有危险他就开始急救。而周梓磐和黄桑显然也不知道自己该干什么，挤在保护圈内好奇地东张西望。

威尔逊拿着生物扫描仪慢慢地往前搜索。

生物扫描仪显示出一系列的"未知"，影子尚且搜索不出来这些看起来很正常的白沙是什么，威尔逊自然更检测不出来。但他拿着扫描仪并不是为了确定它们的成分，仅仅是为了扫描是否有生物靠近。

"……范围……八百……一千……一千五百米……极限范围。"生物扫描仪发出电音提示，"极限范围。"

在一千五百米的极限范围内，并没有活动的生物。

塔黄岛似乎没有传说中那么凶险可怕。

但生物检测仪还有另外一项提示一直在闪烁："……超出范围……超出范围……"

不知道是它检测到一项什么东西超出范围，而那样检测的内容又是个乱码，威尔逊拿着检测仪，挥了挥手："我先去前面看看，周围应该暂时没有危险。"

他的背影没入了青绿色的灌木丛。

据说联盟国家战队的队员习惯于单兵作战，这个聂雍在塔尔塔洛斯的巨蛋里已经体验过了，知道他们果然真不是合作的料，但是看威尔逊就这么进入灌木丛，不祥的感觉还是萦绕不去。

沈苍站在原地不动。薇薇·夏洛特有些蠢蠢欲动，怯怯地看了沈苍一眼，她动了动鼻子，慢慢地朝灌木丛走去。聂雍一看她走了，知道这个凶兽肯定是闻到了什么味道，又觅食去了。周梓磐拉了拉他的衣服，悄悄地说："我们要干吗？"

聂雍耸了耸肩："不知道。"他按住小屁孩的头，"你不要乱跑，这鬼地方既然死了那么多人，肯定哪里有问题。"黄桑却说："传说是没有人能登上这座岛，很多船在靠近的时候就沉没了，我们却直冲了上来。"周梓磐眨着眼睛说："这座岛根本不在我们的航线上，我们的航线距离它还有十二海里呢！要么是有人偷偷修改了航线，要么就是这座岛会移动。"他压低声音，"要是这座岛会移动，那么没有人能登上它也不那么奇怪了，他们有可能偏离方向，撞上了原本不在那里的暗礁什么的。"

"这几千米高的一座山会移动？"聂雍翻了个白眼，"何况技术这么先进，你们居然探测不到海里暗礁？这不是撞死的，是丢脸丢死的吧？"

"呵！没文化！"周梓磐对他简直不屑一顾，"你知道海浪对探测仪的干扰有多大吗？有些暗礁上还生长着奇怪的藻类，它们会吸收探测波，尤其是有一些悬浮暗礁，连根基都没有，漂在海面上藏在波浪里，撞上了有什么稀奇的？"

"还有石头能漂在海面上？"聂雍真的感觉稀奇极了，问道，"撞上这样的泡沫船也能沉？"

"舰船的速度太快，"影子接话了，"就像从前的飞机一样，撞上飞鸟都能导致严重事故，船也是一样的。漂在海面上的礁石对高速战舰伤害很大，会有专门的队伍在船只到来之前清理那些浮石和暗礁。"

哦……有本事你们的船不要开那么快啊！聂雍幸灾乐祸地看了周梓磐一眼。小屁孩自然也是看他不起，两人哼了一声，各自转头，相看两厌。

"会移动的塔黄岛……"影子喃喃自语，显然周梓磐的想法给了他启发，"移动？不合逻辑的增高……内部火山……"他的影像突然消失了，聂雍感觉到小红球陡然发热。影子显然去搜索某些特别的资料去了。

库塔妮妮和库塔贝贝已经收集了保护圈里的样本，聂雍趁机说："我陪她们到前面那棵树那里走走，周梓磬你和黄桑在这里待命！"他拉着库塔妮妮大步往最近的一棵绿色灌木走去。库塔妮妮吓了一跳，一脸为难地跟着他走过去了。

作为非战斗人员，离开保护圈是违反任务守则的。

但库塔妮妮拿不准聂雍算不算"战队队员"，如果他是，她也不算离开"保护圈"。

联盟国家战队队员身周二十米范围都算保护圈，如果是乌托蓝，保护圈的范围可以拉长到一百米。他的移动速度很快，足够处理百米范围内的任何突发事件。

沈苍也没有阻拦聂雍，他似乎正在倾听什么声音。

周梓磬非常恼火聂雍先一步跑了出去，眼看沈苍也不反对，他一个人往另一棵灌木跑去。

黄桑犹豫了一会儿，跟着周梓磬跑了。

薇薇·夏洛特进了灌木丛。

她闻到了一股食物的味道，在散发着芳香的植物丛中，可能有什么好吃的存在。

形成灌木丛的矮树青绿可爱，她很久没看见这么天然的植物了，虽然惦记着食物，但她还是认真看了一下这些绿树。

这是一些很可爱的、树冠规整的绿叶植物，没有虫害，甚至像刚刚经历过一场雨，树叶上都是湿润的。她在灌木间张望了一阵，没有感觉到危险，匆匆往散发着香气的地方去了。

聂雍也走进了那些植物中。

看起来好像没有什么不对，他闻了闻树叶的味道，的确是植物的香气。

他蹲下身摸了摸地上的细沙，的确是沙砾的感觉。

为什么影子会说不知道这些是什么呢？他不相信高科技会分辨不出沙砾和普通的树。

"这些和我刚才取的好像是一样的东西。"库塔妮妮为难地说,"几乎是一模一样。我想我该回去了。"她走到灌木下,发现地上并没有什么不同,而植物的叶片她已经取了一片了。

聂雍猛然回头,一模一样?他抬起手,看着掌心的沙砾——它们一模一样?

它们真的一模一样。

白沙的大小均匀,形状整齐,每一颗都是差不多的大小——这玩意儿不是沙!

沙滩上的细沙是千百年由海水和沙砾彼此冲击摩擦而来,它们或者看起来都很细,但绝对大小不一,有的细如尘埃,有的还如红豆大小,大致上粗点的沙砾会沉在下面,细沙悬浮在海浪中,沉积在沙滩的最上面。

所以一把抓起沙子,绝对不可能是大小均匀的一把。这些白沙里没有细如灰尘的悬浮物,每一粒都大约直径一毫米,不大,但也不小。

如果这不是白沙,这些树又是什么?聂雍谨慎至极地细看绿树,这些绿树生长旺盛,非常干净,没有任何虫害,还有一些水渍。

水渍?

他们正在这片海域航行,卫星云图显示前后一个星期这里都不会下雨。

"后退。"聂雍不敢招惹这些东西,说道,"有危险。"库塔妮妮熟练地向沈苍跑去。正在她转身迈步的一瞬间,一个绿影飘过。所有人都目瞪口呆地看见白沙下蹿起一个半透明的绿色的圆兜,直接将库塔妮妮兜在了里面。

"嚓"的一声轻响,那圆兜骤然由根断开。聂雍早有警戒,拔出激光匕出手如电,一刀切断由绿树根部弹出的圆兜。库塔妮妮和圆兜一起翻滚出去,沈苍将她接住,探手入内,把她从圆兜的开口拖了出来。

库塔妮妮惊魂未定,她全身都粘上了一层透明的黏液。库塔贝贝急忙带她回船上清洗。

而聂雍和沈苍站在切断的圆兜前，一起细看这奇怪的东西。

那是一层纤细的植物薄膜，里面装满了透明黏液，有一个很小的开口。圆兜鼓起的部分有茎部深入白沙，从断口来看它是植物。捕获库塔妮妮的巨大圆兜呈现水滴状，里面还有部分空气。

沈苍回头看了绿树一眼，聂雍有一种不妙的感觉。果然，当沈苍走过去大力摇晃那棵绿树，绿树周围乍然蹿起一大堆透明圆兜，对着沈苍罩去。

这圆兜的速度其实极快，聂雍看不清它的方向，只是凭多年训练的直觉切断它的茎部。而沈苍却横拖直拽，硬生生拔了七八个圆兜回来。

这种小儿科攻击是抓不到沈队长的，对他来说战斗力根本是渣。

绿基用生物检测仪对准这些圆兜，检测仪依然不能辨别它是什么。

但它显然是一种能捕猎人类的大型植物。

绿树周围潜伏的圆兜有七个，最大的有两米多长，最小的也有半米。虽然它外形晶莹好看，似乎杀伤力不强，但圆兜内部还没消化完毕的东西让人毛骨悚然。

有些圆兜内存的黏液里有一些软胶衣服。

作战软胶极其抗腐蚀，它们依然完好存在。

而穿衣服的人呢？

还没有走到绿树前的周梓磬脸色惨白，黄桑把他扛了回来。他看了一眼圆兜里的软胶衣，喊了一声："天呀！二十一年前的D国特侦队队服！现在已经涨到三十万一套了……"

聂雍看了一眼沈苍，沈苍的脸色显示出前所未有的凝重。

D国特侦队队员居然会死在这种战斗力为零的小植物身上真是不能更逊了！这东西刀切得断，沈苍手撕都能撕开，他们怎么会死在这种东西里面？除非这人跑到这棵植物附近的时候他本来就快死了。

正在瞎想的时候，脚下的土地微微一震，聂雍后背一阵剧痛，那销声匿迹的神经兽骤然蹿了出来，将他卷成了一个陀螺。沈苍突然抓住绿基和周梓馨，飞快地往"玻璃花房号"跑去。

黄桑不知所措。沈苍的声音传来："来！"

我当然知道要跟着你，可是追不上啊！黄桑迈着两条肌肉大腿，脚步沉重地狂奔。沈苍刚带着人冲进船舱的时候，塔黄岛又是一震。

空气中似乎传来了什么声音，似乎有，又似乎没有。每个人竟都能感受到那是一首气势恢宏的赞歌，是成千上万不知名的生物齐声吟唱的、令生灵心神颤抖的圣礼。

整座岛在颤抖，由细微的抖动，到剧烈的震动。

奇怪的是虽然震动得这么厉害，这里并没有发生山崩或地震。

一缕缕奇异的清香飘散而来，微甜馥郁，似乎是有成千上万朵鲜花正在绽放。

聂雍被神经发作的神经兽卷在地上，死命往沙里摁，好像恨不得把他整个人藏进沙里。聂雍一寸一寸地沉入白沙中，只能瞪大眼睛看着天空。

他看见了什么？

空气中有鲜亮的颜色在环绕。

有一些粉色的、绿色的烟雾在交织环绕，颜色非常柔和。

高耸入云的黄色山峰在震动，连他距离山那么远都能看出它在震动，可见山峰上震动得是有多厉害。可是依然没有山崩，也没有声音，他感受到的那种"圣赞礼歌"的荒谬感越来越强烈，这时耳边真的响起了鸟雀的鸣叫声。

远处的云间飞来了濒临灭绝的海鸟。

然后整座山开始变色……

聂雍整个人都呆傻了！

那座五千多米高的鲜黄色高山开始变色……

无数不知名的海鸟集结成阵，宛如一堆乌云，冲进了正在变色的高山。

这是要妖变的前奏吧？！

黄桑仍然在狂奔，四十米的距离竟然有这么远。地面震动，成千上万的淡绿色圆兜破土而出，在空气中挥舞。那些鬼东西个个都比他高，有的里面还装着还没消化的尸体。黄桑艰难地在这些鬼东西中间前进，在快陷入绿色圆兜堆里的时候，沈苍把他拖进了船里。

"玻璃花房号"正在摇晃，船底下也有绿色圆兜在舞动。

所有人从战斗指示屏幕中可以清楚地看到——塔黄山正在变色。

它正在不断散发出淡粉色和淡绿色的烟雾，成千上万的白色细沙飘飘洒洒从空中飘落。极其罕见的天然海鸟高声鸣叫着在空中飞舞，冲进了烟雾和细沙里面，往山体飞去。

那座鲜黄的高山已渐渐变得不再鲜黄。

它正在膨胀。

◯ 六十六 惊诧

　　成千上万的海鸟冲进正在膨胀的高山，简直像全世界还活着的鸟都汇聚在了这里。聂雍还有一只眼睛在沙地外，神经兽仍然在努力地把他往地下摁，他睁着的那一只眼睛看见了不可思议的景象。

　　他看见那座高山——至少是能看得见的中段部分鼓了起来，那些鲜黄色的巨大"石板"正在慢慢张开……如果那不是一座几千米高的山峰，他简直觉得那是一个生物。

　　山峰上鲜黄色的东西扬起，慢慢张开，那些"石板"下并不是黄色，而是古怪的青灰色。

　　聂雍的那只眼睛终于也埋进了白沙，他不能呼吸，整个头没入沙堆里。

　　但神经兽感受到的画面仍然可以传入他的大脑。

　　那是超过他视线所能见的范围数十倍的画面。

　　那座山在摇曳，山峰上所有鲜黄色的东西——那些像石板或是像岩层或是像什么石堆沙砾的鲜黄色东西都在扬起、张开……暴露出山体中间是青灰色的，内部不知道有多大，而在那些张开的鲜黄色东西与青灰色的山体之间，夹着无数奇怪的青灰色圆球。

　　密密麻麻的圆球层层叠叠挤在山体中间，看起来很是恶心。那些圆球下有个洞，淡粉色和淡绿色烟雾就是从圆球的洞里喷洒出来的。而那些白沙来自更高的地方，从看不见的地方不停地洒落。

突然视线一闪，他看到了极近的画面——那些比房间还大的圆球散发着红烟，一只大鸟急冲过来，猛地钻进圆球的洞里，然后火速钻了出来。

另一只不同品种的鸟也跟着钻了进去，紧接着是许多只。

它们在圆球中争斗，钻出来的有些鸟的身上染血带伤。

无数的圆球简直成了千万的鸟巢，海鸟往来盘旋，它们在争夺圆球内的东西。

一艘小型飞艇从正在"展开"的山体后飞过。

聂雍心中猛然一震，那是谁？

那是谁？这座号称没有人能登上的岛居然有飞艇经过？有飞艇就有人，他们在这里做什么？而近距离的视线陡然消失了——神经兽迸发出去的微神经已经死亡，无法从寄生的海鸟身上获取信息。聂雍眼前突然漆黑一片，随即感受到窒息的痛苦——他已经在沙里被埋了一分多钟……神经兽仍然拖着他往下钻。

沙下面好像有什么东西……可是他快闷死了。

肺快爆炸的时候，他的四肢仍然不能动弹，神经兽抑制了神经的传导，他完全成为这只巨兽的附庸。

不出三十秒他要死了。

一只有力的手一把把他从沙堆里拖了出来。聂雍长吸了一口气，几乎呛进白沙，猛抬头的时候发现救命恩人是沈苍。

沈队长果然永远是靠谱的（大概是吧）。

神经兽的触手蠢蠢欲动，仍然想把聂雍往地下拖。沈苍扫了它一眼，那东西突然一溜烟缩回了聂雍的脊柱。聂雍看了看自己的后背，智慧生物什么的，果然天然秒懂什么叫识相。

"植物。"沈苍把聂雍拉了出来，非常严肃地说。

聂雍发现撞沙滩的"玻璃花房号"已经返回水面，沈苍是特地过来救人的。他有一点点长舒了口气的感觉，心想队长必须是这样的！突然听沈苍蹦出两个字，聂雍愣了一下。

影子缓缓显露出全息外形，接了话："真难以想象……这五千米高的'山峰'，内部温度高达数千摄氏度的'火山'，居然是一株植物。"

哈？聂雍蒙了——这是一株植物？

"这不是碳基生物，这和地球上所有已知的植物都不一样，但它是类似植物的生物。"影子说，"所以它能以人类不能估计的方式迅速升高，它根本不是山。"

聂雍指了指正在"张开"的高山，问道："外星生物？"

"有可能。"影子语气低沉，"希望不是人造生物。"

这么大一棵植物，聂雍无端地想到了《小王子》里那一颗星球上只长一朵花的插图，差点笑了出来。眼前到处乱飞的海鸟鸣叫不绝，突然有一只悲鸣一声，从半空坠了下来，掉落在蠕动的绿色圆兜群中。那挥舞的大型绿色圆兜立刻将它吞了。

鸟叫声不绝，掉落的鸟越来越多。聂雍捡了一只回来，说道："它们都吃了外星生物长出来的一种东西，可能是被那些红烟或绿烟吸引过来的，难道有毒？"他看着那些鸟钻进圆球里那种熟悉的姿态，好像并不觉得危险，却死了。

"这里的'植物'包括'白沙'都不完全是碳基生物，"影子也在观察远处高山的异变，他说道，"威尔逊和薇薇·夏洛特都进入了更深远的地方，连接一下他们。"

聂雍这才想起他们的战斗服上都有通信系统，急忙打开。沈苍显然一直在观察威尔逊和薇薇·夏洛特的情况，他没有动，说明那两人都很安全。

"……我现在在一个……看起来像人工山洞的地方，就在山脚下。"威尔逊的声音传来，有些模糊，"山一直在抖，好像还挺有弹性的，没什么东西掉下来。山洞里面好像有东西……"

"有罐头。"薇薇•夏洛特的声音也加了进来，"树林里有罐头，保质期是八年前的，有一些破掉了。"这就是她闻到的好吃的东西的味道，她继续说道，"还有很多衣服，一些枪，一台净水仪，这里可能曾经是一个营地。"

"是八年前欧洲战队留下的，他们曾经登岛。"影子说，"没有任何消息说这座岛是一棵植物，难道当年他们也没有发现是植物？"

"还有一些糖果，"薇薇•夏洛特显然有些疑惑，"有小孩子的衣服。"

奇怪！聂雍看了影子一眼，难道欧洲战队登岛作战还带娃一起？

"队长，"薇薇•夏洛特的少女音柔软甜美，充满疑惑的时候越发可爱，她说，"我觉得这个地方不太好，非常奇怪，你过来看一下……啊！"

通信工具里薇薇•夏洛特的信号突然消失，她最后留下的是一声尖叫。聂雍吓了一大跳，只觉得心脏"怦怦"两声猛跳，几乎停了——他无法想象那只凶兽会遭遇危险，脱口而出："薇薇？"

影子也很意外："薇薇？"

威尔逊也在问："薇薇？薇薇，你怎么了？"

通信工具里一片静默。

沈苍立刻转向西北方，命令道："找。"

聂雍脸色铁青，两三步后已经赶在沈苍前面，心想薇薇•夏洛特怎么了？

那是他苏醒以来，曾与他并肩战斗过的、同样深受苦难的朋友。

◯ 六十七 救援

天空中的白沙越下越多，对视线造成了障碍，烟雾越来越浓郁，红、绿两色的诡异烟雾将整座岛屿笼罩成古怪的彩色，坠亡的鸟越来越多，有时候一脚踩下去，居然能踩到两只鸟的尸体。

聂雍走在沈苍前面，无刃激光匕太轻，在他用来并不顺手，但暴怒的聂雍对着眼前的"灌木"和绿色圆兜一阵狂劈乱砍，也扫出一条路来。沈苍跟在后面，在聂雍顾此失彼的时候，恰到好处地补上一枪。

显然沈队长的理智依然在线。

影子一路指引方向，他们很快往岛屿深处突进了百米左右的距离。一路上"灌木"的模样都是相同的，没有高低大小之分，如果曾经有人登陆，只要进入百米就能发现蹊跷，他们究竟是遭遇了什么以至于死于非命？

薇薇·夏洛特最后发出信号的地点非常好找，那是一片被清理过的营地，原本生长的灌木被铲除，整理出一片白沙空地，几根光秃秃的帐篷支架依然竖立在那里，几个金属箱子打开着，里面装满了食物，一台净水仪横在地上，是 D 国品牌。

周围布满了脚印，大大小小的。而灌木丛里的确挂着几件儿童的衣服，都已经成了布条。

可是，他们没有看到薇薇·夏洛特。

影子投影出一张光图，周围有十几个不明物体在移动。那些物体甚至无法被判断为"生物"，物体有大有小，有些速度极快，在周围的灌木丛里转动。

"这些是什么东西？"聂雍一路砍杀到薇薇·夏洛特消失的地方，她的脚印终止在那些儿童衣服的碎片前面，沙地上并没有血。很可能就是周围这些奇怪的东西抓走了薇薇·夏洛特，可是他们都没有看见什么可疑东西的存在。

周围的烟雾浓郁，白沙洒落的声音掩盖了更细微的声音，但这个地方周围存在风的流动。

有什么速度很快的东西在流窜。

"嗖"的一声微响，沈苍紧急一侧身，一道气流擦着他的脖子掠了过去。聂雍也听见风声，但反应实在没有沈苍快，沈苍避过去的微风直奔聂雍而去，"啪"的一声正中他胸口。

聂雍被一股巨力整个人拍飞出去，就像飓风中的破布一样摔到了十几米外的空中。

空中有一样银灰色的巨大物体骤然显形，暴露出一个漆黑的入口，聂雍笔直地摔了进去。

银灰色的东西闪了一闪，正要隐形，跟着聂雍飞起的影子骤然发光，银灰色物体的光影不断变化，忽隐忽现，最终暴露了形状。

沈苍举起"未亡"，冷冷地对准了半空中暴露出来的东西。

那是一架人造飞行器。

这座岛屿是一棵植物。

这果然不是秘密，号称无人能登陆的岛屿，早已不是无人岛了。

刚才薇薇·夏洛特肯定和聂雍有相同的遭遇，被不知名的气浪突然拍进这架小型隐形飞行器里。

"未亡"对着飞行器发出三发子弹，沈苍开枪并不快，但那三枪封锁了飞行器逃逸的方位，最终"轰"的一声，第三发子弹正中飞行器左舷，那匆忙逃逸的银灰色飞行器冒起浓烟，直接栽倒在地上。幸好它悬浮的高度本来就不高，摔下来受损的程度也不大。

影子"咦"了一声："这是五十年前和'玻璃花房号'同时代的半隐形飞艇，很多年没有人用过这种飞行器了。"

这种飞行器仍然使用液体燃料，体积不小而内部空间不大，非常笨拙。

这东西不但已经过时，外观也很陈旧，能量也明显不足，做不出更大的回避动作，甚至连原本有的攻击武器都没有发挥作用就坠毁了。

身后又有微风袭来。沈苍左手向后微微一张一震，能操纵次声波的"室之潮汐"刚刚发挥出一点点，身后有个奇怪的声音似乎是发出一声尖叫，随即有几个人从远处的灌木丛中露了出来。

坠毁的飞行器内发出巨大的声响，没过一会儿，聂雍一脚踢开舱门，抓着一个几乎全身赤裸的"人"从舱室内走了出来。

"薇薇没在里面，里面有个怪东西，战斗力很弱，扑上来的时候被我一拳揍晕了。"

影子紧紧跟在他身边："我看见了，他扑上来的样子不像是在攻击你。"

聂雍举起那个"人"的右手，说道："我摔进舱室里，这个怪东西就把另一个怪东西往我嘴里塞，可能是毒药。"

沈苍"嗯"了一声，表示听见了。他的视线停留在远处，古怪的灌木丛里钻出来三个"人"——如果他们算是人的话。

那是几个比人稍微矮一点，骨瘦如柴，身上长满了奇怪的黄色斑纹的家伙。

更奇怪的是那几个家伙手里拿着的武器，那些外形像是枪和刀具的东西斑驳不堪，完全不像这个时代应该有的样子。

走在最前面的一个"人"两手空空，但从他身边盘旋的气流就可以感觉到，刚才拍飞聂雍的奇怪气浪是他发出来的。

这是一个变异人吗？

正当聂雍深感奇怪的时候，影子发出惊讶的声音："佳丽斯？"

佳丽斯？聂雍吓了一跳——在"玻璃花房号"一路播放有关塔黄岛的黑历史的时候，反复提及有关联盟国家战队登陆塔黄岛的事迹，D国战队队员佳丽斯是其中一个。她是个非常罕见的女队员，她具有投掷类武器专长，虽然其实并不会操纵空气，但她能将一种名为"制空刀"的投掷类武器使用得出神入化。

"制空刀"是一种带有微型智脑的小型武器，带有自动回旋、爆炸、路径选择、追踪等各种功能，而释放的时机与操纵的角度才是关键。佳丽斯是使用"制空刀"的绝顶高手，但在八年前登陆塔黄岛的事件中失踪了。

原来她没有失踪？

可是她怎么会变成了一个黄皮怪物？

出现在沈苍和聂雍面前的都是身上沾满了黄色斑纹和沙砾的宛如人形石怪的东西，走路有气无力，摇摇晃晃。

最前面那个被影子称为"佳丽斯"的怪物走到沈苍面前，发出两声怪叫，然后突然有几滴眼泪从她已经化为两个黑洞的"眼睛"里流了出来。

聂雍目瞪口呆地看着她的"眼泪"流出来，化作细小的石子，"吧嗒"一声掉落在地上。

这是啥？泣泪成珠吗？说好的美人鱼呢？这是活生生一头石怪啊！

◎ 六十八 石化

　　"佳丽斯"向着沈苍走来，她身后那几个摇摇晃晃已经不成人形的家伙也紧跟了过来。沈苍手中枪一抬，笔直地对准了佳丽斯的额头。佳丽斯眼眶里的"眼泪"越流越多，她无视了沈苍的枪，慢慢地靠了过来。

　　"D国战队的佳丽斯好像以前是一个美女？"聂雍压低声音问影子，"怎么会搞成这样？"

　　影子投射出的检测光在佳丽斯身上来来回回地扫描，说道："她的基因改变了，有一半倾向于无机物，有什么东西融入了细胞。"检测光扫描的时候分化出几个区域，同时扫描着佳丽斯身后的同伴，还有地上死亡的鸟类。

　　"嘀嘀嘀"的声音不断响起，不知道是影子那头什么仪器发出来的，也可能是某样检测完成的提示音。

　　随着检测进程加速，影子突然说："沈！"

　　在影子开口的瞬间沈苍扣动了"未亡"，这一次"未亡"中射出的不是普通子弹，而是一片密密麻麻的黑点。那些黑点在空中有细微的变形，似乎又牵连出更多的东西，聂雍在眼睛看不清楚的时候本能地调动了神经兽——于是他看清了那是一些微型机器人。

彼此牵连着透明丝线的机器人宛如渔网一般扑向佳丽斯。向沈苍走来的佳丽斯骤然转身就跑，身上飞出几道气流搅动着冲击"渔网"，气流中心是一枚形似回旋镖的制空刀。小机器人与制空刀相撞，叮叮当当地碎裂，蜘蛛似的喷射出更多丝线，缠住了制空刀。制空刀在空中颤抖，回旋的道路受到影响，"嘭"的一声钉入了旁边绿色的灌木中。

绿色灌木陡然颤抖起来，突然间缩入了地下，留下白沙上一个大坑。

聂雍目瞪口呆，看着这植物样的东西居然像动物一样行动。而周围的绿树仿佛同样遭受到创伤，纷纷蠕动起来，缩入地下。这里的绿色灌木并不放出绿色圆兜，地上有一根根木棍样的东西在搅动，应该是很久以前就被斩断了的绿色圆兜，而那些东西被斩断了以后并不能重新生长。

所以这些很像植物的东西并不是植物。

剩余的机器人所牵连的网状丝线追上了"佳丽斯"，"网格"掠过"佳丽斯"身体的时候直接将她切成了几块。聂雍吓了一跳，虽然"佳丽斯"从美女变成了石怪，但他也不至于一见面就要杀人吧？留条命问两句也好。却见被切成几块的"佳丽斯"仍然在动。

切断的伤口处并没有流血，表皮之下"佳丽斯"身体内部是一个空洞，里面似乎并没有东西。沈苍开了一枪之后着地一滚，空气中有什么东西消散开来，似乎是切开"佳丽斯"的表皮之后里面布满的是一些烟雾。

这些烟雾混合在浓烟背景中，难以辨认。神经兽的视觉神经"嗡"的一声不知道又附上了什么东西，聂雍仿佛看见那是一个一个细小的生命体，随着空气流转飘动。它们快速地彼此吞噬，快速增大，那些长大的颗粒慢慢显露出颜色，有些是淡红色的，有些是淡绿色的。

这就是那些烟雾。

聂雍的视角就像是一台巨大的放大镜，他脱口而出："这些像是细胞！这些东西正在长大！我看不出这是什么……有一些从佳丽斯的身体里出来……天呀！"他的视线转移到了倒地的"佳丽斯"的残骸中。已经犹如岩石的表皮下是空洞的内部，原本应该存在的骨骼和肌肉早已消失不见，而神经和血管仍然存在，正在血管里游动的不知道是什么东西，取代了原有的血液。

佳丽斯的神经仍然有一部分存活，这也许就是为什么她似乎还认得出沈苍。但她的血管里蠕动的是一些淡绿色的半透明黏液，钻出破损的血管后，看起来和绿色圆兜里的透明黏液很像。

那些疑似消化液的古怪黏液很快钻入了地下。

影子的扫描彻底结束了，跟在佳丽斯身后的那些"人"并没有受到佳丽斯被杀的影响，仍然摇摇晃晃地靠了过来。

离得最近的一个"人"手里拿着一团绿色的东西，聂雍"咦了一声："刚才飞机里的怪东西也是抓着这样一团花椰菜。"

"花椰菜是什么？"影子不耻下问。显然聂雍嘴里的花椰菜他一时还没从数据库里搜索到。

"就是绿菜花啊。"聂雍随口说。前面那个左手抓着一团绿色东西，右手握着一把早就生锈的匕首的"人"已经笔直走到了沈苍面前。他比起佳丽斯看起来模样稍好，大致还有个人形，眼神混浊，脸色发青，但身上勉强还算有衣服，遮挡了皮肤上的黄色石屑。

"……吃……吃吃……"

这个人居然还会说话。

"这些人融合了岛上奇怪生物的基因，早就不是人类了。"影子喃喃地说。

大爷，你也在融合星障人的基因，好像也很快不是人类了。聂雍翻了个白眼。

"这些细胞粉末散发出某种吸引海鸟的气味，但食用这棵巨型植物果实的鸟类大部分都死亡了。"影子喃喃地说，"死亡的海鸟细胞破裂，细胞本身在溶解，但仍然有一些海鸟并没有死。"他仰头看着在天空中盘旋的海鸟，有小部分没有死亡，围绕着这棵巨型植物盘旋。

无视佳丽斯死亡的"勇者"把绿东西放到了沈苍嘴边，他显然是想直接塞进去的，然而沈苍一把抓住他的手，一拉一扣就把他摔在了地上。

那"人"右手中的匕首落在了地上。

影子说："这是十年前联盟国家战队标准配置，匕首上有名字，这人是……罗德？"他显然很是惊讶。如果说佳丽斯人在岛上是因为她参与了登岛行动，可是东亚战区的罗德并没有参与任何一次塔黄岛登岛行动，居然也在岛上？

"奇怪。"沈苍说。

沈队长说了奇怪，那就是奇怪中的奇怪了。

而那个不知道哪个国家的罗德背后还有两个石化的怪物，一个已经完全石化，除了抓着一把绿色"植物"，连脸都覆盖在石屑之下。另外一个比较鲜嫩的石怪容貌却还在，他顶着一张惊恐万状的少年脸，看起来比全身石化的还要可怕。

沈苍对着他看了一会儿，影子的扫描光在"少年"身上扫过。

他们显然一时也认不出他。

过了一会儿，沈苍突然说："南极，虾。"

影子"啊"了一声："南极战区的格林兰。"他对一无所知的聂雍说，"两年前南极战区冰山坍塌，爱尔兰的队员格林兰落海失踪……这些人不应该出现在塔黄岛上。"实际上格林兰是到海里去捕虾的时候失踪的，只是联盟国家战队觉得这种理由过于儿戏，坚称他是死于执行任务过程中。

"那这个软脚虾又是谁？"聂雍把刚才被他一拳打趴下的怪东西提了起来，那是一个非常矮小的石化怪，看起来软绵绵的，顶着一身黄色石屑，倒像是一团滚了一圈糖料的芝麻糖。

这个石化怪的脸和刚才那几个有些不同，如果说佳丽斯的脸是石像，聂雍手里的这个的脸就像一颗刚从泥罐子里捞出来的生皮蛋——一层泥浆加一层乱七八糟的黄色石屑。他刚才没对比不知道，现在多看一眼就觉得不大对劲，这鬼地方只有白沙，哪里来的泥浆？

聂雍一拳砸落，手里的怪东西的头像碎瓷片一样碎裂，露出里面眉眼端正的脸来。

"喂喂喂！暴力狂！住手！我是人！我是人！"

那躲在老式隐形飞行器里的人全身涂了一层泥浆，泥浆外沾满了黄色石屑，猛地一看和石化人还有一点像。但剥去伪装后，"皮蛋壳"里的人一张娃娃脸，皮肤虽然晒成了小麦色，但依然英姿飒爽，有一双灵动的大眼睛。

"尹松鼠？"

"尹松鼠？"

沈苍和影子的声音同时响起，显得异常惊讶。聂雍比他们俩更惊讶，瞪着手里不足一米六的小矮人："尹松鼠？"

这就是尹松鼠？！不是说死了十几年了吗？说复活就复活了！你爷爷还在联盟国家战队，想你想得都快死了，你怎么还不回去？

"嘘——"尹松鼠给了和沈苍纠缠不清的格林兰一脚。只听"砰"的一声巨响，她把格林兰踢得横飞出去，撞在了"灌木"上。她一伸手，快如闪电地抓住聂雍的手，"快先跟我回飞艇上去！"

虽然不知道这么多年尹松鼠为什么不回基地，但这个地方显然出了他们都无法预料的大事，而尹松鼠已经在这里活动很久了。

即将报废的飞艇摇摇晃晃地飞起，影子不再干扰它的隐形程序，飞艇终于顺利隐形，消失在"灌木丛"中。

"到底发生了什么事？"影子一确认飞艇已经隐形，就忍不住开口问，"你为什么——"

他还没问完，一个人双臂一揽，直接把尹松鼠搂入了怀里，紧紧圈住，仿佛看到不可失落的珍宝。

"咳……咳咳咳……"聂雍呛到口水，揉了揉眼睛，不可置信地看着沈苍紧紧地搂着尹松鼠。当众秀恩爱？你们……你们还要不要脸？

没听尹老头说起过尹松鼠是沈苍的女朋友啊！这一定是一场不被家

长祝福的爱恋！

"好啦好啦，"尹松鼠拍着沈苍的背，眼睛却看着聂雍。聂雍发誓他看到尹松鼠翻了个白眼——在被国民男神拥抱的时候翻白眼，必须被枪毙！只听她说，"对不起，我让你以为我死了，对不起，我没死。"

这年头连"我没死"都需要道歉了？

"首饰盒岛战役……你并没有死？"影子插话进来，"你在塔黄岛上待了多久了？这座岛究竟是怎么回事？"

沈苍放开了她。尹松鼠显然也不怎么稀罕沈苍那一抱，耸了耸肩："我在岛上都快十年了——之前一年在哪里我可不知道。这里的人大部分都是被带回来的，他们喜欢绑架联盟国家战队的人当实验品，我和格林兰大概都是坠海了以后被抓住的。"她惊讶地看着影子和沈苍，显然有点奇怪，"你……你们在出任务？"

"我们在出一个去鹅兰娜海国递交'关于沈苍同志击落贵国卫星纯属意外的有关问题的解释'的外交任务。"聂雍忍不住说，"你家尹老头非常想你，既然你又没有死，为什么不回去看看他？而且你是沈苍女朋友这件事显然你也没有说……"

"我才不是沈苍的女朋友！"尹松鼠炸毛了，矮小的个子让她蹦跶起来更像一只小动物，"他只是发现我没死，太高兴了！太高兴了你懂吗？不要和不会说话的面瘫计较他的肢体语言！"

沈苍一言不发。

他看起来严肃、冷静、端正、自持，从头到脚流露出军人那种枪杆似的正直与坚硬。

"我觉得作为沈队长的战友，就算我死十次复活十次也得不到他一个拥抱的。"聂雍一本正经地说道，"像他这么克制的人，大脑中只有任务和国家，能够克制不住自己的冲动抱了你，说明你在他心中一定有非比寻常的地位。不必妄自菲薄，他肯定从心里爱你很久了。"

"你谁啊？你有毛病啊？"尹松鼠哭笑不得，"你了解他多少？"

她点着聂雍的胸口，"年轻人，如果你得到沈苍的承认，尽全力战斗之后，即使败亡，应该也有机会得到队长的一个拥抱。"她说，"他不善说话，只是一种表达。拜慈、叶甫根尼还有乌托蓝他都抱过。"

乌……托……蓝……

聂雍看了沈苍一眼。沈苍开口了："耳坠岛。"

聂雍对听懂沈队长的话不抱任何希望。

"他以为你在奇怪'乌托蓝也会战败？'"果然站在沈苍身边的所有人都会自动为他翻译，影子说，"乌托蓝唯一的败绩，是在耳坠岛遭遇雇佣军突袭，他从几百人的包围圈里突围，却在山脚下遭遇了双棘兽，差点死在那里。一个月后，乌托蓝自己回来了，那一个月大家都以为他已经战死。"

"在哪里？"沈苍等影子帮他翻译完，再次开口。

这次他开口的却是重点——他们是为了薇薇·夏洛特来的，却撞见了尹松鼠，那么薇薇·夏洛特人呢？

她在哪里？

"在城市里。"尹松鼠说，"她被塔黄岛上的巡逻兵抓走了。"

◯◯ 六十九 斗兽场

被当作"无国籍岛屿"的塔黄岛上，居然有城市这件事——至少聂雍听起来并不觉得太意外。这是一座有五千多米高的"山峰"，体积和Z国某宝岛类似的巨大岛屿，在"山峰"上或"山谷"中有几座城市不算什么。

宝岛在一百多年前还有三千多万人口，不知道多少座城市呢！

"这里究竟是个什么地方？"影子问，"有这么多战队队员被绑架到这座岛屿上，居然都不能离开？"他非常诧异，从数据库中能了解到斯佳丽或格林兰都是非常优秀的队员，能力不在威尔逊或叶甫根尼之下，他们落到变成石怪的地步，实在令人痛心且难以置信。

尹松鼠操纵着她那艘过时又有故障的飞艇，慢慢地往"灌木"深处开去，一边开着，一边讲述她这艰辛的十年。

她在首饰盒岛战役中为保护沈苍而被激光炮击中，由于不是变异人，高热的激光束穿胸而过，在胸口融出了一个大洞，那绝对是致命的伤。尸体当时究竟是落入海中还是彻底烧毁，由于战场硝烟弥漫，整座首饰盒岛沉没，谁也说不清楚。

但现场目击到她中弹过程的人，无一不默认她已经死了。

没有人能在那样的状况下幸存。

但一年之后，尹松鼠在塔黄岛上醒来了。

她胸口的伤已经愈合，人被丢弃在一座奇怪的海岛上，和她一起被丢弃的还有十几个昏迷不醒的人。这些人里面就有她的旧识佳丽斯和格林兰以及几个虽然没有见过面，听名字就如雷贯耳的早期联盟国家战队队员。他们并不属于同一个战区，都在执行任务过程中失踪或受伤，失踪的时间并不一致，却都出现在这座海岛上。

这是怎么一回事？

尹松鼠感觉不可思议。

他们身上都穿着相同的黄色衣服，似乎暗示着来自同一个地方，但幸存者七零八落的形状，又暗示着他们并没有受到优待。她检查过每一个人，发现其中有些人已经死了，死因很奇怪，有些器官石化了，比如说肺部石化，不能呼吸导致窒息而死；有些人是胃部石化不能进食活生生饿死的。

当其余幸存者醒来的时候，却和她情况差不多，没有人记得昏迷或死亡之前发生过什么，一睁开眼睛就到了一座陌生海岛。他们齐心协力将死亡的同伴埋葬，开始探寻这座奇怪的岛。他们试图捕猎或采集食物。他们砍伐灌木，捕捉那种奇怪的绿色圆兜作为食材和容器。

一开始似乎一切都很好。

他们还造了一艘船准备离开这里。

甚至，他们把船划到了海上。

但在离开岛屿不到五公里的地方，空气似乎改变了，食物也好像产生了不一样的味道。他们感觉到窒息、吃不下最新采集上来的海藻或深海海鱼，突然有些人开始发生异变——一夜之间，佳丽斯全身的皮肤毛孔中开始分泌出沙状粉末，有个中年白人甚至直接在夜里变成了石像。

恐怖的异象让他们不知所措，甚至误以为有内奸而互相攻击，最后甚至招来了隐藏在海底的白皮肤类人生物（星障人）。在逃亡的三天三夜里，他们原先有二十几个人，发生变异的有七八个，在相互的乱斗中死了四个。可能是尸体的气息吸引了星障人，后来的两天两夜他们几乎被淹没在惨白的星障人的海洋里，海面上全是奇形怪状的白色生物，成千上万，它们疯狂地往船上窜，被它们袭击的部位会受到感染而白化。

被吓破胆的人们疯狂地往岛屿上逃命，最后还活着的只剩下八个人，而回程的路上，尹松鼠看见了两艘隐形的战舰。

那两艘隐形战舰向蜂拥而至的星障人开火，流星般的弹雨，耀目的激光和微导弹的暴燃焰照亮了整个天空。最终星障人潮退去，那两艘战舰缓缓隐形。

尹松鼠趴在伤痕累累的船上，身周是死亡的难友。

佳丽斯躺在船底呻吟，她继续在石化，曾试图用激光匕自杀而未果。

激光匕杀不死她。

切开皮肤，佳丽斯看见自己的皮肤内部是一个空腔，里面涌动着不知名的绿色黏液。

尹松鼠觉得在那一瞬间佳丽斯就已经死了。

她的灵魂已经自我放弃，残留下来的只是一具不知道变成了什么的躯壳。

而尹松鼠同时绝望地意识到这并不是一座无人岛，他们也不是被遗弃的幸存者。

这是一座在严密监控之下的秘密岛屿，甚至有战舰在巡航，他们在岛上的一举一动都必然有人在观察着，可是没有任何人出现。

他们很可能并不是幸存者。

他们是实验体。

这个想法在尹松鼠遭遇到岛上第一只猛兽的时候，得到了证实。

他们在这座奇怪的岛屿上遭遇的第一个敌人，居然是一只机甲兽。

机甲兽并不是生物，它们只是机械造物，甚至不能算机器人。机甲兽的出现清楚地表明其背后有人类操纵，尹松鼠击败了那只机甲兽，从机甲兽的内部构造了解到在这座岛屿的深处必然有现代工业的存在，有工厂、实验室、能源、材料以及众多的技术员。

后来他们遭遇了各种各样奇怪的生物和伪生命体，有些是曾经见过的，有些显然是基因实验的产物。这座岛宛如一座巨大的斗兽场，背后的主人深藏山峰之中，他的左手"斗兽"和右手"角斗士"在岛屿的各个角落浴血厮杀，而一直在隐秘观察这些战斗的人不是罗马皇帝康茂德，他也肯定不是为了取乐。

这座神秘可怕的岛屿内部一定隐藏着什么惊天的阴谋。

ⓘ 七十 消退的能力

听尹松鼠讲到这座广阔岛屿的各个地方都有类似的"实验体"，受困于此的人远不止眼前看到的几个，影子和沈苍都露出了惊讶的神色。

塔黄岛虽然无国籍，但是各国都通过卫星对它进行严密监控，绝不可能有大量人类在岛屿出入而各国毫无所觉，除非他们另有通道。尤其是尹松鼠讲到的战舰——隐形战舰对大批星障人开火，这么大的动静各国为什么没有得到情报？这些是怎么隐瞒的？

聂雍就不需要思考其中究竟有几台或者几种屏蔽探测波的仪器在起作用，他始终对一件事感到大惑不解——尹松鼠还没有认出他们的时候，手上抓着 团奇怪的绿东西试图塞进他嘴里，而已经变成石怪的格林兰也是抓着一团绿东西要塞进沈苍的嘴里。

到现在那团奇怪的绿东西还在他手上。

那是一团植物的糊渣，就像把身边那些"灌木"叶子捣碎的样子，浓绿色的汁液混合着粗细不均的碎屑，那汁液富有黏性，把碎渣滓完整地黏在一起。

一团粑粑？

影子的红光不断对那团东西进行扫描分析，那团小红球持续发热，热到聂雍都感觉到有些受不了，烫得简直要烧起来。背后的神经兽蠢蠢欲动，它在干扰聂雍的视觉和听觉。

身处在尹松鼠的飞艇中，神经兽却传递了一些稀奇古怪的画面给聂雍，也不知道它是从哪里接收来的。聂雍隐约看见了几个人的影子一晃而过，似乎正在交谈，随即看到一艘眼熟的飞艇——似乎就是刚到岛上的时候看见的那艘，和尹松鼠这艘完全不一样。

飞艇越飞越远，最终彻底离开了这座岛。

这是什么意思？

而影子也终于问到了那团古怪的绿色粑粑："这是什么？"

尹松鼠神情复杂地看着那团怪东西，过了好一会儿，才叹了口气，但并没有直接开口回答。虽然已经过去了十一年，但她的外貌并不像个三十几岁的大妈，依然眉目灵动，时间在尹松鼠身上似乎失去了作用。

"这是唯一的食物，但是……"她慢慢地说，"一旦吃了这种东西，就永远都不能离开这座岛了。"她抬起头望着天空中的海鸟，神色黯然，"看到那些鸟了吗？它们都是曾经吃过这棵植物果实的鸟，一旦吃过它，它的基因就与捕食者融合，我们变成了一种全新的生物。"她的眼泪在眼角凝结，令人惊讶的是凝聚的时候它一样变成了琉璃模样的晶体，"除了它，我们再也无法接受别的食物。"

聂雍震惊地看着手上的粑粑团，这么凶残！姑娘你是不是忘了一见面你就要把这鬼东西塞进老子嘴里？我们根本不认识，你这么凶残不好吧？

"我以为你们是管理员。"尹松鼠的眼神黯淡无光，她仍然坚持着希望，说道，"这座岛上行动自如还拥有能力的绝大多数是城市来的管理员，我以为……他们发现我抢劫了'那杰斯号'。"她抬起手，镇定自如地擦去了凝聚成珠的眼泪，眼泪脱离眼角的时候在她细长的眼角处划出一道伤痕，沁出的却是绿色的血珠。

"改变基因会降低人们的能力？"影子的语气都严肃起来，"你们都成了半硅基生物？佳丽斯的'制空刀'能力还在，但你的——"他的声音戛然而止，似乎醒悟自己不应该知道尹松鼠的能力。

"我的老花眼已经消失了。"尹松鼠非常坦然，她曾经有类似鹰眼的超强视力，能在空中观察地面目标。卫星的侦查信号能被地面防御系统拦截，尹松鼠的视力却是无形无迹的。这是她成为超级侦察兵的底牌，在战队中被戏称为"老花眼"。但被塔黄岛上这棵巨大植物的基因入侵后，鹰眼的能力就消失了。

"制空刀的武器本身能飞行，所以佳丽斯可能不受基因改变的影响……咦，奇怪！"影子喃喃自语，"……这座岛屿是变异人的墓场。"如果薇薇·夏洛特吃过了岛上的食物，她就别想再离开这里了，城市里的人不知道把她关在哪里。

而威尔逊已经很长一段时间没有发回消息。

沈苍一直在观察威尔逊的通信信号，作为队长，队长权限能让他看见威尔逊的视角。

威尔逊一直在一条漫长的隧道里艰难爬行。

隧道里一片漆黑，似乎什么都没有，只隐隐约约看到四周潮湿的石块和泥土。

"威尔逊？"沈苍呼唤。

那头毫无反应，但视角仍然在前进，前进速度还不慢。

而"玻璃花房号"的信号也是一片静默。

"聂。"沈苍突然说。

"在！"聂雍本能地挺直背脊，差点立正站好，说一声"长官请指示！"。

"不能吃。"沈苍盯了聂雍一眼，指了指远处。

聂雍秒懂。这座岛上的任何东西都不能吃，沈苍让他回去通知"玻璃花房号"上面的人。联络器似乎失去了作用，不但威尔逊那里没有反应，"玻璃花房号"上面的人也没有反应。

"是！"聂雍其实是吓了一跳，但还是硬着头皮先答应了。沈苍身边并没有别的人，不指挥他指挥谁呢？他让尹松鼠把飞艇停下，带着影子这个不知所谓的外挂，开始往岛屿外围的沙滩跑去。

飞艇里只剩下尹松鼠和沈苍。

"队长，"尹松鼠站在沈苍对面，"看见我没有死的时候，你是不是真的很高兴？"沈苍还没有回答，她又接着说了一句，"对不起，我没死。"

"为什么……"沈苍侧过头，嘴唇微动，对尹松鼠发问。他略显苍白、曲线却是完美的唇缝中微微露出三个字。还没有让人明白他是在疑惑什么，只听得一声脆响，他所站的位置墙壁背后一柄钢矛突出，蓦然穿过他的胸腔。钢矛上的三脚叉直接将沈苍的心脏顶出，托在了钢叉中心。

红得犹如最好的烈酒的血液飞溅而出，洒落一地，如鲜红的花朵盛开。

尹松鼠飘然后退。

沈苍的心脏在钢叉中心兀自跳动，竟像和他的身体没联系似的。

"呲"的一声，一串电流从钢叉传来，麻痹了沈苍全身。

一只手从飞艇的夹层中伸出来，粗长的手指缝里夹着一支针剂，针管里充满了绿色的液体。

针尖轻易刺入皮肤。

那液体毫不留情地从沈苍血淋淋的后背进入了他的身体。

心脏脱体而出，沈苍居然并没有立即毙命。

他的脸被血喷淋得仿如厉鬼，只是定定地看着尹松鼠。

尹松鼠只退了几步，仍然站在操作台前面，那灵动的眉眼，真诚的眼神，似乎并没有什么改变。

她的眼角慢慢沁出了一滴如泪的水晶石。

而背后刺他一针的人慢慢从飞艇的夹层中走了出来。

◯ 七十一 真诚的背叛者

这个人身材高大，有一双温暖而可靠的黑色大手，平时脸上总带着亲切的微笑。

胸口穿了一个大洞的沈苍盯着眼前的两个人：死而复生的尹松鼠，不该出现的威尔逊。

他们宛如一张巨大的黑幕，笼罩在沈苍左右。

沈苍握紧了左手。尹松鼠和威尔逊一左一右迅速上前，尹松鼠握住他的左手。沈苍紧紧地盯着尹松鼠握住他的手，左手正待做出的动作一下停滞。

他放弃了。

"控制他的左手。"威尔逊的脸色并不好，他闪避着沈苍的眼神，显得狼狈不堪，但行动并不犹豫，他喊道，"'室之潮汐'来自他的左手，那只手上有肉眼看不见的薄膜能震动空气。"

尹松鼠的表情也很僵硬，她扯出一块奇异的白布包裹住沈苍的左手。她叹了一口气，轻轻地擦去沈苍胸口喷出的血液。

她并没有对沈苍的胸口再来一刀，眼神复杂地看着那颗跳动的心脏说道："队长，当年我……并不知道这些。"她轻声说，"我不知道你受这样的伤也不会死……或者说，不知道你是永远不会死的。"她愣怔地看着那颗宛如装饰品一样的心脏，脱离了身体，它跳得和最标准健康的心脏一模一样，不受影响。

"我不知道你是……一个人形武器。"

如果知道，还会不会那样真诚相待，生死与共？还会不会为他挡枪？她从来不敢细想那么多年前自己对沈苍的感情，她鲜血淋漓地为他赴死，而他从未告诉他的战友他并不会死。

而她……并不仅仅为他赴死了一次。

有多少次枪林弹雨中她因他而受伤？有多少次为他凶险的战斗而担惊受怕？怕他累、怕他冷、怕他流血、怕他痛、怕他死……

她愣怔地看着沈苍胸腔里的血液喷出，慢慢地流尽，再看着那颗脱出胸腔的心稳定地跳动，再看着笔直地站在那里的沈苍。

可是你看……你曾经担忧的一切，都是笑话。

几颗水晶般的珠子掉了下来，在她眼角划出更多的伤口。

"威尔逊，你给他……解释一下。"尹松鼠轻声说，"队长，我并没有骗你，十年前我是塔黄岛上的实验品，在岛上搏杀了很多年，但现在……我是塔黄岛上的管理员。"她伸出手去捧沈苍被托在钢叉上的心脏，那颗心脏触手温暖，被她慢慢捧起来，完全脱离沈苍的身体——它果然是个完美的装饰品。

钢矛一击，带给他的并不是重创，只是一瞬间的震惊。

表情扭曲的威尔逊回过头来，露出一张完全不知道怎么面对沈苍的脸："沈。"

沈苍问："阿兰？"

威尔逊瞬间暴露出更加狼狈不堪的表情："啊？你猜到了？"

沈苍的表情突然松弛了下来："可以。"

威尔逊呆了一呆："你说什么？"

沈苍看着他："可以。"

"等一下，你说'可以'是什么意思？"威尔逊几乎不敢相信自己的耳朵，作为沈苍十一年的战友，他不敢相信自己猜出来的意思。

"阿兰是谁？"尹松鼠问。她在塔黄岛上十年了，B基地的事她都不清楚。

"我女儿。"威尔逊说，"我女儿患有无眼症，生下来就没有眼睛。我一直在给她申请眼睛。"

尹松鼠恍然——在环境恶劣至极的现在，新生儿中变异的概率极大，像威尔逊这样携带突变基因的父母生出变异婴儿的概率更大，而绝大多数的变异是有害的。

能成为战斗力的变异者只有几十万分之一，更多的变异婴儿无法存活。沈苍说的"可以"，是指他可以为了阿兰而背叛组织吗？

威尔逊嘴唇颤抖，突然开始急速地解释起来："沈，你知道吗？从那张临时救援平台上醒过来后，我就再也没有成功发出一次成功的静电火球。神经兽的微神经破坏了百分之八十的发电细胞，我变成了一个废人。"他的表情狰狞又痛苦，"基地里暂时没有人知道我的情况，战队队员一旦失去战斗力就会退为普通队员，当然我们能拿到一笔高额抚恤金，足够过一辈子——但我不能退回普通队员！我答应过阿兰，要做她永远的英雄。她正在学画画，画的主角是我，已经画了一本了。"阿兰生下来就没有眼睛，应该生有眼睛的地方是空的。威尔逊在联盟国家战队获得的薪金和奖励都给阿兰做了医疗费用，目前阿兰装上了一对电子眼球，能够看见东西了，她喜欢画画。

威尔逊的梦想和世上所有父亲一样，让阿兰获得一双正常人的眼睛，当一个快乐的小公主，同时拥有一个英雄爸爸。

电子眼球的维护和更新需要巨额资金，尤其阿兰年纪还小，每年电子眼球都要根据阿兰的情况进行调节，如果威尔逊不再是国家战队队员，他将很快负担不起这笔费用，而让已经重见光明的阿兰返回黑暗，任何父亲都接受不了这样的结果。

"我很彷徨，走投无路，无论怎么样都不能甘心。就在这个时候，阿兰不见了。"他抓住乱成一团的头发，"当然，我半个小时之后就找到了她，她和白璧在咖啡机维修管道里面吃糖果，那天白璧对我说他可以让阿兰得到一对完美的生物人眼，结构和人眼一模一样，眼睛的基因特性可以预定，连眼瞳的大小和颜色都可以选择。"他僵硬地说，"我无法拒绝这个——何况他只是要求我做这一次，为了战斗的安全，战区必须重新控制你，你是个人形武器。"

他盯着那颗心脏："你看，心脏对于你来说不过是可有可无的装饰物——就像白璧说的那样，用来让你看起来像一个'人类'。你是个拼接的造物，欺骗了基地的基因检测系统，使用具有自然人类基因的部分进行基因检测，使自己被登记为一个'自然人'，但根本不是。我对自然造物充满敬畏，但人造生物从根本上说就是邪恶的，"威尔逊说，"沈，你是人造生物里最可怕的一类——人形武器。我同意白璧的说法，必须加以控制，在安全的范围内使用。也许你是人类的时候经受了苦难，但……"

"我是人。"沈苍坚持说。

"队长。"尹松鼠把他的心放到一边，陈旧的飞艇弹射出密封舱，将沈苍的心脏收纳了进去。她转过头来，表情变得相当严肃，"塔黄岛属于鹅兰娜海国与北冰洋独角兽独立军联合管控下，他们和神秘第三方有密切接触。这个地方在东亚战区范围内，距离我国极近，目前我在岛上进行侦察任务，直接受白璧基地长指挥。"

"库塔贝贝？"沈苍问。

"不错。"尹松鼠坦然承认，"这次海龟计划是在白璧基地长默许下选派的人员，库塔贝贝引导船只撞上塔黄岛。这座岛是一棵植物，它随洋流摇摆，要找到它的准确位置冲上能登陆的海滩不容易。威尔逊的任务是控制你，十一年前首饰盒岛战役后，控制你的超级智脑损毁，你已经失控十一年。我们对塔黄岛的海战即将开启，大战之前，国家和战区都必须保证你处于可控的状态下……毕竟……"她顿了一顿，继续说道，

"你是我们最强的武器。"

"白璧说只有在塔黄岛上，空气中布满了半硅基生物的气味和花粉，你的身体会出现排斥反应，是我们能靠近的唯一机会。"威尔逊揉了揉脸，"今年塔黄岛正在开花，气味非常浓烈，足以抑制碳基生物的生物能，这里是变异人的墓地，只有在这里，我们才能重新用智脑控制你。"

"为了世界和平。"尹松鼠轻声说。

她取出一小块黑色的细小金属，这是纳米原子模块形成的智脑，威尔逊按住沈苍的头，尹松鼠的手慢慢接近，尖锐金属的尖刺接触到沈苍苍白的额头。

隐形飞艇在塔黄岛漫山遍野的绿色灌木间低空飞行，无声无息。

没有风。

没有任何人看见里面发生了什么。

◯ 七十二 强势的掌权者

当聂雍艰难地到达"玻璃花房号"停泊的海滩时，眼前所见让他不知所措——白沙绿树，海滩上空无一物，远处的洋面上也是什么都没有。

天空中白沙和死鸟在不断掉落，沙滩上连"玻璃花房号"曾经冲撞过的痕迹都已消失不见。

库塔妮妮、库塔贝贝、绿基和黄桑、周梓磬不见了。

"玻璃花房号"也不见了。

聂雍蓦然回过头来，他远望着来路——那艘尹松鼠操控下的隐形飞艇，只要他离开飞艇，就不可能再找到它的位置。

他皱着眉头站在遍布死鸟的白沙上，一艘奇怪的飞艇绕过山峰的一幕在他大脑中回旋——那是一艘飞艇。

有些事不对。

进入太平洋战区，只能驾驶飞艇和船只。

飞艇……需要能源、维修、起降场所。

尹松鼠驾驶着一艘飞艇。

而和她相同遭遇的战友佳丽斯和格林兰却在灌木丛里衣衫褴褛地当石怪。

薇薇·夏洛特失踪了。

尹松鼠说她遭遇了"城市"的巡逻兵——那些"管理者"。

但在薇薇·夏洛特消失的地方，出现的是尹松鼠。

因为尹松鼠的引导，沈苍让他离开飞艇，前去救援"玻璃花房号"的队员。

然后"玻璃花房号"整个消失了。

沈苍和尹松鼠也消失了。

聂雍紧紧地皱着眉，他慢慢地向身边的影子看去。影子面向着大海，沉默不语。在渐渐变暗的天色里，全息映像中，影子宽大的衣袍猎猎翻飞，宛如被海风吹拂一般。

其实，现在的海边并没有风。

"喂！"聂雍蹲下身，抓了一把地上的"白沙"，那些"沙"的质感很轻，他抓起一把猛地往前扔去，"白沙"在面前的地上四分五裂，喷溅成一片垃圾。他问，"你是不是什么都知道？"

影子沉默了好一会儿，海边的天暗沉得很快，紫红色的太阳渐渐没入海平面，洒出一片艳丽的紫色光芒，在波浪之间荡漾。

"他们的目标是沈苍。"影子说，"我记得，你并不是很想成为战队队员。"

聂雍震惊地看着他："是啊……你们……他们看不起我，宁愿请一只触手怪入队也不请我入队，我是很恼火。但实际上我一时也达不到你们……他们入队的要求，我不是所有考核几乎都不合格吗？但这个和现在这个……这个情况是完全不相干的两回事！"他简直不知道影子的逻辑在哪里，继续说道，"即使我不想以宠物的身份得到战队队员这个身份，也不代表我仇恨他们还是希望他们去死啊！"他指着影子的脸，也许是鼻子，说道，"人和人之间怎么能薄情到这种地步？就算你和他不熟，就凭同船这几天的交情，也不能眼睁睁看着他送死啊！你发现了什么？想通了什么？'玻璃花房号'为什么不见了？那个尹松鼠想对沈苍怎么样？说啊！”

“我并不完全了解这里的真实情况。”影子的反应宛如机械般冰冷，“这座岛屿附近可能配备最高端的反探测卫星和镜面数据备份，当间谍卫星和探测卫星经过这里的时候，获得的是镜面数据源发射的伪装数据，导致别人无法获得岛屿的真实情况，这周围发生的一切都不为人知。相对于 M 国政府的‘黄色尖帽’的命名，Z 国政府早早将这座岛屿命名为‘塔黄’，我推测政府早就知道它是一棵植物。”

“这是在 Z 国政府的控制下？”聂雍吓了一跳，这么恐怖古怪的地方，难道竟是 Z 国的地盘？

“不，我们国家对此进行侦察的队员没有一个回来。”影子轻声说，“这是真实的。最早顺利回来的是他们乘坐的船‘乘风号’。回来的时候，那艘船空无一人，只留下了船长日志。”他说，“这个地方距离 Z 国极近，政府不可能没有行动。而这个地方也正是其他国家进入东亚的跳板，毕竟塔黄岛非常大，足以作为军事基地使用。这是个必争之地，而这么多年来居然没有人成功占领，说明了岛屿占领者本身匪夷所思的实力。”

“然后？”聂雍跳过过程直接问结果，“所以你说的这一大堆和我们现在的处境有什么关系？”

“沈苍拥有摧毁一切的能力。”影子答非所问，“只要他想，他能消灭所有一切。东亚战区一直想完全控制他，以前的基地长只敢想想，现在年轻的基地长直接下手就做了。”影子慢慢地转过身来，他的影子完全笼罩住聂雍，“白璧想控制沈苍，任何人都想控制沈苍，没有人不想——他是一件高端的战争武器。以前有人说他比反物质弹更强，反物质弹只能使用一次，将沈苍投放到战场上，他却可以制造几千次、几万次小型的反物质效果，并且是精准释放，不会牵连目标之外的利益。”

聂雍目瞪口呆。只听影子继续说：“只有借塔黄岛本身匪夷所思的能力，碳基生物的生物能被压制，白璧的棋子才有机会控制沈苍。单凭完全控制住沈苍这件事的功绩，白璧就足以以东亚 B 基地基地长的身份重新兼任战区总理事……"

"不不不，我不想知道白璧要升什么官，就想知道那个尹松鼠是怎么回事？"聂雍连忙打断那个解说阴谋诡计成瘾的患者，"她真的为沈苍挡过枪？她想把沈苍怎么样？"

"是的。"影子说，"她应该是被白璧投放在塔黄岛的棋子，当年……当年不知道沈苍的真实身份的时候，她对沈苍很好，是接近沈苍的绝佳人选。"

"你能不把利用别人感情的事说得这么理所当然吗？"聂雍对影子的三观简直要绝望了，"利用别人的爱情、利用别人的愧疚去实现目的，这是践踏人性！卑鄙无耻！你居然那么一副赞美的口气是怎么回事？"

影子感觉有些茫然，闭上了嘴。

"能救得了沈队长吗？"聂雍问。

影子不答。

聂雍蹲在海边，太阳已经没入海岸线，天空变得黑暗，看不见任何星星。大气层中浓厚的温室气体阻挡了星光，一旦太阳消失，一切就将陷入完全的黑暗中。

这个时候影子身上熠熠的光线就成了路灯般的存在。

而远处漆黑一片的大海上隐约亮起了另一盏灯。

聂雍站起身来，看到那似乎是一艘船。

一艘并不大的船在平静漆黑的海上航行，亮着橘黄色的灯。

它正向塔黄岛驶来。

波光粼粼的海面将它的灯光投影成千千万万细碎的光点，恍如星星在跳跃。

"啪——"遥遥传来一声礼花般的炸响。

聂雍眼睁睁地看着那艘小船突然被炸成了一团火球，火光随之缓缓熄灭，就像一个好看的泡沫一般慢慢消失在了海上——要命的是在它炸起来的时候他看清了那是什么船！

那是"玻璃花房号"！

已经离开的船为什么又回来了？

他冲到岸边，却发现这里离船只沉没的地方至少有千米之遥，根本无从搭救。

正当聂雍不敢相信自己眼睛的时候，开阔的海面上突然呈现出一片耀眼的白光，十几艘隐形战舰洒落银白色的光芒整齐地现身海上，启动引擎，纷纷向岛外的开阔海域驶去。一瞬间洋面波涛汹涌，到处是被战舰卷起的巨浪，它们只是稍稍显现，随即消失，空中隐约有隐形飞艇经过，流动的热浪从高空掠过，带起古怪的风。

"它们发现了'玻璃花房号'。"影子说。

这不是废话吗？这么大一艘船撞上海滩，这座岛到处有人监视，怎么可能不被发现？

"'玻璃花房号'是Z国的船，它们击沉它，东亚战区就有借口出兵。"影子说，"这些隐形战舰突然向外海进发，大概是发现了东亚战区跟踪在'玻璃花房号'后面的战舰或潜艇。"他很平静地说，"白璧还没有到任，就操纵姐旻指派了'海龟计划'，以前往鹅兰娜海国为掩饰，半途强登塔黄岛；遥控尹松鼠捕获沈苍，启动他的'灵魂烙印'；促使'玻璃花房号'执行死亡任务，引诱塔黄岛驻军将其击沉，为后发的战队提供攻击的借口和正义的基调。"影子的全息人影慢慢熄灭消散，他似乎不想在这样一个黑夜里成为光，他说，"一旦海战爆发，为他所控制的沈苍将为东亚战区的胜利而死战。而沈苍的死战，是战争中触目惊心的光彩——如果能一举赢得塔黄岛海战的胜利，正式占领塔黄岛，就能将盘踞岛屿几十年，一直觊觎我东亚的敌人消灭……"

"发动战争的，都不是好人。"聂雍说。

"大概白璧并不想做一个好人。"影子说，"少年的时候总是想做一把刀。"

"我在他的计划里是什么？"聂雍问。

影子沉默了一会，说道："拖后腿的。"

"那威尔逊呢？"聂雍问，"威尔逊总不会是专门给沈苍拖后腿的吧？威尔逊到哪里去了？"

"自从登上'玻璃花房号'，威尔逊就很少露面。"影子回答，"他不应该是这样的人。"

"你在暗示什么？"

"登上塔黄岛以后，威尔逊就消失了，至今没有出现。"影子说，"他有一个女儿，是明显的弱点。"微微一顿，他含蓄地说，"威尔逊一直不希望你加入这次行动，否则以你的能力，不应该几乎所有的考核都没有通过，他给你的训练方法……不对。"

七十三　塔黄岛海战开幕

无论小人物聂雍如何不满这场精心谋划的战役，海面上的炮火还是响了起来。

在塔黄岛上看不见远处的战争，只能隐约看到外海或明或暗的闪光，激烈震荡的空气传导到岛屿上的时候，仍然可以感觉到灼热。突然不知道远处开了一个什么武器，骤然海面都燃烧起来，冲天的火光照亮了大半边天空，空气中充满了呼呼的烈焰燃烧声和气流震荡声。

聂雍趁着光亮一头扎进海里。

"玻璃花房号"在他面前化为了一个火球。

深夜。

距离一千米。

虽然希望渺茫，他仍然要去亲眼看一看两栖舰的情况，说不定船上的人做好了充足的准备，说不定刚才爆炸的时候并没有人遇难，何况"玻璃花房号"是返航向岛屿驶来的，为什么？

它已经离开，为什么回来？

黑夜的大海上下都是一片浓重的黑暗，它不仅仅是虚无，更是令人窒息的泥沼和坟墓。如果不是远处海面上的一线火光，聂雍几乎分不清他正在向哪里游去。

他跳入海中，微温的海水像另一个不熟悉的人体紧贴着他的肌肤，聂雍忍着内心的厌恶，飞快地往"玻璃花房号"沉没的地方游去。

影子在漆黑的海水里重新投影出来，隐约像是陪伴。他散发出来的微光照亮几米之内的海水，聂雍看到一些碎片在靠近海面的水层中滚动，是随洋流而来的东西。

船只沉没的地方什么都没有，既没有留下残骸，也没有尸体，空无一物的海面上只有从远处漂浮而来的新的战争垃圾。聂雍抓住了一块碎片——那是一块不知道用什么材料做成的弧面，非常轻，正好可以浮在水面上。他划水往外海游去，游了没多久，一团巨大的火球骤然在他身边亮起。

"轰"的一声巨响，烈焰冲天而起，那艘刚刚被击中的隐形战舰显了形，它所有的部件都在迅速解体，复合成各种形状的逃逸仓，准备向海下逃逸。而报废的部分被抛弃在海面上，化作聂雍看见的那些碎片——其实那些碎片也正在溶解。这确保了隐形战舰的战斗力，它的各个逃逸仓经过重新组合能够快速恢复成战舰，而损毁的部件迅速消融，不给敌人留下任何机会。

澎湃的水声在聂雍耳边激荡，燃烧的战舰就在聂雍面前崩解，组合成或大或小的逃逸仓，有些距离聂雍仅仅几米之遥，掀起的水浪差点把他呛死。一座巨大的钢铁巨兽倏然崩解成钢铁森林，随即它们冲入了水下，冲入聂雍脚下的大海。

聂雍被强大的漩涡卷着，毫无抵抗力，在海水中沉浮旋转。

在影子的微光中，他看见海面上燃烧起更多的火焰，有更多的战舰在崩解，更多的逃逸仓冲入大海……那些巨大的、不可思议的机械造物，像野兽一样灵活，却又纷纷在追击而来的炮火中灰飞烟灭。

水下深海中射出了蓝色光炮，有潜艇埋伏在水下等着这些逃逸仓。

一个个逃逸仓在光炮下碎裂，就像消失的"玻璃花房号"。逃逸仓里的幸存者穿着深潜服游了出来。而有些游动的银色光线绕着幸存者流动——东亚战区刚刚俘获的那张纳米原子模块网正在深海中游动。

它的出现，代表着塔黄岛隐形战舰中的幸存者无一幸免，都将成为东亚战区的俘虏。

聂雍在海水中随波逐流，他快要窒息了，奇怪的是却并不着急。

深海中的潜艇很多，白璧对塔黄岛势在必得，虽然聂雍不知道东亚战区应该有多少潜艇，单看水下发出蓝色光炮的地方，潜艇应该是倾巢而出了。

可塔黄岛就没有潜艇吗？

这不科学。

聂雍刚刚想到这里，后腰骤然一痛——神经兽蓦然伸出触手，像只八爪章鱼一样缠在了一个什么东西上面。他并没有看到东西，但海里的确有东西。

一点细微的紫色光线从他身边射出，遥遥指向远处的蓝光源。

"轰"的一声，远处的蓝光炮潜艇爆炸沉没。

聂雍看了一眼神经兽缠住的那一片"空白"——那是一艘隐形潜艇。

来自塔黄岛的隐形潜艇。

他能感觉到这艘潜艇极其巨大，他和神经兽所攀爬到的地方不过舰身的一点，它比东亚战区来袭的潜艇大上许多倍，所以它似乎没有察觉他们。

当然，也有可能是神经兽表现得太像章鱼了……

影子迅速隐去外形，安静地潜伏在聂雍的口袋里。

而神经兽的思维隐隐约约地传递到了聂雍的大脑中。

你的……你的……

我的什么？

聂雍的思维给予了反应。

他的眼前一黑一亮——神经兽将它所看到的"东西"传递给了他。

眼前是一艘悄无声息的……比隐形战舰还要大上十几倍的超级潜艇。

聂雍"看见"它的时候简直不能接受，莫非这是一座岛屿——一座倒立于海水之下的岛屿？它的尾部紧贴着塔黄岛的海下基石，他和神经兽幸运地悬挂在它头部下方，武器发射器的下面。而远离他们所在位置几百米，穿越过不计其数的房间，潜艇最核心的地方有一群人正在忙碌。

视线骤然一近——神经兽的微神经不知道又附着在谁的身上，聂雍看见人群中心是被浸泡在古怪溶液中的沈苍和被五花大绑的尹松鼠，以及地上血流成河、生死不明的威尔逊。

一大群人围着浸泡着沈苍的浴缸对着他指指点点。无所不能的沈队长闭着眼睛在溶液里漂浮，宛如失去生命的一件器物。

而在他所待的那个浴缸对面有一个铁笼子，薇薇·夏洛特双手抓着笼子的栅栏呆呆地站在里面——以"下水道巨兽"的智商，她好像还没有搞清楚到底发生了什么事。

聂雍目瞪口呆地看着这些落入敌人手里的肉票！

这是要闹哪样？听说你们才是这场不择手段的爱国战争的主角啊！一个一个躺在地上，这和影子说好的计划不一样啊！被"灵魂附体"还是"完全控制"的"暴走"的"可毁灭一切"的沈队长在哪里？那个忍辱负重十年打入敌人内部的女奸细，情场失意的松鼠你不会在十年前就被人发现了吧？还有威尔逊，老子还没和你算坑老子的仇，你死什么死？

◯ 七十四 微小的战斗

巨大的隐形战舰释放出十几个隐形的鱼雷形物体，在聂雍眼里这些东西是炸弹无疑。那些鱼雷模样的东西慢慢向蓝光潜艇射去，速度极慢，无声无息；而蓝光潜艇的蓝色光炮偶然射中这些"鱼雷"，光线却从它身体中穿了过去。

在这种状况下，东亚战区蓝光潜艇里的人自然毫无所觉。

聂雍看了一眼潜艇内部的肉票们，再看了看这种诡异的战局，不禁有些着急。情形似乎有些不妙，搞不好东亚战区要输（他始终不能把东亚战区和印象中伟大的祖国联系在一起），白璧这万无一失的计划千疮百孔，完全不靠谱。但就凭他悬挂在这"岛潜艇"的武器发射器下面，不要说提醒对面的蓝光潜艇了，分分钟敌人就要发现他，估计很快就要去和沈苍做伴，说不定还等不到和沈苍做伴就先淹死了。他突然醒悟，为什么他还没有淹死？

神经兽一只章鱼似的触手悄悄地深入了武器发射器发射槽的空隙里，它可不是章鱼，它的"触手"能分裂为微神经，所以顺着缝隙偷偷地深入了隐形的超级潜艇深处。

潜艇内部有空气，而神经兽在养活自己的同时养活了聂雍。谁让他们是连在一起的！

武器发射器看似没有问题，如果超级潜艇的控制者操纵它转向就会发现这枚光炮移动缓慢且角度略有偏差，它的操纵槽内部挤满了神经兽的"触手"。

但超级潜艇内部毫无动静，它们似乎对东亚战区的潜艇接连击沉自己的舰船毫不在乎。

聂雍可以理解——他们都在看稀奇嘛！都在看沈苍！

"进入控制室。"

大脑深处突然响起一个声音，这个声音聂雍从未听过，却知道那是影子的声音。不同于毫无感情的电音，这是一个平和的微带磁性的非常特别的男声——至于特别在哪里聂雍说不上来，总而言之，只要听过一次，肯定不会被人忘记。

大概是隔绝了空气和直接传输到耳膜的原因，这次小红球发出来的声音特别真实，就像脑电波那头的人真的正在说话一样。聂雍猛回头，眼前只是一片深蓝的大海，并没有影子的踪迹。进入控制室？为什么他从影子那儿领到的任务，一直都是"进入某控制室……"

"这艘潜艇的表面有一层非常厚的噬光菌生物层，它通过噬光菌对光线和光波的吞噬作用来隐形。也就是说当光射到噬光菌层的时候，这些微生物把光分散并吞噬了，没有光线折射回人的眼睛，自然对眼前的东西视若无睹。"影子说，"噬光菌的品种很多，它们吞噬各种不同的光波，而潜艇本身对外射出伪装光，这种隐形的方法和东亚战区流行的隐形方法不一样，更加隐蔽，它们不向外折射任何光。"

关我什么事？老子文盲，又不去造潜艇。聂雍心想。

"你可以刮一些噬光菌涂抹在自己身上，我帮你发射伪装光。"影子继续说，"如果没有伪装光，不反射光线的物体看起来一团黑，很容易暴露……"

看起来一团黑的人形不就是鬼吗？说不定古代有些人声称见鬼就是

活生生看见了穿越且伪装光坏掉的隐形人啊！聂雍心里一乐。

影子对他穿越到十万八千里外的脑洞浑然不觉，继续说道："他们正在试图通过'灵魂烙印'控制沈苍，我们行动必须要快。这艘超级潜艇携带了巡鱼雷，东亚战区的普通潜艇不是对手，它是航空母舰级的潜艇，一般武器锁定不了它，我正在链接东亚战区指挥舰的系统，一时破不了，先靠我们自己！"

是先靠老子！聂雍小心翼翼地从看不见的潜艇上轻轻刮下一层东西涂在自己手臂上——手臂瞬间一层黑，随即透明了，就像无声无息融化在海水中一样。他不习惯地挥了挥手，神经兽体贴地让他又重新"看"到了自己的手臂——这外挂的感觉真好！聂雍三下五除二将噬光菌涂了自己全身，连同神经兽一起"消失"在了海水中。

巨大的潜艇内部，警示音突然响起。

一个身材高大的白人大步走过来看了一下屏幕，对着自己领口的传声器说话："修斯，头部发现少量噬光菌缺失，损失的数量大概在一升左右，超过正常值，你去看看是不是有东西？"

"有一只很大的章鱼一直缠在那里，现在它游走了。"传声器另一边有人抱怨，"自从那些胖子把东西倒进海里……见鬼！这又是一只什么东西！每天我都能记录几百种没有见过的鬼东西！他们有说为此负责吗？天啊！刚才那只把这只吃了！"

"我觉得你最好还是去看一下。"高大的白人眯着眼睛看系统，"这些数值不正常，可能有人偷了我们的宝贝儿。"

"正在和东亚战区的那些傻子瞎打呢！海里到处都是逃跑的公园蛆，他们哪里逃得过东亚战队的纳米原子模块网？听说那玩意儿还是他们掉在敌人手里的，我看二十分钟之后海里一个蛆都没有了。"修斯的通话器里发出杂音，他正在移动，"我有没有说过我讨厌那种肥嘟嘟、扭来扭去的东西？"

"闭嘴！"高大的白人说，"他们是我们的盟友。你和爱德华把整个区域搜索一遍，不要放过任何可疑的目标。"

"听说对面的指挥官是白无的儿子。"修斯发出怪笑，"不知道如果抓到他，能从白无那里换到多少钱。"

"修斯！"

"是！敬爱的鲁鲁斯·蒙特西队长……我已经发现了那只可爱的小偷。"

被神经兽卷住离开了超级潜艇，掩盖住消失在海水中的过程，聂雍重新向潜艇游去。

神经兽正在给他提供氧气，他不知道神经兽获得的氧气是从哪里来的。

他必须从滑腻的隐形潜艇外找到一个入口进入内部，而刚刚在水里划了两下，不远处的潜艇突然释放出一个古怪的蓝白色机甲，那机甲并不隐形，但在海水光影之中看起来令人目眩。聂雍看了它两眼就感觉到一阵头晕。影子适时说："不要看它，它带有错觉图谱，感觉它！"

老子又不是修真的！你当老子有神识能外放？聂雍闭上眼睛在心里吐槽，但他的确能"感觉"到水下机甲在急速前进，水流正在改变，而神经兽把视觉传递给他。

那见鬼的疑似水下变形金刚的东西有两个人那么大，它的动作非常灵活，前进速度极快，不知道用什么方法一下锁定了聂雍的存在，一丝紫光笔直向聂雍射来。

聂雍可没忘记这紫光细细的一点就把白璧的蓝光潜艇击沉，他向后仰躺，任由自己沉了下去。那紫光从面前穿过，遥遥射中远处的什么东西，只听一声巨响，仿佛又有潜艇或逃生舱爆炸了。

机甲一瞬间冲到了聂雍上方，一只机械手向聂雍抓来。

见鬼！说好的伪装光在哪里？为什么敌人一下子就发现我了？聂雍一边诅咒一边奋力一蹬，踩着机械臂从抓手中游开。虽然他参加过一些水下救生练习，但从来没有人训练他在水下搏斗，何况面前这是一台不知道什么高科技的机甲啊！聂雍蹬开的同时绝望地顺手把一把噬光菌抹在了机甲上——那机甲瞬间黑了一块。

老子这也算有效攻击了。聂雍苦笑。他身上有一把激光匕，但对这种敌人激光匕显然起不到什么作用。

他正在努力逃离的时候，影子突然"咦"了一声："它失去目标了。"

聂雍转过身来，发现那机甲正在原地团团转，几次举起光炮，光炮都转向被他抹了一块黑的地方。他恍然大悟，这偷工减料的机师将目标设定为少量噬光菌，怪不得一下子就能找到他，他涂了一块在机甲上，干扰了智脑的判断。

知道了敌人判断的依据就好办了，他飞快地伸出手，将噬光菌抹在身边漂过的一块潜艇残骸上。

不到两分钟，一道紫光飞过，几乎是瞬间，那块残骸就在远处爆炸。

聂雍被爆炸的力量推出老远，绕过了超级潜艇底部，远离了那要命的机甲。但他也不闲着，匆匆忙忙又制造了几十个伪装目标，小心翼翼地贴上了超级潜艇。

那台懒惰的机甲失去机会，无法通过其他手段判断他的存在。而巨大的潜艇正好成了最大的伪装。

要怎么进去？

聂雍心中暗想：这玩意儿虽然是个高科技，但肯定在哪里也会有个门。

"左边，好像有一个深沟。"影子突然说。显然他也不太了解眼前这庞然大物的结构，并且对方的噬光菌令他不敢轻易释放出探测波，探测波有可能被吞噬，也有可能触动对方的防御网。他只能使用最微弱的热探测来"看"这艘潜艇。

左边的确有一个比较深的凹槽，影子不能共享神经兽的感知，看得比聂雍还不清楚。

那是个噬光菌的缺口，大概是被蓝光潜艇的光炮划过，虽然没有正中潜艇，却刮了一条噬光菌的"深沟"。聂雍立刻凑了过去，填上了那个凹槽，身后的机甲一闪而过，恰好没有发现他的存在。

看着那机甲轻而易举地销毁了他刚才制造的伪目标，聂雍摸了摸下巴，他要进入这艘庞然大物，也许唯一的契机就在这只凶残的机甲上。

那架机甲消灭了所有伪装目标，回过头来，即使是聂雍也看得出它十分不满意，怎么办？

一直游离于战争之外，还并不怎么感觉到真实的聂雍渐渐有些焦急，遥远的海洋深处潜艇正在和巡鱼雷激战，他看不清巡鱼雷是怎么作战的，但一艘艘潜艇正在爆炸沉没。人体和破碎的残片混合在一起在海水中震荡，聂雍还没想到出了什么事，忽然影子低呼了一声："伊罗莎公主海星……"

十几只海豚模样的海兽匆匆游了过来，靠近受伤士兵的时候骤然张开身体，以巨大幕布的形式将士兵卷走，片刻之间，受伤带血的士兵被卷走了十几个。

聂雍感觉毛骨悚然，随着大批不知道是"伊罗莎公主海豚"还是"伊罗莎公主海星"的鬼东西出现在海里，海洋中一片血污，大量鲜血混浊了海水，什么都看不见了。

神经兽传递来混乱复杂的情绪——聂雍觉得它大概是在害怕，他发现另外一些东西在血污中游动。

那是成千上万的星障人慢慢地从海底涌了上来。

看着一个接一个雪白的似人非人的鬼东西浮上来，连聂雍都感觉毛骨悚然——他觉得自己大概从上次看见星障人迁徙就得了密集恐惧症，看着这一片白壮壮、光秃秃的人体，隔夜饭都要吐出来了。

"哗啦哗啦"水声阵阵，超级潜艇也发现伤员带来的危机，十几架和刚才一样的机甲被送了出来，十几道紫色的光炮射向成千上万的星障人。

星障人四分五裂，各种各样的残肢流星般爆开，纷纷掠过潜艇表面的噬光菌菌群。聂雍灵机一动，跟着那些东西在菌群中移动，暗想潜艇外部的探测器应该难以分辨噬光菌群中移动的是星障人还是他聂雍，毕竟形状都差不多啊。

他谨慎地在未知的黏稠液体中爬行，很快到了释放出机甲的舱室门口。

那个口子果然还开着，大概机甲仍然要通过这个口子返回潜艇。聂雍看了一眼——那门口是一个传送带，里面是层层叠叠的机械构造，还有些小型机器人在传送带缝隙里移动。

贸然进去一定死得很快。

怎么办？

聂雍回过身来，右手伸入口袋，握住了激光匕。

他观察到机甲们正在和星障人激战，越来越多的残肢在海水里旋转，一大群伊罗莎公主海星绕着星障人打转，似乎正在思考这些惨白的东西能不能吃。而机甲们完全无视了伊罗莎公主海星，他们的目标只是星障人。

聂雍的眼中迸发出了光亮——几乎是同时，影子说："抓住一只海星！"

抓住一只海星，就能接近机甲！

聂雍紧握匕首，从隐身的噬光菌群中游了出去,同时呼唤:"神经兽！"

背脊中的神经兽给了他隐约的回应。

聚精会神冲出去的时候，他没有想到神经兽是个恶心的触手怪或是害他沦为"宠物"的罪魁祸首，他认为他呼唤的是一个亲密战友！一个值得托付的个体！一个值得相信的人！

神经兽！

抓住一只海星！控制它！靠近一架机甲！

◯ 七十五 逆袭的聂雍

神经兽从聂雍脊背处弹射出巨大的触手，推动他在水中前进，一群伊罗莎公主海星感觉到水流异常，四散分开，神经兽的触手横扫出去，卷住了其中一只。

对于带着成千上万支神经的神经兽来说，卷住一只海星不算什么。

它的动作极快，只是一瞬间就抓住了一只海星。跟随着神经兽的触手扑上海星背部的聂雍抓住它的"胸鳍"，强迫它游向一架机甲。

但伊罗莎公主海星的力量极大，遭遇到聂雍的袭击，它本能地将蜷缩的五足舒展开来，暴露出狰狞的獠牙，做出了攻击的姿态。

有架机甲警觉到身后水流的变化，回过身来只见一只扭曲的伊罗莎公主海星张开了五足，以狩猎的姿势向自己扑过来。机甲中的两个人十分诧异——这种基因生物从不和机甲为故，它们身上都携带着鹅兰娜海国植入的微脑和间谍设备，无时无刻不在采集和窃听大海中的一切变化情况，它甚至不是一种纯粹的自然生物，一直处于人类的操纵之下，怎么会突然向机甲发起进攻？

惊讶了一下，机甲的武器口抬起，还是对准了伊罗莎公主海星。

但就在海星扑向机甲的一瞬间，大海中的水流被疯狂的海星搅乱。

聂雍紧抓伊罗莎公主海星的一只腕足，几乎是被它甩向了机甲。

机甲中的两名机师看见一只奇怪的章鱼和伊罗莎公主海星一起冲向了自己，机甲向缠斗的巨大海兽开火，紫色光线直射神经兽，洞穿了神经兽一只巨大的触手。肉质的神经组织瞬间支离破碎，还在噬光菌包围中的聂雍感受到神经兽受到的极大冲击，那剧痛感同身受般传递到他身上。但聂雍咬紧牙关，扑到了机甲上。

海水震荡，伊罗莎公主海星和神经兽正在疯狂厮杀，它们的腕足偶然抽打到机甲上，即使机甲的报警频繁响起，两个机师并不警觉，也无暇顾及，他们正操纵紫光向"章鱼"和伊罗莎公主海星射击，那只"章鱼"受伤惨重，损失了三分之一的肢体，而伊罗莎公主海星紧紧地缠绕在机甲上逃避攻击。随即蓝白色机甲转换了颜色，变得赤红，瞬间的高温直接将伊罗莎公主海星煮熟了。

攀爬在机甲上的聂雍感觉到周围温度升高，但身上的战队队服隔绝了高温，如果他有时间低头，会看见手腕上显示身体和环境指数的数值达到了临界点。但他没空看，其实就算有空看他也看不懂。

带着错觉图谱的机甲表面非常光滑，是传统隐身设计所展现的那种平滑角度结构，利于反射探测波。但对于想要从外部进入机甲的聂雍来说，这玩意儿简直是无处下手。假扮章鱼又受了重伤的神经兽趁着伊罗莎公主海星被煮熟的那瞬混乱，溜回了聂雍脊柱内，消失了。

怎么办？强攻无效，需要引蛇出洞。

聂雍从机甲背上游向机甲伸出的武器口，试图破坏它，这东西不知道是什么材质……耳边突然响起一个声音："这种双人深潜机甲名为'双星'，一般用在科研采集，配备一个技师和一架机甲师。机甲师负责战斗，技师负责采集和数据分析。他们从来不离开机甲，因为这款机甲不允许操作员在驾驶状态中离开机甲。"

聂雍握住激光匕的手顿住了，要死——想要引蛇出洞，可是蛇根本就不出来。蛇不出来，他要怎么进去？他进不去，要怎么通过机甲进入超级潜艇内部？

"'双星'的智脑和机甲师的脑电波直接相连，我一侵入，机甲师就会发现，与机甲相连的主系统也会察觉。"影子说，"但这是一台采集为主的机甲，你可以被采集进去。"

什么叫作被"采集"进去？聂雍简直不能想象，假装自己是一只珍禽异兽吗？

他全身沾满了噬光菌，除了从超级潜艇出来的第一架机甲，别的机甲并不能发现他，要怎么样假装自己是一只珍禽异兽？

聂雍伸出右手，突然擦掉了自己一撮头发上的噬光菌。

正在掉转枪口，打算继续和星障人激战的机甲顿了一下。

坐在操作舱内的两个人看见在距离机甲极近的地方，出现了一团黑色的……不断游动的生物。该生物不停地摇摆，显然是有生命的，很像是一撮头发。

但在这撮奇怪"头发"的后方还有一条长长的蛇一样的尾巴在扭动，那尾巴忽长忽短，有时候分两叉，有时候分三叉。

"嘿，林，那是什么？"操作舱里面的机甲师问技师。

被称为"林"的技师是一个瘦小的东亚人，有Z国血统，叫作林北辰。他看了一眼这奇怪的变形蛇，用探测光将这东西扫描了一遍，看到数据，他有些振奋地说："这东西可能是一种罕见的海生神经兽，不知道寄生主生物是什么，这种头发模样的海葵从来没被发现过。"

机甲的采集器张开，将"长着一撮头发的海生神经兽"收进了采集框内。

远处一束紫色光袭来，"砰"的一声正中这架机甲。

机甲师P·滋滋大叫一声："修斯！你在干什么？"

发出袭击的正是出来抓捕聂雍的那架机甲，修斯通过联络器也大叫："蠢货！那是用噬光菌伪装的敌人！快启用噬光菌探测器！那是敌人！"

林北辰手忙脚乱地要封闭采集舱，采集舱通常是和操作舱隔离并密封的，但距离极近，在完全隔离之前需要下一个"锁命令"。而机甲被同伴的紫光炮击伤，不停地发出警告，P•滋滋被修斯的光炮打得晕头转向，破口大骂，一连串的脏话通过联络器向修斯喷了过去。

　　"小心你们捞到的东西吧！"修斯冷笑，"那不知道是什么的玩意儿可能是东亚战区的秘密武器。"

　　P•滋滋心中一凛，能无声无息发现并接近他们主潜艇的未知物可不正是强敌？

　　"林，给采集舱充水，释放剧毒物，让我们看一下抓到了什么？"他说道。

　　这时候顺利进入机甲内部的聂雍被倒进了一个鱼缸模样的小型方形隔离区内，这个"鱼缸"是完全密封的，要不是神经兽仍然为他提供氧气，没几分钟他就要被淹死——这也是塔黄岛上的人没有怀疑进来的是一个"普通人类"的原因。

　　"普通材质的隔离缸。"影子轻声说，"切开它。"

　　聂雍也知道对方不可能毫无警觉，他手中的无刃激光匕挥出，透明的隔离区破裂，海水喷涌而出，将采集舱的地板染黑了一大片。聂雍低头一看，这地上涂了古怪的颜料，沾水就变黑，不知道有什么用，不过一定不是什么好东西。他在破碎的隔离缸上面撑了一下，越过发黑的区域，一刀向内部的"墙壁"砍去。

　　采集舱向内的一面平平无奇，在激光刃下一切即碎，一头巨大的"鳗鱼"模样的海兽滑了出来，原来是隔壁的难友。

　　聂雍出手如电，直接就将"鳗鱼"的头削了下来，那"鳗鱼"喷出蓝色的血液，血液和地上的黑色区域相接触，居然冒出"哧哧"的热气。

　　这两样东西都不是什么好东西！聂雍并不知道热气来自林北辰向采集舱发出的"释放剧毒物"命令，毒气刚刚从通风系统喷入，聂雍却砍开"墙壁"，往内突进了。

"嘟嘟嘟——"机甲内的警报不断响起，总能源遭修斯的紫光炮打击而受损，采集舱受到高能破坏。

聂雍的破坏能力并不大，但是速度极快且角度刁钻。他只是在隔离区砍开一个缺口，足够他出入就钻出去了。影子不断指导他扑向防护最薄弱的环节，仅仅五分钟，聂雍就砍开两个窄小的隔离缸，横穿了整个采集舱，抵达了操作舱背后。

P·滋滋和林北辰十分震惊，那未知的东西和他们只隔着一扇门！

虽然那是一扇高密度材料特制的隔离门，但是这里面的东西显然不同于任何品种的海兽。

它极其强大，具有极高的智商。

"林，加大量释放剧毒物！"P·滋滋简直不敢相信里面的剧毒物对这东西无效。

"我要关闭毒药系统！它马上就要出来了！快向母舰报警！我们应付不了它！一旦隔离门被破，连我们都会死在剧毒物下！"林北辰吼叫。他关闭了毒气系统，而"锁命令"已经下了，现在只能期待那东西无法通过这扇门！

P·滋滋快速驾驶机甲返回母舰，他们需要帮助！

"双星"是对外的机甲，他们无法应付来自内部的袭击。

而以往能完美控制采集物的安全系统根本无法抵御侵入机甲内部的那个凶物！

聂雍根本不知道自己正在被机甲师称为"凶物"。

他觉得在这机甲内部突进非常容易，容易得有些奇怪。这些机甲并不是由钢筋铁骨之类的强材质制造的，它的材质非常轻，东亚战区联盟国家战队的标配武器无刃激光匕对付这种超轻材料简直如同砍瓜切菜一样。而现今的机甲内部并没有电线，这又大大节省了他的力气。

这是什么玩意儿？纸老虎啊！聂雍在心里吐槽。他并不知道"双星"针对的是海生物，使用的材料充满了弹性，以抵抗海兽强大的冲撞和拍打的能力为主。如果他不是使用激光匕这种聚集点微小到分子的高能武器，这些墙面连子弹都能反弹。

聂雍五分钟内突破采集舱，到了操作舱的密封门后。

密封门上的灯正在闪烁，聂雍看了看，表示不懂。

"激光匕破坏不了这扇门。"影子及时说，"他们已经启程返航，我们在接近超级潜艇。"

聂雍正在逐渐显形——身外的噬光菌因为脱水和空气中的剧毒物在死亡，它们死亡之后，聂雍慢慢显露出形体。他终于看到了噬光菌的本体——那是一种褐黄色的柔软如海藻胶的糊糊，略带透明，还不算非常恶心。

"空气中有微量未知毒物。"影子并不能探测这些毒物，毕竟他只能释放出简单的探测光，不能接触实质。他通过噬光菌的死亡速度判断出有毒物，但不知道那是什么毒物，也不知道为什么它似乎对聂雍没有影响。

聂雍耸耸肩，影子说激光匕对这扇门无效，他试着砍了两下，果然毫发无损。但机甲师和技师就在这扇门后面，如果他控制不了这架机甲，进入超级潜艇内毫无疑问是会被活捉的！

怎么办？聂雍眨了眨眼睛，说道："影子，这架机甲还是通过电操纵的吧？"

"是。"影子不知道他是什么意思，飘动了一下，说道，"发电的是能源体。"他想解释说当前发电的原理和一百多年前完全不同，不能像一百多年前那样通过破坏发电机或发动机来阻止机甲运行。

"你好像也很久没充电了。"聂雍的眼睛闪闪发光，"我记得你强行充电的本领很强大啊！"他看着影子，"我看你就在这里充电，把这架机甲的电源都充光了，这扇门不就开了吗？"

影子沉默了一秒钟。

聂雍狐疑地挑眉："做不到？"

影子说："不是。"

聂雍掏出小红球，轻轻放在地上。小红球周围很快聚集起电弧，紧接着电光突破周围介质的电阻，硬生生通过地面材质和空气强行充电。

明亮好看的电弧在空气中和墙壁、地面上闪烁，宛如光之舞蹈，高温让四壁和地面扭曲变形，墙壁融化的材质令电弧变色，分化出明亮的粉红、粉紫、明蓝等色，电弧飞舞跳跃，随空气的流动灵动地扭转，简直是一场光电的盛宴。

这是聂雍第一次平心静气地看着这个"高科技"充电，他由衷地赞叹这景象非常美，人类技术的进步在某些层面上是灾难，在某些层面上却是奇迹。

P•滋滋马上察觉到机甲产生高耗电，高声叫骂："该死！发生了什么？"

林北辰问："怎么了？"

"有什么东西在偷我们的能源！"P•滋滋大叫，"那东西太耗能了！我们的电源支撑不了几分钟！"

"还有三分钟！足够我们上母舰了！"林北辰紧咬牙关，"把那个东西带上母舰，快通报鲁鲁斯•蒙特西队长！"

密封门背后。

"快点快点！我们马上要被活捉了！"聂雍隐约听到前面操作舱里有人大吼大叫，即使听不懂也猜得到在说什么。

影子并没有动，那充电的光却如同烟火般绚丽绽放，电弧简直布满了墙壁和地面的每一个角落。电光完美地避开了聂雍的身体，聂雍一脸赞叹地看着周围细小的、微妙的、宛如毛细血管或新生树根般的光，它们环绕着他、闪避着他，却又和他同在。

仅仅是一瞬，操作舱响起一声大叫！机甲内部一黑，失去动力，往深海缓缓沉下。

密封舱的"锁命令"失效，聂雍一把拉开了舱门。

P•滋滋和林北辰被操纵机甲的智脑扣在座位上，P•滋滋已经挣扎解开了一半，林北辰却还来不及解开。聂雍借着影子那微弱的光，一挥手重重击在林北辰后颈。

从来没参加过肉搏训练的技师立即陷入昏迷。

P·滋滋大惊失色，取下头盔从椅子上跳起来，一拳向聂雍挥来。

聂雍抓住他的拳头，轻轻一拉，身材高大的P·滋滋便失去重心，往前摔倒。聂雍一肘击落，正中P·滋滋后脑，高大的机甲师摔了下去，再也没爬起来。

聂雍站在漆黑的操作舱中，影子连接机甲的电源，整架机甲明亮起来，密封门的"锁命令"恢复，将采集舱的毒气重新隔绝。林北辰和P·滋滋躺倒在聂雍脚下，聂雍不可思议地看着昏迷的两个人，这么菜？真是不堪一击。

"塔黄岛不适宜变异人居住，能在这附近活动又不受影响的，只能是自然人。"影子适时说。

聂雍长舒一口气，踩了踩脚底下的两人，陡然有一种扬眉吐气的感觉。

联络器内传来修斯和鲁鲁斯·蒙特西的呼叫。聂雍以为影子会模拟地上那两个废材的声音，但影子比他想象的更聪明。

影子给整架机甲系统的能源忽强忽弱，联络器若断若续，沙沙作响，仿佛机甲师最后的挣扎。而整架机甲的外观也是忽明忽暗，显示能源极不稳定。

在这种情况下，这架重启的"双星"机甲仍然按照预定的路线，缓缓漂向超级潜艇。

修斯的D01号机快速游过来，抓住了这架机甲的手臂，带着它抵达登陆台，进入了超级潜艇内部。

聂雍紧握手中的激光匕，他有一种前所未有的信心——他能救出沈苍。

塔黄岛显然对东亚战区的"突袭"早有准备，他们极其自信，做了充足准备。

过度的自信，就是他的机会。

将双手放在膝盖上，他盘膝而坐，深呼吸，挺直腰，做好了准备。

沈苍，我来了。

◯ 七十六 三步之内

这架"双星"D55 号机被 D01 号机托住,一起进入登陆口。早接到警报的超级潜艇派遣出战队将登陆口团团围住,只等 P·滋滋和林北辰出来,他们就要上去搜捕那只未知生物。

D01 号机里的修斯并没有携带技师,他本身既是机甲师也是技师,像他这样技师出身却能操纵机甲的自然人非常少,以脑电波操纵机甲也不是人人都能做到的,至少要有一点偏向脑电波的变异倾向。比如说战龙公园的那些圆滚滚的公园人,他们就很容易做到。

然而"双星"D55 号机突然抬起紫光炮,炮口转向 D01 号机,在极近的距离下给了它一炮。

只听"轰"的一声巨响,毫无防备的 D01 号机被紫光洞穿,联络器里传来修斯凄厉的惨叫。

围住 D55 号机的战队大吃一惊,手里的气压弹对准了 D55 号机。主系统发出警示:"警报、警报、登陆口发现高能反应,警报、警报、登陆口发现高能反应。"

被洞穿的 D01 号机燃起熊熊大火,D55 号机的紫光炮击穿了它的能源体,电流暴走,在机甲上噼里啪啦地闪烁。穿着防护服的修斯半身染血,疯狂地捶打着操作舱，然而他并不能主动出来，这是台深潜机甲。

"关闭 D01 号机和 D55 号机的操作权限！弹射机甲师！"鲁鲁斯·蒙特西的声音从联络器里传来，这位高大沉稳的潜艇指挥官还没有发出过这么暴躁的声音，如今喊着，"发布全艇黄色警报！未知敌袭！"

聂雍并不会使用什么脑电波，他连自己的脑电波在哪里都不知道，所以刚才那一炮是影子使用自己的脑电波操纵机甲开的。聂雍并不知道这表示影子是一位非直接接触，仅仅使用远程脑电波就能操纵机甲的高级机甲师，反正高科技嘛，一切都是理所当然的。

在修斯被烧成焦炭之前，他被 D01 号机弹射出来，重重着地之后，不知生死。

而 D55 号机并没有响应鲁鲁斯·蒙特西的命令，终结操作权限，弹射机甲师。

它的紫光炮横了过来，对准了面前的潜艇特战队。

聂雍瞪大了眼睛，他以为进入潜艇之后应该是他大放光芒、横扫千军的时候，结果武力值为零的影子绑架了这架菜鸟机甲，他是要取代老子在这里横扫千军吗？

"你要干什么？"聂雍心惊胆战地问。

影子在操作舱里微微飘浮着，他拒绝回答。

几架单人操作的轻型机甲冲了出来，地上的战队对 D55 号机使用各式各样的武器。但那些武器的威力都不大，毕竟这是在潜艇内部，潜艇紧急情况预案里面并没有"有人劫持机甲冲入潜艇内部"这种情况。

聂雍面色呆滞地坐在 P·滋滋的位置上，看着影子操纵 D55 号机闪避、跳跃、旋转、扫臂、肘击，他不知道是什么子弹和光焰向着围攻他们的战队和单人机甲扫射。

在连绵不断的爆炸声和惊叫声中，超级潜艇的特战队员死伤遍地，鲜血将登陆口的地面涂抹成触目惊心的颜色，单人机甲架不住"双星"坚固的外壳一连串扭、甩、推、拖，几乎是一经接触就扑地不起的节奏，大部分关节零件都损坏了。鲁鲁斯·蒙特西通过监视器看着登陆口的情况，目瞪口呆，他从没想过"双星"机甲竟可以如此悍勇，那不过是一架采集机甲。

虽然 D55 号机悍勇无双，但超级潜艇派遣前来支援的队伍越来越多，很快机甲的光炮和子弹耗尽，影子仍旧操纵着机甲灵活闪避围捕。聂雍瞪眼看着影子造成的死伤——遍地尸体，感叹影子下手居然毫不留情。

他根本不是 BUC 公司的什么前科研人员！聂雍再没有比现在更清醒地认识到这点——根本不可能！没有经历过死亡威胁的人如何能面对死亡？未经过战火的人如何能释放战火？连他都做不到出手杀人——虽然面前这些是要命的敌人，但聂雍仍然下不了手。

他下不了的手，影子毫不犹豫地下了。

血溅三尺，涂墙沥地，横尸触目惊心。

在 D55 号机甲脚下，损坏的机甲残片混合着死亡的尸体，五颜六色的、湿淋淋的垃圾一样的东西堆积在一起，血液和机甲油混合在一起。

而 D55 号机举着无法再发射的光炮，横臂直立，即使浑身是伤，仍旧巍然站在众人面前，犹如恶魔。

"聂雍。"就在聂雍呆滞的时候，影子的声音响起，仍旧平静、淡定，非常特别的音质进入他的耳朵。

他说："D55 号机的操作舱被撞开了，你把全息系统留在机甲里，一分钟后，我送你出去。"

他又说："我必须留在这里，只有你能救人。"

聂雍紧皱眉头，说道："老子从来没像现在这样觉得自己一点用也没有！你都这么牛气了，还说什么'只有你能救人'？根本就是胡说八道……"他深深觉得自己被小红球骗了！这么个超级杀器，杀伤力虽然比不上沈苍，但和威尔逊、叶甫根尼之类的也不相上下，枉他一直以为影子是个纯嘴碎的分析狂！

"15 分钟后，D55 号机全面崩解，我尽量把毁坏的时间拖延到 20 分钟。"影子说，"沈苍……不能落在敌人手上！我教你怎么启动他的'灵魂烙印'！与其让他被别人绑定，不如是你！快去！只要沈苍醒了，一切都不是问题！"

聂雍还来不及拒绝，在 D55 号机的一个急速旋转中，骤然从破碎的操作舱里被甩了出去。影子同时开启了最高强度的深潜照明，强光炫目，在场的自然人纷纷闭上眼睛，监视器前面一片白花花的曝光过度，聂雍往登陆口的一角坠落，"咚"的一声响，掉进了一个柔软的胶袋。

◯ 七十七 使用者

"灵魂烙印"这个词，聂雍只在玄幻小说里见过，多数出现在亡灵法师和他召唤出来的邪灵之间，像沈苍这种人间凶器，居然也有"烙印"什么的让人控制，实在难以想象。

在塔尔塔洛斯的巨蛋，当影子发现沈苍是人造人形武器的时候，聂雍依然昏迷不醒。而在"那杰斯号"飞艇上，尹松鼠揭穿沈苍是个人形武器并失控十一年的时候，聂雍已经离开飞艇。

所以他并不清楚沈苍是怎样的人形凶器，但无论怎么看，沈苍都是登临世界绝顶的超级强者。

这样的强者，居然要屈服于一个什么"灵魂烙印"，白璧想要完全控制他，而这艘潜艇里的不知道什么人也想要完全控制他。连影子也说，与其被别人控制，不如让他去控制他。

为什么沈苍就一定要被人"控制"呢？

聂雍很困惑，沈苍虽然武力值匪夷所思，但他从来不是一个嗜杀、暴虐、叛逆、心怀不轨的人，凭什么大家都不相信他，都非要把他"控制"了呢？

影子巧妙地将聂雍抛入登陆口的"垃圾袋"里，袋子里装满了机甲身上去除的来自深海的海带、垃圾或稀奇古怪的死生物，加上聂雍身上原本的噬光菌黏糊的尸体，现在聂雍看起来几乎不像是一个人。

身后不远处，影子操纵着 D55 号机甲独战群雄，聂雍假装是一团垃圾或尸体，从垃圾袋里"滑"出来，贴着地面向距离最近的一个门游动。

神经兽为他传来清晰的图像——门后是一个整理采集物的清理区，里面有一些穿白衣的工作人员。

人太多，不适宜行动。

聂雍滑向另外一个房间。

另外一个房间停放着一辆样式奇怪的推车，推车上有一条解剖了一半的长着一张愁眉苦脸的人脸的大鱼，聂雍已经忘了影子曾经给他科普过那是"水滴鱼"。这个房间里没有人，显然正在做解剖的人被外面 D55号机甲的袭击引开了。

没有人，但是可能有监控——即使看监控的人现在都在看影子的孤军奋战，只要给他们几秒钟的时间，也能发现这个房间的异常。

聂雍紧贴着门口，他只有十五分钟，距离沈苍他们被控制的房间仍然很遥远，怎么办？

他必须得到一个能在潜艇内自由行走的身份。

就在这个时候，他突然看见那条被解剖的"水滴鱼"的鱼尾上挂着一块牌子，那是一张淡绿色的卡片。聂雍心念一动——那会是什么玩意儿？正在他横躺在房间门口装垃圾，偷看那张卡片的时候，身后的神经兽突然探出一条纤细的触手，将那张卡片卷了回来。

卡片上有　排外文。

文盲聂雍额头上青筋突起，但即使看不懂，他也能想象这玩意儿是那条经历了验证的水滴鱼的身份卡。

时间不多，在没有办法的情况下，活人当死鱼试了。　　．

聂雍双腿一个用力，溜向通往内部的走廊门口，在一片混乱的登陆区，这么一团垃圾在地上滑动的确没引起谁的注意。靠近门口的时候，聂雍一跃而起，用卡片刷了下门禁。

"嘀嘀"两声，门果然开了，门禁上显示一排文字，可是聂雍不认识。

门上体现的是"待检品"。

进入走廊之后，身后大门关闭，无论如何，那些武力值超群的特战队和单人机甲都锁在了门口。聂雍站起身来，抹去身上乱七八糟的垃圾，拿着那张可以刷开门的卡往潜艇深处狂奔。不到万不得已，他不想使用无刃激光匕砍门，虽然理论上这艘潜艇内部的都应该是自然人类，但双拳难敌四手，能不惊动敌人尽量不惊动敌人。

神经兽指引着他往潜艇深处走去，走进一个隐藏在三重密封门之后的房间。

在用"待检品"刷开第一重大门后，整个密封门周围突然开始报警。聂雍再也没耐心假装什么死鱼，无刃激光匕挥出，突破那两扇不知道什么材质的大门，冲进了关着沈苍的房间。

只听"唰"的一声微响，什么东西掠空而过。

聂雍后倒横躺，同时一匕划出——长长的高能激光在房间里画了个圈，四壁崩裂，有些东西被高温点燃，开始冒出火焰。对面射来的一排子弹被聂雍闪过，这个房间里居然留守着十架持有枪械或巨型冷兵器的单人轻机甲，此外还有二十个普通特战队员，几十把枪齐齐对着聂雍。

聂雍的激光匕绕腕飞转，雪白的高能激光宛若飞虹一圈圈地抖出，第一架机甲冲了过来，他着地一滚，从机甲的步伐之间穿过，在翻滚的时候，他看见了仍然躺在水缸里的沈苍。

地上威尔逊的血已经干了。

尹松鼠被五花大绑在墙上，满身血迹斑斑。

旁边铁笼子里的薇薇·夏洛特呆呆地看着搏斗中的聂雍，仿佛不知道发生了什么事。

而在聂雍眼中只看见了一件事——"水缸"之中，有一根奇怪的针，透过沈苍的头发，直直刺入了他的大脑中。

而那根针是个纤细的导管，中空的针管里面还有一根极细的线，那根线连接着一个巴掌大的黑色金属物。有两个身材肥胖、四肢短小的人头上戴着智脑头盔，闭着眼睛。他们的智脑上也有一根线连接到那块黑色金属物。

聂雍一刀向坐在椅子上的两个胖子砍去。尹松鼠人被挂在墙上，不知道什么东西堵住了她的嘴，她震动着扣住四肢的锁链，"呜呜哇哇"地叫着，仿佛有什么非常重要的话想说。

两个胖子依然闭着眼睛，但十架机甲已经瞬间围了上来。

一排烈焰喷向聂雍身后，聂雍无刀激光匕脱手，向两个胖子掷去——奈何那玩意儿不是刀，高能激光从胖子们身上划过。他们肯定穿着不知道什么防护服，激光对他们无效。

"当"的一声，即将耗尽能量的激光匕只砸中了一个胖子的肚皮，反弹落地发出一声巨响。

聂雍身后的烈焰将他的头发都烧着了，他眼珠一转，再着地一滚，熄灭了火焰，然后滚到了一架机甲脚下。那单人机甲的外壳非常坚硬，聂雍一滚过来，它抬起脚就踩。它一抬起脚来，聂雍突然就站了起来，双手抓住机甲刚刚抬起的脚往上一推，那本来就微微失去平衡的机甲后仰摔倒，和身后冲过来的另一架摔成了一团。

一把刀已经到了聂雍身后，聂雍一个俯身，百忙之中看见挥刀向他砍来的是一架鲜黄色的单人机甲。这是持冷兵器的机甲之一，聂雍往关着薇薇·夏洛特的笼子后面急闪，只听"当"的一声响，长刀砍在铁笼上面。

周围响起咒骂声，原先聚集在房间里的人们远远避开，都在等待机甲将突然闯入的聂雍制服。他们对沈苍大脑的探索刚刚起步，还没有找到所谓能控制这个"超级战士"的关键点，聂雍突然闯入令他们惊怒交集。

"砰"的一声，另一把长枪似的武器又撞上了铁笼，聂雍绕着薇薇·夏洛特的笼子东躲西闪，子弹和冷兵器不断撞上铁笼。铁笼里的薇薇·夏洛特满脸惊恐，在一声"嗡"的长鸣声中，铁笼骤然被一枚重型弹跳弹震开，薇薇·夏洛特下意识地从笼子里走了出来。

聂雍长舒了一口气，但房间里的人们并没有发出惊叫。

他们似乎并不感觉到危险。

薇薇·夏洛特外貌娇美柔弱，从被"捕捉"至今非常柔顺，没有体现出任何攻击性。塔黄岛上的管理员们只是把她作为东亚战区的人质扣押着以至于薇薇·夏洛特破牢而出，他们甚至毫不紧张。

那只是一个不懂事的小女孩，也许是那艘被击沉的船上哪个年轻人的女朋友。

"薇薇。"聂雍本能地躲到了薇薇·夏洛特身后，说道，"威尔逊怎么了？死了吗？"

"没有。"薇薇·夏洛特面对着前面快速移动的机甲以及几个举枪对着她的敌人，仍然是一脸茫然，"他们殴打了他……抢走了……那个。"她指了指连接着两个胖子和沈苍的黑色金属物，"那是威尔逊的！"

见鬼！那是白璧交给威尔逊让他控制沈苍的吧？聂雍说道："你有没有哪里不舒服？感觉还好吧？"

"我有点饿。"薇薇·夏洛特有点害羞，脸上浮起一层微红。

刚才发射出弹跳弹，不小心震开了铁笼的机甲挥起手臂，抓向薇薇·夏洛特。整个房间里，所有的人都在吐槽：这冲进来的不要脸的家伙居然躲在女人背后！

薇薇·夏洛特的左手抬了起来，那是个功能非常落后的机械臂，尤其斑马纹饰的三爪极其难看刺眼，搭配上薇薇·夏洛特年轻美丽的脸庞，没人相信它能发挥出什么威力来。

聂雍闭上眼睛。

"乓"的一声巨响。

那橙色机甲呆若木鸡地站在原地，一滴鲜血顺着被洞穿的机甲臂滴落在地上，然后是更多的血液滴落。机甲师不可置信地看着面前的美少女。

美少女微微侧着头，神态依然是懵懂的。

但自己的右臂被那只奇怪的机械手洞穿，连骨头都被拧得粉碎，自从成为机甲师以来，他从来没受过伤，更从来没有想过有武器能直接穿透机甲的防护，拧碎自己的骨头。

"啊——"机甲师发出一声惨叫，抱着右手跪倒在薇薇·夏洛特面前。

太好了，这些暴徒都让美少女去以暴制暴！聂雍幸灾乐祸地后退几步。果然"下水道巨兽"的暴力并不是源于薇薇·夏洛特那接触了什么绝种的青草会过敏的变异体质，而是源于她当了几十年载背鹭足鳄的经历。

那股凶残之力，源自灵魂。

灵魂！

聂雍放心地把后背交给了薇薇·夏洛特，他伸过手去探了探威尔逊的鼻息——还有气。

墙上的尹松鼠呜呜直叫。

但他不太放心这个背景曲折复杂、疑点重重的女人。

背后武器的光亮纵横，子弹和烈火炸开团团火焰，整个房间温度上升，不住地微微震动。聂雍的手伸出去，触及了深入沈苍大脑的那根针。

与沈苍大脑连接的那两个胖子依然静悄悄的，毫无反应。聂雍双手一提，将他们俩头上的智脑头盔一起拎起。两个胖子陡然从脑电波的世界脱出，睁眼看见面前凶神恶煞般的聂雍，吓得齐声尖叫，短小的四肢不住挣扎，居然很难自己从椅子上逃下来。

聂雍嫌恶地将这两个人踢开，他们摔下地板，慢慢向墙角穿着白色衣服的科研人员那里爬去。爬到半路，"咚"的一声，一架机甲横倒，惨叫声中，两个胖子被压在下面，发出杀猪般的声音。

沈苍依然平静如昔，对身旁发生的一切毫无所觉。

聂雍看了他一眼，不禁叹了口气，这厮是当今世界上人人想要抓在手里的杀器啊！他也是深受人民的喜爱和崇拜，任何势力都忌惮和恐惧着的超级强者。

他看起来也只是个人。

想着，聂雍手腕一翻，将智脑头盔戴在了自己头上。

灵魂烙印。

那是产生于灵魂之中的烙印。

影子说，脑电波与脑电波的交融能让人看到完全不同的世界，就如同徜徉于别人的灵魂之中。沈苍的大脑有一部分是智脑，他的脑电波有三分之一来源于智脑模拟的生物电，侵入沈苍的脑电波中，重新链接那台失控的智脑，在智脑中登记使用者的脑电波记号，他就能为你所控。

使用者。

这是个极其可怕的词。

登记了"使用者"的智脑会向沈苍的残余大脑发布命令，能完全扭转他的行为和思想，做到完全奴化。

而"使用者"只需要通过智脑放大或传递自己的脑电波命令，就足以令千里之外的沈苍赴汤蹈火。

他能做任何事。

七十八 灵魂烙印

聂雍从不知道什么叫"脑电波"的世界，他对脑电波的唯一理解来自全息游戏，那也是个戴上头盔就可以玩的系统，里面的花花草草看起来和真的一模一样。

但那是个游戏，里面的一切都是假的。

头盔里的世界首先仍然是一片黑暗。

随即他看到了千千万万个光点，就像数千米深海下的生命，它们或隐或现，发着微弱的光，那些光与"明亮"毫无关系，却能让人感受到那是生命。

这些微弱的光点就是来自沈苍的脑电波，浩瀚的、广阔无限的那部分来自沈苍的大脑，而其中应当有一些光线均匀、闪烁的，节奏平稳、与其他光点格格不入的，那就是智脑模拟的微电流。

但聂雍根本分不出那些一闪一闪亮晶晶的鬼东西哪些是正常的哪些是不正常的，眼前是一片令人震撼的广阔空间，里面有数以亿计的生命光点在闪烁，谁能从几亿个或者几十亿个点里面找出其中一百个不同？！

怎么办？聂雍看不到自己的形体，他似乎正在这些光点之间穿梭，却不知道"自己"存在于何处。有一个烟火般的光点在极近的地方一亮，他死马当作活马医地撞了过去！

痛！剧痛！痛到快要死过去了！

聂雍离开了那个点，惊悚地发现那个生物电代表了一种感觉——就是痛。原来无所不能的队长大人也是会痛的，就是不知道这个痛的源头是什么？

他转向另一个光点，另一个光点代表的感觉也是痛。

聂雍叫苦连天地在十几个"痛""很痛""非常痛"的光电之间穿梭，终于撞进了一个不是表示"痛"的点。

那是一种奇异的感觉，仿佛有什么东西在心里轻轻撩了一下，带起了一阵微风，令人有点儿坐立难安。

聂雍觉得他像是站在了山巅上，嗅到了松风，可并不平静。

这又是什么古怪东西？

在这个古怪的光点周围，聂雍有一些稀奇的感受。有的像是极大的噪声，有的是坠落感，有的是速度感。

有点像是……沈苍的一段记忆。

聂雍看不到自己，他在浩瀚的亿万光点中同样是以"亿万光点"的形式存在的。在他撞击沈苍的脑电波的时候，他自己的脑频率正在慢慢地和沈苍同调。

在完全同调的前一秒，他突然看见那片"浩瀚光点"中有一大片是完全的黑暗，在那片黑暗中没有任何光点存在，而下一秒，他就"看"到了一些什么……

他好像是变成了沈苍。

然后他就看到了三翡那张令人心塞的脸！在沈苍的视角里，年少的三翡在岩石上蹦跶，充满了"来呀来呀来打我呀""你追呀追呀怎么追也追不上我""哈哈哈天下地下唯我独尊"等等无聊的无理取闹的气质。

为……为什么沈苍的记忆里有这种鬼东西？他和三翡不是相杀了几十年，终于亲手把对方送进了研究所吗？他记着这么欠揍的三翡干什么？

幸好这段鬼东西一闪而逝，很快他就看到了一些支离破碎的片段。

黑暗的荒原，诡秘而巨大的变异兽，如龙似蛇的躯体，闪烁蓝光的鳞甲。

锈蚀而破败的小镇里，到处是被抛弃了的挣扎求生的变异人类，他们被判断为带有"有害"变异，被从城市里驱逐，沦为雇佣兵的奴隶。

烈火……

紫红紫红的太阳。

酷热。

千军万马……雇佣兵的大军在山坡上冲锋，单人机甲在最前面，头顶上有无人飞行物在投弹……然而只是一瞬间，它们遭遇强大的力量，士兵喷血倒下，机甲迸发出火焰，无人飞行物在空中爆炸。

浓烟四起……

聂雍感受到了无以匹敌的力量。

没有什么是愉快的。

他也看到了深海、冰川、密林……无论是巨兽或是战舰都无法与来自躯体的力量匹敌。

他看到了塔尔塔洛斯巨蛋中，那倾颓的大厦所化的灰烬。

灰烬在飘零。

一切如尘埃。

沈苍的生命，就是这些支离破碎的战斗，一场又一场，由无始之始，自无终之终。

唯有最初光点里那　缕如松风吹过的悸动，令心脏有力地跳动，活泼如旧。

真是惨淡至极的人生。

在七零八碎、毫无意义的硝烟画面中，聂雍听到了一种微小的"嘀——嘀嘀嘀——"的电子音，不知道来源于哪里。有些什么东西在运行，聂雍感受到微电流刺激到了他的大脑，沈苍脑电波里的画面消失，重新化为数以亿计的光点，而他又看见了光点之中那片奇怪的黑暗。

根据无所不知、无所不能、疑似机甲师、前BUC科研人员的影子的说法，这些脑电波中应当有一些是智脑伪造的，但也不可能获得进展——这些脑电波里面有一大堆是没有用的啊！

眼前的视线再度一变，他链接到了一个残缺不全的界面，那是一个虚拟的登录窗口，上面的字体是中文。

界面本身充满了雪花点，正在极其不稳定地闪烁着，似乎遭受了严重破坏。

"……确认中……96.22%……"

"……正在为您进行登记……"

这就是那个见鬼的智脑吧？聂雍几乎跳起来，他真的没想给沈苍下什么"灵魂烙印"！老虎就应该让它自由，放归山林才是老虎，套了个圈子的老虎算什么老虎？即使是能令世界任何势力忌惮的沈苍，那也是沈苍，他怎么能因为一个"烙印"就要被奴役呢？

而沈苍本人从未滥用过那份所向披靡的实力。

登峰造极的强者，其自制之力，必与实力一样强大。

单凭这个事实，即使不拜服于沈苍的强大，也应致以一份真实的敬意。

他不应该遭受这样的痛苦。

"……登记……99.9%……"

聂雍瞪着那个不稳定的界面，不不不，他不想要"烙印"沈苍，他只是想救他！他只是不想看见队长躺在营养仓的液体里一动不动……

他从来也没想过要当沈苍的"使用者"啊！

要死啊！

我不要造这样的孽！

阿弥陀佛如来佛祖观世音菩萨耶稣真主上帝亚当夏娃路西法加百列拉斐尔沙加雅典娜……快来救我！

大脑中一阵剧痛，眼前进行到"99.9%"的界面消失，聂雍感觉头痛欲裂，眼前的亿万光点的世界正在消失，而光点消失之前，他依稀看到那片空缺的黑暗似乎更大了一些。

智脑头盔从头上拔起，聂雍捏着眉心，皱着眉头睁开眼睛。

湿淋淋的沈苍站在他面前，塔黄岛的科学家去除了他的战队队服，现在沈苍穿的是一身被营养液浸透了的到处接满了探测器的古怪衣服。

透过那不成形状的"衣服"，聂雍一眼就看见了他胸口那个惊人的"伤口"——沈苍并没有心脏。

但他大脑里想的居然不是队长不是人，而是到底登记成功了没有。

◯ 七十九 没有了

沈苍从营养仓里倏然站起，抓起了聂雍的头盔，房间里被薇薇·夏洛特阻拦的机甲不约而同地后退，而原本被薇薇·夏洛特惊人的破坏力惊呆的科研人员龟缩在墙角。

房间内的一切似乎突然都静止了。

沈苍拿着聂雍的头盔，单膝在威尔逊身边跪下，将浑身是血的威尔逊捞了起来，扛在肩头。他眼角都没向墙上的尹松鼠看一眼，简单地说了一个字："开。"

聂雍从椅子上站了起来，沈队长是对他说的吧？开什么开？在沈苍的脑电波里转了一圈，不知道有没有变成他的"使用者"，但沈苍在说什么他还是听不懂啊！使用者和被使用者语言不通，彼此完全不了解，存在严重沟通障碍，像这种即使登记成"使用者"了应该也没多大关系吧？他一边自我安慰，一边跟在衣着暴露、霸气犹存、肩扛猛男举重若轻的沈苍旁边，颇有"你若牛气，拉风自来"的感觉。

偌大房间里只残余几架单人机甲，尤其使用冷兵器的近战机甲已经被薇薇·夏洛特全歼，特战队员也倒了一片。其他人身上带伤，看着突然站起向他们走来的沈苍，不约而同面露惊恐。他们都是普通的人类，无法阻挡沈苍之威。

沈苍往前一步，有一架机甲倒退了一步，聂雍忍不住笑了一声。

这一笑让机甲们如梦初醒，一梭子子弹向沈苍射来。

沈苍连眉头都没动，空气中宛然有什么东西嗡嗡震动，迸发出巨大的威仪，聂雍狗腿般站在沈苍身边，骤然觉得心肺疼痛难忍，仿佛内脏正要自内爆开，战队队服上的抗次声波指数爆表，而薇薇·夏洛特"啊"的一声，回头看了沈苍一眼。

在聂雍吐出一口血来的时候，薇薇·夏洛特说了句"室之潮汐"。

强大而无形的次声波冲击着整艘超级潜艇，次声波传播的距离极远，瞬息之间，潜艇里的全部操作人员和聂雍一样，心肺部疼痛，吐出一口血来。

这不靠谱的无差别攻击……

聂雍眼前发黑，即使他相比未经训练的自然人全身充满了爆发力、肢体肌肉结实、反应速度一流，他的内脏和他们也并没有什么不同。但在沈苍强势发出"室之潮汐"的时候，聂雍突然发现了一个秘密——塔黄岛不适宜变异人，威尔逊和尹松鼠的变异细胞在这里遭受巨大的损坏，他们无法发挥能力。那沈苍为什么能呢？

"室之潮汐"真的是来源于沈苍身体里隐藏的变异细胞吗？

很可能并不是。

在他摇摇欲倒的时候，薇薇·夏洛特关切地伸出了"援手"。

她也想把他扛在肩上。

聂雍立刻挣扎着站起来，擦去嘴角的血。他即使是死在地上，也不能挂在女人的肩上。努力依靠自己站直，聂雍觉得自己的心、肝、肺脏都要炸裂了，唯一令他感到安慰的是对面的机甲一架接一架地倒下，而墙角那群一直在指指点点的科学家也终于消停了。

他们都昏死了过去。

至少老子还站着！聂雍自豪地想。

沈苍面无表情，当先对着被聂雍破坏的大门走去。薇薇·夏洛特和聂雍跟在他身后。他所过之处，身后的仪器设备纷纷爆裂起火，黑烟弥漫，火星四溅。

队长虽然没有表情，但显然对这次失手被俘非常不高兴，队长很生气，后果很严重。

在离开密室的时候，聂雍回头看了一眼仍然挂在墙上的尹松鼠。

她一直看着沈苍。

她的眼角满是伤痕，脸上滴落的已不是如泪的晶石，而是绿色的血。

她好像……一直有什么话想说？

聂雍怀着一丝微妙的愧疚感，跟着沈苍离开了密室。

"老大我们要去哪里？"聂雍跟着沈苍走了一段路，随处可见昏迷不醒的敌人，心情真是一言难尽。在"室之潮汐"的威力消失之后，他勉强又活过来了一点。

"白璧。"沈苍说。

哈？你是要去找白璧算账了吗？那该死的阴谋家把你骗到塔黄岛上，企图让威尔逊或尹松鼠那样的走狗完全控制你，把你变成奴隶，这是要秋后算账了吧？聂雍心潮澎湃，老子跟着你一路倒霉，不断地被忽悠被利用，一定要找回公道！威尔逊这家伙是个内奸！那个名字我一直都没搞清楚的基地长的死，也许就是威尔逊这内奸在捣鬼！

毕竟威尔逊和白璧好像早就勾搭成奸了！

聂雍并不清楚超级潜艇及其护卫艇与东亚战区的蓝光炮潜艇之间的胜负如何，白璧发现尹松鼠和威尔逊失去联系之后，应该能想到沈苍失控的可能，他会怎么做？

而最要紧的是，他要去登陆口那里找影子。20分钟的时间早已过去，D55号机甲肯定早就被碎尸万段了，他们有没有发现小红球？

聂雍突然加快了脚步，他突然想到：如果小红球损坏了，他要去哪里再联系影子呢？

影子虽然有时候也不诚实，谎称自己是 BUC 前科研人员，其实明明是高级机甲师，但自从他在营养仓内醒来，面对这个光怪陆离的新世界，陪伴着他的一直都是无所不知的"解说控"影子。

他从来没有感觉到孤独。

突然之间，他感觉自己可能再也找不到影子了。

他并不知道他是谁，叫什么名字，为什么潜伏在小红球里。

他也不知道影子一直陪着他究竟有什么目的，是否有什么阴谋？

聂雍有点茫然，他想也许不是很大的阴谋吧？

10 分钟后，聂雍跟着沈苍进入超级潜艇的主控室，主监控画面依然是登陆口的厮杀，可见战况的激烈。

D55 号机甲完全成了一堆焦炭，在它周围环绕着超级潜艇上最强大的炮火，包括不允许在潜艇内部使用的高能光炮。

一堆微小的焦炭刺痛着聂雍的眼睛。

那里面最大的碎屑都没有小红球大。

所以，影子是真的没有了……

◯ 八十 传说中的白璧

　　超级潜艇的主控制室大门缓缓关闭。

　　带有生物材质的自发光墙壁泛着柔和的白光，各式各样的报警声此起彼伏，虽然主控人员暂时失去意识，潜艇本身依然能辨别出敌人，正在自行调动设备御敌。

　　这艘巨大的船拥有高级智脑。

　　沈苍一进入主控制室，就发现鲁鲁斯·蒙特西倒在他面前。在鲁鲁斯·蒙特西身后，几个半人高的小机器人正灵巧地为他做诊断，并注射药物。墙角处也倒着三个男人，却没有机器人为他们服务。

　　聂雍咋舌不已——这一看就知道地上横躺的傻大个儿是高官啊！

　　沈苍果然一把抓起鲁鲁斯·特蒙西，掐着他的拇指按住操控台上一个红色感应区。整排操作按钮都亮了，超级潜艇的智脑却说："警报！警报！扫描到操作员未登记、扫描到操作员未登记。"聂雍敬畏地看着这不但要检查指纹，好像还顺便检查了操作员身材、外形、瞳孔、发型什么的高级智脑。

　　主控制室封闭，超级潜艇的智脑扫描不到己方人员的活动，从潜艇其他地方抽调了拥有战斗力的无人机甲及微型飞行器过来，只听外面的走廊传来无人操作机甲沉重的脚步声。

这些无生命的低级造物，平时似乎无甚大用，一旦聚集到控制室门外，智脑打开大门让它们进来，沈苍几人就要陷入机器人的海洋中。

鲁鲁斯·蒙特西发出一声呻吟，他的身体素质好，虽然受伤不轻，却即将醒转。沈苍把他翻来覆去地检查，从鲁鲁斯·蒙特西身上找到了不少微型武器、一个小本子、一针管绿色透明的液体——也就是威尔逊注入沈苍身体的那种，还有一张照片。

和威尔逊一样，鲁鲁斯·蒙特西身上带的是一张小女孩的照片。小女孩扎着两条辫子，长得甜美可爱，穿着淡粉色的背带裙，笑得一脸灿烂。

沈苍的手在鲁鲁斯·蒙特西头顶轻轻一拍——聂雍心念一动——沈苍这一拍的位置，好像是人体的穴位。

鲁鲁斯·蒙特西应声而醒，痛苦地睁开了眼睛。他发现了有东西盗取噬光菌，却万万没有想到盗取噬光菌的东西如此可怕，居然拥有以一架D55号双星机甲抵挡几十倍敌人的能力，甚至能从他们眼皮子底下溜走，弄醒了本以为已经完全控制住了的沈苍。

"合作。"沈苍扬起小女孩的照片，拍在鲁鲁斯·蒙特西面前，表情如寒冰，带着凛冽的杀气。

鲁鲁斯·蒙特西抬起手捂着脸："哦！天呀！这真是太糟糕了……"

旁边"砰"的一声巨响传来。

聂雍人还陷在"队长居然对威逼俘虏这种事这么熟悉"的震惊中，就看见薇薇·夏洛特失手将主控台上的一根操纵杆掰成了两段。她愣愣地拿着断掉的半截操纵杆，试图给它装回去。

鲁鲁斯·蒙特西几乎跳了起来，喊道："天啊！停停停！停下！别动那个！那是分离杆！别动我女儿！她一直都是无辜的！我和你们合作！合作！"他脖子上青筋暴起，情绪紧绷到了极点。

无意中做了"神助攻"的薇薇·夏洛特咬着嘴唇小声说："对不起，我不是故意的。"

就这么一张照片，天知道你女儿是谁啊？说得好像我们沈苍分分钟就要对你女儿怎么样似的！聂雍翻白眼，只听沈苍指了指不停地报警的主控制台，说："关。"

鲁鲁斯·蒙特西扫了一眼仍然昏迷不醒的墙角三人，又扫了一眼徒手拗断潜艇分离杆的薇薇·夏洛特，再看看身高腿长与沈苍不相上下的聂雍，最后看了看地上血流满身、昏迷不醒的疑似俘虏乙。

门外无人机甲奔跑的声音清晰可闻，来得最快的已经在敲打封闭的大门，他悄悄按了几个联络按钮，却始终无人回应，拖延了一会儿，只好伸出手关闭了潜艇智脑的主动防御。

门外无人机甲的声音停止了。

"频道：9876.2399。"沈苍说。

鲁鲁斯·蒙特西蒙了一会儿，在对外联络频道中输入这个频道，他不知道沈苍想干什么。

聂雍同样也不知道。

薇薇·夏洛特一直在试图把操纵杆安装回去，为此她又不小心多拗断了一点。

地上血流满身的威尔逊微微挣扎了一下，微弱地咳嗽了一声，睁开了眼睛。

这个时候，对方频道迅速传来了信号。

主监控画面闪烁了几下，由 D55 号机甲的焦炭转变为一张毛茸茸的椅子。

聂雍目光呆滞地看着那占据了整个画面的椅子，那……那是一只什么动物的皮毛。

一只非常巨大、漂亮的巨兽的雪白皮毛被完整地剥离下来，放在了一张非比寻常的椅子上。

那椅子是另一个主操纵台的第一控制座椅，它的前后左右同样有许多按键在闪烁，同时有不少全息图形在浮动和变化着。

一只半人高的五颜六色的鹦鹉站在椅子右边，身姿挺拔，一副趾高气扬的模样。它居然是活的。在黑晶打造的鹦鹉架的食盘里，放着聂雍吃不起的珍贵的天然玉米。

那只败家的禽兽一粒一粒地叼起玉米往外扔，扔得到处都是，聂雍无明火起：你不会吃让我来！只要几粒玉米，老子就能煮出一锅比较不像塑胶的玉米粥！

一个人斜斜倚靠在雪白绒毛中，半个人淹没在柔软的长毛里，他坐在第一控制座椅上，姿态像坐在自己家的贵妃椅上。这人一头淡银色的长发，露出一张现今少女们最喜欢的白皙俊俏的瓜子脸，瞳若鎏金，唇抹朱丹，似笑非笑，活生生一副慵懒的富贵美人姿态。

他居然还是男的。

威尔逊一看到这人，感觉头更晕了，全身上下的伤更痛了，恨不能晕死过去。

薇薇·夏洛特好奇地看着他，她不认识这个人。

聂雍瞪着这人。他一看就知道这人不是什么好人，不是伪娘，就是变态，矫揉造作，神经兮兮！这人是谁？

屏幕里的"美人"说话了。

他说："塔黄岛四艘主力潜艇，沈队长一个人就俘获一艘，我在七点钟方向钓鱼钓走了一艘，剩下两艘击伤了三十六艘普兰基潜艇。你如果状况不是很糟糕，再帮你搞定一艘，回来后请你喝酒。"

"咳……咳咳咳……"聂雍没忍住肺里沸腾的气血，不住地咳起来，"美人"的声音比想象的低沉，但是这说话的内容怎么听起来这么奇怪。这怪物就是白璧吗？他就是陷害沈苍、利用沈苍、还想要沈苍的"灵魂烙印"的幕后黑手？

可是听他的口气，显然对自己的所作所为不以为意，不要说后悔了，听那口气好像还很遗憾没达到目的。

"接管。"沈苍并没有生气，只是看了屏幕里的白璧一眼，顺手给了鲁鲁斯·蒙特西一下。

鲁鲁斯·蒙特西二度昏死过去。

聂雍这次确信了沈苍打的的确是穴位。

屏幕里的白璧咧开红唇轻笑，有些数据流顺着连接着的频道汇入这艘潜艇，屏幕上数据飞闪，智脑发出刺耳尖锐的噪声，随即又熄灭，不到两分钟……新的主控程序控制了这艘如岛屿一般巨大的潜艇。

"居然是塔黄岛上从不出击的'基地号'。"白璧有些惊奇，"你总是给人惊喜。"

"香蕉酒。"沈苍重新把威尔逊扛在肩上，姿势挺拔依旧。

"哈哈哈……"白璧发出笑声，是发自肺腑的愉悦，"返程器已经发出，即将与'基地号'连接，医务兵早就在等你们了。"他挥了挥手，"香蕉酒会有的，难得你喜欢。"

频道主动关闭了。

聂雍目瞪口呆地看着那个已经黑掉的屏幕。

沈苍居然不是在找白璧算账！

他们……看起来居然像是朋友？

有哪种朋友会利用阴谋诡计想要把朋友弄成"完全可控的超级武器"或者是"可以使用的奴隶"之类的东西啊？

这么可怕的居心叵测的"朋友"你也敢有？

聂雍的眼珠子都快掉下来了！白璧妥妥的就是个心理变态的野心家啊！他肯定是图谋你那爆表的武力值！都明显得下了手撕破脸了，卧底的爪牙都出手了，队长你居然不当一回事？

你在为谁卖的什么命啊？

难……难道是为了那杯香蕉酒吗？

话说"香蕉酒"是什么鬼啊！名字这么奇异！

作为沈苍的狗腿小弟，思想仍然停留在一百多年前的老男人聂雍表示接受不能。如果让他看到白璧，仍然是想把他打得满地找牙，再放一把火烧成灰。

　　一切阴谋家和野心家都是邪恶的。

　　对朋友不真诚和别有用心的人都该下地狱。

◯ 八十一 不利的战局

　　堪比岛屿的巨大潜艇关闭所有仪器，维持着隐身状态缓慢向东亚战区的战场移动。这一整艘潜艇内部共有两万七千八百八十名操作员，全部在沈苍的"室之潮汐"攻击下受伤，在白璧的主战潜艇"螺蛳油号"的系统控制下，"基地号"潜艇操作员被倒戈的无人机甲分开禁闭，逐一关入宿舍并加装电子锁进行禁锢。

　　在主控制室里，鲁鲁斯·特蒙西队长依然横躺在沈苍脚下，白璧的画面消失后，控制台的屏幕上呈现出原始设定，展现的是以东亚战区为我方的战局海图。

　　海图的底色是一片漆黑，我方的"普兰基"潜艇以白色三角形体现在海图上，几十倍于"普兰基"潜艇的荧光黄色标志是"基地号"，另外一艘体积略小，同样呈现荧光黄标志的是白璧刚刚捕获的"猎狼号"。"猎狼号"半身损毁，被"普兰基"潜艇的炮火炸毁了三分之二舱体，却仍不沉没，操控自如。在潜艇制造的技术上，东亚战区显然不如塔黄岛。

　　而"螺蛳油号"的系统果然探测不到其他两艘地方潜艇的行踪。由于对噬光菌技术非常陌生，"螺蛳油号"并没有针对噬光菌的探测器，"基地号"上面有，但白璧并不敢轻易动用不熟悉的敌方潜艇加入战局。

明显看到白色三角形光点在不断减少，有一些盘旋着的梯形的粉色标记不知道是什么武器，还有一些绿色的、橙色的、银色的小点在闪烁，更有一些体积巨大、形状不明的异物正在这片大海底下移动。

海面上同样战况激烈，潜艇对海面上的战舰威胁巨大，但在塔黄岛四艘隐形潜艇及其护卫机甲的阻击下，"普兰基"潜艇耗损极大，还保持着战斗力的不足二分之一。隐藏在塔黄岛上的飞艇逐渐聚集，天空中投射下大量巡鱼雷，在己方的海面舰艇几乎全灭的情况下，飞艇投弹毫无顾忌。

天空中落下的弹药如雨，大海上水花飞腾，浓烟滚滚，爆炸声此起彼伏，宛如一锅煮沸的浓汤。

但白璧带来的不只是潜艇军团，还有成千上万、犹如蝗虫般的"烈焰蜻蜓"。

这种形似蜻蜓的小型飞行物只有十厘米长，双翼上却能搭载四枚微导弹，每一枚微导弹都足以炸毁半个足球场。它也可以搭载纳米机器人，它的机体前方有一处硬度极强的突刺，以便在高速飞行时破入敌方机甲甲壳或飞行物、海航物的甲板。而机体内部装满了易燃液体，根据需要，可以在破甲的同时引发大火。

"烈焰蜻蜓"本身体积微小，不搭载智脑，由舰艇操作员远程操控，速度极快，对操作员操控能力要求极高。它是Z国古老海战中"火油"和投掷式"霹雳弹"的延伸，尤其对体积庞大的对手有奇效。

夜色中光芒闪烁，五颜六色的"烈焰蜻蜓"宛如烟火，飞蝗般向半空中的隐身飞艇射去。只听爆炸声响，天空中燃起大火，不少隐身飞艇在烈焰中显形，剧烈爆炸后坠入大海。

但"烈焰蜻蜓"也是由东亚战区的隐身舰艇发射的，它必须具有极高的速度，只有极少数的潜艇能从水中发射这种破甲飞行物。"烈焰蜻蜓"一发，隐身舰艇立刻暴露。瞬息之间，几道高能强光掠过，几乎是瞬息之间，刚刚发射出"烈焰蜻蜓"的舰艇融化成一摊颜色怪异的液体。液体与海水接触，大海中升起浓郁的热气和白雾。

天空中的飞艇和其他不明的飞行物仍然在"烈焰蜻蜓"的攻击下坠毁，但"烈焰蜻蜓"的数量急剧减少，反倒是远处停泊的东亚战区隐身舰船被塔黄岛神出鬼没的隐身潜艇击毁八艘，重伤三艘。

海下的战局也不乐观，虽然塔黄岛的主战潜艇数量不多，只有两艘。但这两艘体积庞大，护卫机甲众多，海下机甲远比潜艇灵活，巡鱼雷更是交织纵横，"普兰基"级潜艇节节败退，并不能占据优势。

而地域辽阔的塔黄岛上还有什么神秘而强大的武器尚未出现？建造体积如此巨大的潜艇，必定有它的理由，是为了什么呢？聂雍目不转睛地看着交战的示意图，白璧并不占优势，胜负正因为那两艘未知的巨大潜艇而缓慢地倾斜，而海面下那一大片移动着的奇怪阴影到底是什么？

他正在困惑的时候，"基地号"潜艇停了下来。

"螺蛳油号"的返程器连接上了"基地号"。

沈苍和聂雍几人登上返程器。

虽然大海中交火仍旧激烈，各色光线和火炮在四面八方闪烁，海水震荡翻涌着，不计其数的残骸从返程器旁掠过，但返程器异乎寻常地稳定，里面的人几乎感觉不到海水的动荡。

就在他们登上返程器的时候，聂雍回头望去——别人也许看不到噬光菌包裹中的"基地号"，但聂雍在神经兽的帮助下能看得到"基地号"的轮廓。

他眨了眨眼睛。

为什么他好像看见"基地号"正中的船舱下面开了一个口子？

有一团巨大无比的柔软的黑色的什么鬼东西正在慢慢地从那个口子流出来，缓缓沉入海中。

◯ 八十二 消失在谎言中的女人

东亚战区的旗舰潜艇"螺蛳油号"是一艘灵巧、线条修长、涂着柔和白色涂层的常规潜艇。在神经兽的视角看来像是一块巨大的奶油蛋糕，它仅有一百三十三米长，搭载八十一名工作人员，全部用来伺候坐在第一控制座椅上的那位了不起的大人。

不进行作战的时候，主战旗舰里连一个士兵或作战机甲都没有，只有指挥官的潜艇。理论上它早该在战场上被击中沉没，或毁坏于漫长征程上深海不可预见的各种各样的意外。

但"螺蛳油号"并没有沉没。

它当然也没有毁坏，事实上它全身无伤，光鲜亮丽得好像刚下水一样。

返程器连接上"螺蛳油号"的尾部，聂雍跟着沈苍踏上了这如同华丽殿堂的主战潜艇。

潜艇内部铺设着奢侈的原木地板，墙壁以某一种水晶或硅化物为装饰，在灯光的照耀下晶光闪烁，灿若星辰。聂雍的眼睛都要睁不开了，活生生地知道了什么叫"闪瞎我的钛合金狗眼"，潜艇内部来往的都是穿着白衣的服务生，看见沈苍一行人都会鞠躬和行礼，毕恭毕敬。

薇薇·夏洛特好奇地四下张望，聂雍一看她抬起手来，忍不住说："别摸了……"

这墙壁上糊的不知道是什么，但薇薇·夏洛特一旦弄坏了其中一小块，一定是倾家荡产也赔不起。呃……她好像也并没有什么"家"和"产"……聂雍顿时对境况相同的自己生出了无限同情。

薇薇·夏洛特特别听他的话，乖乖地收手，只是眼睛亮晶晶地看着。女人，果然都喜欢亮晶晶。

威尔逊早就醒了，沈苍仍然把他扛在肩上，显然对沈苍他深感愧疚，虽然这么被挂在肩上令伤口很痛，但他也不敢吱声。

名字怪异得突破宇宙的"螺蛳油号"并不长，他们很快进入了控制室，见到了白璧。

主控制室里并不只有白璧，还躺着几个湿淋淋的熟人。

穿着一袭轻薄长衣的白璧正饶有兴致地蹲在地上，看着地上昏迷不醒的几个人。

那几个人是黄桑、绿基和库塔妮妮。

聂雍看见他们还活着，精神大振，立刻就冲了过去，问道："周梓磬和库塔贝贝在哪里？"他还以为在白璧的引蛇出洞计划中，这几个人已经和"玻璃花房号"一起灰飞烟灭，居然还能再见到他们，真是太好了。

白璧回过头来，他的银色长发在胸前恰到好处地卷了一个弧度，煞是好看，宛若古画里的王子。他看着聂雍："你就是那个……第 9077 号营养仓里苏醒的怪人啊……"

嘿，你才是怪人！你全家都是怪人！老子从来没见过像你这么怪的！聂雍问道："我的朋友怎么了？"

"我很好奇，你究竟是通过什么……判断他们是你的'朋友'？"白璧饶有兴致地问，"据我所知，你在 BUC 的地下空间救了他们。没有他们你也能独自逃生，他们并不能成为你逃生的助力，你却坚持带着他们一起进入 B 基地。而在那之后，你遭遇了那么多事故，他们并不知情，且不但没有安慰或帮助你，还妒忌你、猜忌你……甚至在后来'玻璃花房号'决定离开塔黄岛的时候，他们也并没有带上你。他们的能力一般，品德在我看来也并不怎么样，为什么你还坚持说他们是你的朋友？"他扬了扬眉，非常感兴趣地盯着聂雍。

"朋友就是朋友，"聂雍说，"我最困难的时候，他们陪着我。我才不像你，认个朋友，还想一想'他是不是对我有用''能不能帮我什么'。我有很多朋友，你又没有朋友，有什么资格来问我？"他直直地瞪着白璧，"对朋友背后插刀这种事，我可做不出来。"

威尔逊被沈苍放在了地上，听到聂雍隐含怒气的回答，突然又有冷汗冒了出来，他几乎不敢细想最近自己都做了些什么。

白璧并不生气，只是一笑："难怪他们在最后偏离了'饵'航线，返航塔黄岛，原来他们是去救你。"

聂雍被白璧漫不经心的一句话惊呆了，他伸手去抓白璧的领口："你说什么？你再说一遍！"

白璧挥手挡开聂雍的手，说道："他们偏离了可以逃命的航线，返航的时候被敌军发现并击沉。这三个穿着逃生服被我捞了回来，另外两个，大概已经死了。"他挥手的时候，旁边那只大鹦鹉以为在召唤它，飞过来站在白璧的手臂上，白璧顺手喂了它一粒玉米。

原来，那时候"玻璃花房号"返航是为了他。聂雍的眼眶酸涩，他并没有被放弃，即使他和船上的他们也并不算怎样掏心挖肺、肝胆相照的朋友，他们依然没有真的放弃他。

有时候所谓的"好人"和"好的世界"，也不过如此了。

半裸的沈苍站在一旁，白璧看了他一眼，笑了起来，让侍从带沈苍去洗澡。沈苍并不拒绝，步履稳健、表情淡然地跟着去了。

伤痕累累的威尔逊可就没有这种待遇。白璧喂好了鹦鹉，瞟了一眼正在黄桑身上检查来检查去的聂雍，叹了口气："威尔逊，你可真令人失望。"

"基地长。"威尔逊心烦意乱地回答，"如果你没有让尹松鼠突然干扰我……按原计划让我和队长单独谈谈，也许结果不会这么糟糕。为什么……为什么尹松鼠非要看什么队长'不是人'的证明？你让她挖走队长的心脏干什么？就算那只是个摆设，装饰或者是个玩具什么的，人形的非法组合物没有了心脏也是……"

"尹松鼠？"白璧回过头来，"你说什么？"

威尔逊下意识地说："我说你让尹松鼠中途配合我……可是我不明白她……"

聂雍猛然回头。

只听白璧说："尹松鼠？太平洋战区第四顺位战队队员？她早在十一年前被确认战死。我从来没有让任何人在'灵魂烙印'这件事上配合你，毕竟……这也算是个机密。"

威尔逊猛地站了起来，他忘了全身的创痛。

聂雍更是一跃而起，瞬间掐住了白璧的脖子，目眦欲裂："你说什么？！"

"在'灵魂烙印'这件事上，我没有让任何人配合威尔逊。"白璧说，"撞上塔黄岛，让沈苍战斗力减半，威尔逊是沈苍最信任的朋友之一，我相信在塔黄岛大战将起的时候，沈苍会知道如何选择。何况威尔逊的女儿阿兰在我手里，他知道阿兰的重要性。能链接沈苍脑电波的便携智脑只有一台，甚至它的主机都在十一年前意外损坏，这样私密的任务，我不可能派遣第二个人，那样只会徒增变数。"

"那么，尹松鼠是谁？"聂雍低声问。

"我不知道。"白璧坦然回答。

威尔逊惊骇地看着白璧。

尹松鼠就是尹松鼠，她长得和十一年前的尹松鼠一模一样，她对沈苍有着真实的感情，沈苍也认同她就是……她童颜不老、她泣泪成珠、她挖走了沈苍的心……

她真的是尹松鼠吗？

她是谁？

"螺蛳油。"白璧对潜艇智脑下指令，"启动'基地号'内部监控，查看'密室'内部那名女子的情况。"

"螺蛳油号"只花费了十几分之一秒就完成了指令，"密室"的全息图像清晰地从地面浮起，展现在白璧、聂雍和威尔逊身前。

薇薇·夏洛特"咦"了一声。

聂雍和威尔逊倒吸了一口凉气。

墙壁上并没有人。

那个被捆住了四肢、堵住了嘴巴，仿佛狼狈不堪、毫无行动力的弱女子消失了。

纳米原子模块形成的约束带还在墙上，还保持着里面曾经有一个人的形状。

◎ 八十三 墨

"截取这个房间三十五分钟内的监控。"白璧下令。他虽然有些意外，却也并不是特别意外。

自沈苍几人离开"密室"，抵达"螺蛳油号"主战潜艇，时间也就是在三十五分钟左右，"尹松鼠"也就是在这段时间内消失的。

智脑忠实地执行命令，三十五分钟前"密室"内的全息图像在众人面前展现出来。

沈苍几人向门口走去。

尹松鼠在墙上挣扎。

聂雍回头看了她一眼。

尹松鼠仍旧在挣扎。

而后大家穿过门，消失在监控画面中，墙上的尹松鼠还在，她仍然在挣扎。

但挣扎着挣扎着，她的形体居然变得越来越小。聂雍目瞪口呆地看着那个柔软娇小的少女在约束带中摩擦去了许多大块大块的碎屑模样的东西，她就像块橡皮擦，擦着擦着整个就缩小了。这让他想起来一把抓住这个家伙的时候，她的表面也是一层碎屑模样的伪装物，其实那些东西真的就是她的一部分。

当她把自己"擦"去了一半大小的时候，纳米原子模块所聚合成的约束带不再随着她的缩小而缩小——大概在程序中已判断"她"不是原目标。

"尹松鼠"从墙上轻盈地跳了下来。她现在约莫只有一米二高——当然她本来也没多高，大概也就一米五左右——腰肢更为纤细，细细的脖子上顶着个萌萌的大头，如果没有看见刚才那橡皮擦一样的惊悚画面，大概还能被摸个头赞一下"这个孩子长得真可爱"。

这……这修炼的是元婴脱壳吧？聂雍哆嗦了一下，说道："她是什么怪物？这年头橡皮擦也能成精了？"

白璧皱着眉头。威尔逊同样震惊地看着尹松鼠脱壳的过程，问道："这是什么？"

白璧摇了摇头："尹松鼠在档案中并不是真正意义上的变异者，她拥有'鹰眼'的能力，但那与其说是'变异'，不如说是眼睛的一种病变，在近距离视物上她是有困难的。而这个——"他指了指全息图像里的人，"她显然没有这方面的问题。尹松鼠不是变异人，假设她真的来到了这座岛屿，她的能力也不应该受到损害，而这个人自称因为基因受损，失去了'鹰眼'的能力……"白璧摊了摊手，"这种能把自身擦去一大部分的变异种从来没被登记过，但她特征这么明显，也不存在能够长期隐藏在人群中的可行性——她肯定不是尹松鼠本人。"白璧意味深长地说，"太平洋战区国家联盟战队确认尹松鼠战死，在他们手上一定有相关的档案。对国家联盟战队来说，失踪就是失踪，死亡就是死亡，没有证据，不会轻易宣布死亡的结论。"

"但她知道当年的一切细节，"威尔逊咋舌，"她不像个仿冒品，你知道吗？她连感情都像是真的，她为沈流眼泪，连沈都承认她是真的！"

"她可能是个……"白璧的手指绕着头发卷了几下，兴趣盎然地说，"大概是个融合了尹松鼠基因的新物种，诞生于这座岛，毕竟……这是一棵比反物质弹还恐怖的基因植物，这棵植物是我们完全不了解的东西。显而易见，鹅兰娜海国从'鹅兰娜战龙'那里发现了什么，联合独角兽独立军占领了这座岛，而鹅兰娜海国就是太平洋战区的一部分，他们的国民英雄阿狸所部是太平洋战区的队员，完全有理由怀疑东亚战区在塔黄岛事件里长期被蒙蔽和消息滞后，完全是太平洋战区在捣鬼，战队就是一群国家集团。东亚战区的人口数和资源总量一直令太平洋战区不安，何况他们的那个地方连架飞机都飞不了……"

聂雍翻了个白眼，威尔逊刚好也翻了个，两人对视一眼，聂雍突然就觉得威尔逊没刚才看起来那么可恶了。他坐了下来，威尔逊的脸立刻青了。聂雍一拳挥过去，"咚"的一声，威尔逊仰天栽倒，后脑勺起了个大包，哇哇大叫："聂雍你干什么？"

"揍你。"聂雍简明扼要地回答，"不该吗？"

威尔逊抱着头，简直要为过去几个月的自己流下几滴蠢泪，他说："我……我是不想让你蹚进这浑水……白璧是个心机鬼，沈……沈沈沈……是个人形武器，我还要养女儿……"

"白璧是个心机鬼，沈苍是个人形武器，你呢？"聂雍冷笑，"你是什么？"

"我……我我我……"威尔逊即使受了重伤，聂雍也远不是他的对手，但在聂雍的目光下，他语无伦次，一时也说不出什么来，心里居然有一丝惊恐。

"沈苍的心脏是怎么没的？"聂雍一字一字地说，"你并不无辜。"他的眼神中慢慢映射出一丝威尔逊从未见过的光彩，熠熠生辉，他说，"当我还在带我的学员的时候，告诉过他们，每个人都很普通，每个人都会犯错，但有些简单的东西必须坚守，一旦失去，追悔莫及。"他看着威尔逊，"你是我的老师，你教会了我什么？"

威尔逊脸上的表情渐渐消失，他沉默了下来，黝黑带血的脸庞在"螺蛳油号"柔和的光线中闪烁着汗渍的光。他是个身材高大的黑人，坐在地上的时候手长脚长，但此时此刻，他并不太有存在感，有一些东西正在身上沉没，一如舷窗外的那些蓝光潜艇。

过了好一会儿，他说："阿兰的妈妈……她是一个……金发、白皮肤、蓝眼睛，非常火辣的女孩，我们相遇在阿尔卑斯山，交往了三年，一直到阿兰出生的时候，才从医生那里知道……她是一个伪生命体。"威尔逊叹了一口气，"她是西空战军安排进东亚战区的间谍，我亲眼看见沈苍杀了她，从她……从她的身体里拔出来三根肋骨，那是分离性智脑。"

聂雍愣了一下，说道："所以……你是恨沈苍的？"

威尔逊说："我知道我应该恨西空战军。"顿了一顿，他耸了耸肩，"我还年轻，也许会结第二次婚。"

聂雍看了他两眼，叹了口气，突然问："伪生命体也能生孩子？"

威尔逊呆了呆，说道："能啊！伪生命体的大部分都是存活的生命组织，怎么不能生孩子？"

聂雍对着对面的走廊努了努嘴："那人形武器能不能？"

威尔逊看着穿好衣服、扣好扣子、一身整洁走过来的沈苍，简直不敢想象有人敢问这个问题，结结巴巴说道："你……你你你……"

只听"砰"的一声轰然巨响，"螺蛳油号"突然向一侧倾斜，正在碎碎念的白璧晃了一晃。

有什么东西击中了"螺蛳油号"的左舷。

沈苍露出了惊讶的神色，他看着白璧。

白璧皱了皱眉头，随着他皱起眉头，"螺蛳油号"整个掉了个头，用完好的右舷对着袭击它的东西。白璧的银发中间戴着几不可见的脑电波操控器，整艘"螺蛳油号"一直在他的掌控之下，而以白璧控制潜艇的能力，居然有东西能找到他的行踪和航线，击中左舷。

一般的光炮或鱼雷无法突破"螺蛳油号"的常规防护。

击中左舷的是什么？

聂雍的手在墙壁上乱抓，想找个东西稳住摇晃的身体，奈何这墙上亮晶晶的滑不溜手，连道缝都没有，只能在大叫声中往潜艇倾斜的一边滑落。

亮晶晶的潜艇墙面骤然变得透明，映射出大海中的一切。

数十个蓝点蜂窝一样向"螺蛳油号"赶来，聂雍觉得奇怪。他也没有看见是什么东西击中了"螺蛳油号"，不见火光也不见爆炸，那些蓝光潜艇是怎么知道旗舰受到攻击，这么快就冲了过来？这反应速度太不科学了吧？

"螺蛳油号"继续在倾斜，刚才的攻击击穿了一整排压载水仓，潜艇正在向左翻转。

聚集而来的蓝光潜艇速度极快，数十道蓝色光炮齐齐往"螺蛳油号"船下射击。

水波翻涌，宛如几十吨火药在深海爆炸，整艘"螺蛳油号"被翻涌的海水直往上冲，宛如扶摇直上。聂雍心惊胆战地往下看了一眼，在几十道蓝色光炮中间暴露出来的，是一堆黑色的、软绵绵的古怪东西。

它就像一张巨大的柔软无比的死神之网，施施然舒展在数百米的黝黑大海中间。

没有"螺蛳油号"射出的灯光，没有蓝光炮爆炸的光线，漆黑一片的大海中谁也看不见它的踪迹。

它像一团沉入海水中的绵延不绝的墨。

聂雍突然想起，这好像就是"基地号"肚子下面漏出来的……那个东西。那是什么东西？那么大的一艘潜艇，肚子里难道就是为了装着这个东西？

他惊悚地想起来塔黄岛上有四艘巨大无比的潜艇，白璧俘虏了两艘。但……真的是俘虏了吗？

要是四艘巨大潜艇的肚子里都装着一只这玩意儿，那还打什么打？"螺蛳油号"才一百三十三米。

深海中的墨还在不断蔓延，数十米……数百米……或许能达到数千米……

潜艇内部的人不约而同沉默了下来，注视着脚下的"墨"。

它不像人类想象中的任何一种生物。

但它显然并不是死物。

◎ 八十四 潜艇·潜艇

潜艇在向左翻滚，当聂雍滑到潜艇的底部，正在思考"会不会从舱门摔出去"和"舱门到底在哪里"这种理所当然的问题的时候，"螺蛳油号"的光影微微变化了一下。

于是聂雍就看到原来的透明墙壁变成了原木地板，原来的原木地板变成了水晶般透明的墙壁。

潜艇的翻滚停止了，完全破损的压载水仓转到了潜艇正下方，于是"螺蛳油号"不再倾斜。而潜艇内的一切就像是在做放慢了几倍的自由落体运动，所有的东西——包括潜艇第一控制座椅、桌子、鸟笼、椅子……都在向刚刚成为"地板"的方向滑落。

不过几秒钟的时间，"螺蛳油号"内的一切都恢复了原状。控制座椅从"墙壁"上滑到了"地上"，那些金碧辉煌的窗帘、垂幔、画框、鸟笼都像封闭在玻璃球八音盒内的装饰品，缓慢地落向原位。

它们居然并不是固定在"地上"或"墙上"的。

它们只是被某些力量平衡着，彼此之间分开距离和高度，被"支撑"在那里，而只要那个"中心支点"变化了，它们就跟着一起移动。

但那个"支点"是"螺蛳油号"本身呢？还是白璧呢？

聂雍惊叹地看着白璧，他可没有忘记，作为年龄最小的联盟国家战队队员，白璧的能力从未公之于众。

白璧当然不会告诉他答案，甚至威尔逊、沈苍也对眼前发生的情况不以为意。他们都不是第一次登上这艘潜艇，甚至威尔逊还曾经驾驶过这艘东亚战区的潜艇旗舰。

这又不是白璧的私人潜艇。

"这是什么东西？"看着水下的黑色怪物，威尔逊从地上艰难地爬起来。他已经很久没吃东西了，便随手从该死的金刚鹦鹉的鸟架上抓了一把干玉米塞进嘴里，嚼了嚼，有一股从来没感受过的香味，自然食物果然是无比美妙。

"嘎——"随着一声尖厉的鸟叫，半人高的花鹦鹉扑了过来。

威尔逊坚决不肯把进了嘴的食物吐出来，鹦鹉头上的羽冠夂起，叫声凄厉无比，直如魔音穿耳，一爪子向威尔逊手臂抓去。

它的利爪如刀。威尔逊的发电细胞受到了巨大损害，只能发几条细小的微电流，对这只扁毛畜生没半点伤害。他还忘了自己失去能力的事实，本能地对扑过来的大鸟发出了几条细如头发的静电——"啪"的一声微响，静电火花炸了一个犹如蒲公英那么大的光，湮灭无踪。

而金刚鹦鹉仍然扑了过来。

糟糕！威尔逊感觉右腿剧痛，后背还有几道仍然在流血的伤口，看着夂毛以后几乎比原来体积大了一倍的"巨兽"，只能赶紧抱头，心里充满了惹了不该惹的狠角色的懊恼。

并没有英雄救残疾人，鸟大王扑在威尔逊身上又抓又啄，一下抓起一道血痕，一下啄起来一块肉皮，威尔逊惨叫连连，在地上滚来滚去，最终滚进了黄桑、绿基和库塔妮妮的"尸体"里。

但聂雍、沈苍、薇薇·夏洛特和白璧并没有理睬身边的人鸟大战，他们都在看"螺蛳油号"强光照射下，深海之中的那个奇异生物。

三十三艘蓝光潜艇对着它发射了数百发光炮，能量几乎消耗殆尽，但那团"墨"似乎没有受到损害。它正在随着光炮炸裂的水流涌动，慢吞吞地"爬"了上来。

"螺蛳油号"正在用所能承受的最大速度上浮。

聂雍清楚地看到整个大海里的蓝光潜艇几乎都聚集到了这个黑色生物身边，它们已经摒弃了耗能巨大的光炮，释放出各种类型的鱼雷和探测器，包括深潜机器人。

而不远处——就在千米之外，神经兽的微神经似乎粘到了一种游速极快的生物上，聂雍看到了一艘岿然不动的隐身潜艇，它比"基地号"小了一半，但体积仍然是蓝光潜艇的几十倍，它的船体下面，一些黝黑的"墨"正无声无息地沉入深海。

微神经入侵的这只生物速度更快了一些，它似乎感觉到了前方有奇怪的东西，急速冲过去，试图要查看一下是什么。这只未知生物游荡在潜艇战的战场当中，居然并不害怕，也不逃走，这本来就很奇怪，当它冲向那团"墨"的时候，速度更是快得惊人。

聂雍微微皱了皱眉头，这生物一定不是自然生物。

那会是什么？

不管那是什么，未知生物冲进了"墨"所在的区域。

"啪"的一声，神经像是断裂了一样，聂雍感觉眼前一阵发黑，背脊一阵剧痛，他甚至还没搞清楚发生了什么事就昏了过去。

聂雍突然倒下，把大家吓了一跳。

最先跳起来的不是威尔逊，自然更不会是沈苍，而是刚清醒了一会儿，不知道形势一直在装昏迷的黄桑，他对着白璧咆哮："你又把他怎么样了！"

白璧愣了一愣，微微一笑："你以为呢？"

黄桑会怒吼说"你又把他怎么样了"，自然是白璧曾经也把他怎么样了——刚才他稀里糊涂地清醒过来，睁眼看到白璧的时候，不知道为什么福至心灵领悟了这个人就是新任基地长，突然开船逃走，抛弃沈苍和聂雍的库塔贝贝就是根据这个人的命令行事！

于是他一拳揍了过去。

结果可想而知，他被白璧轻而易举地揍趴下了。

第二次醒来的黄桑迷迷糊糊地看见聂雍倒下，自然是对白璧厌恶到了极点。白璧他是打不过的，扑向威尔逊的金刚鹦鹉却没有逃过一劫，直接被从威尔逊身边跳起来的黄桑一拳击中。

"警告、警告、平衡仪损坏、平衡仪损坏……"潜艇内发出尖锐的报警，整艘潜艇骤然翻了一百八十度，所有的东西又都缓缓地降落到另一个新出现的"地面"去了。

但潜艇内的人就没这么稳定，昏迷的聂雍"咚"的一声再次滑向遥远的舰尾，连白璧都跟跄了两下。

哪个神经病会把保持整艘潜艇平衡的校准器放在一只鸟身上？威尔逊同样摔得头昏眼花，但就在一潜艇人员东倒西歪，没一个在做正经事的时候，摔得脸贴在已经变得透明的"地板"上的威尔逊惊骇地发现——"墨"浮了上来，而蓝光潜艇不见了。

三十三艘在与水面隐形战舰、水下"猎狼号"隐形潜艇激战后幸存的"普兰基"蓝光潜艇已经消失不见，在威尔逊眼角的余光中隐约还看得见一艘潜艇熄灭了光炮，只残余三分之一不到的舰体在"螺蛳油号"强光的边缘缓缓坠落。

没入深渊。

也正是"螺蛳油号"这么无缘无故的　个大翻身，可视光和探测光范围　阵抖动，智脑的全息成像骤然浮现出一片连绵山峦一样的巨大物体，那东西并不只是一片。

在粉红色的全息示意影像中显示，这东西存在于"螺蛳油号"的上方、下方还有左方。

聂雍昏迷了很短暂的时间，也有可能是撞头被撞醒的。他头昏眼花地从一百多米的舰尾——大概是舰尾的地方爬了起来。这艘潜艇四面八方都不固定，鬼知道哪里是头哪里是尾？战斗开始的时候那些白衣仆人纷纷进入自己的休息室，搞得比战斗人员还训练有素，"地面"和"周围"空无一人，他透过已呈现出透明色的"地面"看见了巨大无比的黑色阴影在缓慢地浮动。

这就是那个东西。

它不止一只。

又或者说，它们都是一部分。

这是什么东西？影子……聂雍猛回头，想起影子早就化作一堆焦炭，张了张嘴，最终什么也没说出来。过了几秒钟，他混沌的大脑终于清醒过来，他想起来那只生物冲进黑色墨汁的感受了。

"沈苍！"他对着潜艇那头大叫，"那是一种……非常硬、密度超高的石头！快让潜艇闪开！那不是液体！那是岩石！"

未知生物在冲入"墨"的时候血肉模糊，粉身碎骨，就像在高速公路上遭遇了车祸。

它是被自己的速度害死的。

那些宛若液体的"墨"竟是一种密度极高、呈现液体特性的岩石，未知生物触石而死。

而"螺蛳油号"目前的速度只比刚才的生物更快，一旦沾上了这古怪东西的一丝一毫，后果无疑就像飞机撞飞鸟一样，瞬息粉身碎骨！

白璧和沈苍几人纷纷向他看来，没有任何动作，潜艇的上浮骤然停止了。它悬浮在"墨"的阴影之中，很快地，上下左右都被密度极高的"墨"包围了。

"这到底是什么东西？岩石生命吗？"威尔逊脸色惨白，他当了这么多年的国家战队队员，见识过不计其数稀奇古怪的生物，但至少那些都是有血有肉，枪打了会死的……

沈苍目不转睛地看着外面的黑色东西。

而白璧笑了一笑："这个问题，就必须问鲁鲁斯·特蒙西队长了。"

潜艇两侧的门打开了几扇，那些穿着白色衣服的仆人带着被捆成粽子的鲁鲁斯·特蒙西，以及另外几个聂雍没见过的人走了过来。就在白璧和聂雍几人闲聊的时候，仆人们已经完成了对俘虏的交接和转移，效率奇高。

而聂雍终于发现这艘潜艇里的这些仆人有些奇怪，他们配合得天衣无缝，几乎不需要交流，连步伐都是一样的。这让人联想起海底那些行动迅速敏捷，配合默契，似乎完全不需要沟通的"普兰基"蓝光潜艇，它们给人的感觉实在太相似了。

再加上那只扁毛畜生身上装着"螺蛳油号"的平衡仪，聂雍已经有了一个猜测。

正当白璧要开口询问鲁鲁斯·特蒙西的时候，正处在互相试探这个微妙期的战局终于发生了变化。

潜伏在一旁的隐身潜艇向悬停的"螺蛳油号"发出了一枚巡鱼雷。

它关闭了所有仪器，隐藏得极好，一直在释放浓黑的"墨"，现在突然启动系统发难，显然是胜券在握。

潜艇，本该就是孤军深入，于无声中取敌军要害，不留痕迹退走的孤胆英雄。

像白璧这样率领着上百艘潜艇进攻一座岛屿的行为，本来就违背了"潜艇"的真意，每一艘潜艇都该是决定战局的关键，它们是阴影，是杀手，是间谍。

但，从不是主攻手。

"普兰基"是先进联盟国家战队快要退役的老式潜艇，它的体型不大，只有六十九米，携带两个探测机器人和四枚常规鱼雷，以及足以发射五十次光炮的能量。以这种火力配备来看，它没有强大的攻击力，即使白璧带了近百艘"普兰基"潜艇，与塔黄岛驻军在水上和水下的战斗都不占优势。

与之相反，这艘隐藏在一边的地方潜艇却彰显了一艘"潜艇"的本质。

隐匿、观察和突袭。

就在"螺蛳油号"为了不撞上"墨"而停下来的瞬间，一枚最高规格的巡鱼雷锁定了它。

◯ 八十五 白璧的能力

巡鱼雷是自载追踪智脑的高能水下弹药，根据追踪能力的不同分为几类，而塔黄岛隐身潜艇埋伏这么久，突然发射出的这一枚自然是其中的佼佼者。

"这是一种未知的型号。"白璧皱了皱眉头，身后那个犹如摆设的第一座椅自动向他靠近，简直像突然生出了器灵，吓了聂雍一跳。第一座椅分解为几部分，轻轻扣上白璧的身体，连操纵杆都是主动贴合的——所以设计者是要懒成什么样才有这种奇葩功能？

白璧双手握上操纵杆，聂雍终于看见他有了一点"舰长"或者"指挥官"之类的架势。

巡鱼雷速度不快，它也在一路规避那些浓黑的"墨"，蜿蜒曲折地向"螺蛳油号"射来。

白璧首发了一组信号干扰，无效。

启动热能禁锢、关闭总能源、水下静默、一切仪器暂停。

连沈苍、薇薇·夏洛特、威尔逊和聂雍等等都不敢发出稍微重点的呼吸。

无效。

巡鱼雷未受干扰。

它所定位的显然并不是红外线、紫外线、声呐或是水纹波形。

白璧电光石火般重启了所有系统，在试探常规方法的时候，他也没想到能起到多少作用。

"这是一枚'标记'巡鱼雷。"白璧叹了口气，"只要被它画上了'标记'，基本等于无法躲避攻击。还有一分三十四秒发生撞击，'螺蛳油号'必须解体。作为舰长，我必须提醒大家，解体之后，'标记'巡鱼雷会继续追踪它画上'标记'的那部分舱体，不幸被分配进入那部分舱体的人……"他摊了摊手，"我将配发符合规定的抚恤金。"

就在他话音落下，聂雍死机一百多年才重启的大脑还没搞清楚怎么回事的时候，"轰"的一声巨响，周围水流疯涌，灯光全熄，巨大的水流冲击力在身周盘旋不去，各种各样的声音淹没在大海深处，传入耳内的是一些难以忍受的……令人毛骨悚然的声音。

宛如深渊的呻吟。

聂雍陷入一片漆黑，周围虽然都是水声，但他并没有落入水中。

他像在一个密封的"盒子"里，正在随水乱撞。

"螺蛳油号"就在那么一秒钟不到的时间内分解了，大概分解成了几个体积不等的逃生舱，而聂雍依然犹如衰神附体，潜水艇上那么多人，分配到他这个逃生舱里的只有他一个。

不远处传来微微的亮光，不知道是哪个逃生舱被巡鱼雷炸了，他听得到沉闷的爆破声，但看不到是谁，随之而来的次声波震得他头昏脑涨，几乎呕吐，但爆炸的冲击将他的逃生舱远远推开，一下远离了战场。

全身乏力地躺在这个不知道原本是潜艇哪部分的逃生舱内，聂雍在想，影子的确挺重要的。

在"基地号"上战死的只是一架脑电波操纵的机甲，如果这一次能大难不死，一定要想个办法把影子找回来。

他感觉在这个高科技新世界里生活，还是需要一个"解说控"来给他指点江山。

哪怕那个"解说控"好像别有所图——但应该也不是什么大的图谋，他救了他好几次呢！从营养仓里出来告诉他这是个新世界算一次，飞机摔海底告诉他怎么使用血氧针算一次，呃……怂恿他去发射核弹最终让他找到了逃生的出路应该也算吧？还有在"基地号"上掩护他也算……

如果找得到的话，他想他非常迫切地希望交个朋友。

什么情况也没搞明白，总是在别人的操纵中随波逐流，永远也不能掌握自己命运的感觉真是糟透了！

只有影子能洞察一切，他总是能知道那些"别人"的秘密，也非常强大，但除了"关闭总电源"的那个交易，他从来没有"安排"自己干什么，也没有诱导自己干什么。

正在聂雍躺在一口"黑棺材"里面各种回忆影子的美妙之处，并以为自己分分钟要撞死在"墨"上面或者即将就此漂流到"黑棺材"里氧气耗尽或者半路被不长眼的其他潜艇击沉的时候，逃生舱突然亮了起来。

所有的灯光都如常亮起。

聂雍愕然爬了起来。

他所分配到的这一部分居然是白璧刚才喂鸟的那一块类似会客厅的部分，那只据说带着潜艇平衡仪的死鸟正趴在角落里瑟瑟发抖，那个看起来逼格很高的第一座椅却不见了，想必扣在了白璧身上。

但显示屏仍然在，体现战局的粉色全息图像也正在形成，虽然"螺蛳油号"解体，但功能似乎没有受到损坏。

周围的海洋示意图简直犹如万花筒一样充满了各种颜色的斑点、斑纹、线条、立体图……和白璧在的时候那简单的几十个点完全不同。全息图像显示现在环绕着聂雍的这个逃生舱，周围有数不清的碎片和生物环绕着他。

"嘎嘎……"死鸟在地上发出虚弱的惨叫。

显示屏上的万花筒消失，显示出白璧俊美的脸："聂雍？聂雍？你还活着吗？"

"还活着。"聂雍伸出手去，试图一一触摸全息图形上那些奇形怪状的东西，手指接触到图形，那些图形逐一浮起，掉了个个，从各角度展示给聂雍看。

然而，他不认识的东西，再转三百六十度也还是不认识。

"很好。"白璧说，"我会操纵所有的逃生舱往塔黄岛方向前进，保持静默，不要触摸逃生舱内的一切。"

"鱼雷击中了谁？"聂雍问。

微微一顿，白璧回答："沈苍。"

聂雍沉默了。

衰神附体的原来不是他。

"他不会有事的。"白璧似乎有些忙碌，目光不知道看的是什么，正处在纷繁的操作中，百忙之中他还微微一笑，仿佛是给聂雍保证，随即问，"金刚在你那里？"

沈苍永远不会死。

因为他不是人。

聂雍放开手里抓住的那个生物图形，视线再次回到地上那只鹦鹉身上："它叫作'金刚'？看起来还好。"

"带上它。"白璧说完最后一句话，影像从显示屏上消失。

连这只烂鸟都有人关心。

聂雍把那只鹦鹉从地上抓了起来，由于吓得瑟瑟发抖，花鹦鹉没有抵抗，任由聂雍把它从头到尾摸了一遍——直到确认这就是一只普通的鸟。也许它身上哪里安装了什么高科技，但大部分仍然是只鸟，并不是安装了智脑的伪生命体或者直接加装了人脑的基因兽。

这高科技新世界的人真奇怪，薇薇·夏洛特的大脑装在下水道巨兽的脑袋里，在聂雍看来它就是个人，那么不管是谁的大脑装在沈苍的脑袋里，那不也同样是个人吗？即使仅仅是三分之二的人类大脑，但聂雍亲眼看见沈苍大脑中同样有温暖和痛苦的记忆，亿万个星点代表亿万个记忆和思维。他明明是个人，并且走禁欲冰山路线。惜字如金的沈苍都开口说过"我是人"，但依然没有人把他当成一个"人"。

白璧毫不掩饰他重视的是一个"武器"，威尔逊轻易地就说服自己沈苍是一个"非自然即有罪"的危险品，联盟国家战队几乎就把他当作一把失控的大规模杀伤性武器在防范和利用着，不管发生什么事，沈苍身处何种绝境，人人都本能地回答一句：反正他又不会死。

因为他不是人。

大概是这个高科技的时代，"不是人"且能走能动的东西太多了吧？聂雍表情呆滞地看着那只鹦鹉——多得让人不耐烦分辨哪些里面是有灵魂的，哪些并没有。而他这个没怎么见过世面的老男人却一直绕不过去，总是觉得沈队长混得很惨。

实在是太惨了一点，连只鸟都不如。

说好的国民英雄、无敌救世主、战神和男神呢？

这些都是虚名。

逃生舱陡然发生了一个极大的倾斜，"噼里啪啦"一阵乱响，一大堆东西从对面的休息室滑了过来，和聂雍撞作一堆。那是一些温暖、柔软带有肌肉的沉重的东西，聂雍定睛看的时候差点以为是几十具尸体……幸好他刚刚思考到一些什么"不是人"且能走能动的东西。

于是他秒懂这是一大堆伪生命体。

还是无智脑，只听从丁脑电波操纵的单纯伪生命体。

在威尔逊的"如何快速成为联盟国家战队第一学渣"的课程里，像这种没有自主程序，完全听从指挥者操纵的伪生命体叫作"傀儡"。

这些"傀儡"都身穿白色制服，五官面貌各有不同，年龄也有差别，如果不是失去控制，很难把他们和正常人类分别开来。这些"傀儡"如此熟悉——这就是"螺蛳油号"上的那些白衣仆人。

聂雍恍然大悟，这就是这些仆人如此训练有素、配合默契到匪夷所思的地步、守规矩到不可思议的程度的原因——他们不是人。

他瞬间想起了那些快如闪电、配合默契、反应及时的"普兰基"蓝光潜艇。

他近距离见过几次"普兰基"蓝光潜艇被击沉，"螺蛳油号"会分解，但"普兰基"潜艇从不分解，也没有弹射出任何逃生舱或幸存者。

沉默着沉没，这说明什么？说明那些潜艇上也许并没有人。

和眼前这些"傀儡"一样，它们也是远程操控的"无人潜艇"，老旧的无人潜艇经得起消耗，所以被击沉得再多白璧也不在乎。何况白璧他家里是干什么的？好像听说就是造潜艇的呀！

聂雍似乎自行领悟到了其中一丝带着铜臭味的猫腻，但令他全身都兴奋起来的是，他好像发现了从来没人知道的白璧的特殊能力。

那显然就是精分啊！

白璧应该是拥有特殊的脑电波形式，能够同时操作几百个不同的操作仪器，例如仆人类型的"傀儡"和可远程操控的"普兰基"蓝光潜艇。

会假扮仆人伺候自己的人到底是有多无聊？同时假扮成几百个不同的人，同时拥有几百个不同的视角不眼晕吗？你怎么搞得清楚自己正在和谁说话？

但这样的人，如果手握战斗型"傀儡"或远程攻击武器，一个人即为无限可能。

聂雍真的猜到了白璧的能力。

在东亚战区的人事档案中，白璧的能力登记为"脑电波散化"。

在逃生舱颠簸着上浮的过程中，聂雍感觉头顶隐约透出光亮，他正在接近海面。

天亮了。

◯ 八十六　昆山忘剑录

深蓝色的海水卷着泡沫在头顶荡漾，逃生舱带着"隆"的一声巨响破水而出，被水压高高弹起，飞跃出十几米高，再次坠入大海。

只听"嘭"的一声巨响，水花四溅。

聂雍和一堆"尸体"滚在一起，那只倒霉的花鹦鹉重重地摔了一下，逃生舱里所剩不多的装饰品和家具又开始以它为中心移位，一切糟糕得简直不能再糟糕了。

在乱七八糟的东西东倒西歪的时候，一个东西从正在缓慢掉落的书架上掉了下来，"咚"的一声砸到了聂雍头上。

一阵眼冒金星过后，聂雍痛苦地眯起眼看砸到自己头的凶器——《昆山忘剑录》。

哈？聂雍拎起手里这本古怪的东西——这难道是本奇幻小说？修真小说？悬疑小说？呃……精分患者的第一百零一遍自我催眠？

但这本"书"的样子，实在很难让人和"小说"两个字联系在一起。

这是一本制作非常精良的……草稿图册。封面是一张白色的草稿纸，上面画着一个猫头以及随手涂写的《昆山忘剑录》五个字，下面画了一个鸟头——很像地上挣扎的那只。

"嘟——嘟——"逃生舱已经在海面稳定下来，解除安全模式的灯在闪烁，聂雍赶紧翻了一下手里的《昆山忘剑录》。这是一本打着网格和点纹底的用于绘画模型的专业草稿图册，纸质出奇地硬，微微发黄，并不是什么小说，里面就是有一大堆的画。

聂雍并不知道在资源匮乏的当代，纸是较为昂贵的商品，而这种设计师或建筑师专用的画图本早已绝版，都是罕见的古董。

名字俗不可耐的古董画册其实是一本……连环画？

有人用铅笔画了一个非常简单的故事——关于三个孩子的故事。

故事的第一页是一座高山，山上有许多树，高、中、矮三个孩子在树下练剑。

第二页画着高个儿的孩子背着剑走出大山。

第三页画着他躺地上吐血死了。

第四页画着中个儿的孩子在山里挖了个洞睡觉。

第五页他睡觉的山洞前立了座墓碑。

第六页画矮个儿的孩子一个人呆呆地坐在树林里。

第七页画了一个小骷髅。

没了。

绘画的人笔法精湛细腻，骷髅的每根骨头的比例都恰到惟妙惟肖，三个孩子虽然面目模糊，却仿佛个性分明，透过笔画甚至能"看到"画中高个儿孩子那凛然的风骨，中个儿孩子懒惰的模样，甚至矮个儿孩子在高个儿、中个儿孩子都离开以后不知所措的神态。

这是什么？

聂雍往后翻了翻，后面还有一些别的东西，但有的不是 Z 国字，写了一大堆花花绿绿的外文，还有一些转换的公式，以及一些设计方案，依稀是某些武器精细微妙的部件。

这是白璧画的？聂雍又把几张图翻了一遍，不到十秒就又看完了，这到底是什么意思？他隐隐约约感觉到自己看到了什么不该看的，属于别人眼皮子底下的东西，但又忍不住心生好奇。

这一定暗示了什么。

地上的花鹦鹉终于挣扎着飞了起来。

它站在鸟架上歪着头看着聂雍手里的图册，似乎很镇定。

聂雍心里一动，白璧一定经常在看这鬼东西。他对着"金刚"晃了晃本子："你见过这个？"

花鹦鹉金刚不为所动。

聂雍鬼使神差般指着画册里的小骷髅，问它："你认识这个？"

金刚一动不动。

聂雍翻了一页，指着睡在山洞里的中个儿孩子，问道："这个呢？"

金刚歪了一下头。

聂雍注意观察了它的眼神，它双眼有神，还眨了一下眼睛——它真的在看画册。他又翻了一页，指着高个儿孩子问："这个？"

金刚把头又侧了过来，看得更加认真了。

可惜笨鸟不会说话，不然也许它可以告诉他这本鬼东西到底是什么。

"大师兄。"

聂雍大脑里的思路差点停了。

他震惊地看着眼前的鸟——金刚用一种温柔、怀念……但是有一点点恨意的古怪音调叫了一声"大师兄"，然后又叫了一声。

"大师兄。"

"大师兄。"

聂雍突然惊醒，手忙脚乱地把《昆山忘剑录》塞进了白璧的书架，这本书看起来远超白璧的年纪，很可能不是他画的，而是他收集来的什么资料。

但直觉如火车隆隆而过——他一定是发现了什么自己还不了解的天大的秘密。

记忆中有某些细节和这本画册吻合，他一时想不起来是什么，但等他想起来了，这一定是个惊天动地的秘密。

这几页纸上所画的故事简单得匪夷所思。

但他好像曾经在哪里听过。

逃生舱的浮动稳定了，左右都发出了巨大的合拢声，聂雍却好像什么都没听见。

"咯吱"一声，有人打开逃生舱的舱门，微微发紫的阳光照射在黄桑脸上，他对着聂雍招手："快上来！东亚战区队员已经在登岛了！我们拖延住了塔黄岛的主力，他们从西面登岛成功了！"

哈？聂雍眨眨眼，稀里糊涂地被黄桑拉了上去。

头顶阳光灿烂，不远处的塔黄岛人头攒动，成百上千的队员从隐身战舰上下来，乘坐登陆艇往塔黄岛上冲击。塔黄岛剩余的两艘隐形潜艇似乎在海底发射巡鱼雷，不时有战舰被击中，登陆艇被击沉，但已经阻拦不住东亚战区隐藏的后手。

塔黄岛的海面战舰已经全部打完了，四艘潜艇中的撒手锏"墨"已全部释放进大海，两艘潜艇被俘，一艘半毁。但率领着百余艘老旧潜艇气势汹汹而来的白璧并不是东亚战区的真正主力，他带着沈苍在深海中乱窜，吸引塔黄岛的注意力，同时消耗塔黄岛的海面力量，在塔黄岛窃喜已经消灭白璧所有潜艇的时候，东亚战区守候在五十海里外的隐形舰船缓缓开了过来。

被"烈焰蜻蜓"消耗掉了飞艇，被"普兰基"潜艇消耗掉了水面战舰，仅剩的巨型潜艇行动并不灵活，又即将被数量众多的登陆舰消耗完所剩的能量和弹药……塔黄岛方面的局势明显不利。

而东亚战区能做到这一点，只不过因为白璧一个人能同时操作数百个待控目标。

"烈焰蜻蜓"也是需要操作员徒手控制的。

百来个仆人。

百来艘潜艇。

潜艇所发射的不计其数的"烈焰蜻蜓"。

如果这些还不是极限，那么白璧所能操纵的"目标"到底是多少呢？

虽只一人，却犹如千军万马。

无处不在。

这就是年轻的白璧的实力。

聂雍跟着黄桑爬起来，踏上沙滩，看见白璧一头银发，若无其事地靠着一棵"绿色灌木"站着，周围的透明绿色圆兜断了一地，他面带微笑，逗弄着手指间的一只蝴蝶。

聂雍只看一眼就知道那蝴蝶也是他的傀儡——这塔黄岛上根本就不可能有蝴蝶！

自己假扮仆人伺候自己也就罢了，自己调戏自己假扮的蝴蝶很有意思吗？精分果然是大病。

"沈苍呢？"聂雍没好气地问。

◎ 八十七 独角兽雇佣军团

白璧懒洋洋地抬眼看他，指上的蝴蝶翩翩飞走，没入绿色的灌木丛。他似乎心情很好，脸颊都泛起一层淡淡的红晕，第一座椅并没有扣在他身上，但座椅上毛茸茸的不知道什么动物的皮毛仍然披在他肩上。

"不知道。"他漫不经心地回答。

"他不是被巡鱼雷炸了吗？"聂雍急了，"你难道看不见他怎么样了？他的逃生舱还在吗？"他在沙滩上没看到沈苍的影子，身边只有黄桑，问道，"其他人呢？"

"其他人？"白璧纤细的银发慢慢沉入柔软的白色绒毛里，极是奢靡好看的场面，却没有人欣赏。想了想，他含笑说，"其他人随机都和沈苍分在一个逃生舱里，沈苍用'灰烬'把巡鱼雷炸了，底下翻江倒海，生出了不知道多少吨的水蒸气，连潜伏在旁边的'幼兽号'潜艇都只剩了半截，我哪看得清他们怎么样了？"动了动手指，他居然能从毛茸茸的"披风"里摸出一杯茶水来，那像个茶叶罐的杯子显然是保温的，打开盖子，罐子里飘散出热气，伴随着淡淡的茶香。

聂雍眼都直了——在"绿豆汤"都能煮成绿油漆的 B 基地里，茶叶毫无疑问是传说中的东西，这个有钱人居然有！虽然内心被钱深深震撼了一下，他仍然抓到了重点，问道："是沈苍把巡鱼雷炸了？不是巡鱼雷把沈苍炸了？"

白璧眼角上挑，十分奇怪地看着他："当然……谁能炸得了沈苍？沈苍能把一切化为灰烬，只要他想……"

"他都能把别人潜艇化为灰烬了，自己的潜艇还在吗？"聂雍急了，"他又不是大炮，还能从武器孔打出去啊？他要是把别人和自己的潜艇都化为灰烬了，和他在一起的还有命吗？"

白璧笑得蝴蝶都吓飞走了。

还没等他说出什么来，黄桑十分奇怪地回头看聂雍："你在说什么？队长和其他人都在西面登岛，我们要在三天之内攻下塔黄岛。"

哈？聂雍目瞪口呆，沈苍都已经去西面登岛了？他的老脸有点红，问道："他怎么跑到西面去了？"

"大概是真的把自己当炮弹射出去了。"白璧漫不经心地说，"然后'灰烬'的高能量沸腾海水，海底的水蒸气爆发，把他和逃生舱一起推到西面去了。"他虽然没有看见，但是"螺蛳油号"记录下了海底的能量变化，大概就是这么个过程。

这人大概很讨厌沈苍？聂雍隐隐约约有点感觉，白璧对待沈苍的态度很奇怪，他对沈苍并不差，有些时候仿佛很亲近，但大部分时候——尤其是沈苍不在眼前的时候，白璧展露出非常明显的排斥感。

他和威尔逊一样是个对"伪生命体"还是"非自然造物"有情感创伤综合征的患者？

白璧回过身来，拍了拍手，那只半死不活的鹦鹉飞了起来，他从鹦鹉身上取下一片不显眼的羽毛——那玩意儿显然就是平衡仪，随手一抛，羽毛飘入大海。

以羽毛为支点的那些零碎跟着叮当一阵乱响，不知道是不是在逃生舱里撞成了渣渣。

鹦鹉站在白璧肩上，他微微眯眼往塔黄岛中心望去，说道："走吧！

是终结的时候了。"

他当先转过身来，施施然往岛屿中心走去。

聂雍和黄桑别扭地跟在他后面。他们俩和这位穷奢极欲的精分土豪没什么共同语言，又不大熟，跟在他后面也万分痛苦。

聂雍偷偷撞了撞黄桑，压低声音说："这家伙是不是很有名？会打吗？我怕我们这么走上去，前面跳出来两只什么小怪物之类的，怎么办啊？枪也没有，刀也没有……我们为什么不把'螺蛳油号'拼起来，开到西面去一起登岛？这样比较安全啊。"

黄桑满脸尴尬，说道："我就比你早上来五分钟……"他也压低声音，偷偷地说，"他很有名……是有名的败家子，家里开电船公司，专门造军火。去年生日，他包了南岛上空的空域办空中派对，有大量穿着比基尼的美女带气球从天而降，有三百万人专门去生日空域下面等美女……"

聂雍瞠目结舌，他只听过包岛屿的，没听过还有包"空域"的——还有那些从天而降的美女真的不是白璧自导自演的影分身术吗？

"抱……抱到了可以带走吗？"他心惊胆战地问。

"可以啊！就是因为可以，所以才有那么多人去抢……"黄桑深感奇怪地看了他一眼，"白璧付了钱，她们可以免费陪伴抓到她们的人一周。这位每次生日，都是全国人民的狂欢节。"

大手笔！聂雍幻想着成千上万的美女从天而降的盛况，虽然身份存疑，但依然妙不可言。

"那前年生日呢？"他问。

"前年他办了一个甜品大赛，六十四个参赛者带着自己准备的食材在电视上做甜点——那些人都是厨师，听说有很多五星厨师。带来的食材我们都没听说过，做出来的东西简直绝了！"黄桑舔了舔嘴唇，"那天从早到晚，每个人都在看白璧甜品生日宴，恨不能冲进虚拟屏幕里！哦！那道传说中的玫瑰红茄配 E 国鱼子酱冰淇淋，透明柔软的黑鱼子加红彤彤的冰淇淋，真是好看极了！"

聂雍："红……茄……是指西红柿吗？"

"听说是的！是一种鲜红色的柔软多汁的水果。"黄桑说，"我看过图片。"

玫瑰……加西红柿味的冰淇淋……加鱼子酱？

这是个甜品？这玩意儿居然是个甜品？聂雍简直要疯了，这简直是对"玫瑰""西红柿"和"鱼子酱""冰淇淋"这些词的侮辱！这绝对是对食物的恶意诽谤和中伤！谁要吃这种不知道是甜的还是酸的还是咸的鬼东西？那玫瑰和西红柿除了看起来都是红的之外它们有一毛钱关系吗？西红柿就该去炒蛋！冰淇淋就应该是白的！搞那么多花样干什么！知道吃的是什么吗？

话题从白璧那儿歪到甜品大赛后，聂雍和黄桑聊了一路食物，完全忘了自己正跟着完全不靠谱的富二代慢慢走向危机的中心。

十几架带有炮筒的人形机甲呈半圆形静静地站在那里，它们全身带着隐身图谱，几乎很难把它们从背景中认出来。

但在白璧和那堆人形机甲之间是一片柔软的"沙地"，因为地势低洼，白色的"沙地"上甚至浅浅地浮了一层海水，软沙和海水的组合造就了一片类似沼泽的地形，对面十几架带有炮筒的机甲并不过来。

即使它们带有悬浮系统，沼泽地也不是适合机甲行动的场所，操作员稍微不注意，实际重量达到三点五吨的机甲很可能几秒钟内就陷入地底——而这片由植物生成的"沙地"鬼知道下面有什么。

对面的机甲小队显然就是来自塔黄岛的神秘队伍，由于不愿意过沼泽，所有的炮筒都遥遥对准了白璧。

几只微小的蝴蝶悄然在那群机甲小队的身后翩翩飞舞，蝴蝶飞舞的时候并没有声音。

聂雍一眼看见了那些"蝴蝶"，在心里咒骂了一声——这岛上根本没有蝴蝶！这种侦察兵分分钟暴露啊！他却不知道在这植物几乎灭绝的时代，也根本没几个人见过蝴蝶，更不用说知道它应该在什么地方生活了。

在大部分人眼中这是一些彩色的奇怪生物——塔黄岛已经够奇怪了，无论它上面长出什么来都不奇怪。

何况它还这么小。

这片沼泽地是白璧故意选择的，没有可控的战斗武器在手，纵然他脑电波能分成一万份也不能变成战斗力，他也不是沈苍那种人形武器，要和机甲或异兽周旋，只能占地利之便。

"螺蛳油号"缺损了一部分，已经不能组合，待在海滩无疑是个活靶子，他们必须和西线会合，而西线要登岛没那么容易，最好是能冲过去。

聂雍和黄桑不知道白璧在打算什么，看着对面一排火炮指着自己，且不知道射出来的是什么东西，心想万一射出来抓捕机器人怎么办？

"下来，这里有个坑道。"白璧愉快地指挥着，灵活地钻进他早就侦查好的地沟里。

聂雍一跃而下。

在沼泽后面有一条浅浅的自然坑道，仿佛是什么东西经过留下的痕迹，大概有半米深。三个人勉强能躲在里面。

"他们为什么不开枪？"聂雍趴在坑道里看对面，对面好像没有反应。

"他们都是自然人，"白璧悄声说，"这座岛会改变变异细胞，有攻击性变异倾向的战士不会上岛，像威尔逊那种能产生电流的变异人实属凤毛麟角，一般只要有一点战斗价值的变异人都很珍贵，没有人会冒着失去能力变成石人的风险留在这里。所以操纵机甲的都是自然人。自然人类要操纵战斗机甲有一定难度，如果不能够使用脑电波控制，用手动控制或者目视控火，他们身上会安装很多传感器，传感器通过模拟操纵者的动作控制机甲，电脑在传递信号的时候必然有延迟，他们的行动很不方便。"

看了一脸迷茫的聂雍一眼，白璧微微一笑："也就是说，一个优秀的自然人机甲师必须有更强烈的'预判'意识，在他开枪之前，必须预估自己的动作被电脑延迟后的效果以及彼时敌人可能所处的位置。即在他开枪的时候，为了击中正在移动的我，他射击的不是他现在看到我的位置，而是他预判的我一秒钟或一点五秒后的位置——这个时间段以机甲搭载电脑的灵敏度为准，每台电脑都不一样——这个预判和简单的子弹抛物线落点预判完全不一样，实际上机甲是延后开枪，还包含了时间段内自身的移动和敌人的反应。"

"所以？"聂雍皱眉反问，"他们为什么不用散弹枪？一枪打出来·一大片，就不用计算什么路线和反应了。"

"他们当然也有散弹枪。"白璧惊奇地看着他，"但一秒或一点五秒是非常长的时间，如果不是在太平洋战区，这个时间足够做一次短暂空间跳跃了。脑电波控制也是一种优势变异，没有脑电波增强的自然人类很难控制机甲，基本上自然人类机甲师命中率很差，除非是极有天赋的人，否则他们的命中率不及百分之十。"

这就是为什么你被对面十几只炮筒指着一点也不在乎的原因？聂雍非常同情地看着对面好像很威风的机甲小队，问："既然这么没用，怎么还有人继续做机甲师？"

"为了弥补精度不足，自然人机甲师会有很多弥补办法。"白璧说，"他们的子弹都是散弹，一打一大片，射速很快，一般组队行动，采用平均齐射的方式。你被冻结的时间是一个世纪前，应该听说过第一次世界大战的时候，外国人打仗的方式——扛着枪支的士兵整齐地站成一排，打一枪之后整排后退装弹，第二排整齐地顶上开枪，然后第二排退下装弹，换第三排上。基本上，自然人类机甲师做的也是相同的事。"

但时代不同了，自然人机甲师的组队行动是非常严密的组队，他们自然不会站在原地不动，而当他们整体移动的时候，就是敌人的噩梦——他们的移动是由智脑统一配合的阵形位移，不是自由移动。

黄桑认真地潜伏在浅沟里，他不知道他认认真真地潜伏和白璧、聂雍敷衍了事地潜伏在对面的机甲小队眼里都一样。他们都清晰地呈现在探测屏幕上——只是那道低于地面的浅沟的角度不太好，要射击那条浅沟的话，机甲小队必须升至大约八米高的空中，如果那三个人只是诱饵，自动放弃伪装暴露在半空中的机甲小队无疑就是个靶子。

抓捕机器人和捕网，或者驱逐弹、催泪弹都是好用的，可以把人从浅沟里赶出来，但偏偏这支机甲小队没有。

他们是独角兽雇佣军兵团重装甲营的第三小队，身上穿的是重甲——那是用来冲击村庄和城镇，破拆碉堡和城墙的！不是用来抓人的！他们的装备是阿雷撒破甲弹和SS-A8型爆破弹，那是用米在岸基碉堡射击两栖登陆舰、战舰或航空母舰的！

除了这些针对船甲的弹药，他们手上的只有普通弹药。

十三人的重甲小队面对着三个普通人类，处境非常尴尬，他们奉命穿越岛屿，从侧方悄悄攻击敌军海面上的战舰和登陆艇，最好是能形成火力线将海面力量与登陆的人员隔开。结果刚刚穿越森林就遇上了这三个人，用阿雷撒破甲弹和SS-A8爆破弹来对付三个自然人类小题大做，但除了将他们藏身的地方炸成灰烬，重甲小队的队长一时也想不出什么办法。

"我们不能让这几个东亚战区的渣滓过去！"重甲小队的队长诺雷在团队通信工具里面说，"爆破弹预备！这些人不是我们的人，把他们炸成肉酱！"

十三架重装机甲的左臂一起抬起，十三枚金光闪闪的弹药从他们的手臂处凸出，只听"嘀"的一声微响，十三枚爆破弹整齐地击中了白璧选择的浅沟，在藏身处左右五十米的距离内都有弹药射入。

"轰"的一声，烈焰冲天而起，那浅沟被炸成了深达三米的巨沟。潜伏在其中的人类应该早就成肉酱了吧？

诺雷看了一眼探测屏幕，蓦地一呆——他以为他看错了。

正在熊熊燃烧的巨沟里没有人！

机甲系统在"嘟嘟"提示："扫描到异常情况，请回放、请回放。"

诺雷立即选择了回放监控——在机甲手臂举起的瞬间对面三个人类

已经灵活地往左右滚动，贴地离开了浅沟，甚至那个银色头发的自然人还从口袋里放了一些不知道什么在浅沟里。

系统着重提示在爆破弹射出的时候，一道人影极快地在那十三枚爆破弹之间闪过，这道看不清五官的人影干扰了爆破弹的定位数据，导致有三枚爆破弹的落点偏差，爆炸范围没有覆盖到另外两个滚地的自然人类。

"天啊！这是什么？"诺雷震惊地看着屏幕上不停回放的蓝色人影。

人类怎么可能这么快？

不要说自然人类——变异人种也没听说过有这么快的速度！测试仪几乎感应不到他轮廓，只能显示出一道蓝色人影。

而正当诺雷震惊、他的小队队员也在错愕的时候，只听"咯"的一声微响，诺雷的那架重装机甲小腿膝盖突然歪扭了一下——他的重甲重达六吨，这么一急速歪曲立刻导致重量失衡，那架机甲整个跪了下来。

地面是柔软潮湿的流沙地，诺雷很快操纵机甲悬浮起来，心里不由得担忧起来：现在自己机甲的绝大多数能量都用来悬浮，战斗力减半，而那个急速的蓝影是谁？又是谁攻击了他的机甲关节？

微小的蝴蝶绕着重甲小队翩翩起舞，十三架机甲如临大敌地看着眼前的三个自然人，心里都有一些不妙的感觉。

而被当作大敌之一的聂雍表情呆滞地指了指十三架机甲背后的人影，又戳了戳黄桑的胳膊："你快拧我一下，那是不是白璧？"

黄桑也是一脸懵懂，说道："好像是。"

"他是怎么过去的？"聂雍以做梦般的口气说，"这……这好几百米呢！中间还有一大片沼泽和流沙，难道他真的练了水上漂？"

"我觉得他是怎么过去的不重要。"黄桑吞了口口水，震惊地看着白璧遥遥站在机甲群身后，对他们愉悦地挥了挥手，"他……他看起来好像就要那么走掉了！你看他真的走了！他真的走了！"

聂雍看着潇洒挥手而去的白璧，又看着如临大敌缓慢换弹药的机甲队，蓦然领悟："他不会是把这些难搞的鬼东西扔给我们，利用我们拖住这些人，然后自己跑了吧？"

黄桑说："听起来很有道理。"他这句话一点也没安慰到聂雍，聂雍正在苦笑，黄桑又插了一刀，非常认真地说，"看起来也正是这样。但就凭我们两个，无法拖住重甲小队，除非……"

谁要和你认真思考怎么拖住机甲队了？聂雍简直要疯了，这是他们俩应该思考的问题吗？他们俩有这高度吗？

"除非是队长来了。"黄桑一脸崇拜地说。

白璧头也不回地往西面海滩而去，而聂雍一边胡思乱想他到底要怎么样发挥出"神经兽的宠物"这种外挂的威力将身后的机甲队打倒，一边隐隐约约好像听到了什么奇怪的声音。

但背脊里的神经兽似乎是在海底和采集机甲战斗的时候受伤颇重，毫无反应。

仅仅一晃神的时间，一枚爆破弹在身旁爆炸，聂雍奋力向旁边扑倒，一个打滚，在火焰爆开的瞬间滚离了危险区，翻滚的时候眼角看到机甲队集队向海岸而去，只留下一架机甲面对他和黄桑。

太好了！聂雍心里一喜——这个小队显然也认为和他们两个纠缠纯属浪费时间，只留下一个人解决他们俩！

面对一架凶器总比面对十几架的好。

单独留下的机甲通体锃亮，泛着令人目眩的背景色，当它移动的时候很难用肉眼看清。这架机甲使用悬浮系统一瞬间就冲了过来，它的左手臂平举对着聂雍，手背上的爆破弹刚刚发射，新的炮弹还没自动填装进去，深深的黑洞上正冒起一阵灼热的烟雾。

聂雍翻过身来看向黄桑。黄桑刚才向另外一边扑去，现在正用国家战队所训练的技术，悄无声息地向外爬去。

这架机甲的注意力在聂雍身上，毫无疑问。

一枚新的爆破弹无声无息地从机甲左手背凸出，填装上了发射筒。眼前这架没有五官和表情的人形机甲动作流畅，丝毫看不出白璧说的"延迟"，它用爆破弹对准了聂雍，右边的机械手持枪，看也不看就向左前方开了一枪。

只听"嗖"的一声微响，普通步枪的子弹射入黄桑面前的白沙地，只差几厘米就洞穿他的头颅。

黄桑绝望地回过头来——在这种高科技杀人武器面前，普通人类果然只能束手就擒吗？

被爆破弹指着头的聂雍同时在想：只能死了吗？

我不想死！

我还没有弄明白这个世界。

我怎么能死呢？

我还没有找到……我这么遗憾……

他并不知道自己还没有找到什么，但那仿佛抓住了渴求的东西的一角突然要被生生掰开的痛苦依然充斥在胸膛，强烈的不甘心使得整个口腔都充满了苦涩的味道。

不想死！

我不想死！

我不想死！！！

机甲左手一抬，爆破弹击发，同时右手一抖，向黄桑的方向射出一连串子弹。它显然没有留活口的打算，最棘手的那个人离开了，这两个毫无反抗之力的小虾米出了浅沟，看起来周围并没有埋伏，不需要费几枚子弹就能让他们死无全尸。

爆破弹凌空飞出，聂雍的眼瞳只能看到一簇炽热的火光一闪，他以为这就是他看到的最后画面。

只听"铮"的一声脆响，一道残影掠空而来，一样东西撞上了那团火，"轰"的一声火焰向来处喷发。爆破弹的火球落在了重装机甲身上，瞬间把机甲变成了一个火人。

聂雍和黄桑目瞪口呆。

一个人反手执剑，单膝跪地，横刃在胸。

他带来的疾风刮得爆破弹的火焰直往机甲身后烧去，只是一个人，却势如飞瀑。

烈火并不能损害重装机甲，但操纵机甲的人显然也被吓得不轻，他几乎是呆滞了两秒钟，才举起步枪对着来人射击起来。悬浮在空中的重装机甲开枪射击，来人右手执剑，左手抬起，手上也握了一把枪，对着重装机甲开了一枪。

"嘟嘟嘟……"机甲几乎在一瞬间射出几百发子弹，但没有一发射中来人，果然如白璧所说，悬浮的机甲没有受力的支点，每开一枪都会产生轻微的位移，这让它越打越不准，而击发时间滞后，机甲的自主移动又偏慢，来人一枪击中了机甲的胸甲。

这是冲锋陷阵的重装机甲，胸甲厚达两厘米，足以抵抗高能激光，大概操纵机甲的人也不觉得对面来人那一枪能造成多大伤害，也没有怎么闪避。

但只听"哒"的一声微响，子弹洞穿胸甲，从机甲背后射出，带出了一片血迹。

机甲摇晃了一下，仿佛不能理解，过了好一会儿才仰后栽倒。

"嘟嘟嘟……"栽倒的时候，机甲的右臂还在不停地对天空击发子弹，普通子弹带着灼热的气流射入高空，过了十几秒才下雨般坠落，砸了这白色流沙地一地。

"沈苍？"聂雍这时候才发得出声音，他震惊地看着救他一命的人。黄桑同样像见了鬼一样指着他："队长，不是听说你带着人在西线登陆吗？怎……怎么你在这里？"

沈苍还穿着"螺蛳油号"上白璧给他的衣服，衣扣整齐如新，即使是单膝跪地，姿态依然威武，只是他的眼神有点儿涣散，虽然看着前方，但好像什么都没看。面前的敌人已经死了，他却没动，仍然保持着刚才的姿势。

"这是见了鬼了还是……"聂雍惊魂未定，也不敢轻易上前去摸这个疑似"沈苍"的家伙，他喊着，"沈苍？沈苍，你是沈苍吗？还是沈苍的替身？伪生命体？模拟人？呃……克隆人？"黄桑连滚带爬地过来说："这就是队长啊！你看他身上还有鸟毛，肯定是在潜艇里沾上的。"

真的有鸟毛！这种边缘有一点颜色的绿毛只有白璧那只宝贝大鸟身上才有，纯天然无伪造。聂雍伸手在沈苍面前晃了两下，小声叫："沈队长？你怎么啦？"

沈苍毫无反应。

这一时一刻的沈苍简直不像那位注重仪表、万事万能、深得信赖的东亚战区联盟国家战队队长，只像一具毫无生气的尸体，比伪生命体还不像活人的机器人。

聂雍背后的汗毛慢慢竖起，他记得这个人出现在自己眼前的那一刻，BUC 地下工厂的一切妖魔鬼怪都灰飞烟灭。他记得在这个人的大脑里看见过的战争——"空间光裂术""室之潮汐""灰烬"……还有一些他不知道名字的强大技能，这个人的强悍让一切敌人为之骇然、让国家机器为之忌惮，他是一座巅峰。

他遇强则愈强，战无不胜。

然后他莫名其妙地出现在这里，为自己挡了一炮，然后就不动了。

"队长？"黄桑的声音有些发颤，沈苍是他的偶像，关于沈苍所有的传奇故事里都没有他会变成行尸走肉的这一段，他不知道该怎么面对现实。

"灵魂烙印。"白璧的声音突然从沈苍身后传来。

那是一只蝴蝶状的伪生命体，在沈苍颈后翩翩起舞。白璧的声音听起来和平时也有几分不同，仿佛突然间沧桑了许多："我以为你没有成功……原来你成功了。"

"不不不！"聂雍几乎立刻就跳了起来。他骇然看着眼前不言不动不闭眼的沈苍，"我没有成功！他大脑里的智脑已经坏了，登录到99%就坏了！他的大脑里也没有什么模拟脑电波，没有你说的那些频率不一样的光点，只有黑洞！我没有烙印他！我不想烙印他！他是自由的！"聂雍不能接受沈苍变成这种样子是因为自己把他"灵魂烙印"了，沈苍是一个好人！一个强大的好人，值得尊敬和崇拜！

"你说什么？"白璧的声音骤然变了调，"你说什么？"

那只蝴蝶猛地飞起，白璧的声音再听不出懒洋洋的腔调，那几乎是个陌生的声音："你刚才说了什么？"

"我没有烙印他！他是人！是自由人！"聂雍抓住沈苍摇晃着，"他不是被我招来的！我没指挥他！我也不会'使用'他！喂！队长？沈队长？国民男神？"他嘴里胡说八道，脸色却越来越惊慌和苍白。沈苍仍然不动，全身僵冷。

"不，你说他大脑里的智脑坏了？是坏的？"白璧问道，"什么是'黑洞'？"

"他大脑里的智脑程序早就坏了，我看不到任何界面，登录'使用者'的进程到99%就断了，然后程序彻底没了。"聂雍语无伦次地说，"我看到他脑电波光点里面有很大一片黑洞，黑的地方在扩大，可能就是原来智脑占据的地方，但现在它们不在了——没有任何模拟脑电波，他不受智脑控制。"

白璧的牙齿咬得咯咯作响，仿佛不愿相信："你说他的智脑坏了？这不可能！一个人只剩三分之二的大脑……怎么可能活下来？如果他大脑里没有智脑，他怎么可能活下来？"

"怎么不可能？你们现在的高科技，什么鳄鱼接小鹭鸟腿上、什么人肉种到机器人身上，连死人都能大卸八块凑合凑合拼活人了，剩三分之二大脑为什么就不能活下来？"聂雍说，"就准你们玩高科技的把人搞死，还不准人辛辛苦苦地拼命活下来？明明这位沈队长就是最辛苦最倒霉最可怜的一个，他好不容易活下来了，你们又非要说不可能。"想到在沈苍大脑里看见的那些片段，他突然觉得自己把自己说得眼睛酸涩，"他不是机器，他是个人！和你和我一样，受了伤会痛，记得住好事和坏事，他一直……一直……"他真的无法形容在沈苍大脑里看到的那些，顿了一顿，咬牙切齿地说，"他一直在拼命！你们都不明白！你们谁也不明白！你们就会说'反正他又不会死'！"

"你看到了什么？"白璧追问，他好像陷入了一种非常混乱的境地，"他……他的记忆里，什么是'好事'？"

"我看到了……"聂雍咳嗽了一声，有点尴尬，"好像他的记忆里真的没什么是好事，比较……比较好的吧？"他抓了抓头，"年轻时的、很欠揍的陇三翡。你知道陇三翡吗？专门和沈苍作对的一个道士，听说他们打了几十年，仇很深。"

但在沈苍的记忆里，关于年轻时的陇三翡的记忆是好的。

"是吗？"白璧的声音从蝴蝶身上传来，更加失真，他突然找回了理智，说道，"你说进程到了99%，智脑损坏了？"

"是。"聂雍说，"智脑的界面消失了，谁也不能操纵他。"

"不，99%的'灵魂烙印'仍然是'灵魂烙印'。"白璧说，"如果不是频率极其接近的脑电波，又临时找到了适合的接点，人类的脑电波是不容易读取的。一般人戴上头盔只能看到智脑界面和脑电波光点，看不到记忆，你能看到，只是一种偶然。也许移植在他大脑里的智脑彻底损坏了，但沈苍的大脑不完整，留有信息输入的接口——99%的烙印也能够允许你输入命令。"

输入命令？老子哪有输入什么命令？聂雍又急又怒，暴跳如雷，恨不得自杀以证清白，却突然想到刚才面对爆破弹的时候，一瞬间非常强烈的不想死的感觉。

难道老子这么想一想，就发出了求救信号？

"你的脑电波能影响他的行为。"白璧说，"99%……他可能不会完全失去自我，不会完全被你操纵，但可能很难抵抗你的命令。"

聂雍张口结舌："要怎么解除这种'烙印'？"

"解除不了，恭喜你……"白璧突然轻轻笑了一声，"多了一个留在B基地的理由。"

他说："沈苍，将是你的奴隶。"

黄桑听得一张黑脸都快变成了土色，作为沈苍的铁粉，他完全无法忍受这种侮辱，脱口而出："你敢！"他对着聂雍就是一拳，吼道，"沈苍为大家出生入死的时候，你还是一具尸体！"

"咚"的一声聂雍栽倒，他没躲，被这一拳揍出了两道鼻血。

就在黄桑一拳砸得聂雍眼冒金星的时候，僵硬多时的沈苍突然动了一下。他的眼神慢慢有了焦点，当即站起，背脊挺直，并不说话。

仿佛刚才经历的一切并不足以让他动容。

聂雍捂着鼻子，鼻血长流，仰望着他，瓮声瓮气地说："我很抱歉刚才发生这样的事。但这世界已经脱离奴隶社会几千年了，我们都进入新社会好几百年了……所以沈队长——英明伟大战无不胜攻无不克国之栋梁的无敌战神沈队长，刚才完全是一场意外，'做奴隶'什么的都是白璧那个家伙在胡说八道！那是在侮辱我和队长的人格，破坏我和队长的名誉……还有感情（并没有）！我会想办法把'灵魂烙印'完全、彻底、完美、快速地清理干净，请相信我！"他对着站直的沈苍拜了下去，嘴里虽然是胡说八道，这一拜却是诚心诚意的。

这世上没有仙也没有神。

只有沈苍，值得一拜。

沈苍没有回答。

这让诚心诚意拜了一拜的聂雍有点接不上话，黄桑还想再接着揍，但沈苍醒了，在偶像面前，他在乎形象，不敢轻易动手。

虽然此刻满身是土、衣裳破烂的肌肉猛男可能也并没有什么形象可言，但黄桑的内心是很在意的。

没有得到沈苍谅解的聂雍只是盯着沈苍右手的短剑看，那是把他从来没见过的黑刃短剑，剑长不足五十厘米，剑身宽厚，样式很是奇异。

"这是什么高科技？"聂雍厚着脸皮问。

沈苍的左手握着"未亡"，他经常用左手持枪。

原来他并不是左撇子。

右手，只为握这把剑。

"长剑。"沈苍说。

呃……聂雍和黄桑对视一眼，都很无语。

沈队长不只是小学语文学不好，大概数学也……

这不到五十厘米的东西……是长剑？

沈苍说到"长剑",手腕一翻,那柄"长剑"削入右手臂前臂,没入骨骼。黑色锋刃在他手臂上划出一道极深极长的伤口,鲜血涌出,但没过多久,流血停止,伤口以极缓慢的速度在"黏合"。

是的,黏合,并不是愈合。

沈苍手臂上的伤口还在,只是颜色变白,两侧伤口黏合在了一起。

聂雍瞪眼看着那道伤口,再想想那柄没入伤口的剑,简直不知道该如何评价这种中二设计——这是谁给他设计的这把剑?这有什么用?这还没伤敌先在自己手臂上开一个大口子,伤敌之后再在自己手臂上开一个口子。他徒手就能裂空间啊!搞一把剑有什么用啊!

聂雍简直要疯,这什么年代的设计!难怪沈苍大脑里的智脑要坏,谁给他设计的接到"使用者"的命令就要冲过来并整出这把剑啊?这要是多接到几次命令那还不把右手臂直接片成肉丝了?

智脑坏掉之前他还有没有被别人"使用"过啊?

聂雍瞬间脑补过多,脑洞不能好了。

但沈苍还在眼前,眼神和常人并没有什么不同,没有更多"我恨我怨我要毁天灭地"或"全世界都对不起我"或"我是棵遭人虐待的小白菜"

之类的常见基本感情。

"沈苍，东岸重甲小队的火力点交给你十分钟之内清除。"那只蝴蝶身上传来白璧的声音，"西岸的大概要三十分钟……"

刚才过去的机甲小队已经在东岸站好队形向海面上的战舰开火，它们的确不灵活，但弹药充足、火力极强，压制住了往岸上冲击的登陆艇。甚至有两架机甲架射出高能光炮，准备扫荡远处的战舰。

东亚战区的运输舰开启隐形罩，缓慢后退，暂停释放登陆舰。

海上的登陆舰加快速度往岸上冲去，躲避如雨的弹药和即将横扫海面的激光。

海面上很快被重装机甲的火力清理出一片空地，海面下缓慢浮起一片黑色流动的物质，占据了那片海域。

运输舰顿时过不来了。

速度慢一些的登陆舰被黑色物质卷住，立即沉没，登陆舰上的士兵纷纷入海，有些游着游着就突然沉入海中，消失不见。

另一道高能激光从塔黄岛西岸射出，与东岸的重甲小队成犄角之势，在海面上清理出一片三角形的空域，海面下似乎能被他们操纵的奇异黑色生物缓慢浮起，扩散开来，不快，但也不慢地往外侵蚀。

而在清理出的海域中心，一艘庞大的潜艇正在缓缓上浮。

它正是刚才被"螺蛳油号"俘虏的"基地号"。"螺蛳油号"解体后，"基地号"失去控制，很快被塔黄岛夺回控制权，鲁鲁斯·蒙特西在"螺蛳油号"解体时顺利出逃，并救走了修斯和林北辰，重新控制了"基地号"。

几乎与塔黄岛岛基同样体积的"潜艇"——那几乎是一座海底堡垒了，浮出水面。

海水被上浮的船体推上高处，再从数米高甚至十数米高的地方轰然流下，去除了噬光菌的"基地号"呈现出光滑黝黑的金属结构，平直的线条，舰体上能承受万米深海水压的超级玻璃窗洞熠熠生辉，反射着高能激光的炽亮，简直像镶嵌着几十个太阳。

在这些"窗洞"周围鳞片似的甲板缓缓打开，鼓出了一些遍布发射孔的巨大圆球，圆球上的发射孔几乎涵盖了所有角度，它们非常灵活，鼓出甲板之后仍然能左右调整，选择最好的射击范围。

自然人类操纵的海底堡垒"基地号"，它们拥有最好的弹药和最强大的能源，与堡垒相比，海上的隐形运输战舰就如一个个脆弱无比的蛋壳，一捏就碎。

战舰发射一百枚炮弹都击中堡垒，可能无关痛痒，而堡垒发射一百枚炮弹，只要有一枚击中战舰，战舰就会沉没。

何况一艘战舰上载弹量是有限的。

堡垒的存弹量几乎是无限的。

战舰不能对战堡垒，这是海战的基本常识。

东亚战区的隐形战舰都在缓缓撤出战场。

"基地号"潜艇本不是堡垒，但在它的外围还环绕着一圈巨大的黑色液体怪物，没有人能从海下给予它致命一击。

"基地号"浮出水面是个极度震撼的画面，轰然的水声和激荡的海流充斥耳目，聂雍差点以为发生了海啸，脚下的塔黄岛微微颤抖，天空中颜色古怪的烟雾再度喷发，纷纷扬扬的"白沙"又下了一阵。

沈苍蓦然回头，岸边架设好激光炮的重甲小队正在移动光炮向撤退的战舰扫荡，激光炮射程极远，已经有两艘战舰起火爆炸，隆隆声响混合在海浪声中，看不清听不见的，反而更让人感觉惨烈。

"沈苍，"聂雍震惊地看着那"基地号"浮出水面，那周围浓黑如墨的"墨水"数量极多，几乎铺满了整个潜艇周围，毫无疑问这种生物是被敌人控制的，"沈苍，那不是水，是一种生物，比石头还硬，别硬碰硬，既然他们能控制这种东西，只要找到方法我们也能。"他一瞬间想起被神经兽入侵的小生物撞上"墨水"的时候那惨痛的后果，那玩意儿可能不仅仅是硬，温度可能也不同寻常。

"三分钟。"沈苍说。随后"未亡"发出一种微弱的声响，枪筒变长，枪托伸展开来，近乎变形成了一把狙击枪。沈苍从军靴边拔出了一匣子弹，压弹上膛，瞄准海岸上的重甲小队就是一枪。

只听"轰"的一声巨响，正在架设激光炮的一架机甲中枪起火，胸甲被炸穿了一个大洞，火焰冲天而起。沉重的激光炮忽然翻到，仰起的光炮口扫过队友，将另一架重装机甲的头部烧毁。

"轰！""轰！""轰！"

浓烟冲天而起，爆破流激得"白沙"飞溅出一米多高，地下绿色圆兜疯狂乱舞，把一早死在"白沙"中的飞鸟摔得到处都是。

令人恐惧的是那些埋没在"白沙"中的海鸟尸体大半都成了骨架，不知道什么生物侵蚀了它们的血肉。

沈苍一边往海岸前进，一边持枪射击。

黄桑两眼发光地看着沈苍的背影，一路小跑着跟在他身后。

沈苍一人一枪，一步一杀。

第四声枪响之后，海岸上的重甲小队终于反应过来，迅速打开防护罩，组织队形进行反击。聂雍眼见沈苍以他最擅长的方法大杀敌人，心痒难耐，如果那把威力巨大的"未亡"落在他手上，也许他也能做到沈苍那样。

火力、科技、资源……也是强大的一部分。

重甲小队的爆破弹和破甲弹如雨般向着沈苍射来，浓烟四散，沙地颤抖，海水漫出，聂雍心惊地发现塔黄岛似乎正在缓慢下沉，这些原本高于海面的沙地正在溢水，似乎再过不久就会没入海中。

而海中横躺着一头或者几头巨大的杀器——那种一碰就死、神秘莫测的液体怪物。

威力巨大的炮弹迎面而来，沈苍左手扬起往前直切，空气被急速压缩，水蒸气被挤压出空气凝成水雾，只是一瞬浓雾就被烈焰包围，发出"砰"的一声巨响，地动山摇。

跟在沈苍后面的黄桑整个人扑倒在"白沙"地里，头昏眼花，甚至鼻血都流了出来，他离得太近了。

距离较远的聂雍清楚地看到了"空间光裂术"。

空气中温度急剧攀升，残余的水汽扑面而来，速度极快的炮弹一闪而逝，完全看不见最终击中了哪里，剧烈的闪光几乎闪瞎了聂雍的眼睛。沈苍左手的"空间光裂术"威力往前推进，偏过海岸上的重甲小队，径直切入了大海。

海面上风云逆流，浓郁的水汽和高温高压空气被推入海中，击中了海里的黑色液体。

"哗"的一声，海面上几乎是立刻生出了一团巨大的浓雾，它急速旋转，几乎形成了一个小型漩涡，而小型空间裂隙的余波可能蔓延到了海面附近，它边缘不稳定的高能和爆发的冲击波冲入了海水。

海水里的黑色液体瞬间灰化，有一大块黑色液体忽然沉没，就像一块毫无生气的石头一样消失在海中。

"天啊！你就这样杀了它？"聂雍大吃一惊，感觉不可思议。所谓"战神"之威，居然真的是无视物种或装备无坚不摧的吗？甚至都不需要了解自己的敌人是什么？

沈苍左手微略一收，继续持枪向海岸上的重甲小队射击，重甲小队被他刚才的一击吓得魂飞魄散，纷纷躲避，有些机甲一脚踩入渗水的流沙，陷了下去；有些被沈苍击中，机甲师被迫打开胸甲逃生。

"滴答"……几滴血掉落在白沙地上。

黄桑已经被偶像震得七荤八素，滚倒在地上，差点被流沙掩埋了，正在挣扎。

所以这不是他的鼻血。

聂雍本能地摸了摸自己的鼻子，还好他没流鼻血，而那血是从哪里来的？

沈苍持枪前进，脚步敏捷，姿势挺拔。

他一步一枪，走向海岸，海面上龙卷风犹在，迷雾旋转，天空半红半紫，充斥着炮火的光焰和巨响。

"滴答"……又有几滴血滴落在白沙地上。

聂雍瞪大眼睛看着那几滴血，然后往上瞪着沈苍。沈苍军服挺拔，衣领整齐，但隐隐有血迹……

那些血是从他胸膛滴落下来的。

沈苍似乎毫无察觉。

⑩ 九十 战龙公园的临时会议

一颗鲜活的心脏被放在无菌玻璃瓶里，与之连接的玻璃桌子上投映着这颗心脏的成分、结构、各物质之间的比例。

这些比例同时投影在这个房间的墙壁、天花板和窗户上。

淡紫色的数据不停地在乳白色的墙壁上流动，流到透明的窗户上的时候化为荧光绿色，一道道、一层层，但这并不能让数据显得醒目。

只是装饰。

几个胖子瘫坐在移动椅子上，他们头戴智脑头盔，以意识流互相交谈。

"非常健康。"一个人说。

"一个自循环的肉体玩具。"另一个人说，"不需要供血也能独自存活几十个小时。"

"里面含有编号07335的特种黏菌，用来黏合器官和血管，算是不错的想法。"

"得了吧李克，这玩意儿不是能量的来源。"最后一个人不耐烦地打断他，"我们想知道的是沈苍怎么产生能破开空间的强大能量，不是这种无关紧要的小玩意儿，显然心脏不是他能量的来源！"

"沙度，"那个叫李克的胖子冷笑，"我们都认为他不是吸血鬼，只有你总是以为心脏是核心。"

　　"先生们，现在争吵只是浪费时间。"意识流中，一个低沉的声音响起，"东亚战区正在进攻塔黄岛，他们知道岛上的秘密——毫无疑问这次进攻背后是 Z 国政府支持的，他们谋划占领那个地方很久了。"

　　"可惜注定是一场空。"李克继续冷笑，"塔黄岛的花期要过了，它将沉入大海，Z 国将什么都得不到。"

　　"他们想要得到我们在岛上的研究成果。"另一个急促、冰冷却有节奏的声音说，"与硅基生物沟通交流的方法，包括控制它们的技术。"

　　"他们知道得比我们想象的多。"李克说，"但如果能得到沈苍，知道他身上的秘密，我不介意用硅基生物技术交换，和无限超强能量相比，那几只石怪算什么？"

　　"可以，如果一切都是你一个人说了算。"对李克冷嘲热讽的沙度说，"我们花了那么多钱雇用独角兽雇佣军兵团看守那几只石怪，全是浪费时间，不如早点和东亚战区合作，叫他们把沈苍送来算了！"

　　那个低沉的声音又响起了："从东亚战区里传来消息，他们并不能控制沈苍，沈苍的智脑完全损坏了，现在和他有最后脑链接的是一个来历不明的自然人。"

　　"他能控制沈苍？"李克的声音突然尖锐起来。

　　"理论上可以。"低沉的声音说，"我会尝试和东亚战区做交易，或者，直接在战场上抓住他！"

　　"军团知道这个消息了吗？"对李克冷嘲热讽的沙度突然慎重起来，"我们加价，抓住那个自然人！"

　　"目前战况很激烈，白璧团战能力很强，从卫星上暂时找不到沈苍和那个自然人。"声音急促的胖子说，"东亚战区奈何不了我们的旗舰，别着急，他们马上就会让沈苍上'灰烬'，除了和反物质弹同等级的超高能攻击，我们的旗舰受不到什么损害。"

　　李克说："洛里颂，白璧可能有新式武器。"

声音急促冷漠的洛里颂哼了一声："那个嚣张的 Z 国人，我会让他第一次上战场就留下尸体。"

沙度说："不着急，等塔黄岛完全沉入大海……我真想看看东亚战区那些人的脸，他们一直以为这座岛只是一棵巨大的植物，哈哈哈。"

会议室墙壁上对心脏的分析停止了，开始一轮倒计时。

倒计时的时间是六小时零三分钟。

那就是塔黄岛沉入大海的时间。

如此巨大的植物一旦沉入大海，将造成难以想象的地质和水文灾害，即使现今的大海海中生物量急剧减少，塔黄岛的沉没也将带来新一轮毁灭性的灾难。

而临近塔黄岛的 Z 国东海及其沿岸城市，还有庞大的海上群岛，即将遭遇数百年不遇的海啸。

洛里颂通过智脑和卫星一直在观察塔黄岛之战。

东亚战区的形势不太好，虽然白璧带着登陆军对塔黄岛本岛深处进行的攻击一直在深入推进，但海上力量一直对"基地号"无可奈何，"基地号"慢条斯理地发射了笼罩大半海面的炮火，白璧的援军全断，孤军深入，即使一时占了赢面，洛里颂也不看好。

"基地号"上还装配着小型反物质弹和巡航弹，到目前还没有发射的计划。

塔黄岛上的确有独角兽雇佣军兵团的据点，但那和战龙公园有什么关系呢？他们不过是雇佣关系，收了钱就应该卖命，洛里颂根本不关心独角兽雇佣军兵团和白璧之间的战斗。独角兽雇佣军兵团也不知道塔黄岛在开花之后就会沉入大海，这是个有趣的小秘密。

洛里颂一直在等沈苍出手，"基地号"有后手，可是白璧最大的后手沈苍在清理了东线重甲小队之后就无声无息了，这让他感觉很奇怪。

如果沈苍清理了"基地号"，东亚战区的运输船就可以靠岸继续为白璧输送兵力，白璧也许能快速结束战斗。塔黄岛虽然还没有沉没，但岛上的人一定也看出了有变化，谁都想尽快离开这座岛。只有运输船靠岸，白璧和登陆军才能安全离开，"基地号"是唯一的阻碍，这东西在沈苍面前不堪一击，可是沈苍为什么不出手？

洛里颂很不高兴。

他投了个巨大的诱饵，可是鱼儿不但不上钩，还消失了。

◯ 九十一 群星之力

　　每个国家的最高科研组都研究过这样一个课题"人类如何产生反物质"。我们的宇宙是物理宇宙，宇宙中遍布着难以理解的暗物质，而与我们熟知的"物质"相对存在着反物质，只是反物质一旦产生就容易与"物质"湮灭，释放出巨大的能量。

　　人们认为反物质的产生以及物质的湮灭所释放的超能量与分子核聚变产生的超能量一样，是推动宇宙循环和变化的超强能量。

　　这被称为"群星之力"。

　　星球因之明亮，轨道因之产生，宇宙因之膨胀。

　　这是让一颗星星诞生的力量，能令陆地生成，令潮汐澎湃，令山峰隆起，令万物华生。

　　人类耗费巨资，生产出一点点不稳定的反物质，将它发射出去，就能毁灭一座山峰或在大海深处划出一道更深的海沟。

　　而人类能自行产生这种力量吗？

　　这世界上唯一的样本就是沈苍，每个国家都研究他。除了他，没有任何已知人类能爆发出如此匪夷所思的力量，对于他力量的来源，每个国家的科研组都有角度不同的解释，但无一例外，沈苍的力量一定与反物质有关。

他是一个能自行产生反物质的人类。

无与伦比，前所未见。

无与伦比、前所未见、能自行产生反物质的沈苍，胸口穿了一个大洞。

聂雍瞪眼看着血从沈苍胸口渗出，染红了那件制服的胸口部位——沈苍的胸口穿了一个大洞，那"尹松鼠"把他的心挖走了。

然后大家就把这事忘了。

沈苍仍然握着"未亡"笔直地往海岸边冲去。

聂雍觉得沈苍大概是想再来一个技能点直接把海里那大山一样的堡垒灭了，他本能地迈开腿追了上去。

沈苍持枪冲进了海岸上重甲小队的阵地，残余的机甲四散逃跑，有些直接摔进了海里。聂雍觉得这些自称机甲的东西简直侮辱了擎天柱或者威震天，甚至是钢铁侠之类的威名，以至于他也没把那些其实吹口气就能弄死他的机甲放在眼里，仍然撒腿向沈苍跑去。

沈苍对着海上堡垒"基地号"射出一串子弹，射中了堡垒上的几个玻璃窗洞。那些厚达几十厘米的玻璃应声碎裂，玻璃碴顺着黑色金属外墙砸入海中，击中船下的黑色生物，居然带起一串火花。

"未亡"的子弹无疑是强悍的，它们能洞穿机甲，却仍然无法穿透"基地号"。沈苍子弹用尽，以"未亡"拄地，单膝跪地伸手去拿军靴里的子弹。

他握住了弹夹，但没能站起来。

一丝鲜血从他嘴角溢出，他左手握枪，右手紧握弹夹，背脊绷紧晃了一晃。

他仍旧没能站起来。

聂雍看着他的背影，心突然猛跳了一下。沈苍微微向前一栽，右手手指微微一松，弹夹"啪啦"一声坠地，只是一瞬间，右手臂内深藏的剑刃弹出，剑尖插入沙地，支撑住了他的身体。

血浸透他胸口的衣服点点滴滴流下，染红了"白沙"，也顺着剑刃流下，渗入了"白沙地"深处。

借助左手中的枪右手中的剑，这个男人勉力站起，毅然往海边走去。

然而他左手一空，有人从地上捡起了掉落的弹夹，抢走了他的"未亡"，拍了拍他的肩："让我来！"

与此同时，激荡不止的海面上一层冰面绵延而来，厚重的冰层宛如突出的战舰由外海向塔黄岛层层推进，它们发出"咯吱咯吱"的奇异声音，速度缓慢，但并没有停止。就像远处酝酿着一次强大的寒潮，那寒潮已经在远处旋转并膨胀了许久，终于将威力传达到了岸边。随着雪白的冰层层层叠叠，像几百辆白色坦克齐头并进，冰雪冻住了"基地号"与塔黄岛之间的海面。

那只黑色的液体生物在冰层下蠕动，它并不能爬上冰层，厚达五十厘米的冰层完全将它隔绝了。

聂雍单手给"未亡"上弹夹，踏上冰层，向着"基地号"那些被沈苍击碎的窗户射击。

惨叫声从窗户内部传来。

几百人同时踏上冰面，带着武器向动弹不得的"基地号"冲了过来。冰封的"基地号"掉转炮口，几千个炮口同时调整了方向，对准了冰面上行进的士兵。

然而一道蓝色的光影魔魅般从远处的战舰上射来，轰然击中被冰封的"基地号"，火花冲天而起，同时另外一道赤红的光击中主炮口。

"基地号"的外挂武器发出"咯咯咯咯"几近崩溃的声音——击中"基地号"的蓝色光影是一把"零之刀"副刀，虽然不是真正的主刀，却也能散发出零下一百多度的低温。而红光是一道足有数千度高温的光炮，"基地号"甲板在这一冷一热的轰击下"吱吱吱"震荡，材质表面出现了许多细小的裂隙。

这么浩荡的冰！这样冷！聂雍心里一喜——居然是叶甫根尼！

叶甫根尼居然不顾塔黄岛对变异人的影响，参战了！

而拿着光炮轰击敌人的另一个人动作奇快，已经赶上东亚战区第一梯队的攻击士兵，从人群里钻了出来。

蓝衣长发，惨白的皮肤，神经兮兮的眼神，这一出现就从"基地号"破裂的窗洞钻进去的瘦长男人当然就是乌托蓝。

而另外一边，塔黄岛西岸也有人突破重围，踏上冰面，冲上了"基地号"。

是薇薇·夏洛特。

她直接跳上了"基地号"的主炮，双手一掰，把已经遍布暗伤的主炮拆了下来。

只听"轰然"一声巨响，"基地号"导弹口当空发出六枚导弹，其中有四枚是带有巡航能力的小反物质弹，它们足以炸沉东亚战区六艘运输舰。然而飞舞在半空中的几只"蝴蝶"冉冉升起，带着自动追踪目标的导弹飞向天空，消失得无影无踪。

聂雍手握"未亡"，一枪击碎一个窗洞，越来越多的战队士兵通过窗洞，像乌托蓝一样径直冲进了"基地号"内部，即使隔着沉重的甲板也能听见"基地号"内部发出的奇异的声音，仿佛所有的东西所有的人都在发出声音，厚重的甲板不停地颤抖，仿佛下一秒钟这艘庞大的战舰堡垒就会由内部爆炸。

运输舰运来的士兵如潮水一样从身边冲过，冲上塔黄岛，呐喊声震耳欲聋。

冰面上到处都是被"基地号"的发射球击伤或杀死的士兵，火焰和冰雪喷溅，遍布碎裂的冰裂隙和凌乱的血脚印。

聂雍击碎了最后一个玻璃窗洞，那些四处乱转的发射口仍然在转动，但很多已经不能发射子弹。

负伤的沈苍踏上染血的残冰，走到了聂雍身后，他和聂雍并肩站着，看着不远处的战斗。

聂雍握着"未亡"，有点舍不得还给沈苍。突然沈队长抬起右手，微微一顿，把一个东西递给了他。聂雍的思维一下子没接到频道，呆呆地看着沈苍："啊？"

那是一个淡绿色的小球。

和影子之前的那个小红球很像。

什么东西？

沈苍摸了摸湿透的军服胸口，并没有要回他的枪，而是踏上更厚的冰面，向叶甫根尼所在的方向转身走了。

他仍旧背脊挺直，军靴在冰凌上留下血色的脚印，步伐整齐，像一个仪态最端庄的列兵，没入远方。

聂雍看了看还没有还的"未亡"，又看了看目测十分不吉利的小绿球，刚才那令他心尖一凉的不妙的感觉重生心头。

这是什么玩意儿？

为什么他要交给我？

他和我很熟吗？

还有他刚才是不是吐血了？我觉得我刚才好像看见他脚软了在沙地上没站起来，我是不是出现幻觉了？刚才那把剑又弹出来了吧？怎么办，我还是觉得它不是很长……沈苍是不是有创伤延迟综合征，不然为什么那个我们都忘记很久的伤口现在好像又出问题了？他不会有事吧？我看他站得这么直走得这么稳大概也不会有什么问题吧？怎么到处都是血？这些怎样都不变色的血是血吗？不会是谜之非法生物，大规模杀伤性武器，沈苍伪装人类用的红颜料吧……

聂雍手握崭新的小绿球，一大拨奇怪的念头从脑中呼啸而过。

然而他并没有胆量打开这个小绿球。

◯ 九十二 沉没

当日塔黄岛的战役以东亚战区的全面获胜为终结，白璧带着最先登陆的两栖战队冲上塔黄岛高处，歼灭重装负甲的独角兽雇佣兵军团第二、第四小队，俘获三十六架机甲和机甲师。但独角兽雇佣兵军团生意做遍全球，盘踞在塔黄岛上的只是四支小队，第二、第四小队阵亡五十九人，被俘三十六人，第三小队伤亡情况还不明确，第一小队全队失踪，去向不明。

白璧还缴获了一百二十二架损坏的机甲，正当大家在清点的时候，整座岛屿摇晃了一下，突然地动山摇，巨大的声音从最高处传来，一片片巨大的叶状石片从天而降，塔黄岛主峰在崩塌，慢慢暴露出那些鲜黄色石片覆盖下的样子。

单薄锋利的巨大石片坠落，石片下满是灰色棉絮模样的长须，有的非常长，足有几百米，一团糟的灰色长须中间结着许多巨大的球状"果实"，有青有红，如果不是它们过分巨大，看起来有点像半生不熟的番茄。

这些"番茄"巨果的下面都有个洞，仍然在喷射淡淡的烟气，只是比刚开始的时候淡了很多。凌乱的长须中间纠缠着许多海鸟的尸体，然而在这些尸骸遍布的"悬崖峭壁"上，有几个巨大的洞穴暴露出来。

高度都在二十米以上的巨大洞穴都冒着白烟，洞内黏稠的液体隐约可见，有些黑色液体在塔黄岛的体内蠕动，那是和深海中一模一样的黑色液体生物！

它们就诞生于塔黄岛内部。

脚下震动得更加剧烈，"山峰"以肉眼可见的速度在崩塌，越来越多的洞穴暴露了出来，有些地方这种黑色生物就如岩浆一般喷发了出来，沿着山体缓慢往山下流淌。

第一个战队队员沾上了这种黑色液体之后惨叫一声，液体蠕动着包裹了他全身，然后那队员就像玻璃体一样碎裂了。

不远处目睹这一切的人们大叫一声，疯狂逃窜，连战友的尸体都无暇抢回。

他们战胜了独角兽雇佣兵军团，却没有战胜这座岛。

长长短短的绿色圆兜被震动惊扰，又疯狂地挥舞，不少士兵被摇摆的绿色圆兜兜住，随即被汹涌而来的黑色液体崩裂。

岛屿在下沉，海水慢慢涌进了"白沙"，陆地在急速减少。白璧操纵的蝴蝶们传播着白璧的声音："撤回冰面！全体撤回冰面！伤员先撤，救援船07至09停靠位置在……"

训练有素的士兵按登陆舰的编号紧急撤回，再快速跳上运输舰的登陆板。他们的动作敏捷有效，不到一秒钟就有一个人跃入船舱，远远望去宛如茫茫一片展翼的大雁。

但这次战役东亚战区几乎是全力出战，参战人数高达两万六千人，即使在战斗中损失了一部分，要撤回登陆舰的士兵仍然在两万以上。士兵还没有撤出三分之一，身后的山峰又发出一声巨响，巨大的波浪猛然涌起，"咯"的一声脆响——冰面崩裂！

叶甫根尼凝结的冰面被撕碎成了十几座漂浮的冰山，冰山上都有人，不少人惨叫着摔入大海，落入那些黑色液体当中，死无全尸。

远处的"马克杯号"运输船边的冰面还算稳固，穿着银白军服的叶甫根尼手持"零之刀"，紧紧皱着眉，一步一步走向海面，新的冰面正在迅速生成，他的头发、眼睫都凝了一层厚重的霜，脚步非常缓慢。

他那俊美混血儿的脸上一片惨白，空气中纷纷扬扬撒落的细碎"白沙"和难以描述的气味仿佛都在侵袭身体，让人难以专注。

新凝结的冰面拯救了一部分人，却也把一部分落海的士兵冻在海中，正在载人的救援船一阵混乱，开始了新一轮救援。

正在沉没的高山掀起高达七米的巨浪，巨浪将叶甫根尼的冰面再次撕碎，而汹涌的海水淹没到半山独角兽雇佣军兵团放弃的基地的时候，基地里突然出现了许多奇怪的机甲兽和基因兽。

不知道从哪里来的机甲兽和基因兽咆哮着冲向大海，它们当中有很大一部分并不会游泳，扑入海水中很快沉没，但也有一些具备飞翔和游泳的本事，向着正在撤退的东亚战区士兵扑了过来。

"乒乒乒"几声巨响，三只带翼的机甲兽当空掉落，聂雍手持"未亡"向几只小型飞翼机甲兽射击，一枪一只，几只机甲兽甲板碎裂落海，冒起浓浓黑烟。而小型机甲兽和基因兽蜂拥而出之后，三只背生巨大蝙蝠翼，宛如欧洲神话传说中的恶龙一样的生物飞了出来。

那东西翼展极其惊人，在二十米以上，三只同时从"山顶"往下滑翔的时候翼下阴影铺天盖地，其中一只生着带着钩刺的长尾，尾巴上坚固的鳞甲清晰可见。

这是什么？聂雍吓了一跳，显然和他并肩作战的基地士兵也吓了一跳。这不是自然生物，是战龙公园根据欧洲传说的描绘而复原出来的想象基因兽，使用了信天翁翅膀骨骼的结构，蝙蝠的皮肤，甚至拼凑上了一条蝎子的尾巴。

但这东西未免太大了。

因为身体过大，这三条"恶龙"并不能真正飞翔，它们只是展翅在滑翔，但巨大的身体在冰层上空盘旋，造成巨大的威慑力，不少士兵被吓了一跳，摔入海里。

不计其数的子弹和光炮一起轰向半空的那三条"恶龙",但那三只的鳞甲显然非同寻常,子弹不能穿破皮肤,而光炮居然被它体表光滑而巨大的鳞甲折射走了——并且因为光炮折射,从天空四散而下,还误伤了同伴。

聂雍举枪瞄准天空中的生物,试图瞄准它的眼睛,奈何这鬼东西也是个鳄鱼头,从地上的射击角度看去,眼睛完全被宽阔的下颌挡住了。

怎么办?聂雍的目标从下颌移向翅膀,只听"乓"的一声响,第一条"恶龙"的左翅开了一个拳头大小的洞,同时滑翔的高度开始降低。

"有效果!"聂雍大声呐喊,给自己打气,给"恶龙"们的左右翅膀各开了一个大洞。只有"未亡"特制子弹的有效射程能达到数百米,其他人的普通子弹都不能。

三条"恶龙"终于落到了冰面上。出人意料的是,它们很巨大,却并不沉重,体重远比想象的更轻,停在冰面上只让冰山微微一晃。聂雍扣扳机的手指微微一顿,无意中不知道触动了什么,"未亡"突然再度变形。

它变成了一支枪筒更粗更长的,看似非常陈旧的火筒之类的武器,聂雍持枪前进,也不管这有什么新功能,仍旧是对准恶龙一枪射去。只听"轰"的一声,一股极长的火焰喷出,将浑身短毛的巨兽整个吞没了。一瞬间,第一只变成了火龙的东西惨嚎一声,用力一摆,巨大的身体撞裂了冰层,它带着火焰整个掉进了海里。

海里蛰伏的黑色生物一个涌动,将它拖了下去。

在沉下去的同时,那条看似力大无穷的"恶龙"全身发出一阵猛烈的颤抖,虽然人类不能听懂它的嚎叫,却仿佛可以感受到它的惊恐和痛苦。

十几发子弹一起打在第二、第三条"恶龙"所在的冰面上,冰层应声碎裂,并没有变成火球的两只巨兽也是一瞬间就被海水吞没了。

这三只巨大的生物看似强大,却不堪一击。

这里果然如"尹松鼠"所说的藏匿着测试"实验体"的工具,这几只基因兽是针对"实验体"的什么特性而放出来的?塔黄岛上被"实验"

的人们手无寸铁，要怎么对付头顶的巨兽？

"砰——"又是一声巨响，爆炸声起，却是战队队员将另一只巨大的机甲兽炸毁。

这座岛能影响变异人的基因，他们一定是测试出了什么而我们不知道。

留在冰面上的人越来越少，前三艘搭载伤员的救援船已经驶离，聂雍跟着最后一组士兵跳上最后一艘运输舰，身后残破的冰层上依稀还有几个人，一艘小型飞艇贴着海面缓缓飘来，挂着绳桥将最后几个人拉起。

随即黑色液体涌动，冰面渐渐消融，大海正在逐渐恢复原样。

塔黄岛已经沉没了一半，它的本体缓缓接触到了深海海底，引发了一场规模巨大的海啸。

飞艇将留到最后的叶甫根尼和乌托蓝等人运走，而东亚战区的运输战舰能够抵抗海啸引起的巨浪，虽然颠簸，但终于慢慢离开了灾变的中心。

聂雍爬上运输舰的远望台，遥遥可见仍然在沉没的塔黄岛，岛屿中心依稀爆发出明黄色的强光，不知道是什么东西爆发了，强光中有东西在挣扎晃动，但他看不清楚。

运输舰以他难以想象的速度躲避着海啸导致的巨浪，几乎在每一个巨浪中间跳跃，半小时后，远离了塔黄岛。

聂雍一直站在远望台上，手握"未亡"，久久没有下来。

远处的塔黄岛最终沉入大海，在那地方留下了一个巨大的漩涡，但岛屿沉没时那道强光和强光中肉眼可见的黑影给他留下了强烈的印象。

那一切并未终结。

这艘运输舰上都是陌生的士兵，大概都是B基地那些密密麻麻的房间里的普通士兵。

聂雍握了握手心里的小绿球，找了一个小房间。他不知道怎样反锁房门，索性将房间里的柜子、沙发和武器都堆在了门口。

他没有看见沈苍，塔黄岛沉没引发了巨大的海啸，这种海啸无疑会造成沿岸城市巨大的损害，但没有看见沈苍出手。

沈苍没有要回他的枪。

他给了他一个小绿球。

不妙的感觉挥之不去，这东西里一定有什么不可告人……的秘密。

当聂雍打开那个和影子的小红球几乎一模一样的小绿球的时候，一道人影出现在面前，他差一点脱口而出"影子"，但仔细一看，这人影并不是影子。

这人像沈苍又不太像沈苍。

出现在面前的全息影像是一个一身旧式军装，胸佩徽章，有一头柔软黑色碎发的 Z 国军人，他非常年轻，皮肤白皙，军姿挺拔，模样和沈苍有七八分像，但也有一些不太像的地方。

这难道是……沈苍的祖宗？聂雍看这人身上的衣服和他所处的年代差不多，完全看不出有什么高科技的影子，他想，这很好。

"你好，我是 S•S 陆战联盟总部第三侦察部队第十九分队队长沈苍。"那个人影在说话，声音和沈苍现在的声音十分不同，这个全息影像的声音虽然也是冷冰冰的，却显然没有语言障碍，语调铿锵有力，逻辑清晰，没有颠三倒四。

"今天是 2033 年 1 月 1 日早晨六点，新年快乐。"他非常严肃地对着全息录影仪说。

聂雍目瞪口呆，哭笑不得，却见这个孤身一人却对着录影仪说"新年快乐"的人看了一下手表，表情没有什么变化，继续说："一个小时零八分后，我将进行联盟总部下达给我的编号为 0911 的任务，这是我新年第一个任务。"微微一顿，他说，"也是最后一个。"

聂雍皱眉看着这个人影，这人真的是沈苍吗？2033 年？什么叫"新年第一个任务也是最后一个"？这段投影是要给谁看的？自己根本和英明神武的沈队长不熟好不好？菜鸟根本无法和伟大的队长并肩作战，他为什么把这段投影给他？

"我接到的任务内容是绝密，保密时间为永久，根据《保密条例》

的要求，我将永远不能向任何人提到任务的内容。"投影里的沈苍说，"但我本人对任务内容存有疑虑，鉴于任务完成之后我可能失去记忆，所以在进行任务之前，我将所知道的一切记录下来，留给完成任务后的我。"

聂雍心头微微一寒，他突然预感到了什么，一脸不可思议地盯着眼前的投影。

"S•S陆战联盟总部第0911号任务执行地点在'塔尔塔洛斯的巨蛋'内部，任务代号为'未亡者'。联盟总部从全联盟范围内部征集志愿者，我击败八千三百九十一人，获得志愿者资格。"沈苍背脊微微一挺，显然从八千多人中脱颖而出，他依然感觉骄傲，"今天是任务开始执行的第一天，但昨天我在做任务前体检的时候，发现了一些事。"

聂雍脸上渐渐失去了表情，他紧抿着嘴，严肃地盯着眼前的全息影像。

穿越百年的投影，即将告诉他一个惊天大秘密。

"失踪的陇玉知陇前辈，他就冰封在'未亡者'的实验区里。"沈苍说道，"第一侦察部首席金牌猎人陇玉知前辈，他是'未亡者'计划的……A级材料。"他微微一顿，继续说，"而我，是A+。"

陇玉知……是A级材料，而沈苍，是A+级。

这意味着什么几乎不需要揣测。

"他们告诉我'未亡者'计划是利用新科技让我们的士兵拥有更强健的身体，甚至获得超能力，我一度并不怀疑。"沈苍说，"但是在第0911号任务代码表中拥有三列表的材料，其中被评为A级的材料就有十三种，B级及以下三百六十一种，我怀疑……"他看着投影仪说，"我怀疑其中有一部分……是人类。"

"我是军人，因守护而生，因守护而死，以此为荣，并无怨言。"沈苍的声音坚定而清楚，"我期盼成为陇玉知前辈那样强大、无所畏惧、能守护一切的人，愿意为此付出一切，但并不包括取而代之。"他肃然看着想象中的"自己"说道，"衷心希望一切并不如我所想。"

全息影像闪烁了一下，熄灭了。

聂雍呆呆地握着小绿球。

沈苍居然真有其人……"塔尔塔洛斯的巨蛋"里的那些人骗了他来参与实验，用了他的头……

全息影像里的沈苍，比现在的沈苍略高，肤色更白，声音和现在完全不同，显而易见，那丧尽天良的实验最终只采用了他一个头。

不，一个头，外加三分之二的大脑。

他们从八千多人里面千挑万选选了一个他们最满意的评价为 A+，最终也只留下了一个头和三分之二个脑，且并不放心地在他的大脑里留下了一个"后门"——一台可以登录使用者的智脑。

而这个忠于"总联盟"的蠢材加智障，明明已经发现事情不对了，还心甘情愿地参与了实验。

这是愚忠！这是重度脑残行为！

正当聂雍痛心疾首，为当年那个年轻、坚定、对一切充满信任的沈苍惋惜不已的时候，小绿球微微一颤，第二个影像出来了。

第二个影像，仍然是沈苍。

这个沈苍和现在的十分接近，皮肤有些发黄，他坐在一张诊疗床上，呆呆地看着前方。

"今天是 2036 年……"这个沈苍的声音含糊而沙哑，非常难听，他抬手看了一下手腕，但手腕上并没有手表。他还是看了一眼别的地方，才继续说，"……九月十三日，距离我清醒的那天已经三个月零九天，我并没有失去记忆。"

咦？做过手术以后，这个沈苍声音虽然变了——这很容易理解，因为换了个身体，喉咙肯定受伤了，但也没有像现在说话这样颠三倒四啊！聂雍颇感奇怪地看着这个明显是实验成功了的人形武器，他三年才炼制成功，在修真界也算是极品仙器了吧？

"我得到了一些不属于我的记忆。"沈苍声音沙哑地说，"我的身体里有一种奇异的力量，不知道来源于何方，我觉得自己好像有两个弟弟。

但我也非常清楚，我是独子，家里没有任何弟弟妹妹，这些错乱的记忆来自融入我身体的别人。"他露出极度厌恶与恐惧的表情，"我不认识我的新身体，它们……它们不属于我。"

能让一个意志坚定的人露出这样的表情，可见当时沈苍受到了多大的精神刺激，即使有了一些心理准备，实验的结果还是击碎了他的心理防线。他变成了一个杂拼的怪物，全身上下只有一个头是自己的！他尊敬的陇玉知前辈的身体融入了他的新身体，甚至还有不知道是谁的身体也成了他新身体的一部分。

他全身都是尸体。

全息影像又一次熄灭了。

聂雍紧张地等他重现，果然没过多久，影像亮了起来。

沈苍背着身体，站在录影仪前。

这是聂雍非常熟悉的沈苍，既不是当年年轻、勇敢、充满理想的少年，也不是病床上满眼恐惧与错乱、濒临崩溃的男人，而是普普通通的沈苍。

这是一手能撕裂空间直破"塔尔塔洛斯的巨蛋"十层而面不改色的沈苍。

大概有几十年的时间，他不曾留下影像了。

"陇三翡，白璧。"沈苍这种说话风格聂雍很熟悉——那不知所云的调调又来了。他说，"陇三翡，白璧，不高兴。"

老子真心听不懂，烦您老多解释两句。既然您老把这玩意儿给我，肯定是希望小弟我看懂的呀！

聂雍正在吐槽，突然听沈苍又说："发现了，我抱歉。"

哈？沈苍慢慢转过身来，他刚才正对着光，转过来的时候背对着光，脸上的一切都隐没在光线的阴影里，投影仪里不再发出声音，另一种熟悉的声音却响在聂雍脑海里。

那是脑电波信号。

第一任沈苍那年轻却如初春薄雪般清冷的声音响在聂雍的脑海里，

172

但与声音相对的，他的语气并不青春："大脑正在损坏，陇玉知前辈的力量，我可能……保存不了多久了。"

聂雍和他的脑电波相融度极高，听得非常清楚。

"国家和联盟都需要力量。"沈苍说，"绝对的力量等同于绝对的话语权，即使我们并不想征战这个满目疮痍的星球，拥有强大的力量至少等同于拥有高度的自由。"他说，"东亚战区之所以能与美洲战区并驾齐驱，凌驾于太平洋战区和南极战区之上，是因为Z国的强大，同时也是因为沈苍的强大。"

"东亚需要沈苍，并不在意沈苍是不是一个剽窃力量的贼。"沈苍面无表情地看着录影仪，那样子有点瘆人，聂雍却明白他的心情，沈苍说，"沈苍必须强大，我流着别人的血，使用别人的手、别人的脚、别人的肺……剽窃别人的能力，如何不会战无不胜？"他慢慢地一字一字地说，"沈苍必须无坚不摧、所向披靡，这是国家期盼、战队要求的、我的任务。"

聂雍全身都起了一阵鸡皮疙瘩，背脊发寒。

"但我的大脑正在死亡。"沈苍说，"世界上没有人不想知道为什么会有'空间光裂术''灰烬'或'室之潮汐'，但我也并不知道那种强大的力量来自哪里——那应当是陇玉知前辈的力量，不是我的。那种力量在消退，也许和我的脑死亡有关。"

"当我的力量完全消退，无法再执行任务，我会将一切告知身边值得信任的战友，并退出国家战队。"沈苍说，"真正的沈苍，没有属于自己的力量，不过是一个盗贼。"说到最后，他仿佛也有些释然了，还补了一句，"从不是英雄。"

沈苍没有再提及白璧和陇三翡。

但聂雍已经想起陇门的大师兄陇玉知，二师兄陇三翡。白璧保存着一本画册，画册上有个大师兄、一个二师兄和一个小师弟。

陇三翡对沈苍恨之入骨，掐架掐了几十年。

白璧对沈苍笑里藏刀，各种不怀好意。

那是为什么——那是因为他们都知道陇玉知作为"材料"被拼入了沈苍的身体，S•S陆战总联盟谋害了陇玉知，沈苍使用着"金牌猎人"陇玉知的力量，成就着东亚第一人的威名。

如此谁能不恨？不管白璧和白无究竟是画册里的"小师弟"的什么人，但凡和陇门有一点因缘的，都不可能不恨沈苍。

而沈苍呢？

作为一个没有失去记忆的……人形兵器，他一直只是沈苍。

他记住了自己的初衷，执行了最初也是最终的任务——成为最强，守护一切。

即使那份"最强"充斥着杀戮和邪恶，他也不曾真正自暴自弃。

他尽力做自己应该做的，努力像"沈苍"一样生活。

比如说认真做一任队长，或者认真吃一顿饭，即使语言中枢受损他也认真回答每一个问题。

然后在应该离开的时候离开。

大概……还包括在应该死的时候死。

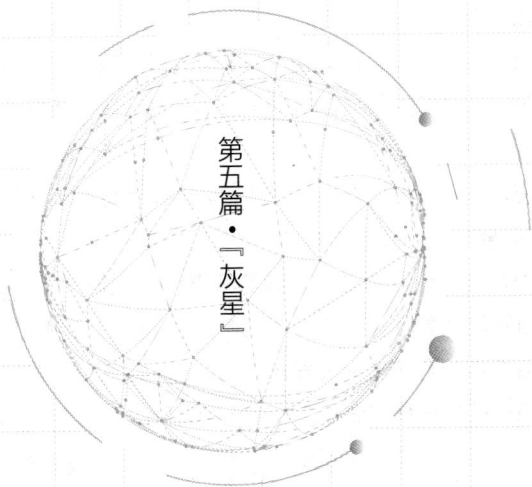

第五篇・『灰星』

① 九十三 荣耀的圣光

白璧带着 B 基地两万多士兵征战塔黄岛，最终塔黄岛沉没，俘获独角兽雇佣军兵团数十架机甲、隐形舰艇船员九十七人、"基地号"深海碉堡内部人员一百多人，同时缴获敌人用来蒙蔽卫星的伪信号源和镜面系统，还用采集舱带回来一小块独特的黑色液体生物，可谓大获全胜。

虽然也付出了两百多艘老旧的"普兰基"潜艇及数百名普通士兵伤亡的代价，但彻底清除了东海之外的隐患，B 基地的这次毫无征兆的扫荡威名远扬。

白璧一战成名。

他的独特能力也很快被世人熟知，原来这位奇葩纨绔子弟的专长并不是烧钱，而是大脑。世界上又开始有几个研究所着手研究一人同时控制多台无人机的可能性，如果白璧可以，说明人类的大脑有这个运算能力，能够同时处理多个视角和时间段的信息，并一一做出反应。

这可不是一心二用，而是一心十用、一心百用了。

但如果有人亲眼看到白璧操纵着那两百多艘"普兰基"潜艇在海底纵横的场面，就知道这种能力远远超出人类目前的想象。

他真的可以一人成军。

而所有人的目光都聚集在白璧身上的时候，毫不起眼的聂雍回到了他的宿舍里。

B31490581宿舍和他们出发的时候一样，空旷而安静，房间里的东西整整齐齐，三张床紧贴着白色的墙壁，从门口望去就像三块积满尘土的贴纸画。

聂雍拿着"未亡"回来的时候，黄桑已经洗了个澡，赤裸着上身坐在他的床上。

但周梓磬没有回来。

黄桑面对着周梓磬的空床沉默不语，手拿毛巾用力地擦着脸。

那个可恶讨厌自私的小鬼大概在"玻璃花房号"沉船的时候就死了，他那么弱，基本没什么用，也没什么体力，虽然有一些鬼点子，但只有他自己的时候根本不行。

所以他死了。

但他还没有长大。

他只有十三岁。

他的父母都早死了，他在一座被封锁的废城长大，几乎从来没遇上过什么好人，还来不及向个好点的人学学怎么做人，除了追星，一无所长。

黄桑用毛巾捂住了脸，他没来得及找到那个小鬼！他惭愧没能把他救回来。

聂雍就是在黄桑用毛巾捂住脸呜呜哭泣的时候走进宿舍的，周梓磬失踪了，他能理解黄桑的心情，那孩子是他唯一的亲戚。在这乱世之中能有个亲戚不容易，像他就很想有个亲戚，至少能打听打听老聂家一个世纪里到底有没有人光宗耀祖？奈何并没有。

他万分机智地趁黄桑呜呜哭泣的时候把"未亡"藏了起来，在回来的一路上，他没向任何人提过沈苍的秘密。

沈苍不能消失。

他是国之利器。

没有谁能相信沈苍会无缘无故地死去或失去能力，连聂雍都一再怀疑其中是不是有阴谋或黑幕，更何况不了解实情的其他人。即使沈苍已经辞去队长职务然后去等死——甚至是他已经死了，也不会有人相信这是真的。

怀疑和揣测会淹没一切，将所有的善意、信仰、坚毅和忍耐破坏殆尽。

他必须火速把活的沈苍找出来，严禁他去"辞职"或寻死之类，然后找一些可以信任的人想个办法。沈苍这蠢材年轻时被国家和战队忽悠，哦，是征用，牺牲了一切，还背上了陇三翡和白璧这两个能耐很大的仇人——其实陇玉知的死和沈苍根本没什么关系——怎么能就这样没了？

从战队队员的通信器里，聂雍知道沈苍还没有回到基地，这让他很庆幸。一路上他不停地依仗他那"使用者"的权限不停地向沈苍发送"停止一切行动""找我"和"不要寻死"的命令，但不知道沈苍能不能感应得到。

没有什么时候让他更庆幸自己还有个"使用者"的权限，虽然也不知道沈苍为什么会把自己的"遗书"递给他——不会真的是因为那个时候他就站在旁边吧？最好是因为他是沈苍的"使用者"，脑电波交融以后，沈苍能感觉到他是个好人……

无论如何，沈苍没有回到宿舍，白璧正在寻找他的个人信号。

而聂雍正在盘算要找哪些人帮忙处理"沈苍"的这个天大的麻烦。

但想来想去，除了白璧那个变态，他居然想不出另外一个人来。

白璧知道大部分"真相"，他是B基地的头儿，如果能争取到白璧的谅解，沈苍或者有一线生机。

"笃笃笃。"三声敲门声响起。

正在哭的黄桑抬起头来，聂雍也高兴了一下，他们都以为周梓磐回来了。

但一只手推开房门，手臂上深蓝色的长袖外套，眼熟的工装风格让人一眼就认出来者是谁。

人还没进来，先进来的就是一声怪笑："呵……"

这是乌托蓝。

聂雍简直不能相信这人会摸到他宿舍来，这……这传说中 B 基地的第二杀手，嗜血狂徒，他要干吗？

进门的果然就是一头长发，半边披面，表情阴森的乌托蓝。

"乌托蓝先生……"黄桑先结结巴巴地开口，他还没说完，乌托蓝阴恻恻的面孔已经向聂雍转过来，尖而长的指甲指向聂雍。

他说："沈苍的镜子，是不是在你那里？"

"哈？"聂雍还没来得及调整好自己的表情，乌托蓝一眼扫过来就知道了答案。他手腕一伸，就像突然多出了一截手骨一样，轻而易举地抓住了聂雍的脖子，将他从宿舍里拖了出去。

黄桑震惊地看着聂雍被乌托蓝抓走，心想聂雍这人真是走了狗屎运，被沈苍看中也就算了，连乌托蓝这种杀人魔王也能看中他？

乌托蓝将聂雍拖回了自己的宿舍。

他的宿舍和所有男人的宿舍一样一片混乱，桌子上堆着成排的空瓶子，地上清一色都是蓝色，全是一模一样的脏衣服，在脏衣服与脏裤子中间挤着几双脏鞋子和袜子……唯一的床铺上堆一个蓝色的压缩袋，袋子口撕开，里面"流淌"出一大堆新衣服，绵延到地上和脏衣服混在一起，看起来也没有什么区别。

联盟国家战队显然从来不检查内务。

在如山的蓝色垃圾中间，薇薇·夏洛特坐在桌子的一角，正在看一本书。

模拟阳光从白色墙面投射过来，映照着她淡粉色的脸颊，少女的气息仿佛有形。

她看的书是《赫拉特新大陆三大变异兽的蛋白质分析导论》，封面画满了血淋淋的肉块。

看到乌托蓝把聂雍拖了回来，她抬起头来，一脸茫然。

"沈苍就要死了。"乌托蓝对着薇薇·夏洛特说，"如果沈苍死了，我可能要离开这里，你最好也跟着我走。"

薇薇·夏洛特和聂雍都是一脸迷茫。

薇薇·夏洛特完全没有明白为什么自己要跟着走，聂雍更是不明白这和他有什么关系，乌托蓝大神想留就留，想走就走，连白璧都管不着，何况是他？

"你也要跟着走。"乌托蓝阴森森地说。

"为什么？"聂雍瞪眼，"我和你又不……"最后一个"熟"字还没有说出来，乌托蓝又捏住了他的嘴。乌托蓝的手劲极大，指甲极尖，几乎在聂雍脸上戳出五个血洞来，完全不像正常人的手。

"我也不想跟你走。"薇薇·夏洛特弱弱地说，"我想和他在一起。"她指了指聂雍。

乌托蓝说："不准！"

薇薇·夏洛特小心地合上那本书，怯怯地站在聂雍旁边，说道："可是我……"

乌托蓝不耐烦地说："闭嘴！"

被捏住嘴的聂雍悻悻然地想老子一点也不想和能手撕老子的陈年美少女一起，不过你们俩这气氛真奇怪啊！这是在走"霸道总裁爱上柔弱少女金屋藏娇后演绎'爱你我就宠坏你'和'除了爱我你不被允许做任何事'那种调调的小粉红故事"？不好意思，老子根本不想做炮灰，求放过！

"我不想去赫拉特新大陆。"薇薇·夏洛特小声说。她看了聂雍一眼，"他也不能去，他是个自然人类。"

赫拉特新大陆……是什么？

聂雍警觉了，他是不是听到了某种不常见的新词？

"聂雍，老师是赫拉特半兽人。"薇薇·夏洛特说。

"赫拉特半瘦人……是什么？"聂雍小心翼翼地问，背脊拔凉拔凉的感觉又来了，有不妙的预感。

薇薇·夏洛特将她刚才在看的那本书递给了他。

那是一本大概有二十三寸显示器那么大的古董书——在这个年代任何纸质的书都是古董，而这本尤其称得上古董。

《赫拉特新大陆三大变异兽的蛋白质分析导论》这本书的封面上有金箔，虽然有一些残缺，但复杂的暗纹和金箔镶边让它看起来很奢华，虽然主要图画是一堆血淋淋的肉块，和古欧式金箔镶边完全不搭，但这让它看起来更像很值钱的古董。

聂雍翻开了那本书，看到第一页是地图。

赫拉特新大陆并不大，它显然是一块在第三次世界大战中诞生的新大陆，位于鹅兰娜海北方，大陆的面积小得出奇，居然还没有沉没的塔黄岛大。

它只有塔黄岛的二分之一大，塔黄岛被称为"岛"，而赫拉特却被称为"大陆"。

那是因为这块土地上展现了一块新大陆所可能有的一切——它拥有一整套能自行运转和循环的生物系统，就像远离其他大陆的澳国一样，那上面存在着许多原大陆人类不了解的新物种。其中有许多甚至没有亲缘和起源，就像突然出现的异生命。

赫拉特大陆本身并不起源自海底火山或裂隙的喷发，它的本体是第三次世界大战中参战的几艘航母——其中有Z国的"京城号"，也有M国的"特普号"，当时这几艘航母交战中被高压电弧击中，控制系统全毁，部分舰体相撞，纠缠在一起，并逐渐漂向危险的鹅兰娜海域。第三次世界大战休战后，参战各国都表示放弃这几艘航母，在精准制导武器和纳米级无人机的威胁下，航空母舰已经不再是海上霸主，何况短途空间跳跃技术当时出现了雏形，超远途飞行和快速打击不再是梦想，航空母舰也逐渐失去了作用。

那几艘巨大无比的超级航母纠缠在一起，又逐渐吸引了相同海域漂浮在海面上的残骸，有坠毁的卫星的残骸、有航空器的……也有海上或海底碉堡的残骸，也有一些小型的岛屿和冰山或浮石与它们相撞。几十年后人们再次探索这片巨大的"战争垃圾场"的时候，意外地发现了这块"大陆"上有生物存在。

它们是一些原大陆的人们无法想象的生物，来源不明，有些居然以核废弃物为食，有些能够远途飞翔到达原大陆，外观奇形怪状，来历细思极恐。有些人认为这些生物来自外太空，比如说这堆战争垃圾里隐藏了一艘坠毁的外星飞船，这些生物就来源于外星球。也有人认为这些生物和不停地涌现的其他变异兽一样，来自战争辐射和基因实验。但赫拉特大陆位于鹅兰娜海边缘，那里仍然不能进行空间跳跃，周围危机重重，很少有人能够到达那里，更不用说对上面的生物群进行系统研究，以至于那块微小"大陆"上的一切都是个谜。

这本书的作者也仅仅是针对他得到的"赫拉特大陆变异兽的肉"进行了分析，这位作者好运地得到了三种来自赫拉特大陆的生物的肉，它们看起来结构完全不同，以至于这位生物专业出身的作者洋洋洒洒写了一大本书。但这本书也只是说明了赫拉特大陆的来历和这几块肉的结构，不能推断出这些生物的原貌，更不能说明它们的起源。

聂雍越看越惊奇，这块"赫拉特大陆"俨然一个新副本，而刚才薇薇·夏洛特说什么？乌托蓝是赫拉特大陆的半……瘦人？乌托蓝的确是很瘦……不过难道会有人把"瘦人"当成一个物种的？那像绿基那样的岂不就是"半胖人"？

这时乌托蓝撩开了挡住他半边脸的长发，他的右半边脸上有一道巨大的伤疤，自上而下占据半张脸，连眼珠子都没有了。聂雍吓了一跳，这伤疤看起来像道抓痕，居然有猛兽能挖出乌托蓝的一只眼睛！随着乌托蓝露出那张脸，这变态似乎没有了什么顾忌，脖子一耸，从脖子后面突然伸出了一圈半透明的鳞片。

那是一些汤匙大小的透明硬质鳞甲，闪烁着略带珍珠光泽的彩晕，非常漂亮。这一圈鳞片护住了乌托蓝领口以下的位置，然后空气中一阵震动，那层厚厚的鳞甲突然向外增加了一层，之后又是一层。

我的……天啊！聂雍瞪眼看着那鳞片一层层地伸出，越来越薄、越来越薄……到完全打开的时候几乎肉眼看不见鳞片的存在，空气中仿佛只剩下闪烁的彩晕，这简直是童话般的奇景。

原来乌托蓝的颈部藏着一圈收缩鳞片，当鳞片弹出，层层向外伸展的时候，他就拥有了长达两米的巨大滑翔翼。这时候乌托蓝张开手指，他的指甲，不，他的指骨缓慢地从手指内凸出，刺破手指展露在外。那是一截截犹如利爪般的指骨，骨头呈现虎爪弯勾状，苍白的骨头当中有一道深蓝色的脉络，看起来有些恐怖。

乌托蓝是一个半兽人。

当指骨刺穿手指的时候，这个人已经进入了攻击状态，而此时距离他极近的人仔细观察就能发现在攻击状态下乌托蓝全身遍布透明的薄鳞，连眼睛都蒙上了一层膜片，宛如入水的鳄鱼。他和威尔逊、叶甫根尼不同，乌托蓝的变化仍然可以继续，在全身蒙上鳞片之后，乌托蓝脱下身上的蓝色衣裤——他全身骨骼都在变形，一点一点慢慢地变矮，最后变成了一个拥有一个松弛的大肚子、四肢细长、全身覆盖鳞片、脖子后有一圈滑翔翼的矮胖生物。

“老师来自赫拉特大陆，”薇薇·夏洛特对乌托蓝可以变成兽型显得波澜不惊——大概是潜意识里还觉得自己是下水道里的那只哥斯拉级别的戟背鹭足鳄，面对乌托蓝这么点大一只小怪物毫无心理压力，“我……我看书和新闻说很多人想要抓他，有些人在战场上看过他的兽形，叫他‘比特利飞魔’。老师一直住在B基地，然后接一些很远的任务。”

哦！聂雍秒懂了。乌托蓝是一只来自赫拉特大陆的珍禽异兽，哦不，半兽人，从遥远的赫拉特跑到原大陆来打工，躲在B基地里假装正常人类。至于为什么选择躲在B基地，道理显而易见，B基地有沈苍这种吸引眼球和绝对不合理的存在，会显得乌托蓝的一切不合理都如此合理。事实也就是这样，在沈苍的光辉下，没有人觉得乌托蓝有什么不对劲。

但沈苍就要死了——一旦沈苍死了，东亚战区上层的注意力马上要转移到基地第二强身上，他们很快就会发现乌托蓝的不正常，然后就会发现他是"比特利飞魔"，然后乌托蓝非但不会升官成战队第一人还会很快变成实验室里的材料，甚至成为引导原大陆人杀上赫拉特大陆的桥梁。

他终于理解为什么乌托蓝那么关心沈苍。乌托蓝一直在小心翼翼地观察沈苍的状态，这几年沈苍的状态不那么稳定，他就猜到沈苍的极限快要到了。没有什么最强能无限持续，身为战队第二人，乌托蓝最清楚不过，任何强大都需要代价。

他也知道沈苍的秘密，就如沈苍知道他的秘密。赫拉特半兽人拥有出类拔萃的听力，沈苍在录小绿球第三段的时候乌托蓝就在基地里，听到了一点，虽然后来脑电波的那段听不到，但也猜得出大概是什么意思。这个被沈苍叫作"镜子"的东西跟随了沈苍很多年，在战队里也不是秘密。

乌托蓝在东亚国家联盟战队里的存在是沈苍默许的，所谓的战队第一和战队第二之间没有旁人想象的竞争和隔阂。物种都不同，哪有什么竞争？沈苍是个杂拼，乌托蓝是个半兽，他们之间唯一的关系就是希望对方更强，好掩盖自己的异常。

聂雍搞懂了这只珍禽异兽的想法，他要卷铺盖走人——但这不是个大好机会——乌托蓝并不希望沈苍死，他希望沈苍活得越久越好、越强越好，这是好队友啊！哥们儿你我志同道合！我觉得沈苍还可以抢救一下！

正在聂雍要开口挽留乌托蓝的时候，宿舍里的蓝灯突然闪烁起来，这是有任务的提示。乌托蓝愣了一下，以他的级别，除了自己主动去接任务，战略组几乎从来没给他派过任务。尤其他一巴掌将新任战略组组长妲旻打进了医院之后，妲旻一看到他立即掉头就走，恨不得他立刻消失，怎么还会主动召见他派他出任务？

但蓝灯亮起，任务提示音却没有响起来。

房间里一声轻笑响了起来："来自赫拉特大陆的半兽人？"

乌托蓝顿时恢复了人类形态，阴森森的目光瞪着墙角——墙角的传声器传来的是白璧的笑声，那人居然同时监听着所有宿舍的动静吗？

"我还真不知道区区 B 基地，除了沈苍之外，还潜伏着这么有趣的生命体。"白璧说，"太有意思了。"微微一顿，他说，"刚才我听你们说话的意思，沈苍快要死了？"

"沈苍失踪了。"聂雍忍不住说，"你到底是陇玉知的什么人？是他小师弟的徒孙吗？你到底是哪边的人？真的是联盟国家战队的人，还是陇三翡那个反政府小集团的人？你知不知道……你知不知道沈苍那么容忍你害他……只不过他觉得对、有愧，他觉得他'盗窃'了陇玉知的能力，事实上根本是 S•S 总联盟把陇玉知的能力强加进了沈苍的人格吧？陇玉知的死和他一点关系也没有，你根本不该折磨他。"

① 九十四 交易

"那又怎么样？"白璧慵懒地笑了一声，"别瞎猜，陇玉知是谁害死的，我查得一清二楚，和沈苍是没有什么关系，但我看见他就心气不顺，做事的时候顺手害他几次……那又怎么样？"他慢条斯理地说，"反正他也死不了……啊……天可怜见，他终于要死了。"

聂雍简直不知道怎么回他，三十几岁的人竟然可以这样无理取闹，这厮简直全身上下都是槽点，让人无从吐起啊！

乌托蓝对白璧那"比我没钱的都比我没道理"的气质习以为常，如果白璧不是这样，怎么会所有人提他都恨不得撞墙？他只从鼻腔里哼了一声："我要退出战队！"

"你要退出战队？"白璧不解地问，"我听见你说准备离开原大陆，回赫拉特？赫拉特那种除了金属垃圾就是核废料的鬼地方，连根草都没有，有的地方至今还有上千度的高温，蒸汽就能烫死你。听说还有比你体积大十几倍的'赫拉特巨暴龙'，听说陇玉知砍死的那只'鹅兰娜战龙'就是来自那里——就你这么点大的小飞兽也敢回去？你的另一只眼睛不要了？"

乌托蓝颈部的鳞甲颤抖了一下，整个炸开，薇薇·夏洛特有点担心，

186

伸手摸了摸他的肩。乌托蓝的鳞甲慢慢地平静下来，收入了皮肤下。聂雍看得抖了一下，如果他没有看错的话，是乌托蓝在薇薇·夏洛特身边有安全感，而不是薇薇·夏洛特在乌托蓝的身边受到了庇护。

这种小怪物依赖大怪物的奇怪感觉……

"我不知道你就是'比特利飞魔'，"白璧似乎是沉吟了一下，"你可以留下来，我不会把你交给国王研究所或者其他类似的研究机构，对赫拉特大陆暂时也没有兴趣。"微微一顿，他似乎是笑了一声，"我对你的兴趣暂时还没有比你身边的那个人大。"

随着这一声笑，乌托蓝宿舍的房门打开了，银发的白璧仍然穿着一身绸缎似的长袍睡衣，慢悠悠地走了进来。聂雍原本就是计划去找他的，现在白璧主动送上门来，他握住口袋里的小绿球，犹豫了一会儿，将乌托蓝本来想强抢的东西掏了出来，说道："这就是沈苍的镜子。"

"我不知道乌托蓝为什么想要它，"聂雍看着白璧，"沈苍在里面没有提到乌托蓝的秘密，一个字也没有，他也没有提到将他搞成杂拼的那个实验的任何具体内容，更没有怨天怨地怨政府，这里面只是一段遗言。"

乌托蓝的确是担心沈苍在"镜子"里面留下关于他"赫拉特半兽人"的身份，所以才想把那个众所周知沈队长的"日记"抢回来看一看。

白璧兴致盎然地看着聂雍说："里面录了一些什么？"

"你可能早就看过了，"聂雍说，"除了那段脑电波，可能只有'使用者'或者脑频率更接近的人才能读懂里面的信息，所以这东西才能落在我手上，对不对？"

白璧一笑："你也有聪明的时候。"

"如你所愿。"聂雍冷笑了一声，"沈苍没说几句话，他只是说国家需要他这么个武器，就像以前国家需要原子弹、氢弹一样的。他说'我流着别人的血，使用别人的手、别人的脚、别人的肺……剽窃别人的能力，如何不会战无不胜？'"

白璧的笑容微微一顿，乌托蓝也皱起了眉头，薇薇·夏洛特突然回过头来。

聂雍又说："你……你们恨他偷走了你们的亲人朋友的肢体、能力或者别的什么，他难道很喜欢自己全身都是别人的零碎？你听不出来他心里也有怨恨？只不过他忍得住……"

"停。"白璧示意聂雍先闭嘴，轻轻靠上墙面，闭上了眼睛。乌托蓝听着他血液一阵疯狂流动，心跳急剧加速，不解地问："你——"

"我、妲旻正在和元老会开会。"白璧慵懒地说，"他们发现了沈苍还没有回来，要求启动沈苍的智脑，监看他都去干了什么……当然一时他们还想不到沈苍要死了，我也想不到。他们还不知道沈苍的智脑已经毁了，要是知道从过去到现在从来没有谁真正控制得住沈苍，天知道会出什么事。我本来打算把'使用者'推出去，但——"说完，他抬眼看了聂雍一眼。聂雍将手里的小绿球一抛一接、一抛一接，一脸的不屑。

"你正在和元老会开会？"薇薇·夏洛特怯怯地问，"但你不是就在这里吗？"

"我的假体正在和元老会开会。"白璧坦然说，"根据假体的检测，一场会里面有人给我分别下了三次毒，假体被'不小心'开了一枪。"

乌托蓝颈部的鳞甲一张一合、一张一合，似乎听得十分愉悦。

薇薇·夏洛特却大吃一惊，问道："怎么会这样？然……然后呢？"

"然后他们就知道了开会的是假体。"白璧微笑着说，"就放弃了剩下的行动。"

"为什么有人要杀你？"薇薇·夏洛特无法理解，"你是基地长啊！"

白璧展颜一笑："联盟国家战队的每一任基地长都死于暗杀，无论是 A 基地还是 B 基地，甚至是欧洲的 E 基地也一样，这是个传统。"

"可是……可是……"薇薇·夏洛特仍然无法理解这是什么逻辑，又是迷茫又是不安地看着白璧，"可是为什么……"

"不为什么。"白璧血液的流动慢慢恢复平缓，他的脸色也好了一些，看向聂雍，和颜悦色地说，"我知道你很崇拜沈苍，沈苍的确是个强者，除了沈苍，谁还能自制来自陇玉知的力量？"

聂雍的确是这个意思，但被白璧这样说出，感觉真是怪怪的。

"这理由这么好，我都被说服了。"白璧慢悠悠地感叹了一声，"正好我也不希望他死，他自觉他是 Z 国的'原子弹'，但首先他是我 B 基地的'原子弹'啊……我怎么舍得他死？但如果他活着，又失去了身为'原子弹'的能力，那即使是基地长也很难办。"他好看的眼睛眯了眯，"乌托蓝你也不希望他死，对不对？沈苍一旦死了，我肯定要把你报上去……不管怎么样，'比特利飞魔'也是个杀伤力巨大的人才，即使比不上沈苍，但也是目前最好的选择了……"

"你到底想怎么样？"乌托蓝终于听不下去，一头黑发无风自动，几乎要像章鱼那样扭动起来。

"我支持你们保住沈苍。"白璧说，"目前他的确失踪了，我找不到他的个人信号，他没有登上运输舰，不是被俘，就是粉身碎骨，目前我更倾向于他失去能力后在大海中被俘。但耗费巨大资源去救回一个没有能力的沈苍，这笔亏本生意我不会做，"他终于露出了正经的脸色，"你们要救沈苍可以，但要连他的力量一并救回来。"

"可是他的大脑损伤……"聂雍说，"已经不能控制陇玉知的力量。"

"这就要看你有多大决心要救他。"白璧严肃地说，"救回沈苍，我将陇玉知的力量移植到你身上，你顶替他上战场，你愿意吗？"

聂雍瞪大了眼睛："你说什么？"

"这世界上有千百人……或者千百万人想要得到沈苍的力量。"白璧脸色如霜，"也许只有你有这个机会。你与他脑电波相融，你有寄生的神经兽修复损伤，你能得到他的信任，并且，有我操刀。"他凝视着聂雍，目光熠熠生辉，"你愿意吗？"

"你想要的只是陇玉知的力量？如果我们找到沈苍的时候，他已经彻底失去这个力量了，再也找不回来，移植不了了，怎么办？"聂雍盯着白璧，"你是陇门的后人，沈苍继承陇玉知的一部分记忆，把你当成亲人，你——”

　　"没有力量的人，对我来说毫无价值。"白璧回答，"我希望我们双方都能满意。"微微一顿，他嘴角一勾，"你还没有回答，顶替沈苍，你愿意吗？"

◯ 九十五 队伍的雏形

"如果有谁能顶替沈苍……"聂雍叹了口气，"或者谁能移植陇玉知的力量，联盟怎么会至今只有一个沈苍？早就折腾出几十个比他更听话的备胎，时时刻刻准备将他切了或者分了。所以，你当我是傻子吗？你讨厌沈苍，又怕他真的死了，我帮你找回沈苍，你把他圈在手里，想办法治好他，顺便把我'移植'了——天知道移植完了我是变成下水道里的恐龙还是鱿鱼？我本来就想找你合作，既然你自己送上门来了，"他哼了一声，"忽悠的话就少说，你想找个人秘密地把沈苍弄回来，我也想救他，旁边这个那是必须要加入的，除了我们三个……"

薇薇·夏洛特说："还有我。"

聂雍道："是，还有你。"他顿了一下，说，"我还想要一个人帮忙。"

白璧听着他的高谈阔论，显然对他不上当有点惊奇，又有点稀罕，似乎心情还算不错，微笑着问："什么人？"

"陇三翡。"聂雍说，"你刚才说到想要陇玉知的力量——如果沈苍真的再也无法使用陇玉知的力量，这世界上唯一了解和有可能挽留住那种力量的人，只有陇三翡。你不要说你和陇三翡不熟，你们就算不是一伙的，也肯定有联系。他就算讨厌沈苍，也应该不会希望陇玉知最后的力量从世界上消失，要救沈苍必须拉上他。"陇玉知的二师弟和三师弟的后人，又不是死绝了，还有个共同的敌人沈苍，要说断绝联系老死不相往来那才奇怪。这死老道在"塔尔塔洛斯的巨蛋"坑了他一次，他还没忘呢，必须坑回来。

白璧含笑看着他："你果然是个奇怪的样本。"

"我这叫正常。"聂雍说，"我这人无比正常，和你们这些心思奇怪，或者基因奇形怪状的能人不一样，我身心健康、三观端正、智商正常、五讲四美。"

"五讲四美是什么？"白璧问。

"你到底要不要救沈苍？"聂雍懒得理他，说，"他已经失踪两天了，万一真的死了，东亚战区的实力和地位就要变动，那可是攸关你的利益的！你算来算去好不容易拿在手里还拿得不稳弄得老是有人要暗杀你的利益！"

"我想要的不过是力量。"白璧慵懒地卷了两下自己的银色长发，那模样让聂雍浑身起了一阵寒意，他说，"沈苍最好还是死了吧？"

聂雍脸色一沉。

白璧似笑非笑的目光从他身上流转到乌托蓝身上，乌托蓝不耐烦地半蹲在自己床上，满脸都是"这两个白痴为什么要在我的房间里废话"的表情。薇薇·夏洛特倒是听得认真，一脸的紧张，也不知道在紧张什么。

过了几分钟，白璧缓缓地说："陇三翡和我的关系不如你想的那么好，但是……他和沈苍的关系也不如你想的那么坏。"他的手指轻轻点了点空中，指尖骤然迸射出一幅树形图，树形图上匹配着密密麻麻的文字，他说，"沈苍的失踪不是他的本意，我很了解他，如果他真的不行了，他会自己回来、自己写退队报告、自己等候处置……他不会逃避任何事。"

"塔黄岛沉没的时候，我坐的是最后一艘运输舰。"聂雍说，"连我都看见了塔黄岛的位置上有个巨大的黑影，不信你没看见。"

"你看见了黑影？"白璧倒是有几分惊奇，"哦，塔黄岛沉没引起的地质和水文变化太大，我们在那附近没有探测仪，卫星信号那时候仍然被屏蔽，没有人报告说看见了什么。"他沉吟了一下，"也许是你的神经兽'看'到了什么，可惜神经兽受了重伤，像这么大的神经兽也没有先例，我们不知道怎么和它沟通，而你又……"他以一种"朽木不可雕也"的表情看着聂雍，颇为惋惜地摇了摇头，改了话题，"塔黄岛的事和鹅兰娜海国以及战龙公园关系密切，如果沈苍被俘，肯定和他们脱不了关系。"

"我们要返回塔黄岛海域去找线索。"聂雍说，"先搞清楚那个巨大的黑影是什么。"

"沈苍的事不能暴露，我给你们一个甲组的人手处理这整件事。调查那个黑影，搞清楚战龙公园在塔黄岛事件里究竟起了什么作用，找到控制硅基生物的方法以及抢救沈苍的能力。"白璧说，"这是一个任务链，对我来说非常重要，之所以选择你是因为你和别人都不一样，你是个'五讲四美'的人。"

"……咳咳咳……"聂雍差点被他噎死，问道，"什么叫'一个甲组'的人手？老子只是想救沈苍。"

"我让你担任甲组组长，乌托蓝担任副组长，手下有联络官、通信官、维修官、技术官和回收官，并配备四个小队的兵力。"白璧说，"一共两百三十六人，加志愿辅助人员陇三翡一人，配备的武器为普通步枪一百零五支，高能手枪两百三十六支，技能枪五十四支，信号枪六十支，防空炮四联四架，反卫星侦查模拟仪一台，战斗机甲六十架。配备运输器为运输舰四艘，'狒狒'潜艇一艘，飞艇两艘，登陆舰二十四艘，牵引车四辆，回收车四辆，机甲救护车一辆……"

聂雍目瞪口呆，他这是……突然要带兵刷副本的节奏吗？

白璧肯定是故意在整他！这么多人！这么久经训练的老兵会理睬他？谁会服一个连战队队员考核都考不过，身份是厨师还没有特异功能的炮灰啊？为……为什么要带这么多人？他这是去和战龙公园开战吗？必须不是这样的啊！

"好好表现。"白璧对亲眼看到聂雍变脸感到满意，那张不服管教的脸刷白刷白的显得特别有趣，他说，"你绝不只是身心健康，我让威尔逊重新指导你一遍，像你这样有潜质的年轻人一定能成为联盟国家战队最优秀的新血。"说完他又补了一句，"说不定可以替代沈苍！"

这家伙显然就是喜欢说别人最不喜欢听的话，喜欢强迫别人做最不喜欢做的事，有这种令人恨得牙痒痒的性格到现在还没被人弄死，只能说他家里真的太有钱了。

"等老子成了最优秀的新血给你下毒的时候保证弄死你。"聂雍阴森森地说。

"我闻得出来他是不是假体。"安静的薇薇·夏洛特突然说。

白璧岔了气，咳嗽起来。

聂雍哈哈大笑，伸出手去，揉了揉夏洛特的头。

"靠你了。"

薇薇·夏洛特粉嫩的脸颊顿时晕红，一副非常高兴的样子。

一边蹲在床上的乌托蓝阴沉着一张脸，说道："我也闻得出来。"

ⓘ 九十六 向东远征的兔子们

联盟国家战队东亚战区歼击甲组组长聂雍，率领着两百多号人再次出航。

聂雍站在船头，迎风而立，深吸了一口来自大海的风。

然后他就呛了一口气："咳咳咳……咳咳咳咳……"

四十二度高温下的海风既湿热又烦闷，除了咸味还带着一些古怪的金属味，和当年传说中的帝都雾霾滋味不相上下。转头看了看身边都戴着战队头盔的队友，聂雍感觉到自己的智商受到了深深的鄙视。

运输舰"闪星号"是塔黄岛战役后幸存的战舰，它的同伴"蚯蚓号"，"黑子花号"和"红三叶号"甚至还有战斗损伤还没有修复，但不影响航行。

白璧一挥手给的那些各种各样的"官"本应该尽忠职守地劳动，试图修复那些损伤。但这个崭新的团队的维修官只有一个——大学刚毕业考上了公务员却被自己当飞行员的老爸硬塞进B基地的温心灵，该少年一看见聂雍就露出一张眼熟的吓得瑟瑟发抖的兔子脸——奈何船上的另外一只"女兔子"薇薇·夏洛特是只假兔子，而温心灵却是只真兔子。

至于其他的什么联络官、通信官、技术官和回收官，那四个正凑在一桌打麻将。麻将这种国粹果然并没有被第三次世界大战消灭，据说还因此传到了全世界。

而远道而来，不知道为什么答应了加入聂雍队伍的、很久不见的陇三翡老道一副忠厚可靠的面孔，穿着衣袖宽大的道袍，远远地站在"闪星号"的武器架上，假装自己是一只白色的大鸟。

他上船的时候万分愧疚地给聂雍道了歉，对自己在"塔尔塔洛斯的巨蛋"里见了沈苍就逃之夭夭抛弃聂雍的行为捶胸顿足、痛心疾首，并指出在BUC海底研究所里从来没有把聂雍当成出逃的炮灰，只不过是他正巧撞了上来云云。

聂雍也懒得分辨这里面有几分真几分假，对于陇三翡入队，他还是高兴大于怀恨，不管怎么样，他总觉得陇三翡人并不坏。

何况他很能打。

陇门这个神秘的古武门派，门内个个都很能打。

威尔逊浸泡在"闪星号"底舱一个充满营养液的透明修复箱里，白璧据说调节了一些专用于神经修复的药剂让他使用，但他的发电能力能恢复多少无法估计，以目前的情况来看不太乐观，至少还要在里面泡两个星期。

叶甫根尼听说也在塔黄岛粉尘里受到了一些伤害，但他的耐寒能力似乎不是来自变异细胞，所以没有什么大碍。据说他提交了三次报告想要加入聂雍的团队，但都被白璧拒绝了。

这个前往调查塔黄岛海域黑影的甲组团队任务命名为"深渊行动"。聂雍抗议过说这名字听起来极不吉利，好像他分分钟要沉船，但白璧一听要他沉船，越发心情愉悦地在系统里备注了这个名字。

这就是"深渊行动"。

他们顺利地离开了东海，在没有任何干扰的情况下到达了塔黄岛海域。

听说那座几千米高的岛屿沉没的时候，激起了高达三十米的巨浪，虽然巨浪在距离海岸不远的地方被叶甫根尼逐一冻结，最终没有造成太多人伤亡，但海平面为之上升。东亚几个国家的领导人又开始讨论海平面上升以后究竟到底要不要放弃孟国。

孟国是个沿海平原国家，从前盛产大米，在六十几年前两极冰川融化的时候，它就逐渐低于海平面，靠沿海防浪墙支撑。毕竟这块小地方目前仍然生活着数千万人口，但现在它已经不盛产大米，环海防浪墙的维护又需要国际社会付出巨额资金，每次海洋出现什么微小的问题，总有人要把它拿出来讨论一番，是不是要取消这个国家。

何况这一次塔黄岛海啸重创了那些防浪墙，孟国的绝大多数土地正在浸水。

聂雍正在收听这个新闻，他心里说不上来是什么感受，如果孟国有个像沈苍或者乌托蓝这样的强势人才，也许现在开会讨论的就是要对孟国追加多少援助和物资了。

弱国，尤其是来不及或没有实力发展强大武器工业的国家，最现实的就是培养一个媲美大规模杀伤性武器的联盟国家战队队员，那也等同于国力。

"扁豆。"格林喊道。

被白璧钦点做聂雍手下首席也是唯一的联络官的是埃蒙特·格林，他是传教士的后代，但在Z国传了好几代以后，也搞不清他的祖宗来自哪里，幸好埃蒙特也不在乎。

被他叫作"扁豆"的矮子个子奇矮，只有一米三左右，高于侏儒病平均水平，低于正常人，是回收官。

聂雍看到他那把大胡子的时候心下判定这肯定是属于一个叫作"矮人"的奇妙物种，就是不知道他是否擅长锻造打铁，家里藏宝否？

扁豆手里拿着一张九万，磨蹭来磨蹭去，还没想好怎么打。坐在他下手的埃蒙特又提醒了他一句："扁豆！"

"他的脑子不好，"坐在扁豆上手的绿基就是所谓的技术官，他说，

"别催他。"

麻将桌上最后一个是通信官米旗。聂雍听到这名字的时候总觉得他有某种侵权的嫌疑，但这叫米旗的不是长着一对黑耳朵的米老鼠，人家是人高马大的一个帅哥，一头褐色卷发，笑起来露出一口白牙，阳光灿烂，是所有这些乱七八糟"官"里面聂雍看着最顺眼的一个了。

这个米旗特别像个军人，走路腰杆挺直、虎虎生风，做事麻利，打牌也很麻利。

那四个不务正业的家伙在打牌赌钱，温心灵已经费尽心力修好了"闪星号"，正在看"红三叶号"的图纸。而陇三翡仍然在武器架上看日落。

聂雍将右手手心里的小绿球轻轻向上一抛，一道人影出现在他身边。

大帽长袍，衣袂飘飞——这是影子。

白璧把沈苍的小绿球借走了三个小时，还回来的时候里面的沈苍变成了影子。聂雍也并不觉得很吃惊，他早就觉得影子和联盟国家战队之间有某种猫腻——比如说他在这些队员面前很少说话，而影子一不说话就等于他在隐瞒什么。

B基地曾经把他的小红球拿去研究过几天，而沈苍似乎对影子非常熟悉，影子也显然对联盟国家战队非常熟悉。

影子还是个高段的机甲战士。

聂雍早就怀疑影子曾经是或者现在还是联盟国家战队中的一员，只是基于某种原因，他们不能公开这个秘密。

即使如此，当亲眼看见影子的影像从小绿球里投映出来的时候，聂雍还是觉得眼眶微微一热——影子对他来说，意义总是不同的。

影子飘浮于"闪星号"的甲板上，淡淡地说："日落了。"

一轮紫红的圆日缓缓接近广阔的海平面，周围的乌云被映照出艳红的霞光，这景象如此平静，仿佛战事从未爆发，大海中满是生灵。

海洋从来不像表面上看起来的那样平静。

当"闪星号"战斗群缓缓向塔黄岛海域靠近的时候，海面上出现了那些黑色液体状生物的影子。它们散布得很广，塔黄岛沉没似乎没有对它们造成影响，反而像是释放出无数这种奇怪的硅基生物，而它们居然能在碳基生物的环境中继续生存。

这鬼东西被联盟国家战队登记命名为"墨石兽"，根据被白璧带回去的那点儿物体的分析，墨石兽基本为某种硅化合物，理论上并不是茹毛饮血的怪物，但碳基生物撞上它之后会迅速被固定住，随后四分五裂。

墨石兽的内部温度极高，硅化合物的代谢产生极高的能量，它的核心"体温"远超想象。碳基生物一旦和它的核心部分撞上，承受不了高能，就会凝固炸裂。

但它们的"体表"温度并不太高，可以在四十度左右的大海中自由徜徉。

谁也不知道它们吃什么以及硅化合物怎样代谢。

就在"闪星号"发出警示，提示前方有墨石兽的同时，海面上突然激起了一阵浪花，仿佛有什么巨大的东西在水下高速游动。它激起的水浪高达五六米，海水被高高抛起，翻卷出晶莹的水墙。

四艘战舰上的人目瞪口呆地看着那片浪花和水墙越拉越长……拉出去五十米开外了，最开始的水墙还没有消失的迹象，也没看见任何东西露出水面，突然之间墨石兽就消失了。

"嘀嘀嘀——嘀嘀嘀——""闪星号"智脑提示，"目标消失。"

墨石兽消失了。

晶莹的水墙哗啦坠落回海面，翻涌的浪花也消失了。

难道是刚才那个冲击水面的东西把它吃了？

聂雍目瞪口呆，冲回船长室去看监测记录，问道："刚才那是什么东西？有谁见过？不是说海里都死光了吗？是鲸鱼吗？"

麻将四人组纷纷摇头，陇三翡从来没出过海，自然更不知道。聂雍看着监测仪反馈给他的一大堆看不懂的字符和彩色记号，刚才监测仪上只标记出那只墨石兽体积约一百平方米，厚度约在两米八到三米五之间，算是一个大家伙。但追击在它后面的那个不知名物体只看出一个模糊的轮廓，它的皮肤或表面也许有吸收探测波的功能，轮廓断断续续。

那轮廓不像什么怪物，高高低低密密麻麻的……像一片森林。

"这是一片巨藻。"影子突然开口。

他也在看着图形，海洋中的巨藻林原本因为环境的巨变而消失，这些巨藻可能是适应了变化之后重新生长的，比原来的更大、更厚实，但巨藻是植物，它们不可能自行游动，更不可能冲击海面。

"巨藻是海藻吗？可是海藻为什么会跑？"聂雍小时候也是看过《动物世界》的，知道大海里有一种长条状的海藻。

"扑过来的不是巨藻林，"影子指着探测波的边缘，说道，"它们附生在这片东西上，你看。"

那片"森林"是一片起伏不平，从仪器上看像乱石滩的东西。

聂雍看了一会儿，突然倒吸了一口凉气："这个……难道是……皮肤？"

一个皮肤上的斑纹鳞甲像乱石滩的、还寄生着超大巨藻林的巨大生物，刚才以超过六十码的速度在海里追击墨石兽，并把它吞了。

这到底是个什么样的东西？

"我们没有登记过海洋中有这样庞大的生物。"影子说，"但它显然已经待在海底很久了，并不是塔黄岛沉没后才出现的，可能不是我们要找的东西。"

正主还没出现，出现的其他东西已经要让人魂飞魄散。

远在千里之外。

战龙公园。

几个姆姆围绕着一个营养仓，使用脑电波交流着。

"这就是沈苍？"

"是的。"

"他的大脑很难恢复，已经没办法用脑电波交流，他们曾经暴力剥离某些重要的功能区，那些损伤不能恢复。"

"但他也不会马上死，我们可以利用他做各种研究。"

"我没有在他的身体里找到反物质发生器，也没有群星系统，他的身体内部是完全的人类，虽然基因不匹配，但黏菌把它们黏合得很好，就像一个完整的人一样。当年'塔尔塔洛斯的巨蛋'里面，参与'未亡者'计划的人把计量研究得恰到好处。"

"他们肯定弄死了不少人，至少一百个。"

"李克，我突然想到了一个绝妙的主意！"一个姆姆笑了起来，"既然这种能量解剖不出来，也没有埋入系统，我们还可以试一试它会不会遗传。如果那是藏匿在主基因里的能量，那么沈苍的所有后代都应该具备这种真正的超能力。"

"哈哈哈，沙度，你这想法太可笑了。"李克冷笑，"沈苍身上人和其他生物的基因至少有上百种，就算他让女人怀孕，生出来的也只是某一块杂拼的基因而已，否则东亚早就制造出了几百个沈苍。"

"那么复制人计划呢？"沙度说，"我们可以利用当年制造他的技术，把他的每一个部分进行培养，然后使用同样剂量、同样品种的黏菌进行黏合，这并不难。"

李克愣了一下。

"有道理。"

"值得尝试。"

"如果得到的复制人没有超能力……"

"说明最终的力量就来自沈苍的大脑……"

各种细碎的讨论声在电波中此起彼伏，突然有个声音冒了出来："如果是沈苍自己怀孕，孕育出来的胚胎会不会更具有意义？理论上说，利于生存的基因应当在遗传中处于强势。"

战龙公园的会议现场一时安静下来，过了一会儿，沙度的声音响了起来："茉莉，你的想法真奇妙。"

◯ 九十七 龙醒之日

在临近塔黄岛海域，聂雍一群人发现了一种皮肤上附生着巨藻的庞大生物，于是临时在甲板上开起了会议。船上见多识广的埃蒙特·格林说他曾经在某次任务中见过类似的生物，是出没在美洲的裂角蜥，裂角蜥喜欢水，皮肤上经常附生水藻。聂雍还没说话，那个矮人扁豆就哼了一声："你的想象力已经喂了狗。"

"我从来没有执行过海底任务，"米旗说，"不过巨藻并不生活在深海，如果这头生物从前一直潜伏在人类探查不到的深海，直到塔黄岛沉没以后才浮出水面，它身上不应该附生这么多巨藻。"这个所谓的"通信官"和埃蒙特·格林的那个"联络官"不知道有什么区别，但米旗诚恳的态度总是让他看起来比埃蒙特靠谱得多。

"我不相信有这么大型的生物一直在浅海区活动，而全球卫星没有一个探测到它的存在。"绿基阴阳怪气地说，"即使近几十年海洋一直在起变化，我们知道了深海正在被星障人侵蚀，也许没过多久深海生物就和它们的浅海亲戚一样灭绝，只剩下那些白色的怪物。但即使是星障人，它们也一直在我们的探测清单上，而不是毫无征兆地出现。它或许是某一种拟态的武器，或者是废弃多年的伪生命体，正好在最近启动了。"

"它……它……不是伪生命体。"温心灵远远地坐在这个"甲板会议"的角落,弱弱地说,"检测仪没有发现智脑或数据流。"

"喂。"聂雍瞟了一眼还在装鹌鹑的三翡,"你比人家多活了几十年,有什么想法说来听听?"

三翡正装模作样地喝人造咖啡,闻言咳嗽了一声:"它是什么都无所谓,只要它不挡住我们的去路,管它是什么。"

呃……众人沉默。这话好像很有道理,顿时衬得刚才发言的人智商不高。

为什么我们要单挑一个好像是跑错了地图的野生 Boss?

我们可以绕道走嘛!

一个电子音响了起来:"根据它冲击墨石兽的水流和部分监测数据,这个不明物体是蛇形生物,长度可能突破百米,宽度在三米左右。在它离开以后,海水中的有毒物质上升了百分之十一。在现有记录中,突然出现的、蛇形、有剧毒且在海洋中行动的巨兽,只有一种。"

本来以为"甲板会议"已经圆满结束的众人一起看向说话的影子,只听他淡淡地说:"鹅兰娜战龙。"

这东西不是死了很多年了吗?

难道当年陇玉知没有杀死那只鹅兰娜战龙?可是如果当年那只没有死,鹅兰娜海国和战龙公园就不存在,当年那只都有残骸供人参观了,肯定是死了。那现在的这只呢?

"谁也不知道鹅兰娜战龙是从哪里诞生的。"影子说,"也许我们又遭遇了一次'龙醒之日'。当年鹅兰娜战龙出现的那天,S•S 总联盟派出两个驻扎在太平洋的小队攻击它,M 国和墨国的战舰和战机对它发射了鱼雷和导弹,它消失了两天之后,开始逐一攻击太平洋上的小岛。"

"如果这次我们不攻击它,会怎么样?"聂雍总结说,"人家只是好端端一只野生动物,偶尔吃点墨石兽什么的,大家喜闻乐见。如果它没有主动攻击我们,我们就不要惹它。"

"甲板会议"再次圆满结束，大家都感觉到达到了预期的效果，彼此十分满意。

"组长，"温心灵给聂雍端了一杯人造咖啡过来，"我检查了基地长给的沈队长的信号，在塔黄岛中心……就是那棵超大的植物沉没的地方，发现了微弱的信号源。"

聂雍把那杯咖啡推了回去，说道："你喝吧，我有水呢！"他不喜欢人造咖啡的味儿，但更不喜欢有人帮他洗碗刷锅端茶倒水。他只是个能力为零的组长，尚没有学会该做的事，但温心灵已经做好了他分内的事，组长或是维修官都不过是个工作，他做得还不如温心灵呢！他根本不需要人战战兢兢地仰视他。

温心灵吓了一跳，他在政府那儿上了半年的实习班，专业端茶倒水打杂跑腿，但凡手下有几个人的"领导"都是个玻璃心，时时刻刻怀疑手下不尊重自己，分分秒秒试探别人有没有异己之心，说句话能听出五六层意思，下个命令有七八层含义，早就把他试探成了惊弓之鸟。聂雍手下有两百来号人，政府里一个局长手下也没这么多人啊，是以温心灵战战兢兢，连靠近聂雍都全身发毛，结果聂雍却不要他端茶倒水。

这个新领导好可怕！

"你说沈苍的信号源来自沉没的核心，"聂雍不知道这只姓温的兔子为什么脸唰地一下白了，也懒得猜这种未成年人的心思（人家只是看起来幼小），只谈正经事，"难道他落海，又被漩涡卷进核心了？我们的潜艇有把握进入那里吗？"

新领导好像没有生气？温心灵小心翼翼地观察着他，说："那里的水文环境不明朗，贸然进入有危险。"

"如果潜艇进去有危险，那就不要进去了。"聂雍想也没想就说，"我和乌托蓝去就行了。"

"哈？"温心灵震惊了，"您……您亲自去？"

聂雍颇为奇怪地看着他："什么'亲自'？你唱戏啊？我身上有神

经兽，它好像能在水里汲取氧，乌托蓝比较能打，所以我们去啊！"他想了想，"哦！我对乌托蓝的能力不熟，还是他留下守卫我们的舰船，我和陇三翡去吧！他好像能用皮肤呼吸，更能打。"

所以新领导指派任务的唯一标准其实就是能不能打……新领导好像也没想他下去要是回不来了怎么办……

在温心灵胡思乱想的时候，聂雍说："你去船上发个通知，当船靠近沉没中心的时候，陇三翡和我下去查看情况，其他人原地留守……如果那只鹅兰娜战龙又回来了，你们先行撤退，有空再回来救我们。"

这算是什么行动方案？

一脸迷茫的温心灵哆哆嗦嗦地说："行……行动方案要用您的权限登录到系统里，您用组长的身份上传给姐旻主任，然……然后姐旻主任审批通过以后……报……报给基地长，基地长同……同意了以后才可以执行。"

"基地长既然派了我出来，说明他一开始就同意了。"聂雍挥挥手，"是他求我来的呢！别理那个什么姐旻了，你就在通信器里发个通知，让陇三翡过来，你们好好休息，注意鹅兰娜战龙和塔黄岛黑影，就这样。"

他看着温心灵依旧面如土色，恍然大悟："你饿了吗？"他指了指船长室，"我在房间里炒了点饭，虽然没有鸡蛋，也比你们配发的那些糊糊好吃，你要不要吃点？"

温心灵弱弱地说："组长，没有审批我们的能量耗损就不能报销，属于私人行动……"

"哦！"聂雍毫不在意，"没关系，白璧有钱得很，不能报销就让他自己出，没事。你真的不吃炒饭？"

温心灵整个人都风中凌乱了，茫然地问："炒……什么炒饭？"

"胡萝卜炒饭。"聂雍说，"我看到甲板上有人种了一棵胡萝卜，就拿它炒了昨天剩的人造淀粉颗粒，好歹看起来像炒饭，味道还行。"

温心灵表情呆滞地说："啊……你是指……埃蒙特的那颗心爱的红

色人参吗？"他喃喃地说，"埃蒙特是在黑市里用一个古董瓷器换来的种子，种了七个月了，连出海都带在身边，听说那是一种能起死回生的灵药。"

"啊！"聂雍恍然，"怪不得胡萝卜那么老。"

温心灵怀着饱受蹂躏的心灵滚去舱内发通知，他一点也不想知道关于那颗红色人参的后续，但几个小时以后他还是听说了。埃蒙特持枪冲进了船长室，和聂雍大吵了一架之后，和平分享了那一碗胡萝卜炒饭。

三个半小时后，以"闪星号"为首的舰船驶入了塔黄岛沉没的中心海域。

海面上仍然可见一些奇怪的漂浮物、破碎的战斗服、半身被星障人感染的、扒着漂浮物看舰船的尸体、半沉半浮的废弃飞艇，还有一些随波逐流的巨大圆形果实。一些古怪的海鸟追逐着那些果实，啄食里面的东西，有些海鸟的羽毛闪烁着光泽，半石质化半金属化，但依然能飞。聂雍对这种不知道算不算自然变异的奇观叹为观止，他想不用多久，地球可能要迎来一批钢铁战鸟，就是不知道吃不吃人。

塔黄岛沉没海域的中心并非空无一物，令人感到意外的是那里仍然有一片数百平方米的岛屿略高出海面，那也许就是当年巨大植物生长的基石。

这片"岛屿"是鲜红色的，表面崎岖不平，充满了空隙，有些透明的绿色圆兜从空隙中探出，向天空或海水中摇晃着，"兜"口一张一合。原来遍布塔黄岛的绿色圆兜来自这种鲜红色的石头，而不是来自那棵硅基植物本身。

"水螅体。"飘浮在甲板前端的影子突然说，"这是一种巨大的珊瑚水螅体，在战后太平洋很多岛屿都有，叫作'怪物'。"大家都愣了一下，影子继续解释说，"这是第三次世界大战后最早被发现的变异生物，它比它的同类长大了几千倍，能直接吞噬和消化人类。太平洋战区的人们为此惊恐不已，最后S•S总联盟出动了大批人力把它们尽可能地消灭了。

这些应该是当时遗留下来的很少的一部分，又进行了进一步异化。"

"你是说这玩意儿它其实是珊瑚？"聂雍指着那吞吐着千千万万绿色圆兜的鲜红色石头说，"那这块岂不就是红珊瑚？"

影子点了点头。

"红珊瑚……"埃蒙特·格林呆呆地看着那块"岛屿"。

"红珊瑚……"扁豆激动地捏着手里的短枪。

"红珊瑚……"绿基说。

"红珊瑚……"米旗惊叹地看着外面。

只有温心灵弱弱地说："你们想干什么……盗采红珊瑚是犯罪。"

"可是它已经长成了怪物，"埃蒙特·格林说，"它现在叫'怪物珊瑚'，我们把它消灭保护人民的安全与我们把它卖了保护人民的安全，有什么不同？"

"我的天啊！这么大的红珊瑚，可以雕刻成城堡！"扁豆说，"可以在黑市换一块和它一样大的黄金，或者一年份的自然食物！"

"你们真的是联盟国家战队队员而不是海盗吗？"聂雍哭笑不得，"停船！我和三翡下去找沈苍，你们……能搞定这些怪物就把红珊瑚弄回去，搞不定别就幻想了，这些东西也不是省油的灯，里面有腐蚀性液体。"

"组长你这就太看不起我们了！"埃蒙特·格林大大咧咧地一挥手，"你和道长放心下去，这里就交给我们了！"

"盗采红珊瑚是犯……"温心灵还在弱弱地提醒。

矮小的扁豆已经放下悬梯，慢慢地爬到了满是巨大水螅体的红珊瑚上。

果然矮人是最抗拒不了财宝的！聂雍耸了耸肩，往自己身上喷了一遍防护服软胶，和三翡一起向海水里一倒，沉入了大海。

麻将四人组兴高采烈地下到了红珊瑚上，摩拳擦掌开始考虑怎么将它完整地弄回去。温心灵心惊胆战地站在甲板上，不知所措。过了一会儿，他突然感觉到身边有一阵温柔的暖风吹过，一转头，只见一个扎着黑色麻花辫的白衣少女微微皱眉，往下凝视着海水。

他记得她叫薇薇，是个不太爱说话的腼腆女孩，看起来和他一样大。

"你……你好。"温心灵结结巴巴地说。

薇薇·夏洛特也小心翼翼地看了他一眼，脸上微微一红："你好。"

"海上风很大，你……你要不要到船长室里休息？"温心灵觉得自己的脸比她还红，这是他第一次试图和女孩子搭讪，薇薇很美，一路上他偷看了她无数次。

"我觉得这下面有东西。"薇薇·夏洛特却说，"这片海水有一种……一种味道。"

"闪星号"高高的武器架上，乌托蓝站在那里，同样凝视着海水。

对他和薇薇·夏洛特来说，这片海域充斥着刺鼻的气味，当然，这里遍布着战后的尸体，但除了战争后死亡的气味，还有一种难以言喻的气味存在。

有某种生物彰显着它的存在感，和其他生物不同，这种生物在气味中留下了它的信息。

乌托蓝皱起鼻子深吸了两口，这是一种正处在成年期的、身体非常健康的雌性，它的心情愉悦，刚要进入繁殖期，正在期待着雄性的到来。

薇薇·夏洛特和乌托蓝对视一眼——不妙，不管这底下的是什么，很快它就会招来同类。

乌托蓝打开了通信器，喊道："聂雍？聂雍？你们看到什么了？这里有某种生物存在，它正在繁殖期，不管你们看到了什么，马上回来！"

通信器那头的聂雍回答："我们什么都还没看见，这里到处都是红珊瑚。"

三翡也回答："并没有异常。"

乌托蓝不怎么放心，他眯起眼远眺大海："尽快回来！不安全！"

"我们马上就要到达发出信号的地方。"聂雍说，"帮我照看一下财迷四人组，我看这些红珊瑚这么多，绿色圆兜里面好像有一种绿色的气泡，不知道有没有毒。"

影子跟在聂雍身边，他的脑电波清晰地传了过来："那是虫黄藻，和珊瑚共生的生物。"

"我们会尽快回去，暂时没有危险。"聂雍关闭了通信器，他和三翡已经到达了中心区域。

乌托蓝返回船长室去看监控，安装在聂雍和三翡身上的摄影机一直在拍摄，但下沉百米之后光线暗淡，摄影机传回来的是红外线图形。

聂雍和三翡的确是平安无事地正在接近一片沙滩，那片沙滩上有一些黑色残骸，也许是一艘运输舰的残骸。

如果沈苍的信号从这里传来，难道是当初搭载沈苍的那艘运输舰沉没了？

正当乌托蓝专注地看着聂雍靠近那堆残骸的时候，甲板上的薇薇·夏洛特突然发出了一声怒吼！

"昂——"一声低沉的吼叫远远传出海面，远处正在追啃果实的海鸟扑腾着石质化的翅膀飞起，随着"哗啦"一声巨大的水响，有什么东西重重落回海面。

乌托蓝冲出船长室，只见水花四溅，有些还没来得及从高空坠落，但刚才落入水里的东西已经消失不见。薇薇·夏洛特双手撑着甲板上的栏杆，正往海里望去。

温心灵屁滚尿流地龟缩在一边，以惊恐的目光看着薇薇·夏洛特。

正在和红珊瑚上的绿色圆兜搏斗的四人组有两个跳入了海中。

"怎么？"乌托蓝问。

"有……有有有……有个巨大的东西……"温心灵脸色惨白。

而财迷四人组中的埃蒙特和米旗跳下了海，他们如游鱼般灵活地追踪那只生物。

那是一只不大的生物，并非像温心灵说的"巨大"，它正闪电般游向聂雍和陇三翡所在的地方。

埃蒙特一边追击一边在心里赞叹：真是个美丽的生物。

那是一只线条柔美，约莫三米来长、两指来宽，色彩斑斓的带状物。它可能是一条海蛇，但这东西刚才跃出水面的时候全身僵直，仿佛一把利剑一样刺了上来，温心灵以为是什么怪物的尖嘴，所以才脱口而出"有个巨大的东西"。

但那把"利剑"落入水中以后立刻变成了一条摇曳生姿的蛇，一击不中，火速往海底逃去。

它身上有一半是明亮的绿色，夹杂着明亮的橙色，原本就非常艳丽，在浅海层游动的时候，全身还闪烁着一层彩光，彩光随着它的游动，还能扩散成一圈圈漂亮的彩晕，随着尾巴尖的晃动向外逸散。

他们就像在追击一只活的霓虹灯一样。

但能生成彩晕，还能逸散，说明这东西可能带有奇怪的生物电。

"咦？"甲板上的薇薇·夏洛特动了动鼻子，"这是一只雄性的。"

空气中飘散的气味告诉她，这是一只欢欣鼓舞，应和雌性的召唤前来交配的雄性。

水面下闪烁的彩晕越来越多，这种莫名的生物不知道从哪里出现的，突然间出现了很多，刚才逃走了一条，现在却有十几条围着"闪星号"打转。

刚才那一条剑一样冲出水面，现在十几条时不时笔直向上冲刺，水面上仿佛突然多出十几把彩光环绕的长剑，一会儿这里刺出一剑，一会儿那里刺出一剑。

正在清除红珊瑚上面水螅体的扁豆和绿基都停下手，震惊地看着这一幕。扁豆说："它们为什么只围绕着我们的船？"

的确，这么广阔的海面，也只有"闪星号"的附近有这种奇怪的海蛇在跳跃，别的地方也没有，甚至其他舰船周围也没有。

乌托蓝的脸色顿时无比难看。要说"闪星号"和别的船有什么不同，之前差点撞上鹅兰娜战龙的只有"闪星号"。

难道那只巨大无比传说能移山倒海的东西居然是雌性的？它把它的气味沾到了"闪星号"上？

薇薇·夏洛特虽然没有想到这些，却说："这些雄性都是远道而来的，它们身上的味道和红珊瑚周围的不一样。"微微一顿，她说，"红珊瑚这里可能是雌性的巢穴。"

通信器里仿佛正应和了薇薇·夏洛特的说法，聂雍、陇三翡、埃蒙特和米旗同时发出一声惨叫，似乎水底起了某一种惊人的变化。乌托蓝冲到船头，只见十几把"利剑"同时跃出水面，整块红珊瑚礁冲天而起，海面掀起数米高的浪涌，"闪星号"整个都在剧烈摇晃，一只深蓝色的、全身挂满了巨藻的庞然大物从红珊瑚底下探出头来，目光炯炯地看着"闪星号"。

在它面前，"闪星号"船头的人类就像几只小猫小狗，无论是咆哮怒吼或是乖顺低伏，对它来说都无甚差别。

"这是一条……龙？"扁豆喃喃地说。他捋了一下大胡子，还揪了两下，仿佛以为自己在做梦。

从水里探出头来的庞然大物头上有犄角，一双眼睛凸出，足有饭碗那么大，脸上遍布长须，的确和传说中的龙有五分相似。不过这玩意儿满头满脸都是巨藻，那块价值连城的红珊瑚被它升上水面的冲力撞得支离破碎，只剩下一小角儿歪歪地挂在它头上，略有几分蠢萌的样子。

它探出头来，四周蹦跶不休的彩色"利剑"立刻游了过来，纷纷暧昧地缠在它身上，这东西的身份简直呼之欲出。

种类：鹅兰娜战龙。

性别：雌。

身长：待定，目测百米以上。

体重：高深莫测。

年纪：青春正茂，热情洋溢的繁殖期。

对象：对它来说像牙签似的五彩斑斓的小蛇们。

这块塔黄岛底下的红珊瑚是它的巢穴，联想到鹅兰娜海国和鹅兰娜战龙的历史渊源，再联想到那大得出奇的海底碉堡，战龙公园莫名其妙地占了这个地方，鬼鬼祟祟地搞了许多研究，难道就是因为它的存在？另外一只鹅兰娜战龙。

扁豆和绿基顺着悬梯爬上"闪星号"，他们被撞得摔进海里，幸好没有受伤。

大家都目光呆滞地看着眼前的巨兽，乌托蓝忍不住向薇薇·夏洛特那边退了一步，然后不动声色地环顾了一下周围，又退了回来。

那庞然大物全身表皮散发着一种蓝光，那些彩色小海蛇模样的雄性一缠到它身上仿佛就融入了它的身体，化作了它表皮花纹的一部分。

持续有新的海蛇游来，"闪星号"上的人们屏住呼吸看着眼前奇异的景象。

鹅兰娜战龙悬着头静静地停在海面，海中游来无数彩色小蛇，有长有短，最大的不过六米，人类大腿粗细，但它们毫无例外全融入了它的皮肤。

温心灵看着战龙身上斑驳的皮肤纹路，想到这些也许都是由千千万万条小蛇变成的，不禁有些毛骨悚然。扁豆满脸都是惊叹，不用问就知道他为亲眼见到了一条龙而激动万分。

在持续涌来的雄性的滋润下，鹅兰娜战龙几不可见地膨胀了一点，它慢慢地低下头来，对准了"闪星号"。

这东西吐出一口毒液就能让一座岛屿上百年都无法居住，推一下爪子就能让半个海滩支离破碎，他们要……要怎么办？

当年的陇玉知到底是怎么把它弄死的？沈队长呢？求沈队长大发神威突然出现用"空间光裂术"把这玩意儿劈死，劈不死好歹也烧个洞，不然白璧白基地长的"深渊行动"分分钟就要沉深渊了。

"闪星号"上的众人不敢轻举妄动，内心一整个种群的野马狂奔而过，目光不约而同地转到了乌托蓝身上。

就在僵持的时刻，大海中"哗啦"一声，一人一刀破水而出，一柄白刃闪烁着华丽的流光，直直砍在了鹅兰娜战龙头上。

乌托蓝：……

众人：英雄！谁这么猛？

这人的身后，另外几个人启动深潜服里的动力装置，浮出水面后分别向四个方向冲去，激起巨大的声浪。白色浪花冲天而起，几乎都成了泡沫才落下。

鹅兰娜战龙猛然回头，在它头上砍了一刀的人自然是陇三翡，砍下去的那刀正是传自陇玉知的破布刀，一刀以雷霆万钧之势斩落，但砍在巨兽头上没掉一块头皮屑。陇三翡一刀不中，借力腾身而起，他不往"闪星号"上落下，却转了个方向落入海中。

那被他吸引了注意力的鹅兰娜战龙全身颜色骤变，从暗淡的深蓝色骤然变成鲜艳的蓝绿色，双眼中甚至出现了斑纹。显然它被激怒了。但它并没有抬起爪子一巴掌将不自量力的老道拍成肉渣，反而向那三个启动动力装置往外海冲去的其中一个人追去。

"哗啦"一声，陇三翡落海后破水而出，看见鹅兰娜战龙往远处冲去。它那庞大的身躯一动起来，身体内似乎蕴含着惊人的能量，海面上宛如起了一场海啸，排山倒海的巨浪涌起，它游动起来比战舰快多了，几乎是瞬间就消失在大海中。

刚才差一点船毁人亡的"深渊"团队们深深吐出一口气，还不明白是发生了什么事，薇薇·夏洛特就问："聂雍呢？你们在干什么？"

陇三翡纵身而起，左右手各提了人，一只手抓的是米旗，一只手抓的是埃蒙特，那两个被淹得够呛，有点昏昏沉沉。聂雍正顺着悬梯慢吞吞地爬上来。

"那下面有非常多垃圾。"聂雍几人都脱掉了那层软胶深潜服，但聂雍身上有神经兽，神志还很清醒，"沈苍的战队队服就在那堆垃圾里面，我猜刚才那只东西喜欢收垃圾，下面什么都有，还有 M 国丢了很多年的那艘航空母舰的碎片，各种各样的战队队服，它可能对衣服很感兴趣，还有很多巨大的贝壳碎片。"

他一边说一边咳嗽。温心灵连忙给他倒了一杯水。这次聂雍一口气喝了下去，说道："先别说这些，快，让'狒狒号'的人出来，我们马上换飞艇。它说不定马上就会回来，就凭我们这些战五渣，它吐口口水我们就团灭，快走快走。"

四艘运输舰上的人员立刻打开配备的两艘飞艇，运输舰和武器暂时原地抛弃，不大的"狒狒号"潜艇悬挂在飞艇下方，被吊了起来。

聂雍示意绿基和温心灵操纵飞艇，往北极方向飞行。

飞艇升上了两百米的高空，聂雍才舒了口气，疲惫地坐在椅子上。

发出信号的地方仿佛是一片沉船和飞艇残骸的"盛会"，在这些支离破碎的残骸上，堆积着几百件或者上千件各式各样的战队队服，其中还夹杂着许多巨大的白色贝壳。这奇怪的场景让聂雍和陇三翡都觉得蹊跷，沈苍的队服就摆放在最上面，他的衣服上压着一个巨大的贝壳。

这绝对不是天然形成的。

就在聂雍觉得自己读书少见识短，不知道这是什么意思的时候，埃蒙特和米旗追着一条奇怪的蛇游了过来。

那条蛇就在聂雍和陇三翡的面前贴上了那堆残骸旁边的一块礁石。

然后它就融入了那块礁石。

聂雍瞬间傻眼了，不可置信地看着那条蛇像沉入一碗浓汤一样没入了礁石里。然后，那礁石轻微地动了一下。

那是一截尾巴。

只是那尾巴上长满了巨藻，它又是那般长，让聂雍一直把它当成海床上的隆起。

接着海水一阵激荡，那东西突然游动起来，聂雍隐约可以听见水面上的巨响，水流急转，将海底垃圾堆上的漂浮物推走。他晕头转向的时候，背后的神经兽突然冒出头来，肉质触手卷住了废墟堆里的一块碎片，这才让他好歹没有被冲走。

而当海水平静下来的时候，聂雍赫然发现，在这一堆大贝壳中间，有一个和大贝壳类似的，扁圆形的白色的卵。

而在另外一堆大贝壳中间也有一个。

这片巨大的海底废墟是那只巨兽的巢穴。

那东西是雌性的，正在产卵。

而他傻傻地直闯人家婴儿房。

埃蒙特和米旗游了过来，他们比手画脚地描述了一下刚才那小海蛇冲击"闪星号"的情况。聂雍顿时明白，他们已经惊动了这不知道什么玩意儿的怪物，只是自己这边的目标太小，它冲着"闪星号"去了。

他们都从通信器里听见乌托蓝判断这东西就是雌性鹅兰娜战龙。

这东西如此巨大，传说战无不胜（除了生前死后都开挂的陇玉知前辈），"闪星号"哪里对付得了它？情急之下，聂雍滥用了一把作为组长的权力。

他们把深潜服脱下，启动高速前进的动力装置。聂雍壮了壮胆，闭着眼睛去摸了两个雪白雪白的大蛋，放进深潜服的采集袋里。他要赌一把，希望这只雌性怪物会抱窝，能被自己的蛋引走。

埃蒙特和米旗不能在水下呼吸，深潜服一放出去，他们就必须浮出水面。当他们浮出水面的一瞬间，必须保证鹅兰娜战龙的注意力已经被自己的蛋吸引走，这个任务当然得由陇玉知的师弟陇三翡来完成。

幸好陇三翡也不推辞。

于是三分钟之内，他们完成了这个赌生死的行动。

听见整个过程，"深渊行动"的两百多人都有些动容，这个组长虽然暂时还没看出来有什么优点，但似乎并不令人讨厌，而且非常拼命。比起战无不胜的沈队长或乌托蓝，比起优雅能干的叶甫根尼，比起之前几乎没有危险和悬念的任务，这一次的行动好像完全不同。

他们好像第一次感受到他们正在聂雍的手下，这个组长和之前的完全不同。

重点是他可能会输，甚至还可能会死。

"哼！"乌托蓝听完之后阴阳怪气地冷笑了一声，顿了一顿，最终什么也没说出来。

聂雍已经尽力了，换一个人，不要说像他这样的自然人类，就算是换了乌托蓝，在海底面对鹅兰娜战龙也不可能做得比聂雍更好了。

"你居然敢动它的蛋。"扁豆喃喃地说，"你……你……"

聂雍摸了摸自己的脸，说道："我只不过是挪用了它两个蛋。"他指了指埃蒙特，"他也偷了一个。"

众人的目光齐刷刷地转到埃蒙特脸上，埃蒙特卷起袖子正在给自己打血氧针。他得意扬扬地从原本采集红珊瑚的背包里拿出一个白色的大蛋，说道："这世界上绝无仅有，保管谁都没有听说过的鹅兰娜战龙的蛋，这肯定是我最珍贵的收藏了。"

乌托蓝："……"

众人："……"

这活腻了的气质。

脑残是绝症。

九十八 深渊之眼

两百米下的大海。

鹅兰娜战龙在海中翻滚，它已经追上了自己的蛋，并把蛋卷在自己的皮肤褶皱里，藏匿不见。

它的表层是皮肤，皮肤上有棘突，有些地方似乎有很深的褶皱或裂隙，布满了深蓝色的斑点，但大体上仍然光滑，有着两米多宽的蛇形身躯，外加若隐若现的黑色巨爪。它和龙非常相似，头上生有尖锐的犄角，只是人家皇帝御用的都是金龙，它是条变色龙。

在被激怒的状态下，它是显眼的蓝绿色。

而追回蛋的时候，它慢慢地恢复了暗蓝色，有时候还略带一些蓝紫色，而后慢慢地和海洋同色，化作海浪中一抹隐晦的黑影。

飞艇上的人们跟踪着这只庞然大物。聂雍已经把发现鹅兰娜战龙的情报发了回去，白璧也吃了一惊，命令他继续追踪。聂雍也正有此意。目测这东西不是真龙，显然不会飞，在天空中慢慢地跟着它应该没有危险。

飞艇在鹅兰娜战龙头上飞行了两个小时，聂雍很快发现大海中并不止一只鹅兰娜战龙。

那条黑影周围缓慢地浮上另外一条黑影，远比被埃蒙特偷蛋的那条要长得多，它们齐头并进。虽然说大海浩瀚无边，在飞艇上看来，鹅兰娜战龙不过是两根筷子那么大小，但想到它们是一窝……众人身上的凉气就忍不住直往外冒。

这么大的身体，在几乎没有生机的海洋里，它们是怎样存活的？又怎样能不被发现呢？

"被陇玉知击杀的那只鹅兰娜战龙也是这样毫无征兆地出现的，但没有人知道它能在海里筑巢……包括它的巢穴居然可以修建在这么浅的海床上。之前的研究认为这种生物地球上并不存在，它们可能是通过太平洋战区的维度壁缺口而来的。"在聂雍身边沉默了非常久的影子突然开口了，一开口就语出惊人，"因为滥用超高能武器，太平洋战区一直被认为有时空缺口，甚至可能在某些地方突破了维度壁，或者是冲破了平行世界的交汇点，它们不知道来自何方，有些适应了环境，就能在这里生存。"

"你是说……太平洋这块地方哪里有个很大的洞，有些东西穿过那个洞而来？"聂雍毛骨悚然地说，"可是它们都这么多年没出现了，为什么现在居然出现了两只巨大的，还有雌有雄，你看那些雄蛇，好像完全不是一个物种。"

"那个地方……很多年前就有人推断它的存在，并给它起了个名字。"影子淡淡地说，"深渊之眼。"

聂雍白了他一眼："既然你们好多年前就觉得有个洞，然后呢？这么多年了，你们打算怎么办？"

参与"深渊行动"的众人不约而同地点了点头，目光都转向了影子——为什么我们都没听说过太平洋战区这片辽阔海域里可能有个洞呢？"深渊之眼"是什么意思？

"当年S•S总联盟曾经派出十二支战队去搜索那个理论上的虫洞或平行世界缺口的存在。"影子不为所动，依旧淡淡地说，"结果就是十二支战队遇上了鹅兰娜战龙并惹恼了它，一百二十人几乎全军覆没，陇玉知斩杀了战龙，没过多久他也失踪了。至于当年搜索'深渊之眼'的时候发生了什么，也没有留下太多线索。"

"我觉得那个洞很可能就在塔黄岛附近，因为这里有战龙的巢穴。"聂雍说，"它们暗搓搓地躲在这里，基于某种原因它们本来无法出现，但塔黄岛沉没了，环境发生了变化，让它们重见天日。"沉吟了一会儿，他说，"你还记得塔黄岛沉没的时候，我说看见了黑影吗？会不会其实真的就是战龙？"

"我仍然倾向于不是。"乌托蓝开口了，"撤退的时候，我也看到了黑影，比起鹅兰娜战龙，它巨大得多，有点像一只奇大无比的章鱼。"他又想了想，"它的头足在海中扭动。"

"如果那不是一只鹅兰娜战龙，而是一窝呢？"聂雍说。

乌托蓝悚然一惊。

影子也愣了一下。

鹅兰娜战龙是长长的蛇形生物，如果在塔黄岛沉没的时候，有一群战龙冲破桎梏浮出海面，那岂不就像是一只许多触手的大章鱼吗？

"你看我们已经看到了两只。"聂雍说，"如果我们把埃蒙特偷来的那个蛋敲破倒进海里，没准还能引出来更多。它们好像是会保护自己巢穴的生物，智商不低，还懂得使用和龙蛋相似的大白贝壳掩护自己的蛋。如果我们弄破了一个蛋……"

"我觉得它们可能会生出翅膀飞上来吃了我们。"埃蒙特听得心惊胆战，说道，"它们的毒液能喷多远？我们飞得够高吗？"

"鹅兰娜战龙的蛋非常珍贵，也许人类再也没有机会得到另外一个。"影子说，"别打蛋的主意，我们想别的办法，搞清楚海里究竟有几只。"

聂雍耸耸肩，说道："你们严重偏离了任务的方向！兔子们！我们不是张无忌，找沈苍才是我们的任务。现在已经搞清楚只有沈苍的战斗服在下面，他的人并不在那里，不知道哪里的变态把他的战斗服脱了扔在海里。喜欢给人脱衣服的只有人类，他肯定是落入了敌人手里……

"谁是'张无忌'？"乌托蓝问。

"你们都不看小说的吗？"聂雍诧异地问，"张无忌有屠龙刀……自带九阳神功，没有的人就别瞎折腾了……"

"组长。"温心灵怯怯地说，"是你先说要把龙蛋敲破倒进海里的……"

聂雍无比尴尬，咳嗽了两声："总而言之，我们的主要任务是救沈苍……"

"我看'深渊行动'的任务清单里，第一件就是查明塔黄岛黑影啊。"埃蒙特专门和他过不去，点出了虚拟的任务清单，"你看。"

"深渊行动"的清单上写着：

1. 调查那个黑影。

2. 搞清楚战龙公园在"塔黄岛事件"里究竟起了什么作用。

3. 找到控制硅基生物的方法。

4. 抢救沈苍（的能力）。

"我们有觉悟做好自己该做的事。"埃蒙特双手按在桌子上，看着聂雍的眼睛说，"死在战场上是个好归宿，只要值得。"

聂雍动容了，他环顾周围，每一个人都表现得非常平静。

"我们有觉悟做好自己该做的事。

死在战场上是个好归宿，只要值得。"

这是聂雍听过的最好的话。

只一瞬间，他对这个新世界肃然起敬。

"那么……"聂雍说道，"我有几个想法。"

大家聚拢到聂雍周围，聂雍说："影子，你对黑影有什么想法？"

影子淡淡地说："塔黄岛周围海域的数据缺失，我仍然探测不到沉没点附近的海况，也无法扫描数据。这里有一些没有被发现过的、数据库无法归类的新射线，物理规则也有一些错位。还记得墨石兽是从那棵植物的内部流出来的吗？它内部的温度极高，完全不是地球上的生物。所以我怀疑那棵巨大的植物是从'深渊之眼'内部生长出来的，它堵住了'深渊之眼'的洞口，所以在它沉没之后，洞口出现……"

"鹅兰娜战龙就出现了。"聂雍脱口而出，"而鹅兰娜战龙是一种海生兽，它们身上带着巨藻，还会捕食墨石兽。巨藻在我们的海洋中已经绝种，墨石兽根本不是地球生物。'深渊之眼'是和平行世界或者另一个维度的海洋相连的！"

"这就非常好理解为什么跳蚤大的鹅兰娜海国和战龙公园居然敢挑衅东亚战区，他们肯定早就发现了'深渊之眼'，然后从那边获得了信息，某种程度上与另一世界的原住民取得了联系。"埃蒙特摊了摊手，"小丑总是想毁灭世界。"

"人类只会因为利益铤而走险。"扁豆声音沙哑地说，"战龙公园不会想毁灭世界，他们都是姆姆人，是矮胖的蛆虫，只会想把世界改造成他们需要的样子。"

"什么样子？"聂雍对姆姆人还没有概念，问道，"'姆姆'是什么？"

"他们需要一个脑电波的世界。"影子淡淡地说，"只有脑电波。"

"姆姆是一种四肢都退化了的，整天躺在椅子上或者床上的病人。"米旗比画着说，"他们都很矮，寿命很短，头很大，几乎不会说话。"

"传说姆姆这个人种是人类适应环境时的一种病变，过去有几十年人类非常依赖脑电波，很多人一生都戴着头盔在全息全感游戏里生活，在虚拟网里面给自己捏脸，拥有自己喜欢的外形，在里面工作赚取爱丽丝币——又叫作'梦游币'。爱丽丝币是虚拟网的流通货币，还可以与现金兑换，所以很多人几乎从不摘下头盔。"绿基冷笑一声，"甚至在虚拟网里面结婚，领养孩子和宠物——当然领养的'孩子'或'宠物'有可能年纪还大过'父母'，但谁在乎呢？每个人都能得到想要的生活，看起来很完美。"

"后来这些人就发生病变了，长歪变成了姆姆？"聂雍恍然道，"这变异得也太快了吧？"

"姆姆是一种基因病，但刚好适合了虚拟生活的需要，得了姆姆病的人脑电波值都非常高，在虚拟网里面表现强势。"绿基说，"所以这种病大面积流行，有些人甚至主动要求获得这种病，大家喜欢和带有姆姆病基因的人结婚，这样会生下脑电波值超高的婴儿。"

"然后呢？"聂雍耸了耸肩。

"又过了几十年，人们发现所有得了姆姆病的人寿命都很短，他们行动不便，身材慢慢变得矮胖，四肢萎缩，视力、听力和语言能力都在逐年下降，慢慢地正在变成只有脑电波高度活跃的生命体。"绿基也耸了耸肩，"人类的发展方向显然不是变成只有大脑会动的肥丧尸，于是产生了一波恐慌潮——之前备受追捧的姆姆人遭受了大清洗，政府把他们关进疗养院，听说民间还有自发成立的暗杀姆姆人的组织。姆姆人的数量下降了很多，最后他们在自己的战队英雄春木·姆姆的保护下逃到了远离大陆的鹅兰娜海域，成立了鹅兰娜海国。"

"春木·姆姆的下场很惨。"扁豆插嘴说，"他是一个近战英雄，脑电波值超高，擅长控制自己的机甲和自己一起作战，而且是分体作战，不是合体作战。听说他的巅峰期是一秒内步移可以达到三十次、手上的大剑连斩击中同一个地方的纪录是一百六十七次、背负飞炮命中率89.77%，有些纪录在联盟档案纪录里无人能破。但姆姆病发作以后，他从一米八八萎缩到了一米五。"

聂雍听得背脊冒起了一股寒气，这种英雄末路的故事听起来最是难受，只听扁豆又说："唉……他救了姆姆人，但并不是每个姆姆人都拥戴他，听说他在快挥不动人剑的那天晚上，跳海自杀了。"

"他差一点成了鹅兰娜海国的国王。"米旗说。

"唉。"众人都叹气。

过了一会儿，聂雍说："呃……以后开会扁豆、绿基你们俩闭嘴，我们的重点不是聊春木·姆姆。"

"不是你先问'姆姆'是什么的吗？"扁豆怒了，大手重重一拍桌面，合金桌面裂开一条缝。

众人："……"

聂雍："……桌子可以报销吗？"

温心灵弱弱地说："可……可以，但要证明桌子是被敌人损毁的，比如说有照片或者敌人武器的碎屑、攻击的痕迹……自己损坏的，组长赔。"

"为什么他弄坏的要我赔？"聂雍也怒了，"老子没钱！老子如果不是一穷二白怎么会当厨师？"

"战队出任务绝对服从指挥官指挥，指挥官对任务中的人、事、物负全责。"温心灵说，"组长你没有考《联盟国家战队任务守则》吗？"

乌托蓝一脸古怪表情，聂雍发誓他绝对是在笑。

其他人有的望天有的看地，纷纷假装自己没有笑。

这张合金桌子不管多少钱，身无分文连件私人衣服都没有的聂雍肯定赔不起。情急之下，他勒令埃蒙特献出那个龙蛋，小心翼翼地把龙蛋放在桌子裂纹的地方，让温心灵给它拍了张照片。

温心灵用这张"桌子因敌人的龙蛋过于沉重而裂开"的伪证申请了公物报销，很是无奈。

这种光明正大的欺诈行为让他内心不安，但埃蒙特收了龙蛋后拍着桌子狂笑不已，会议的气氛却好像很欢快。

他又有点喜欢这样的会议。

"轻点，轻点，这种豆腐渣桌子一会儿又该裂了，我总不能报告'敌人对我方投掷出许多个龙蛋'击中我方会议桌，桌面出现多条裂缝吧？"聂雍抱怨，"别动手动脚，埃蒙特和扁豆，以后开会你们俩离桌子一米。"

"组长。"影子依旧淡淡地说，"姆姆人对自然人和变异人有历史仇恨，他们的交流方式可能更便利于和其他世界的生物沟通，他们几乎是脑电波生物。其实塔黄岛黑影是什么无关紧要，只要有'深渊之眼'已经打开的证据，黑影究竟是一条章鱼或是一群战龙，都是一样的。"他缓缓地说，"将有越来越多的其他世界生命通过'深渊之眼'，进入太平洋。"

"这是地球快要毁灭的节奏吗？"聂雍问。

"这是真的。"乌托蓝突然开口了。大家都习惯他在会议上从不发言，听到他说话都吓了一跳。

"另一个世界的生命。"乌托蓝说，"地球存在相伴的暗星，它不是我们的平行世界，里面没有另一个'我'，它被暗物质包围，我们看不见它，但它的确存在。"

老大你一开口就说得这么高深莫测，远胜影子，这是在武道上眼看斗不过陇三翡这个暴力老道，要改走知心解说路线了吗？聂雍吐槽。

"你又知道什么秘密？这和赫拉……什么的有关？"他终是想起来乌托蓝是只小怪物的事还是秘密，于是把"赫拉特大陆"含糊带过。

"赫拉特大陆是一片战争废墟。"乌托蓝并不避讳，"原大陆的人传闻里面有一艘坠毁的外星飞船，飞船里带了异兽。赫拉特大陆的确有一些来自其他地方的飞船残片，但不是来自外星。"他说，"来自与地球相伴的暗星，我们叫它'灰星'。"

这惊天的秘闻让参与会议的所有人都变了脸色，这是闻所未闻的事，如果地球长期存在一颗与之相伴的暗星球，为什么从来没有人发现？

"我们不是科学家。"乌托蓝说，"不知道它无法被观察到的原因，也不知道赫拉特大陆上的那艘飞船是从哪里飘来的，但除了鹅兰娜战龙，飞船上还带来了更可怕的异兽——并且它并不仅仅是异兽，它是高智慧生物。"他拨开了自己的头发，露出被挖走眼睛的巨大伤口，"著名的赫拉特巨暴龙，身高只有六米，比鹅兰娜战龙小得多，它只需要一回合就能挖走我的眼睛。"

他自爆了来自赫拉特大陆的身份，说明这个情报确凿无疑。

这显然也是他拼尽全力远离赫拉特大陆，无论怎样都不想再回去的原因。

这很可能也是他长年阴沉压抑，从来没有笑容的原因。

"赫拉特大陆上的赫拉特巨暴龙有几只？"影子顿了一下之后，立刻追问。聂雍感觉到那颗小绿球瞬间高热，显然影子正在进行某些高速搜索或运转。

"只有一只。"乌托蓝说，"它的脊椎受了重伤，不能下海游泳，离不开赫拉特大陆。"

"那些所谓的'飞船'是什么样的？"影子继续追问。

"和我们的飞船很像。"乌托蓝说，"也可能它本来就来自'深渊之眼'，只是乘坐第三次世界大战后那些航空母舰的残骸，飘到了赫拉特大陆上。"

"你说它是高智慧生物，"影子的声音非常严肃，似乎是进入了某种状态，"体现在什么地方？你和它遭遇过几次？"

乌托蓝沉默了一会儿说："一次。"他嘀咕了一声，"我只见到它一次，它那时候在蜕皮。"

蜕皮？众人的想象顿时从一只狰狞可怕的巨暴恐龙变成了一只正在扭曲的大蛇——这与地球相伴的暗星难道盛产大蛇？

"它的表皮很厚，身高六米。"以乌托蓝的词汇量似乎很难将那个场景表达出来，他说，"它能把表皮擦去，然后生出新的皮肤。但没有厚皮的赫拉特巨暴龙很像人类，个子也不高……它好像可以随心所欲地控制它里面的样子。"他迟疑地说，"我看见它擦掉旧皮以后变成了一个小女孩的样子，不过也可能是我没看清楚。"

"不！你肯定看清楚了！"聂雍从他说"擦去表皮"的时候就想到了什么，说道，"我见过这种东西！"他想到了"尹松鼠"，那只在"基地号"里面把自己擦去了一大半的橡皮擦怪，说道，"但我看见的那个只有一米五，六米高是怎么来的？"

"它有一层很厚的表皮。"乌托蓝只能勉为其难地强调，"它的表皮就像一堆垃圾，石头和金属或者沙砾都能长在一起，就像一副盔甲。"

石质的盔甲？聂雍想到他刚刚抓住"尹松鼠"的时候，她不正是糊着一层绿色的糊糊？

"但蜕皮后的赫拉特巨暴龙很小。"乌托蓝最终说，"我看到它的时候，差点以为她是个人类。"

"她不但像个人类，还会说话。"聂雍深吸一口气，说道，"所以你知道她是高智慧生物。她就像个瓜子仁，瓜子壳奇丑无比，里面的瓜子仁却是个美女。"

"是，我很奇怪，她不应该会说人类的语言，可是她对我说了一句：你是谁？"乌托蓝说，"东方口音。"

聂雍最终叹了口气，说道："我见过这东西，它早就离开了赫拉特大陆，最奇怪的不是这东西会说人话。"他一脸古怪地说，"我见到它的时候，它变成了尹松鼠的样子，是沈苍的迷妹。"

影子知道他在说谁，但小绿球稳定发热，他正在计算他的，并不说话。

其他人都没有见过那神秘古怪的"尹松鼠"，都惊奇地瞪起了眼睛。埃蒙特说："我见过尹松鼠，很有志气的一个小妹妹，听说她早就战死了。"

"它在塔黄岛上出现过，一定是和战龙公园有联系。"聂雍说，"这一点也不奇怪，奇怪的是，暗星上来的赫拉特巨暴龙也追星吗？"

"它想给沈苍生猴子吗？"埃蒙特问。

众人默然，只有薇薇·夏洛特说："我也见过她。"她的反应总是滞后，这才刚刚想起来聂雍说的是谁，弱弱地说，"我觉得她不是坏人。"

众人扭头：你先给我说一下你有觉得谁是坏人过……

聂雍瞪着薇薇·夏洛特，又想起"尹松鼠"，心塞得难以言喻——能给认识个正常的女人不？

这一个个的都是些什么！

① 九十九 生猴子

太平洋。

鹅兰娜海国是一连串小岛屿，由于形成的时间不长，地球整体环境恶化，岛屿上并没有植物。

每一座小岛都像一个精钢堡垒，有庞大的实验楼或者装置奇特的生活区，有些凸显出巨大的武器架，有的却像一个装满了液体的巨大玻璃烧瓶，里面充满了不同颜色的气泡。

居住在鹅兰娜海国的姆姆人，都在思考自己的生存方式，究竟是彻底抛弃身体，只留存思维的海洋，还是思维与肉体兼得。只存在于虚拟网的世界能不能变为现实？人类的大脑深处有多少种可能性？想象力能直接形成实质吗？思维的根本是什么？而物质的最终又是什么？

居住在鹅兰娜海国最边缘的春木道岛是当年春木·姆姆的故居，春木道岛上的姆姆人性情平和，大家公认他们适合从事医疗、心理或催眠类的工作。春木道医院是地球上最好的医院之一，但姆姆人并不喜欢接待外国人。

有幸得到春木道医院治疗的只有极少数几个国家的重要人物，包括几位第一夫人。

一架飞艇缓缓在春木道岛上停靠。

春木道岛是一座非常狭小的岛屿，岛屿呈带状，长不到一千米，最窄的地方只有一米。岛上最大的建筑就是春木道医院极其附属医疗设备。从卫星拍摄的照片上可以看出，鹅兰娜海国的岛屿中最显眼的那个巨大的、装满彩色气泡的"玻璃罐子"，就是春木道医院的一部分。

画着鹅兰娜战龙的飞艇停靠在医院外部的花园里。春木道医院种植着地球上少见的自然花卉，有一些苍兰和韭兰在花园里盛开，显得生机盎然。这里并没有土壤，苍兰和韭兰都种植在营养液中，为了让花园显得好看，设计者还把营养液做成了霓虹色，并随时闪烁着荧光。

飞艇上下来了几个机器人，推出了一张床。床下来之后，飞艇上又下来了几辆轮椅，每辆轮椅上都躺着一个肥胖的姆姆人。他们用脑电波交流，所以一切进行得无声无息。

"木莓·西西院长，"从飞艇上下来的一个姆姆人说，"这就是我在计划书里提到的人。"

"沙度。"从春木道医院的门口滚出来一辆粉红色的轮椅，轮椅上躺着一个肥胖的女人，虽然她的五官已经几乎被肥肉挤在了一起，但她的皮肤白里透红，仿佛吹弹可破的水蜜桃。

"我们战龙议会决定在这个人身上做两项实验。"送人来的沙度说，"洛里颂签字了，同意春木道医院提出的高额手术费以及对春木道岛进行技术性保护。"

"这就是那个准备生孩子的男人吗？他可真帅啊！"木莓·西西嘻嘻地笑着，"我看了你们的计划书，你们想要拥有他完全基因的孩子。我可以根据你们的计划书让他和不同的女孩交配，得到三个以上的样本以及对他进行内子宫移植，让他自己生育一个孩子。我们医院还可以赠送一项无菌组织培育的服务，使用他不同的基因片段在'飞梭'里面培育后代——但不保证培育出来的是人。"

"我们只想得到一个完整体。"沙度说，"你们可以使用任何手段。"

"生完了孩子后这个男人可以送给我们医院吗？"木莓·西西说，"他长得真好看，我们的小护士们都会为他发疯的。看起来状态不太好，不过没关系，到了春木道医院一切都会好的。"她拍了拍手，医院大门内冲出来两个机器人，将那张床推了进去。

　　"上次我留在你们医院里的那个东西……"沙度问，"还安全吗？"

　　"非常安全，没有任何动静。"木莓·西西不停地咯咯笑着，"它的任何变化我都准备好了记录，只要洛里颂同意付钱，我就马上给你们。包括你现在送来的这个——我知道他叫沈苍，是个非常珍贵的东亚人，有反物质能力。他身上的任何变化，具体到一个电子我都会给你准备一份记录。"她接着说下去，"只要你愿意付钱，我们可以为姆姆人提供任何服务。"

　　沙度非常嫌恶地说道："你真和李克一样恶心。"

　　"怎么会呢？"木莓·西西很愉快地说，"我们只是交易，从来不是朋友。"

　　"战龙公园不会放弃沈苍。"沙度说，"我们需要他。"

　　"战龙公园在和灰星谈什么？"木莓·西西问，"得了吧，你们惹了不该惹的东西，男人们总幻想着能改变一切，独自开辟新世界，我不想和你们说话了。"

　　沙度的声音骤然一紧："你说什么？你怎么知道……"

　　"我怎么知道灰星的事儿？"木莓·西西的轮椅转了两个圈，说道，"我就是知道。"

　　而在远离鹅兰娜海的地方，聂雍的飞艇也在海上慢慢地行驶。

　　这几天他们惊险地飞过了一个古怪的卷筒状云层，那条长长的云层内部吸纳一切探测波，在高空制造出巨大的气流和旋涡。影子怀疑那可能是虫洞的外围，但没人能证实这个。

　　那两只巨大的战龙已经消失不见。

埃蒙特的龙蛋被影子用各种探测波检查了一遍又一遍，始终没看出什么新花样来。白璧也好奇地远程检测了一下，说想收这个蛋做干儿子，等他们回去的时候，他要给他干儿子开一场盛大的欢迎会。

埃蒙特听说他的蛋将要变成白璧的干儿子，立刻在黑市里给白璧他干儿子挂了一个天价，希望在返程之前把白璧他干儿子卖出去，折成现金。

聂雍一直在赞叹埃蒙特的大胆，扁豆给白璧他干儿子提供了一个装饰精美的古董盒子，埃蒙特为了这个决定把黑市价的百分之一分给扁豆，但扁豆对这个比例很不高兴。

相对于无忧无虑的埃蒙特和扁豆，绿基和米旗比较烦恼，毕竟鹅兰娜战龙的蛋……怎么想都是个烫手山芋，并且它们疑似智慧生物。

乌托蓝非常沉默，这两天他一直站在飞艇顶上的武器架上看夕阳。陇三翡很不高兴乌托蓝抢了他展示仙风道骨的地方，只好下来和聂雍聊天，讲关于他大师兄陇玉知的往事。

陇三翡比他大师兄小三十几岁，导致他刚拜师的时候陇玉知就已经超级厉害，陇玉知的武术是怎么练成的，陇三翡也不知道。陇三翡拜师的时候只有五岁，这个年纪练武略晚，修真略早，熟读网文数万卷的聂雍也猜不出他的陇门是个什么路数，总而言之，当陇三翡认识陇玉知的时候，陇玉知就是三十几岁的模样，一直到死——也就是聂雍发现手术台上那具英俊的尸体的时候——他还是那个样子。

陇门的掌门是一位仙风道骨的白衣道长，性别女，道号"清风"。在陇三翡幼小的心灵里，长期怀疑自己是掌门的私生子，并且怀疑自己三师兄弟都是掌门的私生子，否则为什么她收这三个徒弟且只有这三个徒弟？这个美好的幻想在他知道掌门的年龄后幻灭，清风掌门在他出生前三十年就绝育了，她的确有个私生子，不过和他毫无关系。

清风女道在陇三翡十三岁的时候仙逝，她的私生子隆重地把她接去烈士陵园，风光大葬。陇三翡一直没搞清楚为什么自己家掌门是烈士。陇玉知带着他和三师弟寂寞地在陇门内摆了个衣冠冢，但一直没有等来什么自称"明月"的人前来拜祭，令他和三师弟十分失望。

之后他就一直跟着大师兄练武——其实之前他也是跟着大师兄练武的，掌门很少出现，她要么在房里焚香，要么在房里诵经。但陇三翡总是感觉路过掌门房门的时候，似乎可以听到里面有打游戏的声音，不过这种幻觉太过大不敬，想想掌门那张枯槁冰冷、犹如一潭死水的脸，每次幻觉都自动熄灭了。

大师兄对他和三师弟要求严格，为了让他们一大早起床练武，减少打游戏的机会，大师兄没收了他们的手机，特地养了一只公鸡。鸡鸣时分，他们就要起来练基本功，但三师弟总是给那只鸡喂安眠药，后来那只鸡一般下午才打鸣，也不需要喂药。

聂雍听着陇三翡的美好回忆，目瞪口呆，这是传说中端方严谨、培养出陇玉知这种超级外挂的陇门吗？这门派为什么没有倒闭？太不科学了！

"为什么会倒闭？"陇三翡十分奇怪地看着他，"我们掌门的儿子是干部，掌门从陇山村村长那里承包了一整座陇山，道馆盖在山顶，听说年限很长，后来陇山脚下都在搞房地产开发，凡是叫作'与仙居'，或者'寻隐者处'或者'求道'之类的项目都要给掌门广告费。掌门会让三师弟去露个脸什么的，钱哗哗地就来了。"

聂雍真心不知道怎么和他聊下去，这疑似贪污腐败、官商勾结、坑蒙拐骗的窝点……一口血闷在胸口，他定了定神说："说到你三师弟，你三师弟叫什么名字？和白璧是什么关系？"

"我三师弟可是个人见人爱的小美人。"陇三翡笑眯眯地说，"三师弟是在我八岁的时候上山的，来的时候也是五岁，他家里是……"话还没说完，飞艇突然剧烈晃动了一下。聂雍一个趔趄，差点从甲板上飞出去。两人抬头望去，只见对面海域有几艘飞艇缓缓靠近。

"组长，对面是 M 军！我们一直在往北飞，目标直指阿拉斯加，北美战区向我们发出警告了。"飞艇内温心灵的声音传了出来，"我正在给他们解释……我们在追踪鹅兰娜战龙。"

"M军？"聂雍好奇地看着对面的飞艇。

对面的飞艇共有三艘，无疑比他们的体型更大，全身呈现简洁好看的冰川蓝色，其上环绕着一圈着冰白的武器带。它们都呈巨大的椭圆形，腹部共有四个稳定引擎，遥遥看去——它们的背部都是一个巨大的露天泳池，泳池里的水湛蓝清澈，有不少人在泳池里游泳，也有人在泳池边晒太阳。这悠闲度假的感觉，与飞艇周围装配的数量繁多的武器相映，王霸之气迎面而来。

聂雍情不自禁地捏了捏下巴，和自己这狭窄的小飞艇相比，对面来的像是五星巨轮。

M军的旗帜印在椭圆形飞艇的下腹，仿佛就是专门用来让人仰望的。

"温心灵，他们说什么？"

"报告组长，他们禁止我们继续北上，提醒我们威胁到了阿拉斯加的安全，并说鹅兰娜战龙是无稽之谈。"温心灵大声说。

"这里是公海。"聂雍怒了，"当老子不懂地理吗？这地方离阿拉斯加还有十万八千里那么远！"

"没错，这里是公海。"温心灵的声音瞬间弱了下来，"但是他们的'自由之门'战斗群在下面航行，他们不会允许我们从他们的战斗群上空经过。"

"'自由之门'？"聂雍探头问，"那是什么？"

"那是M军的海上机密。"温心灵弱弱地说。

埃蒙特说："原来是'自由之门'，难怪了。"

"组长，我们绕行吧。"米旗说，"那是M国海军的至高机密，据说可以轻易摧毁整片大陆，谁也不知道具体是什么。"

"影子。"聂雍眯起眼问，"'自由之门'是什么？"

飘在聂雍身边，衣袍仿佛能传递出猎猎风声的影子似乎是犹豫了一下，才说："'自由之门'是一架拥有超级智脑的纳米原子模块武器，形态不定，它拥有几万套不同的塑形程序和物质组合程序，理论上可以形成已知的所有物质。M国本身对它也非常警惕，它拥有自由度极高的智脑，一直处于资料收集阶段，M军经常放它出来搜集不同人类的资料，关于'人类'的思维方式、反应能力和理解能力搜集得越多，它本身就越强大，是一台学习型的武器。纳米原子模块在组合成物质以及拆解物质变形的时候会释放出巨大的能量，它的能量来源于物质变换的能源储存，就像沈苍的'蓝翼'一样，是无限清洁能源。"

"'蓝翼'上使用的纳米原子模块不过是金属连接处很少的一点点。"埃蒙特耸了耸肩，"我开过那玩意儿，它像个涂着胶水的超薄折叠金属片，但是能量非常惊人，可以开超能武器。"

所以整体都是纳米原子模块的智能武器究竟拥有多大的能量谁也不知道。当年那小小的失去智脑的纳米原子模块能够辅助杀死B基地长，它蕴含的高能不知道起了多大作用。

"这个不知道是什么的'自由之门'对M国来说，就像Z国的沈苍一样。"聂雍恍然大悟，"只是沈苍是个人形，这玩意儿还不知道是什么对吧？它可能是一艘船，可能是支枪，也有可能是个人！"

"它也有可能隐蔽在伪生命体下，也就是说我们从局部基因也不一定辨认得出它是不是'自由之门'。"影子说，"它可能是一切。"

"我们甚至不知道它有多大。"埃蒙特吹了声口哨，"包括'自由之门'在这里航行的消息对整个世界来说都是个大消息了，奇怪，他们为什么会……咦？"埃蒙特突然醒悟，"组长，'自由之门'不可能无缘无故跑到太平洋战区来，这里不是他们的地盘，他们难道是也……"

"北美战区——或者说是M国人，也发现了塔黄岛沉没后出现的秘密。"聂雍接了话，"呸"了一声，"什么'鹅兰娜战龙是无稽之谈'，他们根本也是为了'深渊之眼'来的！"

"你猜他们知道不知道灰星的存在？"绿基脸色凝重，"我觉得就算我们现在转向，他们可能也不会希望有人放出'自由之门'的消息，他们吃定我们了！"

"打得动吗？"聂雍咬牙切齿，"正好我看他们也非常不顺眼。要不要来战？"

"转向！"埃蒙特不理他，直接对着温心灵喊。

绿基直接操作着另一艘飞艇转向了。

米旗和扁豆各自奔向各自飞艇的艇尾，拉起武器架，瞄准咄咄逼人的北美飞艇。

陇三翡盘着腿坐在甲板上，向对面瞧了两眼，摇了摇头："打不过。"

"打不过就快跑啊！"聂雍毫无什么"战至流尽最后一滴血"的气质，他说道，"温心灵在通信器里喊下哪位有异能能让飞艇加速的？快逃快逃！"

北美飞艇持续靠近，上面酷炫雪白的武器架缓缓转向，几个不同大小的炮口对准了东亚战区的两艘小飞艇。

"这是飞艇，又不是飞机！"埃蒙特咆哮，"它们的动力比我们强，常规武器的射程比我们远！有什么办法？"

"有谁有千里眼看一下他们的'自由之门'在哪里？"聂雍进了飞艇的船长室。温心灵刚刚操作飞艇转向，全速往南飞。只是这两艘东亚战区的常规小飞艇，一般只做辅助运输使用，根本不是战斗装备，无法和对方十倍体积的冰蓝飞艇相比。

不远处，北美的警告一条条发来，温心灵满头大汗，说道："他们说……他们说我们是间谍船，要侦察他们的'自由之门'，如果不立刻停船投降，就要把我们击毁。"

"刚才不是还说我们要进攻他们的阿拉斯加？难道是也觉得那个借口太扯，现在找了第二条理由？"聂雍破口大骂，"他们的'自由之门'在哪里？黑锅都背了，老子连一眼也没看到啊！"

"那里。"温心灵指了指飞艇的屏幕，一个明亮的光点正向己方飞来。

聂雍猛一抬头，只见白云之下一个背生双翼的乌发少女宛如花之精灵，自海面上徐徐飞来。

她扎着一双麻花辫，穿着一件再平常不过的一字肩沙滩裙子，纱织长裙如海天般蓝，随风飘飞。

她的身后有一双巨大的羽翼，正随着她的临近慢慢消散，化作星星点点的光斑。

那光斑并不是幻觉，正是金属碎屑在高能中燃烧发出的亮光。

但在聂雍眼中只看到一片闪烁的星光，只听得一声巨响，一个连他自己也不知道，却仿佛正是他期待中的长裙女孩破窗而入

无色合金碎屑四下炸开，聂雍跑到温心灵身前，将吓得快要昏死过去的兔子挡在身后，他震惊地看着这个撞破他半艘飞艇的"少女"。

这不是少女。

它是个……美式大规模杀伤性武器。

它不是人。

可是……可是心跳得如此剧烈，他手足无措，甚至不知道为什么。

他对眼前面无表情的"少女"一见钟情。

◯ 一百 自由之门

"自由之门"撞破了半艘飞艇。

温心灵紧急降低飞艇高度，在坠毁之前将高度拉到了海面上空五十米。飞艇上的士兵熟练地打开战斗服附带的滑翔飞翼，纷纷开溜。

一百来号滑翔翼在大海上空盘旋，不远处的北美飞艇开启了常规射击，不过东亚战区的士兵空中技巧娴熟，并没有人被那么遥远射来的子弹击中。

北美飞艇显然也只是以逼退为主，并没有真心要打。

摇摇欲坠的半艘飞艇里，信号接收器不断地闪烁，温心灵看着眼花缭乱的要爆表的M军信号，结结巴巴地翻译："组长，他们要我们投降……和'自由之门'一起在'北极熊号'全息甲板上着陆。"

正盯着眼前的"冰山美少女"的聂雍不死心地再确认了一次："这……这就是M军的'自由之门'？"

温心灵呆呆地看着长裙摇曳的女孩，说道："是的。"

好吧！老子还没开始暗恋就先失恋了！聂雍打起精神，反手拍了一下温心灵："你会用滑翔翼吗？"

"报告组长，会。"温心灵苦哈哈地说，"可是我不会游泳。"

不会游泳你还参加什么"深渊行动"？聂雍暴怒，对面那个表情比沈苍还冰冷的"自由之门"缓缓向他靠近了一步，身旁刀光一闪，陇三翡那没大脑的老道一刀就向"自由之门"砍去。

聂雍捂脸，简直不忍看，这智商……

破布刀一刀砍在"自由之门"肩上，"叮"的一声反弹，那"姑娘"果然刀枪不入。但"自由之门"并没有一巴掌将不自量力的老道拍成肉酱，只是非常迅速地观看了一下情况，在聂雍、温心灵和陇三翡三个男人的"众目睽睽"之下，陡然变化出了一件"东亚战区普通战斗队员队服"。

显眼的蓝色长裙瞬间消失，她的脸却没有变化，她根本没有理睬聂雍三人，对着自己撞开的破洞仰后一跃，那件明显伪造的队服瞬间打开一模一样的滑翔翼，她汇入了那一百多个战士空中滑翔的大军中，只一瞬间就消失不见了。

聂雍："……"

温心灵："……"

陇三翡："……"

三人面面相觑，M军发来的信号仍然爆表，但他们好像已经明白自己撞上的是一件什么事。

北美战区也许并不完全是在探查"深渊之门"。

他们也许是在追捕"自由之门"。

这样一个拥有超级智脑的、具备完全知识能力和常识，会学习和模仿的终极武器，这坐拥了一切的、还是无限清洁能源的终极武器为什么要听M国人的话？"她"显然不想听任何人的话，"她"是"自由之门"，所以给自己开了个后门，向着那荒野里无拘无束的自由一路狂奔而去……

也就是聂雍他们倒霉——几乎可以想象北美战区立刻会将弄丢"自由之门"的事栽赃在他们身上。他们首先是要袭击阿拉斯加，后来又变成了间谍船秘密侦察"自由之门"，最后"自由之门"丢失——这肯定与东亚战区的阴谋有着说不清道不明的联系啊！

用膝盖想也知道东亚战区要背黑锅，聂雍晕头转向地去和白璧连线了，这次是惹了多大的事呢？他不会引发了第四次世界大战吧？

就在大家风中凌乱的时候，北美飞艇终于追上了摇摇欲坠的东亚小飞艇。

一阵密集的枪声中，聂雍所乘坐的飞艇轰然坠毁，船上搭载着的，还没有开滑翔翼飞出去的陇三翡、温心灵、薇薇·夏洛特纷纷落海。北美飞艇的身躯临空飞过，投下巨大的阴影，宛如一艘来自未知的巨轮，紧接着第二艘、第三艘飞过……

密集的炮火轰向逃走的前一艘飞艇，毫无悬念——三分钟以后，漫天滑翔翼飞出，东亚战区第二艘小飞艇坠毁。

呛了一口怪味咸水的聂雍浮出海面，仰望着盘旋在低空中的北美飞艇，真切地感受到了什么叫蜉蝣撼大树。他满怀不忿，敌人近在眼前，却无法下手揍它的感觉真是糟透了。

不会游泳的温心灵在不远处扑腾，尖叫连连，仿佛下一秒就要淹死。陇三翡跟他旁边扑腾，也跟着尖叫连连。这该死的老道难道分不清楚什么时候作死什么时候真的要死吗？聂雍勃然大怒地向他们游过去，却在向下望去的时候，吓出了一身冷汗。

在深蓝的大海中，仅仅在七八米深的水下，一条巨大的影子在浅海层晃动。它并没有特意隐藏身体，但敏感的变色细胞让它完美地隐藏于海水之中，它身体周围遍布的那些纤长的棘刺——尤其是上次根本没看清楚的身体周围和尾部的棘刺是那么长而明显。

鹅兰娜战龙。

它从来没有远离过聂雍的飞艇。

在清澈的海水中，明亮的阳光下，全身舒展的鹅兰娜战龙其实不是四足动物，它长长的身体拥有六只巨爪。它的头部生有长刺，头部附近的棘刺极长极蓝，略有些像 Z 国龙的胡须——但它的棘刺是有毒的。

生满了棘突却依然光滑的蛇状身体两侧伸缩着纤细的棘刺，这是深海动物常见的棘刺，用于在没有阳光的环境下感知敌人和猎物。鹅兰娜战龙还拥有巨大的双眼，说明它视力极好，能捕捉最微弱的光线，它能用眼睛看见敌人还能用棘刺感知和攻击敌人——并且它是这样一个巨大的生物。

一个白色身影同样掠过水中。

薇薇·夏洛特。

她手握一把激光匕，朝着鹅兰娜战龙的后颈冲了过去。

在温心灵和陇三翡吓得哇哇乱叫的时候，这个总是没有什么存在感的软妹子不声不响地扑了上去。

鹅兰娜战龙对扑过来的弱小生物熟视无睹，只针对飞艇的某一部分碎片游去。

大概作死的埃蒙特偷来的蛋就在那部分残骸里。

聂雍摸出无刃激光匕，虽然明知无望，但在无处可逃的情况下，也只能和薇薇·夏洛特一样做奋力一搏。他也向着鹅兰娜战龙冲了过去。

另一道身影掠过面前，那是一道速度极快的蓝影。

鹅兰娜战龙速度渐快，它巨大的嘴已经含住了那块飞艇的残骸，巨大的水浪向四面八方排开，而薇薇·夏洛特刚刚追到它后颈，激光一闪——爆长的高能激光射入了它的后颈！

如果这是地球生物，无论是多大的动物，这么突然一击足以截断它的脊椎，造成致命伤。

但它不是。

鹅兰娜战龙的后颈处流出了一些黑色的血液，在海水中如浓烟般滚滚上升，并不能散逸在海水中。它含着飞艇残骸回过头来，盯住了薇薇·夏洛特，身上的颜色快速变化——由暗蓝转为鲜蓝，随即变为金属般的蓝绿色。

薇薇·夏洛特一击不中，从海水中倒游出去，她在水里简直是如鱼得水，腰肢一弹，自然而然就能在激荡的水流中进退自如。她缀满了蝴蝶结和蕾丝花边的白裙子在水中摇摆，与正从海中抬头的鹅兰娜战龙对峙，渺小得仿佛荒漠中的一粒沙。

那巨大的头颅从大海中升起，海水沿着皮肤哗哗而下，归回大海的声音震耳欲聋。

天空中的北美飞艇上隐约发出喊叫，显然对突然出现的巨兽震惊异常。

鹅兰娜战龙的大嘴里含着飞艇的碎片，"咯啦"一声，东亚飞艇的碎片在它嘴里彻底粉碎，最终剩下的只有一枚不大的白色龙蛋。那龙蛋居然如此坚固，比造飞艇的合金还硬。

海水中开始弥散一种荧光蓝色的物质，聂雍身上包裹着胶质的战队队服，但队服上的警示灯一直在闪烁——这东西有剧毒。并且他发现鹅兰娜战龙的剧毒只有在情绪高涨的时候才出现，也就是说，在它变成明亮蓝绿色的时候，身周才分泌出毒液。

薇薇·夏洛特右手紧握着一柄无刃激光匕，而在鹅兰娜战龙咬碎的那部分舱体内，一个棺材形状的东西掉了出来。

"威尔逊！"聂雍失声叫了起来。该死！威尔逊还在泡恢复剂，大家差点都把他忘了！透明的无色营养仓沉入大海，聂雍魂飞魄散，这里是深海，要是沉下去了，不要说找不到，可能沉没过程中的水压就足以把威尔逊压成威尔逊肉饼。他一着急，背后沉寂多时的神经兽突然蠢蠢欲动起来，一条肉色的触手探入水中，卷住了威尔逊的营养仓。

他这一动，原本正盯着薇薇·夏洛特的鹅兰娜战龙陡然转过头来，它那巨大的眼睛仿佛真的视野极宽，连水下这一点小动作都看得一清二楚。它身上的棘刺突然活跃起来，伸长又缩回、伸长又缩回……其中有一条很长的蓝色棘刺随水漂了过来，无声无息地刺向神经兽。

聂雍在水里看不清楚，神经兽并不知道"鹅兰娜战龙"是什么东西，它一直在休养自己受了重伤的身体，只是这次它的"宠物"情绪波动太大了，才探个头出来看看。它也没有自己的视神经，周围又没有可以利用的小生物，只能从聂雍的视角看东西，也没有看到那根要命的棘刺。

水中蓝影一闪，一个东西从中划过，鹅兰娜战龙偷袭的那根棘刺断开，散出一堆黑色浓烟状的血液。聂雍这才恍然大悟他差点被攻击了。神经兽吓了一大跳，将装着威尔逊的无色棺材往聂雍怀里一塞，瞬间又消失在聂雍的脊柱里。

危险！

在神经兽缩进脊柱的时候，聂雍忍不住全身起了一阵鸡皮疙瘩，它巨大的危机感影响到了他，导致再看到海水中那恐怖的生物时，全身都要发起抖来。

这么大的巨兽，它居然会偷袭。

乌托蓝说，来自"灰星"的原住民——他们叫它"赫拉特巨暴龙"的东西，是一种智慧生物，鹅兰娜战龙既然和它来自同一个地方，很可能也是。

聂雍盯着它的眼睛。

它绝对就是一种智慧生物。

它也正在评估、试探着眼前的形势，在思考究竟是进攻或是离开。

刚才划断鹅兰娜战龙的棘刺，救了聂雍一命的影子扭了几扭，灵活地出现在薇薇·夏洛特身边。她也半身出水，两个"美少女"并肩漂浮在海上，长发蜿蜒，背影婀娜，如果不是面对着鹅兰娜战龙，那真是好看极了。

那是"自由之门"！

聂雍完全不知道为什么她逃走了居然又绕了回来，但看到是她救了自己的时候，心中还是狠狠一跳。有这个全地球号称最强的战斗力，北美飞艇还在头上，我们和鹅兰娜战龙是不是可能有一搏之力？

"聂雍。"一个声音突然在耳边响起，聂雍头戴的通信器里，白璧柔和的声音说，"你往前一点，全球人类都正在收看北美'自由之门'和鹅兰娜战龙之间的战争。"

"啊？"聂雍震惊了，"什么？"

白璧的声音一如既往地好听且可恶至极，他说："网民对你给的视角不满意，他们想看'自由之门'的胸以及鹅兰娜战龙的牙。"

听到白璧声音的薇薇·夏洛特和抓住快淹死的温心灵的陇三翡都转过头来。他们都被白璧的无耻惊呆了，彻底清空了下限。

"北美战区刚才提交了报告说我们设计窃取了他们'自由之门'的核心机密。"白璧柔声说，"材料中还附带你们反馈给他们的信息，我方再三强调正在追踪鹅兰娜战龙，北美战区视而不见，并指责我方无中生有。所以，你说我们是不是要让全球网民亲眼见证一下，'自由之门'在哪里以及究竟谁在无中生有。"微微一顿，他赞叹道，"但'自由之门'居然选择拟态成这样一个好看的女孩，真不知道北美的'防御高级研究计划与人类增强局'到底做了什么……"

不管全球网民正陷入怎样的狂欢，对聂雍提供的视角多么不满，鹅兰娜战龙仰起头，对准半空中的北美飞艇喷出一口蓝色毒液。它口中的那颗龙蛋不知道什么时候又被藏入了皮肤褶皱，网上正因为没看到过程而疯狂吐槽。

北美飞艇猛地拉升高度，目标飞艇急绕了一个近乎九十度的弯，险险避开那口毒液。

空中转圈的滑翔翼纷纷往远处飞去，东亚战区总部和北美战区总部同时收到了数不清的情报信息和求援信号。

在不被允许使用高能武器的禁区，北美飞艇只能快速拉升高度，并同时洒落防御泡沫，用来迷惑鹅兰娜战龙的视野。负责追捕"自由之门"的北美战队队员乔治正在飞艇的游泳池里游泳，本来"自由之门"出逃也不是第一次了，现在的她并没有被装载高级武器程序，太平洋战区没有账号根本无法连接虚拟网，所以抓捕"自由之门"对乔治而言本来不是太难的任务。

这任务本来的难点在于辨认谁才是"自由之门"，因其擅长变形。

但这次出逃的"自由之门"一直没有太大程度的变形，乔治已经是第三次抓她了，他知道她的一切。

但乔治从来没有想过会在太平洋遭遇鹅兰娜战龙。

不是教科书上的、关于鹅兰娜海国的历史故事，也不是流传的，关于东亚"黄金猎人"陇玉知的英雄故事。

不是战龙公园博物馆里的那庞大的骨骼，是一只活生生的甚至比记载还要庞大的超级生物。

他毫不怀疑自己在它抬起的头、睁开的眼睛里看到了思维。

这是一个拥有智慧的超级生命，而北美飞艇飞到了它的头顶上。

通信器里突然传来长官惊天动地的咆哮："乔治！你在干什么？屏蔽一切通信信号，东亚人在直播鹅兰娜战龙和我们的'自由之门'！屏蔽一切信号！绝不能让其他国家知道'自由之门'的秘密，包括鹅兰娜战龙出现的……"

"哗"的一声巨响，鹅兰娜战龙跃海而出。

乔治惊骇地看着它在紫红太阳下熠熠生辉的蓝色身影，他只来得及握住武器架对鹅兰娜战龙射出一炮。

"轰"的一声，穿甲弹击中鹅兰娜战龙的身体，弹片飞射，也有几片削开了它的棘皮，但没有造成太大伤害。

"砰"的一声，北美飞艇被跃海而出，重重坠落的战龙身躯压住了，只一瞬间，搭载着四百号人，其中不乏军官和美人的冰川蓝色飞艇随战龙一起没入大海。

巨大的水花和泡沫之后，大海上显示出一个不大不小的漩涡，受伤的北美士兵在漩涡中挣扎。聂雍正要游过去救人，突然海中一个庞然大物急剧上浮，只听"轰"的一声水墙再度袭来，鹅兰娜战龙趴在完好的北美飞艇背上浮出了海面。

周围漂浮的幸存者被水墙冲得七零八落。

北美飞艇质量极好，其中漂浮结构非常稳定，虽然受到了重击也没有完全崩坏。

长长的鹅兰娜战龙就将那艘飞艇当作了浮木，自己静静地趴在上面，用警惕的眼神看着海面上这许许多多的小东西。

① 一百零一 杀龙

激荡的海水将聂雍冲出去老远，鹅兰娜战龙首先针对北美飞艇发难，显而易见是因为它看起来比较大。海面上的"自由之门"和薇薇·夏洛特被水流分开，薇薇·夏洛特刚才对鹅兰娜战龙的后颈一击没有奏效，正歪着头看着眼前的巨兽。

无刃激光匕已经激发，她可能想出了新的攻击方式。

而"自由之门"向后急退，她背后陡然伸展出长长的双翼，平铺在海面上，从北美飞艇上摔下来的幸存者纷纷爬到她的双翼上。聂雍惊叹地看着这种盛况。"自由之门"打开了近十米长的双翼，那双翼仍然在继续生长伸长，越来越趋于透明化，但双翼上挂满了 M 军大汉，她居然就这样缓缓地从海里……升起来了。

她的上升并非基于双翼，而更像是有什么东西把她从海里慢慢地往上拉。

聂雍猛然抬头，一架体积比刚才的北美飞艇还大的航空器突破云层，缓缓出现在"自由之门"上空。

那不是飞艇。

那是一艘呈现蝎子模样的白色航空器，航空器两侧缀满了无色晶状体，在阳光下熠熠生辉。而"蝎子"的尾部是一架巨大的发射器，发射的绝不是太平洋战区所允许的常规武器。那发射架的体积非常大，在发射架的下方并排排列着三艘"信天翁"无人战机。

"信天翁"远程侦察无人机是 M 国"全球鹰"序列的最新版，随着垫伏的白色航空器暴露现身，另一艘红色的隐形飞船也缓缓现身——它是一艘标准舰船，形状和海上战舰一模一样，只是体积大了不少，人们仰头就可以看见它巨大的龙骨。

这也说明这东西随时可以海上作战，不像对面的白色航空器，显然必须停留在空中。

"M 国的'银之天蝎'和 Z 国的'红烬'。"影子的声音突然响起，十分低沉，聂雍听得出他自制中的紧张和兴奋，"军方制式装备，指挥舰级别，果然鹅兰娜战龙的出现终于引起了某些人的重视。"

所谓 Z 国的"红烬"隐形指挥舰到底是什么，聂雍自然不懂，但这东西显然不知道什么时候就跟踪在他身后，周围盘旋的滑翔翼纷纷向它靠拢，它也伸出悬梯，将自己人拉了上去。

而对方的"银之天蝎"显然是"自由之门"的标配。

"自由之门"拉着一根看不见的隐形缆绳被"银之天蝎"慢慢提起，她身上挂满了士兵，但双翼并没有扭曲弯折。剩下的两艘飞艇悬停在"银之天蝎"的下方，随时提防着鹅兰娜战龙再度发难。

鹅兰娜战龙也被这突如其来的一幕弄蒙了，它眯着大眼睛看着突然出现的两个新敌人，第一次面对着故人张开了嘴。这还是聂雍第一次清楚地看见它张嘴，它的嘴里满是獠牙，都呈现褐黄色。这种东西在灰星上不知道以什么为生。伴随着它张嘴，咽喉深处一个像巨大的夹子模样的东西猛地弹了出来，向半空中的"自由之门"夹去。

那长满了倒钩相当像捕蝇草的"夹子"喷出一股深蓝色的浓烟，虽然没有火光，但巨龙喷烟的模样仍旧令人感到震撼，仿佛神兽魔化，时光倒转一般。

在鹅兰娜战龙仰头张嘴的一刻，薇薇·夏洛特已经不见了踪影。聂雍心里一动，神经兽猛然为他转移了视野，只见海下两道人影游鱼般接近鹅兰娜战龙的下半身——它的前肢趴在北美飞艇上，四只后肢沉在海中。只见两人配合默契，左右一刀各自斩在了鹅兰娜战龙的一只后爪上！

而聂雍的视野仍然在前进——他现在被转移到了温心灵的视角。陇三翡背着他向着鹅兰娜战龙奋勇前进，温心灵的尖叫声不绝于耳。水下快若闪电的两人一起出手，在鹅兰娜战龙的两只后爪上留下了极深的伤痕，浓烟般的黑血在海水中弥漫。那两人简直像心有灵犀，双双再斩，鹅兰娜战龙的两只后爪抽搐了一下，齐齐断开。那正在水面攻击"银之天蝎"和"红烬"的鹅兰娜战龙的喉夹刚刚夹住"自由之门"，"自由之门"纤细的手腕一翻，直接揪住喉夹，将它一把揿断。

黑血喷出，落在"自由之门"身上——如果是个真人，说不定已经中毒身亡或深受腐蚀，但她不是人。

揿断喉夹之后，"自由之门"双翼徐徐升起，从她背后脱落。她雪白好看的手指一握，一拳往鹅兰娜战龙头上砸落。

而这时鹅兰娜战龙刚刚被乌托蓝和薇薇·夏洛特斩断了两只后爪，正在痛彻心扉，一晃神发现喉夹也没了，受了重伤，终于"昂"的一声，首次发出了嚎叫。

战龙的声音非常古怪，就像疾风吹过窗缝发出来的啸声，似乎只是剧烈的气流流过它的咽喉，而它的"声带"或者是没有发育，或者是传播声音的方式和地球不同，并没有带来巨大的声响。

嚎叫过后，"自由之门"一拳砸落，那拳头落下的地方形成了奇怪的漩涡，仿佛着力点的温度和气压产生了变化。"银之天蝎"上闪烁了一道光芒，"自由之门"拳头上的漩涡突然消失，鹅兰娜战龙将她一下叼进了嘴里。

而聂雍的视野再次跳转，看到温心灵吓晕了过去，闭上了眼睛。神经兽的微神经终于追上陇三翡，聂雍的视野跳转到了陇三翡身上。陇三翡终于从海面跃起，他这一跃让聂雍感觉到之前他似乎一直在海面上疾驰——难道世上真的有人能"水上漂"？

跃起的陇三翡跳得非常高，聂雍感觉到一股轻盈的上抛力充盈着全身，跳起的感觉非常舒服，不由自主地，他跟着模仿了一下。

"哗"的一声，他突然破水而出，往高处弹起。手里装着威尔逊的营养仓突然掉落，他吓得大叫一声，重重摔下，手忙脚乱地将差点沉入无边海底的水晶棺，哦不，是营养仓，捞了回来。

跃起的陇三翡侧头扫了突然飞起的聂雍一眼。对面叼住"自由之门"的鹅兰娜战龙将她高高甩起，没有受伤的巨爪抬起，重重将她击飞。而陇三翡正借助这个空当，破布刀一往无前一挥，只见一道眼熟的浓雾和光亮乍现，一声巨响，空气中火光燃起，光线骤然扭曲，一道巨大的伤口出现在鹅兰娜战龙腹部。

空间光裂术！

不！还不是！陇三翡的一刀并没能划开空间，但他突破了音障，被止于光障之前，但那几乎突破时空的高速仍然让空间起了巨大的震荡。

几乎破开空间的巨大能量在那战龙腹部开了一个洞，伤口有一部分化为了飞灰，陇三翡第二刀挥出，鹅兰娜战龙从中断开，开始坠海。

"哦！NO！"半空中传来 M 国人懊恼的惊呼，"银之天蝎"弹射出一张巨网，将鹅兰娜战龙断开的上半身接住，银白色飞船陡然转向，急速飞走。

一直无声无息的"红烬"也有了相同的行动，他们截住了鹅兰娜战龙的下半身，但同时发来了黑色警报："战斗相关人员立刻撤离现场、战斗相关人员立刻撤离现场，检测到空间暴动，检测到空间暴动！"

被陇三翡的破空一刀震荡的空间正在崩溃，浓雾席卷了整片区域，闪电和火焰不停地从浓雾中迸发，随即那团浓雾越来越大、越来越浓，交织的电荷清晰得仅凭肉眼就可以看见。

还抱着威尔逊的营养仓泡在水里的聂雍、根本就在浓雾中心区的陇三翡和温心灵以及不知道从水里浮起来没有的乌托蓝和薇薇·夏洛特很快被包围在了巨大的浓雾区内。

浓雾中刺鼻的气味扑面而来，电闪雷鸣，一片漆黑，宛如世界末日。

聂雍划着水，不知道发生了什么事，身周充满了扭曲和模糊的光，他似乎并不在空气中，而是进入了一团柔软的"啫喱"，"啫喱"中包含着许多形态和色彩，他摸到了一些，却不能看见。

那团扭动着的变化的"啫喱"包裹着他，正在将他扭曲着，巨大的力从四面八方而来，仿佛上一刻要将他碾成面饼，下一刻就要将他筛成渣子。

他也似乎随着"啫喱"正在被分成千千万万或者上亿个渣子……

"砰"的一声，一个人影撞了过来，聂雍抓住了一个人。

柔软细小的手掌。

一个女孩，他想。

然后思维就消失了。

在全世界网民的眼中，太平洋上空的鹅兰娜战龙和"自由之门"之战结束得简直莫名其妙。"自由之门"是个美少女也就算了，"银之天蝎"这样级别的指挥舰都出现了，居然没有对鹅兰娜战龙发出一枪一炮？"自由之门"似乎没有丝毫火力，面对着巨大的战龙居然是赤手空拳进行搏斗。

即使她展现了非凡的变形能力，那也和传说中的"大规模杀伤性武器""能摧毁一块大陆"或"能秒杀一个国家"的传言相去甚远。

而素有神秘之称的Z国，派出了"红烬"，居然也没有向巨龙发起攻击。

对巨龙造成致命一击的居然是反联盟主义者！

而且那个反联盟使用的是什么技能？是新异能吗？怎么从来没有见过？联盟放心拥有这样能力的人流落在外不受控制？这个人究竟为什么和联盟合作？

联盟和反联盟之间的关系真的像宣传所说的那么差吗？其中有没有

存在内部交易或黑幕？我们的联盟还安全吗？沈苍呢？

为什么鹅兰娜战龙出现了，沈苍却不在东亚战区的追踪小队里？

为什么反联盟的异术一出现，屏幕就突然黑屏，什么都看不见了？肯定是政府对网络自由进行了非法干涉！

一瞬间，网络上针对这次事件的质疑和攻击层出不穷。

大家都保存了部分视频，各种各样的分析随着视频的流出越来越热闹。

白璧坐在 B 基地的基地长室内，摸着自己银白的长发，静静地看着事态正在失控。

而同样在千里之外，战龙公园的洛里颂目不转睛地看着这段视频的每一帧画面，看到陇三翡劈出的那一刀，他的整个脸色都变了。

虽然陇三翡未能撕裂空间，但那就是"空间光裂术"的雏形——那说明什么呢？还有一个人可能拥有这种奇异的能量！这种力量果然是可以传播的！它不是沈苍一个人独有的！洛里颂全身都涌起了狂热的红色，两眼熠熠生辉，立刻给木莓·西西打了个电话。

① 一百零二 羽翼

当聂雍醒来的时候，他好像躺在一片羽毛上。

他坐起身来的时候，身下是一片雪白的羽翼，密密麻麻的羽绒，柔软得犹如初雪，有一点点扎人，却触手温暖。

迎面吹来的是微风，他正在天空中……飞？

聂雍猛地瞪大了眼睛，惊愕地看着眼前的一切。

他的确在飞，高度很高。他正在飞越一座山峰，还看得到山巅上皑皑的白雪。

铺在身下的是一片范围极大的白色羽翼，他坐在上面放眼望去，这一对羽翼翼展仿佛已经达到二十米，像是一片柔软的地面。而双翼之下，一个意料之外却又是意料之中的人正在滑翔。

正是"自由之门"。

她滑翔得极慢，姿态优美婀娜，宛如神迹。

聂雍在心里呻吟了一声，这简直是……不行，她是个机器人……她只是台电脑……虽然长得好看，但都是假的！

"你醒了？"一个温柔的少女声音在他耳边响起，吓得聂雍差点从羽翼上栽下去。

"你是谁？"聂雍心神不定地问。

"自由之门。"女孩说，"你可以叫我濛。"

一台机器人要自称"萌"什么的，感觉真是……一言难尽。聂雍苦笑一声："小萌你好，我们现在在哪里？发生了什么事？"

"我不知道我们在哪里。"濛说，"发生了一些智脑无法解析的事，这里是一个新的空间，空气成分和地球不一样，氧气的成分更高，泥土没有被放射性粉尘破坏，地上遍布着植物。"她微微一顿，"这里没有人类。"

"和我在一起的……"聂雍陡然发现影子不见了，那个一直沉默、安静地跟在身后的"解说控"消失了，难道是在这个地方并没有信号源？

"和我在一起的那个人呢？"他对着濛比画，"袖子宽宽的，看不清楚脸的，那个我的同伴是什么时候消失的？"

濛正向着远处的一座山丘滑翔下降，问道："你是说拜慈·歇兰费罗？他……"

"你说什么？"聂雍震惊了，"拜慈·歇兰费罗？他是拜慈·歇兰费罗？"他从来没有想过影子是拜慈·歇兰费罗，因为他从一开始就问过他是不是拜慈，而影子斩钉截铁地否认了。

他相信影子。

但影子如此神秘莫测，他拥有难以想象的计算能力，熟悉联盟国家战队，是一个全知全能的科学家，还是一个高段机甲师……他在 BUC 工厂的废墟里出现，对 BUC 的一切那么了解，他是拜慈·歇兰费罗最合理不过。

可是他为什么不承认？

"拜慈·歇兰费罗是当今世界上最好的人体电脑。"濛说，"我的智脑是一台量子电脑，而他是一台活生生的 DNA 电脑。在联盟国家战队的档案中，他的任务完成率接近百分百，是排名最高的一个。"

"你好像对他很熟悉？"聂雍压抑着自己震惊又混乱的心情说道。

拜慈·歇兰费罗，那个战死的小屁孩周梓磐的偶像。可是他完全感觉不出来影子像什么"伟大的联邦斗士、高贵的世界设计师、无敌的斗兽场之王、最纯洁的国家战队英雄"。

　　影子总像是有很多心事，很多时候欲言又止。

　　"我对这个世界上的一切都很熟悉。"濛回答，"拜慈是我很多年的朋友，从我诞生的那一刻起，他就是我的老师。"

　　聂雍真心跪了——如果说上一秒他还感受不到什么叫"高贵的世界设计师"，这一秒他就五体投地地感受到了。这就是说从"自由之门"制造出来的那一天开始，影子就黑进了人家的系统，带坏了人家的娃！怪不得根正苗红的M国英雄拟态出来一张东方小姑娘的脸，还一直想从自己基地出逃；怪不得北美战区坐拥这款能和沈苍匹敌的大规模杀伤性武器，却一直秘而不宣不能使用，甚至没有给她使用高等武器的权限。

　　"但我已经和拜慈断开联系九年七个月零五天了。"濛说，"他好像出了什么事，主动断开了和我的联系。我知道他退出战队去了一家生物公司，但他具体做的事我无法解码，刚才在你身边看到他，我很高兴。"她的语气听起来好像也有点开心，不知道是什么程序这么强大，能让一个机器人这么像人。

　　"这就是你逃走了以后，又突然返回的原因吗？"聂雍叹了口气，"我一直不知道他就是拜慈·歇兰费罗，你知道我看不到他的脸，也分辨不了他的声音。我们都不知道他是拜慈，他……他是个很好的朋友。"想到影子给他的种种帮助，聂雍非常感慨，他总是在怀疑影子另有目的，但事实一次又一次地证明他并没有，这也让聂雍非常愧疚。

　　"他……"濛迟疑道，"他的想法我并不理解。"她也不否认自己的缺点，"有时候人类的想法太过复杂，我还需要学习。"她正在向山丘靠近，说道，"拜慈说过，即使生物技术能从电子层面完全模拟人脑，也只有电脑学会了足够的'常识'，能产生'妒忌''偏好''独占欲'和'悲观'等情绪的时候，才能产生真正的自我。现在的我并不能理解什么是'妒忌'。"

听完这段话，聂雍感觉到自己好像又重新失恋了一次。

"和我一起被那团浓雾罩住的人呢？"他转移了话题。

"他们掉进了蓝洞。"濛说。

"什么'蓝洞'？"聂雍头晕目眩，觉得这个名字有点耳熟。

"我们穿过了维度壁，突然到达了另一个地方。"濛说，"也是一片海洋，海水的盐分和温度低于地球的海洋，海水并不深，但我探测到很多巨大的生命体，于是紧急起飞。"她停了一下，说道，"你一直抓着我的手不放。"从穿越维度壁的时候开始，她偶然撞到了聂雍，聂雍就一直抓着她不放。

所以原来不是你从千万人当中特地选择了我，而是我走了狗屎运紧紧抓住了你的手吗？聂雍苦笑："所以我就挂在了你的羽翼上？"

濛不否认，她并不是特地要救聂雍，但是也不反对顺便救了聂雍。

"你既然知道这里有个'蓝洞'，难道还不知道这里是什么地方？"聂雍探头看着下面的山丘，那山丘上一片青绿，和地球上满目狂沙相比真是亲切极了，说道，"这不会是个小秘境，或者是仙人遗府吧？"

濛回答："我们并没有穿越进古小说，这里可能是存在于第四维的地球伴星。'蓝洞'指的是岛屿或浅滩上直通海洋的巨大隧道，刚才我们摔进了浅滩，你的朋友们掉进了蓝洞，而我们起飞了。"

她居然知道什么是"小秘境"和"仙人遗府"！聂雍大吃一惊，说道："他们沉进了海里？对了！还有威尔逊呢？"他被"美色"迷惑，这才想起来一直抱在手里的威尔逊的营养仓不见了，难道也沉进了海里？

"威尔逊？"濛回答，"营养仓在穿越维度的时候被撕碎了，到达的时候，没有发现名为'威尔逊'的人类。"

这是说……威尔逊……死在了传送的路上？聂雍不可置信地望着身下的大陆，这片奇异的新世界只打开了一条缝隙，就杀死了威尔逊？不会吧……威尔逊还有个女儿等着他回去。

青绿色的山丘近在咫尺，濛的羽翼在缓缓缩小，最终消失不见。聂雍和她一起落在一片青色的长满了苔藓类植物的碎石上，漫天燃烧的金属碎屑在发光，就像漫天飘落的星光。濛蹲下身拾起了一块青色苔藓，静静地凝视着那片微小的丛林。

一滴微妙的凝雾沾染在青色苔藓的一角，空气中有潮湿的清香。

"这种感觉……就叫作喜欢吗？"她的手掌上生成了四方形的水晶盒子，将那块苔藓封存了起来，收进了自己的身体。

聂雍看着她笑道："我不知道什么叫喜欢，只觉得你刚才的样子好看得要命。"

濛微微一笑："你的心跳很快，血管扩张，血压升高。"她指了指自己的耳朵，"我听得见你的心跳。"

聂雍的老脸涨得通红，感觉老天连块遮羞布也没给他留下。

幸好濛并没有继续分析他心跳加速、血压升高的原因。这座山丘并不高，山顶是一些砾石，在一百多米的砾石下面有一些稀疏的树林。那些树木的样子濛和聂雍都没见过，而濛选择在这里降落的理由是这里没有巨兽。

她感觉到了周围有许多"巨大的生命体"，而只有这个山丘附近没有。

这如果就是姆姆人与之交易的那个"灰星"，那么这里肯定有土著智慧生物，比如那种橡皮擦怪——又被叫作"赫拉特巨暴龙"的怪物。聂雍直觉这种没有野怪出没的地点可能不是什么好地方，但四周并没有什么山洞、湖泊、瀑布或矿石之类的经常埋伏怪物的地点，也并不万籁俱寂，砾石下面的树林里有一些窸窸窣窣的声音，仿佛有一些矮小的生物在走动。

濛开启了探测波，一道眼熟的红色探测波往树林深处射去。聂雍觉得这很像影子经常弄的那种，忍不住多看了濛两眼。他觉得她有一些神似影子，是一个面无表情、无所不知的完美的解说器，唯一不同的好像是影子不能打，而她能打。

但也有不同的地方。

影子总是有许多克制和隐忍，他并不是真的毫无感情，但濛可能是的。

她和沈苍也有一点像，他们都不甘心于做一个牵线木偶般的人形武器。沈苍一直坚守着他是一个人，无论身躯已经如何改变，他和他的意志从未变过。而濛说她在寻找她的"自我"。

仿佛一样东西的能力越过了终极，就必然拥有灵魂。信仰、意志、自我、灵魂……都是无法被毁灭的，这个宇宙中最神秘的存在。

红光的范围变大，而后缓缓消失，濛皱起了眉头，将她扫描到的画面播放了出来。

"树林"是一些双色植物，叶片的正面呈现绿色，背面呈现鲜艳的蓝色，在蓝色的背面有明显的卵形排列，一颗一颗半透明的黄色圆卵整齐地在叶子背面排列成两列，看起来炫目又恶心。

"这是什么东西的卵？"聂雍被吓出了一身冷汗。这些植物不算太大，但也不小，叶片都在三米以上的高处，每一片叶片也都有一米来长，虽然不是几百米高的参天巨木，但这么四五米高的植物有一米多长的叶子，叶子后面还长满了黄色的有手指大小的圆卵，也太恶心了，这得有多少虫子在这里下蛋？

"这不是卵。"濛轻声说，"这可能是孢子。"

"哈？"早就把生物知识还给老师的聂雍问，"包子？"植物上还长包子？

"孢子植物，这些黄色的是植物的卵。"濛虽然解释了那是植物，却仍然很慎重，说话很轻，"这些植物可能有毒，但我要让你看的是地上。"

一大片双色孢子植物下面是一片厚重的青苔，那些青苔比聂雍见过的长很多，而在青苔中间有一些绿色带斑点的球状物。

它们数量非常多，就濛拍摄的这一小片树林里，地上就有数百个之多。

球状物和足球差不多大小，有些已经破了，一些蓝绿双色的小生物在地上爬行。

那是一些……湿漉漉的鳗鱼？

那的确是一些很像鳗鱼的，全身沾满了黏液的小生物，没有脚，刚破壳而出的时候五十厘米左右。它们似乎也不算太有智慧，只是漫无目的地爬动，或者卷曲着尾巴。刚才树林里的声音就是这些东西发出的，而树林里只有这些，并没有其他生物。

一种极其不妙的感觉袭来，聂雍倒吸了一口气："小萌，这好像是个幼儿园，这些成千上万的是蛇吗？它们……它们吃不吃人？"

"数据库里不能显示它是什么生物。"濛回答。这回答和影子太像了，聂雍心里一跳，模模糊糊的总有一种影子还在身边的感觉。

而古怪的矮树林里突然有了巨大的动静，半空中——就在聂雍和濛的眼前——一条动车般大小的像是"金凤凰"和"蓝海豚"串联起来那么长的彩色巨鳗突然带着巨大的水流"哗啦"一声落在满是怪卵和小鳗鱼的青苔上。满地的青色怪卵被它压破了不少，但它毫不在乎，径直向其中一丛怪卵游去。

它的出现带来了巨大的水流，奔腾的水流冲袭着整片树林，有些"小鳗鱼"就随水流走了，而双色植物肉眼可见地伸展着，舒张着叶子。

"哗啦"又一声巨响，另一条巨鳗出现在不远处，带来了另一股大水，树林顷刻间成了河流。两条巨鳗相见，毫不犹豫地彼此冲击，张开满是獠牙的大口彼此厮杀，庞大的身躯翻滚之间，满地的卵纷纷碎裂，未出壳的"小鳗鱼"死于非命。

聂雍目瞪口呆……这种新型龙王降雨，还能不能再奇葩一点……还有他立刻理解为什么这玩意儿要下这么多蛋——不生这么多根本不够它们的熊父母折腾啊！这两只能长这么大不容易，就不要再互相伤害了吧！

"这里存在第四维空间法则。"濛轻声说，"距离对这里的生物来说不是问题，它们好像可以随意穿越任何空间。"

鳗鱼样的巨兽显然是水生物，它们却为了保护自己的卵将卵产在树林里，而"小鳗鱼"长大到一定的程度也能自己打开空间返回水里。第四维穿越在这里的生物身上是一种本能。

聂雍和濛互视一眼——他们同时想到在这个地方，速度不再是制胜的关键。拥有更强的能量更快的速度在地球上是克敌制胜的不二法门，但这个星球上的敌人却能瞬间消失，出现在别的地方。这有多可怕暂时还无法估计，但像濛这样只针对地球战争而设计的机器人将受到极大的压制。

这片巨鳗产卵地非常危险，时不时会有巨鳗返回照顾自己的幼崽，它们并不是高级智慧生物，但濛和聂雍仍然选择快速离开这里。

两列火车打起来也是惊天动地，一不小心就要让你分分钟成肉渣的。

在这种鬼地方，挂了半个外挂的三翡老道和一无是处的温心灵小兔子他们怎么样了？揪着濛的翅膀再次起飞的聂雍无比发愁，原本他还不太担心，觉得以能半开外挂的三翡和乌托蓝、薇薇·夏洛特这些凶残人士的能耐，在这个好像还不是太开化的星球上生存应该不难。

但现实远比估计更残酷。

这些东西要是通过"深渊之门"进入了地球，还拥有第四维能力吗？

"哦！洛里颂宝贝儿，我们医院刚刚检测到有人在太平洋战区引发了时空暴动，不会是你把事情搞砸了吧？"木莓·西西一接到洛里颂的语音就笑了，"说吧，需要我帮你做点什么？"

"我发现了另一个高能者。"洛里颂声音沙哑地说，"证明这种能把物质还原成'唯一粒子'的强大能量是可以获得的，不管是遗传或是怎么样，你必须早早给我弄出来！沈苍不是世界上唯一的，弄死他也没关系。"

"这么好看的男人，我怎么舍得弄死。"木莓·西西笑吟吟地说，"他的实验进展不快，光是分析他身上有多少种基因和成分就累死我了，我们有十七个小妹妹想生他的孩子，而内子宫因为高度排斥，一直没有成功。但我的确没有检测到一丝一毫像你所说的'超高能量'，没有任何能够存储能量的器官或零件，相信我，是零。"

"我们必须得到这个。"洛里颂放缓了声音，"木莓·西西，既然你已经知道我们在和灰星谈判，就知道地球岌岌可危，人类正在灭绝。而伴星人已经找到进入地球的通道，伴星人拥有比我们强健得多的身体。我们发展了高科技，却不愿意向最终科技进步，而伴星人的历史促使他们选择发展肉体——在战争和毁灭中，人类无法和伴星人匹敌——一旦爆发双星之战，地球必然毁灭。"

"呵呵，我听不懂啊，洛里颂议长。"木莓·西西并不着急，仍然笑嘻嘻地回答，"你代表姆姆人做出的选择是什么？"

"人类在发展进化的道路上选择的是抛弃肉体，依赖科技，我们的大脑领先我们的身体几百倍。"洛里颂回答，"我们姆姆人拥有地球上最先进的大脑，应该是进化最快、最优秀和最值得追随的人种，那些无知的原始人居然认为我们带有病毒，想要将我们赶尽杀绝。他们看不起我们的肉体，却不知道，完全抛弃肉体，将思维和意志从肉体中解放出来，才是人类真正的发展方向。我希望能将人类的肉体彻底电子化，可以突破虚拟网与非虚拟网的界限，我们可以同时存在于现实空间、数据空间和多维空间内，不去与伴星人争夺空间和食物。"

"你要把人体彻底变成电子流？"木莓·西西听到这个伟大的构想也是吃了一惊，问道，"将所有地球人电子化？"

"是的。"洛里颂阴森森地说，"当我们都电子化之后，姆姆人能成为王者，能让那些看不起我们的原始人成为我们的食物和奴仆。"

木莓·西西目瞪口呆，但作为行动不便的姆姆人，长期以脑电波交流和工作，她对这样的未来也有些期待。她说道："哦！听起来不错。你已经找到了把人类彻底电子化的办法？这和你与伴星人谈判有什么关系？"

洛里颂冷笑一声，并不回答她的问题，只是说："你尽快帮我把实验做出来。"

他需要能源，和地球上一切能源都不相同的、能将万物回归于原始的、强大无比的力量。

而在 B 基地，一身银色军装的叶甫根尼待在白璧的办公室内。

"你究竟在计划什么？"叶甫根尼端着一杯人造咖啡。而白璧桌上摆着一杯真正的古董咖啡。

两种咖啡的香味袅袅交汇在一起，微酸半苦。

"你认为有什么？"白璧背对着叶甫根尼，铺了一背的银色卷发在微黄的灯光下闪闪发光，煞是好看。

"你把我留在基地，把他们全部派出去，难道不是因为另有计划？"叶甫根尼说，"虽然风传你是个不负责任的人，我也不明白为什么让你担任 B 基地基地长，但既然你来了，我宁愿相信一切都有理由。"他的衣领解开了一粒扣子，看起来不像沈苍那么冰冷而禁欲。

"我把他们都派出去，是因为他们不听话。"白璧说，"留你下来，是因为你听话。"

叶甫根尼怔了一下。

白璧转了过来，说道："你来得正好，这是我一直在监控的一组数据。"

一张与房间地面等大的图表随着白璧那一转浮现在半空，白璧和叶甫根尼一起被全息图表的微光笼罩。叶甫根尼发现这是一张最新的全球地图，被塔黄岛沉没事件摧毁的局部海岸线都显示在地图上，地图遍布着不同颜色的光点，密密麻麻，因太过集中而令人头晕目眩。

"黄色的图块表示被变异兽、基因兽和不可控疫病侵袭的城市，称为非生存区，仅仅在亚洲就有一百三十九个。"白璧说，"加上无生命区、封锁区、被雇佣军和变异兽占领的割裂区，人类能正常生存的区域近十年来缩小了百分之三十一，人口数量急剧下降，一个世纪前人口数高达七十四亿，到今年全球人口数三十三亿，新生儿变异率百分之十二，其中出现生存不利变异如无眼症、无脑症之类占变异新生儿的百分之九十九以上，自然人降生率极低……这意味什么呢？"

"意味着人类要灭绝吗？"叶甫根尼回答，"但……地球生态已经崩溃，我们又能做什么呢？"

"人类正在灭绝，人类也正在变异。"白璧说，"我们的基因在寻找新的生存方式，即使我们什么也不做，几万年后，新的生命也会看到一条人类全新的进化道路——即使那个时候，我们并不叫作'人类'。"

叶甫根尼扬了扬眉："你是叫我来谈什么？既然我们什么都不必做，只需要坐着等——以我们的自然寿命也看不到任何结果,你让我看什么？"

"黄色的区域正在急剧扩大，突破了数据模型的上限，"白璧说，"其中出现了人为干预，这些黄色区域正在连接，你看。"他的手指沿着几个非生存区或封锁区划过，"它们彼此连接，将这片人类生活区和这片人类生活区割裂，其他地方也正在发生同样的事，以这样的速度，不到十年，全球人类生活区域将被分割成十座孤岛，并且这些孤岛之间通信与能源将无法沟通。"白璧的手指在他预计的那些"孤岛"上点了几下，"这些地点是经过精心挑选的，鹅兰娜海国远离大陆，姆姆人高度特化，他们依赖虚拟网，身体对生活质量要求极低。而这片区域是Z国京城，包含了周围关联紧密的二级城市，这些地方人口密集，对生活质量要求极高，他们正在发展蔬菜工厂、蘑菇工厂……能源消耗极高，自然人居多，对变异人普遍不友好。这个地点是独角兽雇佣军主要占领地北极森林，他们都是变异人种，武器工业极其发达，本身不从事任何生产，从东亚和美洲进口所有食物……这些生活区条件完全不同。"

叶甫根尼沉吟了一会儿，说道："这些地方的生存方式和历史文化完全不同，你是说有人刻意将这些地方割裂开来，让他们彼此孤立，为什么？"

"有人在干预人类进化的进程。"白璧说，"将特化的种群挑选出来，让他们在'孤岛'上继续进化，进化出不同的亚种，最终选择出'最好的'。"他轻轻咳嗽了一声，"暂时并没有证据——但数据流一直在提醒我一切并不正常，变化一再突破算法和模型，我睡不着……如果真的有人拿以'亿'为基数的人类在做进化实验，那真是太可怕了。"

虽然从白璧平静的脸上看不出什么"太可怕"的情绪，但叶甫根尼也从这种惊人的设想中感到了极大的恶意，说道："不、不，按你的说法，除非这个人有无尽的寿命，否则怎么可能监控这整个过程？为什么会想到做这种事？为人类挑选出最好的进化方向？"

"因为人类正在灭绝。"白璧轻轻地说，"也许因为我们无能为力，所以无可作为，而有些人并非无能为力，寿命的问题也可以从其他方面解决。"他说，"也许从进化史的观点来看，是自然的变化导致最好的突变或人为的操纵导致最好的突变，并没有差别。"

"谁能替谁选择什么是'最好的突变'呢？"叶甫根尼说，"我们都不是上帝。"

图标上的光点起了变化，白璧说："你可以选择不信，我也在怀疑一切是不是抑郁症导致的幻觉……"

叶甫根尼奇怪地看着他："抑郁症？"

白璧一笑："当你总是要同时看着许多不同的视野，和不同的人对话的时候，你也会得抑郁症。"他很坦然地说，"我会找一些开心的事缓解情绪，也会找心理医生，不用担心。"顿了一顿，他转移了话题，"这些白点是国王研究所做的一项针对'星障人'的课题研究，研究的内容非常简单，就是行为追踪。近一年来，他们在能寻找和接近到的星障人身上下追踪信号，追踪它们的行动。星障人是集群动物，和水母一样，它们总是在一起，所以一个信号可能代表了一整群星障人。"

叶甫根尼看着几乎遍布全球的白点，觉得头脑发麻，这鬼东西杀不死，长得快，只能放火烧，还传染，幸好好像还没有大规模爬上陆地，不然真不知道怎么办。

"这里是非生存区。"白璧说，"而这些是星障人。"他缓缓地说，"在扩大的非生存区，星障人的种群密集，非常活跃，并且有些地方是陆地，它们也仍然在活动。"

"你是说星障人的行为是受控的，并不像原先我们想象的那样，纯粹属于本能？"叶甫根尼大吃一惊，"黄色非生存区的扩张和星障人的行为有关，它们受控于那个正在做'孤岛实验'的人！"

"非生存区和星障人活动区的高度重合以及非生存区扩张的趋势图，

是我对'孤岛实验'猜想仅有的基础。"白璧说，"我没有任何证据，也无法说服任何高层相信可能正在发生的事。"他缓缓地说，"B基地是东亚最强的联盟战队，它拥有沈苍，而沈苍代表了一切可能。"这就是他处心积虑一定要得到B基地的原因之一。

叶甫根尼紧紧皱起了眉，说道："但沈苍……但你把他们全部派了出去……"

"目前他们不相信我。"白璧疲倦地捏了捏眉心，说道，"他们能全力以赴地做任何他们想做的事，但你无法强求他们全力以赴地做你想让他们做的事。但你不同，"白璧将自己面前那一杯散发着酸苦香味的咖啡向叶甫根尼推了过去，"至少你愿意在某个时间，走进某个人的房间，听他说话。即使是你并不喜欢的人。"

叶甫根尼微笑了："哦……虽然之前我并不喜欢你，到现在也不，但你一直看起来并不开心。"他并不嫌弃自己的人造咖啡，喝了一口，左手又端起白璧的古董咖啡品尝了一口，将两杯咖啡都端在手里。

"你是个有包容性和弹性的人。"白璧也微笑了，"沈苍像一把刀。"

"你是说我像个球吗？"叶甫根尼回答。

"不，你像个泡泡。"白璧摊了摊手，"乌托蓝是个胆小鬼，威尔逊是个滥好人，薇薇·夏洛特是个大怪物，陇三翡是个神经病。"

叶甫根尼大笑起来："那聂雍呢？"他摇摇头，"我真不明白，他到底哪点吸引你，他甚至考不过战队考核。"

白璧想了想，说道："他是个五讲四美的人。"

"哈？"叶甫根尼愕然，"那是什么？"

"圣天使长？"白璧耸了耸肩，"天知道那是什么，乌托蓝不会听威尔逊或埃蒙特指挥，陇三翡也不会，但他们都会听聂雍的，天知道为什么？"他指了指叶甫根尼的左右手，"好喝吗？"

叶甫根尼仍然在想"五讲四美"究竟是什么，过了好一会儿才回答："都差不多，我以为自然食物会有多大不同呢。"

"这可是人造咖啡一百倍的价格啊！"白璧嫌弃地看着他。叶甫根尼挥了挥手，端着两杯咖啡走了。

　　他知道他端走的那个咖啡杯比咖啡贵了几百倍。

　　白璧并没有告诉他，那场鹅兰娜战龙和"自由之门"的直播后，"五讲四美"的聂雍和"深渊行动"最重要的人员都失踪了，而剩下的人员在休整后，继续向鹅兰娜海国附近海域进发。

　　白璧相信海洋的异变和太平洋战区必定有关，鹅兰娜海国是战区的中心，关于鹅兰娜战龙、关于深渊之眼，关于为什么他们要掳走沈苍，不抓住姆姆人他们不会给出一个真正的答案。

虽然聂雍觉得自己见过赫拉特巨暴龙，也摸过赫拉特巨暴龙的小手，还和她说过话，但当他亲眼看到只有半截的"树林"里突然探出一个巨大的头出来，还是吓得差点灵魂出窍。

濛带着他在这个陌生的星球上漫无目的地乱飞，幸好她是无限能源的武器，不用担心飞到半路没油。

慢慢地，他们明白了这个奇异的新星球的特点。

这个星球有很多地方天然有四维空间，有些植物生长上去，到半空中就没有了，它的上半截出现在千里之外的某个角落。这产生了很多半截生活在沙漠半截生活在水里的古怪植物，所谓的"森林"也不一定长在地面，任何地方都可能存在森林。

这里的一切海市蜃楼都是真的。

在空中飞行非常危险，所以灰星上的飞行兽都不大。高空存在许多看不见的空间裂口，一旦不小心掠过裂口，你的左半身还在这里，右半身就去了另一个地方，即使身体能承受四维空间的变化，如果来不及掉转方向完整冲进裂口，速度太快的话，也会被时空裂口割裂。

濛的一部分"羽翼"就在偶然掠过一个空间裂口的时候，被第四维空间撕裂，那羽翼不知道掉到星球的什么地方去了，幸好濛是纳米原子模型机器人，既不怕痛，也不怕羽翼不能重生。

但她也不能补充自己的纳米原子模型，如果损伤再多来几次，她的体型就会越变越小，最终损坏。

飞行兽都有感知空间裂口的方法，濛并没有，所以她非常警惕，飞得很低。

飞得很低的结果就是非常靠近地面——靠近地面就有植物，那些穿过空间裂口生长的植物能提醒濛和聂雍哪里有危险——但也同时非常靠近敌人。

濛正在一处空中森林的外沿飞行，聂雍已经很久没有进食，他队服里的营养针都打完了，濛正在为他寻找可以代替食物的东西。就在他们掠过这一处看起来没什么危害的空中森林的时候，只听"昂"的一声嚎叫，一个巨大的头从森林里探了出来。

那是一个难以形容的头。

像是一堆树皮、沙砾、骨骸或青苔随便拼凑起来的垃圾，但在这坨巨大的"垃圾"上有一对巨大的黑色眼睛，同时张着一张生满獠牙的血腥大口，那大口上的利齿每一枚都有聂雍的手臂那么长，当它张开嘴的时候，聂雍根本看不见它的"脸"长什么样。

它对着濛和聂雍吼出了一口恶心至极的臭气。如果不是肚子里的食物早就消耗完了，聂雍早就吐出来了，呸呸呸，它还有口气。

这鬼东西肯定不只六米，赫拉特大陆上那只肯定只是幼兽。

流浪在异世界的幼兽被异世界铺天盖地的战队宣传广告洗脑，爱上了人类英雄，乔装打扮去从军，最后却发现心爱之人竟然是人形兵器，愤而恢复原形。

聂雍一边被吓得灵魂出窍，另一边他的灵魂正在诡异地脑补尹松鼠和沈苍的故事——濛已经瞬间改向，往地面俯冲，两个人一起陷入了一处浓密的灌木丛——如果那算是灌木的话。

空中森林里冒出来的赫拉特巨暴龙显然并不脚踩着这片陆地，于是大头缩回去之后消失不见。聂雍和濛摔在一起，聂雍偷偷地摸了濛的手臂一下——她的手臂也是温热的，手感和人类的一模一样。

纳米原子模块组合成的物质组成本来就是"变成"那种物质，而不是模拟。

所以她现在真的是个"人类"。

一个女孩子。

聂雍那颗不死的初恋之心又跳跃起来，蠢蠢欲动，她现在是个女孩子。

如果她现在是个女孩子，也许她也能永远是个女孩子。

这片"灌木丛"是一条一条柔软的长叶植物，叶子的背面没有孢子，它也并没有其他部分失落到别的地方去，看起来很安全。濛的探测红光对着植物扫了又扫，将它归类于"软叶全色苣"。濛的系统正在缓慢地扫描整个星球，并试图将它们起名和分类。

这种青绿色的植物充满了汁液，它也有类似的有条纹和斑点的兄弟，被濛起名为"软叶条纹苣"和"软叶斑纹苣"。这是星球上看起来最无害的植物之一，并且濛和聂雍都看见有生物啃食它。

它应该没有毒。

就是不知道地球人吃另一个星球的植物会不会死。

万一吃到肚子里它自己跑到第四维空间去了呢？

聂雍心里乱七八糟地想着，他知道濛一遍又一遍地扫描那绿油油的植物是希望他能吃，以免被饿死。作为一个不需要吃东西还不需要和人配合的机器人，濛能表现出这样的态度，聂雍已经非常感动。她完全可以丢下他自己飞走，可是她并没有。

她和人类有什么差别呢？她比正常人类更负责任，更温顺，更好相处，没有任何坏心眼，也从来不欲言又止，她的想法和语言一致，从来不需要玩"你猜你错你再猜""你又错你是不是不爱我"的把戏。聂雍心神荡漾，她比人类好多了。

"啪"的一声，濛割断了一截长叶，将它捏成一团，径直向聂雍走来。聂雍眼见不妙，发现她好像是打算将那叶子揉烂直接塞进他嘴里，急忙摇手："不……这……不是……"他还没来得及说完，濛捏住他的脖子，"咯啦"一声卸了他的下巴，将捏碎的树叶塞进他的嘴里，再帮他将下巴接上。

　　聂雍眼冒金星地体会掉下巴的剧痛，连那叶子是什么味道都没尝出来，全身冷汗直冒，废话是再也说不出来了。濛歪着头看他，她显然并不觉得有什么错，聂雍刚才的抗拒她知道，但是这个星球上没有营养剂，如果不吃，这个人类就会死。

　　吞下去那叶子几分钟，濛的红光开始在他身上扫来扫去，最终面无表情地确定"软叶全色苣"没有毒，可以食用。聂雍哭笑不得，等嘴巴勉强能动以后再三强调他会吃的会吃的会吃的……

　　他从来没有想过和濛开始"交往"是从聊吃饭开始的。

　　濛眯着眼睛，听着他吹牛"软叶全色苣"可以有多种吃法，比如可以凉拌、可以清炒、可以炖汤、可以沙拉、可以焗烤等等。然后濛搜索了一下她的数据库，反驳说菜谱中的许多香草和调味品原料都已经灭绝，不可能做出凉拌或沙拉之类的口味，比如聂雍所说的"小葱"，J 国香葱已经灭绝近一个世纪……

　　聂雍勃然大怒，为什么我堂堂 Z 国吃了几千年的小葱到现在就成了"J 国香葱"了？濛开启数据库的内容解释说小葱属于百合科的一种，原本有很多品种，但由于地球气温升高，湿度变化，空气中污染性粉尘加剧，许多品种区域性灭绝，基因只保存在某些基因库或博物馆，最后灭绝的 J 国香葱是栽培范围最广、适应性较好的一种，但也灭绝了。聂雍却不讲道理，坚持要她将数据库里的"J 国香葱"改成"Z 国小葱"。濛反应迟钝了一会儿，迟疑地问这种行为是否存在民族主义倾向？名称仅仅是一种植物的标识，与民族主义情结无关。聂雍表示他觉得他吃下去的所有的葱都叫 Z 国小葱，无可商量。濛的量子电脑运算很久后，差点过载，才理解人类的这种行为属于"无理取闹"，于是断然拒绝。

在"J国香葱"和"Z国小葱"的掐架中，聂雍的下巴终于不痛，爬起来摘了几片软叶全色苣。这种植物的叶子相对地球的青菜来说相当大，有三四十厘米长，一个手掌宽，折断后断口处流出晶莹的汁液，聂雍轻轻舔了一下，居然有点甜。

它不但可以做食物，还可以补充水分。

聂雍终于觉得这个所谓"伴星"还是略有可取之处的，好歹不会让人饿死。

吃饱喝足之后，聂雍又重新忧心起了不见踪影的陇三翡一行人，也在发愁半途消失不见的威尔逊，他总觉得威尔逊不可能就这样死了，没看见尸体，心里总是抱着希望。

他还有个女儿，不知道白璧兑现了诺言帮他女儿配了眼睛没？虽然聂雍并没有见过那个女孩子。

陇三翡和温心灵等一伙人的处境并不好。

聂雍抓住了个"天使"，可以让"天使"带他飞，陇三翡一伙人只能靠着自己的两条腿在地上跑。最糟糕的是他们这一伙人的速度是以最慢的那个人的速度决定的——温心灵属于四体不勤的那种，在丛林中跑起来简直比乌龟还慢。

他们这伙人掉进了一个浅海蓝洞，海水中巨大的海兽带着浪涌向他们扑过来，还没看清楚到底扑过来的是什么，他们就被浪涌推进了一个四维裂口。

蓝洞里的四维裂口通向一处潮湿的森林，森林里满是细小的蜈蚣模样的红环小虫，半空中时不时冒出头型各异的狰狞大嘴，偶然也会有一些飞行兽通过四维裂口向他们扑来。

更糟糕的是，这里不仅仅有和地球生物类似的巨兽，还有一些看起来不像动物的鬼东西。

比如说正追着陇三翡一伙人跑的这玩意儿。

这东西像是一只巨大的虾，两米多长，有两条极长的"触须"，并有许多排列整齐的小足，但它看起来并不鲜美可口，反倒是全身的"虾壳"都像是一些烧红的岩层，透着内部高亮的红光，它的"触须"能往前喷射熔岩般的红色浆液，小足走过的地方地上的青苔死绝烧焦，留下一步一步岩石熔化的脚印。

它全身白雾弥漫，无论是水或别的东西在它身边都在快速汽化。

显而易见这只虾一样的鬼东西温度极高，并不是血肉生物，有点像出没在地球海洋里的那些墨石兽。

它正在追捕陇三翡一行人。

幸好它的速度并不太快。

陇三翡在到处都是陷阱的森林里狂奔，薇薇·夏洛特和乌托蓝紧跟在后，温心灵脸色惨白地挣扎在最后。岩浆或类似的红色毒液喷出，差一点就掉在温心灵鞋边，吓得他往前一扑，恨不得挂在乌托蓝脖子上。

"道长！道长！空间光裂术再来一下！"温心灵涕泪横流，"啊啊啊啊，它来了，它追上来了！我要死了，啊啊啊啊——"

"咿呀！"陇三翡微微一顿，回了下头，手里一根长长的树藤挥出，将温心灵卷住往前一拖，说道，"贫道不会什么'空间光裂术'，你产生幻觉了。"

"全世界都看见了，你还想抵赖？"温心灵声泪俱下地控诉，"我还有视频证据！"他的队服摄像头拍下了陇三翡挥出那一刀的画面。

"你居然威胁贫道？"陇三翡哼了一声。

"我不敢。"温心灵弱弱地说。后面的熔岩虾突然停下了脚步，仿佛已经到达了它领地的边缘，没有再追过来。

温心灵躺在地上喘大气，但是陇三翡、薇薇·夏洛特和乌托蓝并没有放松警惕。这一两天的经历告诉他们，这种退缩一般代表着他们进入了另一个生物的领地，并且这个生物只比那个熔岩虾强大。

果不其然，没过一会儿，大地起了一阵震颤。

一只头部暴露在森林之外，高达十二三米的巨兽缓步走了过来。

"哇呜……"到达这个星球之后一直沉默不语的乌托蓝发出了一声低呼，"赫拉特巨暴龙。"

陇三翡不声不响地握紧了手中的破布刀。

赫拉特巨暴龙和地球上曾经存在的暴龙很像，都有一颗巨大无比的头，一看就知道咬合力惊人的大嘴。暴龙有一对细小的前肢，赫拉特巨暴龙有一对腋下带蹼的前肢，也不知道有什么用。

丑陋、庞大、无可匹敌的巨兽以一种堪称优雅的步态缓缓走了过来，它有一双巨大的黑眼睛，眼神很清澈。它慢慢地低下那颗巨大的头颅，侧过一边的眼睛，看着地上的几个小人。陇三翡手中的刀对它来说简直就是根毛刺，就算全部戳进了它的身体，可能它也不会有多在乎。

敌方依靠身材进行了完美作弊。

地球的灰星是一颗巨兽星球，天上飞地上走的都是超越想象的巨大生物，仿佛地球在某个时刻走了不同的发展方向，巨兽从未灭亡，而人类也从未诞生。

这只庞然大物并没有对他们展开攻击，仿佛对这几个东西很好奇，随着它凝视着这几个人，赫拉特巨暴龙发出一种柔和的呼呼声，时停时续。陇三翡几人面面相觑，老道指着乌托蓝问道："你和这东西比较熟，它在干什么？"

乌托蓝阴森森地说："我上次见到这种东西的时候，它说人话。"

但很快他们就知道这东西在干什么。大地持续震动，从四面八方米了三只赫拉特巨暴龙，将陇三翡四人团团围住。

这下连陇三翡也不淡定了："这是在干什么？"

"我……我觉得它们好像……在看稀奇。"温心灵轻声说。

新来的三只巨暴龙你一声我一声地发出鸣叫，那样子很像在聊天，又过了一会儿，最先发现四人的那只巨暴龙伸出前肢，想将陇三翡驱赶到它展开的蹼翼上。

敌方过于强大，抵抗无益，只好投降。

陇三翡看得出它似乎没有恶意，也不像刚才那只熔岩虾那样想把他们烧死，于是顺从地爬上了巨暴龙的蹼翼。

于是四只赫拉特巨暴龙带着四个小小的人类，你一声我一声愉快地聊着天，兴高采烈地向森林更深处进发。

几个小时后，陇三翡他们发现了一场大聚会。

这片长满了奇形怪状的植物的丛林深处，是一座蚁丘般的山丘，这山丘并不太大，三百多米高，上面布满了洞穴。

在山丘下方是一片黄沙模样的平地，平地中心有一片很小的湖泊，湖泊周围围着一大群巨兽。有一只生有羽翼的小型兽停在山丘的一个平台上，正在高声鸣叫，发出高低不一的声音。

湖边的巨兽们跟着摇头晃脑，发出各种各样的声音，有的像牛叫，有的像猪哼，也偶然有些像公鸡打鸣，总而言之，奇音异调，不一而足。

这……这是在干吗？

被赫拉特巨暴龙劫掠回来的陇三翡等四人惊呆了，这是在干吗？

乌托蓝：这是在……求偶？可是种类都不同……

薇薇•夏洛特：……

温心灵：这是在开演唱会？

陇三翡：……广场舞？

灰星上的巨兽果然是智慧生物，它们物种不同，但存在某种共通的语言或信息交流方式，让这些"巨暴龙"或"熔岩虾"或"鹅兰娜战龙"之类的鬼东西能在一起哼哧哼哧狂欢。

虽然不知道这是什么，但显而易见是一个仪式。

赫拉特巨暴龙也跟着鸣叫起来，它们的声音明显比其他生物复杂许多。

有些巨兽在兴奋地踏地，大地不停地在颤抖，沙地中间的湖泊波浪涌动，有些水生物跃出水面，仿佛都在期待着什么。

连陇三翡这样多活了几十年的油盐不进的惫懒老道都集中注意力，仰望着山丘之上，仿佛那里有什么突破未知的东西真的会出现。

山丘飞行兽之上，半空之中，一种美丽得令陇三翡头脑一时空白的生物出现了。

那是什么？

头脑中仿佛有千百个声音似远似近地齐声回答：那是神。

那是神。

那是神。

那是……神？

空间裂隙中出现了一种淡金色的、澄澈柔和的光。

是的，只是光。

那些"光"呈现出类人的形状，一个、两个、三个……慢慢地从裂隙中出现，它们的速度很慢，但璀璨晶莹，非常美丽。那些"光"仿佛由几千几万个能散发出光辉的晶莹粒子组成，或者说那是几亿个微小的金色星星。

居然……有这样的东西！

陇三翡被头脑中纷至沓来的"那是神"的想法冲击了好一会儿，才突然醒悟这是思维干扰！他猛地摇了摇头，将那奇怪的想法甩出去，突然看到有一片朦胧至极的光从自己身上飘起，落在了旁边的一只巨兽身上。

那只类似野猪的生物原本正在欢快地嚎叫，突然沉静下来，左右张望了一下，退出了狂欢的队伍，掉头往森林深处跑去。

陇三翡："……"

这什么东西?

他猛地从赫拉特巨暴龙身上飞身而起,扑向旁边的巨暴龙,抓住乌托蓝,用力将他摇了摇。

一片淡淡的金光从他身上离开,乌托蓝眼神迷离地看着自己。

陇三翡再伸手去抓薇薇·夏洛特,但她并不迷茫,一团金光正自行从她身上离开。

陇三翡猛然再去看温心灵,却见那懦弱的少年已经自己从赫拉特巨暴龙身上一跃而下,飞快地钻进了巨兽群,消失不见。

随着落下的光越来越多,巨兽群慢慢变得安静,大部分自行离开,少数不停地嚎叫,但并没有金光飘落在它们身上。

将陇三翡等四人带来的赫拉特巨暴龙也得到了金光,它们往不同的方向奔跑,似乎不如刚来的时候那么友好。

"温心灵!"陇三翡大叫起来,然而小白兔似的少年已经彻底不见了踪影。

乌托蓝痛苦地抱着头,蹲在薇薇·夏洛特脚边瑟瑟发抖。

薇薇·夏洛特轻轻抚摸着他的头。

"这是什么东西?"陇三翡这才真正变了脸色,这种仿佛没有形状,能够侵吞思维的古怪生物真正闻所未闻,看似璀璨美丽,实则比什么都诡异可怖。

它们没有真正的形状,依托于巨兽而生存,像是一种寄生物。

可是没有得到这种金光的巨兽依稀只是普通的巨兽,得到了金光的巨兽仿佛开启了新的智慧。

但那种"智慧"是被寄生的生命体原先所需要的或期待的吗?也许它们只是像陇三翡刚才一样,受到了金光带来的精神上愉悦的刺激,它们更不理性,于是一头扎进了金光所布设的陷阱?

所有被"捕获"的生物都成为金光的寄生躯体,这才是灰星上真正的"高等智慧生命"吧!

"痛……"乌托蓝发出痛苦的呻吟,他刚才差一点就被"捕获"成功,断断续续说道,"有好多……好多人在对我说话,我好像看到了神明……"

"贫道也看到了神明。"陇三翡一本正经地说,"奈何无量天尊,贫道是信道的,不信神。"

如果是聂雍在,必然要反驳就你们道教里的神仙最多,然乌托蓝并不是Z国人,对道教不熟,自然不会反驳。

"它是一个大脑。"薇薇·夏洛特的直觉强大,她经历过和下水道黏菌争夺躯体的过程,对寄生非常敏感,金光刚刚接触到她就被她发现了。

"思想很复杂,它模拟我最……最喜欢的人。"说着,她姣好的脸颊渐渐变得粉红,"可是他不在这里。"

陇三翡翻了一记白眼,谁不知道你喜欢聂雍啊?金光生物只是刺激大脑的特定区域,他和乌托蓝看见或听见了"神",而薇薇·夏洛特看见了聂雍——就聂雍那渣渣的模样,也配和"神"比肩?这眼神差得……

薇薇·夏洛特说到聂雍不见了,轻轻叹了口气。地上头痛欲裂的乌托蓝完全不在她眼里。

乌托蓝缩在薇薇·夏洛特脚边,一点也不想离开。陇三翡觉得这糟心的三角恋他简直一眼也不想多看。

而更糟糕的是,温心灵这兔子被那金光生物寄生了,天知道跑到哪里去了?陇三翡头痛欲裂,这兔子是他顺手抓来的,恐怕也必须为他负责到底,不找回来可能不行。他只是欠了聂雍一个人情,又想把属于大师兄的东西从沈苍身上弄回来,再杀了沈苍出气,就这么点事,怎么能弄到目前这么狼狈?

他陇三翡,除了好几十年前一次失手被沈苍擒获丢进了BUC之外,从来没有这么狼狈过。

鹅兰娜海国。

战龙公园是一座豌豆形状的小岛,地方不大,传说当年被陇玉知所杀的那只鹅兰娜战龙最后就沉尸在这个地方。

波涛汹涌的大海上，各种各样与地球原生生物迥异的异界生物正在蓬勃生长，除了巨大的管虫和海葵，珊瑚和贻贝也正在快速蔓延。

战龙公园的议会上，议长洛里颂正通过脑电波和一个奇怪生物交谈。

那个"奇怪的生物"是一只海豚。

伊罗莎公主海豚。

但这只海豚的行为和正常海豚并不一样，它也戴着头盔，静静地漂浮在一个独立的鱼缸内。

"……地球是个三维空间，在这里没有第四维规则，我们已经做过实验，强大如鹅兰娜战龙——灰星上最强大的生物之一，也无法打开第四维裂隙。"洛里颂说，"在地球上培育硅基生物很难获得成功，自然资源不能支持拥有硅基因的生物生存，我们制造了很多硅基因海鸟，大部分死于循环衰竭——它们找不到适合的食物。"

"这和我们之前的约定不合。"海豚传来一种令人陶醉的美好声音，是一个男性的声音，"你们承诺为我们创造更好的环境。"

"神迹大人，"洛里颂说，"你们为什么不尝试一下降临在原始人类身上？他们不像我们必须躺在轮椅上才能行动，他们有协调的四肢、灵活的手指，虽然没有巨兽的力量，但他们能驾驶机甲、飞机、战舰，有些拥有异能的人类比巨兽更强大。"他的声音充满蛊惑，"我们姆姆人向往成为粒子生物，就像大人您一样，但也有其他人类不具备电子化的条件，他们只适合成为躯壳。"

"原始人类非常敏感脆弱。"海豚并不容易动摇，"根据目前的实验，有百分之七十在强行降临中死亡，有更多在降临刚开始的时候就发现异常，接触点不够，无法降临。"

"我会尽快让海洋环境更适合灰星的巨兽生存。"洛里颂说，"大人您所说的这些问题其实非常简单，原始人类敏感脆弱，但人类是天生的宗教性生物，如果我们先接触一些宗教领袖，给予他们一些精神刺激，他们很容易就能帮我们聚集起一些自愿成为'躯壳'的信徒。就像大人在灰星做的那样。"

"可以尝试。"被称为"神迹大人"的海豚说道，"我们也需要更了解你们。"

"祝一切如所愿。"洛里颂说。

"祝一切如所愿。"海豚也说。

洛里颂并没有发现，这只被"神迹大人"降临的海豚，它的尾巴尖上有一点细微的白点儿。

它被"星障人"的细胞感染了。

Z国"红烬"指挥舰悄悄从太平洋战区撤离，Z国从不主动攻击任何国家，虽然这一次北美战区无理取闹，但他们的"自由之门"意外失落，已经遭受了打击，Z国不会在这个时候重新刺激M国人的神经。

一只鹅兰娜战龙在太平洋被杀，其余的鹅兰娜战龙仿佛都能感受到危险，一时间再没有人能在太平洋寻觅到鹅兰娜战龙的踪迹。

大海疑似风平浪静，就在这个时候，埃蒙特率领着"深渊行动"旗下的四艘运输舰，抵达了鹅兰娜海国的边境。

他代表东亚战区向太平洋战区发出了警告信。信中提到了太平洋战区隐瞒"深渊之眼"的存在，拒绝履行海洋监督义务，没有向联合国海洋组织提交关于海洋环境变化的报告，并违反《国际基因安全法》私自进行基因实验，还向海洋中散播了大量基因实验后产生的危险基因兽。

在向鹅兰娜海国前进的路上，绿基和扁豆搜集了大量新生海生物的数据，越向鹅兰娜海域前进，海生物的数量越多，出现更多的新物种。而那些东西看起来都不像是地球原有生物适应环境的结果。在绿基和扁豆的清单里，有三种巨型管虫，十四种不同的贻贝，巨大的珊瑚虫种群，奇怪的仿海豚海星，蝌蚪状的黑色巨嘴鱼，还有其他四十六种色彩斑斓的无法辨识的生物。绿基认为那些斑斓的色彩正好表示了它们是某些大型生物的幼态，颜色是用来躲避和迷惑捕猎者。而扁豆觉得他发现了四十六种全新的动物，并执着地想把它们都登记进新物种名册中。

但这些不管是什么，几乎毫无生机的大海突然出现了这么多新生命，一定和近在咫尺的鹅兰娜海国或者说战龙公园有关。

战龙公园里的姆姆人正在进行着什么十分危险的事。

警告信发出之后，战龙公园并没有立刻回答。

"我觉得他们不会承认他们在干什么。"米旗摇头说，"他们显然在做什么，但他们不会理睬我们。"

"我们开船冲进去。"埃蒙特说，"抓住洛里颂，打他的屁股，直到他告诉我们在干什么。"

"东亚战区要向太平洋战区宣战吗？"米旗继续摇头，"别忘了我们才刚和北美战区起了摩擦，这里曾经是 M 国的地方，他们到现在也不承认鹅兰娜海国独立于 M 国存在，如果我们进攻战龙公园，你很快就会看到'银之天蝎'出现。"他抓了抓头发，"而我们不知道白璧究竟想怎么样，我们甚至不知道向太平洋战区宣告警告信是白璧个人的想法，还是东亚战区的想法。"

"哈哈哈……"埃蒙特干笑，"那怎么办？我觉得沈苍就在里面，但是姆姆人不承认，也不会把他交出来，他们甚至不肯和我们对话。"

"他们会假装自己不会说话。"扁豆瓮声瓮气地说，"假装他们只和戴游戏头盔的未成年人交流，使用脑电波或者异能。"扁豆对于脑电波交流显得尤其抗拒，他不擅长这些，也从来不玩全息游戏。

他小时候曾经有个好朋友叫琼，当六岁的时候，琼约他一起戴上儿童头盔玩游戏，当时一起玩的有六个孩子，所有人都链接上去了，只有扁豆无法通过头盔链接虚拟网，在那之后他就被叫作"岩石大脑"，琼也不再理他。

大家都知道扁豆的伤心事，顿时不再谈脑电波。埃蒙特苦恼地趴在船舱上说："怎么办？我们冲进去？抓住姆姆人？然后和 M 国人打仗？然后全部死光？你觉得这个主意怎么样？"

"显然不怎么样。"绿基耸了耸肩，"我觉得他们既然敢对海洋下手，塔黄岛那事他们肯定有份，那么背后一定有靠山，不一定是 M 国人。"他想了想，"也许我们应该潜入战龙公园，使用秘密追踪法则。"

"得了吧！"埃蒙特摊手，"我可以潜入世界上任何地方，但战龙公园不行。那里面都是躺在轮椅上的胖子，满地都是轮椅滚来滚去，他们用……那个交流，我们甚至窃听不了他们之间的'聊天'——除非你黑进他们的系统——而这绝不可能，战龙公园的黑客全世界最好，他们整天闲着没事就干这个。"

"我们制造一场小灾难，比如说我们放火烧掉他们一栋房子，然后趁乱溜进去。"米旗说，"听起来好像很蠢。"

"的确很蠢。我们的任务有两个，第一，知道姆姆人在干什么；第二，找到沈苍。"埃蒙特的拳头在船舱上一下又一下地击打，突然说，"哦，不是所有的姆姆人都在鹅兰娜海国，我们登录不了姆姆人的虚拟网，但是有人可以。"

"你是说国王研究所第二分部里面的那个森林姆姆？"米旗说。

鹅兰娜海国的姆姆人自称为"公园人"，以战龙公园为领导。

他们是当年春木·姆姆带走的那部分人的后代。

但也有少部分姆姆人躲过了当年的大清洗，他们被称为"森林姆姆"，以便于与海上的公园人相区别。B 基地国王研究所第二分部里面的那个姆姆叫作"蛋黄·姆姆"，深居简出，即使是同在 B 基地，战队队员也很少和他接触。

但只要是姆姆人，都能使用脑电波登录虚拟网彼此交流。

埃蒙特向白璧报告了他们的困境，请示希望请蛋黄·姆姆帮忙，看他有没有熟人留在战龙公园。毕竟沈苍如果真的在这里，在微小的战龙公园里面，应该很难保密。尤其脑电波交流更难保密，有特殊技巧的人总能轻而易举地获得对方大脑中隐藏更深的信息。

白璧同意了。

蛋黄·姆姆说他真的有熟人在这里，但不是在战龙公园。

他的熟人是木莓·西西，春木道医院的院长，那医院也是全球最好的私人医院之一。

但蛋黄·姆姆带来的并不是好消息，他说他向木莓·西西提及了想知道关于沈苍的消息，木莓·西西犹豫了几秒钟，屏蔽了他的信号。

但在木莓·西西犹豫的那几秒钟时间内，蛋黄·姆姆从木莓·西西的大脑中抓捕了一段瞬间思维。

那只是一段模糊的图像，说不上是幻想或是现实。

沈苍抱着一个婴儿。

那是什么意思？

但不管怎样，木莓·西西的反应证实了沈苍就在鹅兰娜海国，她一定亲眼见过沈苍，而且说不定他就在春木道岛上！

进攻战龙公园，埃蒙特是不敢的，但是要进入春木道医院，埃蒙特肯定是有办法的。

他和米旗来了一场自由搏击，两个人打得醋畅淋漓，使尽全力，最终米旗被他打得头破血流，肋骨骨折，埃蒙特堂而皇之地向春木道医院发出了紧急救援信号。

联盟国家战队在执行任务遭遇危机的时候，任何国家任何机构都有义务对战队队员进行救助，在紧急状态下，联盟国家战队队员可以征用临近的任何设备。

春木道医院很快给予了回复，要埃蒙特出具在任务中遭遇紧急状况的证明。

然后木莓·西西收到了一份东亚战区自称在鹅兰娜海遭遇不知名巨大异兽，埃蒙特、米旗和扁豆三位联盟国家战队队员进行了可歌可泣的战斗，最终从异兽爪下逃生，米旗因此身受重伤的报告。报告上附带有米旗的伤情细节，又附带了二十张所谓"不知名巨大异兽"的图片。

那些图片有的拍到湛蓝的鳞片，有的拍到肉色的触手，有的拍到海里漂浮着一个奇大无比的不知道什么东西的黑色的头，还有一些黑黑白白全然不知是什么东西的光图，奇形怪状，无论如何也看不出这是同一只动物。

木莓·西西看了半天报告，也辨认不出来这是什么怪物。但洛里颂正在和灰星人进行交易，灰星上的确生活着难以想象的巨大异兽，她也难以判定埃蒙特就是在胡说八道。犹豫了很长一段时间，她觉得为米旗治疗花不了多长时间，终于同意让东亚战区的运输舰放下全息甲板，送米旗一个人进入春木道医院。

米旗看上去的确被埃蒙特揍得很惨，流了一身的血，他的急救床推到哪里血就流到哪里，但这些皮外伤对长年出任务的联盟国家战队队员来说，并不是重伤。

米旗非常强壮，他是一个变异人。

他被送入了春木道医院的手术室，周围有三个姆姆人围着他，使用仪器帮他接上折断的肋骨，并用修复光波刺激骨骼和肌肉组织，促使它们快速生长。这是简单的手术，姆姆人使用的智脑系统判断出米旗失血过多，姆姆人又帮他输了一些血，甚至顺手清除了米旗过去在其他战场上留下的伤疤。

整个治疗过程不到一个小时，米旗里里外外被治疗得完美无缺，几乎连一个外来细菌都没放过。当治疗结束的时候，米旗在心里叹了口气，道了声歉，一拳挥出，将为他治疗的姆姆人医生打昏了。那两个姆姆人护士还没反应过来，米旗的长手臂左右各捉住一个，将他们脑袋互相一撞。姆姆人护士还没明白"病人"为什么发狂就跟着昏了过去。米旗满怀歉意地将他们从轮椅上捉下来，解下他们的头盔，并把他们捆在了一起。

失去联网头盔的姆姆人就像几个月大的孩子，只会匍匐爬行，没有丝毫攻击力。

他们甚至没有"呼救"的能力，退化的声带让他们只能发出很小的声音，尤其是鹅兰娜海国的姆姆人，他们从小就佩戴头盔，依靠脑电波交流，有些人甚至完全不会说话。

手术室里有监控，当米旗攻击医生的时候，报警器已经响了。

警卫机甲飞快地推开手术室的大门，但里面没有人，手术室的墙上被米旗的手刀砍开了一个大洞，病人已经消失无踪。

米旗的变异在于他的双手手臂生长着极其坚硬的角质层，最厚处可达三厘米，只是颜色和皮肤无异，很难看得出来。而进入 B 基地之后，指导他的老师将他双手手臂外侧的角质层打磨出了刃口，那比犀牛角还坚硬的角质层在手臂内侧可以格挡，外侧可当刀刃，故而米旗在外的称号是"刀人米旗"。

但这些木莓·西西并不知道，她对联盟国家战队毫无兴趣，更何况他只是东亚战区内一个并不是特别出名的年轻战士。

米旗突破手术室，雷霆霹雳般地在春木道医院里扫荡。他和埃蒙特约定过，必须找到沈苍——找到沈苍，就能说明战龙公园掳走了东亚战区的人。如果不能找到沈苍，他的行为就是在挑衅太平洋战区，最坏的情况是引发两个战区之间的战争。

米旗突破一层喷涂着保护膜的隔离墙，这面墙非常轻，充满了弹性，表面喷涂着很厚的一层白色软膜。那层特殊的保护膜能吸收声波和探测波，也能隔绝内部的一切声音。

在砍破这面墙的时候，米旗突然有了一种奇异的感觉——沈苍……就在这里。

他仿佛能接收到沈苍那种特殊的存在，严肃的、冷淡的，但有效的存在——那是一种气场，熟悉到只要沈苍在，空气中就会有某种不一样的气氛。

白色软墙骤然碎裂，轻飘飘的破片如羽毛般四下飘散，米旗看见这

286

是一个巨大的白色房间。

房间是圆形的，他击破的是房间的底部。

仰望上去，这个房间像是一个巨大的玻璃球，庞大的玻璃球里有无数个小玻璃球。

每一个玻璃球都在空中轻盈地飘着，似乎重力并不存在，而玻璃球内都有东西。

里面大部分是人，还有些是稀奇古怪的生物。

米旗仰望着头顶上缓慢飘动着的玻璃球，他看见了沈苍！

沈苍正是其中的一个。

沈苍穿着一身白色的衣服，浸泡在一种灰紫色的透明溶液里。玻璃球内有几根透明的管子插入他的大脑，除了那几根纤细的管子，他看起来完好无缺，似乎姆姆人并没有对他造成伤害。

但这绝不是正常的"人质"或"囚犯"的模样，姆姆人一定对他做了什么。

其他的玻璃球飘了过来，米旗惊奇地发现里面有不少熟人，最近十年失踪了或死亡了的联盟国家战队队员居然有不少在这些玻璃球里。

而玻璃球里最古怪的东西不是那些长着利爪或怪角的小生物，也不是早该死成了一堆白骨却依然在玻璃球里打转的熟人，而是一撮静电模样的金光。

有一个玻璃球内是一种不断变换形状的金光，它宛如有生命那般闪烁着，在玻璃球内部扭转。它们好看得像圣诞节晚会上，最人的那棵圣诞树上挂的最好看的彩球。

米旗还没看出那是什么东西，身后"哒"的一声微响，他的大脑受到重击，"咚"的一下，米旗栽倒在地，完全失去了知觉。

一个矮小的、双腿连在一起的、全身湿漉漉的女人一跳一跃地出现在米旗身后。木莓·西西的轮椅紧跟在这个女人身后，虽然戴着头盔，但看得出她脸色铁青，简直气得快冒烟了。

东亚战区居然敢这样藐视、欺骗、侮辱她和她的春木道医院！

那患有美人鱼综合征，但同时有次声波和声呐变异的女人正是太平洋战区联盟战队队员，来自萨摩亚群岛，自称名叫黑鳍，是一名擅长蓝海潜水的战队队员。

埃蒙特没有想到，春木道医院里暗藏着太平洋战区攻击类型最特别的高手，近身格斗类的高手米旗并不畏惧，但很少有人抵挡得了无形无迹的次声波攻击。黑鳍的次声波并不能像沈苍的"室之潮汐"那样大范围伤敌，她只能在极近的距离里攻击一个方向，但足以击倒米旗。

谁也没有留意到，黑鳍发出次声波的时候，头顶上的玻璃球多少都发生了一些颤动，飘转的透明圆球内，沈苍的眼睫微微一颤，缓缓地睁开了眼睛。

◯ 一百零七 万物生

灰星某处，遭遇了古怪的金光生物寄生大会之后，陇三翡、薇薇·夏洛特和乌托蓝三人仍然在丛林里挣扎求生。他们在每一个暂时住过的地方留字，希望聂雍可以看见。但时间渐渐流逝，三天过去了……七天过去了……十五天过去了……

陇三翡终于清醒地认识到，在一个不知道有多大的星球上不通过手机是找不到另一个人的。

聂雍可能死了，也可能正落入危险的境地，而他们却救不了他。

大半个月在灰星生活的经验，让陇三翡几人的装束和行为开始很有灰星特色。陇三翡现在双手都拿着一种极长而生有大量穗状花序的植物——这植物的黑色长须到处飘荡，覆盖了身周两三米内的范围，能帮助他们提早发现第四维裂隙的存在。而乌托蓝颈部的飞翔翼膜完全张开，这是为了让他的体型看起来更大，以打消某些猛兽拿他当点心的想法。

而薇薇·夏洛特没有太大变化。

她手持破布刀，走在队伍的最前面，全身挂满了无害的卵石。那些卵石有的呈现红色，有的呈现透明结晶，有的呈现出碧玺般双色或者多色，还有些宛如凝固的金属，奇奇怪怪，难以描述。而乌托蓝让薇薇·夏洛特全身披挂的理由很简单——她力气很大，手法很准，出现危机投掷石块是一大杀伤力。

这就像原始人类狩猎一样，投掷石块和长矛是基本技能。

陇三翡走在队伍的最末端，脸色阴沉至极的乌托蓝走在中间——面对灰星的巨兽，以速度和力量制胜的乌托蓝不占任何优势。

十五天过去，他们终于走到了丛林边缘，远远望去，在植物的尽头，有一团巨大的红光。

那就像丛林尽头悬浮着一轮正要下山的太阳，红光并不十分刺眼，然而奇怪的正红色总给人不祥的预感。薇薇·夏洛特脚下微微一顿，她刚要张嘴，陇三翡一摆手，她立刻闭了嘴。

前方的红光非常均匀，十分不自然。

三个身材"娇小"的人类潜伏在最底层的植物中，没过一会儿，身边脚步声响，一只体型不大的生物似乎被红光吸引，慢慢地走了过去。乌托蓝眼角一瞟，发现那是一只智商不高的"草莓兽"。名字是陇三翡起的，一听就知道完全不走心，这种两米来高的肉粉色直立四耳兽身上遍布斑点，猛地一看有点像草莓，但这玩意儿一嘴獠牙，是食肉的。

那只草莓兽走了出去，没有回来。

草莓兽是集群生物，果然没过一会儿，又有七八只草莓兽摇摇晃晃地走过来。它们的智商不高，但这群草莓兽的首领显然是金光寄生生物，它发出一声鸣叫，命令同伴止步，随后发出了很长一串鸣叫。

草莓兽的鸣叫声在丛林中传播出去很远。

大小植物都在摇晃，陇三翡三人恨不能隐身在土里，地面在震动，有不少体型巨大的生物正在奔跑。而半空中也传来了异动，一些小型飞兽穿破四维裂口，落在了地上。甚至有一些水生兽——比如说巨大的鳗鱼状怪物，带着巨大的水流骤然出现在丛林里。

这种惊天动地的巨响，自然也吸引了赫拉特巨暴龙。三只赫拉特巨暴龙的头从丛林深处露了出来，而一只湛蓝皮肤且浑身散发着"我很不爽"

的庞然巨兽，夹带着海浪和几只刚刚被它撕碎的尸体以后来居上之势出现——那是鹅兰娜战龙。它带来的惊涛骇浪将聚集的"小生物们"冲得东倒西歪，有些直接被它冲出了丛林，推到了红光那边。

身娇体弱的三个人类自然被冲得最远，陇三翡被海水冲出去的时候心里直骂人，上次动物聚会遇到的金光是会寄生的孤魂野鬼，这次的红光肯定也不是什么好东西……

丛林之外的红光，的确不是夕阳。

那是一大堆不知名合金建造的庞然大物，仿佛一座钢铁城市，以令人难以置信的姿态出现在丛林边缘。

散发着红光的东西，是它恍如推进器一般的尾部，它的尾部有一个巨大的圆形灯，那个"灯"或者"球"或者助推器或者别的什么，散发着红光。但那玩意儿的直径有十几层楼那么长——而在它前面的部分，陇三翡几人根本看不懂是什么玩意儿。

圆形红灯的前部，是一条一条巨大的、向上翘起的灰黑色金属物，这让这个巨大的东西看起来有点像个松塔，这些张开的巨大的金属长条上面隐约有花纹，但看不清是什么。在这个松塔模样的……也有点像飞船的庞大建筑周围，是一个巨大无比的环状建筑带，它像切割机一样在丛林中心切割出一块圆形空地，空地的中心就是那带着发光物的"松塔"。

而环状建筑物带上，修筑有一层一层台阶模样的东西，这整个建筑大体上就像放大了几百倍的罗马斗兽场。那些实际上有房子那么大的"台阶"一层一层修筑上去，少的有两三层，多的高达十几层，相隔不远这些"台阶"周围就有极长极尖的矛状物直指圆环中心。

这些建筑大都是蓝黑色或者是黑灰色，有金属光泽，而这些极长的矛状物却像是快烧熔的钢铁那般呈现炽红色，仿佛黑夜中燃烧的箭。

一层灰色薄雾笼罩着这座巨大建筑物，令人看不清那圆环中心、发着红光的"松塔"周围还有什么，无数条管道盘旋在这些"台阶""长矛"与其他更零碎的小建筑之间，仿佛这座钢铁城市的血管，令它看起来恍若活物。

从丛林边缘望去，看不清它的全貌，不知道环状建筑带的边缘还有什么，但景象是如此令人感觉震撼——灰星不是只有巨兽的星球，也不是只有獠牙利齿，遍地泥土，它也有惊人的文明。

但陇三翡三人的感慨大概只维持了几秒钟，他们很快发现巨兽们的躁动并不是针对这座钢铁城市，也不是针对那红光，而是针对出现在钢铁城市那个圆环中心的一艘飞船。

那真的是一艘飞船，形状和地球上常见的差不多，体积很小，大约只能坐下两个人。

它在圆环中心突然出现，显然是切入了一个四维裂隙。

小飞船缓缓下降，它射出红色的探测光波，左右探测下方的奇怪建筑物，在各个"台阶"和"长矛"之间盘旋，没过多久，圆环正中心上空突然又出现了一艘一模一样的小飞船。

这一次陇三翡甚至看清了飞船上印刷的文字——那是英文字母——这艘飞船来自地球！

巨大的惊喜从心头涌起，它们来自地球！

从小飞船从同一个地方出现以及它们有步骤有目的的行为可以看出，地球人类对灰星并非一无所知，甚至有组织暗中掌握了来去两个星球的方法！有人正在暗地里调查灰星的文明！

"昂——"一声低沉的兽吼声响起。随即从丛林中四面八方都响起了音频不同的吼叫声。

陇三翡本能地捂住耳朵，乌托蓝颈后的透明飞翼倏然翻转，挡住了他的耳朵，薇薇·夏洛特也捂住了耳朵。那同时响起的吼叫太多，其中夹杂着带有次声波攻击或其他类型攻击的巨兽，半空中盘旋探测的小飞船骤然起火，"砰"的一声炸成一团火球。

第二艘小飞船立刻切入四维裂隙，不见了。

太好了！陇三翡想——他发现了返回地球的口子，就在这个大圆环的上空某处。

太不好了！丛林生物们显然非常不欢迎外来者，它们驱逐来自地球的飞船。

但更不好的是，他同时发现，吸引了地球飞船注意力以及在丛林中霸占了一大片空地的这座钢铁城市寂然无声，积满了青苔和灰尘。

它已经荒废很久了，更可怕的是从这个东西的体积和"建筑物"门窗的大小来看，它并不是这些丛林兽文明的产物。

这些东西属于另外一个文明，既不是地球也不是灰星。陇三翡看着巨大圆环中心的那个大红灯，内心拔凉拔凉的……宇宙如此浩瀚，既然人类能偶然光临灰星，其他星球的文明自然也能，就是不知道这是多久之前留下的，又对灰星造成了怎样的影响？

把来自地球的小飞船弄坏之后，显然是被金光生物寄生的鹅兰娜战龙挥动六只巨爪向圆环爬行过去。它的身躯在陆地上行走，居然也还敏捷，有几只同样被金光生物寄生的丛林兽跟在它身后，进入了圆环中心。

圆环中心沉积着一层灰色薄雾，水波一般旋转，不知道为什么就是不散，鹅兰娜战龙抬起巨爪，将坠毁的地球飞船彻底踩碎，扬起脖子对着半空发出一些鼓风般的咆哮，仿佛耀武扬威。

它们对圆环建筑群视若无物，并不排斥，鹅兰娜战龙和河流巨鳗庞大的身躯在"台阶"上扭动，顺利地避过所有"长矛"，仿佛非常熟悉情况。

它们也不靠近那个散发着红光的大灯。

陇三翡隐蔽在底层植物下方，几千个念头在脑中飞转。

聂雍和濛仍然在飞行，日子过得比地表爬行生物陇三翡小队还不如。濛一直没有找到探测第四维裂隙的方法，在飞行的过程中损失了不少材料，导致她的体型整个小了一圈，看起来越发娇小玲珑，惹人怜爱。

他们无法像陇三翡一样在陆地生存。

他们探索的地方是一片河流与沼泽交汇的地方，到处都是急流、巨木，四维裂口极多，而物种也非常丰富的区域。聂雍猜他们大概闯入了灰星的亚马逊丛林，还是高山版的亚马逊——否则哪里来那么多巨大的瀑布？气温忽高忽低，冷的时候在零度以下，热的时候在四十度以上。

在这么复杂的地形里，危机四伏，聂雍毫无傲娇的余地，只能趴在濛的背上，紧抓着救世主不放。如果说陇三翡小队里站中间的乌托蓝先生还能和突然出现的丛林巨兽过么三两招，争取到前后两人救援的时间，那么只能被一击秒杀的聂雍完全不可能在丛林里挣扎，濛为了照顾这个"娇弱"的人类，只能贴着地面缓慢飞行。

现实深深打击了聂雍，让他在濛的背上萎靡了好几天。

然而十五天之后，他们飞出了那片"灰星亚马逊"，在穿出河流上空的一瞬间，聂雍和濛都同时低声惊呼了起来。

河流的外围，是一片漫无边际的灰黑色的高大的金属"森林"和"蚁穴"。

那是一些尖锐的、高耸入云的建筑，大多数的高度都超过了濛飞行的高度。一层浓厚的灰黑色雾气在建筑物之间飘荡，看不清这些"尖塔"或者"高楼"接近地面的部分是什么。每一个建筑的顶端都有长长的尖刺，有的建筑顶上多达七八根，那些尖刺炽红发亮，狰狞可怖。

"这是什么？"聂雍失声问道。

濛带着聂雍慢慢地靠近边缘的第一个"尖塔"，这不是最高的一个，也不算最矮。在缓慢靠近的过程中，聂雍感觉到一股寒气……好像正在靠近一座冰山，濛的探测红光打在"尖塔"上，无法解析它是什么东西。

那是一种光滑、寒冷呈现灰黑色或暗灰色的金属物，上面有一些奇怪的花纹。"尖塔"由一个个不规则的"房间"构成，濛的探测光能探测出这些"房间"内没有任何东西。

一个一个，像蜂巢一样的空房间堆叠成了黑色巨塔，这些高矮不一的巨塔数量极多，形状类似，但也不完全相同。有些"尖塔"的表面画上了更多的花纹，有些则完全光滑，有些"尖塔"中间夹杂着层层叠叠的平板，平板上集聚着一些灰烬。

"这里面……没有任何生物。"濛说，"这是一座死城。"

"这里被废弃了吗？"聂雍问。

"是的。"濛飞行在冰冷的建筑群之间，她的羽翼结了一层薄霜，突然问，"你冷吗？"

早就被冻得瑟瑟发抖的聂雍愣了一下，大脑一时死机，他没想到濛能开口问他冷不冷——那已经超脱了机器人的范畴，具有智慧才具有同情心，成为生命才能感知冷暖，也许濛并不像他和她自己所想的那样，是一架还没有找到自我的智脑机甲。

"不冷。"聂雍顿了一下后回答。他只觉得老脸一阵发烫，一贯什么都敢说的老男人居然为死要面子感到羞耻。

濛似乎是相信了，她正在接近"死城"的中心，飞行并没有惊动下面的灰色浓雾，但隐约可以看见，浓雾下面有更多、更矮、更密集的建筑群。

这是一座巨大的城市，里面曾经居住的不明生物数量众多，但不知道从什么时候起，这里成了一座死城。

这不是巨兽丛林，这是一个拥有科技和文明的遗址，作为人类最高科技产物的濛还不能理解这些建筑的理念和用途，曾经的灰星原住民到底创造了怎样的文明，又为什么废弃了呢？

聂雍被阴寒冰冷的死城冻得脸色惨白，他隐隐约约觉得，灰星之所以通过战龙公园的姆姆人想要进入地球，很可能和灰星的历史有关。

这里一定发生了什么很可怕的被彻底隐瞒了的真相。

"没有丛林兽进入这个地方。"濛说，"也许下面的灰雾有异常，这些红色尖刺看起来惊人，但没有攻击我们。"

"不不不，我觉得它们也是武器。"聂雍说，"它们看起来像防备来自天空的敌人，不是像我们这么点大的，是比我们体型大很多的敌人。"他看到这些长矛似的红刺，总觉得似曾相识。

"敌人？"濛抬头看了一眼天空，在灰星这么多天，他们还没有遇到过比一只猫更大的飞行兽，显然濛无法计算出这种红刺防备的是什么敌人。

恰好是她抬头的一瞬间，聂雍也跟着她仰头看了一眼。

这片死城的天空是灰黑色的，和底下的灰色浓雾一样，空气中充满了粉尘，和丛林里的清新空气完全不同。正当濛抬头看的那一瞬间，灰色的天空中裂开一条霓虹般五光十色的缝隙，随即合上。然而没过多久，在浓厚的黑云中，又有两个地方裂开带有光晕的巨大裂隙，很快合拢。

那就像一些巨大的眼睛，藏匿在天空的浓雾中，不知为何窥视着底下的这片死城。

"那是……什么东西？"聂雍喃喃地说。

濛凝视着天空，她纵身而起，落在最高的一根红刺的尖角上，双眼散发出红色探测波。

自下而上望去，一片灰暗阴沉的光线中，她就像末世悲歌里的最后一抹曙光。

聂雍的初恋之心又跳了跳，他暗自提醒自己：她不是人、她不是人、她不是人。

天空的浓云中骤然打开一道比之前的彩光大得多的裂缝，裂缝里有个巨大的影子蠕动了一下，裂缝随即合拢。

"生物反应。"濛说，"这片死城上空应该有四维裂隙，黑云中出现的是生物，巨大无比的……"她刚要说到"生物"，突然间黑云中再次出现一道裂隙，一个巨大无比的东西从裂隙中挂了下来，直接掉到了死城上。聂雍吓了一大跳，却见那东西砸在尖锐的红刺上，瞬间四分五裂，它的碎片沿着"尖塔"光滑的表面慢慢滑落，沉入了底部的灰色浓雾中。

从头到尾，掉下来的那团东西就没有动弹过。

"小萌，你看到那是什么了吗？"聂雍大叫起来，"那是个人！那是个人！"

"我看到了。"濛说，"那是一个人形的水泡。"

"天上"掉下来的庞然大物是一个半透明的、果冻质地的外观很像人类的生物，那生物似乎没有眼睛，也不会动弹，掉落下来的过程中被红刺穿透撕裂，化为十几块"果冻糊糊"，顺着"尖塔"流向塔底。

虽然说它的外观像人类，有头部和四肢，但它的体积比人类大多了，目测这东西也有三层楼那么高，并且它没有五官或头发，只有个大体的轮廓像人。

这些高耸入云的"尖塔"和红色尖刺看起来的确有用，但防御的不是会飞的猛兽，却是一种沉重无比，既不会动弹也不会尖叫的果冻怪，实在是奇怪极了。就在这时，濛的探测光波突然反馈出了信号——在这个星球上，它终于扫描出了它认识的唯一物种。

"水母。"濛说，"根据这个人形生物的结构和成分，这应该是一种和地球上的水母相类似的生物。"聂雍恍然——的确，就这种果冻的质感和一戳就四分五裂的样子，和捞出水的水母的确有几分相像，可是灰星上的水母为什么会长得像人类？真奇怪。

"像人的水母。"濛低声说，"巨大的人形水母……聂雍。"

她很少叫聂雍的名字，聂雍浑身一激灵："怎么？"

"地球上也有人形的水母。"濛说，"星障人大多数都呈现人形。"

一说到星障人，聂雍心里沸腾的那些小粉红瞬间就消失了，他想到不知道身在何处，正在忍受星障人细胞侵蚀的影子，又想到他好像是"拜慈·歇兰费罗"——人形水母不就是影子搞出来的吗？没想到地球上有这种异类，灰星上居然也有。

"那个……果冻掉下去以后，还活着吗？"他想到星障人惊人的繁殖力和传染性，不寒而栗，如果这个巨大果冻人掉下去碎成一百片，一会儿从灰雾里站起来一百个果冻人，那也恐怖得要命。

"它在掉下来的时候就已死去。"濛回答，"真正的生命体在上面，这些'尖塔'可能只是预防城市被巨大的果冻人尸体砸毁，所以修建长刺，让它们分散掉落。"她从最高的红刺上飞回来，说道，"这个地方难以预测，丛林兽都不愿进入这里，我们尽快离开。"

"轰"的一声巨响，整个死城上空成千上万直至天空的赤红长刺骤然发亮，千百条电光在长刺尖端闪耀，随即向天空发出了数以万计的电流暴击。一瞬间，只见云下与死城之间充斥着闪电光波，宛如烟花盛放，银龙狂舞，同时电流声噼里啪啦，雷声和爆破声震耳欲聋，简直像突然爆发了一场地面对天空的战争。

身在其中的聂雍和濛差点被电流烧成焦炭，危急时刻濛变化出巨大的隔离膜将聂雍封闭在内。聂雍看着身材越发娇小的濛撑着巨大的隔离膜，身前面对着惊人的天地之战，实在忍不住伸出手去揉了揉她的头。她这么小，她不是人，但……那又如何呢？他的手臂一勾，将她整个人拥入怀中，鼻中嗅到属于人类女孩温暖又微甜的气息，她不是人，但那又如何呢？

濛被他猛地一抱，茫然回过头来："怎么？"

"没什么。"聂雍说，"我怕死。"

濛茫然了一会儿，大概她的智脑里并没有处理类似情况的数据，死机了一会儿，她回答："电流伤害不大，你不会死，我不会让你受伤。"

"我知道。"聂雍说，"但是在这种时候，我不想让你一个人站在那里。"他勾起嘴角，自嘲地说着情话，"用人类的语言来说，就是'天崩地裂的时候，我想紧紧地抱着你'。"

"有道理。"濛说，"我计算不出什么成分的大型生物能在气体中生存，尤其死亡的果冻人显然非常沉重，天空之上按道理应该是气体，但也许这里的天空上面是一片超乎想象的四维裂隙，是陆地。"她仰起头，"而陆地正在崩裂。"

聂雍满脸黑线，老子说的天崩地裂不是这个意思。

外面的电流逐渐熄灭，不知道由什么引发了这次天地之战，但天空的云层正在变浓，没过一会儿，骤然下起了倾盆大雨。

没有用的老男人在濛的庇护下，躲过了这场简直像瀑布一样的大雨。

大雨过后，灰黑色的天空缓慢退去云层，露出了一片惊人的景象。

天空之上，果然是一片陆地。

从聂雍和濛的角度看去，那是一层柔软发红的物质在蠕动——也就是濛之前在云层缝隙里看到的"生物"的影子，但它不是生物。它是半熔的岩浆，肉眼可见岩浆层在震动、在减少，有些地方隐约可见黑色的岩层——那上面果然是陆地。

还是一片火山正在喷发的陆地。

可如果火山正在喷发，那全身都是水的果冻怪是从哪里掉下来的？

正在目瞪口呆，却见岩浆层中蠕动着一些包裹着黑色外皮，形状像人的大型生物，那些生物和火山之外的什么正在激烈交战，一旦被击破外壳，里面掉出来的就是这种古怪的果冻人，看不清它们在做什么。

但死亡的大部分掉入了岩浆，极少部分穿过裂隙掉下来，就像刚才一样，坠入城市底部。

这些东西的体型都相当大，从下望去，仿佛一群泰坦巨人正在参加战争，而地上的凡人完全不知道神明们在干什么。

只是头顶上的不像天堂，倒像地狱。

"小萌，你有没有觉得那些黑皮……像墨石兽？"聂雍眼睛的视力一直很好，他说，"那层黑皮会动，它们把果冻人包裹在里面，还是果冻人就是从它们里面长出来的？"

"如果上面的是墨石兽，它是一种海洋生物，而水母也是。"濛的脸颊微微发热，显出粉色，她的智脑正在运转，"火山、墨石兽、水母、果冻人……难道这上面是海底，而海底火山正在爆发？"

"快看！"聂雍大叫一声，"鹅兰娜战龙！"

果然上面如火如荼的战斗中，一只鳞甲湛蓝，六爪狰狞，体型比聂雍在塔黄岛海域看到的战龙还要巨大的鹅兰娜战龙出现在岩浆层中。它在岩浆中行动自如，就像聂雍在海洋里看到的一样，它追击墨石兽，将它撕碎并吞下。而随着庞大的鹅兰娜战龙出现，一道能量光波击中岩浆层，造成巨大破坏，爆破的声音虽然无法通过空间裂隙，却肉眼可见裂隙在震荡，上面所见的一切都在模糊化，足以想象那道光波的破坏力有多大。

"反物质弹！"濛失声说，"具轮镜！"

聂雍吓了一跳："具轮镜？"那不是 J 国攻打夏威夷岛所使用的超级武器吗？

但除了反物质武器，什么能造成如此巨大的破坏呢？濛展开羽翼，向上冲去，聂雍只能看到她的身影越来越小，一直到空间裂隙的边缘。那上面的战斗惊天动地，除了将岩层和岩浆整层破坏的反物质弹之外，一些地球人使用的武器也一闪而过。

有种古怪的感觉，聂雍呆呆地看着上面的战斗，濛一个闪现，已经重新出现在他身边。这一次濛没有使用装饰羽翼，她泛粉的脸颊已经恢复白皙，说道："上面，是深渊之门。"

深渊之门！也就是说，上面是地球的海底！聂雍的热血冲上了头顶，如果他们可以穿过这里，就能回到地球！虽然地球各种不好，但那也是他的家园，总比在异星球流浪的好！

"巨大的四维裂隙让灰星的海洋出现在天空上。"濛脸色非常严肃，"通过裂隙，这上面就是大海，灰星的海洋和地球的海洋在这个点上交汇，维度壁破裂，空间法则扭曲，出现了深渊之门。"

灰星的海洋在天空上，为何会有这种奇异的景象！聂雍脱口而出："可是上面在战斗，发生了什么事？如果我们穿过这个裂隙，能不能联系到战斗的另一方？哦！悲剧了！"

毫无疑问，人类正在和穿过裂隙的巨兽战斗，也许他们并不知道深渊之门之后是什么，但高能武器频繁攻击海底，一旦它撕裂了下一层空间裂隙，万一有个一瞬间突破了维度壁……

聂雍的心骤然从"可以返回地球"跌到"悲剧了"——万一有个一瞬间地球武器突破四维维度壁，上面可是大海！灰星的海洋会突破裂隙从天空中倾泻下来，淹没星球表面。

"上面即使是地球的海底，也是深达几千米的海底。"濛的脸色并不好，说道，"我可以上去，你不行。"她似乎在犹豫着什么——对一个会出现"犹豫"的机器人，聂雍很是心疼，于是再度脱口而出："你上去！我在这里等你！"

"我不想上去。"濛说，"你一个人会死。"

这是变相地在说"我不想离开你"吗？聂雍的心中又是甜蜜又是感动，说道："我不走，我就在这里等你。这座死城暂时没有危险，你如果现在不上去，可能再也找不到返回地球的机会。上面虽然有巨兽，可是上面也正好有地球人在战斗，如果战斗平息，就凭我们两个想要战胜灰星的海洋巨兽，成功穿越深渊之门，成功率太低，风险太大。"

"上面有 J 国的武器，有 M 国的武器，是北美战区在和灰星海兽开战。"濛说，"我不想返回 M 国。"

她向往自由，她想成为一个人。

聂雍抓住了她的手，说道："如果返回地球，无论你走到哪里，他们都不会放你自由。你是全地球除沈苍以外的顶级武器，即使是 M 国愿意放过你，其他任何国家也不可能收留一个来自 M 国的终极武器，把她视作一个'人'，而放任她在自己的国土上平静生活。"

没有人会相信她。

濛沉默不语，过了一会儿，她点了点头。

北美战区有控制她纳米原子模块的技术，能调节她的一切行动，她在"银之天蝎"面前只是一个提线木偶，但这些她并没有对聂雍说。

和聂雍在一起，濛说不清是什么感觉。她没有被真正当作"人类"过，聂雍是第一个从一开始就完全把她当成"人类"的人，他会和她聊天、和她谈论食物——天知道之前从来没有人和她谈论过食物——有谁会和一架不需要吃饭的智能机甲谈论食物？何况她还是个终极武器。他还会担心她受伤，这实在是挺可笑的，这么一个弱小的人类，她一根手指就能轻易杀死，却一直在悄悄地为她担心，发愁她丢失了不少纳米原子模块，又在天地变色动荡的时候偷偷地想和她站在一起——虽然他没有能力。

她不想离开聂雍，理由就像她说的，离开聂雍，他马上就会死在灰星——也许是一只飞行兽、一只熔岩虾，甚至是一只四维裂隙中路过的巨鳗都可以杀死他。

而她一点也不希望他死。

"小萌。"聂雍说，"你不想离开这里。"

濛不说话。

她似乎还在犹豫，但聂雍明白这种行为在人类而言叫作"默认"。

濛想要自由，而在灰星，她可以得到比在地球上更多的、不受歧视的完全的自由。在这里没有人会当她是异类，没有人在乎她是武器，这里没有国家，没有人类，只有波澜壮阔的景象，足够探索的谜题，浩瀚深远的遗迹，到处充满了挑战性。

　　也许唯一的不好，是没有同伴。

　　但她可能也不需要同伴。

　　"你……需要一个人陪你吗？"聂雍沉默了一会儿，又问。

　　濛不说话。

　　"如果你需要，我可以陪你。"聂雍说，"我孤家寡人，没房没车没钱没颜值，你……"

　　"在我看来，所有的人类都长一样。"濛回答。她居然理解"颜值"的意思。

　　聂雍颤抖了一下，不可置信地看着濛："你是说……你的意思是……你需要我？"

　　"我是战争武器。"濛说，"战争，为守护而存在，没有你，在这个星球上，我不知道要守护什么。"

　　这大概是聂雍能想象到的、最甜的情话，也许它表面上一点也不甜，可是他几乎要喜极而泣："小萌！"他将她拉了过来，紧紧拥在怀里。

　　她那么小，那么柔软。

　　她的想法那么简单。

　　即使她不是人，那又怎么样！

　　这个人类哭了。

　　濛静静地感受着出现在背后的水汽，她有些疑惑，人类在悲伤的时候哭泣、在喜悦的时候哭泣……可是她即使从结构上成为人类，也从来没有哭泣过。

　　从理论上说，由纳米原子模块组成的肉体，一样拥有"哭泣"的能力。

　　那她的眼泪在哪里呢？

"小萌。"聂雍等眼睛里的水汽都干了才声音沙哑地开口，"我答应过白璧，要为他救回沈苍。我答应你留在这里陪你，就像答应他一定会救回沈苍一样。"他握了握五指，仿佛在试验手指的力量，动情地说道，"你在这里等我，等我做完该做的事，我一定回来陪你，一直陪到我死。"

濛静静地听着。

她并没有表示"我和你一起去"，她的立场很明显，绝不返回地球。

但过了一会儿，濛说："我一直不接受，东亚战区指派一个自然人类担任指挥官，我判断埃蒙特他们不会听你的话。"她说，"根据我们那里的规则，不强的人没有资格成为士兵，更不可能成为战士。"

聂雍说："啊？那是因为白璧故意整我……"

濛说："即使你很弱小，你也不屈从更强大的人，你只属于你自己。而你那些微小的愿望，那些你愿意坚持的事，让人感受到是对的，是好的，是值得期待的。"她淡淡地说，"你能让人和你一起去期待你想做的那些事，就像你对我所做的一样。"

我……我我我……我对你做什么了？聂雍老脸通红，结结巴巴地道："我干什么了？"

"你让我觉得，在这里等你，挺好的。"濛说，"你没有让大家听从你的命令，但你选择的事，你'选择'的依据和理由，让人觉得是对的，是好的。"

这是什么意思？聂雍感觉到濛是在赞美他。大概是吧？虽然没有听懂，但大概就是赞美。于是老脸越发红，他反复说："我会尽最大的努力，早点回到这里，陪你走遍整个星球。"

"我可以分出一部分纳米原子模块，让它成为你的机甲。"濛说，"但分出这部分以后，我可能无法保持成年人类的体型了。"她极有效率，说话之间，她全身散发出迷蒙的彩光，聂雍根本没看见她是怎么分的，突然间面前就出现了一架戴有银色面具，胸口绘有蝎子图案的银灰色机甲。

而濛又矮了几分，成了一个外表十三四岁的未成年人。

那机甲分解成几十个零碎的部件，贴合在聂雍身上，它们只是外甲，并没有机甲小说里描绘的各种功能，它虽然呈现金属色泽，却是皮肤般柔软的质地，能抵抗几千米深的水压和绝大多数武器攻击。这其实就是濛作为战争武器时使用的外甲，她自带智脑，携带物质变幻时存储的高能，自然不需要外甲配备武器，以至于这外甲只有右手臂外侧配备了一把光剑。

聂雍一看这造型眼熟的光剑，就想到沈苍深藏在手臂里侧的那柄短剑，这些科学家都是些什么品位，濛这柄剑一看就知道设计师是《星球大战》的粉丝。话说都一百多年过去了，还有人看《星球大战》？

濛看了他一眼，居然理解他在想什么，解释道："这柄武器叫作'光剑'，是为了向《星球大战》系列致敬而设计的，大家都认为它很酷。"

聂雍十分惊讶："那个……《星球大战》系列在M国拍到第几部了？"

"今年夏天正打算公映第二十七部。"濛回答，"它讲述的宇宙很有趣。"

"好吧……"聂雍喃喃地说，"等我回来，一定要刷新一下你的世界观，让你看看我大Z国的陌刀、环首刀、唐横刀，每个都比你这把光剑好看多了。"

"它们只是不同风格的装饰品。"濛说，"在M国人眼里，光剑也很好看。"

"光剑是玩具，"聂雍正色说，"我大Z国环首刀是凶器，有机会我把你这把玩具拆下来，换成环首刀，你拿去砍一砍怪物，就知道差距在哪里。"

濛摇了摇头："我的数据库里有Z国环首刀的图片。"她对聂雍这种幼稚的无理取闹有惊人的耐心。也没有见她做什么，聂雍身上外甲的佩剑形状由光剑变化成了一柄一米来长、直身开刃的环首刀。那胸甲上浮现着天蝎，有着棱角分明的面具，纯美式的机甲手里握着一柄Z国环首刀，实在是不伦不类。聂雍却很高兴，握着Z国式武器，自我陶醉了一会儿，说："我去了。"

"我送你上去。"外表像未成年人的濛展开巨大的羽翼，抱住穿着机甲的聂雍，缓缓向头顶上的四维裂隙飞去。

聂雍不一定能回来。

濛和聂雍都很清楚，他们要穿越两个裂隙，这两个裂隙之间是灰星的海洋，目前他们只看见了冰山一角，并不知道头顶上的"海洋"面积究竟有多大，究竟有多深。而地球人的武器虽然击中灰星的海底，反物质弹的射程很远，他们并不一定就在正上方。也就是说，即使聂雍顺利穿过熔岩到达灰星海底，也不知道深渊之门究竟在哪里。

就算他找到了地球人，也不一定会被人接受。

他有可能死在灰星海洋巨兽的爪牙下，更有可能死在地球人手里。

但他决意要去。

他要去救沈苍。

那是一个诺言，一个愿望，一个梦想。

濛的智脑平静地评论着：这就是聂雍能作为队伍领导者的原因，他不是管理者，他是一个精神领袖。

而他自己好像并不知情。

她知道聂雍承诺在灰星陪伴自己一直到他寿命的终结，同样是一个诺言、一个愿望、一个梦想。但看见他愿意为沈苍做这样的努力，就能够相信他同样会为了陪伴自己这样努力。即使终不能实现，却让人对一切充满了希望。

生命……尤其是人类，就是这样让人充满期待。

"哗啦"一声巨响，聂雍穿着外甲冲过四维裂隙，进入了头顶的海洋。

濛松开手，看着他回过头挥了挥手，往熔岩层游去。他身周披着黑色外皮的巨大果冻人似乎发现了异动，纷纷向他"看"来，而他一头钻进了熔岩。

作为一个自然人类，他胆子真大。

濛双手空空，巨大的白色羽翼凌空铺展，仿佛一只遮天蔽地的鲲鹏。

她平躺在空中，仰望着头顶的大海。她能看见的只是极小的一部分，聂雍一钻入熔岩，她就再也看不见了。

但她仍然在看着。

作为一个人类，存在"鲁莽"这种行为，真好。

突然"嘀"的一声……濛的眼睛失去了光泽，焕发出一种淡淡的红光，仿佛突然失去灵魂。她的眼睛失去神采的时候，像极了一架完美而冰冷的智脑机甲。又过了一会儿，她的两只眼睛射出了比之前所见的探测波明亮千万倍的红光，她像完全失去了神智，缓缓翻转过来，悬浮在空中，使用高强度的红光探测底下的死城。

仿佛在聂雍离开她的几分钟之后，濛已经不再是濛，有一道隐藏程序突然启动，将她变成了一架高强度的灰星探测机。

⓵ 一百零九 神之隐秘

"你说我们要怎么样飞到天上，钻进飞船进出的那个裂隙？"陇三翡抱着头冥思苦想。他们三人在那个环形废墟停留了三天，其间尝遍了各种体型小于人类的小生物的肉，薇薇·夏洛特很认真地为这些肉排了一个榜单。最好吃的是一种被陇三翡叫作"鸡腿"，被乌托蓝叫作"肥肉"，被薇薇·夏洛特叫作"小花"的小型飞行兽。

那是一种和猫体型差不多的有翼类，长着一个彩色的犀鸟般的长嘴，嘴很硬，可以用来挖地。陇三翡就拆了几个这种嘴硬飞行兽的喙来挖植物根茎。这种飞行兽的肉很嫩，吃起来不知道像鸡肉还是猪肉，总而言之可以吃。他们也发现了几种可以吃的块根，生活暂时不成问题，有问题的是他们谁也飞不上去，乌托蓝的飞翼主要是借助风力进行滑翔，并不能飞那么高，大家只能眼睁睁地看着那个疑似通向地球的裂隙。

乌托蓝一般很少说话，这几天他围绕着那个环形废墟转了很长一段时间，似乎是发现了什么，但他开口说的是："你究竟会不会'空间光裂术'？"

陇三翡不耐烦地说："不会！贫道出家已久，跳出红尘之外，不在三界之中，怎么会什么'空间光裂术'？"

跳出红尘之外，不在三界之中，和会不会"空间光裂术"有什么关系？乌托蓝本来不爱说话，一听到陇三翡又开始胡搅蛮缠，一脸黑线，立刻闭嘴。

　　"跳出红尘之外，不在三界之中，是指有四维穿越的能力吗？"薇薇·夏洛特说，"这整个星球到处都是四维裂隙，很多动物都有这个能力。"

　　"咳……咳咳咳……"乌托蓝和陇三翡各自扭头咳嗽，乌托蓝整个脸涨红了，陇三翡真是呛了气，咳嗽了好一阵子。

　　"贫道已经说过很多次了，并不会'空间光裂术'。"陇三翡说，"连贫道的师兄陇玉知也不会，'空间光裂术'是沈苍自己会的。"

　　如果他这句话是在 B 基地说的，必定引起轩然大波，但他面前蹲的是一大一小两只怪物，听了以后并没有什么反应。陇三翡继续说："贫道一直不知道沈苍身上的力量是从哪里来的，一直到我……贫道……咳咳……我看到了师兄的尸体。"他本来装模作样一直自称"贫道"，一时错口，干脆也就放弃惺惺作态，反正眼前两个也不会欣赏，说道，"我师兄的内脏被完整地取走，移植到了沈苍身上。我师兄习武多年，他是陇门唯一一个真传弟子，修炼的心法叫作《昆山忘剑诀》，也就是所谓的'飞剑之术'。"

　　乌托蓝一脸迷茫，薇薇·夏洛特无比茫然。

　　陇三翡眼见他们一个是外国人……哦不，外国兽，另一个是脑残，对聂雍不在深感遗憾，不知道他这故事的妙处，只好多加解释："这门心法修炼到极致，便是手中无剑、心中有剑，可以达到剑随心动、剑意所向，所向披靡的境界。"

　　乌托蓝仍然迷茫，薇薇·夏洛特仍然茫然。

　　如果是聂雍在这里听故事，一定一拍大腿，老子明了——这是武侠当中唯心主义那派的，和小李飞刀例不虚发、身剑合一化为白虹、心剑一出夺人性命是一路的！只差一步就可以以武入道，去拜山门求剑修功法了。

"为什么手中无剑，还可以所向披靡？"乌托蓝问。

"手中无贱，心中有贱，可以达到贱随心动，贱意所向，所向披靡的境界？贱是什么？"薇薇·夏洛特茫然地问道。

第一个问题也就算了，第二个问题薇薇·夏洛特问的是什么？陇三翡差点吐血三升，说道："剑……就是一种冷兵器，你手里拿的那个是刀，一面开刃，剑刃直身，双面开刃。"

薇薇·夏洛特呆了一会儿，仍旧没有明白。

乌托蓝却有些理解了："也就是说，沈苍所有的力量，其实是来自陇玉知前辈练习的《昆山忘剑诀》？"

"也对，也不对。"陇三翡回答，"在我小时候，觉得那本小册子里面写的都是狗屁，全是胡吹，人力有时穷，剑是凶器，吹毛断发尚要剑刃，何况杀人？没有凶器怎么杀人？而即使是那本吹牛上天的小册子里面，也没有写过'空间光裂术''室之潮汐'或'灰烬'这样毁天灭地的大招。我师兄有生之年也没有达到'忘剑'的境界，他一直携带兵器，就是薇薇手里那把破布刀——当年它有名字，就叫作'忘剑'。我师兄一直提醒自己，武道的至高境界在于心剑，他做不到，所以手握'忘剑'，是提醒，也是自欺欺人。"

乌托蓝和薇薇·夏洛特面面相觑。

这是说沈苍所获得的……是陇玉知也没有的力量？

"但我师兄一直坚持修炼《昆山忘剑诀》，如果它不是吹牛上天的小册子，那么它提倡修炼的是一种意念之力。"陇三翡说，"冥想、冥想、再冥想……意图用思维去触动物质，它就是这么一本胡说八道的东西。"

"用思维去触动物质？"乌托蓝似有所悟。

"思维是什么？"陇三翡说，"这是物理学上一个未解之谜，思维的本质是什么？它如果是一种能量体，当然能触动物质，物质本身也是一种能量的具现。我以前从来没砍出在海面上的那一刀，你们都觉得它像'空间光裂术'，为什么呢？因为在那一瞬间，即使身死，我也没有想过我不能砍死战龙。"他说得非常玄妙，"那一刀挥出之后，我听见了身体经脉内有东西消失的声音，非常奇妙——我的意念，在经脉循环中令一个什么东西湮灭，而换来了惊天动地的力量。"他摇了摇头，"之后我尝试过很多次，却再也不能实现了。"

"大家都说，沈苍拥有群星之力，即反物质能力。"乌托蓝说，"任何基本粒子都有其反粒子，正粒子和反粒子相遇将会湮灭，爆发出巨大的能量。科技发展到今天，人类学会使用大型粒子对撞机俘获反物质，将它们积累储存，然后放置在导弹内制造反物质武器。但每一个反粒子的发现和储存的花费都难以计数，没有几个国家能制造这些武器。而如果人类仅仅用'思维'就能俘获反粒子，控制它的规模，并令它在体内湮灭，从而使用这种力量，那真是太惊人了！"他虽然是个来自遥远地方的小怪物，但所学会的人类知识并不比任何自然人类少，对沈苍的力量他也一直在怀疑和探索，所以陇三翡一提起他砍出那一刀的感受，乌托蓝就立刻想起了正反粒子的湮灭。

"是的。"陇三翡说，"我师兄没有练成的东西，沈苍练成了。我猜他并不知道自己练成了什么，一直以为得到了我师兄的异能，但其实没有。"陇三翡耸了耸肩，"他大概是……触摸到了宇宙的法则，思维和物质最终殊途同归，它们都是能量，所以能相辅相成——只是一般人根本做不到。"

乌托蓝哑然，也许这就是沈苍那难以理解的能力的真相，一本传承千年、难以置信的占书，一个千锤百炼、矢志不移的人，一个无法理解、浩瀚神秘的宇宙。

"沈苍……"薇薇·夏洛特弱弱地插了一句，"他现在在哪里呢？"

地球。
塔黄岛海域。
连续大半个月的战争让这片海域海水混浊不堪，海洋中漂浮着各种各样的战争废弃物、高能武器的残片、污染海洋的复杂物质以及大量的尸体。

聂雍穿着濛的外甲，带着一身沉重的海藻破水而出，深深呼吸到了一口地球的空气。

地球的空气混浊、沉闷，带有一股战火的硝烟味，却令人如此怀念。

他的运气很好，深渊之门附近正在发生激战，海兽们的注意力都在攻击潜艇上，没有人特别关照这个体型娇小的生物。而发现人类潜艇后，他挂在其中一艘潜艇下面，跟着潜艇穿过深渊之门，随后放手让潜艇远离，他再慢慢浮出水面。

浮出水面的时候，他看到了几艘人类的战舰正在缓缓驶离这个海域。

他不知道胜败、不知道因果，目送着高大的战舰安静地消失于落日光芒之中，心中有一种奇异的平静。

突然，视线一晃——在灰星毫无动静的神经兽有了异动，他的视角急剧变换，跳跃到了某一艘战舰下方——他猜测这个时候，他可能是一个蛤蜊或水母。

战舰边缘站着一个人，背脊挺直，军服整洁，军靴就在他头顶上。

他的身边没有人，只有他一个人的影子被落日的余晖映得很长。

他的脸色非常苍白。

他是沈苍。

《未亡日》上部完结。

◯ 后记

　　这个规模宏大的故事里有好几个 Boss⋯⋯

　　我从小就喜欢看百科全书,很向往当个"博物"学家,但不学无术⋯⋯只好在异世界里假装自己是个"博物"学家。《未亡日》这个故事源于我的一个梦,那个梦我做了两次,每次我都在充满了裂角蜥的下水道里徘徊,看着下水道的污水一层层流下密集的台阶,台阶上满是污垢和青苔,不知道自己该往何处逃生。在第二次做完这个梦以后,我决定让它变成文字⋯⋯

　　故事的内容和当年在杂志上连载的略有不同,这倒并不是因为我觉得修改后的内容比较好,一部分原因是三叔给我提过修稿意见,他希望在地底的部分就能成一本书,奈何我实在没有未经地底探险就能写一本书的功力;另一部分原因是我这脑残把写好的稿子丢了一部分,只好重写。

　　一个人一支笔就想写出一个地球和另一个星球各种波澜壮阔的景象,我越写越觉得自己在做梦,实在不自量力,但不管怎么样,写一个关于宇宙、群星和生命的故事,是我这个纪录片爱好者的一个妄想。

　　我尝试过了言情、写过了武侠,又尝试了一下悬疑推理,为什么不尝试一下我喜欢的"关于科学的故事"呢?不久的将来,也许我又转战到修真去了——这事关我的另一个梦。我不知道我该归类为什么作家，我的兴趣爱好总是如此古怪，有不少编辑都在说你可以写一个现代豪门言情文，目前流行这个。

但我在写发于我心的故事，即使它是如此古怪，却可问心无愧。